リボルバー・リリー

長浦京
Kyo Nagaura

講談社

目次

装幀　bookwall

写真　JOSEPH SOHM/orion/amanaimages

リボルバー・リリー

序章　赤い空

真夜中を過ぎても、東京の空は夕暮れの色のままだった。

見上げると星一つない深い闇。町の灯《ひ》もすべて消えている。だが、地平線近くは西も南も東も、北のわずかな隙間だけを残し鮮やかな炎に染められていた。焦《こ》げ臭く、蒸し暑い。前日の昼に起きた無数の火事は、群れるように交わり重なり、巨大な赤黒い濁流となって、今も熱風を吐《は》きながら次々と建物を呑み込んでいる。

隅田川《すみだがわ》の東、向島《むこうじま》の町の景色もきのうまでとはまるで変わった。粋を競い合うように並んでいた料亭の門は崩れ、白塗《しろぬ》りの塀も砕けている。電柱は道を塞《ふさ》ぐように倒れ、行き交う人もいない。皆、逃げたか、潰されたか、焼け死んだ。

強く吹く風の音、風に揺れる切れた電線の音、そして女の叫び声だけが聞こえる。

その叫び声をたどった先――

崩れ落ちた洋品屋の大看板の裏、百合《ゆり》は若い妊婦を見つめていた。

奈加《なか》が拾い集めた布切れの上に妊婦をそっと寝かせる。帯を解《ほど》いて着物の前も開いた。ずいぶん前に破水し、どうにかここまで連れて来たものの、陣痛がひどくなり動かせなくなった。幼さの残る顔を歪《ゆが》め、妊婦がまた叫ぶ。大きな腹に触れると鼓動《こどう》が二つ伝わってくる。双子だった。

「ごめんね」妊婦は自分の腹に囁《ささや》いた。「ごめんね」くり返す。

「おめでたいのに、どうして謝るの」百合は自分の手を妊婦の手に重ねた。

「だって」妊婦の両目が潤《うる》む。その顔は、こんな夜に生まれてくる子供たちを不憫《ふびん》に思い、明日が来ないかも知れないのに母親になることを怖がっている。

「だいじょうぶ。赤ちゃん抱いたら、そんな心配全部消えるから」

「ほんとに？」

百合は頷《うなず》いた。妊婦の頬を涙が伝う。太腿《ふともも》の内側には絶え間なく血が流れている。奈加も目じりに皺《しわ》を浮かべ、笑いかける。ビール瓶に詰めた水を妊婦の口に含ませると、乾いた唇《くちびる》が少しだけ赤みを取り戻した。

赤青白の三色に塗られた大看板が三人を強い横風から守る。奈加が拾った風呂敷《ふろしき》を天蓋《てんがい》のように妊婦の上に広げた。たくし上げた着物の袖《そで》の奥、奈加の太い二の腕がぶるんと揺れる。熱風が運んできた火の粉が雨のように降りかかり、風呂敷に小さな焦げ穴を作ってゆく。

妊婦が息《いき》む。胸の谷間を汗が流れ落ちる。開いた両足の奥に頭が見えてきた。

また息む。ぬるりと頭が出た。百合は血と羊水で滑る頭を両手で摑《つか》み、ゆっくりと引き出した。

生まれた。女の子だった。

手足をかすかに動かしているが、口を閉じたまま泣き声を上げない。まだ泣かない。ようやく唇を震わせ、ひっひっと息を漏らすと、それから大声で泣きはじめた。

百合は赤ん坊を母親の胸に抱かせた。

「ほんとだ。心配なんて消えちゃう」幼い顔の母親は汗まみれで笑った。

「もう一人生まれたら、もっと幸せになるよ」百合は赤ん坊を抱き上げ、奈加に渡した。

母親がまた激しく息んだ。もう一人出てこようとしている。だが、唸《うな》り声と赤ん坊の泣き声のほかに、がたがたと瓦礫《がれき》を踏み越える車輪の音が聞こえてきた。

「どうしたい？」男の声。「なあ、どうしたい？」

看板の向こうから見えないこちらへ呼びかけてくる。百合は身構え、奈加も足元の鉄棒を握った。幸運が都合よく巡ってこないことを二人とも嫌というほど知っている。

「私が行く」百合はいった。

奈加が鉄棒をまた地面に落とし、眉間《みけん》に皺を寄せ百合を見た。

「子供を取り上げたことあるでしょう？」視線を皮肉るように百合は訊《き》いた。

「ないですよ。産んだことしかありません」奈加は結い上げた白髪頭を掻《か》いている。

「出したことがあれば、引き抜くこともできるわよ」

「不案内なことには手を出したくないんです。臆病ですから」

奈加もあてこするようにいい返したが、それでも泣く赤ん坊を左腕に抱き、大きな体をかがめ妊婦の両足の間に座った。

――当たりか外れか、やって来たのは福か厄《やく》か。

百合は立ち上がり、大看板の裏から顔を出した。向こうから四つの光が照らす。左手で遮《さえぎ》ると五人の男が見えた。灯油ランプを手にした四人が並び、少しうしろ、停めたリヤカーの荷台に残りの一人がぐったりともたれかかっている。

「赤ん坊がいるんだろ」並んだ四人のなかのしゃくれ顎《あご》の男が訊いた。

「そう。妊婦が産気づいてね」百合は歩き出した。落ちた大看板の裏側からゆっくり出てゆく。その細い体を男たちのランプが追う。

「生まれたのか、ここで。こんなひでえことばかりの夜に、めでてえ話だ」

四人は揃って着物の上半身を脱ぎ、腰に長短刀《ながドス》を差している。しゃくれ顎が仕切り役らしい。あとの三人は、首も腕も太い大男、皺深い顔の細身、肥えた小男。四人とも肩と二の腕に鮮やかな色を入れていた。振り向かなくても、背一面を埋めた彫物《ほりもの》が目に浮かぶ。リヤカーにもたれた男だけは埃《ほこり》にまみれた三つ揃いの黒背広で、うつむいたまま顔を上げない。

百合の体に男たちの視線が絡みつく。

毛先がわずかに肩にかかる黒髪、大きな瞳。長く伸びた手足。細く白い体を包む瑠璃紺《るりこん》のワンピース、アイボリーの丸首カーディガン。腰に緩くベルトを巻き、靴は茶のローヒール——百合のすべてを、四人は味を探るように値踏みするように見続けている。

「休めるところまで連れてってやるぜ」しゃくれ顎がいった。

「それが双子でね。わかるでしょう？」

大看板のうしろ、姿の見えない妊婦がまた唸り声を上げた。

「重ねてめでてえじゃねえか。生まれるまで待つぜ」

「ありがたいけど、人手は足りてる」

「女だけだろ。またいつ揺れ出すかわからねえ、男手があったほうがいい」

四人は穏やかな表情を変えず、指先だけを腰の短刀に這《は》わせてゆく。

——やっぱり外れだ。菩薩《ぼさつ》を願うときほど餓鬼《がき》が来る。

親切めかしてはいるが汚い火事場泥棒だった。うしろの黒背広は仲間じゃない。リヤカーの荷台、火の粉除けの濡らした厚布《あつぬの》の下に何が載せられているかも察しがついた。だが、こっちには生まれたばかりの赤ん坊と、今まさにもう一人産み出そうとしている母親がいる。こいつらが何者だろうと今は静かに消えてもらうつもりでいた。

「構わず行って」百合はいった。「どうかご無事で」

四人の顔つきが変わりはじめた。優しく話すのに飽きたようだ。目の前の獲物にかぶりつきたくて、餓鬼の本性が腹の底から這い出てきたらしい。

「なあ、強情張らずに」しゃくれ顎が力を込めいった。「いうことは聞いたほうが――」

「逃げろ」リヤカーにもたれていた黒背広が叫んだ。「捕まるぞ」

四人が慌てて振り返る。しゃくれ顎が雷神、大男は般若《はんにゃ》、皺顔が坂田金時《さかたきんとき》、肥えた小男が唐獅子《からじし》――それぞれの背に描かれた彫物が、遠くで燃えさかる炎に鮮やかに照らし出された。

「黙れ」小男が殴った。だが黒背広は止めない。

「こいつらは君を売り飛ばす気だ。赤ん坊は置き去りにされる」

小男が胸ぐらを摑み、さらに二発、三発と殴る。

「早く逃げろ」黒背広の上着のボタンが飛び、はだけ、腰にきつく巻きつけられた細い鎖と二つの南京錠《なんきんじょう》が見えた。揺れる鎖の片端はリヤカーの鉄枠に何重にも絡みついている。黒背広は驢馬《ろば》のようにつながれていた。

しゃくれ顎の胸の真んなか、紐で吊るした神社守りと二つのスケルトン鍵が揺れている。南京錠を外すにはあれが要るらしい。

「何度いっても、この野郎はわからねえ」五発殴ったあとで小男が怒鳴った。「リヤカーは俺が引く。だから殺《や》らせろ」

残り三人は何もいわない。黒背広はうずくまったまま。赤ん坊の泣き声と妊婦の激しく息む声が聞こえる。小男が腰の長短刀に手をかけた。

「もういいよ」百合はいった。

気が変わった――

「盗った銭も物も持っていきな。けど、その男と荷台の娘《こ》たちは置いてってもらう」

「おめえも何いい出してんだ」皺顔がいった。

「面倒かけやがると、嬲《なぶ》って埋めるぞ」大男もいった。

「だから銭と物だけ持って早く消えろって」百合は両手をアイボリーのカーディガンに二度三度と擦《こす》りつけ、赤ん坊を取り上げた血を拭《ぬぐ》い取った。

「きのうからひでえもん見すぎて頭がいかれたか」しゃくれ顎がいい終わると、四人は揃って長短刀を抜いた。痛めつけ黙らせることに、それが無理なら殺すことに決めたらしい。

四本の刃《やいば》が鈍く光る。

「わかったよ」百合はいった。そして前に飛び出した——

一気に駆ける。どうするかはもう決めてある。頭を沈め大男に向かって走る。しゃくれ顎、皺顔、小男が長短刀を構えた。大男も両目を見開き長短刀を振り上げた。突っ走り、ぐんと距離が縮まり、大男が狙い定めて長短刀を振るった瞬間、百合は足を止めた。

大男の右腕は止まらない。真上から降ってくる長短刀の軌道を見つめながら百合は飛び退《の》いた。逃げる百合の体を刃先が追う。が、追いつけず顔の前で空を斬った。

百合はすかさず右に跳ねた。斬り損ねた一番無防備な瞬間の大男を狙う。大きく跳ねながら左手を伸ばし、大男の太い左手首を摑む。親の手にしがみついた子供が振り回されて遊ぶように、そのまま大きな半円を描いてうしろに回り込むと左腕をねじ上げた。左肩の関節が外れる音が鈍く響く。

大男が「ひっ」と声を上げる。だが、その顔は反対の右肩へ向けられた。見開いた大男の右目に、百合が背後から押しつけた黒い銃身が映る。

次の瞬間、バンと響いた。

銃口が火を吹き、彫物の描かれた大男の肌を、骨を、銃弾が貫《つらぬ》いてゆく。

百合が腰のうしろ、カーディガンの下に隠したフォルダーから抜いたＳ《スミス》＆Ｗ《ウエッソン》　Ｍ１９１７リヴォルバーだった。

撃ち抜かれた右肩から噴き出す血を、その場の全員がはっきりと見た。弾道を追うように血が細く長く伸び、大きく開き、散らばる。

赤い百合の花が咲き、一瞬で消えていった。

叫ぶ大男の脚を狙ってすぐまた引き金を引いた。右の膝裏から脛《すね》へと銃弾が抜け、地面に刺さる。大男の体から一気に力が抜けた。右手の長短刀を落とし、右足ががくんと折れ曲がる。百合は片手でうしろから大男の腰帯を摑み、仰向《あおむ》けに倒れてくる体を左肩で受け止めた。ずしりと重みがかかり、茶色のローヒールが土に沈む。

百合は大きな肉の盾を構えた。怯《おび》える大男。そんな仲間を見ながらしゃくれ顎は逆に口元を緩め、肥えた小男と皺顔は笑い出した。暗く赤い花弁を見せつけられ、やくざどもは気づいたようだ。

「百合だ」小男がいった。

「呼び捨てたあ失礼な。玉《たま》の井《い》の百合姐《ねえ》さん、お噂はお聞きしておりやす」皺顔もいった。

「人気者に会えて嬉しいぜ」しゃくれ顎も笑い、百合を見た。「あんたがどれだけ危ねえか、よく知ってるよ。だから容赦はしねえ。生け捕っても殺っても銭になる。嫌ってる連中も多いからな。俺たちの名にも箔《はく》がつく。見つけた踏み台は、しっかり昇らしてもらうぜ」

三人は長短刀を両手で握り、腰の脇で構えた。刃先を真っすぐに突き出し、三角を描いて百合を囲む。相打ち覚悟で突き殺すことに決めたらしい。大男が泣き出した。自分が捨て駒にされるのはわかっている。それが定石、怨《うら》みっこなし。だが死ぬ覚悟がつかず震えている。

三人は駆け出した。三本の長短刀が一点へと突き進む。

「浮かれすぎだよ」百合はいった——

引き金に触れた指先にかすかに力を込める。瞬時に撃鉄が起き上がり、回転弾倉に収められた薬《やっ》莢《きょう》の雷管を打った。轟音と火花を散らし飛び出す銃弾。

射出の反動で重量一キロを超える拳銃が、獰猛《どうもう》な生き物のように暴れる。それを百合の細い右腕がしなやかに揺れながら制し、従え、下僕《しもべ》を操るようにまた引き金を引いた。

二度の銃声とともに大男の二の腕と脇腹が焦げ、正面から突っ込んできた小男が地面に転がった。大男の脇下のわずかな隙間から狙った二発の銃弾が小男の両膝を貫いていた。が、しゃくれ顔と皺顔は駆ける足を止めない。

左右から二本の刃が迫る。百合は大男の帯から手を放すと、ぐんと膝を沈め、今度は真上に跳んだ。支えを失い仰向けに倒れてくる大男の右肩に左手を乗せ、高く大きく飛び越えた。

赤い夜空で瑠璃紺のワンピースの裾《すそ》が波打つ。細い指がまたも引き金を二度引き、撃鉄が二回下りた。飛ぶ百合を目で追うしゃくれ顎の脇腹、皺顔の右胸に銃弾がめり込み、血がはじける。

両足のローヒールが地面を踏むと同時に、百合はリヴォルバーの弾倉を開いた。焼けた薬莢を落とし、ワンピースのポケットから出した銃弾を装塡《そうてん》してゆく。そして警戒しながら倒れ呻《うめ》くしゃくれ顎に駆け寄った。右腕にもう一発撃ち込んで首を蹴る。「ごっ」と唸り、しゃくれ顎が気を失うと、長短刀を取り上げ、首からスケルトン鍵を引きちぎった。

腫《は》れ上がった顔で呆然《ぼうぜん》と見つめる黒背広に鍵を投げる。黒背広は慌てて摑み、腰の南京錠を外した。

百合は銃口を向けながら残りの男たちにも近づき、利き腕に撃ち込むと、泣いていた大男もあわせ全員を気絶させた。四人の着物を細く裂き、射創《しゃそう》と手足をきつく縛り上げてゆく。

黒背広の男と一瞬目が合った。今起きたことが、災厄の夜の奇跡なのか悪夢なのかわからない——そんな顔で見ている。

縛り終えると、すぐに妊婦が息み続けている大看板の裏に戻った。

「出ました」奈加の右手が赤ん坊の頭を受け止める。

母親が最後の力を振り絞り、激しく息んだ。びしゃりと羊水がはじけ、ぬるりと体が飛び出し、それを奈加が抱き上げる。羊膜《ようまく》を剝《は》がすとすぐに泣き声を上げた。二人目も女。

「ほんとうだ、もっと幸せになれた」母親が息を切らし涙を流しながら笑った。

奈加も笑ったが、両腕に双子を抱きながら疲れた顔で百合を見上げた。

「どんな具合ですか」

「四人とも寝かせた、あと少しで終わるよ」

「代わっていただきたかったですよ」

「うまくできたじゃない」

「男四人を片づけるほうが楽です」

看板裏から立ち上がり、空の様子を見る。遠くに見えていた炎が近く大きくなっている。急がないと。リヤカーへ駆け戻ると黒背広が荷台の布を外していた。麻袋が三つと、気を失い縛られた四人の娘たちが載せられている。

「この子たちどこで」百合は訊いた。

「あちこちで上等なのを選んで攫《さら》ってきたらしい。手慣れていたから常習犯だろう。スポコラミンを無理やり飲ませて譫妄《せんもう》にしたあと、瓶の中身を嗅《か》がせて眠らせていたよ。ひどい臭いだったから、たぶんエーテルだ」

「詳しいね」

「元海軍でね。昔、兵学校で覚えさせられた」

「まだ起こさないで」目を閉じたままの娘たちを見ながらいった。

「ああ、そのほうが運びやすい」黒背広は盗品の詰まった麻袋だけを荷台から下ろした。

「それでさ、まだ体が動くなら頼みがあるんだけど」

何を頼みたいのか黒背広にもわかったらしい。腫れ上がった顔の目つきが変わった。

「こいつらは助けてくれと泣きながら頼む連中を置き去りにしてきたんだ。同じように――」

そこで口を止めた。置き去りにして焼き殺してしまえとまではいわなかった。

「それでも手伝ってほしいんだ。悪いね」

黒背広は目を逸《そ》らし、黙ったまま頷いた。命の恩人の頼みを聞き入れてくれたらしい。

二人で周りを見渡す。家財を積んだ大八車《だいはちぐるま》が横倒しになっていた。他にも路上には柳行李《やなぎごうり》や鏡台や、運びきれずに棄てられた家具が散らばっている。大八車に気を失った四人の男を載せた。少し前まで黒背広を縛っていた鎖でくくりつける。うつ伏せにされた四人の背に彫られた雷神、般若、坂田金時、唐獅子が負け惜しみのようにこちらを睨《にら》みつけている。

百合はすぐに出発した。向かうのは、遠く瓦礫の先に見えている神木の森と権現造《ごんげんづくり》の屋根。燃えずに残っている向島の三囲《みめぐり》神社だった。うしろを見ると低い山脈のように炎が地平線を遮っている。火の粉の雨は降らなくなったが、吹きつける風はさらに熱くなっていた。

二人の赤ん坊を抱いた百合を先頭に、大八車とリヤカーの奇妙なキャラバンは進んでゆく。すべてが壊れ失われてしまった光景のなかで、ただ一つ、生まれたばかりの子供たちの泣き声だけが、はじまりを感じさせてくれた。


きのうの昼。

大正十二（１９２３）年九月一日、午前十一時五十分。大地震の起きる直前、百合は玉の井にある自分の店にいた。

新橋のバス会社から浅草《あさくさ》の天ぷら屋に招待され、出かけるところだった。東洋初の定期観光バスを東京に三路線走らせることが決定し、立ち寄り先の一つに玉の井を入れたいという。玉の井は娼家《しょうか》が並ぶ町として知られている。

ここを行程に組み込み、男性客を呼ぶ目玉にしたいそうだ。昼に上野を出発し、浅草寺《せんそうじ》、柴又帝釈天《しばまたたいしゃくてん》と回り、夕方から玉の井で遊んで、夜にはまた上野に引き返すという計画だが、百合はきっぱり断るつもりでいた。

茶色のローヒールを履き、店のドアを開けた。そこで地面が激しく揺れ出した。

家事を任せている奈加と一緒に火の元を確かめ、店で働く女たちを近くの長浦《ながうら》神社の境内へと走らせた。それから金庫を開き、銃弾をポケットに詰め、銃一挺をカーディガンの下に隠すと、逃げ遅れた者はいないか玉の井の町を回った。何人かを隅田川近くの白鬚《しらひげ》神社に運び、最後に予定より四日も早く陣痛がはじまり、細い路地で動けなくなっていた顔見知りの酒屋の娘を見つけた。嫁に行ったが出産のため実家に戻っていたという。百合と奈加は妊婦も白鬚神社へ運ぼうとした。が、熱い炎の壁に阻まれた。東風に煽《あお》られる炎を避け、西へ西へと進み、あの落ちた大看板の下で、陣痛がひどくなり一歩も進めなくなった。

三十人くらいは救えたけれど、何も変わらないように百合には思えた。

――きっと何千と死んだに違いない。

百合たちは三囲神社の鳥居《とりい》をくぐった。

やくざ四人は鳶《とび》や消防団員が作った自警団に引き渡した。他にも窃盗や誘拐未遂で捕まった連中が神楽殿《かぐらでん》下の物置に監禁されているという。境内は人で埋め尽くされていた。皆の顔に深い疲れと不安が浮かんでいる。今はまだ遠いが、ここにも地震の作り出した大火がじりじりと近づいていた。

リヤカーで運ばれた娘たちも目を覚ました。はじめはぼんやりしていたが、意識を取り戻し状況を理解すると、どの娘も震え、大声で泣いた。双子の赤ん坊と母親は杉の大樹の下に落ちついた。避難していた婆《ばあ》さんたちが湯で体を洗い、古い着物で包《くる》んでくれた。今、赤ん坊たちは母親の両脇に抱えられ乳を飲んでいる。

「奈加さん、タバコある」百合は訊いた。

奈加が朝日と銘柄が書かれたタバコと、ランブル—Rumble—とロゴが入った薄いマッチ箱を差し出した。

「百合さんもお休みになってくださいね」奈加がいった。

「一服したら休むよ」百合は振り返り、境内を眺めた。

粥《かゆ》の炊き出しがはじまり、皆が並んでいる。百合はタバコを吹かせる場所を探して歩いた。

本殿の裏手へ行くと草に覆われた急な斜面が見えてきた。この土手を登ると向こうは隅田川。少し離れた長命寺《ちょうめいじ》の脇で名物の桜餅《さくらもち》を買い、包み片手に何度もこのあたりを歩いている。

駆け登ると景色は一変していた。川に架かっているはずの白鬚橋《しらひげばし》がない。吾妻橋《あづまばし》もない。しかも、わずかに残る橋脚の近くには死体が打ち寄せている。向こう岸では、浅草の空に突き出ているはずの凌雲閣《りょううんかく》（十二階塔）が折れていた。

東京が消えていた。燃えさかる赤と燃え尽きた黒。その二色だけがどこまでも続いている。

遠く西のほうで爆音が響いた。宮城《きゅうじょう》（皇居）の先、赤坂あたりに二本の火柱が立ち、ゆっくりと曲がり、砕け、消えてゆく。どこかの燃料貯蔵庫に引火したらしい。南のほうでは本所《ほんじょ》一帯が激しい炎に覆われ光って見える。

百合はタバコをくわえると、マッチを擦った。湿った風が吹きつけ、吐いた煙をかき消してゆく。黒髪が、血で赤黒くなったカーディガンがなびく。

――死んだのは何千じゃない、何万だ。

うしろのほうで誰かが土手を登ってきたようだ。振り返ると黒背広の男だった。吹く風がタバコの煙を押し流し、近づいてきた黒背広にまとわりつく。

とたんに男は顔色を変え、前かがみになり息を荒らげた。煙にむせたのとは様子が違う。

「だいじょうぶ?」

「ああ」男は涙目でいった。

「休んだほうがいいよ」

「本当にだいじょうぶだ。一言いっておきたかったんだ。銃も含め、さっき見たことは誰にもいわない。この先、私から尋ねることもない」

百合は小さく頷いた。

「私は」黒背広は名乗ろうとした。

「元海軍の弁護士、でしょ」

「見ればわかるか」

黒背広は若い弁護士のユニフォームだった。出廷時に身につける刺繍《ししゅう》入りの法服を包んだ風呂敷を片手に、連中は夏も冬もこの黒ずくめで町を歩く。

「妙な職歴だね」

「よくいわれる」

黒い上着の内ポケットから折れ曲がった名刺を出した。岩見良明《いわみよしあき》と刷り込まれている。

「もし今夜のことで面倒に巻き込まれたら知らせてくれ。少しは力になれると思う。事務所は牛込区《うしごめ》の加賀町《かがちょう》、共同だが電話もある」

「ありがとう。でも、あいつらやくざだもの。女に撃たれて捕まったなんて、口が裂けたっていいや

しない」

「確かにそうだ」岩見の表情がようやく少し緩んだ。

「私は」百合も名乗ろうとした。

「玉の井の百合姐さん、だろ」

「聞こえてたの？」

岩見も小さく頷いた。

「とりあえず顔洗って腫れを冷やして、それから少し座ったら」

「そうしたいけれど、もう行くよ」

「行くってどこに？　東京中が崩れて焼けて、行くとこなんてありゃしない」

「友人を探しにいく。海軍時代の後輩でね。きのう訪ねる約束だったんだ」

「もう逃げてるよ」

「そうだといいが。遠くにはいっていないはずだ。大戦中に両脚の膝から下をなくしてる」

「友達の家は？」

「本所だよ。どのあたりだい？」

光るように一面が燃えている南の方角を百合は指さした。岩見はしばらく眺めた。炎が大きく波打ち輝く海のように見える。

東の空も強く光りはじめた。二人とも新たに燃え上がった炎だと思ったが、違った。黒煙の奥から昇ってきた太陽だった。

岩見が土手を降りてゆく。大地震から一夜明けても東京は燃え続けていた。

一章　隔離の季節

曇り空の下、秩父《ちちぶ》駅から続く道を四人家族が歩いていく。うしろには鞄や風呂敷包みを載せた大八車を引く車夫が続く。沿道には三又《みつまた》、桃、木蓮《もくれん》が咲き、近くまで迫った山の裾野《すその》も若い緑に覆われている。

十三歳の慎太《しんた》と十一歳の喬太《きょうた》は景色を不安げに見ていた。色違いの長袖シャツとズボンと揃いの茶色い靴。風が吹くと肌寒い。ベージュの帽子とワンピースを風に揺らしている母も不機嫌な顔で黙っている。ツイードのジャケットを着た父だけが車夫に話しかけていた。

「あっちと違って火事も死人も出なかったもんで」車夫が遠慮がちに半年前を振り返った。

東京から六十八キロメートル離れたこの埼玉県秩父町では、震災は早くも新聞のなかだけの出来事になりかけているという。町の住人とも何回かすれ違ったが、洋服を着た一家を仮装行列でも見るように眺めた。

道沿いの藁葺《わらぶ》き屋根が途切れるあたり、なだらかな丘に沿って洋風二階建ての文化住宅が点在しているのが見えてきた。成金趣味の成れの果て――慎太にもすぐにわかった。世界大戦の軍需による好景気のなか、東京近郊の金持ちを狙い、新たに開発をはじめた別荘地だった。が、終戦直後の急激な景気低迷ですぐに頓挫《とんざ》したという。

新たな家の白い門の前で大八車が停まった。楠緒《なお》と季代《きよ》という女中たちが一家を懐かしい笑顔と涙とともに出迎える。震災後の混乱で一時暇を出していた二人を、ここではじまる暮らしのため、父が改めて雇い入れていた。

門柱の表札には松本《まつもと》とまったく無縁の名が書かれているが、これでいいらしい。

父は「戸籍を買った」といった。この家で暮らすのは兄弟と母、それに女中たちの五人。姉のはつ子は東京にある女子医専の寄宿舎にいる。父も明日には東京に戻ることになっている。けれど、父がどこで暮らすのか詳しい場所は教えてくれない。しかも、慎太は松本祥一郎《しょういちろう》、喬太は圭次郎《けいじろう》を名乗るよう厳しくいわれている。他人から転居の理由を尋ねられたときも、「ぜんそくの療養のため」とうそをつくよう何度も練習させられた。

靴を脱ぎ玄関を上がると父と母は口論をはじめた。

「やっぱり嫌です」母がいっている。そのせいで真新しい家具が置かれた洋風の広い居間はとても居心地が悪い。母が涙声になると、父は兄弟に二階にある自分たちの部屋を見てくるようにいった。

二人で階段を駆け上がってゆく。

「気をつけなさい」父は兄の慎太にだけいった。

慎太と喬太の部屋は襖《ふすま》で仕切られた広い二間続きだった。畳敷きの和室なのに、窓の外には鉄格子《てつごうし》に囲まれた洋風ベランダがついている。

遠くに見える武甲山《ぶこうさん》の緑を眺めることもなく、二人は居間以外の家のなかを見て回った。台所には薪《まき》オーブンとコンロがあり、便所は水洗で風呂場にシャワーまでついていたが、壁の塗装には所々に小さな剝《は》げがある。床を強く踏むと薄い音がした。

広い屋根裏を這いずり回り、廊下の端から端まで駆け、踊り場のある階段の手摺《てす》りも二度三度と滑り降りた。

「不慣れな新しいお家です。気をつけてくださいな」父と同じく楠緒と季代も慎太にだけいった。それが気に入らなくて、わざと大きな音を立て駆け回ってみせた。

慎太は左脚が不自由だった。一歳になったころ、歩き方が不自然だと父が気づき、医者に見せると関節に障害があることがわかった。慎太自身は他人よりちょっと膝の動きが鈍い程度だと思っている。それでも早歩きをすると左脚が遅れはじめ、走ると引きずってしまう。小学校の同じ組の生徒たちが陰で「コンパス」と呼んでいたのも知っている。

家の探索にも飽きると、喬太は台所で荷物を解いている女中たちを手伝いはじめた。慎太は手伝わなかった。脚のことをいわれ、ふてくされたのもあったけれど、それ以上にコップや陶器を包んでいる新聞紙を見たくなかった。

『大震災さなか誘拐被害の少女、保護さる』『米国より緊急輸入せし乗合バス第一便到着』『帝都市電、六割が復旧』『名称は蔵前橋《くらまえばし》。隅田川の鉄芯コンクリート製新橋九月着工』

東京は驚くほどの早さで元の姿を取り戻している。慎太はそれを素直に喜べない。離れてみて、どれほどあの町が好きだったかを思い知った。心を寄せる人が、美しく変わりながらも遠く離れていくようで、記事を眺めるのは切なかった。

一人部屋に戻って広がる山々を眺めた。濃淡《のうたん》入り交じった鮮やかな緑が広がっているが、心は落ち着かない。鳥が鳴き、まだカーテンのついていない窓からは風が吹き込んでくる。

震災とは切り離されたこの静かな町に理由もわからないまま腹が立った。夕食の時間になり呼ばれるまで一人緑を見つめながら焦《じ》れていた。

食事中も父と母は小声で言い争っていた。

慎太と喬太は食べ終えるとすぐに風呂に入り、そのあと楠緒と季代と四人でトランプ遊びをして、二間続きの自分たちの部屋の真んなかに布団を並べて敷いた。

布団に入ると慎太はいつものように雑誌『科学画報』を開き、ラジオや無線機の記事を読んだ。喬太も『少年倶楽部』に載っている探偵小説を読み、次に『日米近未来大戦』という空想小説本を開いた。

ページをめくる手が遅くなり眠くなってきた。灯《あか》りを消す。新しい家でのはじめての夜。慎太は暗い天井を見上げた。生まれ育った東京の家のことが、また頭に浮かんでくる――

本郷《ほんごう》区駒込片町《こまごめかたまち》、三菱財閥が分譲した住宅地大和郷《やまとむら》に慎太と喬太の家はあった。家族は六人。父と母、姉、慎太と喬太、それに祖母。父は神田小川町《かんだおがわまち》で信託会社を経営していた。広い庭のある家には来客が絶えず、四人の女中を雇い、裕福だった。だが、周囲にはもっと裕福で血筋のよい家族が暮らし、二人は自分たちがどれだけ恵まれているか気づかずに育った。幸せそうに見えるだけで、家のなかはいつも波立っていた。

慎太たちきょうだいは三人とも母が違う。父の細見欣也《ほそみきんや》がはじめに結婚した人は、姉のはつ子を産んで二年後に肺結核《はいけっかく》で亡くなったという。

その後、父は再婚して慎太が生まれた。が、母は追い出された。慎太は実の母の顔を覚えていない。写真も残っていない。知っているのは名前だけ。離縁も小学五年のとき親戚から偶然聞かされ、それまでは自分の母も病死したのだと思い込んでいた。「君にはあの女から継いだ歩き巫女《みこ》の血が流れている」ともいわれた。どういう意味か祖母に訊くと激怒し、その親戚との縁を断ってしまった。どうやら父と母は入籍もしていなかったらしい。

よく祖母は慎太の不自由な左脚を憐《あわ》れんでこういった。

「お前は何も悪くないよ。あの女の汚れた血が全部悪いんだから」

慎太が二歳になる少し前、父は今の母と結婚し、盛大な披露宴を開いた。にぎやかな様子を、まるで父の子ではないかのように、女中の楠緒に抱かれながら離れて見ていたのを覚えている。

その十ヵ月後、新しい母は弟の喬太を産んだ。

姉も慎太も喬太は大好きだけれど母は大嫌いだった。頭が悪いのに偉そうなことばかりいい、容姿にうぬぼれ、今どき「実家は男爵《だんしゃく》の称号を持っております」と誇るその女を見下していた。母のほうも喬太のことは溺愛《できあい》していたが、それ以外は家のすべてのことに無関心だった。姉と慎太は祖母に、喬太は母に育てられた。

同じ家のなかにいる他人――実の母の記憶がない慎太にとって、母親とはそんなものだった。母と祖母が話しているのも慎太は見たことがない。姉は母に好き勝手させている父にも腹を立てていた。背を向け合う家族を、喬太の素直さと優しさがどうにかつなげていた。

だが、去年の八月にすべてが変わった。

家事と家計を取り仕切っていた祖母が突然倒れ、その日のうちに息を引き取った。医者は心疾患《しんしっかん》といったが、悲しむ余裕もないまま通夜《つや》、葬儀、初七日と慌ただしく続き、ようやく一通りを終えた九月一日の昼、あの地震が起きた。

黒煙と炎に包まれ、瓦礫《がれき》に埋まる東京を家族五人で逃げた。父にいわれるまま荒川《あらかわ》の岸辺まで行くと陸軍が待っていた。避難していた大勢のなかから、慎太たちの家族だけが陸軍の船で川を渡り、さらに陸軍のトラックに乗り栃木県の那須《なす》まで延々と走った。どうしてそんなことができたのかわからなかったけれど、そのときは父をたまらなく頼もしく思った。

那須で十日過ごし、祖母の納骨の準備と谷中《やなか》の墓の様子を見るため、父だけが一度東京に戻った。しかし、その日から父の様子がおかしくなった。

駒込片町には帰らず、家族で東京周辺の旅館や借家を転々とする生活がはじまった。姉のはつ子は通っていた水道橋《すいどうばし》の女子医専を休学させられ、慎太と喬太は短い間に二度転校し、年が明けると学校に通うことさえ止められた。

そして今度は秩父で暮らせという。

理由は教えてくれない。優しかった父は短気になり、従わないと怒鳴り、説明もなく手を上げるようになっていた。父がひどい面倒に巻き込まれてしまったのだろうと、姉も慎太も喬太も気づいていた。それはきっと悪いことで犯罪まがいのことなのだろう。でも、詳しく訊こうとすれば叩かれる。

姉だけは反抗した。父は何度も殴り従わせようとしたが、姉は自分の意志を曲げなかった。勝手に女子医専に復学し、医専指定の寄宿舎に入る手配もしていた。自分の貯金と、万一のときにと祖母から内緒で託されていた金で学費を払うという。

千葉の船橋《ふなばし》にある借家から姉が頬を腫《は》らしながら出てゆくとき、父はその背に向かって「死にたいのか」と何度かつぶやいた。慎太も喬太も、母にも父の言葉は聞こえていたが、誰もその意味を訊こうとはしなかった。

その日の真夜中、ふいに眠りから起こされた慎太と喬太は、父に連れられ床下から借家を出た。他人の家の庭を何軒分も通り抜けたあと、どこかもわからぬ路地で待っていた力車《りきしゃ》に乗り、さらに小さな川舟と列車を乗り継いで、この村まで連れてこられた――


嫌な記憶ばかりが闇に混ざり、溶けてゆく。慣れない部屋の真新しい布団《ふとん》のなか、慎太は心地のよくない眠りに落ちていった。

翌朝、一階の居間へ降りてゆくと、身支度を整えた父と母が並んでいた。

母も一緒に戻ることになったと父はいった。

「ごめんなさい」母は何度もいったが、自分たちより東京を選んだ理由も、なぜ子供の自分たちだけが戻れないのかも話してはくれない。父は慎太と喬太を抱きしめた。母はすぐに迎えに来るからと喬太だけを強く抱きしめた。

慎太は黙ったままふてくされ、思っていた通りになったと感じていた。涙ぐんでいる喬太も同じ気持ちなのがわかる。玄関を出てゆく父と母を二人は一言も話さないまま見送った。

朝食に少しだけ手をつけ、しばらく黙ったまま食卓に座り続けたあと、二人は家を出た。

あの新しい家は殺風景で、どうにも気詰まりになる。こちらの新しい学校への初登校までにも数日ある。ようやくまた学校に通えるけれど、それは自分たちではなく松本祥一郎、圭次郎というまったくの他人としてだった。

二人は自転車を乗り回し、秩父の山道を登り降りしながら近隣を探索した。父と母に置いていかれた悔しさを振り切るように走り続けた。

地元の子供たちも見かけたが近づかなかった。二人だけで冷たい川に足を浸け、岩場で滑って肘《ひじ》を擦《す》り剝《む》いた。誰にも叱《しか》られることなく膝が震えるほど高い木のてっぺんまで登り、風に吹かれた。

それでも夜、家に戻ると寂しかった。けれど、寂しがっても父も母も、東京での暮らしも戻ってこない。だから家のなかでも走り回って思い切り遊び、くたくたになってぐっすり眠った。


毎日痣《あざ》を作り、血を流すような遊びを続けて三日目。

人通りのない町外れの道で一人の男と出会った。髪と髭に白髪が混じり、着物の裾をたくし上げ、足には草履《ぞうり》。そして左手首から先がなかった。

慎太と喬太は自転車にまたがったまま離れて見ていた。男の連れている柴犬のような一匹が気になり、どうしても目が離せなかった。茶褐色《ちゃかっしょく》で耳をぴんと立て、紐につながれながら三十メートルほど歩くと休み、はあはあと舌を出している。年老いているらしい。

見ていると男が左腕を上げ、振った。「来い」という合図らしい。手首のない腕には二本の大きな縫《ぬ》い跡がある。

二人は自転車を草に寝かせ、ゆっくりと近づいた。男も老いた一匹を抱き、近づいてくる。

「こいつを撫《な》でてやってくれ」男がいった。

喬太が頭を優しく撫でた。慎太は一歩下がって黙って見ていた。

「犬が好きなのか」男が訊いた。

「好きだけど」喬太がいった。「でも、こいつは犬じゃない」

慎太も頷いた。二人とも一目で気づいた。だから驚き、惹《ひ》きつけられていた。

「わかるのか」

「体は大きいのに犬よりずっと胴が詰まってる、目つきもぜんぜん違う。御眷属様《ごけんぞくさま》だ」

「たいしたもんだ。このあたりの連中でも気づかないのに。昔、秩父にいたのとは耳の立ち方や尻の丸みが違うらしい。それに、皆、人に飼われているはずがないと思い込んでいる」

畑を荒らす鹿や猪《いのしし》を狩り、山火事を遠吠《とおぼ》えで知らせてくれる狼《おおかみ》を、秩父では神の遣いである御眷属として崇《あが》めている。来たくなかった秩父に対して、慎太と喬太が期待していた数少ない一つが狼だった。日本で狼の絶滅が宣言されて以降も、ここでは姿を見た、吠える声を聞いたという者が数年おきに出ている。

「こいつは日本狼だよ。ただし台湾《たいわん》生まれだがな」

「やっぱり」喬太の声が弾《はず》んだ。慎太も興奮した。

「前にも見たことがあるのか？」

「あります。人にいったら笑われたけど」喬太は老いた雌《めす》狼の頭を何度も撫でた。

「どこで見たんだ」男が慎太に訊いた。

慎太はすぐにこたえなかった。狼に出会えたのは嬉しいけれど、見知らぬ相手に必要以上に自分たちを知られるのは嫌だった。

「慎重の度が過ぎると、人生がひどく窮屈になるぞ」見透かしたように男がいう。

よけい口を開くのが悔しくなって慎太は黙っている。

「岐阜《ぎふ》の烏帽子岳《えぼしだけ》で見ました」代わりに喬太がこたえた。「ハイキングをしていたとき、はぐれたんです。そうしたら狼が出てきて、山道の方向を教えてくれた」

慎太もはっきり覚えている。

慎太の不自由な左脚を鍛えるために、父はよく兄弟を連れ山歩きにでかけた。あの日は遠方への旅行で浮かれていて、気候も景色もよく、調子に乗って先に進んで——父と地元の案内役の姿を見失った。けもの道からも外れ、ひどく心細くなった二人の前に、狼はふっと現れた。それは深い木立の奥から湧いて出たようだった。この先へは踏み入るなといっているように立ちはだかり、首を大きく右に振った。すくんで動けなかった慎太は「こちらに行け」と語りかけられたように感じた。喬太も似たような声を頭のなかで聞いていた。二人揃って「ありがとうございます」と震える声でいうと、狼は二人を見据えながら、また木立のなかに溶けるように消えていった。

興奮と緊張に包まれながら狼に示された通りに進んでゆくと、すぐに険しい顔で二人を探していた父と案内役に出会った。

「いい経験をしたな」男は優しい目で頷きながらいった。

「こいつの名は何ですか」喬太が訊いた。

「ルパだよ」

ルパは喬太の指を舐《な》め、喬太もルパの体を撫で続けた。慎太も我慢できずに体を撫でた。ルパが喬太と慎太の体にじゃれつく。喬太もはしゃいでいる。震災からずっと消えていた無邪気な笑顔が弟に戻ったのを見ると、慎太も素直に嬉しかった。

「見慣れぬ顔だが、どこから来たんだ」

「東京です」

「こっちに親類でもあるのか。それとも観光か」

「いえ、引っ越してきました」

男は少し考え、喬太の腕のなかのルパを見た。「よかったら、二人で何度かこいつの散歩につきあってくれないか」

「相性を見るんですね」喬太がもっと笑顔になった。

「ああ。こいつは厳しく人を見るんだ。気に入らなければ触れさせもしないが、二人のことは気に入ったらしい。様子を見て、互いに気性が合うなら、小遣いを出すからその先も散歩を続けてくれ。最近じゃ、歳のせいでこいつと歩くのも辛《つら》くてな」

男が慎太を見た。返事を待っている。

喬太にも懇願《こんがん》するような目で見られ、慎太は迷いながらも首を縦に振った。

顔をくしゃくしゃにして喬太は喜びながら、またルパを撫でた。ルパも撫でられながらまた目を細め、尾を揺らした。


翌日からルパと散歩に出るようになった。

飼い主の左手のない男の名は筒井国松《つついくにまつ》。二人の家から自転車で十五分ほどの町外れに一人で暮らしていた。昔は陸軍にいたという。恩給暮らしなのか仕事はしていない。他人とのつきあいもないらしい。買い物に行けば挨拶程度に言葉を交わしているが、それだけだった。煩《わずら》わしい関わりをさりげなく、だが、すっぱりと断ち切っているように慎太には見えた。

狼のルパだけがいつも国松の近くにいた。ルパは昼は広い庭で過ごし、夜は土間でうずくまっていた。小便も糞《くそ》も決まったところで済ませ、無駄に吠えることもない。しっかりとしつけられ、利口だった。二回、三回と散歩を重ねるごとに二人はルパを好きになり、ルパも二人を好きになったようだった。ルパ（Lupa）とはラテン語で雌狼の意味だということも国松から教わった。

出会いから三日目、いつまでも名前を訊こうとしない国松に、二人は自分たちから名乗った。ただし口にしたのは松本祥一郎と圭次郎。名前をいわずにいるのがどうにも心苦しかったのに、いったあとはもっと寂しく苦しくなった。

「いくら払えばいい？」

四日目に散歩から戻ると国松が訊いた。

「小遣いはいりません」慎太はいった。「代わりに散歩以外でも、よかったら弟をルパに会わせてやってください」

「あいつも喜ぶだろう。ただ、毎日遅くまでどこで遊んでいるか親は心配していないか」

「一緒に住んでいないから」喬太が庭先でルパとじゃれ合いながらいった。慎太は「父も母も東京にいます」と言葉を足した。

国松はそれ以上訊かず、「なら、好きなだけ遊びにこい」というと、縁側に座り甘茶を淹《い》れはじめた。右手と、手首から先のない左腕を器用に使い、茶筒を開け、鉄瓶《てつびん》から急須《きゅうす》へ湯を注いでいる。

慎太は横に座った。国松への警戒心は消えていないが、それでも無理に壁を作るような気持ちは消えかけている。

「気になるか」国松がいった。

慎太は背中をきゅっとつねられたような感じがして、慌てて首を横に振った。知らないうちに国松の手首のない左腕を見ていたらしい。

「それなら逆に俺から訊いてもいいか」

慎太は落ち着かないまま頷いた。

「その脚、いつから悪い？」

「生まれつきです」すぐにいった。「でも、何の不自由もありません」きっぱりとした口調がかえって胸に渦巻く思いを際立たせた。

「だったら変に気遣う必要もないな」国松が甘茶の入った湯飲みを差し出す。

一口飲んで慎太はいった。「やっぱり僕も訊かせてください。その左手、戦傷ですか事故ですか」

「昔、中国にいたころ襲われたんだ」

予想していなかった答えだったが、それでも慎太は続けた。

「誰に？」

「それを教えるにはまだ早いよ」

「互いにもっと知り合ってから、ですか」

「ああ、自分の恥や後悔を話すのはそれからだ」

国松は笑い、慎太も少しだけ笑った。

「国松さん、生まれは東京ですよね」

「わかるか」

「このあたりの人のような訛《なま》りがないし、僕らと同じ匂いがする」

「赤羽《あかばね》で生まれて退役まで暮らしていたが、そんな匂いは俺にはもう嗅ぎ分けられなくなったよ」

「でも、ルパは台湾で生まれたんですよね」

「退役後に商社に勤め、台湾にいた時分に自分用の猟犬を探したんだ。そのとき生まれたばかりのあいつを譲り受けた。明治のはじめに日本人が持ち込んだ日本狼の末裔で、最後の純血種のつがいから生まれた一匹だそうだ。台湾からはじまってアユタヤ、寧波《ニンポー》、大連《だいれん》、南京《ナンキン》と思いもかけず長く一緒に暮らして、もう十四年になる」

「海外を巡ってたのか。いいな」

「外地に憧れているのなら商社員か航海士にでもなればいい」

「僕は電波で巡りたいんです」

「通信技師になりたいのか」

　慎太は頷いた。「はい」と声に出すのは気恥ずかしかった。

「これからは科学技術の時代だ、それもいいかもしれんな。俺はあちこち巡ってるうちに親も縁者もなくして、気づけばあいつだけになっちまった」

「ルパはつがいになったことはないんですか」

「外地で大陸狼や交雑種と何度か引き合わせたが、雄《おす》が尾のうしろにつくことを許さなかった。純血種以外産む気はないといわれているようだったよ。だから仲間が残っている可能性が少しでもあるところを探したんだ」

「それで秩父に」

「七年前に日本に戻ると移ってきた。あいつはずっと一匹だったからな。山に何度も放したんだが、残念ながら孕《はら》まなかった。仲間にも会えないまま、もう母親になるのも無理な歳になっちまった」

　会話が一度途切れ、それから慎太はつぶやくようにいった。

「ここは楽しいですか」

「今はまあ悪くはない。はじめは他所者《よそもの》と避けられたりもしたがな」

「僕は早く東京に帰りたい」

「慣れればいいところも見えてくるさ。きっかけは必要だろうが。俺たちも越して一年ほどして鹿の駆除を手伝ってからは住み心地がよくなった」

「山狩りですか」

「ああ。やたらと図体がでかくて気性の荒い牡鹿が出て、このあたりを荒し回ったんだ。六人が怪我させられ、熊撃ちの名手も呼ばれたが、逆に角で殺されかけたらしい。銃に慣れた者を探していると俺も引っ張り出されてな」

国松は冷めた甘茶を古い椀に注いだ。ルパが駆け寄り、嬉しそうに舐めている。

「どうやって退治したんですか」喬太が横から話に入ってきた。

「ルパが上手に追い込んでくれたから、山に入って三日目には倒せた。それだけだよ」

「でかいって、どれくらい？」喬太がまた訊いた。

「役場の出張所に頭の剝製《はくせい》が飾ってある」


その日の帰り。二人は出張所を探したが、あちこち迷い、見つけたときにはもう閉まっていた。

次の朝、また出張所に行った。

業務がはじまると同時に入った。広くはないのに、剝製がどこにあるかわからずうろうろしたあと、便所と印刷室に通じる吹き抜け通路の薄暗い壁にそれを見つけた。気持ち悪いほどに大きい。左右に伸びた角の幅は、大人二人が並んで両手を広げているよりも大きく感じた。だが、慎太と喬太が期待していた勇壮さや王のような尊厳は微塵《みじん》もない。ガラスの目玉が感じさせるように、知恵も心もない、ただ図体が大きいだけの不気味な死骸《しがい》に思えた。

不快な顔で見上げている慎太と喬太に、職員が「何か用かね」と声をかけてきた。こたえる代わりに二人は駆け出していた。逃げる必要はないのに自転車で慌てて逃げた。

走っている間、剝製の乾いて艶《つや》をなくした大きな鼻、半開きの唇から覗いていた汚れた歯茎《はぐき》、ざらついて今にも臭いそうだった舌が次々と頭に浮かんだ。

その翌日から二人の新学期がはじまった。


小学六年となった喬太は女中の楠緒と季代に付き添われ、中学二年になった慎太は一人で、それぞれ初登校した。

慎太は担任に連れられ教室に入ると、自己紹介し、授業を受け、皆に遠目に見られながら一人で弁当を食べた。そのまま生徒たちとは一度も話す機会がなく放課後になった。

どんな学校かはまだわからないが、生徒の誰もが中学に通っていることに強い選民意識を感じているようだった。授業で質問に答えられない生徒を教師は厳しく叱り、生徒も答えられないことを恥じていた。自分たちは庶民より上にいるという誇りが、これまで通ったどの学校より濃厚に伝わってくる。それでも授業は理解できた。中一の三学期は一度も登校できず不安だったけれど、どの教科も遅れてはいない。数学の微分や英語の文法では、内容が簡単すぎて退屈にさえ感じた。ただ、真新しい教科書や帳面に松本祥一郎とうその名前を書き込むたび、寂しさを通り越して腹立たしい気持ちになった。

家に帰ってから喬太に小学校の様子を訊くと、「まだわからない」といった。喬太も生徒たちとは話していないらしい。

二日目。

昼、慎太がまた一人で弁当を食べていると、教室に快活そうな三年生が入ってきた。詰め襟《えり》の前を開け、シャツのボタンも胸元を見せるように外している。

通過儀礼の時間。父のせいで短い間に二度の転校をさせられた慎太はすぐに気づいた。卑屈なふりをして下を向いていれば、すぐに終わる――そう自分にいい聞かせる。

「今日も豪勢だな」三年生は慎太の机の前に立っていった。どういう意味かわからない。「弁当に卵焼きが入っとる。きのうも入っとったそうだが、おまえの家では毎日食うのか」

下らなくてうんざりした。訛りを無理に消して東京の軍人のように話す口調も気に入らなかった。それでも取り繕って笑い、「女中」と口から出そうになるのを押し込み、言葉をすり替えた。

「母が無理をしたんです。秩父は養蚕《ようさん》で有名で、織物工業でも潤《うるお》っているから皆いいものを食べているに違いない。みすぼらしい弁当を持っていっては笑われると」

「東京者の侘《わび》しい見栄《みえ》か」三年生は声を上げて笑った。「普段はたいしたものを食ってないんだな。体が細いわけだ。喘息《ぜんそく》持ちで脚も悪いそうだが、東京では何か運動をやっていなかったのか」

「運動はやりません」

「じゃ、何をやる。女々《めめ》しく文芸でもするのか」

「ラジオの研究をします」

「下らぬうそをつくな」

「うそではありません。今はまだ完成には遠いですが、研究を続け、いつか必ず僕一人で完成させます。モールス信号機ならもう造ったことがあります」

「造った信号機はどこにある」

「震災で潰れてしまいました」

「うそを天災でごまかしやがって。卑怯者が」

「本当に造ったし、ラジオだって必ず造ってみせます」大好きなラジオで卑怯者扱いされ、むきになった。

「大学出の技術者が何人も集まってやっと造れるものを、おまえなんぞに造れるわけない」

三年生もむきになった。少し威厳を見せつけるだけのつもりが強く反論され、顔を赤くしている。

「造れます。技術を身につけ設計図通りに部品を組み立て、配線し、調整すれば、ラジオどころか写真伝送装置だって造れます」

電波を使って文字や写真を遠方に送る装置の原理は、すでに確立されていた。この年一月の皇太子殿下御成婚のおりには、一部の新聞社が全国に写真を即日配信するため試験運用もしている。

「そんなもの造れやしない、うそつきめ」

「ラジオの仕組みもわからぬおまえに、何がわかるか」慎太は声を荒らげた。

「おまえだと」三年生は怒鳴った。「下級生が侮辱《ぶじょく》しおって」

「すみません」慎太は慌てて謝った。興奮し、自分でも気づかぬうちにいっていた。

「本来ならこんな無礼なうそつきは正々堂々と打ちのめしてやるのに。喘息病みの上に脚まで悪くちゃ勝負もできん」三年生は机の脚を蹴りつけた。弁当箱のなかの卵焼きや昆布《こんぶ》巻きが跳ねる。

鼻息を吹きながら背を向け三年生が帰ってゆく。

その背中に「やります」と慎太はいった。「勝負します」念を押すようにもう一度いった。

三年生は睨みつけ、「放課後待っとるぞ」と残して教室を出ていった。

頭を下げ続けていればよかったのは慎太にもわかっている。でも、できなかった。脚のことをあんな奴に哀れまれたことも許せなかった。同級生たちは黙って見ている。目の前の半分残ったままの弁当は、もう食べる気も失せていた。それでも怯えて喉を通らなくなったと思われるのが嫌で、無理やり詰め込んだ。


放課後、三年生は待っていた。

校庭の真んなかで細い竹の棒を投げ渡された。向こうも一本持っている。ずっと離れた場所から多くの生徒が見ている。皆、はしゃいでいた。教師たちも職員室の窓から眺めている。慎太は詰め襟を脱ぎながら、こんな馬鹿なことに自分を巻き込んだ短気さを恨《うら》めしく思った。

「どんな手を使ってもいいぞ」三年生はいった。「おまえが殴ろうが蹴ろうが、この竹一本ですぐに打ち負かしてやる」

そしていきなり打ってきた。慎太は頭をかばったが脇腹を打たれうずくまった。すぐに立ち上がったものの、今度は右腿を打たれ、肩と腹を突かれ、地面に倒れた。

遠くで生徒たちが歓声を上げている。教師たちも笑っている。

「勝負にならんぞ」三年生はいったが、言葉が終わる前に慎太は突進した。足元めがけ竹を振り回し、バシっと音がした。脛《すね》を叩かれ三年生は飛び退いた。慎太は低く飛びかかる。腿をすくわれた三年生と慎太は絡まりながら地面に倒れた。予期せぬ慎太の善戦に生徒たちがさらに歓声を上げる。小さいころから嫌がらせを受けてきた慎太も、強くはないが自分なりの戦い方を身につけている。

三年生が竹で慎太を打つ。慎太も竹を振り回し殴る。さんざんもみ合ってから、三年生が慎太の脇腹を竹で叩き跳ね退けた。仰向けに倒れた慎太に、今度は三年生が馬乗りになった。が、慎太は竹を捨て、両手で土を握って投げつけた。三年生の顔に、目にかかる。それからすぐに落ちている石を握ると、三年生の脇腹を殴った。「ぐう」と唸って動きが止まる。慎太は握った石でさらに胸と頭を殴った。三年生は仰向けに倒れた。

勝てる、と慎太は思った。三年生に飛び乗り、もっと殴りつけようとした瞬間、他の生徒たちに飛びかかられた。腕や頭を押さえられ、引き剝がされ、教師たちも飛んできた。

「この卑怯者が」若い教師が怒鳴った。

わけがわからない。「何が卑怯なんですか」慎太は訊いた。

「石なんぞ使って何をいっとるか」

「えっ」驚きがそのまま声になって出た。「そいつがいったんだ。どんな手を使ってもいいって」三年生を指さす。

が、三年生は視線を外し、倒れたまま何もいわない。額と顎に傷がつき、血が流れている。

「黙ってるなんて狡《ずる》いぞ、そういう決まりじゃないのかよ」

「違うわ、馬鹿者。竹で正々堂々打ち合うのがこの勝負の流儀だ」教師がいった。

「それが昔からのやり方だ」「例外はない」生徒も口々にいった。

「こんな田舎《いなか》の流儀なんて知るか。そいつはいったんだ」

「田舎の流儀だと」囲んだ生徒たちがいった。慎太の言葉、態度が皆の癪《しゃく》に障り、誇りも傷つけた。

「生意気」「卑怯者」皆が罵《ののし》りはじめた。

それでもしつこく慎太は問い詰めたが、三年生は何もいわないまま教師に肩を抱かれ保健室へと運ばれていった。

「狡いのはあいつなのに」慎太がいっても誰も聞き入れない。蔑《さげす》むように慎太を見たあと、皆、ばらばらと散っていった。

慎太は鞄を取り、一人校庭を出て帰った。悔しすぎて涙も出なかった。

だが、それだけで終わらなかった。

慎太が家に着き、部屋に入ると、一人本を読んでいた喬太がこらえ切れなくなったようにぼろぼろと泣き出した。

「どうした」慎太が声を荒らげると、喬太は慌ててその口を押さえた。楠緒と季代には気づかれたくないらしい。何が起きたのか小声でもう一度訊いた。昼、喬太が教室で弁当箱を開くと、隣の席の少年がじっと見ていたという――

「きのうも入ってた」と少年がいった。

「何のこと?」喬太は訊いた。

「卵焼き。きょうも弁当箱に入っとる。毎日食うんかい」

「毎日は食べないよ」

「僕はいっぺんも食うたことない」

同じ組の生徒とのはじめての会話だった。

「よかったらどうぞ」喬太が弁当箱を差し出すと、少年は「いいんかい」と目を輝かせ、すぐに卵焼きを口に放り込んだ。「甘くてうまい」大げさに喜ぶ声に他の生徒たちも集まってきた。羨《うらや》ましげに見る皆にも鰊《にしん》の昆布巻き、炙《あぶ》ったはんぺん、金山寺《きんざんじ》味噌を分けてやった。人見知りな喬太のせいいっぱいの気遣いだった。

生徒たちはお礼にと皆の弁当箱に決まりごとのように入っている佃煮《つくだに》のようなものを差し出した。「しろこさんだよ」皆がいった。

着物に袴《はかま》の中年教師は、自分の弁当を食べながら笑顔で見ていた。

喬太はその黒く丸いものを口に入れた。塩辛い。嚙《か》むと潰れ、海老《えび》の頭のような生臭さが広がってゆく。無理して飲み込んだあとも臭さが消えない。それでも皆の嬉しそうな顔を曇らせたくなくて、「おいしいよ」と喬太はいった。二個、三個と食べ続けた。生臭くて胃が気持ち悪くなり、涙が出そうだった。

「はじめて食うんかい?」生徒の一人が訊いた。

喬太が頷くと、「これ蛹《さなぎ》だよ」と教えてくれた。

秩父では養蚕の副産物として、繭《まゆ》を採取したあとの蚕《かいこ》の蛹を佃煮にする——教師がいった。すぐにくねくねと動く蚕の白い幼虫が頭に浮かんだ。喉の奥から苦いものがこみ上げてくる。皆も食べているのだといい聞かせたけれど効き目はなかった。

東京にいたころ、喬太は違う小学校に通う年上の子たちにいじめられたことがあった。押さえつけられ、「このかりんとうは動くんだぞ、食え」とセスジスズメという蛾《が》の幼虫を口に押し込まれ、無理やり嚙まされた。そのことが甦《よみがえ》った。舌の上をもぞもぞ這って、歯にぐにゅりと当たり、苦い汁が口のなかに飛び散って……

喬太は転校してきたばかりの教室で吐いた。両手で押さえても噴き出し、黄色や茶色の液が指の間から飛び散った。

教室は大騒ぎになった。全部出して立ち尽くしている喬太を教師が廊下へ連れ出した。水飲み場で水をかけられ、顔や洋服についた吐き戻したものを流され、いつから置いてあるのかわからない古い着物に替えさせられた。しばらく保健室で休み、午後の授業の途中に教室に戻ると、吐き出したものは消えていた。用務員が掃除してくれたらしい。けれど、酸っぱい臭いが喬太の机の周りに強く漂っていた。

生徒たちから裏切られた目で一度見られたあと、もう誰も目を合わせてはくれなくなった。

翌日から慎太も喬太も学校で一人きりになった。

小学校の生徒たちは喬太に話しかけなくなった。内気な喬太は皆に話しかけるのがもっと怖くなり、目も合わせられなくなった。おどおどする喬太を、あの吐いたときの姿と重ねて皆が気持ち悪がった。

中学校での慎太も同じだった。三年生と慎太の戦いを生徒たちは決闘と呼ぶことさえ嫌がった。この中学が代々重ねてきた美風を穢《けが》したと慎太を憎み、不自由な左脚をあてつけるように「カカシ」と呼んだ。それでも落ち込まない慎太に皆がよけい腹を立てた。廊下ですれ違う上級生はわざと肩をぶつけ、倒れる姿を見て笑う。教師でさえ、何人かは「生意気な東京者」と公然といい放ち、授業では慎太を完全に無視した。

　慎太も喬太も学校では深い水に潜ったように息を殺して過ごし、帰るとすぐ自転車で国松の家に向かった。

　ルパと過ごす時間だけが二人の救いだった。それでも悟られないよう、国松の前では明るくしていた。自分たちの恥部をさらけ出すようで、学校で受けている扱いを正直にいえなかった。だが、ひと月が過ぎたころ、国松が訊いた。

「学校は楽しいか」

　慎太は慌てて言葉を探したが見つからない。喬太が小さい声で「楽しくない」とこたえた。

「だったら無理をして毎日行くこともないだろう」国松はいった。

　二人は驚いて国松を見た。

「どうしても必要なときだけ行けばいい。女中たちを心配させたくなければ、ここに来て、時間をつぶして夕方帰れ」

　素敵な考えだけれど、すぐに父の顔が頭に浮かんだ。その顔を反抗心がかき消す。理由も教えられずこんな町に連れてこられたんだ、自分たちがどうするべきかは、親に頼らず自分たちで決めよう――ぼんやりとだが、そう感じられてきた。あんな不条理な場所に行かないほうが正義に思えた。

　喬太も戸惑《とまど》いながら慎太に従った。

　それからは週の半分、それに定期試験のある日は学校に行った。気の向かない日は朝から国松の家に行き、楠緒と季代の作った弁当を昼に食べ、午後はルパと散歩に出て、夕方に帰った。ときには膝や腰の痛みで立つのさえ辛そうな国松に代わって井戸水を汲んだり鉄瓶を火にかけたりもした。

　楠緒と季代も気づいているようだけれど何もいわない。もちろん両親に告げ口もしなかった。勉強は変わらずやっている。国松の家でも、自分たちの家でも必ず教科書を開いた。慎太には大学の理工科に入り、将来は電波技師になるという夢がある。喬太も作家になりたいようだし、二人とも新しく何かを知ることが好きだった。

少しして東京の父から手紙が届いた。二人の欠席が多いと、中学校、小学校から、父が連絡用に伝えていた東京の住所に通知が来たという。長い文面で怠けず登校するようにとくり返し書いていた。その気になれば半日で来られる距離なのに、父は秩父に直接叱りに来ることもなかった。学校に行かなくなった理由も、自分たちの言い訳も聞きたがらなかった。

悲しかったけれど胸のなかにあったうしろめたさは消え失せた。今はすべてを自分で考え、行動すべきだと慎太は本気で思った。

喬太も不安そうだった。距離だけでなく、父と母が本当に遠くなってしまったのだと気づき、怖がり悲しんでいた。

それからも悲しくて悔しいことがいくつも起こったけれど、二人がどんなときも、ルパと国松が近くにいた。

※

春が過ぎ、山あいの秩父も梅雨《つゆ》の季節になっていた。

放課後、慎太はずぶ濡れになりながら家まで歩いた。雨は朝から降り続いている。もちろん登校するときには傘を差していた。雨垂《あまだ》れをきれいに拭い、教室の隅に立てかけていたが、便所に立った隙に隠された。

これで三本目。高価な洋傘は破られ、折り曲げられ、校庭に投げ捨てられていた。職員室前の廊下で担任教師に犯人を捜すよう頼むと、生徒全員を疑うことはできないといわれた。

慎太が抗議すると、「なあ松本、一度頭を下げたらどうだ」と眼鏡に袴の担任はいった。

「謝る理由がわかりません」

「原因が何であれ、おまえが皆の誇りを傷つけたのは事実だ。あの決闘はな——」

担任は由来を話した。明治末に赴任してきて今はもう退職した教頭が、自分の出身地、日向飫肥藩《ひゅうがおび》（現宮崎県南東部）の藩学《はんがく》で維新以前に行われていた風習を、かたちを変え問題解決のために取り入れたのだという。衆人環視のなかでの蛮気溢れる打ち合いは生徒たちにも大いに気に入られ、すぐに皆の誇る伝統となった。

だが、慎太にはどうでもよかった。

「壊した傘を弁償し詫びると皆がいうのなら、僕も頭を下げることを考えます」

「それが東京の流儀か知らんが、郷に入っては郷に従えというだろう。他所《よそ》から来た者のほうが、まず皆の面目を立ててやらねば」

「僕は傘の話をしに来たんです」

担任教師は呆《あき》れた目で見たあと、「そんなに大切なら肌身離さず持っておれ」といい残し職員室に入っていった。

ずっとこんな日が続いている。

体を打つ雨は冷たいが、怒りで寒さは感じない。奴らばかりでなく、自分にも悪いところがあるのかもしれない。それはわかっている。でも、妥協も譲歩もする気はない。する理由がわからない。あいつらは都会から来た毛色の違う人間を責め、貶《おとし》めて楽しんでやがる。優越感を味わって喜び、退屈な田舎暮らしの息抜きにしてやがる。

そう、悪いのは奴らなんだ。

家に着くと「お風呂へどうぞ」と楠緒が笑顔でいった。また傘を盗られ濡れて帰るかもしれないと沸かしておいてくれたらしい。その優しさがたまらなく切なかった。

風呂場には先に喬太が入っていた。あいつも傘を盗られたらしい。服を脱ぎ、ガラス戸を勢いよく開け入っていくと、喬太は慌てて手拭いで体を隠した。

「見せろ」慎太は怒鳴った。ふくらはぎ、脇腹、二の腕――喬太の体のあちこちに痣ができている。

「誰にやられた。自分でやったなんてかばう必要はないぞ」慎太は強い声で訊いた。

「怖いよ」喬太が目を逸らす。

「いいからいえ。誰だ」

「同じ組の子たち」

「何をされた」

「モップとほうきで」

「いつから叩かれるようになった」

「十日前」

慎太のなかにまた怒りが湧き上がる。「痛いよ」とつぶやかれ、手拭いを持った喬太の腕を強く摑んだままなのに気づいた。

「ごめんな」慎太はいうと、喬太と二人、冷えた体を湯船に静かに沈めた。

風呂から上がると雨が激しくなっていた。窓の外、ごうごうと降りつけ、山の木々を揺らしている。二人は国松の家に行くことを諦めた。行けば必ずルパが散歩をせがむ。だが、この強い雨と風はあの老いた狼の体には辛すぎる。だから会いたい気持ちをぐっと押し殺した。

その晩、慎太は眠れなかった。すぐ横で寝息を立てている喬太の顔を見ることができなかった。小学校の同じ組の奴らめ、びくつく喬太を無視するだけじゃ足らず、叩きはじめやがった――許せなかったし、弟がひどい目に遭っていながら気づけずにいた自分にも苛立《いらだ》った。

秩父に来てから周りにも自分にも、ずっと腹を立てている。敵意が日ごと強くなる。

——どうしてなんだ？　どうすればいいんだ？

考えるとよけい惨《みじ》めな気分がこみ上げてきた。


翌朝、いつものように女中たちに送られ家を出ると、慎太は中学にも国松の家にも行かず、喬太と一緒に小学校に向かった。

行くのが利口なことじゃないのはわかっている。でも、足を止められない。この腹立ちをどうにも抑えられなかった。喬太は手を強く引かれ痛がった。でも、兄の真剣を通り越して普通じゃなくなっている横顔を見ながら黙ってついてくる。

父への、学校への、秩父への、そして自分への怒りが慎太の背中を押している。ただ一つの文章だけが頭のなかで回り続けている。

——喬太を助けられるのは自分しかいない助けられるのは自分しかいないないないない……

文章はかたちを崩し、蕩《とろ》け、中心にある舐めかけの飴玉のような粘《ねば》つく感情の塊《かたまり》だけが残った。塊は異臭を放っているが、今はその臭いにも気づかない、気づきたくない。

慎太は校門を入ると喬太の教室まで走った。土足で下駄箱《げたばこ》の横を駆け上がり、廊下を進んでゆく。喬太もべそをかきながら必死でついてくる。何人かの生徒が詰め襟学生服の慎太を見て驚いている。息を切らしながら朝礼がはじまる直前の教室の引き戸を開いた。

「何だおまえは」袴をつけた小柄な中年教師はいった。

「松本圭次郎の兄です。訊きたいことがあって来ました」

「何をいっとるか」

「弟が相談したのに『自分で考えろ』と跳ねつけたのはなぜですか。弟が殴られているのを止めもせず、ただ見ていたのはどういう理由ですか」

「そんなことは知らん」

「こいつ嘘をいっているぞ」慎太は喬太にいった。

「嘘をいっているのはおまえの弟のほうだ」中年教師が声を荒らげる。

「指させ。おまえをモップで殴った奴はどいつだ」慎太も怒鳴った。

　喬太は青い顔をしながらも、いわれた通り何人かを指さした。

「おまえか」駆け寄り、指さした生徒が座る机を蹴り上げた。口が、鼻の奥が渇く。慎太は興奮しているのと同じくらい動揺もしていた。でも、体を止められない。中年教師が慎太に摑みかかった。大人の力で肩を押さえつける。それを振り払い、「おまえもか」と次の生徒の机を蹴り上げた。蹴った机が生徒の顎に当たり、怯えた他の何人かとともに泣き出した。

「何をしとるかわかっているのか」教師が怒鳴る。騒ぎに気づき、他の組の担任たちも駆け込んできた。慎太は顔を殴られ、すぐに教室の外に引きずり出された。

　そのまま両脇を抱えられ職員室に運ばれた。

「馬鹿者が」教頭だという壮年の男がいった。

「では、弟は誰が救ってくれるんですか」慎太は頰を赤く腫らしながらまくし立てた。「担任も助けようとしない。ずっと黙っていじめられてろというんですか」

「文句があるなら親を呼んでこい。中学生の分際で何をいうか」教頭は慎太の胸を殴った。痛みが肺に響き、息が詰まる。喬太は横で泣き続けている。

「兄のおまえの中学での態度は聞いとるぞ。広い東京と違って、ここでの悪行はすぐに伝わる。東京ではまともに修身の授業をしとらんのかと皆笑っておる。脚が不自由なのを憐れんで大目に見てもらっているのがわからんか。おまえも弟も皆に合わせず我を通すから嫌われるんだ」

「何だと」

「だからその口の利《き》き方は何だ」教頭がまた殴った。「おまえの弟は自分から話しかけようとも、一緒に行動しようともせず、皆が話しかけても、返事も返さず黙って座ったままだ。東京じゃどうか知らんが、ここじゃ皆に気味悪いといわれて当然のことだ」

「黙って座ったままだと、ほうきで叩かれモップで突かれても当然なんですか。そんな理屈があるものか」

「この出来事も詳しく書いて東京の両親に送ってやる。もう話すことはないから帰れ。こんな馬鹿を平気でしでかすおまえは異常だ」

「絶対に許さない」慎太は泣き続ける喬太の手を引いて職員室を出た。

「頭のおかしい奴は早く消えろ」教頭の声が聞こえた。廊下を歩く二人を教室のなかから生徒たちが眺めている。

　自分と喬太をこんな町に置き去りにした父がたまらなく怨《うら》めしくて、そのまま国松の家に向かった。そして何が起きたかをいわずにいられなくなった。これからどうしていいかわからない自分の思いも吐き出した。

「悪いことばかりは続かないさ」国松はいった。

　期待はしていなかったが、あまりに素っ気無い言葉に切なさが込み上げてくる。教師に殴られた頬がまたずきずきと痛み出した。

　散歩に行く気になれない二人の足にルパが絡みついてくる。慎太も喬太も縁側に座ったまま立ち上がれない。それでもルパはズボンの裾をしつこく甘嚙みして引っぱり、二人は午後になって無理やり連れ出された。

　小雨が降ったりやんだりをくり返すなか、水溜まりができている道を歩いてゆく。国松に渡された傘は閉じたまま。髪も服も濡れているが、ルパはいつもよりも元気に走り、首輪につないだ紐を持つ二人を引っぱった。

引かれながら歩き続けていると、少しずつ落ち着いてきた。

「もう学校へは行かない」慎太はいった。喬太も濁った水溜まりを見ながら頷いた。

勉強なんて、社会に出るために身につけることなんて、あんな糞溜《くそだ》めみたいな場所に行かなくても覚えられる——足取りが軽くなり、雨も小降りになってきた。

が、藁葺きや茅《かや》葺きの家が並ぶあたりを過ぎ、緩やかな段々畑へと続く道に出たところで、「おい」とうしろから声をかけられた。

振り向くと七人が立っている。すぐに駆け寄られ、道の前後を塞がれた。皆、シャツの袖とズボンの裾をめくり、下駄も脱いでいる。何人かは棒切れを手にしていた。慎太の中学の三年生たちだった。校庭で決闘をしたあいつも混じっている。

「カカシ、弟の小学校でも馬鹿をやったらしいな」決闘に負けた奴がいった。あの東京の軍人のような口ぶり。こんな中学生に告げ口した小学校の教師どもが憎く恨めしい。

「おまえを許せねえんだ」首筋に黒豆のようなほくろをつけた奴がいった。「生意気でいけ好かない。だからとことん叩きのめして、わからせることにした」

慎太も喬太も足がすくんだ。これまでの嫌がらせと違うのはすぐにわかった。七人とも本気の目で睨み、汗を浮かべ興奮している。どうしよう、勝てっこない。逃げられない。

——怖い。

突然、ルパが唸りはじめた。慎太も喬太も聞いたことのない声が響く。

「うるせえ」囲んでいる三年生の一人がいった。老いた一匹が唸っても連中はまるで怯《ひる》まない。七人が腕を振り上げる。ルパは吠えた。それを無視するように汚いにきび面《づら》の一人が慎太に駆け寄った。

慎太は逃げる。が、間に合わず脇腹を蹴られた。

体をくの字に曲げたまま慎太は横に飛ばされ、濡れた地面に倒れた。びしゃりと水がはじける。と同時にルパがにきび面の腕に飛びついた。牙《きば》を突き立て、そのまま引きずり倒した。にきび面が叫ぶ。白いシャツの袖が裂け、激しく噛む牙が血管を傷つけたのか、血が溢れ出た。

老いぼれの素早い動きに三年生たちも、慎太も喬太も驚いた。にきび面は涙を流し、噛まれた腕を鈍く振った。が、ルパは離れない。痛みで腕を動かせなくなり、残りの奴らが引き剝がそうと駆け寄った瞬間、ルパはすかさず飛び退いた。噛んだ穴の一つ一つがえぐられ、肉が見えている。

頭を低くし身構えているルパの牙から血が滴《したた》り落ちた。そこにいる皆が怖くなった。

囲んでいた三年生たちが下がってゆく。ルパはまた低く唸りはじめた。が、度胸を示そうと黒豆のようなほくろをつけた奴が一人ルパを睨み、いった。

「石を拾え。投げつけろ」

皆が揃って足元の石を見た瞬間、ルパはほくろへと駆けた。ほくろは足をばたつかせ避けようとしたが、ルパは惑わされることなく脛に飛びついた。ズボンの上から一度噛むと、すぐに離れてうしろへ回り込み、今度は太腿の裏に牙を突き立てた。ほくろがうつ伏せに倒れてゆく。「やめろ」ほくろが叫ぶがルパは離れない、許さない。

他の連中が近づこうとしたが、ルパは噛んだまま鋭い目で牽制《けんせい》している。

「もういい、だいじょうぶだよ」喬太と慎太が何度も呼びかけ、ルパはようやく離れた。ほくろは倒れたまま。ズボンは破れ、噛まれた太腿はただれたように皮膚が裂けている。囲んでいた連中は静かにあとずさり、それから逃げ出した。噛まれたにきび面は腕を抱え、ほくろは脚を抱え、怯えた目でルパを見ている。

ルパは血まみれの口から舌を出し、ぜえぜえと息をした。慎太が駆け寄り抱きかかえると、ぐったりと体の力を抜き、目を細めた。

慎太と喬太は慌てて走り出した。もう雨はやんでいた。

「よくやった」慎太の腕で眠るルパを国松は撫でた。

「でも」と慎太は涙を流した。喬太も泣いている。ルパは人を嚙んで怪我をさせた。狂犬病だと疑われる。警察や保健所に薬殺されてしまうかもしれない。これは日本狼ですといったら許してもらえるだろうか？　いや、逆に保護され引き離されてしまう。

「そんなことにはならないし、絶対にさせないさ」国松はいった。

「でも」慎太はまたいった。「ルパは僕たちのためにやった。僕たちのせいだ」

頭がふらつき、目も回った。胸が苦しい、息が詰まる。慎太は抱いていたルパを土間の上がり口にどうにか寝かせると、濡れた服のまま畳の上に仰向けに倒れた。

国松がその口を右手で素早く塞いだ。「過呼吸だよ」両目を見開いたままの慎太と、横で慌てる喬太にいった。「こうしていればすぐに治る」

ささくれた手のひらが慎太の顔を強く覆う。苦しくはない。温もりがわずかに伝わってきて、動揺が少しずつ収まってゆく。

喬太も首をうなだれ横たわった。

それから一時間近く、体じゅうが錆《さ》びついたように重くて慎太は動けなかった。隣の喬太も動かない。二人で薄目を開けたまま煤《すす》けた天井の梁《はり》を眺めていた。

ルパが目を覚まし、また低く唸りはじめた。開いたままの戸口の外、いくつかの足音が近づいてくる。ルパの唸り声がより低く大きくなる。

国松は一人立ち上がった。

戸口に雨の上がった空を背にした禿《は》げ頭が見えた。

「息子を嚙んだ犬を出せ」禿げた中年男は右手に猟銃を握っている。そのうしろ、ルパに嚙まれたほくろの三年生が太腿に包帯を巻き、身内らしい若い男二人に両脇を支えられながら立っていた。

「うちには犬なんていない」国松はいった。

「糞みてえなうそつくんじゃねえ。そこの糞犬のことだ。今すぐぶち殺す」

土間に入ろうとする禿げた男を国松が遮る。

「邪魔するなら、おめえも半殺しだ」禿げた男が猟銃を構えた瞬間、国松はその銃身を摑んだ。銃声が響く。銃弾が土間の壁にめり込み、漆喰《しっくい》が散らばった。と、同時に国松は手首のない左腕で殴りつけた。腕の先の厚く丸い皮膚が、禿げた男の目じりに食い込む。がくんと膝から落ちてゆく男の手から猟銃を奪うと、国松はもう一度男の脳天に肘を落とした。

男は倒れ、混濁したまま意味のわからないことを口走った。国松は猟銃の弾倉を素早く開いて銃弾を抜き取ると、倒れた男の胸元を右腕だけで引き上げ、紙屑《かみくず》を投げるように戸口の外に放り出した。

ルパは唸るのを止めた。一緒に押しかけてきた三人はただ見ていた。慎太と喬太もただ見ていた。怖さよりも呆気《あっけ》にとられていた。

「文句があるなら警官を連れてこい。こっちは弁護士を用意しておく」

国松は猟銃を投げ捨て、ほくろの三年生を見た。

「これ以上あの子たちに手を出したら、次は首に牙を立てられるぞ」

若い男たちが文句を吐きながら禿げとほくろの親子を引きずり帰ってゆく。その姿が完全に見えなくなるまで、国松は外に立って眺めていた。

「おまえたちも帰ったほうがいい」今度は慎太と喬太にいった。「二人とも体が熱いぞ。風邪でもひいたんだろう。また雨が降り出す前に家に戻って、二、三日寝ていろ」

慎太は汗をかいているのに寒かった。頭も重い。喬太も目つきがひどくぼんやりしている。

「まだ待ち伏せが怖いなら、送っていくぞ」

国松の言葉に「平気です」とだけ返事をすると、慎太も喬太も外に出た。家の外壁に立て掛けた自転車に跨《また》がり、走り出す。

「気をつけろよ」国松の声をうしろに聞きながら、曇り空の下を走った。


家に戻ると二人はすぐに寝かされた。楠緒と季代が水枕《みずまくら》を運び、梅雨明けも近いのに厚い毛布を何枚も掛けられた。それでも悪寒で眠れない。頭も痛い。

翌朝、老眼鏡をかけた医者が往診に来て流感《りゅうかん》だといわれた。注射を打たれたが、午後になっても熱は下らない。夜にはさらに上がり、その次の日も朦朧《もうろう》としながら布団で過ごした。

窓の外は雨が降り続いている。秩父に来る前は、誰かを傷つけることなんて考えてもいなかった。誰とも争いたくなかった。なのに周りじゅうとぶつかり、皆から嫌われている。僕も周りじゅうが嫌いだ。どうしてなんだ。

——間違っているのは誰だ？

そんな言葉が何度も頭に浮かんだ。僕が絶対に正しいわけじゃないけれど、奴らが正しいなんてことは絶対にない。奴らが間違っていて、奴らが悪いんだ。でも、「奴ら」って誰だ？　自分は誰と争い、なぜ苦しんでいるのか、それさえよくわからなくなってきた。

朦朧としたまま昼と夜がくり返されてゆく。

寝込んで四日目、土曜の昼近く。

起きると慎太も喬太も熱が下がっていた。布団で横になっているのにも飽きたけれど起き上がるほどの気力もない。毛布から手足を出してぐずぐずしていると、階下の玄関で呼び鈴が鳴った。

少しして季代が階段を上がってきて、「お客様ですよ」といった。

誰だろう？　自分たちに客なんて来たことないのに。小学校に押しかけたのを責めるために、あの教頭が家庭訪問に来たのかもしれない。

寝巻きのまま階段を下り、玄関口を見ると、二人は「あっ」と思わず口から漏らした。

国松が一人で立っている。はじめて、しかも突然家にやって来た。

「ルパは？」喬太が慌てて訊いた。「連れていかれたの？」

「家で元気にしてるよ。二人に会いたがってる。早くまた散歩に連れ出してやってくれ」

「だったら――」喬太がいいかけた。国松が遮る。

「連れてきたらお前たちが調子に乗ってはしゃぐだろう。下がった熱が俺たちのせいでまた上がったら困る。今はしっかり休んで、月曜には登校しろよ」

「学校に、ですか」意外な言葉に慎太は聞き返した。

「ああ」国松は持っていた風呂敷包みを解いた。東京日本橋にある菓子屋、榮太樓《えいたろう》のきんつばと栗蒸《くりむ》し羊羹《ようかん》が入っていた。「昨日東京の知り合いが送ってきた。食べて元気になれ」

確かに慎太も喬太も好物だった。でも――

「あの、用事はそれだけ？」慎太は訊いた。

国松は頷くと帰っていった。

慎太はあとを追いたかった。急に来た本当の理由を知りたかった。

国松は学校に行けといった、一番いうはずのない人がいった。どうして？　喬太も出かけるつもりになって寝巻きの帯を解いている。けれど楠緒と季代に強く止められた。「また具合が悪くなってしまいますよ」「流感をうつしてしまいますよ」とくり返しいわれ、仕方なく待つことにした。

信じられないほど長く感じる二日間を家で過ごし、月曜日、慎太と喬太は登校した。中学の校舎に入り、慎太は教室の自分の席に座った。

変だった。放課後に校門を出るまで何一つ不快なことが起きなかった。生徒たちは変わらず無視し続けている。なのに、廊下を歩いていても誰もぶつかってこない。小声で悪口をいわれることも、遠くから罵られることもなかった。数学の授業中には、自分を目の敵《かたき》にしていた秩父生まれの中年教師から「ここに入る値は？」と質問され、慎太は驚きながら答えた。

担任教師とも話そうとしたが、慎太に気づくと職員室に駆け込んでしまった。

喬太も小学校で同じように過ごしていた。誰からも「ゲロ」「ノロマ」と悪口をいわれず、休み時間にほうきやモップで叩かれることも、泥団子《どろだんご》をぶつけられることもなかった。

二人が寝込んでいる間に確実に何かが変わっていた。

学校から戻ると、急いで国松に会いにいった。

引き戸の内側からルパの鳴き声が聞こえ、開けると同時に飛びついてきた。

「寂しがっていたんだ。散歩に連れていってやってくれ」国松はいった。

二人はすぐ国松に何をしたのか訊いた。

「いった通り弁護士を雇ったんだよ。日永田《ひえだ》という年寄りで、日清戦争の平壌《へいじょう》で一緒に戦って以来の知り合いだ。まあ、戦友ってやつだ。もうあまり仕事をしたがらないんだが、無理いって働いてもらった」

確かに毎日が辛く苦しかったけれど、それでも、たかが子供のいじめを止めさせるのに弁護士を使うなんて信じられない。馬鹿げてる。

「ルパのためだよ。ついでに文部省の古い知り合いに電報と速達を送った」

冗談にしか思えなかった。

「松浦《まつうら》という奴だ。昔に貸しがあって、今回はそいつにも少し働いてもらうことにした」

「それでルパは？」喬太が訊いた。

「もう警察も保健所も来ないさ。あの馬鹿なガキどもの親も黙らせた」

慎太は驚いている。体に絡みつき、肌に深く喰い込んでいた苦痛が、たった一週間で剝がれ落ちた。国松が弁護士に何をさせたのかはわからない。そもそも本当に弁護士を雇ったのかどうかもわからない。文部省なんて嘘にしか聞こえない。けれど、確かに学校での理不尽な扱いは消え、周りの人間から露骨に憎しみを向けられることもなくなった。ルパも何事もなく目の前にいる。

状況は簡単に、まるで国松が指一本で世界をくるりと回転させたかのように変わった。

「すごいや」慎太の口から思わずこぼれた。

「すごいことなどしてないさ。おまえ一人でも解決できたことに少し手を貸しただけだ」

「まさか。僕には――」

「いや、できたよ。親を恨んだり、周りを憎むことに気を取られ、どうすれば事態を収拾できるか本気で考えなかっただけだ。おまえは利口だ、馬鹿じゃない。だが、すぐに敵意に振り回され、怒りに飲まれてしまう。典型的な愚か者だよ」

腹は立たなかった。むしろいわれて心地よかった。国松にもっと多くを訊きたくて、教えてもらいたくて仕方がない。が、今は我慢した。しつこく訊くことで、深い霧がようやく晴れたこの世界をまた曇らせてしまう気がした。

翌日から慎太は一人で役場に通い、官報や新聞を調べはじめた。そして、国松のいった「松浦」とは文部次官の松浦鎮次郎《しげじろう》ではないかと思うようになった。

中学校の教師たちはもう慎太に怒鳴ることもなくなった。どこか怯えながら、まるで腫れ物を扱うように接してくる。道で襲ってきた三年生たちは校内ですれ違っても完全に無視している。他の生徒たちも以前のように悪意で無視しているのとは違う、怖がり避けている。

連中はおとなしい犬に変わった。

慎太は教頭や教師がわずかな権限しか持たない小役人であることを知った。上級生が自分より少し早く生まれただけの無知な子供だとわかった。

権威の意味を、権力の価値を、慎太はときおり考えるようになった。


雨が降り続く日曜、慎太と喬太は国松とルパを自分たちの家に招待した。

慎太の十四歳の誕生日を一緒に祝ってほしいとしつこく誘い、嫌がっていた国松をどうにか連れて来ることができた。欧米のように家族の誕生日を祝う習慣は、喬太が三歳のときに父がはじめた。震災で途絶《とだ》えてしまうまで続いていた細見家の楽しい行事を、二人はまたどうしても国松とルパと再開したかった。

ルパも足を拭《ふ》いて家のなかへ入れた。楠緒と季代も歓迎し、皆でちらし寿司や豚の炙り焼きやゼリー菓子を食べ、ルパも柔らかく煮込んだすじ肉と野菜を食べ、慎太の誕生日を祝った。それから慎太と喬太とルパは家じゅうを駆け回り、くたくたになるまで遊んだ。

二週間後には梅雨が明け、慎太の通う中学校では学期末評価試験の成績が発表された。

松本祥一郎は学年一位だった。校内に貼り出された順位を見ても、もう文句や陰口をいう者も、嫌がらせをしてくる者もいない。

慎太も喬太も、学校では周りから空気のように扱われ、二人も周囲の皆を退屈な風景の一部だと思いながら毎日を過ごしていた。それでよかった。

秩父の山や盆地に夏が来た。もうすぐ待っていた夏休みがはじまる。

――休みになったら東京へ帰る。

そんな単純だけれど興奮させる企みを二人は抱いていた。

※

弁護士岩見良明は市電土橋《どばし》線を降りた。

いつもの黒背広で有楽町《ゆうらくちょう》停留所から続く屋台街を歩いてゆく。今日も人が多い。靴屋の屋台に並んだ革靴と靴クリームの匂い、カルメ焼きや綿あめの砂糖が焦げる匂い、煎餅《せんべい》屋から漂ってくる醬油の匂い、それに行き交う人たちの汗や息の臭いが混ざり合う。屋台のうしろでは震災復興の工事が続き、組み上げられてゆく鉄筋を太陽が照らしている。

東京のあちこちで焼失した土地を区画整理し、崩れず残った建物をコンクリートで補強する作業が続いている。新築工事も次々とはじまっている。道が広がり、下水が整備され、「再起」の掛け声とともに、江戸の面影《おもかげ》を捨てた新しい東京が造られていた。

岩見は外濠川《そとぼりがわ》に架かる数寄屋橋《すきやばし》の少し手前で横道に入った。もう一度左に曲がり、東京時事新聞社の裏手で立ち止まる。倒壊せずに残った三階建て社屋の周囲には足場が組まれていた。割れた煉瓦《れんが》壁を修復する工夫たちが頭の上を歩いていく。かすかに屋台街の賑わいが聞こえてくる通りには、他にも大小いくつかの新聞社、出版社が並んでいた。もう昼近く、新聞の輪転機はとっくに止まっているが、油性インクの匂いが漂っている。

時事新聞社の通用口に立つ警備員がこちらを睨み、腰に下げた警棒に手をかけた。弁護士とわかる黒背広が不信を煽《あお》っているらしい。民権運動家か何かだと思っているのだろう。

大正はじめの護憲運動のなかで起きた、政府支持の論調をくり返す〈御用新聞〉への民衆襲撃は人々の記憶に深く残っている。なかでも東京京橋《きょうばし》区日吉町《ひよしちょう》（現銀座八丁目）の国民新聞社に「平民の代弁者」を名乗る活動家たちが拳銃と日本刀を持って押しかけ、記者たちとの乱闘のなかで一人の死者と多くの負傷者を出した事件は、今も新聞業界で働く者たちのトラウマとなっていた。

通用口の奥から背広の男が出てきた。両手に風呂敷包みを持っている。

「持ってくれ」背広の男は包みの一つを差し出した。

岩見が摑むとずしりと重い。

「玉の井の小曽根《おぞね》ってのはやはりなかった。その代わり、水野《みずの》通商の先代のほうはたんまりあったよ」

「これ全部か」岩見がいうと、男は頷いた。

有力紙と呼ばれる新聞なら、各界の著名人に関する紙面に書けない情報を網羅《もうら》した独自資料を必ず揃えている。風呂敷の中身はそれだった。

この男とは副業を通じた知り合いで、四年ほどのつき合いになる。岩見のように東京で仕事をする弁護士の半数近くが副職を持っていた。大抵は本業の人脈を生かしての信用調査。取引先の経営状況、縁談相手の素行――不況で世間が慎重になっているせいで、選ばなければ仕事はいくらでもある。震災以降、無資格で法律事案を扱うモグリ弁護士が横行し、素行調査は、岩見のように正規の資格を持ってはいても大企業や有力者の顧客を持たない末端弁護士たちの大切な収入源になっていた。

有楽橋を渡り、近くの純喫茶店に入った。

ラッパ管が震えるほどの大音量で蓄音機が管弦楽を鳴らしている。L字型の店内を進み、一番奥の席に座ると、すぐに着物にエプロンをつけた島田髪《しまだがみ》の女給がやってきた。二人揃ってコーヒーを注文し、岩見は風呂敷包みを解いた。

「調べる理由は？」男が訊いた。

「仕事を頼まれた」

「依頼人の裏取りか。案件は？」

「いや、本人の弁護じゃない。従業員のだよ」

「何だよ売女《うりめ》の裁判か。小曽根じゃねえのかい」

「ああ。そっちのメシの種にはなりそうもない」

「水野が絡んでるから期待したのに」頼んだコーヒーを待たずに男は席を立った。「社に戻るよ。二時間したら取りに来る」

謝礼の入った封筒を岩見から受け取り、男は店を出ていった。

岩見に限らず、ほとんどの弁護士ははじめて依頼のあった相手を調査する。共産主義や無政府主義にわずかでも協調心を抱いている者は要注意だった。民事であっても弁護を引き受ければ同調者として自分も逮捕、起訴されかねない。治安維持の強化を謳《うた》った新たな法律の国会通過も目前に迫っている。厄介な時代になっていた。

岩見は水野に関する厚い資料の一冊目を開いた。テーブルには二人分のコーヒーが運ばれてきた。レコードは別のものに変えられたが、相変わらず管弦楽が大音量で流れている。

もちろん岩見自身も同業や警察の伝手《つて》を使って小曽根百合を調べてはみた。銘酒屋の主人をしていること、玉の井一帯の土地家屋の権利を所有していることはすぐにわかった。偽の証文で金を脅《おど》し取ろうとした宇都宮《うつのみや》の愚連隊《ぐれんたい》を、夜の上野公園で逆に叩きのめした女としても知られていた。領域《シマ》荒しにきた日暮里《にっぽり》のやくざ六人を一人で撃退した話も聞いた。だが、その強さの理由がわからない。震災の夜に岩見が見た銃の技術、判断力は町の喧嘩《けんか》の程度を遥《はる》かに超えていた。

七年前まで外地にいたらしく、役所で探しても国内には生活の痕跡がない。逮捕記録もない。過去につながる記録でわかったことは一つだけ――百合が玉の井に持つ土地家屋は、水野寛蔵《かんぞう》という実業家から譲渡されていた。

水野寛蔵の名は岩見も知っていた。世にいわれる政財界の黒幕の一人だが、他の連中とはかなり毛色が違う。発想に富んだ先駆者と評する財界人もいれば、大ボラ吹きと蔑む政治家もいる。ただし、どんな評価も今の水野には関係ない。七年前に死んでいる。

資料のページをめくってゆく。

明治二十六年十一月十一日付帝都日報に掲載された水野の記事が抜粋されていた。

『プロレタリアの守護者』

一方で、十日後の十一月二十一日付東亜日日新聞からの抜粋にはこうあった。

『民法の威を借る搾取者』

二ページ先には大正元年、水野が四十三歳のときに撮られた写真記事があった。三つ揃えのツイードスーツを着たその顔は実際の年よりもずっと若く涼やかで、暴力と非道のなかで生きていた男には見えない。

岩見は読み進める——

水野は明治二(1869)年、江戸中期から続く仁俠《にんきょう》の家に生まれた。父は早死にし、母は精神を病み、一歳半で祖父に引き取られ、女中たちに育てられたという。

祖父は教育に熱心だったようだ。水野は慶応義塾出身の二人の家庭教師に学び、十九歳までに英語、広東語《カントン》を身につけ、東京貯蔵銀行に就職している。

が、二十一歳のときに母が死に、さらに祖父が卒中で倒れる。左半身が不自由になった祖父は孫の水野に代紋《だいもん》を譲ろうとする。

水野は銀行を退職し跡目を継いだ。祖父が若い水野のなかにやくざの才を見出していたように、水野も維新後の新しい時代にやくざという生業《なりわい》の新たな活路を見出していたのだろう。

何の功もない小僧を担《かつ》ぐことに反発した多くの子分が組を離れていった。領域《シマ》も三分の一に減ったものの、それを機に水野は株式発行し、組を水野通商という会社に作り替える。そして社員と呼び名を変えた子分たちと、未払い金の代行回収をはじめた。

当時、強い立場を悪用した有名企業の代金踏み倒し、払い渋りが横行していた。まだ日本がデモクラシーを知らない時代。下請け工場や職人たちが支払いを催促すると、取引打ち切りや訴訟に持ち込むと脅され、泣き寝入りを強いられる。水野はそんな救済手段を持たなかった貧しい債権者たちの代理人となった。

善意や正義からではない。無い者から絞り取るより、持っている者から毟《むし》り取るほうを選んだだけだった。払わぬ裕福な債務者たちを、法律と暴力を絡めたあらゆる手段で追い込み、本来の債務額に莫大な手数料を上乗せし、支払わせた。

リスクも大きかったようだ。水野は何度も命を狙われている。社員の何人かが殺され、会社にも火をつけられ銃弾を撃ち込まれている。それでも町の商売人や小金持ちに圧倒的に支持され、回収業務は大繁盛した。

明治二十六（１８９３）年、水野は野村財閥系列の銀行と提携し、融資を受け、求人仲介業に参入する。

翌二十七年、寝たきりを続けていた祖父がついに亡くなった。しかし、水野が望む通りに時代は動いてゆく。この年の八月、日清戦争が勃発した。

戦況は日本に有利に動いたが、前線での消耗は激しく、特に軍夫の不足が深刻な問題となっていた。実際に戦闘を行う兵士に付随して、物資の運搬、炊事など雑役を担《にな》う者たちを軍夫と呼ぶ。水野は陸軍が立案した対清戦略の問題点を早くから見抜いていた。

陸の主戦場は間違いなく朝鮮半島になる。日本国内より遥かに道が悪く、気候も寒く厳しい。神経質な動物である馬の海上輸送は難しく、現地調達にも限りがある。雪でトラックの使用も制限される。陸軍の見通しは甘く、必ず軍夫が大量に必要となる――そうした予測の元に、水野は職業紹介人として全国を巡らせていた社員たちに号令し、うそや誇張を駆使して大規模な求人をはじめた。日清戦争中に内地で雇用され大陸に送られた軍夫は約十五万四千人。その四分の一にあたる三万八千人を水野通商は単独で求人、斡旋《あっせん》し、戦地に送り込んだ。日本は勝利し、水野は陸軍からの仲介料、さらに軍夫たちの給金から間引いた紹介料で資産を築いたが、それをすぐさま藩閥《はんばつ》や政党、貴族院、軍部に献金した。

はじめは水野が一方的に貢《みつ》いでいたが、立場はすぐに対等となる。

水野の語学力、交渉力に当時の外務大臣小村寿太郎《こむらじゅたろう》が目をつけた。日露戦争へと続く時代のなかで、水野は小村の画策する〔宣伝外交〕を推し進める重要な一人となった。貴族院議員の金子堅太郎《かねこけんたろう》や末松謙澄《すえまつけんちょう》が、英米の政財界に対して親日感情を引き出す宣伝工作を続ける一方、水野はアジア圏の、賭博、売春、人身売買などを含む活動で経済を裏から支える重要だが不道徳な勢力と交渉し、多くを親日に転換させた。

そして日本はどうにか日露戦争に勝利する。加えて水野は戦時国債と軍事関連株に大胆な投資を行い、莫大な金を手に入れた。

水野通商を国際企業に発展させると、その後はアジア各国を巡っている。日本領台湾とポルトガル領澳門《マカオ》で大規模な土地開発を行い、上海《シャンハイ》にも石油貿易会社と信託会社を設立した。

実体の摑めない男だが、大正二（１９１３）年、イギリス領香港《ホンコン》で日本の週刊誌『国際週報』の取材を受け、こう語っている。

「すべては過程に過ぎません。私には日本を国民総生産・純資産世界第一位の国に押し上げるという夢があります。原油も鉄鋼資源も持たぬ国が何をいうかと欧米人たちは笑いますが、達成までの現実的な構想も私のなかにはあります」

「いずれアメリカ合衆国は海を越え、アジアを手中にするためにやってくるでしょう。軍人ではなく経済人である私は、経済の力でそれを阻止したいのです」

だが大正六年、水野は中国南京で客死《かくし》した。


四冊の厚い資料を読んでも百合の名は出てこなかった。ただ一つ、大正三年十月発行の月刊誌『新経済』の記事がスクラップされたなかに、一枚のグラビアがあった。撮影場所は当時、水野が暮らしていた中国上海の屋敷だという。庭先の紫檀《したん》椅子に座る水野のうしろ、萩《はぎ》や木槿《むくげ》が咲く陰に二人の女が小さく写っている。大柄な中国女の隣に立つ、美しい日本人の少女――百合だった。

大地震の夜から十ヵ月が過ぎ、自分が得体の知れない女に助けられたことを岩見は改めて感じた。

二章　閃光

ルパは死んだ。

空に夜の闇が残り、まだ蟬《せみ》も鳴き出す前、国松の腕のなかで鼓動が止まった。喬太は何度もルパの名を呼び、慎太も泣きながら体をさすり続けたが、もう動くことはなかった。

老いた雌狼は七月の終わりから食欲を失い、八月に入り山間の秩父も蒸し暑くなると急に弱りはじめた。足腰が立たなくなり、熊谷《くまがや》から獣医を呼び寄せたが、注射を一本打っただけで帰っていった。

六日前からは目もほとんど開かず寝たきりを続け、きのうの夕方、再び獣医を呼んだが今度は注射さえ打たずに帰っていった。

もう何もできることはなかった。

暑さのせいでルパはなかなか冷たくならない。温《ぬく》もりを残したままの体に三人で触れ続けている。

「やっぱり僕たちのせいだ」喬太はここ何日かくり返していた言葉をまたいった。

「馬鹿をいうな」国松は叱ったが、慎太もいった。「僕たちを助けたりしたから」

「関係ないさ。これが摂理、十四年も生きたんだ。運命だ」

蟬が激しく鳴きはじめても慎太は動けなかった。喬太も動かない。

低い簞笥《たんす》の上に置かれた時計が午前八時を過ぎたころ、国松がようやく立ち上がった。太陽の照りつける庭の隅を、蟬の声に囲まれながら三人で掘り下げた。

国松がルパを穴に入れ、三人で土を被せた。近くの桔梗《ききょう》を手折《たお》り、上に乗せる。ルパの埋まった場所をしばらく見つめたあと、慎太と喬太は自転車に乗った。

もう泣かずにペダルをこいだ。

前を向き、楠緒《なお》と季代《きよ》が眠らず二人を待ってくれている家へと、真っすぐに進んでいった。

四日後。

八月十八日。慎太と喬太は朝食を終えると、いつものように夏休みの課題をはじめた。

慎太は数学の問題が書かれた藁半紙《わらばんし》を見ながら帳面に数式を書き込んでゆく。喬太も漢字の書き取りを続けている。食堂のテーブルに昼食が並んでも止めない。新学期までまだ十日以上あるが、二人には今日じゅうに仕上げたい理由があった。

遅い昼食のあと、自転車のハンドルに本を包んだ風呂敷をかけ、二人で走り出した。

楠緒と季代に見送られながら、いつものように坂道を下ってゆく。が、少し走ったところで右に曲がり、桑畑を迂回《うかい》して家の裏側に戻った。雑草に覆われた斜面に自転車を停め、登ってゆく。女中たちがいないのを確かめ、塀を越えて自分たちの家の裏庭へ。

家の土台のコンクリートに埋め込まれた小さな鉄格子を外し、そこから二人で床下に這い入ってゆく。ここを見つけたのは二ヵ月前。強い風に揺られ、鉄格子が一つだけ音を立てていた。引っぱってみると、手抜き工事のせいか簡単に外れてしまった。

そのまま肘と膝で進むと、居間の下あたりまで続いている。遠くの鉄格子から射す夏の光が暗闇をかすかに照らす。四つん這いのまま隠してあるリュックサックを開けた。ズボンのポケットから一円札を出し、着替えの服が詰まったリュックに入れる。これで旅費も十分になった。

　明日、慎太と喬太は東京に戻る。楠緒と季代も知らない二人だけの秘密。ただ、書き置きは残していこうと思っている。本当はもっと早く旅立つつもりだったけれど、ルパの具合が悪くなり先延ばしになっていた。でも、もう止めるものはない。

　二人で谷中にある祖母の墓参りをして、駒込片町にある本当の家が今どうなっているのかを確かめる。父も母ももちろん知らない。

　――そのままもう秩父には戻らないかもしれない。

　住むところもなく、頼る人もいないけれど、慎太はどうにかなるような気がしている。

　二人は床下を這い出ると、また斜面を降り、自転車に乗った。


「また来たのか」縁側に一人座っている国松がいった。ルパがいなくなっても二人は変わらずここへ来ている。唯一の家族を失った国松が気になっていた。国松も心配されていることに気づき煙たがっていたけれど、帰れといったりもしない。蚊取《かと》り線香《せんこう》の焚《た》かれた縁側で慎太と喬太は本を広げた。横になって読み続け、井戸水で冷やした真桑瓜《まくわうり》を食べた。何を話すでもなく祖父の家に遊びに来た孫のように過ごし、西の空が赤くなりはじめたころ、帰り支度をはじめた。

「明日からは本当に来なくていい」国松がいった。「もう夏休みも終わる。自分たちのやりたいことをやれ」

「二人で旅をしてきます」慎太はいった。言葉はそれだけ。けれど、国松はすべてをわかってくれたようだった。

「気をつけてな」

　奇妙な自信が慎太のなかに湧き上がった。

帰りはいつもよりずっと遠回りした。慎太の自転車に喬太も黙ってついてくる。旅立ちの前の青臭い感傷。もうこの風景を見ることもないような気分に浸《ひた》りながら走り続けた。まだ陽は沈んでいないい。空も山裾も朱色に染まってゆく。広がる桑畑の横、家へと続く長く緩い坂の下にさしかかったところで、少し先に人の姿が見えた。

シャツにサスペンダー、右手に大きな鞄を提げ、坂を下りてくる。

新聞か郵便の配達以外、通行人なんてめったに見かけないのに——でも、次の瞬間には何も考えられなくなった。声を上げる前に涙が溢れてくる。

「父さん」喬太が涙声で叫んだ。

「父さん」慎太も叫んだ。

自転車を放り出し、二人駆け出した。父も駆け寄ってくる。飛びつく喬太を父が抱きしめた。慎太も抱きつく。父の腕を背中に強く感じる。

「父さん父さん」喬太が泣きながらくり返している。

伸びかけた父の顎鬚《あごひげ》が、慎太の頬にちくちくと痛い。それでも嬉しかった。悔しいけれどすごく嬉しかった。

「筒井さんのところにいたのか」父が訊いた。

二人とも頷いた。父は国松の名を楠緒と季代から聞いたらしい。喬太が父の胸に顔をこすりつけながら「会いたかった」といっている。慎太も気持ちは同じ。でも、素直に喜べない。

「どうして放っておいたんですか」涙と一緒にそんな言葉が出た。「なんで会いに来てくれなかったんですか」父のシャツの袖を握る手に力が入る。

が、父は一切構わずこういった——

「すぐに逃げるんだ」

慎太は言葉を止め、喬太は泣くのを止めた。そんな二人を父は抱きかかえたまま、道脇の桑の葉が茂る陰へと引きずっていった。

「家には戻るな、このまま逃げろ」

父は呆然とする慎太のベルトを外しズボンを降ろした。

「熊谷の武居《たけい》のところへ行くんだ」慎太のシャツをたくし上げ、持っていた鞄のファスナーを開くと白いさらしを取り出した。

「去年三人で行っただろう。覚えているな」

「父さん」喜んでいたはずの喬太の声が震えている。

慎太も何が起きているのかわからない。父は慎太の腹にさらしを巻きつけながら「何があっても外すんじゃない」といい、間に薄茶色の封筒を挟み込んだ。

「これだけがおまえたちを守ってくれる。誰にも見せるな、渡すな。わかったな」

父は赤く腫らした目から涙を流し、二人をまた抱きしめた。はじめて見た父の涙。慎太と喬太は抱かれながら震えた。

「どうして」訊く慎太の胸に、父は「これも持っていけ」と鞄を押しつけた。

「列車は使うな。二人で山を歩いて下るんだ。筒井という年寄りに頼ろうなんて気も起こすんじゃない。いいな、二人で行くんだ。仲良くしろ、助け合え」

「ねえどうしてなの」慎太はくり返した。

「行かなきゃ殺されるからだ」父は低く強い声でいうと、ズボンのポケットから一葉の写真を取り出した。祖母、父と母、姉、慎太と喬太――細見家の全員が写っている。大正十二年二月の節分に駒込片町の写真館で撮った最後の家族写真だった。

「私たちがいたことを忘れないでくれ」

父は喬太の手に写真を握らせると、二人を突き飛ばした。

「早く行け」父が怒鳴った。「行くんだ」薄暗くなった周囲を見ながらくり返した。

父は狂ってしまったのかもしれない。そう感じながら慎太は喬太の手を引き、あとずさった。「行け、馬鹿者」父はまだ叫んでいる。

怯えながら二人は走り出した。

「父さんはどうしちゃったの」喬太は泣き続けている。その手を引きながら、しばらく走ったところで慎太は立ち止まった。

「おまえは国松さんの家に行け。事情を話して、熊谷の武居のところまで送ってもらうんだ」

だが喬太は動かず、握った手を離さない。慎太がこれから何をするつもりなのか喬太も気づいている。握った手から互いの体の震えが伝わってくる。

「僕も行く。家に帰る」喬太はいった。

「駄目だ」慎太はいったが、喬太も譲らない。「僕だって知りたいよ」

喬太は泣きながら真っすぐに慎太を見た。慎太も目を潤《うる》ませながら見返した。

兄弟二人、何もいわないまま走り出した。

桑畑を迂回する細い道を進み、雑草に覆われた斜面を這い上がった。家の裏庭へ戻ってゆく。塀の陰から様子を窺ったが、人の気配はない。息を殺して裏庭を横切り、家の土台の小さな鉄格子を外し、床下へ。外した鉄格子をまた元に戻し、父から渡された鞄を抱え、リュックサックを隠してある場所までずるずると進んだ。

暗くて何も見えない。厚い床の上から足音と椅子を引く音が漏れてきた。蛙《かえる》や虫の鳴き声が騒がしい。少しして「ああ」と呻《うめ》きとも嘆《なげ》きともつかない声が聞こえ、居間にいるのは父だとわかった。

闇のなかでじっと待ち続けた。いるはずの楠緒と季代の声も聞こえてこない。窮屈で蒸しているもののの、コンクリートの冷たさが夏の夕暮れの暑さを和《やわ》らげてくれる。

父の息づかいを感じながら、一時間、いや二時間以上が過ぎた。が、何も起きなかった。父は本当に病んでしまったんだ――と慎太が思いかけたころ、遠くからエンジン音が聞こえてきた。自動車？いや、トラックのようだ。しかも一台じゃない。家の前で停まったあと、玄関の扉がばんと開いた。

数多くの靴音が土足で家に入り込んでくる。慎太と喬太は身がぎゅんと縮まった。

「はじめよう」床板の向こう側、聞いたことのない男の声がいった。靴音が家じゅうに散らばり、扉を開き、壁を叩いてゆく。解体でもはじめたかのように騒がしい。その騒がしさを縫《ぬ》って男の声が聞こえる。

「書類を出せ」

父にいっているらしい。だが、父は何もいわない。すぐにどかんと響いた。父が蹴られた、見なくてもわかる。椅子が転がる音のあとに苦しむ声が聞こえてきた。

「息子たちに持たせたか」また男の声。

「もう秩父には」と父がいいかけたところで鈍い音がした。また蹴られたのだろう。慎太も喬太も泣き声が漏れないよう、強く自分の指を嚙んだ。また遠くでエンジンの音。後続が来たらしい。

「運べ」男が指示している。靴音が今度はいくつもの呻き声と一緒に入ってきた。口を塞がれているようだ。それでも誰の声かすぐにわかった。運び込まれたのは、母さん、姉さん、楠緒、季代――

父と同じように床に転がされたらしい。厚い床板の向こうに皆の泣き声が聞こえる。床板を隔てた下で慎太も喬太も泣きながら手を握り合った。直後、慎太は腹のあたりに生暖かさを感じ、驚いて一瞬身をよじりそうになった。喬太が失禁したようだ。覚悟はしていたつもりだけれど、こんな恐ろしいことが待っているとは思わなかった。

「私だけにしてくれ。どうか皆は許して」父が泣いている。懇願している。「本当の罪人は誰か、君も知っているだろう」

男は相手にせず「横川《よこかわ》さん」と近くの誰かを呼んだ。慎太も喬太も知らない名前。その横川という女が何か話しているようだけれど、声が細過ぎて小さくて聞こえない。

慎太が床板に耳を押しつけた瞬間、「ぐうう」と楠緒が声を漏らした。体もばたつかせている。足が床を強く蹴る音が響く。不気味で、どうしようもなく悲しい声。声はすぐに止んだが、今度は季代が叫びはじめた。「ききぃ」と割れたガラスを擦り合わせたような声がする。慎太と喬太の身がまた縮む。叩かれているわけでもないのに体じゅうの皮膚が痛い。

床の上では母も泣いている。父は「やめろ」と叫んでいる。いくつもの靴音が家じゅうを探し回っている。どくどくと自分たちの心臓の音が響く――すべての音が混ざり合い、闇とともにのしかかってくるようで、苦しくて痛くて慎太は吐いた。喬太も吐いた。消化されずわずかに残っていた真桑瓜が目の前のコンクリートに跳ね返り、顔に貼りつく。

姉と母の声が聞こえた。呻きはすぐに金切り声に変わり、響き続けた。ひいひい、があがあ――人の声とは思えない。でも、間違いなく姉と母の声だった。慎太と喬太は互いの手をもっと強く握り合った。肌に爪が食い込んでいるが、痛みを感じられない。

「息子たちが持っている」父が涙声でいった。「でも、どこに行ったのかはわからない」「もうやめてくれ、頼む」「本当にわからない。頼むから」叫び続けていた父の声が途切れた。

姉と母の金切り声も消えた。慎太の頭はぼんやりとしていた。それでもここに居続けてはいけないことだけはわかった。

姉さんは、母さんは、楠緒と季代はどうなってしまったんだろう?

考えようとするが、はっきり気づいてしまえば、きっともう動けなくなる。こわばった全身に力を入れ、どうにか喬太の腕を引いた。東京行きのために隠していた二つのリュックサックも静かにたぐり寄せた。暗闇のなか、石のように固まって動かない喬太の体を少しずつ引きずってゆく。

「この畜生が」「人でなしの人殺しが」「報いを受けて地獄に堕《お》ちろ」

床板の向こうの居間では横川という女が叫んでいる。

「ベルンはブラフじゃない」

父も喉を詰まらせながら小声でくり返している。

小さな鉄格子の向こうに、ここの闇よりも薄い闇が、夜風に揺れる草木がかすかに見えた。出てゆくことは恐ろしいけれど、ここで待ち続けるのはもっと怖い。慎重に鉄格子を外し、ゆっくりと這い出る。喬太の顔は表情を失くし、涙は乾き切っていた。背を低くして進み、ゆっくりと斜面を降りてゆく。自分の足が動いていることが慎太自身にも不思議だった。大き過ぎる恐怖の重みに耐えかねて、感覚が麻痺しているらしい。

桑畑まで来ると二人は駆け出した。曇り空の月だけがぼんやりと細い農道を照らしている。一度だけ振り向くと、自分たちの家からランプを手にした開襟《かいきん》シャツの男たちが次々と出てきては、闇に散らばってゆくのが見えた。

追われているのをはっきりと感じ、二人は足を速めた。

見慣れた板葺き屋根の平屋から漏れる明かりが見えると、慎太も喬太も知らぬうちに全力で走っていた。その弱い光は、ほんのわずかな安堵の兆《きざ》しだった。

たどり着くと思い切り戸を叩いて国松を呼んだ。

戸が開く。国松の顔が見えると二人はすがりついた。「どうした」国松の言葉に重ねて、一気に話す。上手《うま》く舌が回らない、それでも言葉が止まらない。

「うそじゃない、本当なんです」慎太は話の途中に何度もそう挟んだ。自分でさえ起きたことを信じられない。

「父さんたちを助けて」喬太が祈るようにいった。

だが、国松は二人を見つめ、こういった。

「残念だがもう生きてはいないだろう」

はじめて二人を襲った恐怖の感情を悲しみが上回った。頬を涙がだらだらと垂れてゆく。

「あの、いわなきゃならないことがあって」慎太は泣きながらいった。「僕たち松本祥一郎、圭次郎なんて名前じゃないんです」

「わかっていたさ」

やっぱりと慎太は思った。国松はいつも「おまえたち」といい、あの馴染《なじ》まない偽名で呼ばれたことは一度もない。見抜かれていると感じながらも、国松を余計な面倒に巻き込みたくなくて隠し続けていた。

「本当は細見慎太と喬太です」喬太も泣きながらいった。

国松の表情がこわばる。「細見欣也《きんや》の子か？」

「知っているんですか」二人は泣きながら驚いた。

「ああ。でも今は理由はどうでもいい。それは……厄介だな」

国松は二人が父から渡された鞄を開いた。大量の金が入っている。使い古した二十円札と十円札が輪ゴムで束ねられ、五十円札まであった。国松がそれを全部取り出し、鞄のなかを丹念に調べてゆく。他には何も入っていない。

「札をリュックに詰め替えろ」国松がいった。「逃げるんだ」

「嫌だ」喬太がすぐにいった。「どこにも行きたくない」

父と同じ言葉が国松の口からも出た。慎太の足がまた震え出す。

「ここにいたら三人とも殺される」国松はそういって土間の奥、畳敷きの部屋に置かれた簞笥の一つを開けた。「これも持っていけ」

オートマチックの拳銃、ベレッタＭ１９１５。交換用の弾倉一つとともに慎太に手渡された。

「はじめに安全装置を外すんだ。そう横のそれだ。右手で握り、左手で支え、腕は伸ばすな。肘を曲げて両腕を胸につけて顔の前で構える。狙ったら躊躇《ちゅうちょ》するな」

「家に来たのは誰なの？　何があったの？」喬太はくり返している。

「そいつらはたぶん陸軍だ。噂程度にしか知らんが、おまえたちの父親は何らかの不正に関わったらしい。連中は間違いなくここにもおまえたちを探しに来る」

「だから逃げなきゃいけないの？」

「そうだ」

「一緒に来てくれますよね」慎太は震えながら訊いた。

国松が首を横に振る。

「どうして」喬太が怒った声でいった。

「脚も腰も悪い俺がついて行ったら、一晩かけても山一つ越えられない。邪魔になるだけだ」

扇風機が音をたてながら三人に風を送っている。

慎太も喬太も涙ぐみ懇願した。また二人きりで闇に放り出されることが心の底から怖かった。国松は何度も首を横に振りながら、一葉の彩色された写真を差し出した――ツイードの上着で左手にハンチング帽を持った、今よりも若い国松。背が高く精悍《せいかん》な顔をした白背広の男。その二人の間、産衣《うぶぎ》の赤ん坊を抱いたワンピースの女が愛らしい笑顔を浮かべ椅子に座っている。

「まずは父親にいわれたとおり熊谷に行け。交番に駆け込んでも保護はしてくれないだろう。警察署に連れて行かれ調書を取ったら親戚に引き渡される。そこで待ち伏せされ、母親や女中たちと同じように拘束されるだろう。熊谷も危険になり、他にどこにも行き場がなくなったらこの女を頼るんだ」

真んなかにいる女を国松は指さした。

「名は小曽根《おぞね》百合、忘れるなよ」

写真を裏返す。台紙に住所が書き込まれている。

〈東京府南葛飾《みなみかつしか》郡寺島町《てらじままち》大字《おおあざ》玉の井三十五番地の二〉

「そこに行け。筒井国松に教えられたといえば必ず助けてくれる」

慎太は写真を握らされた。絶対になくすなと何度もいわれたが、こんな人形のような顔をした女に自分たちを救う力があるとは信じられなかった。

国松が腕を掴み、二人を戸の外へ出した。

「やるべきことが決まったのに時間を無駄にする奴が俺は一番嫌いだ。知っているだろう？」

とぼとぼ歩きはじめた慎太は、二度三度と振り返ったあと、ようやく喬太の手を握り、また闇のなかへ駆け出した。


国松は戸を閉めた。

土間の奥の座敷に上がる。押し入れを開け、慎太と喬太が持っていた鞄を放り込むと、狩猟に使うスプリングフィールドＭ１９０３小銃（ライフル）と村田《むらた》式散弾銃を取り出した。右手と手首のない左腕を使って銃弾を装塡し、壁際に置かれた箪笥の陰に立て掛ける。縁側の雨戸は閉まっている。天窓も閉じられている。柳行李《やなぎごうり》からベレッタをもう一挺出した。土間を挟んだ戸口の正面にあぐらをかいて座り、自分のすぐうしろにベレッタを置いた。

甘茶を淹れて一口飲む。

しばらくして木戸の外で男の声がした。

「夜分に恐れ入ります」

予想より早い到着。そう思いながら国松はもう一口甘茶を飲み、座敷の奥に座ったまま大声で訊いた。「誰だい」

地元の青年団員だと名乗った。横瀬《よこせ》地区に住む兄弟、松本祥一郎と圭次郎が家に戻らず、連絡を受け、皆で行方を捜しているという。時計を見ると午後十一時十二分。鍵はしていないと国松がいうと、すぐに引き戸が開いた。声の男と、うしろに男がもう一人。頭を下げながら土間に入ってくる。二人似たようなズボンに開襟シャツ、肌は日焼けしていた。

「ここを誰に聞いた？」

「松本兄弟の友達です」

毎日のようにこの家に遊びに来ていること、ここの飼い犬と散歩をしていたこと、その犬が数日前に死んだこと。どれも聞いて知っているという。

飼い犬とはルパのことらしい。でも、犬じゃない。それにあの二人に友達はいない。

――調査が雑だな。

国松は思った。指揮官が状況を甘く見ているのか。それとも、よほどの緊急事態か。

「二人を見ていませんか」

「今日は来なかったよ」

「家のなかを調べたいのですが」

「俺が何かしたっていうのかい」

「念のためです。震災後、物騒な事件が多いですし、兄弟の家は裕福ですから」

「だったら警官を呼んできてくれないか。立ち会わせてくれ」

国松は座敷に座ったまま穏やかにいうと、男たちの足元を見た。黒い革靴は磨かれ、膝も背筋も伸びて姿勢もいい。どう装っても、体に叩き込まれたものは簡単には消せない。

男たちは少し困った顔をしたあと、丁寧な口調で説得をはじめた。

聞いている自分の顔が不機嫌になってゆくのを国松は感じた。こんな見え透いたやりとりが、どうにも苦手だった。互いのうそはわかっている。うそがぶつかり合ったあとの結末も見えている。それでも終わりにたどり着くまでの時間を慎太と喬太のために引き伸ばした。

「地元訛りのない相手にはどうにも臆病になってな」国松はいった。

「仕事を見つけて去年移ってきたばかりなもので」

「石灰の掘削場かい？」

「はい。他所者《よそもの》はお互い様です」

「だからお互い信用ならねえってことだよ」

男たちは少し黙り、嫌な顔で頷くと、「出直します」と振り返る素振《そぶ》りで——右手を素早く腰のうしろに回した。

国松の右手もすぐに動いた。自分のうしろ、畳に置いた拳銃を握り、体を倒しながら引き金を引く。二人の男も引き金を引く。

互いに撃ち続けた。遊底《ゆうてい》（スライド）が後退し、焼けた薬莢が飛び出す。銃弾が交錯し、二人の撃った一発が国松の左脛《ひだりすね》を貫いた。が、構わず畳の上を滑り、箪笥を横に引き倒し、その裏に隠れた。

数秒間の銃声が止むと、男たちは土間に倒れていた。国松に二発ずつ撃ち込まれ、一人は息絶えていたが、もう一人は胸と頬を手で押さえ喘《あえ》いでいる。

国松は箪笥の裏ですかさず小銃に持ち替えると、土間の先、開いた戸口の右左の壁板を狙い撃った。銃身を手首のない左腕に乗せながら槓桿《こうかん》（ボルトハンドル）を跳ね上げ、引き、連射する。薄い壁板の向こうに隠れていた二人が倒れ、唸り声がした。

小銃、続いて拳銃に再装塡する。土間で喘いでいた男にもう一発撃ち込む。喘ぎ声が止んだ。国松は天井から下っている電球も撃ち抜いた。

暗闇になった。畳を這い、扇風機の電源を切り、箪笥や文机《ふづくえ》、数少ない家具を倒し頼りないバリケードを築くと、撃たれた自分の左脛を布で縛り止血した。

壁越しに撃たれた外の二人の唸り声も消えた。死んだか、仲間が遠くに運んだのだろう。戸口の外、地べたに残る血だまりを淡い月明かりが照らしている。蛙と虫の鳴き声も止んだ。外を走り回っていたいくつかの靴音も消えた。

火を放ってくる気配はない。あの兄弟がここに隠れている可能性を捨てていないようだ。連中は手間をかけ撃ち合い、国松だけを排除しようとしている。あの子たちを殺せない理由があるらしい。奴らがまだ二人の行方を摑んでいないこともわかった。

コチコチと鳴り続けていた時計の音が消えた。使い古した置き時計。日に一回ネジを巻かなければ止まってしまう。眠る前に巻くのが決まりで欠かしたことはなかったが、今夜は巻けなかった。自分が今夜ここで終わることを国松はあらためて感じた。

後悔はない。むしろ少し前に長年の相棒だったルパを看取《みと》ってやれたことを嬉しく思っていた。そのルパのおかげで最後に孫のように年の離れた二人の仲間もできた。ここで終わり、これで終わり。でも、悪くない。

次の瞬間、家の外で銃声がした。十発、二十発、三十発、外壁を取り巻くように鳴り続ける。木と藁と漆喰の家がきしみ、揺れる。ほんの一瞬、七年前の中国南京での出来事が頭をよぎった――

銃声は続く。五十発、六十発と絶え間なく撃ち込まれ、その喧騒に紛れ、開いたままの戸口から拳銃と光るランプを手にした二人が飛び込んできた。

バリケードのうしろから小銃で狙い撃つ。

一人がのけ反《ぞ》り、一人が前のめりに倒れた。土間に二人が転がり、ランプも二つ転がった。暗闇が照らされる。

さらに二人、ランプと拳銃を手に飛び込んでくる。

散弾銃に持ち替え、引き金を引いた。ランプが割れ、一人が倒れてゆく。国松はもう一人の動きを追い、撃つ。仕留《しと》めた。が、仰向けに倒れてゆく男のうしろ、開いた戸口のずっと離れた先に小さな閃光《せんこう》が見えた。

体の正面に衝撃が走り、どんと腰をつく。閃光が射出発火だと気づいたときには、国松はバリケードの裏で倒れていた。

首の付け根あたりが熱い。鎖骨《さこつ》が砕けているのがわかる。殺傷力の高いダムダム弾を使いやがった。懐から手拭いを引き出し、丸め、傷口に押し当てた。仰向けに倒れたまま、手のひらのない左腕で止血し、右手で拳銃を握りしめる。だが、力が入らない。呼吸が苦しい。

――四人を捨て駒にして、三つのランプの光を手がかりに狙い撃ちやがった。

怨《うら》みはない、むしろその狙撃手の非情さを少し羨ましく思った。気管に血が流れ込んでくる。体も冷えてきた。

戸口から大勢が駆け込んできた。ランプと携帯電灯の光が闇を掻き消し、家中にいくつもの靴音が響く。家具のバリケードを崩し、壁を叩き、畳を剝がしている。起き上がることができない国松は倒れたままその音を聞いていた。「いない」「そっちは?」慎太と喬太を捜す声。たまらなくうるさい。

「遺体を収容しろ」誰かが命令しながら近づいてくる。「ここは四人でいい。他は山に回れ」

皆が「大尉」と呼びかける。こいつが指揮官らしい。仰向けのまま薄目を開けるが、もう動けなかった。痛みも感じない。

「喋れるか?」大尉と呼ばれていた男が上から覗き込んだ。

紺色の背広のその男は栗色の髪と瞳をしていた。三十代、背は高く肌は大理石のように白い。西欧人の容姿をした大尉。こいつが大日本帝国陸軍将校？　混濁した意識のなかで自分の目と耳を疑ったが、男の左手には照準器をつけ狙撃用に改造した三八《さんぱち》式小銃が確かに握られている。撃ったのはやはりこいつだ。その先は意識が擦れ、ぼやけた。

「喋れんか」栗色の髪と瞳の大尉はいった。国松にはもう聞こえてもいなかった。

大尉は小銃を下に向けて構えると、引き金を引いた。

国松は自分の胸に何かが触れたように感じた。それきり、鼓動が止まり、記憶は霧散し、意識は完全に消え去った。

低い木々の並ぶ暗い斜面を慎太と喬太は下りてゆく。慣れているはずの山歩きなのに、なかなか進めない。

喬太は泣き疲れ、ふらついていた。慎太も疲れ切り、不自由な片脚を引きずっていた。つま先が木の根に引っかかり、よろけ、苛立って自分の左腿を拳《こぶし》で打った。

茂る葉が風を遮り、暑い。首から胸へ汗が流れてゆく。無数の蚊が絶えずまとわりつき、月に照らされるとタンポポの綿毛《わたげ》のように見える。息を切らしながら歩き続けた。このあたりの山々なら、どう進めばいいか少しは知っている。秩父に越してきたばかりのころ、気づかぬうちに入り込み「他人《ひと》の山で何してる。ガキども殺すぞ」と脅されたことがある。

二人ともルパのことを思い浮かべていた。

――僕たちを守って。

山を駆けながら祈る。他にすがるものは何も思いつかない。国松に託された写真の女のことなど、頭から消えかかっていた。

二人を脅すように暗い斜面の先でがさりと音がした。葉をつけた低い枝がしなる。慎太も喬太も立ち止まり、体を固くし、目を見開いた。風のせいじゃない。月が照らす緑の下にいるのが狐か狸であることを願った。枝の奥からかすかに光が漏れた。

――人だ。

二人はすぐに振り向き、下ってきた斜面を駆け上がった。その少し下、深い緑の葉を散らしランプを手にした若い男が飛び出した。

男は追ってくる。枝を揺らし二人は逃げるが、男が揺らす枝の音はどんどん近づいてくる。土で滑り、根につまずきながら、思うように動かない左脚を慎太はまた殴りつけた。

「何もしない、止まれ。話を聞け」男が叫んだ。開襟シャツにグレーのズボンに編み上げの黒革靴、父を姉を女中たちを殺した連中と同じ格好。間違いなくあいつらの一人だ。

斜面を這って進む喬太がまた滑った。「喬太」慎太は手を伸ばしたが、届かない。喬太は立ち上がろうとするが立てない。もたつく喬太の足元に迫った男の手が、ふくらはぎに触れた――

そこで慎太は撃った。

二度、三度と引き金を引いた。何発当たったかはわからないが、男はうつ伏せに倒れていった。顔を下に向けたまま動かない。倒れた右手には幅の広い刃物が握られていた。

拳銃を構えたまま、肩で大きく息をつきながら慎太は近づいてゆく。

――やれた。

国松から託されたベレッタを、もたつくことなくリュックから取り出し、安全装置を外した。教えられた通り肘をたたんで腋を締め、銃床をしっかり握り、引き金を引いた。近くにいる喬太には一発も当てなかった。

慎太は倒れた男の前に立つと、生死を確かめもせず後頭部を狙った。慌てて男が「止めろ」と叫んだが、すぐに銃声に消された。

慎太と喬太は見つめ合うと、すぐにまた斜面を下った。銃声は遠くまで響いたはずだ。他の連中にここにいると知られてしまっただろう。

だが、慎太は怯えていない。喬太の涙も止まっていた。後悔はなかった。疲れ果てていたはずなのに足も少し軽くなった。

――敵《かたき》を取れた。たった一人だけど殺してやった。

体じゅうにべっとりと貼りついていた、狂いそうなほどの恐怖を、人殺しの興奮が一瞬だけ引き剥がす。絶望を刻んでいた胸の鼓動が高揚の音へと変わった。

家族を殺された夜にこんなに興奮するなんて、きっと頭がおかしくなってしまったんだ。でも、怖さを忘れ強くなれるのなら、おかしいままで構わない――慎太は思った。

興奮に任せ、二人は木々の間をどこまでも下り続けた。

※

岩見は東武曳舟《ひきふね》駅から伸びる線路沿いの道を大股で歩いてゆく。黒い背広が夏の陽射しを吸い込む。首筋を拭ったハンカチを握り締めると汗が滴り落ちた。

隅田川の東、東京府南葛飾郡。区制編成の遅れから名称は郡のままだが、東武線、京成線の鉄道が整備され、花王石鹼《かおうせっけん》や鐘淵紡績《かねがふち》、日立などの大規模工場もある。

道沿いの軒先《のきさき》では色とりどりの朝顔が大きく開いていた。ガラス風鈴がからんと鳴り、その前を天秤棒《てんびんぼう》を担いだ歩き売りの甘酒屋が通り過ぎてゆく。震災復興で東京中が一新されても、このあたりにはまだ明治の風情が残っていた。

だが、路地の奥へと進んでゆくと、その風景が一変する。

岩見は目印にしている蕎麦《そば》屋の横を曲がった。

玉の井と呼ばれる町に入ってゆく。

不規則に交わり分かれる迷路のような細い道に並ぶ、間口の狭い二階建ての銘酒屋たち。銘酒とうたっているがバーでも居酒屋でもない。酒を飲ませる建前で、女が春を売る娼家だった。陽が高く、売女《うりめ》たちはまだ眠っている時間。男を誘う小窓には厚いカーテンがかかっている。

岩見は薄暗い三叉路《さんさろ》で立ち止まり、うしろを見た。

道を確かめ、また大股で歩きだす。だが、右に曲がってまた右のはずが、その先は行き止まりだった。引き返し、左へ。ここへ来るのは四度目なのにまた迷った。道は腹立たしいほどにわかりにくく、まるで蟻《あり》の巣のようだった。

しばらく行ったり来たりをくり返したあと、目印にしている枝振りのいい松の木を見つけた。薔薇《ばら》の鏝絵《こてえ》がある銘酒屋の壁もある。こっちでよさそうだ。

色街らしい優美さも伝統もない、やぼったく、どぶ川臭い町だけれど、ここ玉の井には大小二百五十もの銘酒屋がある。警察命令で去年から表通りでの銘酒屋経営が全面禁止となり、裏路地で重なり合うように看板を掲げる店の数はさらに増えたという。モダンと下衆《げす》が入り交じったそれぞれの店の外観が嫌でも目を引く。長屋の瓦《かわら》屋根に無理やり取りつけたローマ字のネオン。隣の店の壁はピンクに塗られ、魚やタコが描かれたギリシャ風のタイルが貼られている。さらにその隣の店先には、水仙《すいせん》のかたちをしたガレもどきの玄関燈と鉄柵。西洋を強引に混ぜ込んだ奇妙な町並みが、独特の情緒を作り、ここを流行《はや》らせてきた。

高い生垣《いけがき》が続く角をもう一度右に曲がると、赤地に白文字で書かれたランブル―Rumble―の看板が見えた。あれが百合の店。ポケットから懐中時計を出す。どうにか約束の時間に間に合った。

だが、近づく前に、ランブルの丸い取っ手のドアが開いた。

梔子《くちなし》色のワンピースの百合と薄鼠《うすねず》の着物の奈加が出てきた。奈加は眠る赤ん坊を抱いている。もう一人の眠る赤ん坊を抱いた洋装の若い女と、半袖シャツの男があとに続く。岩見も知っている顔。震災の夜に生まれた双子の娘と母親だった。あの男は父親だろう。

岩見は曲がり角を戻った。高い生垣が作る日陰に入り、静かに待つ。

「本当にお世話になりました」父親が深く頭を下げた。母親も涙ぐみながら頭を下げている。

「こんな町だけど、いつでも遊びにきて」百合がいった。

「姐さんも品川へお越しの際は、どうかうちに寄ってやってください」

別れの気配を察したのか、母親の腕のなかの赤ん坊が目を覚まし、ぐずりはじめた。すぐに奈加の抱くもう一人にも伝わり、二人揃って泣き出した。

震災の夜から行方知れずの両親と弟を探し、あの母親は嫁ぎ先から実家のあったこの町に何度も戻っていた。奈加に娘たちを預けに来た彼女に挨拶され、岩見も少し話したことがある。向島や本所や両国《りょうごく》の病院、警察、寺、遺留品預かり所を回り続け、家族の遺骨を見つけ出せたかどうかはわからない。だが、もう終わりにするようだ。

岩見のほうはまだ諦めていない。行方知れずの両脚の不自由な友人を探し続けている。今朝も木場《きば》と深川《ふかがわ》の遺品安置所に寄ってきた。

夫婦と双子が細い道の先に消えたのを確かめ、岩見はランブルのドアを開けた。

店内はいつも通り磨き上げられている。小窓のある玄関ホールには天井から鈴蘭《すずらん》をかたどったランプが下がり、式台と下足箱《げそくばこ》の先には、客が売女と腕組みして二階の部屋へと上がってゆく手摺《てす》りつきの階段が見える。

「ご苦労様。お暑いですね」

奈加に出迎えられ、ホールから上がってすぐの六畳間へ入った。いつもは帳場として使われているここが最近の岩見の仕事場になっている。

銀座や吉原《よしわら》、新橋に較べ、小さな町だった玉の井が震災後に元の姿を取り戻すのは早かった。百合をはじめとする町の女たちは自費で瓦礫《がれき》を退《ど》け、整備し、繁華街の大きな店が建材不足、大工不足で再建できずにいるなか、体を使って資材屋に融通させ、腕のよい大工たちに無理やり仕事を引き受けさせたという。

玉の井の夜はまた華やかに輝きはじめ、遊びを求めて多くの男たちが流れてきた。働く場を求め、浅草や吉原、新橋の上物の女たちもここに流れ、居着いた。東京百美人に選ばれ、絵はがきにもなった、おまち、菊龍《きくりゅう》、お志《し》ん、小静《こしず》――そんな女たち目当ての連中も数多くやってきた。遊んだあとの男たち相手の飯屋や呑み屋も集まり、朝方近くまで暖簾《のれん》を出すようになった。

駅と鉄道も造られている。町を北から西に走る東武伊勢崎《いせさき》線は電化工事が進められていた。利用客の少なさから明治四十一年に廃止になった東武白鬚駅も玉ノ井駅と名を変え、十六年ぶりに営業を再開することになっている。町の中心を貫くように走る京成電車の新線敷設計画も進み、東武線と立体交差させるための高架鉄橋の建設が先行してはじまっていた。まだ土地買収で手間取ってはいるが、町の南に幅十間（約十八メートル）の新たな道路を通す計画もある。

景気はいい。日本中が不況、インフレと騒いでいるが、この二百メートル四方の町のなかは違う。けれど、面倒も起きはじめていた。

震災後にこの町に流れてきた売女には、前の店や雇い主ときっぱり縁切れていない者が多い。そんな女たちがこぞって前の持ち主から契約不履行、借金不返済で訴えられている。彼女たちを働かせているおかみたちにも裁判所から訴状が送られてきた。

百合からの依頼で、岩見は今、この町の女たちのために働いている。

震災の晩、東京の名の知れた色街で働く女の多くが、店主の命令で土蔵や地下蔵に押し込められたという。持ち主たちは財産である遊女《ゆうじょ》に逃げられまいとした。

大勢が閉じ込められた地下蔵で、何人もが折り重なり、下のほうは重さで潰れ、上のほうは火にあぶられ死んだが、真んなかにいたおかげでどうにか生き延びた女もいる。

人殺し同然の持ち主から法的にも解放されたいと願っている女たちのため、岩見は裁判準備の調書を取っていた。今はデモクラシーの時代。女郎《じょろう》でも娼婦でも裁判に勝ちさえすれば、不当な契約と非道な雇用主の支配から自由になれる。持ち主が売女を訴え、売女も訴え返す前例のない訴訟合戦。勝ち目は薄いが争ってみる価値は確かにあった。

一人目の尖《とが》った顎の女が帰り、少しして二人目の若く痩せた女が帳場に入ってきた。

身上書には十九歳とあるが十五、六に見える。浅草の店にいた彼女は蔵に入れられ足に鎖をかけられたという。

話の途中、襖一枚を隔てた向こうで玄関ドアの開く音がした。

布団屋だった。奈加が奥から廊下を小走りでやってきた。見えないが重い足音でわかる。

狭い土地に詰め込んだように店が並ぶこのあたりでは、商売人も裏口へ回らず表口から声をかける。さっきが香道具屋、その前には新聞の集金も来た。布団はこの町では大事な商売道具の一つ。しなびた布団に寝かせると「けちな店だ」と客が嫌うため、しじゅう綿の打ち直しをするらしい。香は前の客のタバコの匂いを消すために焚く。銭で買った女でも別の男の気配がすると客たちは白けるそうだ。新聞も客の好みに合わせて七紙を取っている。岩見も何度か出入りするうち、この町なりのやり方を知らぬ間に覚えていた。

若く痩せた女が話を続けてゆく。

蔵に火が移り、自分も焼ける寸前でつながれていた柱が燃えて倒れ、鎖が外れてどうにか逃げ出したそうだ。

聞きながら、岩見はまた息苦しい気分になった。七年前の記憶がぼんやりと頭に浮かぶ——

そんな岩見を見ながら女が逆に訊いた。

「どうしてタバコが苦手なの？」

ここは小さな町。岩見がタバコの煙をひどく嫌っていることはもう知れ渡っている。

「昔から気管が弱くて」ふいに訊かれ、ごまかそうとした。

「自分のことだけ知られて、相手のことを何も知らないのって、あたし好きじゃないんだ」

三十四歳の岩見よりずっと年下の彼女は口元を緩めた。幼さの残る目は、まだヤニ染みが残る岩見の前歯を見ている。岩見は曖昧に笑って調書を取り続けようとした。

また襖の向こうで玄関ドアが開いた。

「ごめんください」

張りのある若い男の声。今度は商売人ではないらしい。

出迎えた奈加が、「大変、五代目がいらっしゃいましたよ」と慌てて廊下の奥を呼んだ。

軽やかな足音が聞こえる。百合が出てきたようだ。

少しして岩見たちのいる帳場の襖がわずかに開き、奈加が「静かにしててね」と小声でいった。開いた襖の向こう、玄関ホールに背の高い整った容姿の男が立っていた。水色のリネンジャケットに紺のネクタイ、茶のズボン。身なりもいい。薄紅《うすべに》の留袖《とめそで》と霞《かすみ》のような白練《しろねり》色の帯をつけた百合が上がり口で頭を下げている。支子色のワンピースから銘酒屋の女主人らしい着物姿に変わっていた。下げた頭につけた赤珊瑚《あかさんご》の髪飾りがきらりと光り、そこでまた襖が閉じられた。

岩見は黙ったまま、見えない襖のあちら側に意識を向けた——

「ご無沙汰《ぶさた》しております、五代目。お迎えもせずご無礼いたしました」百合がいった。

「こちらこそ突然やって来て申し訳ありません」男がいった。「事前にお伝えするとお気を遣わせてしまうと思いまして。それに五代目でなく武統《たけのり》で結構ですから」

「五年ぶり、でございますね」

「父の三回忌でお会いして以来です」

「お元気そうで」

「そちらもお元気そうで」

お上がりくださいと百合が誘うのを断り、武統と名乗った男は玄関ホールに立ったまま続けた。

「先日、赴任先の香港から帰国し、同時に勤めておりました鈴木商店を退社いたしました」

「そうでございましたか」

「一人で決めて突然辞めたものですから、母も身内連中もたいそう驚かせてしまいました」

「跡目をお継ぎになるんですね、おめでとうございます」

「いえ、挨拶回りを終えましたら、しばらくはまた修業です。水野通商のやり方を一から身につけさせてもらいます。跡目の話は当分先になりそうです」

「本家の大姐《おおあね》さんも、亡くなられた先代も、さぞお喜びでしょう」

「義理の母ともいえる百合姐さんに、今後、いろいろとご相談、ご協力をお願いすることも増えると思います」

布が軽く擦れる音がして、玄関ホールに響く武統の声の感触が変わった。頭を下げているらしい。

「父が亡くなり、図体が大きなだけの暴力団に戻ってしまった水野通商を、もう一度以前のような本物の国際企業として、日本を牽引《けんいん》する会社として蘇らせることが僕の第一の目標です。今後ともお力添えを何卒よろしくお願いします」

「微力ながらお手伝いさせていただきます」百合の声の響き方も変わった。同じように頭を下げているのだろう。

武統は引き止める奈加に明るい声で別れを告げ、すぐにドアの外に出ると、待たせていた従者を引き連れ帰っていった。


晩夏の夕陽が消え、夜へと変わるころ。

五人分の聴取を終えた岩見は帳場の襖を開いた。

「ごくろうさま」玄関ホールで待っていた百合が声をかけた。

「また明日参ります」岩見は一礼した。

「よろしくおねがいします。私は明日から少しの間、留守にするけど、何かあったら奈加さんに話して。銭が入り用なときも遠慮せずいってね」

「はい」

声と表情から百合の用事が楽しいものでないとすぐにわかったが、もちろん詮索《せんさく》はしない。

店の前に出て、見送る百合にもう一度頭を下げた。

細い路地を帰る岩見と入れ違うように、遊びを求める男たちがやってくる。

道沿いに並ぶ銘酒屋のネオンが鮮やかに輝き出した。一階小窓のカーテンが開き、化粧した女たちが顔を出す。男たちが路地をうろつき、女たちが色目で誘う。

夜の深まりとともに行き交う男たちが増えてゆく。女を眺め、品定めして、銘酒屋のドアを開け、渇いた笑顔に迎えられる。

玉の井の忙しい時間がはじまる。

※

柱時計の針が文字盤のⅫの上で重なる。二階で戯《たわむ》れている客と売女に聞こえぬよう、ボーンボーンと小さく鐘が十二回鳴り、日付が変わった。

百合は岩見のいなくなった帳場で書き物を続けていた。

自分を除く玉の井を束ねるおかみたち一人ひとりに手紙を書いている。役所に送る袖の下、近隣の暴力団や保健所とのつきあい、客の取り合いでもめる店どうしの仲裁、税金の支払い割当（玉の井では町ぐるみで一括納税する）、震災で死んだ女たちの一周忌の段取り。伝えておかなければならないことがいくつもある。

この町は南半分を百合が、北半分を百合の祖母のような歳の大姐さんが領域《シマ》として持っている。二人に別格に大きな銘酒屋を持つ女三人を加えた五人で、町に関わるほとんどの物事を決めてきた。近ごろは手持ちの長屋を銘酒屋に改築して日割り家賃で売女に貸し出す、家主と呼ばれる男たちも増えた。震災後の風紀健全化計画で浅草の繁華街を追われ、ここに新しく移ってきた銘酒屋も多い。地震を境にいくつものことが大きく変わったが、それでもここは女が働き、女が仕切る町。

百合が玉の井で暮らすようになり七年。来たばかりには嫌がらせもあったが、武統の父、水野寛蔵から教わった経営や経理の知識で町のために働きはじめると、少しずつ受け入れてくれるようになった。五人の姐御衆のなかでは一番若く一番の新参者。それでも今ではここを終《つい》の住み処《か》だと思っている。惨めな思い出や借金を抱えた女たちが吹き溜まる、澱《よど》んだ川の底のような町だけれど、出てゆくつもりはない。

百合は本妻のいる水野と何年もの間、夫婦のように暮らし、子供も一人産まれた。だが、水野が亡くなり、形見分けでここに領域《シマ》をもらった。

この町は水野が遺してくれた唯一のかたちあるものだった——

三通書き終えたところで、奈加が盆に急《きゅう》須《す》とごま煎餅を載せ入ってきた。

脇に挟んだ新聞を差し出す。

「もう読んだよ」百合はいった。

三面には秩父で起きた筒井国松の『不可解な自殺』にまつわる続報が載っている。国松の記事がはじめて新聞に出たのは五日前の八月二十日。それよりわずかに早く、十九日の晩には弁護士の日永田から死を知らせる電報が届いていた。

奈加は隠すように新聞を盆の下に敷くと、茶を注いだ。百合は煎餅をかじった。ごまと醤油の香ばしい匂いが広がる。

「何度もいいますけど」奈加が百合の顔を見た。「秩父に行くのはやめませんか」

「やめないよ」煎餅の詰まった口でいった。

奈加の顔が不機嫌になってゆく。

「だいじょうぶ。確かめてくるだけだから」

本当はすぐにでも行きたかったけれど、祭りのための新たな山車《だし》の発注や保健所の視察、下水道新設のための役所との話し合いなど、玉の井のこの先にかかわる大切な用事が重なり、焦れながら待つしかなかった。これ以上先に延ばすつもりはない。

奈加は口を曲げて見ている。鼻も少し広がってきた。国松の死を悼《いた》む気持ちは彼女も同じ。死の真相を知りたい気持ちも同じ。だが、秩父に行けば必ず厄介事が待っているとわかっている。

「疲れた」百合はぼやき背伸びをした。「蜂蜜氷糖梨《フォンミービンタンリー》が食べたくなっちゃった、作ってよ」

「嫌ですよ。そんな最後の晩餐みたいなことはしませんからね」奈加は茶をすすった。

　蜂蜜氷糖梨は喉に薬効のある梨や棗椰子《なつめやし》を、蜂蜜、氷砂糖で煮てスープのように食べる菓子で、奈加の生まれた中国陝西省《せんせい》西安《せいあん》の名物だった。

　奈加の本当の名は林阿英《リンアイン》。漢人とウイグル人の混血で、百合とは、水野が台湾の北投《ベイトウ》に持っていた屋敷で出会った。

「元は馬賊だから逆らうと痛い目に遭うぞ」水野は奈加のことをそう紹介した。

はじめは冗談だと思ったが、本当だった。阿英は皮影娘々《ピーインニャンニャン》と呼ばれ、西安周辺を荒らし回った盗賊団を束ねていた。皮影とは西安伝統の影絵芝居に使う牛や驢馬《ろば》の皮から作った人形で、阿英たちはその鮮やかに彩色された人形を団旗や外套《がいとう》に縫いつけ、自分たちの目印としていた。漢人の父に捨てられ、ウイグル人の母に売られた阿英は、売られた先の妓楼《ぎろう》（売春宿）で主人を刺して逃げ出し、馬賊に拾われ、副頭目にまで上った。そんな息苦しい生い立ちの末に軍閥に捕まり、処刑されかかっていたところを水野が買い取ったのだという。

　中国各地で事業を進めていた水野が西安を支配する軍閥当主を表敬訪問すると、当主は晩餐会の余興の一つとして、秦《しん》、漢《かん》のころのように、牢につながれ折檻《せっかん》を受ける阿英を見せた。そこで阿英は「私を買ってくれたら、この身を一生あなたに捧《ささ》げる。決して損はさせない」と水野に訴えた。水野は「物好きな日本人」と笑われながらも、男のように屈強な体つきをした彼女を買い取り、奈加という新しい名を与えた。奈加は今も水野との約束を守り、百合とともに生きている。

　空が白みはじめたころ、百合はようやく手紙を書き終えた。

　二階からまだ起きている売女と客の笑い声が漏れてくる。くわえタバコで帳場のガラス窓を大きく開け、煙をふうと吹いた。一晩分のヤニが出ていくようだった。起きて待っていた奈加も隣に座り、タバコに火をつけた。朝の生暖かい空気のなかを白い煙が漂い、小さな渦を巻いて消えてゆく。

　百合は畳に横になった。陽が昇りきるまでの短い休息。

「おやすみなさい」奈加が静かに廊下に出てゆく。

襖が閉じるのに合わせ百合も目を閉じた。


「速達です」

店の前で呼んでいる。

午前九時七分、百合はもう起きていた。頰紅《ほおべに》の筆を置き、鏡台の前から立ち上がる。三時間ほど眠れたが、玉の井ではまだ朝早い時間。配達員も心得ていて、近所の店から文句をいわれないよう数回声をかけたあとは静かに待っている。

百合も静かにドアを開けた。

「小曽根百合さんに」配達員が白い封筒を差し出す。

表にも裏にも差出人の名はない。消印は〔埼玉・熊谷13・8・25前9―12〕、きのうの朝に投函したらしい。封を切ると二葉の写真が入っていた。

見つめる百合の口からため息が漏れる。行き先が秩父から熊谷に変わった。しかも、すぐに出なければ。せめて行きの片道だけはのんびりとした旅にするつもりだったのに。

「奈加さん」くり返し呼んだ。寝巻きのまま駆けてきた奈加に封筒の中身を見せる。奈加の顔も切ない表情に変わった。

「やっぱり氷糖梨食べておけばよかった」百合はいった。

「作って待っていますよ」奈加が憐れみの交じった優しい目で見た。百合はさみしい顔で頷くと、大きな黒いバッグを片手に店の外に出た。この先に待っているのは厄介事だけ――嫌というほどわかっている。それでも百合は一歩を踏み出した。

歩いてゆく路上は、陽を浴び白く光って見えた。

三章　煙の記憶

　百合は市電吾妻橋《あづまばし》線を降りると日傘を開いた。
八月の陽光が白い傘の上ではじける。道路の真んなかに造られた停留所から、自動車や馬車、乱暴に走る大八車を避けながら進んでゆく。遠くの上野の山からうるさいほどの蟬時雨《せみしぐれ》が聞こえてきた。広いはずの上野駅前広場は、平日午前にもかかわらず半分近くが露店に埋められている。地面に布や新聞紙を拡げ、野菜や餅、味噌を並べただけの文字通りの大道店《だいどうみせ》。皆、常磐《じょうばん》線や東北線に乗って群馬、茨城の村々から行商に来たのだろう。

　十一ヵ月前の震災で焼け落ちた省線上野駅舎は今も再建工事が続いていた。バラックの仮駅舎のなかを多くの人が行き交っている。物売りの声が飛ぶ。傷痍軍人や浮浪者の物乞《ものご》いを警官が追い払う。百合は読み終えた五紙の新聞をゴミ箱に入れると、夏休みの親子連れや赤帽を避けながら進み、券売所に並んで一円九十銭を払った。

　三番線ホームの端に立ちタバコに火をつける。襟の大きな淡い水色のブラウス、プリーツの入った紺色のスカート、白く短い靴下、ストラップとヒールのついた黒い靴、赤地に白の水玉スカーフをネクタイのように巻いた百合は目立っていた。その容姿、服装を、通り過ぎる皆が横目で眺めていく。

百合もタバコをゆっくり一本吸う間、さりげなく周りを見続け、警戒した。

ベルが鳴り、出発直前に二等車に乗り込んだ。

ほの暗い駅舎を電車が出てゆくと、窓いっぱいに陽射しが降り注いだ。左側、高台にある寛永寺《かんえいじ》の本坊門《ほんぼうもん》と無数の墓石が見え、広大な境内に並ぶ木々から、また蟬時雨が聞こえてきた。速度が上がり、町の景色がうしろに流れてゆく。

百合は今朝届いた白い封筒を手に取り、写真二葉を引き出した。

一葉には四人が写っている。赤ん坊を抱き椅子に座る百合の右側には、白い背広の水野寛蔵、左側には父親のように百合を見る左手をなくす前の筒井国松。

今よりも若い自分の腕のなかで眠る赤ん坊を、じっと見た。これを撮影したときの嬉しさは今も鮮明に覚えている。でも、このなかで残ったのは自分だけ――

もう一葉には見知らぬ少年二人が写っている。写真の片端に破いた跡があり、裏側には細見慎太、喬太という名と熊谷市内の住所。そして一行「助けてください」とだけ書かれている。少年たちの顔と住所を頭に刻み込むと、また二葉を封筒に戻した。

顔を伏せ、目だけで車内を見渡す。尾行はされてはいないようだ。封筒を黒く大きなバッグの隅に入れる。色気のないバッグだが、内側には素早く抜き出せるよう四挺分の銃のホルスターが並んでいる。その一つには使い慣れたS&W《スミス　ウエッソン》 M1917リヴォルバーが収まっていた。もう一度さりげなく車内を確かめる。客たちは外の景色や新聞を眺め、話し込み、出発間際に乗り込んだ百合のことは誰も気にしていない。

通路を挟んだ隣の席の少女だけがこちらを見ていた。王子《おうじ》駅手前の短いトンネルに入り、少女の顔が一瞬暗い窓に映った。着物姿で年は八つか九つ。三つ編みした髪を帯の下まで垂らし、頭のてっぺんに朱色のリボンをつけている。

百合も少女を見た。

「どなたが亡くなったの」少女が訊いた。

百合の肩までの長さの髪を喪の証《あかし》と思ったようだ。隣に座る母親が気づき、「違うの、おしゃれなのよ」と慌てていった。その母親は鉢《はち》を被ったような結い上げ髪をしている。車内の他の女たちも皆似たような髪型。銀座や浅草界隈を離れれば、百合のような断髪《だんぱつ》を見ることはほとんどなかった。

「あれは洋髪、洋装に合わせた髪型。知っているでしょう」母親は続けた。

が、百合は少女にいった。

「七年前に大切な方と息子を続けて亡くしたの」

短い髪は非婚の決意――間違っているのは母親のほうだった。

「白い背広の方と赤ちゃんね」少女がいった。

「よくわかるのね」

「写真を見る目が優しかったもの」

百合は笑顔になった。

「その子の位牌《いはい》に供えてあげてくださいな」少女は手にしていた上野香月堂《こうげつどう》の棒飴《ぼうあめ》の先を油紙に包まれたままこっきんと折った。「これはお姉さまに」また折った。

「いただけるの？」

少女が頷く。百合は飴の一つを口に入れ、「お返しに」とバッグから貝殻《かいがら》細工のついたバレッタ（髪挟み）を出した。高価過ぎるお礼に母親は驚いたが、はしゃぐ娘の前で断りきれず、気味悪がりながら何度も頭を下げた。少女は頭のリボンをするりと抜くと、バレッタで髪をぱちんと挟んだ。

「とてもお似合いよ」

百合の言葉に少女は満面に笑みを浮かべると、飴を折って口に含んだ。

飴で二人の頬が膨らむ。それから先、百合と少女と二人で女同士の話を続け、桶川駅《おけがわ》に着くと少女は母親に手を引かれ笑顔で降りていった。

楽しい時間が終わり、また列車が走り出す。

しばらく走り続けたあと、熊谷駅に着く手前で立ち昇る黒煙が見えてきた。

嫌な兆《きざ》し。

熊谷駅で列車を降りた。改札を出ると駅舎内にも駅前にも兵士が立っている。軍服ではなく不揃いの普段着だが、姿勢と目つきを見ればわかる。堅気《かたぎ》とは明らかに違うやくざ連中もいた。軍隊と暴力団が互いに知らぬふりをしながら誰かを探している。そのうちの何人かが百合に色目を使ったが、構わず通り過ぎ、駅前の派出所に入った。

目的の住所から少し離れた番地を告げ、道案内を頼んだ。若い警官が笑顔で地図をなぞってゆく。黒煙のことを訊くと「工場が焼けたそうだ」と呑気《のんき》にいった。

熊谷の町を早足で進む。黒煙はもうほとんど見えない。工場に近づくにつれ、ガソリンの臭いが漂い、行く先にやじ馬も見えてきた。

消防自動車と蒸気ポンプ、手動ポンプが並び、消防手がわずかに放水を続けていた。路上を水が流れ、ぬかるんでいる。燃えた工場は半分以上が崩れ落ちている。炭に変わった柱と壁の奥から担架《たんか》が出てきた。申し訳程度に掛けられた布の両端から、半分は黒くなり半分は赤く焼けただれた死体がはっきりと見えた。大人にしては小さい、女か、子供か。運び出す用意がされ、死体が大八車に移される。焼死体見たさでやじ馬がどっと押し寄せる。

そのやじ馬を一人の少年が強引にかき分けてゆく。

百合は走り出し、少年が消防団員の腕をすり抜ける寸前にその襟首を摑んだ。うしろに引きずられながら少年は振り返った。年は十三、四。汚れたズボンに半袖シャツ、背にはリュックサック。驚きも怯えもせず百合を見ている。

「細見慎太くんね」百合は囁《ささや》いた。少年は黙ったままだが、瞳孔の開いた目に涙が溢れ、煤《すす》のこびりついた頰を流れ落ちた。あの写真の兄のほうに間違いない。

「行きましょう」百合はまた囁いた。慎太は表情をなくしたまま動かない。石膏《せっこう》のようにこわばった腕を摑み、細い路地まで引きずってゆく。

「遅いよ」二人きりになると慎太が絞り出すようにいった。「遅いんだよ」膝から崩れ落ちそうになる。百合はその体を支えようとしたが、慎太は手を振り払った。

「時間を無駄にしないで」百合はいった。「火をつけた連中にあんたの死体がないと知られるまでに、できるだけ遠くへ離れるの」

「だめだ、やることがある」

「いう通りにして」

「そっちこそいうことを聞け」慎太が背中のリュックを下ろし手を入れた。

リュックの奥に黒鉄《くろがね》色の光るものが見えた瞬間、百合は慎太の両足を払った。体が宙に浮き、背中から地面に落ちてゆく。倒れた慎太の胸を黒い靴で踏みつけ、奪ったリュックからベレッタを取り出すと、すぐに自分のバッグに放り込んだ。

「返せ、使い方ならわかる。人を殺したことだってある」

「調子に乗らないで」

「撃たなきゃならないんだよ」

「誰を？」

慎太が黙ったまま下から睨みつける。百合はその体を引きずり起こすと、襟首をねじ上げ、顎に拳を入れた。

「意気がってんじゃないよ。来たくないのに、わざわざ来てやったんだ。誰だかいいな」

「武居。僕たちを匿《かくま》っていた男」慎太の瞳孔がぎゅんと縮む。「昔、父さんの会社で働いてた。そいつのところに逃げろって……」喉を詰まらせながらいった。

「細見欣也《きんや》にいわれたのね」

慎太は頷き、百合は襟首から手を放した。

細見とその家族が殺されたことも、犯人の名も百合は新聞で読み知っていた。新聞の過剰報道は震災以降さらに露骨になっている。要人の暗殺から市井《しせい》の殺人まで、大手新聞までもが犯行の手口、被害者、加害者双方の経歴や住所を詳細に書き連ね、部数を競い合っている。秩父で起きた不可解な一家惨殺は格好の題材となり、発覚から七日が過ぎた今日も各紙が面白おかしく書き立てていた。

「誰が殺したって？　なんて書いてあった？」慎太がむきになって訊いた。

「あとで教える」

「国松さんはどうしてるの？」

「それもあと。急いでここを離れないと」

「でも武居が」

「そいつならおとといから行方知れずになってる」

「えっ」慎太の手が百合の袖を強く摑んだ。

「家族から捜索願が出たって」

「それも新聞に載ってたの？」

百合は頷いた。「たぶんもう生きてない」

「うそだよ」

「私があんたにうそつく理由なんてない」

　慎太がうなだれる。その二の腕を百合は摑み、強引に歩かせた。

「焼けた工場も武居の持ちものなのね」百合は訊いた。

　うなだれながら歩く慎太はこたえない。

「話しな」二の腕を摑む手に力を込める。

「そうだよ」慎太が怒りながらいった。「二年前、武居が独立して洋服会社の落成式をしたとき、僕と喬太も父さんと一緒に招待されたんだ。その会社に行ったのに、あいつ『本当に来やがった』って舌打ちして、そのあとすぐ工場に連れて行かれた」

「工場にはあんたと弟と、他に誰がいた？」

「誰もいないから連れてったんだ。古いミシンやアイロン台が並んでて、武居は廃業した繊維工場を買い取ったっていってた。あいつ、すぐに窓にも扉にも鍵をかけて『駅もバス停も見張られているから出るな』って。夜になって菓子が詰まった一斗缶《いっとかん》をいくつも持ってきたけど、これからどうなるのか訊いたら、『黙って待ってろ。お前ら追われてるんだぞ』って怒鳴りやがった」

「武居を見たのはそれが最後？」

　慎太は頷いた。「それからはずっと待ってた。井戸も汲み取り便所もあったけど、あんな暗い巣箱みたいな場所に閉じ込められてるのは……」

　慎太の語尾が濁る。何も知らされないまま工場に隠れ続けるのも怖かったが、二人きりで外に出て逃げるのも怖かったのだろう。

「それで私を呼んだのね」

「工場の天窓から、遠くの雑貨屋の前に立ってるポストを見つけたんだ。工場に連れてこられて五日目の朝早くに二人で話し合って決めた。僕たちから行けないのなら、迎えにきてもらおうって」

「鍵を壊したの？」

「違う。床の石蓋《いしぶた》を外して排水溝に僕一人で入った。外の側溝まで這って、人通りがなくなるまで待ってから道に出て、雑貨屋で切手と封筒を買った。でも、戻ってきたら喬太が熱を出してぐったりしてたんだ。あいつ『ごめんね』って。喬太は何も悪くないのに。一晩たっても熱が下がらないから、今朝早く、疲れて眠ってる喬太に書き置きを残して、また僕一人で工場から抜け出した」

「薬を買いに？」

「そうだよ。人目につきたくなかったから、まだ暗いうちに薬局を見つけて、開くまで神社の境内に隠れて待ってた。でも、いつの間にか眠ってしまって……サイレンの音で気づいたら、工場のあたりに大きな黒い煙が昇ってた。急いで戻ったけど、火の勢いが強くで、もう近づくこともできなかった……喬太はまだ十二歳にもなってなかったのに」

慎太はうつむき、歯を食いしばって涙を流した。

その横顔に浮かんでいるのは火をつけた者への憎しみじゃない。眠る弟を一人残していった後悔と、隠れ怯えながら炎を見つめることしかできなかった無力な自分への怒りだった。

「武居じゃないなら誰が火をつけたんだ」流れる涙が顎から滴り落ちてゆく。

細い路地を進み、大通りへ。慎太の左脚だけ動きが遅れはじめ、地面にずるずると線を描いた。

「怪我したの？」百合は訊いた。

「生まれつき」慎太がうつむいたままいった。

熊谷の駅舎近くまで行くと、線路脇の高く伸びた草むらに慎太を座らせた。

百合一人で駅舎に戻り、切符二枚を買う。次に駅前の商店街まで出ると、通り沿いの古着屋で手早く六枚の着物を買い、バッグに詰め、入らない分は風呂敷に包ませた。菓子屋でラムネも二本買った。

戻ると慎太は放心して座っていた。揺れる草を見つめ、腕には蚊が四匹、五匹とたかっている。大切な人を失ったすぐあとに襲ってくる自己嫌悪は百合も知っている。

「飲んで」

ラムネ瓶を差し出す。慎太は黙ったまま受け取った。二人で顔を上げ、喉を鳴らして飲む。太陽が眩《まぶ》しくて目を細める。瓶のなかのガラス玉がからんと鳴った。

渇きを癒《いや》したい欲望があるなら生きていける、百合は以前の自分と少しだけ重ね、そう思った。そして切符を一枚慎太に渡し、これからやることを話した――

慎太は焦点の合わない目をしながら、それでも頷いた。北から南へと伸びてゆく単線路の向こうの草むらに、まだ少しぼんやりしながら慎太が駆けてゆく。

上に架線が張られた線路のこちらと向こうに分かれ、待つ。かたんかたんと遠くから聞こえ、列車が近づいてきた。百合は風呂敷から古着を四枚取り出し、マッチで火をつけ、進んでくる列車の前に投げ込んだ。強い風に吹かれ、二枚の古着は敷石の上をずるずると這いながら、もう二枚は宙を泳ぎながら、盆の迎え火のように、昼の人魂《ひとだま》のように燃えた。子供騙《だま》しの手だけれど、今は慎太が無事に列車に乗れさえすればいい。

列車は駅手前で速度を緩めていたが、運転手が火に気づきさらにブレーキをかけた。激しい音とともに速度が一気に落ち、止まった。運転手も乗客も車掌も、線路で踊るように燃える火を見つめている。四つの火はすぐに燃え尽きた。車掌が線路に降り、敷石に残った黒い燃えかすに近づいてゆく。

列車の向こう側、動輪の間から、身をかがめながら三等客車に駆け寄り、乗り込んでゆく慎太が見える。車内の客たちは窓に顔を寄せ、火が消えたあたりを見つめ、指さし、乗客が一人増えたことに気づいていない。

それを確かめると、百合はまた駅に向かって線路脇を急いだ。

熊谷駅の周囲は浮ついていた。ホームの端や線路沿いに人が集まり、急停車した列車を眺めている。駅舎内でも皆がやかましく喋っていた。少し前に武居の工場が燃えたことや武居自身の失踪と併せ、さまざまな噂が飛び交っている。兵士とやくざたちは、さりげなく、だが、黙ったまま厳しい目で駅舎に入ってくる一人ひとりを見ている。

改札には駅員がいなかった。列車の状況を確認にいったらしい。改札口の格子も開いたまま。何人かが気にせず通っていったが、駅員が慌てて戻ってきて切符に改札鋏《ばさみ》を入れはじめた。

「すぐに上り列車到着いたします」駅舎に響く大声でくり返した。

皆に続き百合も改札を入ってゆく。

ホームには単線の交差運行待ち下り列車が停まっていた。その反対側、何事もなかったように上り列車がゆっくりと近づき、停まった。ざわつきながら客が降り、乗ってゆく。

発車ベルが鳴り、百合は乗り込んだ上り列車が走り出してから、二等客車の便所のドアを叩いた。タイル張りの水洗便所から慎太が汗だくで出てくる。

二人は二等車両の一番うしろの席に並んで座った。横引きの窓が開き、風が強く吹き込んでくる。車掌がすぐ検札に来た。鋏の入っていない慎太の一枚をちらりと見たが、百合が何もいわなくても納得したように会釈《えしゃく》をし、あらためて切符に鋏を入れると笑顔で去っていった。

熊谷から乗り込んだ客が、まだ工場の火事のことを話している。

「さっきの新聞記事のこと教えて」慎太が下を向きながらいった。

六日前、八月二十日発行の各紙にはこう書かれていた。

洋風高級別荘群の一棟にて所有者細見欣也氏と妻静佳、長女はつ子、女中二人の計五人惨殺さる。各被害者の体には刺痕十数があり、目下、犯人として東京市大田区西原五丁目十一番横川くめが取り調べを受けている。くめの亡き夫横川元一朗氏は過去、被害者細見氏による企業簒奪に遭い、所有会社を接収転売された末に破産。自ら住居に火をつけ両親、子らを道連れとし一家心中を図った。然れども妻くめのみ一命取りとめ入院傷癒を経て回復。今犯行は募った怨嗟を晴らすためと推測される。犯行後くめは逃亡せず殺害場所にて一夜明かし、翌朝、新聞配達員による通報で逮捕された。くめは細見氏の子息二人も野外で刺殺、沢に投棄したと供述。目下、二人の遺体を捜索中である。

同じ日の紙面下段には、『秩父にて怪奇の連鎖』と題され国松の死も載せられていた。

筒井氏は所有銃器で自身を六度撃ち抜く不可解な手法により自害を遂げた。日清戦時の活躍にて功四級金鵄《きんし》勲章に叙されたる者であった。近隣住人の談では自害五日前、唯一の同居者であった愛犬に先立たれ、以来酷く気落ちした様子であったという

「全然違う」慎太がいった。「あの男たちが連れて来た女に殺させたんだ。国松さんを殺したのも同じ奴らに決まってる。その横川って女を問い詰めれば――」

だが、横川くめももう生きてはいなかった。逮捕の二日後、留置場内で自分の長い髪を編み、それで首を吊って死んだという。

武居も三日前、東京神田区で商談を終え、秘書とともに熊谷へ戻る列車に乗って以降の足取りが途絶えている。『若き実業家失踪。秩父の凶行との関係いかに』の見出しとともに、武居が過去に細見

欣也の元で働いていたことと関連づけた記事が、今朝の新聞各紙に載せられていた。

慎太は涙を袖で拭った。

「あんたもルパの最期を看取ってくれたの」百合は訊いた。

「ルパを知ってるの？」

「国松があの子をもらってきたとき、一緒に名前を考えたもの」

「大切な友達だった。でも、出会っちゃいけなかったんだ」

慎太はまた下を向いた。

「僕たちと会わなければルパも国松さんも、もっと長生きできた。僕たちが災難を呼び込んだんだ」

膝の上で両手を握りしめる慎太の横顔を太陽が照らし、風が叩いてゆく。

「悪いけれど私にも詳しく聞かせて。あんたに何が起きたのか」

慎太が震災の日まで記憶を戻し、今までに起きた事柄を話してゆく。

百合は同情も慰《なぐさ》めの言葉も挟まず聞き続けた。

空は晴れ、遠くに秩父の山々が見える。同じ車両の客たちの話し声が聞こえる。誰かが笑っている。子供が菓子をねだる声も聞こえる。

しばらく走ったあと、窓の外の田畑が消え、線路沿いに建物が増えてきた。列車が速度を落としはじめる。吹上《ふきあげ》駅のホームが近づいてきて、ゆっくりと停まった。百合はホームと車両の前後のドアを警戒した。

何人かが乗り降りし、ベルが鳴り、また列車が走り出す。慎太の話はまだ途中だったが百合は小声でいった。

「リュックサックを体の前で抱えて、頭を下げて」

慎太が理由を訊くより早く客車の前のドアが開き、三人の男が入ってきた。三人とも丸首シャツにくざ、百合はすぐにわかった。

背広姿。柄《がら》の悪い目つき顔つきをしているが、規則正しい足音に軍隊の名残《なご》りがある。陸軍崩れのや
男たちもすぐに車両の最後部に座る百合と慎太を見つけた。三人が一列になり細い通路を進んでくる。百合はバッグから花飾りのついた細長いヘアピンを取り出すと、後部車両へと続くドアの鍵穴に突っ込み、ねじ曲げた。ドアノブが動かなくなる。これで前後を挟まれるのを少しの間は防げる。が、逃げ道もなくなった。男たちは早足になり、背広の内ポケットを手で探った。

百合も黒いバッグに手を入れ、四角いドロップ缶を出した。蓋を開け、男たちが内ポケットから手を出すより早く投げつける。と、同時に細い通路を身を低くして走った。

赤、黄、オレンジ、白とドロップを散らしながら飛んでゆく缶を、拳銃を握りしめた一番前の男が避ける。二番目の男も避け、三番目の男の頬に当たった。乗客たちが一斉に男たちを見た。百合は身を低くしたまま、一番前の男が体を立て直す前にその右肩を日傘で突き、腹を蹴った。三人の男たちがドミノのように倒れてゆく。百合は床に這うようにもっと身をかがめると、左手でバッグからリヴォルバーを出した。

銃声が三回。三人の脛《すね》、膝を撃ち抜いた。倒れた男たちに銃を突きつけ牽制する。乗客たちが頭を抱え、耳を塞ぎ、悲鳴を上げる。

百合のうしろでも別の銃声が響き、悲鳴はさらに大きくなった。車両後部、百合が鍵を壊したドアが外から撃たれ、ひび割れてゆく。

「飛んで」百合は振り返ると頭を抱えていた慎太にいった。

慎太は意味がわからない。

「窓」百合が続ける。大きなカーブを曲がっている列車は速度を落としている。

気づいた慎太は少しだけたじろいだものの、すぐに走る列車の窓から飛んだ。百合も続けて飛ぶ。

二人のうしろでドアが蹴破られた。中身の詰まったリュックサックを、黒いバッグを緩衝材にして、慎太と百合は線路脇に落ちていった。不格好な着地。ばうんと体が跳ねる。

二人とも二の腕が、肘が痺《しび》れるように痛み、そのまま深い草に覆われた斜面を転がった。

体が三回転し、仰向けに倒れた。列車は止まることなくそのまま走り去ってゆく。パンパンと負け惜しみのような銃声が遠くで二度響いた。

百合は一度ため息をついてから、「どこか痛い？」と訊いた。

「痛くない」慎太が痛そうな声でいった。

二人は草のなかに寝転がったまま、しばらく空を眺めていた。

が、足音が近づいてきた。

百合は横たわったまま、左手のリヴォルバーをスカートのうしろに挟んだ。

「両手を上げて手のひらを見せろ」遠くで誰かが怒鳴った。「それからゆっくりと立て」

百合は青空に向けて両手を伸ばした。

「細見慎太、おまえもだ」

いわれるまま慎太も伸ばした。奴らは百合が何者かはまだ知らないらしい。遠くの声は「まず女から立て」といった。百合が両手を見せながら立ち上がる。

若い男が二人見えた。眼鏡をかけた一人がオートマチックの拳銃を構えている。二人揃いの白シャツにグレーのズボン、草を踏みしめているのは黒革靴。一般人を装った軍人だが、銃口を向けているのは眼鏡だけ。もう一人の眉の太い男はシャツの下に隠れた腰のホルスターに収めたまま。しかも、オートマチックで狙う眼鏡の表情は戸惑っている――

駆けてくる二人が七メートルまで近づいたとき、百合は右に跳ねた。

ブラウスの水色とスカートの紺、二色の青が夏草の緑の上を飛ぶ。ふいを突かれ、眼鏡は銃口を波打たせながら動きを追った。百合がスカートのうしろからリヴォルバーを抜く。二つの銃声が同時に響いた。眼鏡が銃を片手に「ぐっ」と呻《うめ》く。相手を貫いたのは百合の銃弾だけ。眼鏡のズボンの膝を染み出した血が染めてゆく。百合は駆け、倒れてゆく眼鏡の右肩にもう一発撃ち込むと、隣の太眉がホルスターから抜いた銃を構える前に銃口を突きつけた。

「銃を地面に落として。そしたら両手を上げて頭のうしろで組んで」

太眉の男がオートマチックの銃を落とす。百合は拾い上げ、スカートのウエストに押し込む。倒れ唸っている眼鏡の手からも銃を取り上げ、弾倉を抜き、線路の向こうに投げ飛ばした。

「運んで」百合は太眉の男に倒れている眼鏡を担がせ、近くの木立まで歩かせた。慎太もあとに続く。眩しい光の下から、葉を茂らせた木々が並ぶ薄暗がりへ。

百合は男たちに服を脱がさせ、褌《ふんどし》一つにし、ベルトと裂いた服で互いを縛らせた。撃たれた眼鏡は立ち上がれず、痛みで泣いている。

「何があったのか、どんな命令を受けてるのか教えて」百合は太眉に訊いた。

太眉は何もいわない。

百合も何もいわず引き金を引いた。銃声に重なり「ぎゃあ」と泣き声が響く。撃たれ横たわっていた眼鏡のふくらはぎに三発目を撃ち込んだ。そして右手のリヴォルバーが弾切れになると同時に、左手でスカートに挟んだオートマチックを抜き、また構えた。

「教えてくれるまで撃ち続ける。でも、素直に答えてくれたら、もう傷つけない。私たちが捕まっても、ここで聞いたことは絶対に話さない」

太眉が迷いはじめ、倒れたままの眼鏡を見た。眼鏡はふくらはぎを手で押さえ、涙を流しながら何度も頷いた。

「その子の父親は横領したんだ」

太眉は話しはじめた。

「細見欣也が管理していた膨大な額の陸軍資金が消えて、それに関する機密書類も消えた。書類回収のため、あの男を監視するのが俺たちの任務だった」

「細見はただの投資屋でしょう。どうして軍の金を扱えたの」

「教えられていない」

「やくざ連中まで関わっているのはどうして？」

「それも知らない。上官からは『いないものと思え』といわれた」

「監視をはじめたのはいつから」

「十一ヵ月前、去年の震災の直後から」

「横領が露見しても細見をすぐ拘束しなかったのは？」

「監視と書類の発見が当初の任務で、捕まえろとはいわれていなかった。今年の三月、その子と弟の消息が突然摑めなくなってからも任務内容は同じだった。面目《めんぼく》を潰された俺たちは、細見夫婦と娘は絶対逃がさぬようすぐにでも捕縛したいと上申したが、許可は降りなかった」

「それが方針転換したのはいつ？」

「三週間前。急に指揮官が交代したんだ。着任した大尉の指示で、これまでの監視過程もすべて見直された。そしていくつもの細見の偽装が露見した。役場の職員が買収されていたことや除籍謄本（記載されている全員が死亡した戸籍）買いが発覚し、秩父にいる松本という兄弟がどうやら細見の息子たちらしいとわかった。同時に、細見本人を拘束するよう命令が出たんだ」

拘束決行当日。太眉と眼鏡の所属する分隊は、予定通り水道橋で長女はつ子を確保した。だが、合流地点に行くと問題が起きていた。神奈川県磯子《いそご》の借家から細見夫婦を確保してくるはずの分隊が妻しか連れていない。妻を詰問した結果、遅くとも前日夕刻には細見に逃亡されていたことがわかった。それまでどこに居場所を移そうと細見の行方だけは一度も見失うことなく監視を続けていたが、最後にまた出し抜かれ、中隊全体がひどく動揺した。

しかし、秩父を監視していた分隊に確認をとると、別荘内に細見らしき人影があるという。息子たちを確保する予定だった分隊に任務を一時保留させ、中隊のほぼ全員が細見の妻と娘を連れ、東京から秩父に向かった。

「別荘に入ると細見は居間にいた。息子たちと逃げることもできたろうが、妻と娘、それに秩父駅で身柄を確保された女中たちを見捨ててはいけなかったんだろう。自分が身代わりになる覚悟もしていた。そういう意味では、あいつも確かに男だったよ」

訊問は新任指揮官である大尉が行った。が、細見が機密書類の在処《ありか》を吐かないと、大尉はすぐに横川くめという女にあとを任せた。

くめは着物の上を脱いで背から腹、腿まで広がる火傷《やけど》の跡を晒《さら》し、そんな体になった理由を語りながら、女中たち、細見の妻、娘、そして細見本人を刺していった――

「陸軍らしくないやり方だと思わなかった？」百合は訊いた。

「思ったさ。あんな正気じゃない女を連れてきて、まさか若い娘や女中まで殺すとは思っていなかった。指揮していた大尉以外の全員があんな血腥《ちなまぐさ》いやり方は嫌だった。でも、市ヶ谷台《いちがやだい》御出身の御言葉に逆らえば、不名誉除隊にされて失業だ」

東京市牛込区市ヶ谷の高台には陸軍士官学校がある。

男が縛られた腕で顔の汗を拭う。話すうしろめたさが薄まったのか、顔を上げ百合を見た。

「この子たちを見つけたのはいつ？」百合は続けて訊いた。

慎太が両目を見開いた。居場所を知られていたとは思わなかったらしい。

「二人が秩父から逃げて二日後、熊谷に入る直前のところで発見したそうだ。夜、葱《ねぎ》畑のなかを歩いていたらしい。でも、手を出さず監視を続けろといわれた」

「手がかりがこの子たちだけになったから――」

「そういうことだ。東京も秩父も細見につながる場所はすべて捜した。それでも書類は見つかっていない。その子たちが持っている可能性が高いが、第三者の手にある可能性も考え、慎重策を採ることにしたんだろう。予測を超える数の死人が出て、これ以上血腥くなれば新聞へのごまかしもきかなくなる。だから――」

「書類って何だよ」慎太が大声で遮った。「さっきから何いってるんだ」

「父親から何か渡されたか、聞いただろう」

「何も渡されてないし、聞いてもいない。武居のところに逃げろって、それだけだ。追われてる理由もわからなかったんだ」慎太は頰を赤くした。憤《いきどお》っている。「なのに火をつけて焼き殺したのか」怒鳴らず呟くようにいった。

「あれは俺たちじゃない。残った数少ない手がかりを燃やすようなことはしない」

「喬太を手がかりなんていうな」慎太が太眉の胸ぐらを摑んだ。「このうそつき。おまえらが父さんも姉さんも楠緒《なおきよ》も季代も殺したんだ」

「殺したのはあの心中の生き残りの女だ」太眉がいい返す。「おまえたちも床下で泣きながら聞いていたんだろ？　小便を漏らしたあとを見つけたぞ」

「聞いてたさ」慎太もいい返す。「全部知ってる、おまえらが殺させた」

「おまえも俺の仲間を撃ち殺した。母親と三人の妹を一人で養っていた男だ」

「どっちも黙って」百合は慎太を太眉から引き剝がした。

「こいつらは国松さんも殺したんだ」慎太が大きく息を吐き、顔をこわばらせる。

「あのじいには六人も殺された」太眉も顔をこわばらせ慎太を睨んだ。

「黙れって」百合はもう一度いった。

無視して慎太が口を開こうとする。その足元に百合は一発撃った。草が散り、皆の動きが止まる。慎太の靴のすぐ前、蟬の幼虫が這い出た穴のように小さく土がえぐれた。

「あんたたちじゃなけりゃ、工場は誰が焼いたの？」百合はあらためて訊いた。

「本当にわからない。武居の誘拐も俺たちじゃない。だから混乱した。しかも、筒井やあんたがいきなり出てきて逃走の手引きをしたおかげで指揮官も混乱していたよ。とりあえず逃走経路を推測し、俺たちは分散させられたんだ。いわれた通り線路伝いに捜していたが……こげんとこにおるわけねえっち思っちょったのに」

男の口から聞いたことのない地言葉が出た。

「ごげな失敗しちから、もう昇進もねえ。退役まじ東北ん駐屯地巡って、それじ終わりや」

「仕事で人を殺したくせに」慎太が睨む。

「軍を追われ田舎ん親や親戚ん期待を裏切ることは、わしらにゃ死ぬんも一緒なんや」

「仕事で殺した」慎太がしつこくいう。

「何べんもいうが、殺したんは横川くめで、それを選んだんは細見自身や。殺す前にあん女が話したんはうそやねえ。女の亭主が小倉《こくら》と厦門《アモイ》に持っちょった工場を奪い取るんに、細見はやくざにもなれんほど異常な連中を雇って脅したんや。取引先に手を切らし、銀行からん融資も止めさせた。しかも二人殺《し》しちょん。細見を名の知られた経済人に押し上げたんは、投機の勘と蓄財の技術だけやねえ。あん男の指図で殺されたり、自殺に追い込まれたんは二十人《し》を下らん。優しい顔しか知らんおまえは認めたくねえやろうけんど、これは事実や」

百合が布で口を縛ろうとすると、最後に男が訊いた。

「あんたん射撃ん腕、どこで身につけた？」

「教えない」

「こっちは素直に話したんに」遮って男の口を縛り、首を絞めて失神させた。男のオートマチックは弾倉を抜いて返してやった。三発撃たれ倒れていた眼鏡は気を失っていた。

「どうして？」慎太に睨まれた。男たちを生かしたまま残してゆくことが許せないらしい。納得していない慎太の腕を引きずるようにして、百合は急ぎその場を離れた。

あの男の言葉にうそはないだろう。ただ、下っ端だけにどこまで真実を聞かされているかはわからない。小径《こみち》を進み、広い道に突き当った。見知らぬ寺の横に広がる林を見つけ、入っていく。二人は離れ、洋服を脱ぎ、百合が買った和装の古着に着替えた。百合が手拭いで頭と首筋を隠すようにかむりをする。バッグは風呂敷で包んだ。慎太も靴を脱いでリュックにしまい、素足に草履を履いた。

また二人歩き出す。

「どうして撃ったんだよ」慎太がいった。足元を撃たれ、話を断ち切られたことにまだ腹を立てている。

「もう撃たない。その代わりあんたもうそをつかないで」

「何のこと？」

「父親から渡された書類のこと」

慎太は黙った。うその上に塗る言葉を探している。

「あんたと会ってからずっと、立ち止まったり、座ったりするたびに腹を触ってる。それは絶対になくしたくないものをそこに隠してるから」

「正直にいう必要はないだろ」見抜かれた恥ずかしさが幼稚な反抗に駆り立てる。

「私だけじゃない、あの男たちも気づいてる」

「だからあの二人も殺せばよかったんだ」開き直った。

「じゃあ待ってるから戻って撃ってきな。ただし、これ以上殺せば女子供を殺して負い目を感じてるあいつらを本気にさせる。次は躊躇《ちゅうちょ》しなくなるよ。人を殺したと威張ってたけど、それはさっきの二人と同じように、相手があんたを殺すなと命令を受けてたから。経験の浅い臆病なやつだったから。そうでなけりゃ、あんたもとっくに殺されてる」

百合はそこで責めるのを止めた。いいたいことはもっとあるが、今は他にやることがある。

「どこまで歩くの」慎太がふてくされた声で訊いた。

「十七キロ先まで」

家族を殺されたばかり、しかも片脚が不自由な慎太には途方もない距離だろう。でも立ち止まれない。追っている連中も見つけたはずの慎太に再度逃げられ、混乱している。この間にできる限りのことをしなければ。

五キロほど進んだあたりで、慎太がまた左脚を引きずりはじめた。草履の先が擦《す》れている。荷馬車がすれ違ってゆく。道の両脇には稲田が広がり、風が吹くと蛙や蝮《まむし》の臭いがする。忘れたころに遠くからエンジン音がしてトラックが二人を追い抜いていった。

さらに歩き続け、慎太が意地も張れないほど疲れてきたころを見計らって百合は訊いた。

「どうしてすぐ国松のところに逃げずに家に戻ったの？」

横を歩く慎太は百合を一度見ると、また顔を前に向けた。

「父さんを助けたかった」

前を見たままいった。

「最後に父さんから写真を渡されたんだ。『私たちがいたことを忘れないでくれ』って。郵便で送ったあれだよ」

百合は歩きながらバッグから封筒を取り出した。半分に切られた写真を慎太に渡す。写っているのは慎太と喬太の姿。

慎太もリュックから半分に切られた写真を出した。写っているのは父の細見欣也と姉、祖母、そして義母。慎太は切られた二つを合わせ、細見家が揃った元の一葉に戻した。

「父さんは必死で家族を守ろうとしてたんだってわかったんだ。誰にも頼れず一人で苦しんでたんだと思ったら、父さんの味方になれるのは僕しかいない気がした。だから喬太だけ逃がそうとしたのに。あいつも『戻る』って。泣きながらいい張った」

慎太は家族写真をリュックの奥に入れ、言葉を続けた。

「でも、心のどっかで疑ってた。父さんは頭がおかしくなったんじゃないかって。だから床下に隠れて様子を探ろうとしたんだ。けど、はじめから家の扉を開けて、一緒に逃げようって喬太と腕を引っ張って叫んでたら……父さんも喬太も今でも生きてたかもしれない」

百合はチョコレートの包み紙を破り、茶色い板を割った。慎太にも渡し、二人で口に放り込む。が、慎太はすぐに吐いた。道端に茶色い液を散らし、腕で拭う。まだ胃が受けつけないらしい。この子の弟が焼き殺されてからまだ半日も過ぎていない。

ときおり眩暈《めまい》がしたように目を赤くしながら慎太は歩いている。一瞬の閃《ひらめ》きのように家族の死の情景が頭に浮かび消えてゆくのだろう。百合にもわかる。同じ経験があるから。

歩き続ける辛さも、思い出してしまう苦しさも、慎太は口にしない。少しでも悟られるのが今は悔しいらしい。この意地とプライドがあるのなら、少しは救う価値がある――

百合はそう思いながら歩き続けた。

※

小沢《おざわ》陸軍大佐は開いた窓の前に立っている。
永楽町《えいらくちょう》二丁目（現丸の内二丁目）にある高層九階建ての丸ノ内ホテル、五階の一室。痩身の背広姿で風を浴びながら再建工事が続く東京を眺めていた。風を受け、白いカーテンが大きく膨らんではしぼんでゆく。右側には八階建ての丸ノ内ビルヂング、そのうしろには宮城《きゅうじょう》（皇居）を包む木々の緑が広がっている。

十月の開業に向け、ホテル内では慌ただしく内装工事が進められているが、この階への工夫や従業員の立ち入りは経営者を通じて一切禁じてある。まだベッドも入っていない室内、小沢の部下たちが壁に黒板を掛け、机を並べ、無線機を設置している。

配線したばかりの2号共電式卓上電話機が鳴った。部下が取り次ぐ。

「場所を移されたのですか」握った受話器から憮然《ぶぜん》とした声が聞こえた。「RA《エルアー》に連絡したらこちらにかけろと」

RAとはドイツ語【Rote Axt《赤い斧》】の頭文字で、東京赤坂区青山南町《あおやまみなみちょう》にある第一師団司令部を示す暗号だった。

「そのほうが都合がよかろうと思ってね」小沢はいった。「友人が貸してくれたんだ。ここなら会いたくもない連中が口を挟んでくることもない。眺めもとてもいいよ」

「私は何も聞かされていませんが」

「連絡が少しばかり遅れたようだ」

「仕入予算変更の件も、つい先ほど知らされました」

処置してあるよ――と小沢はいった。受話器の向こうの声は交換手を気にせず話しはじめた。

「動向を探る方針だったはずです」

「作戦自体に変更はない。新たな条件が加わったんだよ」

会話中の小沢に部下が来客を告げた。部屋の入り口、開いたドアの外に警護役の従者を連れた水野武統が立っている。小沢は目で軽く挨拶し、電話を続けた。

「結論を先にいうと増員する。君らの他に南《みなみ》くんがすでに動いている」

「誰の指示ですか」

「例の貴族院議員だよ。参謀本部経由で要請され、研究会（貴族院の院内会派）からの削減提案を押さえ込む条件で陸軍省も受け入れた。情報は共有するが、南くんは参謀次長直下で動くそうだ」

「任務に私根《しこん》を持ち込まれては迷惑です」

「権威とのバランスを取りながら遂行せねばならんのが公務というものだ。あちらは筒井の死に方を知って君に感謝していたがね」

「状況に適した選択をしただけで、射殺自体が目的だったわけではありません」

「だから南くんが呼ばれたんだ。議員殿は小曽根も筒井と同じ最期を迎えることを切望されておられる。それから水野通商に協力を依頼した。こちらは私の考えだ」

「私たちだけでは不安だということですか」

「確実性を高めたんだよ」

「熊谷の放火は南の仕業でしょうか」

「さあ、どうだろう」

「教えていただけないなら、我々も他二つとの情報共有は断らせていただきます。異常者や暴力団との連携など、そもそも無理でしょう」

「君は南くんと面識がないだろう。彼の資料を送ろうと思ったのだけれど」

「必要ありません。連携しないのですから、互いに知らぬ存在として行動すべきです」

「君がそうしたいのなら、それでいい。ただ、覚えていてくれ、秩父で七人も失う失態がなければ、この変更もなかったよ」

「筒井国松の件はまったくのイレギュラーです。はじめから報告を受けていれば被害は絶対にありませんでした。この世から消えたはずの亡霊に襲われたようなものです」

「他人が犯した一つ二つのミステイクなど簡単に挽回《ばんかい》できると信じたから、政務次官も私も君を推したのだがね」

「私も前任者がここまで無能だとは思わなかったからこそ、引き継ぎを承諾したのですが」

「言葉を慎《つつし》んでくれ。君への寛容を別の意味だと勘ぐる者が多いんだ」

「下衆ですな。閉鎖的でいじましい組織の証拠です」

「その鼻息の荒さがあればだいじょうぶだろう。客人を待たせているのでこれで切るよ」

小沢は受話器を置くと水野武統《たけのり》に笑いかけた。武統は頭を下げ、従者も続いた。

「急な呼び出しに応じてくれてありがとう」

「いえ、これといって用事もありませんでしたので」

「出ようか」小沢は外に誘った。


汗にまみれた人夫と建材が行き交う東京駅前を、小沢、武統とその従者は歩いてゆく。

東京駅舎自体に地震の被害はほとんどなかったが、駅前広場は損傷の激しい丸ノ内一帯のビルを補修するための資材置き場のようになっていた。

太陽に照らされながら進み、薄暗い丸ノ内ビルヂングに入った。

奥へと進む。ここ丸ビルも震災で被害を受けた。今も修復作業のため全館休館中だが、一階奥の喫茶室だけは告知もないまま、工事用の布がかけられた内側で営業を再開していた。

「ホテルも料亭も半分以上がまだ閉まったままだからね。こんなところを無理やり作らないと密談もできやしない」小沢がソファーに深く座った。

「僕は予想以上の復興ぶりを見て心強く思いました」テーブルを挟み反対側に座った武統はいった。従者は隣の席から眺めている。

小沢がウエイターを呼び、二人とも注文する。

去年の九月一日、武統は総合商社鈴木商店の駐在員として香港にいた。詳しい情報もないまま三日が過ぎ、ようやくロイター通信社を経由して届いた写真には焼き尽くされた東京が写っていた。国際市況では日本関連の銘柄が暴落し、イギリス、フランス、ドイツの一流紙と呼ばれる新聞は「Tokyo collapse. More than ten years for reconstruction（東京崩壊。復興には十年以上）」「Relocalisation du capital est nécessaire（首都移転が必要）」「Der wirtschaftliche Wiederaufbau ist unmöglich（経済再建は不可能）」などと書き立てた。

すぐにでも帰国したかったが必死でこらえ、先行き不透明となった会社の収益を安定させることに集中した。そして、どうにか状況がおちついた今年の三月、武統は辞表を提出した。一年前から計画していた退職だったが、震災で予定が大きく遅れ、強く慰留《いりゅう》する会社を説得するのにも時間がかかった。引き継ぎや各国公使への挨拶も長くもどかしかった。それでも断ち切らずにつないだ人脈が、いつか自分と日本に利益をもたらすと信じ、この八月、ようやく東京に戻ってきた――

「やはり彼女だったよ。九十分前に写真で確認した」小沢がいった。

「撮影はどこで？」

「熊谷の駅、バス発着場、利根川《とねがわ》の船着き場に写真隊を配してね。望遠レンズをつけたコダックで乗降客を片っ端から撮らせた。ただし、向こうにも知られてしまったよ。現像したらレンズを睨みつけている彼女が写っていたそうだ」

「百合さんらしい」

「きのう、彼女の店に帰国の挨拶に行ったそうだね」

「その翌日に、あなたとこうしてお話しすることになるとは奇縁を感じます」

「我々には悪縁だよ。面倒な問題がようやく解決しかけたら、突然、筒井が現れ、次には小曽根だ。この不運を断ち切るのに君に協力してほしい。すでに一個中隊分の人員が二人を追っているが、これ以上、身内から人手を割くわけにはいかなくてね。正直、今回の件には省内からも批判が出ている。貴族院も調査を開始し、枢密院《すうみついん》まで動き出した。我々のほうも失態を突こうとする連中に見張られているんだよ。今はつき合いのあるいくつかの暴力団に手伝わせてはいるが、もちろん足らない。それで水野通商の人員を使わせてもらいたい」

「第一の目的は何でしょう」

「細見慎太の持ち物の回収。次が慎太の身柄の確保と小曽根百合の排除」

「持ち物とは？」

「榛名《はるな》作戦に関する機密だ」

「どのような作戦ですか」

「対米戦略のための経済策だよ。参謀本部の若手と慎太の父の細見欣也が考え出して、年寄りたちが承認した。まあ、それ以上は知らないほうがいい」

「自分だけ保身して下の連中に命を張れとはいえません」

「希望するなら、あとで詳しく説明するよ。ただ、深入りするなと忠告したことは忘れないでくれ」

「警察関係は何といっていますか」

「協力はできないそうだ。だが、我々も連中には口も手も出させるつもりはない。司法省も含め、何があろうと最後まで傍観者でいてもらう」

「報酬は？」

「東日本の陸軍被服廠で使用する繊維材料の納品のすべてを、今後、君の会社に任せたい。実務はこれまで通り二次請け以下が行う。一番上に乗り、手数料だけを差し引いてくれればいい。今の元請けは責任持って排除する」

「どうして私が選ばれたのでしょう」

「適任だと思えたからだよ。小曽根は君を傷つけることをためらうだろうが、逆に君は情に流されたりはしない。父上もそうだったように、これとそれをきっぱり分ける男だ」

「わかりました、お受けいたします」

「ありがとう。伝えられる情報はすべて伝えるよ。現在動いている部隊の指揮官は津山《つやま》ヨーゼフ清親《きよちか》大尉。混血でね。シベリアで対パルチザン戦を経験しているから、今回の案件には向いているはずだ。他に南という参謀本部の特務少尉が単独で動いている」

「特務少尉？　間諜《かんちょう》（スパイ）ですか」

「いや、謀殺専門だ。幣原《しではら》機関の研究成果だよ」

「百合さんの模造品ですか」武統はタバコを取り出した。

「自業自得といいたげな顔だね」小沢もパイプに火を入れる。

「胸の内を透かさないでください」――武統は煙を吐きながらいった。

「だがね、それは違うよ。我々は小曽根《おぞね》百合など望んでいなかった。失礼だが、あれは君の父上と幣原機関が勝手に作り出した欠陥品だ」

白乾児《バイカル》（中国の蒸留酒）の入ったグラスと瓶のコーラ、紅茶ポットとブランデーの入ったカップが運ばれてきた。小沢がカップに紅茶を、武統もグラスにコーラを注ぐ。

明治後期の陸軍が優秀な女性間諜を欲していたことは武統も知っている。対外情報活動で深刻な失敗を重ねた政府と軍は、諜報員に求められるのは個性を消して土民（現地人）に同化することではなく、人望を集め、その土地の名士となることだと思い知った。

しかし、諜報任務用の socialite《名士》 や notable《著名人》 に適した人材は日本人男性にも多くいたが、女性には皆無だった。女芝居を禁じていた江戸期の後遺症で、狭い部屋で客を喜ばせる芸妓《げいぎ》はいても、広い社交場で男女問わず耳目を引きつけ、言葉巧みに楽しませることのできるホステスがいない。その場を暖め、人と人との間をとりなす技術を持つ女の育成は急務だった。

にもかかわらず、陸軍は女性間諜を独自に育てようとはしなかった。人を欺《あざむ》き、秘密を覗き、盗む――そんな卑《いや》しき仕事を専任とする部門を陸軍省内に正規に置くことさえ嫌った。冗談ではなく、国政に関わる官僚の多くが諜報を穢れた行為と信じている。江戸元禄期以降の朱子学的な「商は詐《さ》なり、諜は卑《ひ》なり」の武士の意識から抜け出せずにいる。明治が大正に変わり十年以上が過ぎた今も、イギリスの秘密情報部やドイツのアプヴェーアのようなスパイを統括する組織を日本は公式にも非公式にも持っていない。代わって参謀本部の意を受けた一部の佐官たちが、情報確保が牛命線である商社らと結託し〈特務機関〉という名の官でも民でもない組織を作り、独自に情報を収集していた。

だから武統の父、水野寛蔵のような出自卑しき民間人にも活躍の場があった。水野は実業家として日本と陸軍に経済的利益をもたらすとともに、外地で得た多くの情報を伝えた。特務機関にも加わり、特殊任務という名の、軍が嫌う多くの穢れ仕事を代行した。

明治の終わりに特務機関と水野が目的としていたのは、最低限の諜報技術と知性を身につけた淑女を養成することだった。笑顔と軽妙な会話で異国の官僚や貴族の末裔《まつえい》たちを喜ばせ、些細な情報を引き出す、それでよかったはずだった。

だが、筒井国松が長野駒《こま》ヶ岳《たけ》山麓で見つけた小曽根百合という十一歳の娘を連れてくると、作戦の目的が大きく狂いはじめた――

「君の父上は実業家というより思想家のようだった」小沢がいった。「理解不能な行動も多かったが、それでも優秀な人間だったと認めざるを得ない。自分亡きあとは、あの女を玉の井の町に封じ込めるよう取り計らっていたのだから」

そこまで話して小沢は店の入り口を見た。ドアを開け入ってきた小沢の部下が早足で近づき、メモを渡した。

「小曽根が高崎線の車内で三人撃ったそうだ」小沢がいった。

「捕まったのですか」

「いや、走行中の窓から逃げた。また銃だ。筒井も小曽根も――」

小沢は強固な銃器規制論者だった。選ばれた者だけに与えられるべきだと信じ、銃砲火薬類取締法が有名無実となっている今をひどく嫌っている。

事実、町には多くの銃が潜んでいる。

軍の将校や下級士官が自費で買った高価な携行拳銃を、除隊後も記念や護身用として持ち続けることが慣例化していた。一般人でも社会的地位や納税額の高い者なら、猟銃用小銃所持の許可を得ることは難しくない。拳銃も、南樺太《みなみからふと》、中国内陸といった未開の地への渡航時の護身用として申請すれば許可が降りる。貧乏人には一生無縁だが、金持ちにとって銃器は身近な道具だった。

「民度が低かろうが異常者だろうが、金さえ払えば誰でも手に入るからこうなる」

「申し訳ありません」武統は頭を下げた。

「暴力団のことではないよ」小沢の表情が緩んだ。「独自の規律を持って利害で動く者はいいんだ。

決して無茶をしないからね」

武統は表情には出さないが楽しんでいる。穏やかを装う小沢の心中の露骨な選良意識《エリート》が見えてくるのは面白かった。

小沢がパイプを吹かしながら続ける。

「市井の者のほうが質《たち》が悪い。都会の政治デモも田舎の相続争いも、はじめは言葉で罵り合い、最後は撃ち合い血を流してようやく終わる。馬鹿を銃器に近づけるから内閣まで壊されるんだ」

虎《とら》ノ門《もん》事件のことをいっていた。

大正十二年十二月二十七日。摂政《せっしょう》裕仁《ひろひと》親王（のちの昭和天皇）殿下御乗の自動車を、現職衆議院議員の息子でありながら社会主義に染まった男が、ステッキ仕込みの散弾銃で狙撃する事件が起きた。親王殿下の御身は御無事で、犯人もその場で取り押さえられたが、第二次山本権兵衛《やまもとごんのひょうえ》内閣は責任を負い総辞職し、警視総監も懲戒免職となった。

勾留中の狙撃犯難波大助《なんばだいすけ》の死刑は確実だった。国民のほとんどが厳罰を求めている。にもかかわらず、銃器取締強化を求める声は政府内にも世間にもまったくない。

「でも、御無事で何よりでしたね」武統はいった。「熱心な方が上にお立ちになるのは喜ばしいことばかりではありませんから」

親王殿下の一歳違いの弟君、秩父宮《ちちぶのみや》殿下のことを武統はいっている。宮家の男子は軍への入隊が不文律となっているが、親王殿下は陸海軍の中佐の位を持ちながらも常に軍の抑止であろうとしている。対して弟君は陸軍士官学校を卒業した現役の尉官であり、軍への理解も同情心もはるかに強い。将来を期待し、強く支持する将校も多かった。

「トップが率先して旗を振りたがる組織はひどく窮屈です。しかも、私の知る限り、たいていは振るいません」

聞いている途中から小沢は笑い出していた。

「君は本当に父上に似てきたね」

またウエイターを呼び、小沢はブランデーを、武統は白乾児《パイカル》をもう一度注文した。

※

東京牛込区、加賀町にある岩見良明の事務所。

岩見は扉を開け、仲間の弁護士たちを送り出した。この若い民権派弁護士たちが、今後、岩見とともに、玉の井の売女《うりめ》たちの公判を戦ってくれることになっている。

本当は彼らのことがあまり好きではない。彼らも元海軍の岩見のことを心から信用してはいない。岩見は広島県江田島《えだじま》の海軍兵学校を出ている。海軍大学にも進学する予定（原則、実務経験のある大尉以上から選抜される）だった。そんな屈指のエリートが、なぜ退役したのか？　大企業に再就職せず、なぜ一人弁護士などやっているのか？　若い弁護士たちから懐疑と好奇の目で見られるのはうっとうしかったが、岩見には他に頼れる者がいなかった。

扉を閉め、蒸し暑い部屋の椅子に座った。

一直線の廊下沿いに各部屋が並ぶこの事務所を借りたのは二年前。二階建ての機能的集合事務所は確かに共同電話つきで便所も水洗だが、一階一番奥にある岩見の部屋の窓の外には、墓地が広がっていた。夏の時期には蚊がひどく、岩見の黒背広にも、ハンガーにかけた法廷用の法服にも、蚊取り線香の匂いが染みついている。

夕陽の射す窓のカーテンを閉め、積み上がった柳行李《やなぎごうり》の一つを開けた。一番上には何十枚もの新聞の切り抜きがある。

七年前、大正六年六月十三日付の東京時事日報——貴族院議員高村寛一《たかむらかんいち》と陣内庄禄《じんないしょうろく》の成人した息子たちが、同月四日、それぞれ別の路上で暴漢に襲われ絶命した事件の続報だった。『未だ犯人逮捕に至らず』の見出しに続く記事のなか、『新たに事情を聴取されたる者』として小曽根百合と筒井国松という名があった。同じ日の報知、萬《よろず》朝報、内外《ないがい》、毎日新報の紙面にも同じ名が載っている。が、その後の各紙を調べても、二人が逮捕や起訴に至ったという記事はない。世界大戦中で臨戦下の洋上勤務に就いていた岩見は事件自体を知らなかったが、今も犯人は逮捕されていないらしい。

古い記事のなかに、また百合の名を見つけた。どうしてあの女の素性をこうまで知りたがるのか、岩見自身にもわからない。わからないのに没頭している。裁判準備と調べものに追われ、疲れ果てて眠る毎日。ただ、そのおかげで七年前に引き戻される悪夢を見ることも少なくなった。それだけでも有益なことだ。眠れず苦しみ、またあんなものに手を出すよりはいい。

壁際の小さな金庫には長方形の金属ケースが入っている。収められているのは一本の注射器とモルヒネの小瓶。岩見は二度打ったことがある。薬効が切れたあと、心身ともに鈍い痛みが数日続いたが、今のところ重い中毒にならずに踏みとどまっている。

遠くで共同電話が鳴った。

電話機は建物の入り口脇にある事務室の前に置かれ、管理人が取る決まりになっている。管理人は誰宛かを確かめ、紐を引いて廊下に据えつけられているベルを何回か鳴らす。この鳴る回数で、どの部屋にかかってきた電話か確認する仕組みになっていた。

ベルが六回。岩見にかかってきた電話だった。事務室に行くと、六十過ぎの管理人が笑顔で受話器を渡した。近ごろはこの笑顔だけで百合からの電話だとわかる。見知らぬ相手と話すときの彼女は、銘酒屋の主人らしく丁寧で愛想がよく、ここでも気に入られている。

「今、話せるかしら」受話器の向こうで百合が訊いた。

「だいじょうぶです」

「裁判とは別口で急ぎの仕事を頼みたいんだけれど」

「内容は？」

「細見欣也っていう男のことを調べてほしい、ただし、本人はもう死んでる」

「その名前なら少し前に新聞で見ました」

「細見がどんな金を扱い、どんな儲け方をしていたのか知りたいんだ。義理につけ込むようで悪いけど、他に頼める人がいなくてね。やってくれる？」

考える。断れという声が少しだけ頭のなかに響いたけれど、引き受けた。

「ありがとう。たぶんあんたにも迷惑をかけると思う」

岩見はタイル張りの玄関ホールを見た。開いた扉の向こう、立ち話する者などめったにいない細い道で、男二人が偶然出会ったふうを装い、話し込んでいる。

「この案件、厄介そうですね」自然と言葉に感情がこもった。「そちらは今どこですか」

「いえないんだ」

「では調べた結果はどうお伝えしましょう。直接会って？　それとも電話しますか」

玉の井の百合の店ランブルにも周囲の銘酒屋にも、もちろん個人電話はない。今元《いまもと》医院という開業医の家に置かれた一台が、近隣の貴重な共同電話として使われていた。

「またこっちから連絡するよ。入れ違いになるのは覚悟してる、あんたが不在なら伝言を残しておくから」

「わかりました。御用心ください」

「ありがとう。それからさ、次から敬語で話すのやめてくれない」

「今のあなたは雇い主ですから」

「だったら雇い主の要望にこたえてよ。年上に使われると老け込んだ気分になる」

「考えておきます」

電話が切れた。路上の男たちはまだ見ている。

岩見は受話器を置くと、面倒を背負ったことを仕方ないと思い込もうとした。借りを返すため。でも本当にそれだけか？　自分でも判然とせず気持ちが悪い。悪い気分のまま部屋に戻った。

新聞の山から細見欣也の自宅と経営する会社の住所が載った記事を探し出すと、破り取り、手拭いとともに鞄に入れた。

金庫も開いた。モルヒネと注射器の入った金属ケースの置かれた下の段、通帳と実印の横にある拳銃と許可証を見た。コルト社製オートマチック拳銃M1911。弁護士になり、何度か危ない目に遭ったあと、必要な書類を揃え、護身用として警察から許可を受けた。買ったのは日本橋の銃砲店。値段は保証書つきで四十一円。幸か不幸かまだ使ったことはない。

岩見が最後に引き金を引いたのは海軍兵学校時代。練習用に支給された銃弾を消化するため射撃場で撃った。

それきり、正式入隊後も一度も人に向けて発砲することなく除隊した――

世界大戦中、日英同盟を結んでいた日本は、英国王ジョージ五世よりインド洋、欧州周辺海域を航行する連合国側船舶の護衛を要請される。はじめ政府と海軍は拒否した。が、再三要請され、戦後権益と欧州への発言力強化を考慮した末、艦隊派遣へと方針を転換する。

大正六年六月、岩見の乗艦していた駆逐艦も遠く地中海へ向け横須賀《よこすか》を出港した。岩見は勇んでいた。派遣艦隊に所属する将校のほとんどが同じ気持ちだった。日本海軍初の欧州海域での臨戦任務。

自分たちの優秀さを世界に知らしめる好機だと信じていた。

だが、過酷だった。連合国の兵員輸送船や一般商船を護《まも》る日本艦は、常に敵国ドイツのUボート型潜水艇による魚雷攻撃の危険に晒されていた。度重なる交戦で友軍駆逐艦一隻が大破し、他の艦も損傷が絶えない。乗員たちは昼夜を問わず緊張のなかにいた。

連続乗船日数が百四十日を超えた晩、岩見の乗艦は任務中またもUボートの奇襲を受けた。爆雷で応戦し撤退させたものの、敵魚雷により艦底が損傷。岩見は被害箇所に走り復旧作業を指揮した。

浸水も止まり、艦は船首の一部を失ったが問題なく航行を続けた。岩見は復旧部分の監視のため、海軍兵学校出身の部下二人とともに艦下層に残った。敵も去り、長い緊張が途切れた岩見はタバコを出した。本来は火気厳禁だが岩見は笑顔で勧め、部下二人も笑顔で受け取った。一人は二期下、もう一人は四期下。以前から知る者同士、非常灯の薄明かりに包まれながら煙を吐いた。先輩後輩に戻って過酷な任務を笑い飛ばしながら、三人揃って二本目のタバコに火をつけた瞬間、激しい衝撃で体が飛ばされた。

岩見は隔壁に頭と背を打ち、枷《かせ》を嵌《は》められたように鉄骨に体を囲まれ動けなくなった。敵の再攻撃を受けたのは間違いない。部下たちの名を叫んだ。一人はすぐうしろで両脚を機材に挟まれ気を失いかけていた。もう一人は少し先に倒れている。だが、うつ伏せになっていたのは胴体と脚だけ。首から上と左腕は、鉄板ですっぱりと切断され岩見の足元に落ちていた。頭は両目を開き、火をつけたばかりのタバコをくわえている。戦闘がはじまったが、その間も落ちた頭のくわえるタバコの煙は岩見の顔を撫でていった。タバコが燃えつき、しばらくして戦闘も終わった。そして浸水がはじまった。

水位は落ちた後輩の頭を浮かべながら少しずつ上がり、岩見の胸の高さで止まった。

それから十三時間。損傷した艦が港に戻り、助け出されるまで、閉ざされた隔壁の扉のなか、焦げたフィルターをくわえた後輩の頭と見つめ合いながら待っていた。もう一人の部下も助け出されたが、両脚を失うことになった。

岩見以下三名の負傷と死亡は、交戦中の戦傷・戦死と記録され、日本帰還後も異を唱《とな》える者はいなかった。損傷箇所の修復後、艦底で何をしていたか問われもしなかった。

だが、岩見が一服に誘わなければ二人は間違いなく無事だった。誰も責めなくとも、その事実は変えられない。首がちぎれた男は父が現役の貴族院議員にもかかわらず、家柄を鼻にかけず才気にも溢れた素晴らしい奴だった。両脚をなくした男は、母と死別し、父が男手一つできょうだいを育てながら貯めた金で進学してきた苦学の秀才だった。

二人の未来を壊したことへの後悔と、自分への憤りが、頭にこびりついている。今も踏み越えられずにいる。

どんなに優秀な将校でも自分の過失で部下を失うことは避けられない。ときには一度の失敗で何千の兵が命を落とす。それが指揮官、それが戦争。覚悟はできていると信じていた。なのに、優秀だと信じていた自分は、あまりに弱く脆《もろ》く、だらしなかった。しかも、誰からも責められぬ代わりに、「奴は後輩の死を見て臆病心に取り憑《つ》かれた」と軍内で囁かれるようになった。

だから海軍を辞めた――


カーテンの隙間から並ぶ墓石の見える事務所のなか。

岩見は金庫に入った拳銃を見ていたが、やはり手を伸ばさずに扉を閉めた。

部屋を出てゆく。

「お帰りですか」管理人に笑顔で訊かれ、「はい」と笑顔でこたえた。

二人の男にあとをつけられながら、市電の停車場まで夕陽の道を歩いていった。いつものように江《え》戸《ど》川《がわ》線に乗る。車掌に七銭渡し切符を受け取ると、椅子に座った。

が、住み慣れた集合住宅のある飯田橋《いいだばし》では降りず、九段下《くだんした》まで進み、乗り換えた。射し込む夕陽の紅色に満たされた九段線の車内。つけてきた二人も乗っているが、構わず窓から吹き込む風を浴びていた。どうして自分が尾行されるのか、百合が何をしたのか、岩見はまだ知らない。町並みをぼんやりと眺めるうち、終点の小川町に着いた。

まだ二人はついてくる。少しだけ緊張しながら岩見は、細見が経営していた会社へと靖国《やすくに》通りを早足で進んだ。

四章　蝶

点線のように並ぶ街灯の光をたどりながら、百合と慎太は暗い道を進んでゆく。

陽が落ちて二十分、遠くにいくつもの窓明かりが見えてきた。疲れ切った慎太は口を半分開き、犬のように舌先を揺らし、はあはあと息を漏らしている。

二人は埼玉県の東の端、栗橋《くりはし》に入った。日光《にっこう》街道の宿場だったころの名残りを残す町は、小さいながらも賑わっていた。今、栗橋と利根川を越えた茨城県古河《こが》をつなぐ橋の工事が進んでいる。渡し舟しかなかった川に架かる最新型鉄橋の完成予定まであと一ヵ月を切った。一目で技術者や人夫だとわかる酔った男たちの視線を避けながら歩く。居酒屋の横を曲がると、少し先に芝居小屋が見えてきた。娘義太夫《むすめぎだゆう》の唸り声と客たちの喝采《かっさい》が小屋のなかから漏れてくる。木戸脇には若い男がタバコを吹かしながらしゃがみこんでいた。

「頼まれてくれない」百合は若い男にいった。「酒井《さかい》さんを呼んできて」

「そいつ誰だよ」男が舐《な》めきった目で見上げる。

「あんたの親分」

いくつかの面倒なやり取りはあったが、最後には若い男が慌てて駆けていった。

提灯《ちょうちん》の下、百合は芝居小屋の壁に寄りかかった。慎太も不自由な左脚をゆっくりと折り曲げ、その場に座った。慎太の左足は親指の先が擦れているものの血は出ていない。薄い壁の向こうで娘が唸っている『双面《ふたおもて》水照月《みずにてるつき》』を聞きながら待つ。

十分後、着流しの一団が早足でやって来た。酒井と、あとに続く提灯を手にした八人の男たち。狭い裏路地に九人が広がり、百合と慎太を囲んだ。

「急に呼び出して悪いね」百合はいった。

「場所を変えよう」酒井がいった。四角い輪郭、細い目、広い肩幅。百合が最後に会った十年前よりもちろん老けていたが、浅黒い肌と一見温厚そうな顔は変わらない。

「ここで構わない、すぐ済むから」

「俺がここじゃ嫌なんだ。目立ちたくねえ」

酒井は歩き出した。慎太も立ち上がり、また少し左脚を引きずりながら歩き出す。

日光街道沿いにある旧本陣に連れていかれた。

裏木戸から入ってゆく。入り口には管理役の老夫婦が水を張ったたらいを用意して待っていた。百合と慎太は腰を下ろし、手、首、胸元、膝、足と汚れを流してゆく。

流し終えると百合は便所の場所を訊いた。

男たちと慎太を残し、一人廊下の先へ。百合は開いた戸のなかへ消えた。

残された慎太の鼻を便所から流れてきた消毒液の臭いが刺激する。その強くむせるような感触が、慎太に百合は血の通った生身の女なのだと改めて気づかせた。あの人は幻じゃなく生きている。秩父を逃げ出してから八日、自分もまだ死んでいない、生きている——

「お待たせ」百合は便所から出ると、手水鉢《ちょうずばち》から柄杓《ひしゃく》を上げ、自分の手に流した。

本陣は維新後も長く旅館となっていたが、二年前に廃業し、今は婚礼や大きな宴会のときにだけ使われているという。暑く蒸した広間に百合と慎太、酒井は座った。

「船とトラックを手配してもらいたい」百合はいった。

鉄橋工事で数多くの運搬船とトラックが町には出入りしている。おとりに仕立てた運搬船に利根川を下らせ、その隙にトラックの荷台に入り、日光街道を東京まで走るつもりだった。

「手は貸せない」酒井はいった。そして逆に訊いた。「一体何をした？」

「この子を熊谷まで迎えにいっただけ」

「冗談なんか聞きたくねえよ」

「私は今日起きた全部が冗談だったらいいと思ってる」

「真面目に話せ。その小僧と二人、懸賞がかけられてるんだぞ」

「誰がかけたの」

「水野通商だよ。夕方に電報が来た。あんたたちを見つけて差し出したら、一人につき四百円払うとさ。こんな町にまで届いたんだ、もう関東中に知れ渡ってるだろうよ。武統《たけのり》さんが戻ってきたんだってな。差配してるのはあの五代目だろう。しかも、陸軍の遣いまで来やがった。二人の所在を知ったら連絡せよだと。なあ、隠さず全部話してるんだ、ありがたく思ってくれよ」

酒井は片手で顔の汗を拭い、続けた。

「どうしてその子の肩を持つ」

「国松に頼まれたから」

「死人に義理立てしても身を滅ぼすだけだ。その子を渡して、自分は巻き込まれたと話せ」

「そんな言い訳聞いちゃくれないし、悪けりゃ二人とも殺される。わかってるくせに」

「他にどうする？　昔みたいに邪魔な奴は全部殺すか。どれだけ殺したって追いつかねえぞ」

慎太が水筒を手に取り、なかの水を一口飲んだ。百合も横から手を伸ばし一口飲んだ。飲み口にうっすら残った口紅を親指の腹で拭いながら続ける。

「手を貸してくれたら、今すぐここから消えるから」

「無理いうな。船もトラックも、こんな時間に無理して動かせば、どうしたって足がつく。あんたらが出てったあとで、俺だけ吊るし上げられたくねえ」

酒井は頭を下げた。

「水野さん筒井さんには今でも感謝してる。あんたにも義理がある。何の才もない俺がこれだけの組持ちになれたのは、誰のおかげか忘れてねえ。けど、今はもう俺一人の義理に任せて、他人の火の粉を被って死ねるほど無責任には生きられねえんだ」

まだ頭を下げている。

「朝になったら消えてくれ。俺にできるのはここで休ませることぐらいだ。それまではうちの連中にしっかり見張らせる、誰もここに寄せつけねえ」

「わかったよ」百合はいった。

酒井はようやく頭を上げると立ち上がり、障子を開けた。子分たちに指図しながら廊下を遠ざかってゆく。慎太とは一度も目を合わせなかった。

「誰?」慎太が小声で訊いた。

「国松の昔の弟分」

「水野通商って?」

「東京の暴力団」

「国松さんは陸軍を除隊したあと商社に勤めたって――」

慎太が戸惑った目で見ている。国松とやくざが結びつかないらしい。

「日清戦争の戦地で、傷病捕虜にひどい扱いをしてた上官と揉《も》めたのが、司令部にも知られて騒ぎになってね。嫌気がさして陸軍を辞めようとしたけど、はじめは許されなかった」

「口封じ?」

「そう。醜聞《しゅうぶん》が漏れるのを嫌がった。国松が元旗本《はたもと》の家柄の中尉で、勲章もらうほど優秀だったからなおさら。こじれたけど、最後は水野寛蔵って男が陸軍との交渉役になって、予備役になるのを認めさせたの」

「その水野って人が」

百合は頷いた。「大きな会社をいくつも持ってた実業家のやくざ」

「そうか。国松さんが、やくざ……」

慎太は座布団《ざぶとん》を枕にして横になった。

それきり黙り、不自由な左脚を削るようにして歩き続けた十七キロが徒労に終わっても百合を責めなかった。ただ、疲れた目をしている。

二人だけになった広間。

百合は天井の明かりを消し、電球の入った小さな行灯《あんどん》をつけた。障子の外、広い庭をゆっくりと小さな光が横切ってゆく。酒井が見張り役に残していった子分の提灯らしい。

百合はタバコを一本取り出した。が、口にくわえただけ、火はつけない。そのまま畳にごろんと転がり、次にどうするかを考えた。

薄闇のなか、百合と慎太、二人眠らず背を向け合っていた。

※

南は一人自動車を走らせている。

フォードT型の大きなハンドルとは不釣り合いな、少年のように小柄な顔と体。細縞《ほそじま》模様のシャツにサスペンダーとズボン、茶の靴と服装も小洒落《こじゃれ》ていて、運転手というより後部座席で送迎されるほうが似つかわしい。

暗い道、ヘッドライトが土埃《つちぼこり》を照らし、前面《フロント》ガラスに蛾《が》がぶち当たって潰れてゆく。

フルネームは南始《はじめ》。二十歳。たいていは実際より若く見られる。自己紹介で話せるのはその程度。他を隠しているわけじゃない。任務で必要ならば、うそを積み上げいくらでも偽りの人生を語り続けられるが、正直に話すとなると、それくらいしか伝えることがなかった。

生まれたときは仙台《せんだい》にいたらしい。三歳のころ、神父が死んで廃院になったカソリックの孤児院から鎌倉《かまくら》の病院に引き取られ、その敷地内にある別棟で幣原《しではら》機関に育てられた。

厳選し、君を連れてきたと機関の連中からはいわれた。親の顔は知らない。親がどういうものかもわからない。別棟には年の近い子もいたが、話すことは禁じられていた。学校にも行ったことはない。でも不便はない。人との接し方や交際術は十分に学んだ。数学も地理も外国語も身につけた。自分の仕事がどんな種類のものかもわかっている。

この半年ほどの間で直接行動の命令を受けたのは二度。

朝鮮の独立運動を支援する日本人活動家を狙撃銃で、鈴木喜三郎《きさぶろう》司法大臣の秘書の一人を片刃ナイフで、それぞれ処分した。

普段は茶褐絨《ちゃかつじゅう》（カーキ色）の軍服で事務仕事をすることもあるが、一度任務に入れば、すべての行動の決定権は自分にある。指示された目標を的確に除去すれば、何をしようが文句はいわれない。南とは個人の名前であると同時に、構成員一人の完全な独立部隊の名称でもあった。

これまでに三十人ほどを刺したり、撃ったりしてきた。きっとこれからも続けていく。これが自分に最も合った仕事だから――

幣原機関は陸軍と金原《かねはら》財閥が設立した。

名称の幣原は医学博士幣原猪志郎《いしろう》から採られ、当初の目的は人体生理と運動能力の研究だった。各地の帝大医学部や白井《しらい》製薬、都筑《つづき》薬房の研究者が参加し、百合の情夫だった水野寛蔵も設立時に二割の資本出資をしている。

明治中期から大正のはじめにかけ、人の潜在能力を可能な限り引き出し、人以上の存在へと高めるための研究がさかんに行われていた。それはオカルトでも極秘事項でもない。各財閥は独自の研究所を設立し、政府、軍部も企業や大学と正式に提携し研究を進めた。学習・薬品・運動を統合した、誰にでも応用可能なメソッドを使って、記憶力を高め、足を速くし、重いものを持ち上げられるようにする。それは手品でも魔法でもなく科学であり、高い将来性が見込まれる新事業だった。実際、研究はいくつかの新薬を生み出し、酵素やビタミンなどの日本人による世界的発見にもつながった。

だが、急速に廃《すた》れた。人類初の世界大戦を経験し、知能や運動能力が高い兵士を生み出すより、科学と工業を発展させ大量破壊兵器を量産するほうが、はるかに高い費用対効果で勝利や発展を手に入れられることを世界の人々は知った。日本も人の質を高める理想をしばらく忘れ、国を人と物で満たす明治維新当時の目標に立ち戻り、それに意識を集中した。

幣原機関も設立時の目的を離れ、任務のために特化した人員を育成する組織へと変質していった。予算を確保し、組織として生き残ってゆくには、他に方法がなかった。科学発展を夢見る場だったはずの〔機関〕は、いつしか諜報を担う場所の通称となっていた。

生命科学という新たな分野に日本が見た夢の、南は残滓《ざんし》だった。

二十年余りの研究で培ったものの遺産が、南には注ぎ込まれている。武器の扱いが得意で、身体能力が高く、常識はあるが良心の呵責《かしゃく》はなく、節度はあっても命への尊厳を持たない。そういう素養があったので拾われ、そういう人間に育てられた。

　夜道を走り続けたあと、南は路肩に自動車を停めた。

　あてにならない車内灯の代わりに灯油ランプを灯した。鞄のファスナーについた小さな南京錠を外し、開き、現金と銃器類の下から小曽根百合の追加資料を取り出した。ページをめくり、添付された写真を眺める。

　会うのが少し楽しみだった。獲物として魅力を感じている？　いや、違う。写真の百合《これ》が同じ幣原機関に育成されたことは知っている。初期の傑作と呼ばれていたという。ＣＱＢ《クロース・クォーター・バトル》（近接戦）や無音殺傷が得意なことも聞いた。歯止めが利かず、殺し過ぎてすぐに任務に使われなくなった話は少し面白かった。仲間意識？　それも違う。

　この感覚が何なのか、会ってみればわかるだろう。

　運転席のランプを消し、アクセルを踏み、南はまた夜道を走り出した。

※

　旧本陣の薄暗い広間のなか。

　百合は眠らず横になっている慎太の肩に手を伸ばし、顔を寄せた。

「誰か来る」耳元で囁《ささや》く。「隠れて」

　広間の外、ぼんやりした月明かりを浴びたいくつもの影が白い障子越しに近づいてくる。

　慎太は横になったまま畳の上を静かに滑り、床《とこ》の間《ま》の陰に身を隠した。

　菜種《なたね》油の匂いがする。外の連中が敷居に流したらしい。障子が音もなく開いてゆく。

隙間から一人の男が覗き込んだ。薄闇に浮かぶ百合の両目を見て、男の頭がぴくりと動いた。が、慌ててはいない。相手にするのがどんな女か、親分の酒井から十分に聞かされているようだ。障子が開け放たれ、摺《す》り足の男たちがゆっくりと入ってくる。

手にしているのは刀、短刀《ドス》。銃はない。派手に撃ち合って周囲の家々に知られたくないのだろう。刀で膝、脛《すね》を執拗に斬りつけ動きを止め、短刀が捨て身で突っ込む——それが大勢で少人数を襲うときのやくざのやり方。逆に、刀を振るわれる前、間合いの内側に素早く飛び込むのがこちらの定石。だが、今は暗い。月が翳《かげ》り、さらに闇が深くなる。それでも百合の視界は大きく広がり、広間と庭に散らばる十一人すべての動きが見えている。

男三人が前に出た。それぞれの手には刀と短刀。三人の右足が同時に踏み出た瞬間、百合は静かに飛び退いた。二人がさらに駆け寄り刀を振るう。百合は流れる刃先のかすかな光を感じながら、また左へ飛び、そしてすぐに前へ出た。刀を持つ一人の右膝を蹴り、懐へ飛び込む。蹴られた右膝がぐりんと外にねじれ、百合はさらに右の手刀で男の喉仏《のどぼとけ》を真横に切った。「ごえっ」と声が漏れる。

斜めうしろから短刀の男も突っ込んでくる。

百合は寸前で避けながら、右手で短刀を握る腕を摑み、左肘で脇腹を突いた。それでも男は力任せに刺そうとする。男の鼻と上唇を左手で摑み、足を払い、畳の上に引き倒した。上唇が歯茎《はぐき》から剝がれ、裂け、血を散らしながら絶叫する。間近で刀を振り上げていた残りの一人が慌ててあとずさる。

二人が瞬時にやられたことで、残りの九人は百合から離れ、左右に大きく広がった。陣形を立て直そうとしている。また畳を摺るかすかな足音だけが広間に響く。

「いくらでやめる？」百合はすかさず男たちに訊いた。「金なら払う」

沈黙、そして戸惑いを伝える男たちの息遣いが聞こえてきた。しかし、誰も拒絶はしない。

「いくら出す？」男たちの一人がいった。

「一人百円」百合はすぐにこたえた。

「安い」と上唇をはがれた男が倒れたままいった。

「あんたは倍付け」

喉を打たれた男も何かいいかけたが、その前に「あんたもね」と百合はいった。

どうする——男たちが話しはじめた。皆、抜き身の刀や短刀を握っているものの、その腕はもうだらりと垂れている。

「こんな時期に命を張るのは勿体《もったい》ない」百合はいった。

「わかってる」男たちもいった。

栗橋は賑わい潤《うるお》っているが、それももうすぐ終わる。利根川に鉄橋が架かってしまえば、列車も、人も物も、ここを通り過ぎるだけになる。飯盛り女の春売りと、ささやかな賭場だけが売り物の昔ながらの宿場町は生き残れない。

だから酒井もこんな無理をさせた——

偶然に百合と慎太が飛び込んで来たのを逆手に取って、二人を突き出し、水野通商と陸軍に擦り寄るつもりだった。これは河豚《ふぐ》だとわかっているが、毒を運よく避けることができれば旨味にありつける。最盛期より衰えたとはいえ、水野通商は今もさまざまな業種で幅を利かせていた。栗橋にも劇場や映画館を建て、水野通商の伝手《つて》で浅草と同じ最新の芝居や映画をかければいい。

だが、酒井はすでに子分にも運にも見放されていた。

百合たちの話し合いはまとまった。暗い広間にいた全員が庭に出た。百合にやられた二人も、もう怒っていない。慎太も文句はなかった。百合と慎太はバッグとリュックに手を入れたまま、男たちに見られないよう指先で二十円札を数えた。

金の出てくるバッグとリュックを男たちが羨ましげに見ている。が、欲を抑え、今は見るだけにするようだ。慎太のリュックの底には、逃げる直前に父から渡された金がまだ何千円も隠されている。

ここの管理役の老夫婦も近づいてきた。百合が何枚かの札を出すと、餌《えさ》にありつく野良犬のように飛びついた。

百合と慎太はすぐに旧本陣を出た。

男二人が人質役として町の端の暗闇までついてくることになった。一人は男たちの一番年上で、もう一人は二番目に若い。一緒に歩けば父親と年の離れたきょうだいたちに見えなくもない。夜回りや警官に見つかっても言い逃れられる。静かな町を無言で歩き、街灯の途切れるあたりまで来た。百合は送り賃に二人にさらに二円ずつ渡した。男たちが帰っていく。

生暖かい風が吹きつけ、二人の肌に汗が浮かぶ。少し休んだものの、慎太はやはり疲れていた。不自由な左脚を引きずりながら歩いている。地面に落ちた星座のように、遠くの丘に家々の窓のかすかな光が散らばっている。蛙と虫が鳴き続けるあぜ道を延々と歩いたあと、並ぶ街灯の先に校舎がぼんやりと見えてきた。

※

深夜の町にエンジン音が響く。

幌《ほろ》をかけた荷台に最新の卓上無線機と兵員を乗せた軍用ＴＧＥ－Ａ型とウーズレーＣＰ型トラックの列が細い道を進み、栗橋の旧本陣前に次々と停まった。隊の名称は陸軍第十一特務中隊。慎太の父細見欣也《きんや》が起こした事件解決のため編成されたが、口頭の命令だけで正式な辞令はなかった。指揮官が津山に代わった三週間前からは津山隊と呼ばれている。

津山ヨーゼフ清親《きよちか》大尉は旧本陣に入った。

紺の背広姿だが、誰よりも高い身長と広い肩幅が、うしろに続く軍服の部下たち以上に津山を軍人らしく感じさせている。

奥へと進んでゆくと、廊下の先から怒号が響いた。

「話が違うじゃねえか、この野郎」

うしろ手に縛られた酒井が憲兵に連行されてゆく。

津山は黙ったまますれ違った。

「てめえが津山だな。そうだろ」茶色の髪と瞳に気づいた酒井が睨み、凄《すご》んだ。「うそ吹かしやがって、許さねえ」

事件が外に漏れぬよう、酒井はしばらく憲兵本部に拘留しておく。旧本陣を管理しているという老夫婦も同じく連行する。百合と慎太から金をもらった子分たちはとっくに町を出ていたが、そちらも追尾させ拘束する。事情を知った者は誰一人容赦しない。

津山が電話を通じ「悪いようにはしない」と誘うと、酒井は簡単に寝返った。だが失敗し、部隊が到着するまで足止めしておくことさえできなかった。

少し前まで百合と慎太がいた大広間に何の手がかりも残っていないことを確認すると、津山はすぐに撤収を告げ、自分も外に出た。

部下たちを乗せたトラックが周辺域を捜索するため出発してゆく。こうなることはもちろん想定していた。津山は見ず知らずのやくざなどに何の期待もしていない。

夜に響くエンジンに、近隣の連中が何事かと集まっている。小銃を手にした兵士を不安げに眺める寝巻き姿の住人の前を、トラックが次々と走り去ってゆく。

津山も一台の助手席に乗り込み、出発した。

津山には母親から受け継いだドイツ人の血が流れている。

母方の祖父は明治のころドイツ大使館付きの武官として来日した。帰国後も日本を愛し、末の娘が日本人貿易商に嫁ぐことも許し、日本が清とロシアに勝利したことを心から祝った。

祖父は清親の誕生も喜び、成長してゆく姿を見るのに三度も来日した。入隊したいと打ち明けたときも、祖国に尽くそうとする志を褒めてくれた。

津山は祖父に認められ嬉しかった。だから大戦時も志願して前線に立った。中国青島《チンタオ》の戦いでは歩兵を率い、連合国に属する大日本帝国陸軍軍人として同盟国側のドイツ帝国軍相手に奮戦した。

さらにシベリア出兵にも加わった。

大戦中の大正六（１９１７）年、ロシア国内で社会主義革命が起きると、翌七年、日本は、アメリカ、イギリス、フランス、イタリアなどとともに陸軍をシベリアに出兵させた。名目はソビエト革命政権に対し蜂起《ほうき》したチェコ軍人捕虜とスロバキア軍人捕虜による「第一チェコスロバキア軍団」の支援と救出だが、欧州各国はドイツと単独講和した革命政権を打倒し、復興した旧政権の元で、ロシアを再度大戦に復帰させることを目論《もくろ》んでいた。日本の本意も極東への共産主義の波及防止と、混乱に乗じてのロシア領奪取にあった。

そして日本はアメリカなどと協約した七千人を遥かに上回る七万三千の兵力を送る。命令を受けた津山も二年五ヵ月現地に駐留し、雪と泥にまみれながら、冬場はマイナス三十度にもなる気温のなか、ソビエト兵とパルチザンを掃討し続けた。

だが、他国の撤退後も権益確保のため強引な駐留を続けた日本に、アメリカを中心とする国際的非難が集まる。しかもその間、日本国内では米騒動が起きていた。米価の急騰で困窮《こんきゅう》した人々が各地で米問屋や精米所を襲撃し、それは騒動という言葉では形容し切れない全国三十万人規模の破壊活動へと発展していった。

シベリア出兵の実態を、日本本土の民間人も、政治家も、陸軍の一部さえ勘違いしている。無能な兵士たちが少数の敵を制圧できず、ぐずらぐずらと引き延ばした戦いだと思い込んでいる。皆、何もわかっていない——津山のなかには今もそんな憤りが渦巻いている。

あれは日本軍がはじめて遭遇した本格的なゲリラ戦だった。ソビエト兵士と民間人の区別はなく、前線から遠く離れた村の物陰からも津山たち部隊は狙い撃たれた。しかも、日本人とわかれば民間人でも攻撃される。実際、尼港《にこう》（ロシア名、ニコラエフスク港）では七百人を超える日本人居留民が虐殺された。

目の前にいるロシア人家族のなかで怪しいのは父親だけではない。母親、息子が突然拳銃を取り出す危険もある。背後から鎌と鋤《すき》で襲われたこともある。幼い娘が差し出した白湯《さゆ》に毒が混ぜられていたことさえあった。戦線は延び、補給は滞り、慢性的な食糧不足も続いた。明確な戦略目標も、具体的な攻略拠点もなかった。それでも在留日本人の命と、田にも畑にもならぬ凍った土地を守るため、流感と凍傷にかかりながら命を削り戦い続けた。

しかし、ようやくシベリアから戻った津山たち職業軍人に浴びせられたのは、「おまえらが戦地に持っていったせいだ」と米騒動の責任をなすりつける言葉だった。具体的な戦果を得られなかったことも執拗に責められた。ドイツ人の血を継ぎ茶色い目と髪をした津山は、「敵国人」と陰口を囁かれるようになった。

貧困層の起こした暴動、北方領土拡大の失敗、さらには中国大陸での反日運動。国内の不況。膨張してゆく軍事費。日本の抱える問題のすべての原因は陸軍だと誹《そし》られ、軍事は宿痾《しゆくあ》であると忌《い》み嫌われている。

もうドイツの祖父も亡くなった。母は日本での暮らしを嫌い、父と離婚しドイツのボンに戻っていった。その父も津山のシベリア出征中に亡くなった。自分が軍を離れても誰も残念には思わない。祖母と妊娠中の妻はむしろ離れることを望んでいる。それでもまだ津山は国のために働き続け、この厄介でうしろめたい任務にも最善を尽くそうとしている。

夜道で鳴く蛙を轢《ひ》き潰しながら、津山たちを乗せたトラックは闇のなかを走り続けた。

※

百合と慎太は塀を越えて夏休みの小学校に入った。

雑草が伸び放題の花壇を抜けてゆく。萎《しお》れながらも咲く花たちが、新学期がはじまり、子供たちにまた手入れされる日を待っていた。そんな花々を強い風が揺らす。用務員室も宿直室も暗く、人の気配はない。百合は鍵穴に髪留めを差し込み、回した。ねじ式鍵は簡単に開いた。栗橋が危険なら引き返してここに忍び込むと決めていたが、腹立たしいことにその通りになった。

廊下を静かに進む。百合は疲れ、慎太はもっと疲れている。

百合が教室の引き戸を開けると、慎太は「あっ」と小さな声を漏らした。赤、紫、桃、青、藍、緑、黄——さまざまに塗られた折り紙の鶴や燕《つばめ》や鳶《とび》が糸でつながれ、翼を拡げ、天井から吊るされている。新聞紙を折り、何度も丁寧に色を塗り重ねたらしい。

「学芸演習会だ」慎太がいった。

夏休みの間も練習に通っているらしい。貼られた暦《こよみ》の九月の第三土曜に大きく花丸がついている。低学年の男子は徒競走会、高学年は勝ち抜き相撲戦で、女子は演劇披露。

机がうしろに寄せられ、山や森の書き割りが立て掛けられていた。角髪《みずら》に白衣の男神を描いた板に、金箔の太陽を背にした女神の板もあった。板切れの束、木槌《きづち》、鉄釘《てつくぎ》の詰まった紙箱、何本もの筆、塗料の臭いもする。

黒板には大きく『しろかねうさぎ』と演目が書かれていた。

　雲巻きそびえる山の上　龍と兎《うさぎ》がおったそな　雨呼ぶ龍は神様で野を駆る兎は神の使い。

百合も慎太もその話を知らなかった。

時間割の横には、この周辺の地図が貼られている。百合は剝がし、しばらく眺めたあと畳んでバッグに入れた。

二人で床に座り、百合は一度溶けてまた固まったキャラメルを口に入れた。慎太が昼に食べず取っておいた甘食《あましょく》をかじろうとしたが、口を止めた。まだ体が受けつけないらしい。空腹で胃を鳴らしながら甘食をリュックに戻し、目を閉じる。

「出して」百合は手を伸ばした。

眠りかけていた慎太の目が開く。用心深い顔に戻り、横になったまま着物の懐を割り、腹に巻きつけた白いさらしの間から封筒を抜き取った。

家族が殺されたあの日、父に渡された封筒。

百合は受け取ると、油紙に包《くる》まれていた便箋の束を出し、細い月明かりに照らした。

何人かの大臣と議員の名。官僚と財界人の名。各人と会談した日付と内容。秘書の名。米相場や国内外の株の売買取引の日付と金額。利益を入金した銀行口座と口座名義人。他にも各人に進言した財産隠しの手口や粉飾の手法がびっしりと書き込まれている。

「見た？」百合は訊いた。

慎太が頷く。「でも、僕にはわからなかった」

百合にもわからない。細見が要人のために続けてきた不正蓄財と脱税の台帳なのはわかる。だが、陸軍が中隊を動員し、細見の家族や女中まで殺して手に入れるほどの機密とは思えなかった。根拠のない裏金作りの記録でしかない。細見一人を逮捕して情報を隠蔽《いんぺい》すれば、こんなものは何の意味もなくなる。

百合は便箋に書かれたものをできる限り頭に刻み込むと、封に戻し、慎太に返した。それをまた慎太はさらしの下に挟み込んだ。

「拳銃も」慎太が開いた手を突き出す。「返して。大切なものなんだ」

百合は睨んだが、慎太の思いはわかっている。

使い込まれ、よく手入れされた銃だった。持たせたのは父親ではなく国松だろう。国松が殺され、ベレッタＭ１９１５はこの子にとって、ただの人を射つ道具を越えた形見となった。

「勝手に撃たないと約束して」

「約束するよ」

「破ったら容赦なく撃つから」

慎太は頷いた。

百合はバッグから出すと慎太の手に乗せた。

「ありがとう」素直にいうと、リュックの奥に隠すように入れた。

「着替えたら？」百合はいった。

慎太が自分の着物に鼻をつける。顔をしかめながら帯を解き、着物を脱いだ。リュックから出したズボンを穿《は》き、シャツのボタンを留めてゆく。

百合も座ったまま背を向け、帯を解いた。汗染みだらけになった木綿《もめん》の着物を脱いでゆく。月が射し、肌を白く照らす。ブラウスに通す腕が肩が透ける。

着替えを終えて振り向くと、慎太はもう横になっていた。

百合は壁に寄りかかった。腕や足の力が抜けてゆく。ため息が出た。自分が何をしているのか、どうしてこんな目に遭っているのか考えそうになったけれど、頭を緩く振って止めた。

——これは自分からいい出した約束。

七年前。百合とその息子を守るため、筒井国松は左手と腎臓《じんぞう》一つを失った。息子は死んでしまったけれど、百合は今も生きている。失うはずだった自分の命をつないでくれた代わりに、もし望まれたら今度は百合が国松の一番大切なものを守ろうと決めた。

「守りたいものなんてないさ」国松はそういってルパを抱き秩父への列車に乗った。だが、その小さな約束は、息子と水野を亡くした百合がそれでも生き続けてゆく理由になっていた。

きっと国松が病気で先に死に、遺されたルパを引き取り、その短い余生を見守りながら過ごすことになるのだろうと思っていた。もし、国松が誰かと暮らしていたなら、遺されたその女を姉妹のように慕い、支えてゆくつもりだった。なのに——

慎太を見ると閉じた目に涙が滲んでいた。強がりが弛《ゆる》み、抑えられなくなったらしい。寝返りを打つふりで慎太は背を向けた。

泣きながら眠れぬ夜を過ごしているこの子を、国松は命をかけて守ろうとした。

月が翳る。カーテンの隙間から光を浴びていた天井の鳥たちが色褪《いろあ》せ、闇に消えてゆく。

百合もゆっくり目を閉じた。

※

夢うつつ。

百合は目覚めと眠りの狭間をたゆたっている。教室は暗く、窓の外には風が吹き、草や木が揺れている。

自分の生まれた村の光景が頭に浮かんできた。十一歳で離れたきり、一度も思い出すことなどなかったのに。もう、憎しみも懐かしさもない。どうでもいい場所――


百合は長野にあるガタ山の麓《ふもと》で生まれた。

地図や標識には三芳山《みよしやま》と書かれているが、誰もがガタ山と呼ぶ。

人形《ひとがた》の「ガタ」。

山には平安の昔から語り継がれる伝承があった。今世で何も成せぬまま幼くして死んだ子の体を切り刻み、竹、紙、木の皮で作った張り子の人形に入れ、山中に納める。すると、子の魂《たましい》は山頂から天に昇って生まれ変わり、自分を納めてくれた親にも幸福の謝礼をもたらすという。伝承は今でも信じられ、百合が子供のころも日に何組かの親が人形を携え、遠方からやって来た。大昔と違って焼いた遺骨を入れるようになったが、それでも山には多くの人形が暮らしていた。

もう一つ、村の瞑《つむり》神社では、毎秋、猪と鳶の冠《かぶ》り物をつけた年男たちが精根尽きるまで踊り続ける、らんたらという神事が開かれる。ひたすら舞い、命を削り、より死の際まで踊った者ほど多くの幸を得るといわれている。狂気の形相《ぎょうそう》で踊った末に、失神し倒れてゆく男たち見たさに、毎年大勢が村にやって来た。フランスという遠い国の学者と写真家までもが研究と記録のために訪れた。

それでも村は貧しかった。平地が少なく、米も野菜も多くは取れない。人形を納めに来る親たちと、らんたら見物の連中が落していく銭で食いつないでいたが、どの家も足らずに娘や次男三男を身売り奉公に出していた。

百合も売られることが決まっていた。かぞえで十一になった年の五月に、人買いが迎えに来る。父は手付の金をもう受け取っていた。

家族は父の他に、祖父母、姉が二人に弟が一人。それに、しょっちゅう出入りしていた近所の後家。父とは再婚の約束をしていたらしい。本当の母は弟を産んだ半年後に死んだ。

いつも咳《せき》をして、すぐに熱を出し寝込んでばかりいる百合は、家の者から疎《うと》まれていた。思い込みじゃない。祖母からは「いらぬ子」といわれ、色黒で体が大きな姉たちには「売られた先でこき使われろ」「こき使われて早く死ね」と罵られた。体が小さく役立たずなのに、百合は気が強く口ごたえばかりして、でも、器量だけはとびきりよくて、男たちからは色目を使われる。だから女たちからは嫌われ、憎まれた。

辛いことばかりの毎日だけれど、楽しいことをほとんど知らないので、それがあたりまえだと思っていた。人買いに売られるのはすごく嫌だけれど、しょうがないとも思っていた。姉たちのように丈夫な女は、村に残って嫁に行くか婿《むこ》を取る。細くて弱い女は、器量がよければ花街《かがい》に売られ、悪いと工場に売られる。女の生き方はそれだけ。教えられていないし知らないから、他に生き方などないと思っていた。「体に傷をつけるな、値が下る」としかいわない父親も、勝手に早死にした母親も、この世の全部が憎かった。でも、憎く思っている自分が間違っているのだとも思っていた。だって、いつでも「おまえが悪い」といわれてきたから。憎んでいながら、皆の言葉を一度も疑わなかった。

けれど、十一歳になった春のある日、気持ちが変わった。

長い髪を結い上げた百合は二人の姉や近所の女たちに連れられ山菜摘《つ》みにいった。ガタ山の山肌に皆が散らばり、木の洞《ほら》や根の陰に置かれた人形に見つめられながら山菜を摘む。山は人形たちの暮らす場所で、人は他所者《よそもの》。「おこぼれ分けてくださいまし」と、人形に許しを乞いながら山菜を摘む。目を大きく開いた赤い着物の新しいのや、破れて胎内に納めた骨がむき出しになっているのや、朽ちて土に還りかけているのや、何万という人形が暮らしている。だから邪魔をせぬよう、百合はいつものように静かに歩き、歌も唄《うた》わず口を閉じて摘んでいた。

見ているのは人形だけ。近くに誰もいないと、苦しさや憎さが溢れ出して素直に泣けた。しかも、あと四十日で人買いが迎えに来る。怖くていつもよりずっと多くの涙が出た。一人泣き続けていると、揺れる白いものが見えた。

蝶だった。白い羽を揺らし寄ってくる。二、三、四とすぐに数は増え、二十近い蝶が白い輪のように体の周りを回った。慰《なぐ》さめてくれている気がして百合は笑顔になりかけた。

でも違った。白い羽は、百合の頬や目へと飛んできた。ぶつかるほどの勢いで顔に迫ってくる。慌てて振り払った。それでもしつこく飛んでくる。鱗粉《りんぷん》が舞い、目に滲《し》みる。また涙がこぼれる。その涙へと群がる。蝶たちがほのかな塩味のする水の粒をほしがっているのだと気づいた。なぐさめているんじゃない、渇きを癒したいだけ。

顔がちくちくと痛い。怖くて逃げた。けれど怖さはすぐに怒りに変わった。近くには蜜をためた春の花が咲いている。夜露《よつゆ》を含んだ草も生えている。少し先には小川も流れている。なのに蝶たちは自分に襲いかかってきた。見下したように、恐れる必要もないと思っているように、払っても、逃げても、飛びかかってくる。

――蝶にまで怯えて生きるなんて、嫌だ。

そう思った。だから振り返り、蝶を握りつぶした。次々と握り、手も顔も着物も白銀に輝く鱗粉まみれになった。夢中になって意地になって蝶を殺した。そして決めた。自分を疎み嫌っている連中に、自分を売り物としか思わぬ連中に、できる限り歯向かってやろうと。

――それでどうなっても構わない。

集めた山菜も、籠《かご》も捨て、草刈り鎌だけを握って走り出し、すぐに一緒に山に入った婆さん二人を見つけた。婆さんたちの前で着物の裾をたくし上げると、鎌の柄《え》を自分の股間に突っ込んだ。

腹いっぱいに何かが詰まったようで――痛い。

下からずんと突き上げられたようで、苦しい。唸り声を漏らしたが、二人の婆さんの叫び声であっさりかき消された。柄を、内股を、細く鮮やかな血が滴り落ちてゆく。すごく痛い。すぐに他の女たちも駆けてきて、百合はうつ伏せに倒された。皆が押さえつけ、草と土のなかに溶けてゆくように体が半分埋まった。

でも、胸が高鳴る。変わらず股が痛い。

去年の祭りで、生まれてはじめて苦艾《にがよもぎ》を漬けた酒を一口呑んだときと同じような気分になった。

うつ伏せになった百合の顔を、二人の姉たちが覗き込んだ。あの細い目をさらに細め、吹き出物だらけの黒く汚い顔で見られたので、百合は思わず笑った。笑いながら幸せそうに見返すと、姉たちは怯えて顔を引っ込めた。よけい嬉しくなってもっと笑った。

しばらくして知らせを聞いた男たちが雨戸板を担いで山を登ってきた。百合は股の間から鎌の刃がもたげたままの恰好で板にくくりつけられ、山を下っていった。

村まで運ばれると、女たちに鎌を抜かれ、それから父や祖父に大声で罵られ殴られた。

はじめに顔を殴られたらひどく痺れ、二発目に殴られたときはもう痛みを感じなくなっていた。皆が「もっと値が下る」と止めても、父は殴り蹴り続けるので、百合は袂《たもと》に隠していた細枝を父の太腿に突き刺した。泥に入ってゆくように枝先はつるりと皮膚に埋まり、腿の裏側から飛び出した。あまりにきれいに刺さったので百合はまた少し嬉しくなった。

覚えているのはそこまで――張り倒されて気を失ったらしい。

次に目の前が明るくなると、瞑神社境内の古い厩《うまや》を作り替えた檻《おり》のなかにいた。毎年らんたらの祭りで踊り終わったあとも、すぐに正気に戻れず、暴れたり、叫び続けたりする者が二、三人はいて、落ち着くまでここに入れられる。股の奥にまだ痺れを感じながら、百合は檻の天井の隅の暗がりを見ていた。顔は腫《は》れ、体中が痛い。家族は一人も来ないのに、村の連中は次々と来て、哀れんだり見下したりしながら眺めて帰っていった。

そのうち見知らぬ二人の男がやって来た。一人は離れた手水鉢《ちょうずばち》の横に立っていた。もう一人が檻の前まで近づき、腰を下ろし、じっと百合を見つめた。ハンチングを被り、格子柄の着物に黒革のブーツを履いた洒落た姿は、まるで遠い外国から来た人のように思えた。

それが筒井国松との出会いだった。

「どうして自分を突いた」国松が訊いた。

「悔しかったから」素直に言葉が出た。

「どうして親父を刺した」

「憎かったから」

国松は百合の顔をもう一度見て、「一緒に来るか?」といった。

「行くと何があるんかや?」

「それはおまえ次第だろう」

「行きます」百合はいった。

手水鉢の横に立っていた酒井が駆けていき、すぐに神主《かんぬし》と村の助役を連れてきた。檻が開き、百合はそのまま国松と酒井に連れられ村を出た。家族とも村の誰とも別れの言葉を交わさないまま。でも、少しも寂しくはなかった。

国松は自分の仕事を「職業紹介」といった。駒ヶ根《こまがね》の村々を仕事で巡っている途中、ガタ村の美人と噂の娘が正気を失い騒ぎを起こしたと聞き、どんな様子か見てやろうと、わざわざ出向いて来たらしい。

三人で半日かけて諏訪《すわ》まで歩き、百合は人生二度目の列車に乗った。

窓の外を驚くような早さで景色が流れてゆく。

「自分が買われたことを忘れるな」向かいの席に座る国松がいった。手付を払っていた人買いに違約金を送らなければいけないこと、さらに父親にもあらためて金を払ってきたことを教えられた。

「あの、おらはこれからどこさ行くんかや」百合は訊いた。

「台湾だよ」

それがどこかもわからなかった。

まず、東京の上野池之端《いけのはた》という町の大きな屋敷に着いた。五日過ごす間に、国松から簡単な行儀作法を教えられ、婦人科医の往診も三回受けた。

股間の痛みも消えたころ、髪を二本の三つ編みに結われ、生まれてはじめてスカートとブラウスの洋服を着せられ、国松に連れられるまま東京駅から列車に乗った。

二日かけて神戸《こうべ》に着くと、今度は客船に乗り一日半波に揺られた。

船が台北《タイペイ》の波止場に着いてから、さらに自動車で一時間半。ようやく目的地が見えてきた。

流れる川から湯気が昇っている。不思議そうに見ていると、国松が源泉の湯が混ざり込んでいるのだと教えてくれた。熱海《あたみ》旅館やKUSATSU　HOTELの看板を掲げた建物も並んでいる。丸太橋、道脇の祠《ほこら》、小さな神社。『タバコは天狗』『三ッ橋の石鹸』と書かれた店先の広告。そこは北投《ペイトウ》という温泉の町だった。そして、今自分のいる台湾は外国ではなく、日清戦争の勝利で獲得した日本領なのだということもはじめて知った。

工事中の大きな建物の前で自動車は停まった。国松と建物に入ると声が響いてきた。

「外より涼しいだろう。コンクリートは固まるときに周りの熱を奪うんだ」

強い逆光のなかで滲む影がいった。

「水野寛蔵だ」

細い目の涼やかな顔、高い背、白い麻の背広に白い鍔《つば》つき帽。水野は腰をかがめると、百合と同じ高さまで視線を落した。

　じっと顔を見られた。百合も水野を見た。これが自分を買って、ここまで連れてこさせた男。細身で若々しくて、まるで役者のようで想像していた人買いの姿とは違う。

「何か話せ。おまえの声も聞かせてくれよ」

「あ、ここで何をしているんかや」

「カジノを造っているんだ」

　隣には劇場と映画館も建てていた。その北投という町には台湾で暮らす日本人が湯治にやってくる。開発して、日本人だけでなく台湾人も、上海や澳門《マカオ》や香港の東洋人も西洋人も呼び寄せられる歓楽街にする計画だった。

「はじめにいっておくぞ」

　水野は百合の左肩に手を乗せた。大きな手の温もりがブラウスを通して肌に伝わってきた。

「おまえはこれから長い時間をかけて多くのことを学ぶんだ。難しいことばかりだが、ついていけなければ容赦なく捨てる。だが、努力して期待に適《かな》う女に育ってくれたら、満足な生活をやる。これは絶対だ。どうしても嫌なら一晩やるから明日朝までに首をくくって死ね」

　何をいわれているのかはっきりとは理解できなかった。だが、感じ取れた。

「わかったかい？」水野に訊かれ、百合は「はい」とこたえた。

　別れ際に水野は手を振って笑い、百合もぎこちなく笑いながら手を振ってそこを離れた。

　国松に連れられ石畳の道を進む。強い陽射しが路面にはじけ、しぶきのように顔にかかる。しばらく歩くと遠くに青い屋根の大きな平屋が見えてきた。

「おまえの新しい家だ」国松はいった。

　その屋敷では奈加が主人となり何人もの女中や調理人を仕切っていた。口元では微笑みながらも、目の奥に鋭さを浮かべていた彼女を、使用人たちの誰もが信頼し敬《うやま》っていた。

屋敷で寮生のように暮らしていた娘たちは十六人。百合と同じように日本から連れてこられ、同じように髪を二本の三つ編みにしていた。めいめいの色のリボンを三つ編みにつけた洋装の娘たちは百合を敵でも味方でもないような目で見た。

翌日から百合も授業に加わった。化粧の仕方、洋風髪の整え方、着飾り方。状況に合った振るまい、場所に合った会話。男の誘い方、焦らし方、女の楽しませ方、友情の作り方。銃と刃物の扱い方、身の守り方。何種もの言葉、西欧の、中東の、中国の常識、習慣、禁忌《きんき》――あらゆることを覚えさせられ、他の娘たちと競わされた。

さまざまな国籍、年齢の女たちが教師として台北や周辺の街から日替わりで通ってきて、朝から夕方まで休みなく授業が続いた。音曲《おんぎょく》や日本舞踊、社交ダンス、ピアノの講師たちもやってきた。

厳しくつらかったが、楽しかった。努力しても必ず報われるわけではないこと、でも、報われたらとても嬉しいことを知った。はじめて褒められることも知った。とりわけ水野から涼やかな笑顔で褒められると嬉しかった。子供ながらに操られているのがわかったけれど、それでよかった。

好きなものも見つけた。奈加が教えてくれる銃と刃物の扱いは、いくら練習を続けても飽きなかった。特に銃は気に入った。自分よりずっと大きな男でも、指一本動かし引き金を引くだけで倒せる。その簡単なことにはじめは興奮し、それから熱中した。銃器は三八口径や四二口径のような、重く大きいものをいつも選んだ。奈加にいわれた通り、正しい射撃姿勢をとっていれば、大きい銃ほど射出反動が分散し、体への負担はむしろ小さくなり、連射もしやすい。何より、ずしりとした重さが与えてくれる安心感が好きだった。

標的をきれいに撃ち抜けると、水野はいつも褒めてくれた。さらに上達すると、奈加や国松だけでなく、軍服を着た連中や学者のような男たちがやってきて、さまざまな銃器の扱い方、身のこなし、状況の見極め方、退路の確保や逃走の仕方を指導してくれるようになった。

実技に関して細かくいわれたことはほとんどない。奈加や陸軍の教官たちが見本の射撃をして、注意を二、三受け、あとは教えられたことを疑いなく反芻《はんすう》しながら一人で撃ち続けていれば、自然と命中精度は上がっていった。自分なりに工夫するのも楽しかった。

別れもあった。毎月の終わりに何人かの娘が屋敷を去っていった。翌日には、また新しく何人かが連れられてくる。が、友情は欠片《かけら》もなかったので、別れの悲しみもなかった。誰かを妬《ねた》んだり貶《おとし》めたりする娘は一人もいなかったけれど、誰も情愛を育てようとはしなかった。心が近くなり過ぎることを、皆、どこか禁忌のように感じていた。

ただ一つ、夏の花火だけは楽しんだ。

真夏の夜、風呂の順番を待つ間、娘たちは皆、広い庭に出て夕涼みをした。そのときに誰ともなく線香花火を持ってきて、皆で火をつけた。ぬるい風、蚊取り線香の匂い、花火の煙。皆がその瞬間だけ本当の笑顔を浮かべ、見つめ合った。

その娘たちも一人ひとりと去っていき、六年後、屋敷に残ったのは百合だけだった。役割を終えた青い屋敷は、大幅に改修され本格的に学校として運営されることが決まり、百合と奈加は北投を出て上海に旅立った。そう、何もかも覚えている。

ずっと頭のなかにあって、思い出す必要がなかっただけ――


百合の意識はまた教室のなかに戻っていた。

薄目を開けると、天井から吊るされた折り紙たちが朝の陽射しを浴びていた。昨夜よりずっとみすぼらしく見える。外には変わらず強い風が吹いている。下手な合唱のような蝉の鳴き声も聞こえる。記憶のなかの、あの夏の花火のような燻《くすぶ》った匂いが、まだ鼻にまとわりついていた。夢はもう覚めたはずなのに……

「うわあああああああああ」

百合がはっきり気づく前に慎太が叫んだ。

起き上がると白いカーテンを透かした向こうに黒い煙が流れている。赤い火の粉も飛んでいる。火事だ。遠くじゃない、ここだ。

「出ないで」窓を開けようとする慎太に百合はしがみついた。体を押しとどめる。それでも慎太は叫び続けた。きのうの朝、弟の喬太を焼き殺した炎の記憶が頭に渦巻いているのは間違いない。

「落ち着いて。まだ火は回ってない」百合はいった。慎太が目を見開いたまま頷く。声は聞こえているらしい。百合は自分のバッグと慎太のリュックを摑み、荒く息を吐き続ける慎太を抱え廊下に出ると、水飲み場に駆けた。

校舎のなかに煙が広がってゆく。廊下の窓の外、裏庭はもう炎に包まれていた。

――燻《いぶ》り出す気だ。

百合はそう感じながら水飲み場に慎太を放り込んだ。蛇口《じゃぐち》を全部開く。水は勢いよく出た、水栓は閉じられていない。自分も慎太も水浸しにした。

「我慢して」髪も服もぐっしょり濡らしながら百合はいった。火をつけた奴は飛び出したところを狙い撃つつもりでいる。

「あああ」慎太の口からまだ声が漏れている。頭ではわかっていても抑えられないらしい。裏庭は燃え続けているが、教室の窓の向こうに広がる校庭にまだ炎は見えない。ここに飛び出して来いと手招きされているようだった。

百合は慎太と廊下に伏せた。煙の下を這ってゆく。逃げ場を探し、必死で廊下を進んだ。

南は校庭を見下ろす小さな岡の上にいた。

収穫を控えた梨の木が並ぶ畑の奥、狙撃銃を脇に座っている。東京第一陸軍造兵廠で造られた十四型という仮称の試作銃にカールツァイス社の照準眼鏡をとりつけた。丈夫で扱いやすく、南は気に入っている。

昇ったばかりの太陽を雲が遮ってゆく。まだ西の空はほの暗い。蟬が鳴いている。火事を知らせる半鐘《はんしょう》も鳴りはじめた。遠くからサイレンも聞こえてきた。

昨夜のうちに南は栗橋に着き、百合と慎太の行方を追った。夜道を嗅ぐように探り、すぐに地面に途切れながら伸びる新しい線を見つけた。慎太の不自由な左脚が描いたのは間違いない。線を追い、この小学校にたどり着いたが、どこに隠れているのかまではわからなかった。忍び込み、教室を一つずつ回ってもいいが、一対一で百合と対峙すれば自分が死ぬ可能性も高い。だから、火をつけ燻り出し、撃つことにした。

百九十メートル以上の距離があるが、遠い狙撃ほど自信がある。自分の限界を試しているようで心地よかった。唯一やっかいなのはこの風。天気予報では、台風が太平洋岸を北上しているらしい。強い風が火事の太く黒い煙を右に左に気まぐれに煽《あお》っている。

南は自分の気持ちが浮ついているのに気づき、鎮《しず》めた。めったにないことだった。完全に燃え上がるまではまだ間がある。楽しみながら、しかし、緊張を保ちながら待った。

黒煙がゆっくりと校舎を取り巻いてゆく。炎は赤さを増し、巻き上げられた火の粉が南の上にも雨のように降ってきた。

消防手と消防団が駆けつけ、周囲の家や校庭の木々に放水をはじめた。校舎は諦め、延焼を食い止めるのに専念するようだ。校門の外に停めたガソリンポンプや蒸気ポンプの駆動する音が炎の音と混ざり、ごうごうと響いている。

――いい頃合いだ。

適当な場所を確保し、腹這いになると槓桿《こうかん》（ボルトハンドル）を引き銃弾を装塡した。呼吸を整え、待つ。強い横風を受け太い黒煙がゆっくりと横たわり、校庭を遮り、川のように地面の少し上を流れはじめた。その黒い流れを見つめる。

――出た。

炎に包まれた校舎から二つの影が飛び出した。大きくうねる黒煙のなかを進んでいる。百合と慎太――南は追った。炎から十分離れるまで待ちながら、慎重に、でも、慎重になり過ぎぬよう、射手の勘に任せて狙う。風に煽られる黒煙の奥の姿が照準に入った瞬間、撃った。

響く銃声。百合を撃ち抜いた。再装塡し、またすぐ引き金を引く。再度撃ち抜いた。が、標的は倒れるとすぐに起き上がった。まだ黒煙と降り注ぐ火の粉のなかを走り続けている。南はまたも狙い、撃った。間違いなく命中した。

なのに、標的はまたすぐに起き上がった。もう肩も腕も吹き飛んでいるのに、校庭を横切ってゆく。深い黒煙が一瞬薄れた。

人じゃない。ずぶ濡れのカーテンをマントのように巻きつけ、足元には石の重りをつけた書き割りが二つ。一つが撃たれて半分砕けた女神、もう一つが角髪《みずら》の男神。炎が作り出す強烈な火災旋風に吹きつけられ、崩れた顔で気味悪く笑いながら、校庭の上を歩くようにずるずると進んでゆく。その書き割りのすぐうしろ、黒い布のなかからリヴォルバーを構えた細い腕が伸びた。爆《は》ぜる炎に紛れながら響く銃声。校庭を囲う板塀を撃ち抜いたらしい。

煙にまみれ校庭を横切った黒い布は、最後に書き割りを追い越した。撃ち抜いた塀を蹴破り、そのなかへと飛び込んでゆく。

塀の先には雑木林《ぞうきばやし》が、さらにその先には深い竹林が広がっている。

南は幼稚な手にやられた自分を一瞬責めたが、すぐに笑った。百合が、あの醒《さ》めた顔の女が、炎に巻かれながらあの書き割りの仕掛けを作り、そのうしろに隠れ走り出した姿を想像すると、あまりに間抜けで笑いが止まらなかった。

降る火の粉が、大きな実をつけた梨の木々も焦がしはじめた。あちこちの枝から薄い煙が上がってゆく。南は狙撃銃を右手に握ったまま、その場を離れた。

林の陰に停めた自動車に乗り込む。

南はまた思い出し、笑った。こんなふうに笑ったのははじめてだと感じながら、エンジンをかけ、走り出した。

※

埼玉県栗橋の南、久喜《くき》の東、江坂《えさか》の竹蔵《たけぐら》と呼ばれる細長く続く竹林がある。

標高六十メートルほどの山とも呼べない高台が連なる尾根を覆う竹林は、農地造成で削られた今でも全長一・四キロメートル。明治維新の前は三キロ以上も連なり、筍《たけのこ》を収穫する他、尺八《しゃくはち》、雅楽器の笙《しょう》、弓、竹刀《しない》の材料となる真竹の刈場となっていたという。だが、近ごろでは手入れもされず荒れ、ごみ捨てや自殺のために入り込む連中もいて、立ち入りを厳しくし、月に一度の大きな見回りも行われていた。

この竹林の周囲に、津山大尉の部隊は展開している。

蟬がうるさく鳴いている。百五十人を超える兵士たちが、暗く深い竹の奥へと踏み込んでゆく。兵士を降ろしたトラックも、徐行しながら竹林沿いの道を回り、警戒を続けていた。

小学校はまだ燃えている。

津山もあの小学校を含む四ヵ所を、昨夜から見張らせていた。一つには特定できなかったものの、百合と慎太の行く先をそこまで絞り込んでいた。夜明けと同時に各所の捜索をはじめ、二人を見つけ次第、部隊が集結し、包囲する計画だった。

夜の間に踏み込む提案も部下から出たが、退けた。「書類の回収を最優先せよ」という津山が受けた命令は変更されていない。今も津山と部隊の行動を縛り続けている。もし偶発的な銃撃戦で二人を殺した末に、探している書類を見つけられなければ、そこで手がかりは完全に途絶える。慎太が所持していたとしても、追い詰められ、焼き捨てる可能性もある。だから慎重にすべてを進めていた。

が、何者かが火をつけ、ぶち壊した。

百合たちがこの竹林に逃げ込んだのは間違いない。兵士を五人ずつの班に編成し、分散させ、投入した。どこまでも細長く続く竹林だが、横幅は広いところでも百六十メートルほど。塗り潰すように追いつめてゆけば、必ず二人を捕らえられる。

竹林の際まで寄せたトラックの横、津山はまた空を見た。二日続けて放火で起きた火事の黒煙を見せられるのは嫌な気分だった。

蚊が次々と飛んでくる。部下たちが慌てて荷台の蚊取り線香を探し、火をつけた。

津山は憤慨《ふんがい》していた。だが、今は緊張が怒りを抑え込んでいる。昨夜届いた小曽根百合に関する詳細な資料を、津山は丹念に読み、その女がただの人殺しでないことを知った。そして、今どんな生活を送っていようと、こんな狂った女は抹殺すべきだと確信した。その一方で、水野寛蔵を通じた卑怯な手口で、百合に汚い仕事をさせ続けた日本政府と陸軍への不信を、今、必死で頭から追い出そうとしている。

また蚊が飛んできた。手で払う。

火事の黒煙はまだ消えない。その隙間を縫《ぬ》うように、夏の陽射しが強く照らしはじめた。

百合と慎太は竹のなかを進んでゆく。

蒸し暑さと激しい蟬の声。蚊の群れがまとわりつく。痒《かゆ》く腹立たしいが、その不愉快さが炎のせいで起こした発作のような混乱から慎太を少し現実に引き戻したようだった。

百合は慎太の腕を摑み歩き続けた。まだ目は虚《うつ》ろだが慎太も必死でついてくる。

高く伸びた竹が光を遮る。重なる枝と葉が行く手を塞ぐ。羽虫の群れがまた目の前に霧のように広がった。

ずいぶん進んでから百合は歩速を緩めた。バッグから小さな霧吹きを取り出し、慎太と自分に吹きつける。天竺葵《てんじくあおい》（ゼラニウム）にレモングラスを混ぜた虫よけ。昔、上海で、ジャワ島のスラバヤ生まれの女給から教わった。爽やかな匂いが薄闇のなかに広がり、蚊や羽虫が離れてゆく。

「落ち着いた？」百合は訊いた。

慎太は頷いた。だが、まだ息は荒い。自分の叫ぶ声をわかっていながら止められなかった動揺は消えていない。

遠くで野犬の鳴き声がする。長い枝を、地を這うように広がる竹の根を避けながら歩いてゆく。起伏がきつく岩場のように険しい。ずっと遠くでホイッスルも鳴っている。追ってくる兵士たちの合図だと百合にも慎太にもわかったが、油断させるために遠くで鳴らしているのか、本当にまだ遠く離れているのかはわからない。

百合は変わらぬペースで歩いた。そして歩きながらときおり腰をかがめた。慎太が覗き込むと、小学校から盗ってきた鉄釘の紙箱を見せた。稲穂を植えるように鉄釘を地面に刺してゆく。鋭く尖った先が上を向いている。

「手伝える？」百合は訊き、水飲み場から盗ってきた固形石鹼をバッグから出した。ナイフで石鹼をバターのように薄く削り、その欠片をかすかに湿った地面に落としてゆく。

「歩きながらやって」慎太に渡した。

安上がりな罠《わな》を仕掛けつつ二人進んでゆく。

重なり伸びる竹の奥、割れた陶器が散らばっている。馬のような骨も見える。百合はまた虫よけを吹きつけた。二人で水筒を回し飲んだあと、慎太が靴下を脱ぎはじめた。二人とも全身は濡れたま ま。火事から逃げ出すときに浴びた水がまだ乾いていない。濡れた靴下のまま歩き続ければ、足裏の皮がすぐにふやけ、豆が潰れてしまう。

靴下を取った慎太の脚には、三匹の蛭《ひる》が吸いついていた。それを指先で摘《つま》み、火を使わず器用に皮膚から剝がしてゆく。

「上手いね」百合はいった。

「誰でもできるよ」山歩きに慣れている慎太には何でもないことだった。

百合も靴下を脱いだ。足首に二匹が吸いつき、黒靴のなかにも一匹もぐり込んでいた。

「苦手なの?」慎太が訊いた。

百合は頷き、気味悪そうに自分の足に貼り付いた二匹を見た。慎太が妙な顔をしている。平気で男たちを撃ち抜く百合が見せたありきたりな女の弱さを、どこか気味悪く感じているのがわかる。百合も蛭を指先で摘もうとしたが、滑り、上手く剝がせない。

「僕がやる」

慎太が跪《ひざまず》いた。百合の脛とふくらはぎを摑み、白い肌に吸い付いた一匹を摘み上げる。肌が少しだけ引っぱられ、ぬめぬめと動く茶色がかった蛭が剝がれてゆく。百合のふくらはぎに残る嚙まれた小さな痕《きず》から血がすうっと流れ落ちた。次の一匹をまた摘む。

育ててくれた祖母と女中たち以外で、慎太がはじめて触れる女の肌。

滑《なめ》らかで暖かいと慎太は思った。いい香りもする。細く垂れてゆく血も鮮やかだった。なのに興奮も欲情もない。全身は緊張に包まれたまま。弟を焼き殺した炎と煙への恐怖が取り憑《つ》き離れない。どうしてなのか、はじめて夢精した朝を思い出した。

少し先で竹の枝ががさがさと揺れた。様子を窺っていた野犬たちが血の匂いに引きつけられたらしい。頭のずっと上には烏《からす》も飛んでいる。

そこで突然、パーンと銃声が響いた。

近くはない、離れている。それでも烏たちは飛び去り、野犬も散った。蟬だけは変わらず鳴き続けている。慎太は頭を低くし、百合は音の伝わってきた方角を見た。

向きは北東、距離は百五十メートル以上。まだ遠いが、兵士たちは百合と慎太が通ってきたルートを確実にたどっている。

――かかった。

百合は思った。そして慎太の肩を抱き、背の低い草のなかへ静かに体を沈めていった。

兵士たちは周囲の竹藪《たけやぶ》に銃口を向けている。

首筋を汗が伝う。耳元で蚊が飛び続けても四人は照準の先に広がる薄闇を睨み続けた。残り一人だけは地面に座り込み、右足を抱えている。少し前に銃声を響かせたのはこの男だった。足に激痛が走り、蝮《まむし》に嚙まれたと思い、慌てて銃口を下に向け引き金を引いた。が、蝮はいなかった。軍靴の裏には厚い革底を突き通し、釘が刺さっている。

百合が仕掛けた鉄釘だった。唸りながら釘を抜く。靴も脱ぎ、靴下も外した。足の裏は赤く染まっているが、痛みの強さほどには血は出ていなかった。

「どうだ？」班長が小銃を構えながら訊いた。

「行けます」釘を踏んだ男は足の甲に包帯を巻きながらいった。

班長の「休め」の声を聞き、兵士たちはようやく小銃を下ろした。銃声を聞き警戒している他の班に向け、班長がホイッスルの音で異常なしを知らせる。

五人はまた歩き出した。落ち葉と土の上に途切れながら続く足跡を追ってゆく。足跡はまだ新しく、小さく、男のものではない。百合と慎太がこれを残した可能性を、あの鉄釘がさらに高めた。が、十メートルも進まないうちに別の兵士が「あっ」と声を上げた。足を滑らせ、倒れるとさらに大きく唸った。地面についた尻と右手を慌ててはね上げる。そこにはまた鉄釘が突き刺さっていた。

釘は右手を貫通しなかったものの、裏返すと手の甲の皮の下に薄く釘先が見えた。歯を食いしばりながら引き抜き、包帯をきつく巻きつける。尻からも抜く。ズボンのうしろが赤黒く染まってゆく。滑った靴の裏には溶けかかった石鹼がねっとりと付いていた。

五人ともに戦場を知り、うち二人は日露、世界大戦、両方の戦線に立った。それでも全員が動揺した。これまでにない緊張を感じ、南アジアのジャングルに取り残されたかのように血走った目で周囲を見た。一人が近くに伸びている細く若い竹をナイフで切り取る。残りの四人も同じようにした。切った竹を杖のように目の前の地面に伸ばし、左右に振ってがさがさと低い草や枝を搔いた。そうして何もないことを確かめ、ようやく足を踏み出した。

五人とも、ちんけで苛立つ罠を探りながら進む。

少し進んだところで、一人の振る竹が何かを引っかけた。低く這わされた細い紐だったが、気づいたときには紐は竹に絡みつき、ぴんと張り、すぐ近くの地面を引き剝がしていた。蓋が開いたように薄く土がめくれ、何層にも重なった巣と、うごめく白い幼虫たちが見えた。と同時に、砕けた巣の隙間から黄色が混じった黒い粒が噴き出した。

ぶんぶんと低く響く羽音。

オオスズメバチの群れ――巣を壊され、怒り、飛んでくる。

兵士たちはあとずさり、逃げた。班長も退避を号令した。襲いかかるオオスズメバチを避け、走り、そしてまたも一人が鉄釘を踏み抜いた。もう一人は竹の間に低く張られた紐に足を取られ、砕けた陶器の上に転がった。さらに別の一人も紐に足を取られたが、倒れた先には新たなオオスズメバチの巣があった。慌てて立ち上がろうとした足と腕が、土を踏み抜き、また巣を壊されたハチが噴き出した。ガチガチと顎を鳴らし攻撃の音を奏《かな》でる何十匹もが、兵士に飛びかかる。黄色と黒の腹から突き出た針が、軍服を、皮膚を貫いてゆく。

兵士たちは激痛で悲鳴を上げた。


百合と慎太は竹の葉の下で身をかがめている。

言葉は交わさず、遠くから届いてくる音を聞いていた。また銃声。さっきとは方角が違う。残響のなかに何人かの叫び声が混じっていた。ホイッスルも鳴った。

百合と慎太が仕掛けたトラップは六つ。その少なくとも二つに兵士たちがかかったようだ。

水辺の葦原《あしはら》、子連れの熊が棲《す》む広葉樹の森、子連れのアムール虎が暮らす針葉樹林、深い竹藪。そこでの戦いは極力避ける。避けられないのなら、戦わず可能な限り罠を仕掛け、敵が自滅するのを待つ――ずっと前、台湾北投で暮らしていた十三歳のころに教えられた。

オオスズメバチは兵士たちを上手く混乱、後退させてくれたようだ。

百合は五分ほど待ってから、竹藪を慎太と這うように歩き出した。

静かに歩き続ける。竹藪の暗がりが薄れ、遠くに外の景色が見えてきた。背の低い草むら、その向こうには家の屋根が続いている。だが、まだ出ていかない。外を窺いながら藪のなかを歩き続け、そして見つけた。

陸軍のトラックが一台停まっている。エンジンはかかっていない。見張りに立っている兵士は一人。車体の横で小銃を握り、落ち着かない顔で風に揺れる竹を見ていた。幌のかかった荷台の奥からは通信中の声が漏れてくる。

百合は慎太を連れ竹藪を出た。風が揺らす葉音に紛れながら、一人立つ兵士の死角へ駆けてゆく。慎太をトラックの下に潜り込ませると、兵士にうしろから近づいた。すっと伸ばした左手で口を閉じ、膝のうしろを蹴りつけ、同時に首に腕を巻きつけ頸動脈《けいどうみゃく》を絞めた。気を失い倒れてゆく兵士をうつ伏せに寝かせ、トラックの下に押し込む。自分のベルトに挟んでいる薄刃ナイフを抜いた。左手でしっかり握り、荷台のうしろまで歩いてゆく。

また交信の音声が聞こえてきた。オオスズメバチに刺された兵士たちが今、別のトラックで病院へ運ばれているらしい。痙攣《けいれん》している重篤者もいるようだ。百合は幌のかかった荷台を覗き込もうとした。下ろされている枯草色の布の隙間に、静かに顔を近づけてゆく。

突然、なかから太い腕が伸びた。

百合はブラウスの胸を摑まれた。ボタンが飛び、強い力で一気に引き寄せられる。幌がめくれ荷台から見下ろす男の顔が迫ってくる。茶色い髪と瞳、白い肌——津山だが、百合は知らない。

その津山のうしろ、暗い荷台の奥で兵士二人が小銃を構え、狙っている。

罠だった。津山は右手の拳銃を突きつけながら、何かいおうと唇を動かした。

その言葉が出るより早く、百合は左手のナイフで津山の銃を握る手を斬りつけ、右手でスカートのうしろからリヴォルバーを抜いた。

銃声とともに兵士二人を撃ち抜く。小銃を構えたまま倒れてゆく二人。手のひらを斬られた津山は拳銃を落とした。が、素早くリヴォルバーを握る百合の右手首を摑むと、同時に百合の顔へ栗色の髪の頭を打ちつけた。

「がっ」と呻き百合は上体を反らした。鼻血を散らし倒れてゆく百合を追って、津山が荷台から飛び出す。ナイフを握る百合の左手首も摑み、覆いかぶさってくる。地面に背を叩きつけられながら百合も頭突きを返した。津山もまた頭突きを返す。百合もさらに頭突き。津山も鼻血を吹いたが、目を逸らさず、押さえつける力も緩めない。両手首を摑まれたまま、百合は地べたに磔《はりつけ》にされた。逃げ場を失った顔を狙い、津山が上体を大きく反らし、頭を振り下ろしてくる。

そのうしろで銃声が響いた。

銃弾が背広の肩をかすめ、津山が振り返る。そこにはベレッタを構えた慎太が立っていた。が、突然嘔吐《おうと》した。銃を手にしたまま、口から黄ばんだ液を垂らしてゆく。

百合を押さえてつけていた津山の手が一瞬緩んだ。右手のリヴォルバーで津山の顎を思い切り殴り、同時に股間を蹴り上げる。そのまま跳ね起きると、転がる津山の尻に一発撃ち込んだ。

津山が朦朧《もうろう》としながら唸る。百合は振り向き、荷台のなかで小銃を拾い構えようとしている二人の兵士も再度撃った。

慎太は下を向き吐き続けている。「ぐえっ」と喘いだ。火のせい——自分が撃った拳銃の射出発火を見た瞬間、抑えられずに戻したらしい。

百合は慎太の腰を摑み、放り込むように荷台に乗せた。自分も乗り、撃たれ呻いている兵士たちを蹴り、外へ投げ捨てると、荷台の一番奥、取っ手付き小窓を押し開け、運転席へ這い入った。

エンジンをかけ、アクセルを踏み込む。排気ガスを噴き出しトラックは走り出した。草むらを抜け、狭い道を右に曲がり竹藪から遠ざかってゆく。

津山はどうにか起き上がった。

離れてゆくエンジン音がかすかに聞こえたが、すぐに消えた。尻がひどく痛む。指で触れると服も皮膚も裂け、粘ついていた。痛みが怒りに拍車をかける。津山なりに百合の行動を推測し、ゼロではない可能性のためにいくつかの罠を仕掛けた。その一つに二人は飛び込んできた。なのに、捕らえる寸前で逃げられた。

涎《よだれ》がだらだらと垂れ、口が閉じない。外れた顎を手のひらで押し上げ、関節を強引にはめ込んだ。倒れている部下たちに声をかける。二人とも「痛い」とくり返しているが生きている。津山の尻も致命傷ではない。小曽根百合は急所を外し撃っていた。その上手い外し方がよけいに津山を腹立たしくさせる。撃たれたのははじめてだった。世界大戦で渡った中国大陸でもシベリア出兵で赤軍と対峙したときも、幸運にも戦場では一度も被弾したことがなかった。なのに、戦時でもない国内で、兵士でもない女から撃たれた。

口惜しかったが、そんな自分の感情など今はどうでもいい。津山はズボンのポケットからホイッスルを取り出すと、反転攻勢のため、藪のなかの兵士たちに撤収の合図を送った。

百合はアクセルを踏み続けた。

扉の代わりに運転席の脇に張られた布がバタバタと揺れている。流れる鼻血を片手で拭った。唇が切れ、頰も腫れている。細い道を小石を跳ね上げながらトラックは進む。異常な速さで走り去る軍用車両を、田舎の街道を行く何人かが驚き見送った。

「助けてくれてありがとう」百合は助手席の慎太にいった。

「うん」慎太が小さな声でこたえた。また自分が混乱したことに、一瞬の火を見ただけで吐いたことに動揺している。

うしろの荷台からは通信音声が聞こえてくる。送信機と受信機が二段重ねになった最新型の卓上無線装置は電源が入ったままだった。陸軍の連中はもうこのトラックを捕捉しているらしい。通信兵が指示を送る声が拡声器（スピーカー）から流れた。

「第十一特務中隊」「津山大尉も負傷」「小沢大佐に連絡」

無防備に交わされる言葉の一つ一つを百合は頭に叩き込んでゆく。

慎太もその通信をぼんやりと聞いていた――

最新鋭の無線機やラジオ装置を自作し、逓信局《ていしん》の許可を得ないまま交信実験をくり返す、アンカバー（不法）と呼ばれる技術者たちがいる。最高水準の知識と技術を持つ彼らの次の目標はテレビジョン装置の開発だが、テレビ技術を理解できない政府と、海外との自由な交信を警戒する軍は彼らに新たな実験用電波の使用を許可していない。それでも権力を恐れず斬新な研究を続けるアンカバーは、通信技師を夢見る慎太の憧れだった。

けれど、その憧れも今はひどくぼやけている。意識もぼやけている――

熱射病にかかったように慎太は座席にもたれている。その肩を百合は摑んだ。

慎太がびくりとして顔を向ける。

「もう進めない」百合はいった。

走り出したときは燃料計の半分あたりをさしていた針が急に傾き、ＥＭＰＴＹの文字のほんの少し手前にある。タンクに細工をされ、ガソリンが漏れているようだ。いずれ止まるし、走り続けていれば引火するかもしれない。

側鏡（サイドミラー）のずっと奥、追ってくる連中のトラックが見えた。

「ちくしょう」百合はつぶやき、それから「工具を探して」と慎太にいった。

慎太が座席の下を覗く。次にうしろの小窓を開き、荷台へ首を突っ込んだ。見つけた鉄の工具箱に手を伸ばし、引き寄せる。

「ドライバー。マイナスがいい」

慎太が手渡す。百合はその鉄製ドライバーをハンドルの真んなかに突き立てた。ボタンに食い込み、ビーッと電気警笛が鳴りはじめる。音は止まない。次に百合は踏み込んだアクセルペダルの下にペンチを咬《か》ませた。やかましい音に道脇の家々から着物姿の人々が顔を出す。トラックは警笛を響かせながら加速し続け、驚き止まった大八車の脇を追い越してゆく。

「次に曲がったら飛び降りて」百合は大声でいった。「路地に駆け込むの」

慎太は大きく頷いた。これが二回目、きのう列車から飛び降りたときほど怖くない。側鏡のなか、追う連中のトラックが一列になり近づいてくる。

百合は大きくハンドルを切った。速度はそのまま。車体が振られ、車輪が横に滑り、曲がる前と幅の変わらない真っすぐな道に出た。

同時に慎太が右に飛び出した。リュックを体の前に抱え落ちてゆく。

百合もハンドル脇にもう一本ドライバーを差し、固定すると、バッグを片手に飛び降りた。

百合の両足の靴底が地面に触れる。衝撃が膝から首まで駆け上がり、二度転がるとそのまま細い路地に飛び込んだ。

警笛を残しながら乗り捨てたトラックが遠ざかってゆく。道の先には細い川を渡る石橋、そのさらに先には田圃《たんぼ》を貫くようにあぜ道が延びている。あとを追って三台の軍用トラックが轟音とともに走り抜けてゆく。

トラックの車列が遠ざかるのを見届けてから、百合は道を横切り、反対側の路地へと駆け込んだ。

慎太がうずくまっている。足が痺れているらしい。踏み固められた道は線路脇の草むらよりずっと痛かった。

「行けるよ」慎太がまだ痛そうな顔でいった。

百合は頷くと、慎太の手を引き駆け出した。

五章　生者の贖罪

そのトラックは英国製ウーズレーを改良した最新型で、ゴムタイヤの幅は十六インチ。日本人の体には広すぎる運転席を鋼鉄のルーフが覆い、扉にも窓ガラスが入っていた。

車体には【藤倉繊維　FUJIKURA Textile Co.】の文字。

痩せた男は幌のかかった荷台から染料の缶をすべて下ろすと、汗を拭い、歩き出した。工場の広い敷地を遠くに見える休憩所まで進んでゆく。太陽が眩しく汗が止まらない。すぐにタバコに火をつけたかったが、休憩所以外での喫煙は厳禁だった。近くに何一つ燃えそうなものがなくても、規則を破れば注意減点され、減点が重なれば解雇される。それが民主的なやり方らしい。上司にどこがデモクラティックなのか説明を求めると、さっそく減点された。

ようやく休憩所に着き、顔と首の汗を水道で流したあと、タバコをくわえた。何人かが扇風機の前で談笑していたが、誰も痩せた男には話しかけない。皆が、この男の無口で打ち解けようとしない性格も、英文が読めることも、新入りなのに最新型トラックの運転を任されていることも、どれもが気にくわないようだった。男は構わず薬缶《やかん》から麦茶を注ぎ、十五分の休憩時間を使って敷島《しきしま》という銘柄のタバコを三本、フィルターまでめいっぱい吸い切ると、休憩所を出た。

業務再開。また眩しい太陽の下をトラックまで歩いていった。

汗を拭き、運転席の扉を開ける。

そこでは腫《は》れた顔の女が銃口を向けていた――


「声を出さないで」百合は銃を構えたままいった。「乗って、扉を閉めて」

痩せた男はいわれた通りにした。

百合のうしろ、慎太が助手席の足元にうずくまっている。男は扉を閉めたが、目をそむけもせず銃口までぐっと顔を近づけた。

「怖くはないよ、朝鮮で二度撃たれて慣れているから」黙って運転席に座ったのは近づき銃を奪い取るためらしい。

「脅す気なんてない」百合はいった。「乗ってもらったのは、これを渡すため」ボタンの取れたブラウスの胸元に指を入れ、折った何枚かの十円札を取り出した。

「連れてってほしいの」

「どこまで?」

「まずは大宮、できればその先まで」

大宮まではほんの十五キロメートル。痩せた男は金を受け取り、数えている。

「もう少しほしいな」

「意地汚く釣り上げないと約束するなら、あと五円出す」

「それでいい。うん、十分だよ」

男は手にした札の皺を伸ばし、揃え、腹に巻いたさらしの間に入れてゆく。

「代わりに運転鑑札(免許証)預からせて」

「僕は逃げないよ」

「信じたいけど、絶対はないから」

男は素直にズボンのポケットから鑑札を出し、渡した。そしてエンジンをかけた。

百合は滑るように座席の下へ。慎太と二人、体を小さく丸めた。トラックが走り出す。少し進んですぐに止まり、工場の鉄門が開く音が聞こえた。また走り出し、外へ。百合は握っていたリヴォルバーをバッグに戻した。開いた窓から風が吹き込む。

「タバコ吸ってもいいかい」男が見下ろしながら訊いた。

「少し我慢して」百合は窮屈な格好で見上げながらいった。

「わかった、いいよ」男は笑顔で頷くと、トラックの速度を上げた。

百合はまた助手席まで這い上がると膝を抱えた。外から見えないよう頭は下げたまま。頬を汗が流れてゆく。すぐ目の前のグローブボックスの下では、慎太が同じように膝を抱えていた。汗を流し、疲れ切って今にも眠りに落ちそうな目をしている。

痩せた男は前だけを見てトラックを走らせている。

エンジンとタイヤの震動が百合を包む。津山に頭突きをされた頬と唇は腫れているが、痛みはない。体を丸めた胎児のような格好のせいで妙に落ち着いた気分になった。

走り続けるトラック。電柱と古い瓦屋根の家々が道の両脇に続く。

百合は目を細め、青空を横切ってゆく雲だけを見ていた。

※

「着いたよ」痩せた男がハンドルを大きく切りながらいった。

ほんの一瞬のような四十分――もう大宮まで来たらしい。

「だけど」と、男はつけ加えた。「道が塞がれてる」

「検問?」百合は訊いた。

「似てるけど違うな」

百合は体を丸めたまま小さな手鏡を握り、腕を伸ばした。鏡のなか、両脇に店や家が並ぶ道の途中で、馬車や自動車や大八車が止められ、積荷を探られている。探っているのは兵士でも警官でもなく、代紋入りの半纏《はんてん》を着た男たちだった。武統《たけのり》の指示を受けた水野通商傘下の地元暴力団だろう。揃いの紺半纏は、軍服や警察制服以上に通行人たちを威圧している。

「どうする?」前を見たまま男が訊いた。

「真っすぐ行って」

グローブボックスの下、慎太が首を揺らし浅く苦しい眠りから目を覚ました。「着いたの?」

「もう少し」百合は頭を下げ慎太の耳に囁《ささや》いた。

「何かあったの?」「何もないよ。少し急ぐだけ」二人顔を近づけ、囁き合う。

「止まれ」ゆっくりと進むトラックに外から声が近づいてくる。半纏の一人らしい。

ハンドルを握る痩せた男はいわれた通りブレーキを踏み、一度止まった。

「エンジンも切ってくれ、悪いな。積んでるもんを見せて――」

痩せた男は窓越しに笑顔を見せた。が、何もこたえず窓も開けず、すぐにもう一度アクセルを踏み込んだ。

百合の体がうしろに引っぱられ、一気に加速する。トラックが周りで叫ぶ声を置き去りにしてゆく。続けて響く銃声。半纏の連中は撃ってきた。カツンカツンと車体のうしろに銃弾が刺さる。百合は体を起こし、グローブボックスの下にうずくまった慎太の体を引き寄せた。

「しっかり摑まってて」慎太の頭を両膝の上に乗せ、抱いた。

慎太も両腕で百合のふくらはぎを抱きしめる。車体が小刻みに揺れ、二人の体も揺れる。

百合と痩せた男はそれぞれに左右の扉の側鏡を覗いた。

半纏の男たちが小さくなってゆく。が、蹄《ひづめ》の音が近づいてきた。脇道から騎馬が飛び出し、うしろに迫る。乗っているのはもちろんやくざじゃない。制帽をつけた騎兵が手綱《たづな》を握っている。また銃声、馬上から撃っている。やはり馬のほうが速い。一気に蹄の音が近くなる。

緩い下り坂にかかりトラックの車体が大きく跳ねた。

「行けそう？」百合は訊いた。

「任せてくれるかい？」痩せた男が訊き返す。

百合は頷いた。

男はそこではじめて警笛を鳴らした。ビーッと響き、前を走っていた自転車の男が振り向く。轢く寸前で横をすり抜け、そのまま四つ角を左へ。

軒先に突き出た床屋の看板を壊し、大宮氷川《ひかわ》神社の裏参道に出た。石畳の道を行く何人かが怒鳴っている。長く続く石畳の上でゴムタイヤが滑る。が、追ってきた騎馬の蹄鉄《ていてつ》はそれ以上に滑っている。馬が怯えて嘶《いなな》いた。

騎馬が遅れ、代わって遠くに軍用自動車が二台見えた。幌を開き、助手席から小銃で狙っている。

痩せた男はトラックを小刻みに揺らした。銃声と同時にまたカツンとうしろで響いた。荷台が撃たれているが、タイヤに当てられなければ構わない。

ここでもやくざと陸軍が待っていた。ただし、協力も連携もしていない。情報源は同じだが指揮系統はやはりばらばらのようだ。

朱塗りの大鳥居が見え、その直前を右へ。丹念に手入れされたツツジやサツキを荒らしながら氷川神社の神域を走る。痩せた男のハンドルを握る手に、首に、汗が滲《にじ》んでいる。慎太の頭を抱く百合の手にも汗が滲んだ。やくざも兵隊も流れ弾の危険を無視し、町中で撃ってきた。一、二発の威嚇《いかく》じゃない。今もまだうしろから狙われている。巻き添えを出しても、無関係な誰かを殺すことになろうとも、このトラックを止める気でいる。

朱の楼門《ろうもん》の前を横切った。参拝者たちは啞然《あぜん》としている。神木が並ぶなかを縫《ぬ》うように走り、ようやく境内の外へ。狭い路地の壁を引っかきながら進み、広小路に出た。屋台が両脇に続き、人が群れている。警笛を激しく鳴らす。人混みが割れた先に軍服が二人いた。ここにも兵士。もう無線で伝わっているらしい。静止の警告もせず前を塞ぎ、小銃を撃ってきた。前面《フロント》ガラスがひび割れる。

痩せた男は構わずアクセルを踏んだ。兵士一人は避けたが一人がバンパーに触れた。撥《は》ねられ、転がった体が露店をなぎ倒す。

その先、突然狭い脇道から黄土色のトラックが飛び出してきた。痩せた男がハンドルを切る。ぶつからずにどうにか避けたが、車体が滑り金物屋の露店を壊した。散らばる雪平鍋《ゆきひらなべ》や焼き網。男がすぐにハンドルを切り返し、立て直す。

黄土色のトラックは追ってくる。軍用車じゃない。柵をつけた荷台には、着物の上を脱ぎ彫物を晒した男たちが乗っていた。またやくざだ。

痩せた男はアクセルを踏み続け、先に見える狭い交差点へと突っ込んでゆく。通行人が散り、力車や大八車が左右に避ける。交差点を抜けた。が、痩せた男は急ブレーキを踏み、一度止まるとすぐさまギヤーを入れ替え、後進した。追ってきたトラックの正面に百合たちのトラックの荷台がぶち当たる。二台の車体が軋《きし》む。百合と慎太の体も跳ね上がった。

路上から悲鳴とも歓声ともつかない声が上がる。痩せた男はまた前へとギヤーを入れ、走り出した。前部がひしゃげた黄土色のトラックも走り出し、狭い道をまだ追ってくる。高崎線と東北線の線路にかかった大踏み切りを越えると、道幅が一気に広がった。追うトラックもうしろにぴたりとついてくる。道のずっと先では、市電が緩いカーブの軌道をこちらへと曲がってくる。百合たちのトラックは加速した。が、追ってくるトラックも速度を上げ、横に並ばれた。壊れて妙な音を出している二台が道いっぱいに広がる。並んだトラックの助手席と荷台から銃口が突き出た。男たちがタイヤを狙って銃を構える。

目の前の市電がギギギギギと激しい音をたて減速した。運転士が急ブレーキをかけたらしい。車両の窓から大きく前に振られる乗客が見える。痩せた男はさらにアクセルを踏み、またハンドルを勢いよく切った。百合たちのトラックの荷台が大きく横に振れ、並ぶトラックの運転席を激しく打った。追い続けてきた前部の潰れた黄土色のトラックが蛇行《だこう》し、電柱に突っ込んでゆく。が、百合たちのトラックもそのまま大きく横に滑り、急停車した市電に激しく車体を擦りつけた。側鏡が飛び、バンパーもフェンダーも削れる。すれ違ってゆく市電の乗客たちが叫びながら窓越しにこちらを見ている。鉄板が裂けるような音がして、火花が飛び散る。

それでも、ぶつからなかった。車体は傷だらけになったものの、どうにかすり抜けた。

慎太は百合の膝に頭を乗せたまま目を閉じている。ずっとうしろで銃声がしたが、もう百合は気にならなかった。

傷だらけの最新トラックは小さな商店が並ぶ道を走り続けた。

農業用水と貨物線路が並走する畑のなかで、痩せた男はトラックを停めた。

「ありがとう」百合は男に運転鑑札を返した。

「僕のトラックを選んで乗ったんだろう」男が訊いた。

百合は頷いた。「思った通りいい腕だった」

「こっちも久しぶりに楽しかった」男は笑ってから頼みごとをした。「撃ってくれ」

「何を？」

ここを——と男は自分の左腕を指さした。

「銃で脅されて、しかたなく走ったことにするよ。血を流しながら近くの交番に駆け込んで、恐ろしかったと震えてみる。上手くいけば労働災害金も支払われるかもしれない」

百合も慎太も何もいわなかったが、二人の表情を見て男は続けた。

「やってみなけりゃわからないさ」

男は左腕を突き出した。百合はリヴォルバーを取り出し、撃った。銃弾は二の腕の筋肉を貫き、窓の外、農業用水のなかに落ちていった。「やっぱり痛い」顔をしかめ男はいった。

百合と慎太はトラックを降りた。男が運転席から撃たれたほうの手を振り、二人も手を振り返した。ゆっくりトラックが離れてゆく。二人はまた歩きはじめた。

※

武統は上野池之端にある自宅の玄関先にいた。

小沢大佐の指示で、今後の連携についての詳細な合議に来た若い少尉を見送っている。目立たぬよう軍服ではなく灰色の背広姿。身長は低く、美男でもないが、精悍な目をしている。少尉は一礼し、玄関脇に控えている子分たちにも軽く会釈すると、振り向き、歩き出した。石畳の先の門をくぐり、不忍《しのばず》通りへと出てゆく。うしろから見る肩や尻も引き締まっていた。

——ああいうのが小沢大佐の好みか。

そう思いながら武統は自室のある二階へと上った。

部屋には絨毯《じゅうたん》が敷かれ、色鮮やかなトルコランプが置かれている。窓は開いたまま。高台から見下ろす先には上野動物園がある。遠くに茂る緑の陰に檻の一部がわずかに見え、たまにそこの住人の河馬《かば》が、鼻先や尻をちらりと出すことがある。

香港に赴任する前と何も変わっていない。震災でこの屋敷にも被害が出たというが、突貫工事で直させたそうだ。窓際のカーテンが、またばたばたと揺れた。新聞の予報通り、風が強くなってきた。窓から吹き込み、開いた部屋のドアから廊下へと吹き抜けてゆく。

武統は籐《とう》の椅子に座ると、両腕を伸ばし大きくあくびをした。そして考える。細見欣也の死にまつわる一連の騒ぎから、最も大きな利益を引き出すにはどう動くべきかを——

うしろで開いたドアを叩く音がした。武統は座ったまま振り返った。

「奥様がお待ちです」廊下から女中がいった。

「すぐ行くよ」そういって追い払った。

陸軍との密談を母の取り巻きが嗅ぎつけ、注進したらしい。あんな連中と何を話し、勝手に何をはじめたのかと問いただすつもりなのだろう。そして最後には、「止《や》めろ」というに決まっている。夫である水野寛蔵を殺した陸軍への嫌悪からではない。一番の問題は百合だった。彼女を敵に回すことを母は許さない。この密約がどれだけ水野通商に利益をもたらすかわかっていても、受け入れないだろう。父の死後、母は大姐《おおあね》となり水野通商を生き長らえさせてきた。血気溢れる男たちを従え、財産も領域《シマ》も守ってきた。その母でも百合を単なる嫉妬《しっと》からではなく避けている。

武統も百合をたかが女一人とは思っていない。嫌ってもいない。

十六歳の夏、武統は父に会うため筒井国松に連れられ上海まで旅をしたことがある。が、父は仕事で中国各地を飛び回り、結局、その夏のほとんどを百合と過ごすことになった。

百合に連れられ上海の町を歩き、奈加を加えた三人でアジア各地を巡る船旅も楽しんだ。父の妾《めかけ》だと知っていたが、美しく物静かで、自分より一つだけ年上の彼女を姉のように感じた。シンガポールのラッフルズホテルとスラバヤのホテルマジャパヒでは、同じ部屋のツインベッドに並んで眠った。さまざまな肌の色、目の色の人々と、英語、中国語、フランス語を巧みに使い分け話す百合は、武統の憧れとなり、世界に意識を向けるきっかけにもなった。

あの夏以降、会う機会は少なかったが好意が変わることはなかった。百合が優れた人殺しだと知ってからも、むしろ慕う気持ちは強くなった。

三日前に会ったときも、まるで年を取っていないかのように昔の面影を残していた。それでも武統は百合と争うことを恐れてはいない。殺すことになっても躊躇《ちゅうちょ》はない。

この好機を逃すつもりはなかった。

今の日本の政治に深く入り込むには、藩閥や貴族院の厚い壁を越えるより、軍部とつながるほうが早い。衆議院の政党政治は見せかけの力しか持っていない。欲しいのは本物の権力へとつながるパイプだった。亡き水野寛蔵の息子ではなく、一人の実業家として自分の存在を、国の中枢にいる政治家と官僚に認知させる必要があった。

来年には本格的なラジオ放送がはじまる。

水野通商にはまだ大きな利用価値があると武統は確信している。父が死んで以降、企業規模も価値も縮小したが、それでも芸能興行では全国に幅をきかせていた。落語、音曲、歌謡、演劇、少女歌劇、映画——歌舞伎《かぶき》を除くほぼすべての分野で興行権を握っている。ラジオで放送されるのはニュースや天気予報だけではない。歌や芝居や演芸のプログラムも必要になる。しかも、ラジオの必要性が高まるほど、娯楽放送の需要も高まってゆく。

ラジオ受信機の普及には時間がかかるが、それでも五年後には各地方ごとに放送局が開局し、ラジオは日本人の生活の中心に置かれるだろう。それは曖昧な未来の予測ではなく、アメリカ、イギリスの現在を見ればわかるように、揺らぐことのない事実だ。

武統は放送受信料だけに頼るつもりもなかった。ラジオ機器会社との連動や宣伝放送で収益を確保する構想がある。日本初の民間放送局を設立するという目標もある。

窓の外、青い空は消えて雲に覆われていた。台風が近づいている。風に揺れる緑の陰、動物園の檻のなかの河馬は姿を見せない。

母への言い訳をいくつか用意すると、武統はようやく椅子から立ち上がった。

※

百合と慎太は通り沿いの小さな門の前に立っている。

夕刻の空は暗く、横風が吹き、雨がぽつぽつと落ちてきた。うしろを路線バスが通り過ぎてゆく。

百合は黒いバッグを探り、鍵を取り出した。門を閉じていた二つの南京錠を外す。

高い生垣に囲まれた庭へ入り、門の内側からまた南京錠をかけた。

玄関の鍵も開けると、百合は靴を脱ぎ捨て式台を上がった。そのまま「あーっ」と声を出して畳に転がり、手足を伸ばした。慎太も薄暗い八畳間で両足を伸ばした。

大宮の外れでトラックを降りてからまた歩き、二時間かけてこの家に着いた。

きのうの昼に熊谷を出たあと、栗橋、久喜と大きく迂回しながら六十キロメートル進み、今ここは浦和《うらわ》市の西の町。南に七キロ進めば東京市に入り、さらに十五キロ南東に進めば玉の井に戻れる。

慎太が家のなかを見回している。

壁に立て掛けた卓袱台《ちゃぶだい》、箪笥《たんす》。襖の先には床《とこ》の間《ま》のある六畳、灰の上に薄く埃が積もった丸火鉢《まるひばち》。

板張りの玄関脇には台所、そして縁側奥の便所。隠れ家や逃げ場所というには程遠い普通の家。

「誰の家？」慎太が訊いた。

「私の家」百合は雨戸を開けながらいった。

「住んでたの？」

「住んでた人にもらったの」

百合は途中で買った助六《すけろく》の折り詰めを畳に置いた。二人でいなり寿司をつまむ。食欲のない慎太も無理やり食べている。風に煽られ夕立の雨粒が縁側に吹き込んできた。いなりを頰張りながら慎太はまだ見回している。置き時計が半端な時間で止まっていた。

「気持ちのよくない話だけれど、聞く？」

慎太が頷き、百合はこの家を手に入れたいきさつを語りはじめた。

「四年前、新しく買った娘《こ》の親戚だっていう婆さんが店に押しかけてきてね」

「買った」慎太の唇が百合の言葉をなぞった。

「東京育ちなら、玉の井がどんな町か知ってるでしょ？」

慎太がぎこちなく頷く。

「『屑《くず》な親父が真面目な娘を売っ払いやがった。不憫《ふびん》だから私が買い戻す』って。店に居座ったの」

「返してあげたの？」

百合は頷いた。

「でも、ただじゃない。買い取り証文見せて、この額を月賦《げっぷ》でいいから払えっていった。ふっかけなかったのを意気に感じたみたいで、それからその婆さん、私や店の娘たちの世話を焼いてくれるようになってね。名を知られた灸師《きゅうし》で、虫封じも上手だった。頭痛持ちの娘の首に、塩を混ぜた墨で小さな鳩《はと》の絵を描いて、ふっと息を吹きかけるの。そうすると頭のてっぺんから邪気の虫が煙になって抜けていって——」

慎太の顔が疑っている。科学技術好きの少年に戻って冷ややかな目をした。

「夜泣きのひどい子の手首にも、鳩を描いて息を吹くと、指先から白く細い煙が昇ってね」

まだ慎太は疑っている。雨が強く屋根を打っている。

「信じなくていいよ。でも、本当なの」百合はかすかに笑った。はじめて慎太の前で笑った。

慎太も笑い返そうとしているが、笑えない。口元が引きつり、痛みに耐えている顔に見える。

「その婆さんが死んで、払い残しの月賦代わりにこの家を残してくれた。ぜんぜん知らなかったけど、息子夫婦とひどく仲が悪かったらしくて、嫁とさんざんいがみ合って憎み合って、もう疲れたって遺書に書いてあった。嫁を刺して、自分はあの井戸に飛び込んだの」

百合は夕立に濡れる庭の井戸を見た。釣瓶《つるべ》は外され、金網が被せられ、もう今は使われていない。

慎太が目を閉じ、井戸に向け手を合わせる。

「怖くない？」百合は訊いた。

「怖くないよ」慎太はいった。

「息子はここを怖がってるし、婆さんに買い戻された娘も親戚連中も気味悪がって寄りつかないから、遺言通り私のものになった。ときどき来て、庭を手入れして、掃除して、こうして座ってるの」

二人で庭を眺めた。高い生垣で周りの家は見えない。周りからも見られない。

夕立がさらに強くなってゆく。

「汗流してくる」百合は立ち上がった。「何かあったらすぐに呼んで」

襖の先、隣の六畳間の箪笥から着替えと手拭いを出して戻ってくると、台所を抜け、小さな木戸を開け、石敷きの狭い洗濯場へと入っていった。

一人残った慎太はリュックから拳銃を出した。

国松から渡された、ベレッタM1915オートマチック。座っている自分のすぐ近く、畳の上に置いた。右手を伸ばせばいつでも握れる。左手でもう一ついなり寿司を取り、嚙《か》りつく。閉じた木戸の向こうから、百合の体を流れ落ちる水音が漏れてくる。どうして自分を助けてくれるのか訊こうと思ったけれど、今さら聞いても意味のないことに気づいた。

百合がどんな女なのかも少しずつわかってきた。

——助けてくれた美しいあの人は、悪人だ。

慎太は思った。心優しい善人じゃない。正義も持ち合わせていない。危うくて、罪にまみれた匂いがする。

今日は八月二十七日。百合と出会ってまだ一日半。あまりに速くて、いろいろなことがあり過ぎて、うそのようだ。このまますべてうそになればいいのに。でも、ならない——

怒りも憎しみも、怖さも、変わらず渦巻いている。それが少しずつ胸の奥に沈み、醒めた復讐心へと変わりはじめていた。喬太を、父さんを姉さんを、楠緒《なお》と季代《きよ》を、国松さんを殺した全員に——あの兵士たちにも、命令した連中にも——一生かかっても復讐してやる。誓いが胸のなかに生まれると、少しだけ気持ちが晴れた。

夕立は上がったが薄暗い。沈む夕陽の赤は見えない。強い風が雲を次々と運んでくる。雲に埋められたまま空は暗くなり、すぐに夜がやってきた。

その晩、慎太は少しだけ夢を見た。

どろりと重く深い眠りの底から、その場面は這い上がってきた。

高い金網が張られた道端に、生きていたころの面影を少しだけ残した喬太が座っている。白い半袖シャツに半ズボン。でも腕も足も顔も、黄泉《よみ》の国の住人となった伊耶那美命《いざなみのみこと》のように火膨《ぶく》れている。慎太は気味が悪くて近づけなかった。喬太はそれを責めるでもなく、焼けずに残った片方の目でこちらを見ている。がたんがたんと電車の走る音がした。ここは二人が育った東京の駒込片町らしい。あの金網の向こう、雑草に覆われた急な斜面の下には山手線《やまのて》が走っている。間違うはずがない。慎太も喬太も小さいころから、この音を嫌というほど聞いてきた。

電車の音が遠のいてゆく。喬太の姿も遠のいてゆく。手を伸ばせば触れられるかもしれないのに、伸ばせない。町の風景も焦げた喬太の体も、渦巻き、溶けて混ざり、吸い込まれるように闇に消えてゆく。すべてが吸い込まれたあと、喬太の眼球一つだけが残った。闇に浮かぶ目は名残り惜しそうにこちらを見ていたけれど、それもぶつりと潰れ、消えてしまった。

これは夢だと慎太は気づいている。喬太が工場に一人残されたことを責めにきたのでも、異界に旅立ってゆく最後の別れをいいに来たのでもない。自分のなかにあるうしろめたさが作り出した、ただの妄想《もうそう》だ。そう、僕は申し訳ないと思っている。どうして？　自分だけが今も生きているから。僕が殺したわけじゃないのに、殺される理由を作ったのでもないのに。それでも僕一人工場を抜け出したことを、僕一人生き延びてしまったことを重い罪のように感じている――

翌日、慎太は薄暗い部屋で目を覚ました。

止まっていた置き時計が動いている。十二時四十分。時計が合っているのなら、八月二十八日の昼過ぎ。体は束の間しか眠っていないように重い。襖の隙間から射す光も、まだ明け方のようにぼんやりしている。暑くて木綿の掛け布団から這い出た。雨戸ががたがたと揺れている。

慎太は隣の部屋へと続く襖を開けた。セーラー襟のワンピースを着た百合が窓際に座り、本を読んでいた。本の題名を見たけれど中国語で読めない。

「おはよう」百合がいった。

慎太も「おはよう」と返したが声が嗄《か》れていた。喉も渇いている。百合の横、風に煽《あお》られた雨が、波のように強く緩くガラス窓に打ちつけている。

「行かないの？」慎太は訊いた。

「行けないよ」百合はいった。

台風が来ていた。空は灰色の雲で埋まり、庭木も揺れ、どこかで電線がひゅうひゅうと音を立てている。こんな日こそ先に進むべきだと思ったけれど、百合は「顔を洗ってきたら」という。台所でぬるい水を何回か顔にかけると、気持ちが変わった。

無理を押して出歩けば、かえって目立つ。追っている連中はこんな日も駅やバス停を見張っているだろう。いつもよりずっと人の少ない町を、ずぶ濡れになり二人で歩いていて気づかれないはずがない。定刻通り来ない列車やバスを待ち続けることにもなる。

それに慌てて行かなければならない場所なんて、自分にはないことに慎太は気づいた。ここを出て向かった先が安全とは限らない。ここでさえ、いつまで無事かわからない。

百合が雨戸を開けると蒸した空気が一気に入り込んできた。慎太は座り、また庭を見た。今日も井戸は雨に打ちつけられている。

ぜんぜん安らがない休日。

雲が途切れ、風が止み、かすかに赤い夕陽が射し込むまで慎太はそのまま庭を眺めていた。

※

「うちで預かっている細見さん名義の国庫債券を担保に振り出された小切手ですが、香港上海銀行と台湾銀行を経由してスイスまで送られていました」

太った体を焦げ茶の背広に詰め込んだ銀行員はいった。

「面倒な手順を踏んだのは、現金を動かした痕跡を残さないためですか」岩見は訊いた。

「そういうことでしょうね」

「素人《しろうと》の間抜けな質問ですいません」

「構いませんよ。より詳しくいえば、送った小切手で香港上海銀行と台湾銀行が保有している純金を買い、さらにそれを担保にして振り出された小切手がスイスに届き――」

「またそこで純金を買うのですね」

「純金資産の利息が発生したら、各国が定めている所得税分を納付する。それさえ怠らなければ、税制上問題になることはありません。香港上海銀行を監督しているイギリスも、送られた先のスイスも、世界大戦以降、金の国外持ち出しを禁止しているのは日本と同じ。ですが、外国人が国内に金を資産として保有することまでは禁じていません。相当な手間と費用がかかりますが、財産を人知れず海外に移動するにはよい手です。ただ、これも細見さんがあんな亡くなり方をしたからわかったことですよ。複数の口座が凍結され、監査が行われなければ、第三者には知りようもなかった」

　京橋《きょうばし》にある銀行の商談室。慎太の父細見欣也《きんや》は死んだ今も、ここに複数の個人名義口座を持っている。

「スイスの銀行の名は？」岩見は質問を続けた。

「シェルベ・ウント・ズッター銀行（Scherbe und Sutter Bank）、首都ベルンにあるそうです。大手との直接取引もロイズとの提携もない。完全な個人経営の信託銀行ですね」

「小切手の送付はいつから？」

「大正九年の三月にはじまって、二ヵ月に一回の頻度で震災直前まで続いていました」

　銀行員は岩見に訊かれるまま、本人も家族も死んで誰も秘密漏洩を咎《とが》める者のいなくなった顧客情報を淀《よど》みなく喋ってゆく。この男に会うための仲介料も、この男自身に支払う報酬も高額だが、確かに見合った働きをしてくれた。

ただし岩見は一つうそをついている。この男には自分を「細見氏の債権者の代理人」だといった。架空の依頼書や借用書を作り、債権回収のために細見の生前の財産を調査していると説明した。岩見が本物の弁護士でなかったら、男も何も話さなかっただろう。「新聞には漏らさないように」としつこく念を押され、東京弁護士会にも岩見の身分を照会していた。

男に謝礼の入った封筒を渡し、銀行を出た。

きのうの台風は消え去り、青空が広がっている。相変わらず暑い。新聞には千住《せんじゅ》や川崎での床上浸水を伝える記事が載っているが、被害は小さかったようだ。

京橋を渡り、銀座中央通りを新橋に向かって歩く。謝礼を立て替えたせいで財布のなかにはほとんど残っていない。だから当座の調査費をこれからもらいに行く。待ち合わせは十一時。今朝早くに電話で約束した。岩見の横を市電本通線が通り過ぎてゆく。

「追悼」「平穏祈念」と書かれた小さな張り紙をあちこちで見る。今日は八月二十九日、あと三日で大震災から一年になる。

小曽根百合から依頼された調査を開始して三日目。ここまでは順調に進んでいる。休眠状態の細見の会社にも鍵を壊して忍び込み、刑事事件に発展しそうな恐喝や詐欺の証拠をいくつか見つけた。陸軍と関係を持っていたこともぼんやりとわかってきた。きのうは二人の元社員に会ったが、どちらも未払い給与があると話し、肝心なことは何もいわなかった。異常なほどに慎重な口ぶりと態度から、二人も相当に身の危険を感じているのが伝わってきた。

細見と仕事上の取引のあった数人にも会った。皆、死んだ友人を少しだけ偲《しの》んだあと、心置きなくこき下ろした。細見が顧問となり財産を増やしてやっていた金持ちたちの名前も、少しずつわかってきた。細見の個人財産がどこに流れていたのかも見えてきた。今さっき聞いたのは、ほんの一部だろう。国内だけでなくアジア各地の銀行に、細見は家族名義や偽名の口座を今も多数持っている。だが、順調過ぎる。何の妨害も受けていない。事件死した人間の身辺調査が、こんなにも簡単に運ぶはずがないことを岩見も経験から知っている。

尾行の連中はきのうと顔ぶれを変え、今日もついてくる。銀座二丁目を過ぎたところで岩見は道を右に曲がった。またすぐ左へ。銀座の路面を敷き詰めていた煉瓦《れんが》は、去年の震災で砕け、撤去され、土がむき出しになっていた。

会社員や女子事務員、着飾った買い物客とすれ違いながら進む。道の左、流行りの洋食屋の前に客が列を作っている。フライの香ばしい匂いとデミグラスソースの甘い匂いが絡まり、道に広がってゆく。右側の天ぷら屋からも軽やかな菜種油の匂いが流れてくる。

再建工事が続く山野《やまの》楽器店の裏を通り、服部《はっとり》時計店跡の更地にさしかかると、丸に越《こし》の紋が入った幕がかかっていた。震災で新築工事が延期されたこの場所を目ざとく利用して、三越《みつこし》百貨店がバラックで臨時の店を出している。金曜の昼前、入り口の下足番に履物を預け、暖簾《のれん》をくぐってゆく和装洋装の女たちの顔はどれも浮かれていた。

警官が交通整理をする銀座尾張町《おわりちょう》交差点（現銀座四丁目交差点）を左に見ながら、晴海《はるみ》通りを渡り、さらに進んで資生堂《しせいどう》の手前を右に曲がった。

約束通り山月《さんげつ》という扇子《せんす》屋の前で奈加は待っていた。

「わざわざ申し訳ありません」岩見はいった。

「ちょうど出てくる用事がありましたから」着物に結上髪《ゆいあげがみ》で風呂敷包みを手にした奈加が歩き出す。岩見は玉の井まで訪ねてゆくつもりだったが、奈加は外で会いたがった。

彼女もすぐに尾行に気づき、追う連中の様子をさりげなく確かめた。芸者置屋の並ぶ金春《こんぱる》通りから、汐留川《しおどめがわ》沿いの御門《ごもん》通りへ。岩見は黙って奈加のあとをついてゆく。

品川からの水上バスが停まる汐留川の横、無残な姿を晒したままの帝国博品館勧工場の横を進む。銀座初のエレベーター設置百貨店だった四階建ての博品館勧工場は、震災で罹災《りさい》したあと、今も手をつけられず放置されていた。

御門通りと中央通りが交差する角を左へ。

十二月の開業に向け工事の進む松坂屋《まつざかや》を遠くに見ながら道を斜めに横切り、竹川町《たけかわちょう》の四つ角を曲がって奥へと進み三十間堀《さんじっけんぼり》三丁目に入る。食い物屋が並ぶ道をもう一度曲がると、細い路地の先に滝田《たた》洋裁店と小さな看板が出ていた。

奈加が大きく四角いガラス窓のついた扉を開く。

「先生もどうぞ」

いわれて岩見も入っていく。床に座っていた灰色縞の猫が顔を上げ、睨んだ。

「暑いわね」奈加が挨拶すると、団扇《うちわ》を片手に机に向かっていた男も顔を上げた。薄い頭と鳶《とび》色の着物。店主らしい。百合が馴染みにしている洋裁店なのだろう。両脇の壁には、さまざまな種類の布地が岩見の身長よりも高く積み上げられていた。机の上にも輸入雑誌が積み上げられ、一番上の表紙には白と赤の夜会服を着た婦人画と『VOGUE』の文字。その下には『Harpar's BAZAAR』と書かれた一冊があった。

店主は「まだだよ」と、首のないマネキンが着ている待針《まちばり》がついたままの服を指さした。

「そっちじゃないわ」奈加が持っていた風呂敷包みを解いた。出てきたのは向島の有名な草餅屋の大きな菓子折り二つ。「また奥を借りたいの」

受け取った店主の口元が緩む。鋭い視線を岩見に向けていた猫は、迷惑そうに首を振り、部屋の隅にある二階への階段を昇っていった。

岩見はマネキンが着ている服を見た。白の裏地に透けそうなほど薄く白い絹《きぬ》モスリン（シフォン）

を重ねたワンピース。首元はレースで飾られ、なだらかに広がる裾には水色、群青《ぐんじょう》、瑠璃《るり》色、赤紫、藤紫の大きな花が汕頭《スワトウ》のような繊細な刺繍で描かれている。店主が左手の団扇を煽ぐたび、七分袖が、裾の花々が、風を受けふわりと揺れる。

それを着た百合の姿がすぐ頭に浮かんだ。美しいけれど、気味が悪い――禍々《まがまが》しい何かを、大胆なうそで包み隠しているような、そんな気持ちになった。

「行きましょう」奈加にいわれ、細長い店の奥へ。

仕切り代わりのカーテンを開けると、針子《はりこ》の婆さんたちが並んで座っていた。小声で世間話をしながら、手だけを動かしている。暑さで婆さんたちが死なないよう、二台の首振り扇風機が絶えず風を吹きつけていた。そのさらに先、もう一枚カーテンを開けて狭い型紙倉庫に入った。確かに密談には似合いの場所。岩見と奈加は立ったまま顔を突き合せた。

「まずはこれを」奈加が封筒を出す。

「ありがとうございます」岩見は当座の調査費を受け取った。「百合さんから連絡は？」

「まだありません」

岩見はこの時点までにわかったことを報告した。奈加と共有しておけば、この先、岩見の身に何か起きても調査が無駄にならずにすむ。

「確かにお聞きしました」奈加がいった。

「玉の井の方も見張られているはずです。くれぐれもお気をつけ下さい」

「私と百合さんならだいじょうぶ。先生も御存知でしょう」奈加が笑った。

「そうですね」岩見も笑ったほうがよかったのだろうが、笑えなかった。「はじめに弁護の依頼があったとき、お二人のことは調べさせていただきました」

「結構ですよ。私たちも先生のことを調べましたから。それからね――」

奈加から小さく折った紙を手渡された。

開くと、手書きされた正方形の図表が三つ。「甲《こう》」「乙《おつ》」「丙《へい》」と上に書かれた同じ大きさの四角は縦列が１２３４５６、横列がいろはにほへの三十六のマス目に分割され、すべてのマス目が不規則に配列されたアルファベットの文字で埋められている。

「換字表ですか？」岩見は驚きながら訊いた。

奈加が頷く。暗号解読のための三連式換字表だった。

「ほんの遊び程度のものですけれど。連絡を取り合うのに必要になるかもしれませんから」

型紙倉庫から出ると、よもぎの爽やかな匂いが漂っていた。針子の婆さんたちの前に白蜜《しろみつ》ときな粉をまぶした餡《あん》なしの草餅が並び、皆が揃えたように黒文字《くろもじ》（菓子楊枝《ようじ》）を突き刺して口に運んでゆく。「いつもどうもね」婆さんたちが茶をすすりながら奈加に挨拶した。

店主も草餅を突き刺しながら、「またな」と笑顔でいった。

店を出る。閉まってゆく扉の隙間から、邪魔者が消え機嫌よさげに階段を下りてくる猫が見えた。

「これからどちらへ」奈加が日傘を開きながら訊いた。

「上野に行ってみます」

「あまり無茶はなさらないでくださいね」

「でも、無茶をしないとこの先は何もわかりそうにないので」

「やっぱり先生を選んでよかった」奈加が笑った。

中央通りで奈加はタクシーを停め、乗り込んだ。走り去ってゆく。

岩見は銀座尾張町の停留所まで歩き、市電本通線に乗った。尾行の連中もしっかりとあとをついてくる。

中橋《なかはし》広小路、通り三丁目と市電は進む。

混み合った車内でしばらく揺られ、本石町《ほんごくちょう》停留所で本通線を降りた。蒸し暑い道を歩き、乗り換えるため、また小伝馬町《こでんまちょう》の停留所に並ぶ。澄んだ空。隣の男が取り出した懐中時計を、横から岩見も覗き込んだ。まだ昼の十二時前。

市電和泉橋《いずみばし》線の車両が近づいてきた。乗り込み、吊り革を摑んで立つ。

停留所ごとに客が増え、混んできた。

市電が神田和泉橋を渡っているとき、ふいに「先生」と隣の男が囁いた。

着物にハンチングを被り、岩見と並んで吊り革を摑んでいる。ひどく驚いたが、出来る限り平静を装い、静かに視線だけを向けた。知った顔と服装。そうだ、きのうも見かけた。記憶を探る……たしか蔵前《くらまえ》線の車内に座っていた。この男にも尾行されていたようだ。

「お伝えしたいことがございます」男は前を見たまま途切れ途切れにいった。車輪やブレーキの音に絡め、巧みに声を消している。「ついて来ていただけますか」

男が堅気でないのは目つきですぐにわかった。それでも岩見は頰を搔くふりで、小さく頷いた。協力者？　罠？　利口ではないが少ない期待に賭けてみる。

尾行の連中は離れて立っている。今の会話には気づいていないようだ。岩見とハンチングの男はそれきり黙り、市電に揺られた。しばらく待っていると、仲御徒町《なかおかちまち》を過ぎたあたりで市電は少し減速した。吊り革と一緒に客たちの体が前に揺れる。同時にハンチングは岩見の袖を引き、突然駆け出した。混み合う乗客をかき分け、女車掌を押しのける。「何だおい」何人かの客が文句をいったが、ハンチングは構わず走る市電のデッキに立った。

「さあ、先生」声をかけながら飛び降りる。岩見も鞄を片手に飛び降りる。尾行の二人も慌ててあとに続く。

金曜昼の上野広小路。人混みをかき分け進む。尾行の二人も追ってくる。が、尾行たちの腕を露天商が摑んだ。並べてあった商売物の下駄《げた》を跳ね飛ばしやがったと怒鳴っている。「放せ」尾行の二人も叫んでいる。「何だどうした」他の露天商も寄ってきて囲んだ。行く手を遮るよう、ハンチングの男がはじめから仲間を手配していたのだろう。岩見は振り向いたが、二人は前を阻まれ、もう追ってこれない。

そのままハンチングの背についてゆく。鞄を片手に露店の続く道を何度も曲がり、毘沙門天《びしゃもんてん》近くの路地に入った。

両側に食い物屋の裏口が並び、煮干しの出汁《だし》と臓物《ぞうもつ》のような匂いが漂っている。ハンチングの男は「こちらです」と天麩羅《てんぷら》屋の裏口らしい引き戸を叩いた。

戸が開く。「よう」と男が出てきた。

肥太った小さな体。見覚えがある――震災の晩に岩見を鎖でつなぎ何度も殴ったあの男。岩見は振り返り、走り出した。が、すぐにうしろからハンチングの男に飛びかかられた。

「探したぜ」肥えた小男はいった。右手に短刀《ドス》、だが左手には杖を握っている。めくり上げた着物の裾からふらつく足が見えた。一年前、百合に撃たれた銃創が両膝に残っている。

「誰か」岩見は慌てて助けを呼び、暴れた。が、ハンチングの男に羽交《はが》い絞めにされ動けない。路地に並ぶ裏口も閉まったまま。肥えた男は杖をつき短刀を構え、上気した顔で迫ってくる。「助けてくれ」もがいてもハンチングの腕を外せない。岩見は引きつった顔で腰をぐんと落とすと、一気に体を前に倒した。ハンチングを背負い投げる。二人絡み合いながら油で汚れた地面に転がった。

「てめえ」肥えた男とハンチングの怒号が飛ぶ。

腕を振りほどき、岩見は立ち上がった。が、肥えた男が斬りつけた。顔をかばった岩見の右手のひらを短刀が裂いてゆく。傷は浅いが血が飛び散り、岩見は「痛っ」と叫んだ。ハンチングの男が倒れたまま、岩見の両足を摑んだ。肥えた男が短刀を腰に構える。

「頭を下げろ」

遠くで誰かが叫び、続けて銃声がした。

細い道の前後から岩見を尾行していた連中が駆けてくる。岩見は身をかがめた。さらに銃声が響く。肥えた男とハンチングが倒れ、ゴミと油にまみれた路地裏に血だまりが広がった。

「この馬鹿が」中折れ帽を被った一人が、銃を構えながら岩見に怒鳴った。

他にも開襟シャツや格子柄の着流しと、この数日に岩見を監視していた男たちが銃を片手に次々と駆けてきた。

「護られているとわかっていながら逃げやがって」着流しも怒鳴った。岩見はすぐに左腕を中折れ帽に、腰のベルトを着流しにがっちりと摑まれた。動けない。開襟シャツの男が血の流れる岩見の右手に乱暴に手拭いを巻きつけてゆく。「鞄を」と岩見がいうと、着流しが拾い上げ、腹立たしげな顔で岩見の左手に押しつけた。やじ馬も集まってきた。撃たれ倒れた小太りとハンチングがどうなったか、振り向き確かめようとしたが、首元を摑まれ無理やり前に戻された。

「水野通商の差し金だよ」中折れ帽がいった。

「やくざにも狙われてるんだよ、おまえは」着流しも叱りつけるようにいった。

そのまま細い道を引きずられ、春日《かすが》通りに停めた自動車に押し込むように乗せられた。

両脇を男たちに挟まれたまま後部席に座る。

「まず医者だ」右隣の中折れ帽がいった。近くで見ると老けた顔をしている。岩見よりもずっと年上らしい。自動車が走り出す。岩見はため息をつき、うなだれ、下を向いた。

「前を見ておれ」左隣の着流しが髪を摑み、岩見の頭を強く引き上げる。が、その勢いのまま、岩見は着流しの鼻に頭突きした。同時に左の扉を強く蹴りつける。揉《も》み合う三人。「まだわからんか」中折れ帽が叫び、岩見の顔を殴る。それでも扉を蹴り続けるとバンと開いた。中折れ帽に摑まれた上着の右肩が破れ、左から押し返す着流しの体もろとも道に飛び出した。

三人の体が地面に叩きつけられる。一度跳ね上がったあと、転がりもせず三人ともその場に倒れ、止まった。ブレーキ音とともに自動車も止まったが、岩見は中折れ帽を蹴飛ばし、朦朧《もうろう》とする着流しの腕を振りきり、駆け出した。

上野広小路を寄席《よせ》の鈴本亭《すずもとてい》のほうへ。眩暈《めまい》がする。鞄を持つ右手も痛い。それでも左に曲がり湯島《ゆしま》へと駆けた。少し先の池之端藪蕎麦《やぶそば》の手前でもう一度曲がると、昼の花街《かがい》に出た。復興の大工仕事の鎚が、かかんと小気味よく響いている。軒上に並ぶ新品の瓦が潤んだように輝いている。玉の井とはまるで違う上品な黒塗り格子が続く先、停めた力車の脇で車夫が煙管《キセル》を吹かしていた。

「いいかい」岩見は肩で息をしながら訊いた。ネクタイを外し、黒い上着を脱ぐ。

「旦那、面倒は困ります」車夫が岩見の右手に巻きついた血つきの手拭いを見ている。

「迷惑はかけないよ。病院に行きたいだけだ」顔を拭うと鼻血も出ていた。

「どちらまで」嬉しくなさそうな顔で車夫が座席への踏み台を置いた。

「西浅草の十全堂《じゅうぜんどう》病院」岩見は踏み台を上がった。

「あすこはよくねえ。若い医者に痛い思いをさせられる。別んとこへお連れしますよ」

「いや、人の見舞いに行くんだ。診てもらうのはついでだよ」

車夫はもう一度嫌な顔で岩見を見ると、振り向き、すぐに力車を走らせた。

病院は昼休みだった。が、四円も受け取り機嫌を直した車夫が「あいすいません、急患でございと威勢よくくり返してくれたおかげで、看護婦がすぐに診療室の扉を開けた。車夫のいう通り医者は下手で、縫うのに長くかかったものの、どうにか右手の傷は塞がった。化膿《かのう》止めの注射を打たれたあと、かなりの額の治療代を払い、外来診察棟を出た。

入院病棟への渡り廊下を歩いてゆく。広い敷地のあちこちで蟬がうるさく鳴いている。震災後に建て直されたばかりの病棟はまだペンキ臭かった。まだ手の縫い痕も痛む。階段を二階へ上がり、廊下を進み、三つ目の病室に入った。

三つ並んだベッドの一番窓側、肌色の悪いやつれた中年男が団扇で煽ぎながら本を読んでいる。

「穴井《あない》仁吉《にきち》さんですね」岩見は自分の名刺を差し出した。

痩せた手が名刺を受け取る。はだけた浴衣《ゆかた》から胸の大きな手術痕が見えた。

「払い終えたはずだが」穴井が元奏任官《そうにんかん》（帝国憲法下の官吏の身分の一つ）らしい傲慢《ごうまん》さの交じった口調でいった。

「債権の回収ではありません。細見欣也さんの生前の業務に関して――」

「大きいよ」穴井は遮った。「嫌な死に方をした男の話は小さい声でするものだ」

残り二つのベッドには、どちらも薄い上掛けが丸められ乗っている。散歩か、買い物にでも行ったのか。とにかく今、病室には二人しかいない。それでも穴井は嫌がった。

「どうして僕のところへ来た？　どうやって調べた？」

「十二年前まで遡《さかのぼ》って、陸軍省経理局と参謀本部第二課の名簿を見ました。役割の明確でない方や実体のない職務に就いていらした方を選び、細かく調べさせていただいたんです」

経理局は予算や決算だけでなく陸軍所有財産の管理運用も任されている。第二課は参謀本部の中枢として陸軍の作戦立案を担当している。

「普通はそれだけじゃここまでたどり着けない。君も元軍人か？」

「以前、海軍に」

「やっぱり。調べて目星をつけたなかから、金も身寄りもない僕を選んだのか」

「はい。失礼ながら」

穴井は生糸《きいと》相場で大きく失敗し、今も負債を抱えていた。

「その口ぶり。家も土地も取っていった弁護士と同じだよ。嫌な奴らだ」穴井は立ち上がった。「出ようか」

思っていたよりしっかりした足取りで穴井は歩き、岩見も続いた。

二人で階段を下り、庭に立つ木々の陰へ。

岩見が封筒を渡す。穴井は中身の札を指先で数えると岩見を見た。

「多少の私見が混ざるが、いいね」

「もちろんです」

「とはいえ、僕に目をつけたくらいだから、ある程度の予測はできているんだろう？」

「はい」

「たぶん君の想像通りだ。遠因は日露だよ」

「ポーツマスのような失敗はくり返さないという強い意志ですか」

「そう。『あの屈辱を忘れるな』が我々のスローガンになっていた」

明治三十八（１９０５）年。日本は日露戦争に勝利し、アメリカの仲介により日露講和条約を締結した。これにより日本は、ロシアが実効支配していた中国北東部の権益を奪い、朝鮮に対する指導的立場も認めさせる。だが、実質的な新規獲得領土は樺太《からふと》南部のみ、しかも賠償金は一切支払われなかった。

あまりに小さな成果に、一万五千を超える戦死者を出した旅順《りょじゅん》攻略をはじめ、無数の機関銃と対峙する人類史上初の塹壕《ざんごう》戦に膨大な犠牲を払った陸軍から怒りと怨嗟《えんさ》の声が上がった。戦死者の遺族や傷病帰還兵らも裏切りだと糾弾した。一般国民も激怒する。当時の国家予算の七倍近い十八億円もの戦費捻出のため、重税、物価高騰に耐え、さらに百九万人の兵士を送り出し、戦線を支えたにもかかわらず、残ったのは対外借金ばかり。日比谷《ひびや》焼き打ちのような激しい民衆暴動が各地で起きた。

「アメリカのような汚い国に戦果を潰された上、官吏どもの失策をまるで軍部の失敗のように語られる悔しさを二度と味わいたくなかったんだ」

アメリカは開戦時こそ親日的だったが、小国日本の連合艦隊が大国ロシアのバルチック艦隊に対し世界の軍事バランスを一変させるほどの大勝利を収めると、態度を翻《ひるがえ》していた。ロシアの抑止力として機能させるはずの辺境国が、異常な早さで強国に成長してゆくことを警戒し、講和会議を巧みに誘導し、日本の戦力を削ぎ、対外進出を押さえ込もうとした。

「父や夫を亡くした家族たちが講和の実態を知ったときの、あの悲しい目を知る最後の世代として、同じ過ちをくり返さないことは使命でもあった。まあ、海軍の君がどう考えているかは知らんが」

岩見は実際の日露の戦場を知らない。それでもあの戦争を、わずかに日本優位な状態での引き分けと見ている。アメリカの港湾都市ポーツマスでの条約締結も、兵員も資源も資金も尽き、戦争続行は不可能だったあの時点の日本にとって最良の選択だったと信じている。

が、当然口にはしない。

穴井は皮肉るように岩見をちらりと見てから言葉を続けた。

「そんな精神状態のなかで世界大戦が起き、我々は勝利した」

大正三（1914）年、大戦に参戦した日本は極東での対ドイツ帝国戦に勝利し、ドイツが租借《そしゃく》していた中国山東《さんとう》省内の各地、さらにドイツ植民地だった太平洋上のマリアナ、カロリン、マーシャル各諸島を占領する。

「大戦の戦果を維持、防衛するには最低でも二個師団以上の増強が必要というのが陸軍の総意だった。アメリカは敵だ。加えて僕らは日英同盟も信じていなかった。欧州戦線でロシアがどれだけダメージを受けたとしても、また隙を突いて満州《まんしゅう》に下ってくるとも思っていた。ルースキー（露助《ろすけ》）は自国民の命を湯水のように使って、南の港を手に入れようとしていたからね。幸か不幸か革命で事態は違う方向に流れたけれど。それでもあの増強計画は、当時としては妥当な判断だったと信じている。ところが議員と役人どもは、予算を通さなかった。表向きだけじゃない、連中は裏交渉にも応じなかったよ。新規領土の維持は国家的命題でもあったはずだ。そもそも大戦参戦を熱望したのは誰か、君にもよくわかっているだろう」

「新聞と一般国民が戦争を望み、それを財閥と政党も支持した」

「そう、陸軍じゃない。なのに、我々は完全に梯子《はしご》を外されたんだ」

日本政府は大正四（１９１５）年に中国に突きつけた、二十一箇条要求を実行させる見返りとして、大正六年から中国政府への計一億円規模の巨額円借款《えんしゃっかん》を計画していた。そのため財政難を理由に、内閣は陸軍の要請に一貫して拒否を続け、国会もそれに同調した。

穴井と岩見は渡り廊下に沿った日陰のなかを歩いてゆく。

「軍縮と騒ぐ世論に配慮するばかりで、実際の前線からの要望は一切無視された。あれで藩閥と政党が政権の取り合いに執心している国会を、僕等は見限ったんだ。結果、陸軍は単独で物事を進める癖を身につけ、一方で独自の資金調達法も考えるようになった」

「阿片《あへん》販売は順調だったのでは？」

「やはり海軍は貴族的だね。商売の厳しさを知らない。阿片にしても専売制で、収支はある程度公にされる。しかも陸軍の独占市場というわけじゃない。阿片利権は当時から飽和状態で、陸軍はあくまで誰にも干渉されずに使える金がほしかった。だから新事業を開拓しようとしたんだ。まず三つの経済作戦が試行された。苗場《なえば》、妙高《みょうこう》、白馬《はくば》と名づけられていたが、開始から十一ヵ月の時点で成果を出しているものは一つもなかった。そこに新たに加わったのが細見の榛名《はるな》だよ。細見ははじめ、成功報酬に衆議院二期分の当選を要求したそうだ。佐官連中は僭上者《せんじょうしゃ》と怒っていたが、僕らの周辺は笑っていた。なかなかの法螺《ほら》吹きが来たとね。ところが実際に榛名が動き出してみると、笑ってなどいられなくなった」

「はじめに細見さんを連れてきたのは？」

「第二課戦力班の若手だよ。三井の重役から紹介されたらしい。当初は反対意見も多かった。『あれは詐欺ではないか』ってね。あの男が大学を出ていないことも嫌われた。逆に元治《げんじ》、慶応《けいおう》生まれの老いた閣下（将官）たちには気に入られていたよ。連中は賄賂《わいろ》、不正が当たり前だった江戸のころの原理で動くから。結局、目的のために手段は正当化され、山梨《やまなし》、宇垣《うがき》、山田《やまだ》の当時の次官・部長級からの天の声で開始が決まったんだ」

元陸軍大臣の山梨半造《はんぞう》、現陸軍大臣の宇垣一成《かずしげ》、それに陸軍中将だった故人の山田隆一《りゅういち》のことをいっている。

「作戦内でのあなたの役割は？」

「会計管理の肩書きで加わった。実際は細見と第二課の若手たちの歯止め役だよ。内閣や海軍に知られぬよう、上からは常に慎重に事を運ばせろといわれていた。金のないところから、恥知らずな方法で金をひねり出す作戦だったから。具体的にいおうか、細見はまず陸軍所有の武器類の償却期間を実際より早め、弾薬等の使用数、備蓄数を水増しさせた。その余剰分を、国内の暴力団や上海の青幇《チンパン》に払い下げた。装備品をアジア圏のやくざに売りさばいたんだ。そうやって元手を作ると、細見は知り合いの相場師三人を集めた。東京、大阪、上海の証券取引所で銘柄を石油、鉄鋼に絞り、四人で結託して相場を操った。巧妙に仮想売買、馴れ合い売買をくり返し、強気で買い占めたあとは高値で一気に売り抜けたんだ。もちろん証拠は残していない。三ヵ月ほどして三菱と鴻池《こうのいけ》から横槍が入ったが、連中が抱えている相場師では太刀打《たちう》ちできなかった」

「操作はいつまで？」

「（大正）七年の十月には、もう東証からは手を引いていた。実質十六ヵ月ほどだね」

「あなた自身は細見さんをどう評価していたのですか」

「あれは危険な犯罪者だよ。以前から思い描いていた壮大な悪事を実行する機会を与えられ、泥遊びをしている子供のように作戦に熱中していた。同時に紛れもない天才だった。それを我が身をもって知ったからね。金融犯罪の天才の手法を近くで見ていて、僕にもできると思った。でも、同じことをしたはずなのに、凡人の僕は財産も家もなくして、嫁と子供にも出ていかれたよ。信用も失い、食道癌で退官までするはめになった」

穴井は持っている団扇を振り、寄ってくる蚊を追い払った。

「僕が知っているのはそこまで。序章だよ。その先、あの男が欧州の相場で何をしたかはわからない。知っていても、僕のように喋る奴はいないだろう。皆、死にたくはないから」

「それでも知りたいなら、どうすればよいでしょう」

「隠居した将軍《チアンジュン》（高級将校をさす隠語）にでも訊くしかないな。山梨、宇垣嫌いは身内にも多いから」

「どなたに訊くべきか教えていただけますか」

「君、正気かい？」穴井は笑った。

岩見は頷いた。

「井伊《いい》か升永《ますなが》か。でも、伝手はあるのかい？　無理に近づければ、逮捕程度じゃ済まない」

「ありませんが探してみます」

「うそつきめ、もう何か企んでいるんだろう。本当に弁護士ってのは腹が立つ」

岩見は「ありがとうございました」と頭を下げた。

「忘れないでくれよ、君とはもうこれきり他人だ。二度と会うこともない」

「お約束します」振り返り、すぐに病院を出た。

電話を探して浅草通りを進む。舗装された道の両脇には、夜間の地下鉄工事のための資材が積み上げられている。道の向こう、『東洋唯一の地下鉄道　大正十六年開業』の大看板が掲げられている。その前、乱暴運転の自転車が子供を撥ねたと騒ぎが起きていた。べそをかいている子供そっちのけで上半身裸の男と半纏の若い男がいい合っていたが、すぐに摑み合いになった。やじ馬が集まる。横を乗り合いバスが通り過ぎてゆく。

岩見は市電吾妻橋線の田原町《たわらまち》停留所近くまで歩き、郵便局横の自働電話箱に入った。

「市外へ」交換手に告げる。「神奈川鎌倉局の六四六七番」

財布のなかの小銭を探り、交換手の合図を待って放り込む。

「もしもし」相手が出た。

「岩見でございます、お世話になっております。菊池《きくち》さんはいらっしゃいますか」

受話器を持つ右手に巻かれた包帯が赤く染まっていた。痛みと暑さで岩見はだらだらと汗を流しながら話し続けた。

六章　玉の井

「四五口径の回転式用を四十発、三八口径自動用を三十発」百合はいった。

白い半袖ブラウスに下は膝上のキュロットズボン。そのキュロットを覆うように、カンボジアのクロマーという紅の格子柄《こうしがら》が入った一枚布を、スカートのように巻きつけている。ブラウスの胸元で結ばれた白いリボンを天井で回る扇風機が揺らす。

浦和市内の中仙道《なかせんどう》沿い、鴨《かも》のデコイや猟銃が並ぶ銃砲店。木綿の着物の痩せた中年女が戸棚の鍵を開け、銃弾を取り出した。この店の娘らしい。レジの横では禿げ上がった年寄りの店主が長椅子に座り、散弾銃を手にした常連客と話し込んでいる。

百合は折りたたんだ戸籍謄本を出した。自分のものじゃない。震災で死んだ玉の井の売女《うりめ》のものを使わせてもらっている。

「いちおう御拝見」中年女は謄本をちらりと見て返すと、リヴォルバー用の〔rimmed《リムド》〕、オートマチック用の〔rimless《リムレス》〕と書かれた、二種類の銃弾が入った紙箱を並べた。代金を払い、紙箱をバッグに入れる。ずしりと重い。

銃砲店を出ると、日傘を差して中仙道を少し歩いた。近くの菓子屋で小倉羊羹《おぐらようかん》、紅白の寿甘《すあま》をたくさん買い込み、それもバッグに入れる。砂糖を多く使った菓子は日持ちがよく、非常食にもなる。タバコを出してマッチを擦った。陽は沈みかけているが、まだ暑い。吹き出す煙も湿って少し重い。それでも昼は閑散としていた古い宿場町に、だいぶ人が出てきた。

慎太は一人で家に残っている。

二人で出歩くほうが見つけられやすくなるし、逃げるのも遅くなる。出がけに不安なら一緒に来るかと訊くと「だいじょうぶ。待てるよ」と慎太はいった。

タバコを一本吸いきると吸い殻を灰皿に放り込み、日傘を畳んで白塗りの電話箱に入った。

「市外へ。東京牛込局四六一三」交換手に告げる。

「お話しなさいませ」交換手がつなぐと、岩見の事務所の管理人が挨拶した。

「先生はお出かけになっていて、まだお戻りではないんです。お言付けはございますか」

「明日の昼にまたかけるとお伝えください」百合は礼をいって電話を切った。

また少し歩き、タクシー停車場から乗り込んだ。暗くなり、街灯も光りはじめた。走るタクシーの座席でもう一度考える。今夜にはあの家を出るつもりだった。きのう一日、慎太の隠し持つ書類の意味も考えてみたが、やはりわからなかった。岩見が何か探り出してくれるのを待つしかない。

誰かに委ねることは嫌いで、頼ることも苦手。だから今、百合は焦れている。もどかしく感じている。その気持ちを無理やりに落ち着かせ、この先を生き延びることだけに集中した。

だが、タクシーの前照灯が照らす先、慎太の待つ家の前に誰かが立っているのが見えた。

藍染《あいぞ》めの着物姿の知った顔。遠くからでもわかる。震災の夜に百合が腹を撃ち抜いたしゃくれ顎の男だった。百合は少し手前でタクシーを停めた。

「ここで待ってて」助手に一円札を二枚渡す。「すぐ戻るから」

白ワイシャツにチョッキの運転手、助手が揃って返事をし、百合はタクシーを降りた。

しゃくれ顎が近づいてくる。

「離れて」追い払うように手を振ると、素直に二歩下った。百合は背を見せないよう南京錠が壊された門を開いた。しゃくれ顎も入ってくる。

玄関を開けると風が吹き抜け、八畳間では慎太が皺顔の男と銃を向け合っていた。銃口が互いの顔を狙っている。

百合は黒靴を履いたまま家に入った。天井から下った笠つき電球が光っている。縁側のガラス窓が大きく開き、暗い空が見え、蚊取り線香の匂いが漂う。

「撃っていい？」ベレッタを構える慎太が訊いた。

「まだだめ」百合はいった。

「威勢のいい小僧だね」銃を構えながら皺顔が笑った。着物の上を脱ぎ、震災の夜と同じように背の彫物を晒している。大鯉《おおごい》に乗った坂田金時《さかたきんとき》。だが、その凛々《りり》しい彫物を台無しにするように百合に撃たれた傷痕が大きく残っていた。

「誰なの？」慎太がまた訊いた。

「前に因縁がある奴らでね」

「あんたにゃ借りがあるからな」しゃくれ顎が口を挟む。「だから小僧を殺さず待ってたよ」

「何しに来たの」百合は黒いバッグを畳の上に置きながら訊いた。

「礼をいいに来たんだよ」

「こんな勝手をすれば、このあたりを仕切ってる連中が黙っちゃいない」

「話はつけるから好きにしていいとさ」

「あの世間知らずな五代目からお許しいただいたの？」百合は睨んだ。

しゃくれ顎が袂に手を入れた。着物の下に隠した鍔《つば》のない脇差《わきざし》を真っすぐ上に抜き出す。

「早くやろうぜ。ただし今度は銃なしだ。銃を出したら小僧の頭を撃ち抜く。もたもたしてると先を越されたと知った地元の奴らが、血相変えて押しかけてくるぜ」

しゃくれ顎が鞘《さや》から抜き、ずずっと前に踏み出る。

「わかってんだろ。受けた仇《あだ》と恥をきっちり返さなきゃ、夜も眠れねえんだよ」

百合はすっとうしろに下り、横の襖を一気に開いた。襖の縁が柱をたんと打つと同時に隣の六畳に飛び込む。百合の右、脇差の刃がぶんと鳴りながら空を切る。すぐにしゃくれ顎は構え直し、百合を追った。百合は部屋の隅に置かれた火鉢まで駆けると、二本の鉄火箸《てつひばし》を抜き取り、両手で構えた。

睨み合う二人。そのうしろ、慎太と皺顔はまだ銃を向け合っている。

「少し待ってて」百合はしゃくれ顎の肩越しに慎太にいった。「だいじょうぶだから」

慎太は銃を構えながら頷いた。

しゃくれ顎が摺《す》り足で間合いを詰める。百合は左に踏み出す。その行く先を狙ったようにしゃくれ顎が脇差で突く。百合は慌てて踏みとどまり、反対に飛んだ。逃げる体を脇差がしつこく追う。刃先が壁の漆喰を削りながら百合の右腕を斬った。白い肌に一筋の傷が走り、血が飛ぶ。が、百合は構わず火箸で突いた。脇差を振り抜いたしゃくれ顎の左腕に、ぶすりと火箸が埋まってゆく。が、しゃくれ顎も引かない。腕に火箸を突き通されながら前に飛び、百合に体ごとぶつかった。

細い体が飛ばされる。それでも宙に浮きながら、右手に握っていたもう一本の火箸を投げた。百合の背中が安物の花瓶を倒しながら床《とこ》の間《ま》に打ちつけられる。細く長い鉄火箸はしゃくれ顎の右足の甲を貫き、そのまま畳に串刺《くしざ》しになった。

百合はすぐに立ち上がり、花瓶を投げながら前に飛んだ。

しゃくれ顎が脇差で花瓶を打ち払う。そして串刺しされた右足を「があっ」と叫びながら蹴り上げ、畳から火箸を引き抜いた。

だが、そのとき百合はもうしゃくれ顎の背後にいた。ブラウスの胸元から引き抜いた細いリボンをしゃくれ顎の首に巻きつける。しゃくれ顎も脇差でうしろを突こうとする。その手を百合の右手が受け止め、左手でリボンを絞め上げる。しゃくれ顎が膝を震わせ白目を剝《む》き、喉に食い込むリボンをしゃくれ顎が爪で掻き、呻《うめ》く。百合はさらに絞める。しゃくれ顎が膝を震わせ白目を剝き、唸っていた声が途切れると、百合は力の抜けた体を投げ飛ばした。格子のガラス戸を突き破り、暗い庭に落ちてゆく。

百合は振り返り、皺顔を見た。

「あんたもやりたいんでしょ」頰を汗が伝い、斬られた腕からも血が落ちてゆく。

「ああ、やりたいね」

皺顔は慎太の顔に突きつけていた拳銃を放り投げ、帯に差した短刀《ドス》を鞘から抜いた。

しゃくれ顎は庭の砕けたガラスのなかに倒れたまま。うつ伏せになり、小猫に嬲《なぶ》られ捨てられたバッタのように左足だけをびくびく震わせている。

慎太は握った銃でまだ皺顔の頭を狙っている。

「そこで見てて」百合は慎太にいった。

皺顔はあの震災の夜のように、刃先を真っすぐ前に向け、踏み出した。百合は右に避ける。皺顔も百合を追い短刀を突く。また百合は避ける。皺顔は狭い部屋の壁を左足で強く蹴りつけ、遠ざかってゆく百合めがけ体ごと飛んだ。百合は腰に巻いたクロマーのスカートを一気に外し、投げつけた。

格子模様の淡い紅色がばっと皺顔の前に広がる。皺顔が行く手を遮る一枚布を左手で払いながら、右手の短刀を突き出す。百合は刃先を避けながら短刀を握る皺顔の右腕を左手で摑んだ。皺顔も左手で百合の顔を摑む。百合の細い体がのけ反る。が、すかさず右手で卓袱台《ちゃぶだい》の置き時計を摑み、皺顔の横顔を続けて殴った。皺顔が絶叫しながらも百合の髪を摑んで強引に投げ飛ばす。百合は縁側から庭に転がり落ちた。

右の目元と頬から血を流した皺顔が短刀を構え追ってくる。百合は縁の下にある古い竹竿《たけざお》を手で探り、立ち上がると同時に突いた。

竹竿が皺顔の腹に刺さりながら砕ける。うしろに逃げる皺顔を追って、百合は縁側を登りさらに突く。砕け、ささくれた先が腹を、喉を刺す。皺顔が短刀を投げ捨て両手で竹竿を摑んだ。そのまま力ずくで奪い取ろうとした瞬間、百合は竿を持つ手を離した。勢い余って畳を滑り仰向けに倒れる皺顔。百合は横の茶箪笥の鉄の引き手に指をかけると、空の抽斗《ひきだし》を素早く抜き取り、そのまま皺顔に振り下ろした。皺顔が両腕、両足を曲げて顔を体をかばう。それでも構わず二度三度と振り下ろし、抽斗が砕けると、また隣の抽斗を抜き、執拗に振り下ろした。腕や脛《すね》が変色し、腫れ上がってゆく。皺顔がたまらず身をよじり背中を見せた瞬間、首のうしろを抽斗の角で打った。朦朧《もうろう》とする皺顔の短い髪を摑み、頸動脈を絞め上げる。全身の力が抜け皺顔が意識を失った。

「行こう」百合は肩で息をしながらいった。二人の注文通り、銃を使わずかたをつけた。それでもまだ因縁をつけてくるなら、こいつらはもうやくざじゃない。

皺顔が捨てた拳銃――三八口径ブローニングM1910を拾い、黒いバッグに放り込む。いい銃、こんな奴にはもったいない。慎太も自分のリュックを摑み、慌てて玄関で靴を履いた。

門の外には激しい音を聞いた近所の連中が集まっていた。二人が出てゆくとぱっと散り、腕から血を流す女と険しい目をした少年を気味悪げに見ている。百合は待っているはずのタクシーを探したが、もういなかった。舌打ちしてバス通りの左右を見る。左のずっと先、街灯の下を男たちの一団が早足で近づいてくる。百合は慎太の手を引き、道の左に駆けた。遠くの男たちも気づき駆け出した。百合はすぐに左に曲がり、生垣と黒塀が続く路地を進むと、また右に曲がった。街灯もない十字路を左に折れ、細い道をさらに進むと、すぐに荒川の土手まで続く、長く緩やかな下り坂に出た。川沿いに巨大な工場の敷地が広がっている。

東の空の低い月が工場を照らす。埼東《さいとう》化薬株式会社と書かれた大きな看板。太いパイプが組み上げられた熱交換炉の高い塔。そこからすべり台のように下ってゆくダクトの先に、いくつもの円筒形の貯蔵庫が並んでいる。

二人で坂を駆け降りる。月明かりが長い影を作り、その上に、百合の腕から流れ落ちる血が散らばってゆく。慎太も左脚を引きずり、坂道に一本の線を描いている。

下りきったあと、目の前にある工場の閉じた鉄柵門に百合は飛びついた。キュロットから伸びた細く長い足をかけ、敷地のなかに飛び降りる。慎太もあとに続いた。

広い敷地をさらに走る。煉瓦《れんが》部、セメント部と書かれた工場棟の前を通り、肥料部の事務棟の前で立ち止まった。

「探しものがあるんだ。一緒に来る？」百合は腕をハンカチで巻きながら訊いた。

「待ってるよ。じゃまになりたくないから」慎太はいった。

「また一人になって怖くない？」

「怖くなんてなかった。ちゃんと留守番できただろ？」

百合は頷くと事務棟の扉を開けた。きしきしと鳴る木造の階段を二人で上り、二階の部屋の一つに入った。帳簿や算盤《そろばん》が置かれた机と椅子、書架が並んでいる。

百合は机の下に慎太を潜らせた。そして「すぐ戻る」と小声で残し、一人部屋を出た。

月だけが工場を薄く照らしている。

だが、資材部の角を曲がったところで、遠くに白色灯の光が浮かんだ。百合のあとを追いかけるように光は次々と増え、夜の闇を消してゆく。

忍び込んだことがばれたらしい。

それでも建物や木々の作る影のなかを進んだ。貨物列車の引き込み線路をたどり、大きな倉庫のなかへ。天井まで積み上がった出荷前の肥料嚢《ひりょうのう》の間を鼠《ねずみ》のように走る。倉庫を抜けると、コンクリートで造られた二階建ての研究棟を見つけた。鉄の扉には鍵がかかっている。解錠している時間がない。ガラスにひびを入れ、静かに割り、窓から入った。

廊下沿いに並ぶ研究室と薬品庫の鍵付き戸を次々と壊し、薬品棚を調べてゆく。

塩素酸カリウムの瓶はすぐに見つかった。肥料爆弾を作るための硝酸《しょうさん》アンモニウムも見つけたが、まだ探し続ける。そして鍵が二重にかかった六つ目の部屋の奥、南京錠が二つついたガラス戸棚のなかに探していたものを見つけた。木枠に敷かれた布の上に、保存用の細く透明なガラス管が横たえられ並んでいる。ゴムとパラフィンで厳重に封をされた管のなかで、安定剤の灯油に浸《つか》っているのは白銀色のセシウム、そしてルビジウム。硝酸アンモニウムより遥かに危険だが、効果も格段に高い。

戸棚のガラスを割った。セシウムの入った小さなガラス管をいくつかまとめ、手拭い、油紙、新聞紙で梱包し、さらに大ぶりの茶色い広口薬瓶に詰めてバッグに入れる。ルビジウムも同じように詰める。杜撰《ずさん》な管理のおかげで薬瓶六つ分、計四百六十五グラムもの金属ナトリウムが手に入った。

最後に消毒用アルコールで右腕の傷口を洗い、紙綴《かみと》じ器（ホチキス）で挟み、痛みに耐えながら傷を鉄針で綴じた。床に血と汗がぼたぼたと垂れてゆく。

研究棟をすぐに出て、来たときと違うルートを戻る。戻りながら途中に建つ建物の窓ガラスを何枚か静かに割り、痕跡を残した。遠くで誰かが叫んでいる。「そっちへ回れ」「倉庫を見てこい」自分たちを捜す声。追っ手の数は思ったよりずっと多かった。十や二十じゃない。五十人を超える数で捜している。百合の頭に武統《たけのり》の顔が浮かんだ。憎らしさが湧き上がってくる。

事務棟に戻り、きしきしと鳴る木造の廊下をまた慎重に進む。だが、慎太が隠れているはずの部屋に近づくと、小さな話し声が漏れてきた。百合は右手のリヴォルバーを握り直し、静かに、そして一気に引き戸を開けた。

暗い部屋に二人が立っている。

「見つかったよ。ごめん」ベレッタを構える慎太がいった。

慎太に銃口を向けられているうしろ姿も振り返った。

泣きそうな顔をした少年。その体を窓の外のライトが照らし出す。慎太より少し年上のようで身長も少し高い。丸刈りが伸びた髪、裾を折り上げたズボンと地下足袋《じかたび》、胸に埼東化薬と刺繍がされた開襟シャツ。百合の手に握られているリヴォルバーを見て、「本物なの？」と小さい声で訊いた。

百合は頷いた。少年の顔がもっと泣きそうになる。

「あんた誰」百合は訊いた。

「もうその子に話した」声が震えている。

「もう一度いって。名前は？」

「三田寛吉《みたかんきち》」

「終業時間はとっくに過ぎてるのに、何してたの」

「宿直当番」

「守衛は他にいるでしょう？」

「照明がついて騒がしいから様子を見てこいっていわれたんだ。本当の仕事は朝の門開け」

「どこの門？」

「秩父から朝一番で石灰を運んでくる船を入れるのに、荒川沿いの水門を開ける。それから一便目の貨物列車が入ってくる前に、線路の鉄門も開ける」

「宿直はあと何人？」

「二人」

「悪いけど、あんたも一緒に来て」

「そんな。だめだよ、もう戻らなきゃ。怒られるし、いなくなったら騒ぎになる」

「もう騒ぎになってるよ」

窓の外でまた男たちの声がした。百合と慎太を捜し続けている。寛吉は口をへの字に曲げ、目を赤くした。

百合は隠しているものはないか寛吉の体を丹念に探ってゆく。股間を握ると寛吉はびくっと体を固くした。尻にも手を入れたが何もない。

「隠れたいの。誰にも気づかれないところに連れてって」

ぐずる寛吉に銃を突きつけ、三人で部屋を出て階段を下りた。事務棟の前の生垣に身を隠す。追う男たちは百合が割ったガラスにおびき寄せられ、研究棟へ向かったらしい。百合、慎太、寛吉はライトの届かない小さな闇のある場所を縫うように進み、広く大きなセメント製造棟へ入った。

一歩進むごとに足音が反響する。重なり横たわる太いパイプ、高くそびえる熱交換炉。それらは神木が並ぶ森のように威圧的で、奥に据えられた巨大な鉄製ミキサーは御神体の置かれた拝殿《はいでん》のようだった。熱交換炉の向こう、長く伸びる線路が見える。貨物列車の軌道は分岐し、肥料倉庫だけでなくこちらにも引き込まれていた。線路沿いには貨物列車にセメント材を積み込むための長いプラットホームが続いている。

そのホームの下を寛吉は指さした。L字型の鉄骨と煉瓦で組まれた足場のなかに三人で這い入ってゆく。重なり合う鉄骨のせいで外から見ると完全に死角になっている。

寛吉は座り込むと、諦めたようにため息をついた。百合も慎太も湿った雑草の上に座った。

しばらくここで待ち、やくざたちが百合と慎太が工場外に逃げ出した可能性を考えはじめたころ、また動き出す算段だった。

蚊がぶんぶんと寄ってくる。百合は片手にリヴォルバーを握ったまま虫よけを三人に吹きつけた。

寛吉が慣れない匂いに顔をしかめる。慎太がリュックからキャラメルの箱を出し、蠟紙《ろうがみ》に包まれた一粒を寛吉に差し出した。

寛吉は受け取らず、首を横に振った。それでも慎太は同情と謝罪の入り交じった目で見続けた。鉄骨と煉瓦の間を風が通り過ぎてゆく。

「ここ静かだね」慎太がいった。

「静かだから、いつもここで弁当食べてる」寛吉がぼそりといった。

「わかるよ。昼休みくらい一人になりたいもの。悪口や嫌味をいわれながら食べたくない」

「悪口ならいいよ。殴られたくないんだ」

二人の視線が遠慮がちに重なる。

「どうして追われているの?」寛吉が訊いた。

「わからないんだ」

「わからないのに逃げているの?」

「だから逃げながら理由を探ってる」

「思い当たるような理由がないなら、追ってる人たちにそれを話せばいいのに」

「無理だよ。捕まったら殺されるもの」

「そんな。まさか」

「もう殺されたんだ何人も。だから逃げなくちゃいけないんだよ」

「本当だったら大変だけど、可哀想《かわいそう》だけど、僕には関係ない。だからもう帰して。お願い」

慎太は悲しい顔で首を横に振り、「ごめんなさい」と小さくいった。

鉄骨の隙間から見上げる星座が、右から左へとゆっくり動いてゆく。捜している男たちの声が少し離れたところで響いた。百合と慎太の握る銃口がまた寛吉に向けられる。三人揃ってまた息を殺した。男たちの足音はすぐに離れていった。夜空に見えていた夏の大三角を、流れる雲が隠す。また風が強くなった。流れ星をいくつか見たが、百合は何も願わなかった。

黙ったまま時が過ぎるのを待って――真夜中になった。

工場の敷地のあちこちにまだ照明が光っているが、もう人の声は聞こえてこない。

「水門まで連れてって」百合はいった。「誰にも見つからない道順で」

寛吉はまた悲しい顔で見たあと、何もいわずホームの下を這い出した。三人は鼠のようにこそこそと、蟻のように一列になって進んだ。広く静かなセメント製造棟の端まで時間をかけて歩いてゆくと、外国製のベルトコンベアが置かれた水際の荷上場があった。荒川から水を引き込んだ船溜りには、三艘の汚れた運搬船が係留されている。その先には閉じた鉄の水門。川面を撫でる風が波を起こし、水門にびちゃびちゃと打ちつけている。

「開いて」

百合にいわれた通り、寛吉は近くの鉄柱にあるブリキの小箱から鍵を取り出した。門脇の歯車にかけられていた南京錠を外し、クランクを静かに回す。がこんと音が響き、水門が開いてゆく。係留されている三艘はどれも同じ型に見えた。錆びと汚れのある平たい船体の真んなかに、石灰石を積む四角い積載槽があり、船尾に屋根のある小さな運転台がついている。

「あんたも乗って」百合はリヴォルバーの銃口を向けていった。

「もう許して」寛吉の頬を涙が伝う。

「だめ。船で逃げたと教えられたら困るもの」

「誰にも教えない。約束するよ」

「信じられない」

「教えなくたってエンジンの音で気づかれる」寛吉が悪あがきのようにいった。

「もう――」と慎太もいいかけたが言葉を止めた。放してあげようとはいえなかった。

百合は軽油エンジンをかけた。低い音と震動がセメント製造棟に広がってゆく。

「追ってくる連中と変わらないね、僕たちも」慎太のつぶやくような一言もスクリューが水を掻く音に消された。

いくつかの小さな光がセメント製造棟の周囲に集まってくる。やくざたちの提灯《ちょうちん》らしい。だが運搬船は水門を出て荒川を走り出していた。緩やかな流れに乗り速度を上げてゆく。離れた岸辺を何人かが追いかけてくるが、もう遅い。

前照灯もつけず暗い水面を走る。空荷の運搬船は予想以上に速かった。むき出しの使い込まれたエンジンが熱を帯びてくる。百合は塩素酸カリウムの入った薬瓶二つを、エンジンから伸びる古い排熱パイプの間に押し込み、蓋を開けた。瓶が熱せられてゆく。

慎太と寛吉は夜風に打たれ、黙ったまま船べりに座っている。

走る運搬船のずっとうしろ、川を進む別の船のエンジン音が聞こえてきた。振り返ると小さな前照灯の光が見える。

夜も荒川を走る船は多い。明治の名残りで、今でも千住や浅草までの乗り合い夜舟が出ているし、運搬船も行き交っている。大雨や台風のたびに東京の東部一帯で起こる浸水被害を解決するため、大正二年以来、荒川と隅田川が合流する赤羽岩淵《あかばねいわぶち》から東京湾までの二十キロメートルに及ぶ陸地を開削し、荒川放水路（昭和四十年よりこの放水路が正式な荒川となる）を造る工事が延々と続いていた。そのため早朝から深夜まで資材やセメントを運ぶ船が上り下りしている。

だが、近づいてくるのは夜舟や運搬船より大きく、しかも二艘が広い川のなかを狙ったように百合たちの船を目ざし進んでくる。

「隠れて」百合は慎太と寛吉にいった。慎太が寛吉の手を引き、積載槽に入ってゆく。

百合は速度を上げた。片手で舵《かじ》を取りながら、もう片方の手でバッグから新たな広口薬瓶を二つ取り出す。ゴムとパラフィンの封を裂き蓋を開けた。なかに入っているセシウムとルビジウムが空気に触れる。

二艘はすぐに距離を縮めてきた。波を割って一艘の船首が運搬船の船尾を叩く。がつんと響き、運搬船が揺さぶられる。この船のスクリューと舵を壊し止めたいらしい。百合は大きく舵を切った。もう一艘が船尾に迫る。百合は再度舵を切ると、腰のリヴォルバーを抜きながら振り返った。二艘の二つの前照灯を四回の銃声で撃ち抜いてゆく。光が一瞬で消えうせ、川面がまた闇に包まれた。左岸の土手の向こうに並ぶ街灯の光がはっきりと見えた。

それでも二艘は離れない。暗い甲板《かんぱん》に人影が動き予備の照明に切り替えようとしている。百合は月明かりの下でバッグを探り、夕方に買った菓子屋の包みを取り出した。紅白の寿甘《すあま》をちぎり、熱せられた塩素酸カリウムの瓶に放り込んでゆく。すぐに反応が起き白煙が噴き出した。煙は白い緞帳《どんちょう》のように風に流され、広がり、うしろを走る二艘を包み込んでゆく。

闇と煙に覆われ、視界を遮られた二艘は速度を落とした。百合はさらに速度を上げた。エンジンがぎゅるると今にも壊れそうな音を出す。

が、行く先の水面に一斉に光が灯った。眩しくて手で遮ると、四艘の船が川を塞ぐように浮かんでいる。横一線に並んだ甲板からの照明が百合たちの船に集まる。

同時に激しい音が川幅いっぱいに広がった。予告なき銃撃。百合たちの船に銃弾が突き刺さる。積載槽の慎太と寛吉は座ったまま頭を抱え、百合も運転台の裏で身をかがめた。発砲音は途切れない。四艘の甲板に並ぶ男たちの構える三八式小銃、十一年式軽機関銃が射出発火の光を放ち、運搬船の船首を、周囲の水面を撃ち続ける。

明らかな警告。百合はそれに従い、すぐにスクリューを反転させた。運搬船が一気に減速し、三人の体が大きく揺れる。続けてエンジンも切った。船首を数十発撃ち抜かれたが、そこで銃撃は止んだ。銃弾が水面に作り出した無数の波紋が運搬船を左右に揺らしている。その揺れに翻弄《ほんろう》されるふりをしながら百合は船べりまで這い、照明の光の届かぬところで、セシウムとルビジウムの詰まった二つの広口薬瓶を素早く水に浮かべた。瓶は流されながらも重みですぐに沈んでいった。

惰性で進む運搬船の前を四艘が塞ぐ。百合が前照灯を撃ち抜いた二艘も追いつき、うしろを塞いだ。

正面の一艘の甲板に立つ背広姿の男が叫んだ。

「顔を見せろ。見せなければ撃つ」

軽機関銃が一瞬だけまた水面を撃った。百合は船尾の運転台の陰から、慎太と寛吉は積載槽から立ち上がった。慎太は震え、寛吉はもっと震えている。

「両手も見せろ」

前を塞ぐ一艘の甲板から叫んでいるのは、百合に尻を撃たれたあの栗色の髪の男——津山だった。

「そいつは誰だ」津山が寛吉を指さした。

「僕は関係ないよ」寛吉が震える声で叫んだ。声に重なるように「その子は関係ない」と慎太もいった。「工場で働いている子だよ。無理やり連れてきたんだ」

百合は待っている。まだ何も起きない。油紙の隙間に水が入り込むのに思ったよりも時間がかかっている。

「書類を出せ」津山はいった。同時に小銃を構える部下たちに運搬船に乗り移る用意をさせている。

「そんなものない」慎太が叫んだ。が、その声を塗り潰すように百合は叫んだ。「取り引きさせて」

津山と部下たちの目が、銃口が、百合に集まる。

「命を保証してくれるのなら書類を渡す。できないのなら川に捨てる」

「裏切るのか」慎太が今度は百合に叫んだ。

「そうじゃない。渡してもまだ勝機はある。でも、ここで殺されたら全部終わる」

「あんな奴信じられるかよ。声を聞いてわかったんだ、あいつなんだよ。あいつが父さんたちを殺すように命令した。あいつが殺させたんだ」

「捨てられるものか」二人の声に津山が割って入る。「これだけの人目があるなかで」

「やってみせようか」百合はいい返す。「壇《だん》ノ浦《うら》みたいに」

津山が動きを止めた。

源平最後の決戦となった壇ノ浦の海戦。敗北を悟った亡き平清盛《たいらのきよもり》の正室二位尼《にいのあま》（平時子《ときこ》）は、八歳の孫安徳《あんとく》天皇と八尺瓊勾玉《やさかにのまがたま》、草薙剣《くさなぎのけん》を抱いて入水し、勾玉だけは引き上げられたものの、二位尼と天皇の身は宝剣とともに海中に没した――その故事をなぞり、百合も書類を抱いたまま川に飛び込むと脅している。

「嫌だよ」慎太はオートマチックを握る右手を百合に向けた。周囲の船から百合に向けられていた銃口が今度は慎太に集まる。

「絶対に渡さない」慎太の銃口だけは百合を狙っている。

「待って、いい聞かせるから」百合は周囲の船で銃を構える男たちにいった。

「そんなのよくないよ」寛吉も慎太にいった。「撃っちゃ駄目だ」

「裏切り者」慎太がいった次の瞬間、爆音とともに大きな水柱が上がった。

それは津山たちの乗る船のすぐ後方で、百合が思っていたのを上回る高さで夜空に昇っていった。太く黒い水柱が二艘をはじき飛ばし、転覆させる。まるで一年前の震災の再来のように全員の体が揺れる。「機雷だ」川での戦闘経験がない陸軍兵士たちは混乱し、叫んだ。が、それは化学反応による大爆発だった。何人もが川に投げ出され、百合たちの乗る運搬船も垂直近くまで横に傾いた。百合と寛吉の体が甲板を跳ね、真横に振られる。慎太の体が羽毛のように舞う。そのまま水面へと落ちかけたとき、慎太の腕を船べりにしがみついた寛吉が摑み、引き戻した。百合はまたエンジンをかけた。水上にむき出しになりガウガウと空転したスクリューがまたすぐに水に浸《つ》かり、運搬船が走り出す。転覆を免れた津山たちの四艘が大きく揺れながらあとを追う。

が、そこで二つ目の瓶が爆発した。爆音が鼓膜《こまく》を打つ。立ち昇る水柱はまたも簡単に二艘を裏返した。津山が兵士とともに水に落ちてゆくのが見える。運搬船もうしろから波を受け、百合、慎太、寛吉の体が浮き上がる。氷の上を滑っているように運搬船は水面で二度三度と横回転した。

それでも回転が収まると、まだどうにか走り続けた。

土手の向こうに並ぶ家々の窓に明かりが灯ってゆく。爆音が皆の目を覚ましたらしい。高波に揺れながらまた闇を進む。両岸の木々で鳥たちが激しく鳴きだした。

だだだだとエンジン音が響いている。ずいぶんと走ってから百合は振り返った。

遠くに小さく転覆した船の底が見える。転覆せず残っていた残りの二艘も、もう追ってこない。指揮官の津山までもが水に落ち、追尾と救助のどちらを優先すべきか判断できず、頭をなくした蛇のようにその場で右往左往している。

「何をしたの」慎太が訊いた。

「金属ナトリウムを水に入れたの」

「本当に裏切られたと思った」

横目で百合を見ながら慎太がいった。顔はまだ緊張している。

百合は上手く爆発が起きなければ書類を差し出すつもりでいた。このまま逃げ切れなければ今でもそうする。

震災とその後の大水で崩壊したまま再建されていない戸田橋《とだばし》の横を、運搬船は波紋を描きながら通り過ぎた。川は緩く大きく右に曲がってゆく。

寛吉はぐったりした様子で座り込んでいる。慎太はその前に立つと「ありがとう」といった。百合はもう一度うしろを見た。やはり追ってくる気配はない。両岸にも危うい気配はない。額の汗を拭き、ようやくまた夏の夜の生暖かい風を体に感じた。

東北線と高崎線の鉄橋をくぐり、百合は運搬船を右岸に寄せはじめた。係留されている同じような運搬船がいくつも見える。岸辺には浚渫《しゅんせつ》工事の人夫たちが寝泊まりしている飯場が並んでいる。東の夜空がほんのり黄色く染まっていた。夜明けが近づいている。玉の井にも近づいている。

慎太は握りしめていたベレッタを、ようやくリュックに戻した。

赤羽岩淵町のあたりで百合は運搬船を岸に着けた。船底が浅瀬に擦れ、木で築かれた護岸に船首がぶつかった。百合の体が前後に揺れ、リュックを手にした慎太がよろける。支えようと座っていた寛吉がすっと手を伸ばす。慎太も迷わず手を握る。

そのほんのわずかな隙だった――寛吉が素早く慎太の肘と腕を摑み、背中に回り込んだ。

百合はすぐにリヴォルバーを向けた。

が、もう遅かった。寛吉は刃物を左手に握り、うしろから慎太の首に突きつけている。

「出して」寛吉は慎太の耳元でいった。その顔は少し前とはまるで違う。「腹のところに隠してあるんだろ。うそはつかないで」刃物を持つ手に少しだけ力を入れた。

百合が使うナイフによく似た薄い刃先が、慎太の左顎の下にすっと刺さる。とろりと流れ落ちてゆく血は、昇りはじめた太陽に照らされ百合の目にもはっきりと見えた。あいつの体は、工場で出会ったときに調べている。間違いなく何も持っていなかった。

「はじめからこの船に隠してたの？」百合は訊いた。

寛吉は何もこたえない。本当は、百合たちがどう逃げるかを類推し、考えられるすべての経路の途中数ヵ所に武器を忍ばせていた。

「渡せば殺さない」寛吉はいった。「でも、意地を張るなら、このまま刺し殺す」

「逆らわないで」百合も本気の目で慎太を見た。

「殺されてもいい、なんて思っちゃ駄目だよ」寛吉がまた慎太の耳元でいう。

慎太は考えている。悩んではいるが取り乱してはいない。目を何度か閉じては開き、乾いた下唇を嚙んだあと、シャツを上げ、腹のさらしのなかに手を入れた。書類の入った封筒を引き出す。それが慎太なりの最善のこたえだった。

「まだ君が持っていて」寛吉は慎太の体を引きずり、運搬船から岸に上がった。

百合はまだ銃口を向けている。慎太が刺されて死んだら、すぐにその体を貫通させ、うしろに隠れているあいつに撃ち込むつもりでいる。

その殺意は寛吉にも十分伝わっている。「おまえは動くな」念を押すように百合にいうと、慎太と体を重ねながら草の生えた土手をうしろ向きに上がっていった。

百合を運搬船に置き去りにして、二人が離れてゆく。

「君が悪人でよかった」慎太がいった。

「負け惜しみかい」寛吉もいった。

「違うよ。君を巻き込んだことを、もう後悔しなくていいから」

「それはよかった。でも、本当の悪人は、君のお父さんや、あの小曽根のような人間をいうんだよ」

「どういうこと？」

「細見欣也《きんや》は我欲のために人を殺して、金や地位を手に入れた。小曽根も自分の惚《ほ》れた男に尽くすために人を殺した。あの女は海外のあちこちで何十人と殺してきたんだ」

栗橋でもそんな話を聞いた。酒井というやくざが少しだけ匂わすようにいっていた。

「一緒に行こう。脅している僕がいうのも変だけれど、これ以上君が傷つく必要はない。あれは硝煙の臭いがこびりついた凶女だ。関わった全員を不幸にする。近くにいちゃいけない」

「僕は行かない」

「もう一度よく考えてみて」

「行かないよ」

「残念だ」

　高い土手を上り切ったところで、慎太はすっと封筒を奪い取られた。それはまるで意志を持って慎太の手から離れてゆくようだった。同時にうしろから腰を強く蹴られた。受け身も取れず倒れ、リュックを握ったまま斜面をごろごろと転がり落ちてゆく。

　百合は走り、落ちてきた慎太を受け止めた。首から血が流れている。百合は黒いバッグのなかを探ったが、ハンカチはどれも百合の血で汚れ、丸まっている。そのなかでもまだきれいな一枚を掴み、慎太の首の傷に押し当てた。

　運搬船が岸を離れ、流されてゆく。

　二人は土手を上がった。見渡したが、書類を奪ったあいつの姿はもうどこにもなかった。川のほうを振り返ってみる。他の船が上流から追ってくる気配もない。

「どうしよう」慎太はいった。「盗《と》られた」

「命は取られてない」百合はいった。「だけど――」

　言葉の途中で、その場の草の上に座った。

「少し休ませて」

　慎太も動揺しながら座り込み、二人揃って大きく息を吐いた。

　隠し持っていた書類をあっさり盗られ、これで追われる理由もなくなった。が、同時に追う連中が百合と慎太を生かしておく理由もなくなった。

遠くで烏が鳴き、蟬も鳴きはじめた。百合はあんな若造に出し抜かれた自分のことを考えている。十分に用心していたはずなのに、あっさりと裏をかかれた。

自分が錆びついているのを思い知らされた。やくざ、愚連隊、下っ端の兵隊は倒せても、体に残った記憶だけでは訓練を受けた現役の特務員にはかなわない。

それでも取られたのが命でなく、書類でよかった。

いや、よかったのかどうかは、まだわからない。夜が明けてゆく。薄暗い西の空に白く透けた月が沈んでゆくのを、慎太と二人ぼんやりと眺めた。

乗り捨てた運搬船は、工事中の岩淵水門の脇を通り抜け、狭く急な流れの隅田川に吸い込まれていった。

※

小沢陸軍大佐は早朝の電話で起こされると、すぐに着替え、自動車の後部座席に乗り込んだ。妻に見送られながら芝《しば》区伊皿子《いさらご》町《まち》の自宅を出たのが午前四時四十七分。遮られることなく薄暗い日比谷通りを進み、約二十分で丸ノ内ホテルの客室に戻ってきた。

また五階の窓から外を眺めている。東京駅の向こう、東の空から少しずつ太陽が昇り、八重洲《やえす》の町を照らしてゆく。ノックの音がしてドアが開いた。津山だった。連絡役として宿直していた背の低い少尉が敬礼し、入れ違いに出ていく。

陽光に照らされた津山の顔色はひどく悪い。荒川でずぶ濡れになった服は着替え、腕や首の傷には清潔な包帯が巻かれている。が、疲れ切っている。

「全員収容できました。重傷もいますが死人は出ていません」津山がいった。

「それはよかった」

「申し訳ありません」津山が詫びようとする。その顔の前に小沢は右手を出し、制した。

「男が簡単に頭を下げるものじゃない。取り戻す機会はあるさ」

小沢は右手を津山の腰に回した。

「それより君の体はどうだ?」腰の手をゆっくり下げてゆく。

「問題ありません。ありがとうございます」

「追尾はつけてあるんだろう?」

「はい」

「あとはどうとでもなる。瑣末《さまつ》なことは水野の五代目に任せて、少し休め」

津山は直立不動のまま。小沢は津山の撃たれた尻の傷をズボンの上から撫でている。小沢も背が高いが、それよりさらに頭一つ背の高い津山の顔を下から眺め、尻を撫でていた手を股間へと滑らせた。指先がズボンの前を何度も上下する。

またノックの音がした。小沢は名残り惜しそうに、それでも素早く股間から手を離した。

ドアが開き、地下足袋にズボン、胸に埼東化薬の刺繍が入った開襟シャツの少年が一礼した。その手には茶色い封筒が握られている。

「初対面だったね」小沢は笑顔で少年を迎え入れた。「彼が南くんだ」

「いえ、先刻会いました」津山が埼東化薬の刺繍を眺めながらいった。

寛吉から南に戻った少年は再度頭を下げ、それから穏やかな目で津山を見た。「お力添えをありがとうございました。おかげで書類を回収できました」

その髭剃《ひげそ》り跡の一切ない、つるりとした顔からは、あどけなさも臆病さも感じ取れない。

「どうやって小曽根をだましました」津山が訊いた。

「あの工場に勤務する少年を拉致《らち》し、境遇を聞き出し、表情や話し方を模倣しました。名も寛吉と、その少年のものを使いました」

「そうか」胸の刺繍から視線を上げ、津山は南の顔を見た。「熊谷の工場に火をつけたのは君だな」

南は穏やかな顔のまま黙っている。

「栗橋の小学校を燃やしたのも君だ。理由を教えてくれ」

「参謀次長の指示で私も承認した」小沢が口を挟んだ。「細見慎太一人が生きていれば事足りるという判断だよ。伝えなくて申し訳なかったね」

津山も黙った。その顔は一切納得していないが、不満も一切浮かべていない。

南が封筒を差し出す。小沢は笑顔で頷き、受け取った。

「ごくろうだったね」窓際の机に座り、封筒から書類を出し、一枚ずつ眺めてゆく。

机の前に立つ津山と南は二人揃って視線を窓の外に向けた。この夏、何度も見て、もう見飽きた青い空が広がっている。

三分後、小沢は書類に落していた視線を上げた。が、その顔はもう笑ってはいなかった。

「こんなものに用はないよ」書類を机に置き、津山と南を交互に見た。「やり直しだ」

椅子に座ったまま目を閉じ、一度背を伸ばすと、机の脚を激しく蹴りつけた。

※

百合と慎太は赤羽、王子、南千住とまた歩き続けた。

一人二銭の通行料を払い、震災後に急遽架けられた仮の白鬚橋を渡ってゆく。頼りなげに揺れる木造の橋から、水面輝く隅田川を見下ろし向島へ。慎太の首から流れる血は止まったが、当てていたハンカチはすでに黒ずんでいる。百合の二の腕には紙綴じ器の鉄針で無理やり閉じられた生々しい傷。まだ朝早い町で何人かとすれ違ったが、薄汚れた二人を横目で見ると、足早に遠ざかっていった。

また蟬の声がする。茄子《なす》畑と葱畑とまばらに建つ板葺《いたぶ》き屋根のなかを歩いてゆく。始発が走り出す前の東武鉄道の踏切を二人で越えた。

窮屈そうな町並みが見えてきた。百合には見慣れた風景。夜が過ぎ、消えた電管ネオンが朝陽を浴びている。水はけの悪い低地特有の臭気も漂ってきた。二階を洋風バルコニーに改装した三軒長屋。ロートレックを下手に模写したような女が描かれた看板。そんな一つ一つを慎太が奇妙な目で眺めている。人は誰も歩いていない。

「ここが玉の井？」慎太に訊かれ、百合は頷いた。

町の北を通る大正《たいしょう》通りに出た。この舗装されていない幅六メートルほどの道の向こう、さらに細い路地が蟻の巣のように広がるなかに、百合の店ランブルはある。

急ぎ足で道を横切る。大正通りに三本の小道が交わる五叉路の端に、白い丸首シャツの男が立っていた。

百合と男の視線が重なる。男は吸っていたタバコを捨て、「來了《ライラー》（来たぞ）」と中国語で叫んだ。百合の胸にほんの少し湧き上がっていた安堵感が吹き飛んでゆく。目の前の細い脇道まで慎太を突き飛ばし、キュロットのうしろ、ブラウスの下に隠したリヴォルバーを握った。

男はもう郵便ポストの陰に身を隠していた。百合も路地に駆け込んだ。まだ表木戸が閉まったままの布団屋の陰から、片目を出して様子を探る。通りのずっと先に自転車で走り去ってゆく職人の背中が見えるだけ。他に人の姿はない。が、気配はする。

赤い郵便ポストの陰の男が、今度は日本語でいった。

「五代目からのいいつけだ。書類を渡せ」

「もう渡した」百合はいった。

「渡さなければ容赦しない」男がくり返す。

「ないよ、渡した」

「早く渡せ」

「もう持ってない」

大正通りには変わらず他に誰もいない。声も聞こえない。だが、地蜘蛛《じぐも》の子が服の下に入り込んだように、蟻《あり》が肌を這うように、いくつもの気配が近づいてくる。

もう男は話しかけてこない。百合はまた慎太の腕を握り、路地の奥へと駆け出した。足音がうしろを追ってくる。銃声が響き、どこかの家の窓が割れた。最後通告らしい。

「隠してることをいいな」百合は堪《こら》え切れず怒鳴った。

「何だよ」慎太が驚きながらいい返した。

「いえよ」

「何も隠してない」

「うそはもういい」

「僕ら懸賞をかけられてるんだろ。あいつら金がほしくて――」

「だったら何もいわず襲ってくる。書類はどこだよ」

「じゃあ勘違い――」

「してない。あいつらの雇い主の五代目ってのをよく知ってる。無駄なことは絶対にしない。ありもしないものを探させたりもしない。さっきのが本物で、もう自分の出る幕がないと悟ったら、すぐに手を引く奴なんだよ」

走りながら話す百合の息が切れる。

「うそはついてない」慎太も息を切らす。「いってないだけ」

「ちくしょう」百合は慎太を甘っちょろく信じていた自分にいった。錆びついた自分をまた思い知らされながら慎太の腕を握り、走り続けた。慎太は顔をしかめている。百合の握る力が強すぎて腕が痛いのだろう。それでも声を出さずについてくる。

　路地の先に洋装の男が出てきた。向こうも気づくと、驚きもせず拳銃を構えた。百合は慎太の腕を摑んだまま、真横のさらに細い道に飛び込んでゆく。

　昔、台湾で教えられたことが頭に浮かぶ。

　互いの表情を確認できるほどの近接戦では、決して相手を物扱いしてはいけないという。

『罪過や恐怖から人を物に置き換えるような脆弱《ぜいじゃく》な心では、感知が鈍り、判断が遅れる。感情を殺すことは自分自身も殺す。五感を開き、現実をつぶさに見て、聞き、すべての可能性に備えよ。標的を処理するのではなく、人を殺す強さを身につけろ』

　そんな言葉が、英単語や三角形の面積を求める公式と同じように百合の体に染み込んでいる。

　二人で路地の陰に隠れた。百合は息を潜《ひそ》めている。慎太は前かがみになりぜえぜえと息をしている。細い道を右に左に曲がり続け、目を回したらしい。路地は静かなまま。向こうも無駄弾は撃ってこない。こちらの出方を探っているのだろう。最低限の戦い方は知っているようだ。外地で非道をしてきた大陸浪人か、元陸軍のあぶれ者か。いずれにしても、ただのやくざじゃない。地の利は間違いなくこっちにあるが、相手の正確な人数はわからず、しかも慎太を連れている。五分五分、いや、それ以下かもしれない。

　百合はまた慎太の腕を握ると、静かに、だが急ぎ足を進め、千里《ちさと》と書かれた銘酒屋の立看板の陰でうずくまった。千里の外壁をがんがんと叩く。はじめに二階の窓が開き、売女《うりめ》と客が眠そうな顔で見下ろした。

「危ないよ。閉めて」百合は見上げていった。

「うるさいよ」すぐあとに店主の中年女が一階の窓を開いた。

「起こしてごめんね」

「百合姐さん」中年女がいった。

「小太鼓《こだいこ》鳴らしてくれない」

「わかった。だいじょうぶ?」

百合は笑顔で頷いた。何人かの足音が曲がり角の向こうから近づいてくる。

慎太の腕を引き走り出す。大人二人の肩幅ほどの道を延々と進む。うしろで小太鼓が響いた。とんとんとん。おもちゃのような軽い音。同じ音が町の他の場所でも響き出し、広がっていく。この町だけの合図だった。銘酒屋たちは鐘と小太鼓の二つの音で、いくつものことを伝え合い、互いに守り合っている。小太鼓は「外に出るな」の知らせ。他所《よそ》のやくざが嫌がらせに来たときや、馬鹿な客が道で暴れたときに鳴らす。鐘は「逃げろ」の知らせ。火が出たときや、刃傷沙汰《にんじょうざた》が起きたときに打ち鳴らす。鐘と小太鼓を交互に鳴らせば「用心しろ」になる。風紀係の手入れや、客のふりをして紛れ込んだ左翼を特高警官が捜しに来たときに使う。

これで誰も外には出ない。巻き込む心配は少なくなった。が、まだランブルまで百五十メートル以上。町の外はもう囲まれているだろう。今は先に進み、店に帰るしかない。右に曲がった道の先、また見知らぬ男が立っていた。慌てて三歩戻り左に曲がる。そこで慎太が遅れはじめた。上手く動かない左脚を慎太が殴りつけた。

「急いで」百合は強い声でいった。

「わかってる」慎太も苛立ちながらいい返す。ばたばたとまた足音が近づいてきた。

「早く」

「わかってるよ」いい終わった瞬間、脇道から男二人が飛び出した。百合は撃たれる前にリヴォルバーの引き金を引いた。が、倒れてゆく男たちのうしろでもう一人が構えていた。仲間を盾にして狙われた。響く銃声。百合は避けたが、「あっ」と慎太が叫んだ。慎太の左腕から血が飛ぶ。撃った男はもう曲がり角の板塀の陰に隠れている。百合も慎太を引きずり、石造りのゴミ箱の陰に入った。

遠くではまだ小太鼓が鳴っている。

慎太の顔が青ざめてゆく。百合は白いブラウスの左肩を裂き、慎太の腕の射創と肘に巻きつけ止血した。

「痛い」慎太がいった。

「わかってる」百合はいった。リヴォルバーの弾倉を開き、装塡する、バッグからもう一挺ブローニングM1910を取り出すとキュロットズボンの腰に押し込んだ。

「ちくしょう」慎太は潤んだ目でまた左脚を殴った。撃たれた痛みの涙でないことは百合にもわかる。

「離れずついてきて」小声でいうと慎太が青い顔で頷いた。

上に登って屋根伝いに走ることも考えたが、遠くから狙撃されかねない。狭い道を走ってゆくしかなかった。

百合はごみ箱の陰から立ち上がり、板塀を狙って二発撃つとすぐに駆け出した。慎太もその背中を追ってゆく。割れた板塀の向こうに身を隠していた男がどさりと倒れた。

ここは百合の町。どの家の板塀が、どれほど薄いかも知っている。

百合は次の曲がり角で立ち止まると、見えない曲がった先に手首だけを出して撃った。そこがどんな光景か、目を閉じていても浮かんでくる。銃弾の射出反動で百合の腕がぐにゃりと曲がる。が、折れない――十代のころ、どんな体勢でも撃てる身のこなしを叩き込まれた。また走り出す。丁字路の角で止まると、顔半分だけを出した。遠くから三人分の足音が駆けてくる。その音で距離と位置を計り、また手首だけを素早く出し二発撃った。

叫び声とともに一人が倒れる音がした。百合は間を空けず腰に挟んだブローニングを左手で抜くと、角から飛び出し、残り二人が銃口を向ける前に撃った。リヴォルバーの一発とオートマチックの五発を撃ち込まれた三人がうつ伏せに倒れ、重なる。その上を慎太と飛び越えてゆく。

それでも追っ手の数は減らない。うしろから三、四人分の足音がずっとついてくる。目の前のY字路の左右からも近づく足音が聞こえる。ランブルまで百メートルを切っているが、挟まれたようだ。百合は左に曲がると、間口が狭く奥まった一軒の玄関に飛び込んだ。道の前後から銃声が響く。百合は再び拳銃に装填すると、慎太を見た。顔色はさらに悪くなっている。

「ここにいて」

慎太の耳元で囁《ささや》くと、玄関脇の板塀の隙間から、民家の狭い庭に入り込んだ。植木が並ぶ庭の雨戸は閉まっている。小太鼓の音を聞き、用心しているのだろう。蟬が鳴き、猫も鳴いている。猫は板塀の上に立ち、外で騒いでいる見慣れぬ顔が気にくわないのか、細い道のほうを睨んでいる。

おかげで待ち伏せている連中がどこにいるかわかった。

百合は銃を構えると、猫が睨んでいる先に向けまた塀越しに撃った。板塀が砕けても引き金を引き続ける。大きく裂けた穴の向こうで二人が倒れた。

「来て」慎太を呼んだ。と同時に空の明るさが一瞬遮られた。

屋根の上――見上げると、陽光を背負う二つの影をすぐに撃った。二階の瓦の上を走る一人は撃ち抜いたものの、もう一人にはかわされた。男は逃げずに銃を撃ちながら飛び降りてくる。百合は軒下に身を隠した。が、間に合わず、左肩を撃たれた。肩甲骨《けんこうこつ》に弾が食い込む。それでも撃ち返す。互いの銃弾が軒先を雨どいを庭の木を砕く。屋根から降ってきた細身の男は、背中から狭い庭に落ちた。男の体が軽く跳ね上がり、握っていた拳銃が飛んでゆく。灰色の半袖シャツの右肩と腹が血に染まり、かすかに唸っている。怒っていた猫は逃げ出し、百合は痛みで片膝をついた。その体を、割れた板塀の穴から突き出た別の銃口が狙う――もう一人いた――百合も銃口を向ける。銃声はほぼ同時。一瞬だけ百合が早く、少しだけ運があった。百合の銃弾は板塀の向こうの禿げた男を貫き、禿げた男の銃弾は百合の顔の横を通り過ぎた。ぎゅるるるんと空気を破る音が耳たぶをかすめてゆく。懐かしくも嫌な音を聞きながら、さらに引き金を引いた。男はオートマチックを握る腕を塀の穴からだらりと垂らし、そのまま倒れた。百合は立ち上がろうとするが体を支えられない。膝の力が抜け、崩れ落ちてゆく。

その腰を慎太が抱きかかえた。

射出発火を見た慎太はまた吐いたらしい。それでもベレッタを握る右手で口を拭うと、銃創のある左腕で百合を支えながら板塀を蹴破った。狭い道にはまだ男たちが倒れている。転がっている三人が生きているのか死んだのかはわからない。

「どっち？」動かない男たちに銃口を向けながら慎太が訊く。

「右」百合はいった。また二人で駆け出す。今度は左脚を引きずる慎太の背中を百合が追ってゆく。黄緑やピンクや、趣味の悪い壁色の銘酒屋が並ぶ道。黒いバッグをかけた百合の左肩から血が飛び散る。「左」うしろからの百合の声に合わせ、慎太が曲がった。百合も曲がろうとした。

そこを狙い撃たれた――銃声が響いたのはずっと遠く。百合の体に真横から錐《きり》で突かれたように弾圧がかかる。左の二の腕を撃たれた。重なる軒先の間を通り過ぎる一瞬を、遠くの屋根の上から狙われたらしい。が、皮と肉をえぐっただけ。銃弾は百合のなかに残らず、二の腕を削りピンク色の壁にめり込んだ。

前を行く慎太が慌てて振り返る。

「そのまま走って」百合は叫んだ。

血がどっと流れ出したが致命傷にはなっていない。肩にかけたバッグのなかの予備銃弾にも、金属ナトリウムを入れた薬瓶にも当たってはいない。撃たれた肩も腕も痛いが、まだ足は動く、走れる。しかも店まではあと少し。

高い塀が続く角をもう一度右に曲がると、ランブル—Rumble—と赤地に白文字で書かれた看板が見えた。赤い笠のランプとバルコニーのついた二階建て。あそこを出たのが八月二十六日で今日が三十日。四日しかたっていないのに懐かしい。丸い取っ手のついたドアの前には、大きな水溜りが二つあった。血を洗い流したのだろう。奈加が店の前で待ち伏せていた連中を取り除いておいてくれたらしい。その奈加がドアを開け、番茶色の着物に猟銃を構えながら出てきた。左手を伸ばし、慎太と百合をドアの内側へ呼び込む。

「ただいま」ドアが閉まると同時に百合はいった。

「おかえりなさい」奈加もいった。「細見慎太くんね。奈加です、はじめまして」

慎太も挨拶を返そうとしたが、言葉が出ず、青い顔で頭だけを下げた。まだ銃撃の緊張が続いている。

「店の娘《こ》たちは?」百合は訊いた。

「無事ですよ。小春《こはる》姐さんの店に預けてます」

「よかった。猟銃なんていつ買ったの?」

「百合さんがお出掛けになった日の午後、浅草で」レミントン社製のライフルだった。「三味線《しゃみせん》を買うより簡単でした」

「ねえ、氷糖梨《ビンタンリー》は」

「作ってあります。でも、まず先生に診《み》ていただきましょう。待ってもらってますから」

「用意がいいのね」

次の瞬間――入り口ドアを軽く叩く音がした。三人が同時に振り返る。

「電報です」百合も奈加も聞き覚えのある声だった。時計はまだ午前六時七分。至急電らしい。奈加が返事をし、静かにドアを開けた。そこには確かに知った顔の電報局員が一人で立っていた。

「ごくろうさま」奈加は笑顔で受け取った。百合も口元を緩める。作り笑いではなく、こんな銃声が響くなか、何事もないように電報局員がやってきたことが可笑《おか》しかった。局員は不思議そうな顔をしている。何が起きたのか本当に気づいていないらしい。

奈加はドアを閉めると電報を百合に渡した。

デンワレンラクコフ　ミズノタケノリ

百合は一度見ると嫌な顔で丸め、投げ捨てた。一人不安な顔をしている慎太に、奈加が笑いかける。それから奈加は玄関ホールのドアとその横の小さな窓の戸締まりをすると、どこにでもある草刈り鎌と荒縄で単純な罠を仕掛けた。無理に開ければ鎌が飛びかかる。

三人で靴のまま玄関を上がり、廊下から裏口へ。百合は炊事場脇の低い木戸を開けた。細く狭い裏口へ体を斜めにしながら入ってゆく。慎太も戸惑いながらついてくる。迷路のような表通りとは別の、町の住人だけしか通らない、もぐらの巣のような裏道。

「それからね、百合さん」奈加が大きな体を窮屈に丸め、這いながらいった。「岩見先生からお手紙が届いてます」

百合は少し進んで裏道から這い出した。慎太も這い出す。そこは周囲を家の壁に囲まれた小さな空き地だった。草が長く伸び、墓石が三つ並んでいるが、どれも碑銘《ひめい》はすっかり雨風で削られて読めない。それでも墓の前だけは草が刈られ、花が添えられている。

その空き地の角の隙間から、細い手がぬっと伸びた。驚き身を引いた慎太の両肩を奈加が支える。「早く」中年の女が顔を出し、手招きしながら妙な発音で呼んだ。女にいわれるまま、百合は塀と壁の隙間に入ってゆく。慎太も奈加に背を押されながら暗い隙間へ続いた。

体を斜めにして進み、先の塀を登った。東から太陽が照りつける。並ぶ家々のなかで、一軒だけ二階の窓が大きく開いていた。その窓からなかに入ってゆく。

四畳半部屋で、隅には布団が重ねられていた。笠に鳥の模様が描かれたランプ。整頓された古い役者絵や婦人雑誌。きちんと畳まれた女物の浴衣《ゆかた》もある。

「今は空き家なの」奈加がいった。震災を焼けず崩れず残ったものの、店主が避難の途中に圧死し、次の持ち主が決まらない銘酒屋だという。

二階から狭い階段を降りてゆくと、眼鏡をかけた白髪の男が待っていた。ズボンにワイシャツ姿で優しげに見上げるその顔は、髪の白さほどには老けていない。

「お医者様の今元先生と、奥様の春桂《チュングウイ》さん」奈加がいった。

「うちの奥さんの日本語、変でしょう?」今元が慎太に笑いかけた。「甘粛《かんしゅく》生まれの中国人なの。でも、日本の医師免許を持ってるから治療はだいじょうぶよ」

「日本語の発音、単純過ぎて逆に難しいのよ」癖毛をまとめた髪、細い体に黄色のワンピースを着た春桂がいった。

今元も春桂もまるで動じていない。こんな普通じゃない騒ぎにも慣れているらしい。

狭い廊下の先、玄関の磨《す》りガラスには外から板が打ちつけられ、内側にも横木がされていた。全員で玄関脇の雨戸が閉められた八畳間に入ってゆく。百合は座り、日本髪でポーズを取る女優の粟島《あわしま》すみ子と川田芳子《かわだよしこ》の写真が貼られた古い襖に背をもたれた。今元が大きな診療鞄から器具を取り出してゆく。春桂も風呂敷を解いて、何本もの消毒用アルコールを出した。奈加が岩見から届いた封筒を百合に渡す。表の宛名は秋川《あきかわ》という銘酒屋の琴子《ことこ》になっている。岩見が裁判のための聴取をした、あの若く痩せた売女の名だった。

百合が封筒のなかの便箋を拡げると、一枚目に「ランブル、百合様にお渡し下さいませ」と書かれていた。二枚目以降はすべて英文で、穴井仁吉が語った細見欣也と陸軍の関係が綴《つづ》られている。岩見は百合が英文を読めることも調べたらしい。

百合は手早く読み終えると便箋を自分のバッグに入れ、そしていった。

「次はあんたの番」襖にもたれたまま慎太を睨む。「隠してるもんを早く出しな」

慎太も立ったまま睨み返すと、ズボンを下ろし、撃たれた左手でシャツをたくし上げた。ずっと腹に巻かれていたさらしを右手で解く。汗と汚れで黄ばんださらしが端からずるずると足元に落ちてゆく。その途中、小さな四角い布が内側に縫《ぬ》いつけられているのが見えた。

慎太が布を引きちぎり、突き出した。

イケガミ二七一ノ五

赤い糸で刺繍されている。下手で雑な縫い方。針と糸など使ったこともなかった慎太の父、細見欣也が慌てて縫いつけたのだろう。

「住所？」百合は訊いた。

「たぶん」

「何があるの」

「わからない。行ったことないよ」

百合は少し考えたあと、「うそつきやがって」とまたいった。

「だからうそはついてない。訊かなかったじゃないか」

「人に命張らせておいて、糞みたいな理屈吐いてんじゃねえよ」

「僕だって知らなかった。喬太が殺されたあの朝、はじめて気づいたんだ。そのあといろんなことがあり過ぎて」

「だからいうのを忘れてましたって」

「ああそうだよ。それに父さんは『何があろうと誰にも見せるな』っていったんだ。それはずっと書類のことで、この布切れのことだなんて気づかなかった」

「下手な言い訳しやがって」

「言い訳じゃない。本当のことだ」

「だったらはじめから本当のことを隠さずいいな」

「信用できるとわかってから、いおうと思ってた」

「まだ信用できないっていうの」

「今はしてる。だから教えたじゃないか」

「遅いんだよ。おかげでまた死にかけた」

「僕だって撃たれた」

「だからおあいこなんて、ガキみたいなこといわないで」

「どっちも子供」奈加が小声でいった。

百合は舌打ちして睨んだが、奈加は涼しい顔で目を逸らした。

「早くしないと敗血症《はいけつしょう》を起こすよ」今元も口を挟んだ。「はい、治療開始します」

「あなたはね、私の担当」春桂が慎太の正面に立ち、両肩に手を乗せ座らせる。百合も投げ出していた両足を畳み、正座した。顔を上げ背筋も伸ばす。

今元がもう一度青白い顔をしている慎太を見た。

「だいじょうぶよ。僕も奥さんも戦地でもっと酷い兵隊を治してきたから」

化膿止めの薬液が詰まった注射器の針が二人の肌に刺さる。

「麻酔は使わないほうがいいね」今元が確認する。

「はい」百合はいった。今は意識をなくすわけにいかない。

慎太の顔が引きつったが、「あなたには気持ちよくなる薬使うよ」と春桂がいった。腕にもう一本注射が打たれ、モルヒネが体に入ってゆく。緊張していた顔が緩み、ほんのり浮かれた表情に変わる。

春桂が慎太の撃たれた左腕を、古い木製のひじ掛けにくくりつけた。アルコールに浸した綿を鑷子《せっし》（ピンセット）に挟み、丁寧に消毒したあと、メスで弾痕を開いてゆく。

慎太のすぐ目の前、百合もハンカチをきつく嚙んだ。

今元が百合の左肩を慎重に観察しながら血で汚れたブラウスを切り開いてゆく。赤黒く染まったシュミーズの左肩紐も切られ、左胸が露《あらわ》になった。

が、そこには乳首も乳房の膨らみもなく、縦に大きな一本の縫い痕だけがあった。百合の前、ぼんやりとしていた慎太はまた緊張し、唇を嚙んだ。

肩の銃創が切開され、溢れ出た血が乳房のない胸を流れ落ちてゆく。縫い痕が赤く染まり、百合の表情が歪んだ。気を失いそうなほどの痛みが、見ている慎太にも伝わってくる。それでも百合は正座の姿勢を崩さず、かすかな呻き声も漏らさない。額や首から吹き出る汗を、奈加が拭ってゆく。肩紐が切られていない白いシュミーズの右胸には、薄紅色の乳首と、そこから続くふくよかな膨らみが透けて見えている。

左乳房だけがちぎり取られたように消えた百合の体。慎太の視線が泳ぐ。百合からも、施術されている自分の左腕からも目をそらし、うつむき、漆喰壁の低い位置に貼られた女優高木徳子《たかぎとくこ》の小さな切り抜き写真を見つけると、それを眺め続けた。閉め切られた暑い八畳間に消毒液の匂いが満ちてゆく。いつの間にか慎太の腕からは銃弾が取り除かれ、縫合《ほうごう》がはじまっていた。

今元も百合の体から潰れた銃弾を引き出し、畳に落とした。

「三二口径だね。小さい弾でよかった」開孔部の血溜りを拭き取ってゆく。「熱凝固してるから出血も少ないよ。これならすぐ縫える。そしたら腕だ」

今元は自分の首元に滲む汗を、シャツの袖でゆっくりと拭った。

そのすぐ隣、慎太は左腕に包帯を巻いてもらうと畳に横たわった。

「ありがとうございます」モルヒネの薬効でぼんやりしながらいうと、「不客气《ブウクーチ》（どういたしまして）」と春桂は笑い、自分の額の汗を拭った。

今元が百合の肩に続き、二の腕を細かく縫合してゆく。ばっくりと割けた傷の内側、外側を何度も鉤針と糸が往復する。晒されていた赤い肉が白い肌に閉じられ小さくなってゆく。

縫われながら百合は考えていた――

次に行く場所の見当はついたけれど、この玉の井からどうやって出よう？

あれだけ派手に撃ちまくったのだから、町の端にある派出所にも銃声は届いただろう。もちろん小太鼓の音も聞こえ、何人もの警官が駆けつけているはずだ。襲ってきた連中も少しの間は静かにしているだろうが、夜になればまた動き出す。ちくしょう。家に戻っても面倒ごとは終わらない。だから痛みにうんざりしながらも考える。考えなければ、殺された息子を思い出してしまうから。

紙綴じ器で無理やり閉じた斬り傷も、もう一度開かれ、縫い直されてゆく。一針一針縫われるたび、どうしても左胸を失くしたときのことが頭に浮かぶ。思い出すと苦しく、涙が流れそうになる。苦しむのはいい、それは自分が背負わねばならない罰だから仕方ない。けれど、ここで涙を見せて、他人に自分の苦しみを知らせるなんて、そんな罪を薄めるようなことはしたくない。狂っているとはわかっているけど、頭に渦巻くこの気持ちをどうしても消せない。

だから今はひどい痛みを感じながら、この先どうするかを考えている。どうにか涙を止めている。

「はい終わり」今元は百合の肩を針金で固め、包帯を巻きつけた。「よく頑張りました」

手術に使った器具をガーゼに包み、適当に診療鞄に入れると、すぐに春桂と二人立ち上がった。

「一服していってくださいな」奈加がいったが、今元は懐中時計を見ながら首を振った。

「朝一番で往診なの。戸塚《とつか》の婆さんが待ってるのよ。こんなときこそ行かないと怪しまれるから」

「ありがとうございました」横になっていた慎太が起き上がり、頭を下げる。

「またあとで様子見に来るよ」春桂がいった。「夕方までは安静にしてね」

今元と春桂が階段を上がり、奈加に見送られ二階の窓から出ていった。

百合も慎太も互いにまだ怒った顔をしている。目を合わせず、話もしない。そこに四つのガラスの器を盆に載せ、奈加が戻ってきた。ニッキの爽やかな匂いがする。

「中国のお菓子よ」奈加が慎太にいった。

器を皆の前に置いてゆく。一つを「久美《くみ》さんに」といって百合と奈加は手を合わせた。震災で死んだこの家の持ち主の名だった。

慎太がスプーンを口に運ぶ。百合も体のあちこちに痛みを感じながら口に運ぶ。

楽しみにしていた、いつもの蜂蜜氷糖梨《フォンミービンタンリー》の味。喉を流れてゆく清々《すがすが》しい甘さに抗えず、少しだけ百合は笑顔になり、そしていった。

「夜になったら出るよ」

「それじゃあ用意しておきます」奈加もいった。

今日は八月三十日。震災一周忌となる九月一日に向けて、今夜から三日間、この玉の井なりの慰霊《いれい》の儀がはじまる。この町で暮らしていた売女たちに捧げられる光と闇を貸してもらおう——百合はそう思っていた。

七章　バニシング—消失—

「暑いのはもう飽きたよ」

岩見は朝の空に呟きながら南千住町の小待合《こまちあい》（連れ込み宿）を出た。一緒に泊まった女はまだ寝ていたが、何もいわずそのまま置いてきた。

きのう——

病院で穴井の話を聞き、鎌倉に電話をかけたあと、岩見は浅草の外れの純喫茶に入った。そこで手紙を書き、浅草観音《かんのん》裏まで行って待っていると、病院に運んでくれた車夫が約束通り車を引いてやってきた。車夫に手紙を託したあとは、吉原、山谷《さんや》、南千住と歩き、夜を待った。

暗くなると南千住駅近くのバーで、今夜の交際相手を探していた何人かのなかからタバコを吸わない女を選び、小待合まで流れていった。「タイピストだったけど半年前にクビになっちゃって。今は上野で昼だけ女給してるの」女はいった。

岩見はもちろん信じなかった。「しないの?」と訊かれたが、梅毒《ばいどく》が怖いので遠回しに断った。面倒な事情を抱えた客が少なくないこのあたりらしく、女はさらりと納得したが、「ただしアカはお断り」と岩見の右手に巻かれた包帯を見ながら何度もいった。

「共産主義にも無政府主義にも興味はないよ」

「そんなインテリ臭い顔だもの。追われてるアカか金融詐欺師か、女騙して逃げてる書生のどれかだと思った」

「稼業は弁護士だ」

「貧乏弁護士なんざ、一番アカに近い仕事じゃないか」

「社会改革に興味のない弁護士だっているさ。それに前職は海軍だよ」

「は、下らない冗談」女は白けた笑いを浮かべ、徳利《とっくり》の酒を自分で注いで飲みはじめた。岩見も飲んだ。徳利が次々と空いてゆく。老いぼれた女中に何度も部屋まで酒を運ばせ、終いには一升瓶で注ぎ合い、二人でしたたかに酔い、背を向け合って眠った――


大八車が行き交う通りには打ち水がされ、陽炎《かげろう》が立っている。

歩く岩見の襟元はもう汗ばんでいた。新しく巻いた右手の包帯も湿っている。自分が汗かきなせいだが、久しぶりに身につけた和服はどうにも窮屈に感じた。無地の長着に袴、草履まで、きのう千束《せんぞく》の古着屋でまとめて買い、着ていた黒背広は荷物になると思い売ってしまった。

千住線の停留所に着き、列に並び、市電が来るのを待つ。

この先しばらくは、あちこちを泊まり歩くことになるだろう。加賀町の事務所にも飯田橋の集合住宅にも戻れそうにない。戻ればそこで拘束される。

千住線の車両がやってきて岩見は乗り込んだ。

和泉橋線、築地《つきじ》線と細かく市電を乗り継いでゆく。

一時間半後――

京橋区明石町にある屋敷の門をくぐった。

敷地はさほど広くないが、西洋館と日本館の二棟が隣り合って建つ今様の造りをしている。岩見は飛び石の上を女中に案内され日本館へと歩いた。東京湾に近く、強い潮の香りがする。松、つつじ、それに四季ごとの花を数多く植えた趣味のよい庭。今は芙蓉《ふよう》が盛りで咲いている。磨かれた廊下の先の客間には、黒柿《くろがき》の木がふんだんに使われていた。

元陸軍中将、升永達吉《ますながたつきち》の隠居場。

だが、隠居場には似つかわしくない豪奢《ごうしゃ》さと色気に満ちている。岩見が若い女中に勧められるまま座布団に座ると、待つ間もなく升永本人がやってきた。藍の着物で衰えた様子など微塵《みじん》もない足取り。升永は六十五歳で中将《ちゅうじょう》を定年したのちも政界へ転身せず、予備役となった。だが、政界と軍内に今も強い影響力を持ち、新聞各紙からは〈閣外大臣〉の称号を贈られている。緑内障《りょくないしょう》の噂も聞いたが、両目はしっかりと岩見を見ていた。襖の向こうには万一に備え警護役が控えているのだろうが、気配は感じ取れない。

「突然のお願いにもかかわらず御快諾いただき、誠にありがとうございます」座布団を外し、頭を下げた。

「気遣いはなしだ。砕けていこう」升永はいった。「いい頃合いに来てくれたね」

いわれて気づいたが、この年寄りにも動向を探られていたようだ。

「そろそろ声をかけようと思っていたら、君のほうから近づいてきてくれた。松岡《まつおか》くんの秘書の、君が仲介を頼んだあの男。何という名だったかな」

「岩崎《いわさき》さんです」

「そう。彼が君をとても評価していた。好人物で、弁護士としても有能だと。今でも月に一度は見舞いに行っているそうだね」

「はい」

「松岡くんの具合は？」

「近ごろは私の言葉にも小さく頷いてくださいますし、岩崎さんのお話ですと、右腕も少し動かされるようになったと」

「よかった。せめて喋れるまでには戻ってもらいたい」

「一度お訪ねになれば、お喜びになると思いますよ」

「いや、そんな仲じゃない。確かに以前からの知り合いでよく語りもしたが、仕事の必要に迫られてのことだ。私的な興味は一切ない。嫌いだったよ、互いにね。誇りも見栄も強い男で、欲深く精力的で病みつくことなどないと思っていたが、息子さんを失うと別人になってしまった。衰えた末に、卒中《そっちゅう》で倒れ……どんなに嫌味で非情な男でも人の親、弱いものだな」

女中が扇風機を運んできて岩見に向けた。升永は電気で作る風は嫌いだそうだ。汗で襟元を湿らせた岩見にだけ風が吹きつける。目の前のコップにも水出しの緑茶が注ぎ足された。

「喜久太郎《きくたろう》くんは君の目の前で亡くなったそうだね」

「はい」

「私も何度か会ったことがある。あの明るい人柄と他人を惹きつける才は、努力で持てるものじゃない。彼の徳と子爵の家柄をもってすれば、海軍大臣まで昇っていけただろうに。それを後押しするのが使命だと松岡くんも信じていたようだね」

「『それが俺の夢だ』と元気だったころ、私にも話してくださいました。そして『君も同じ夢を見てくれ』と」

「喜久太郎くんの右腕となり支えるよう頼まれていたのか」

「はい」

「彼の死で君も未来を断たれたわけだ」

「いえ、それはありません。私の現在は私自身の判断と責任によるものです」

「そうか。君の人物はわかった。では話そう。ただし、元陸軍が元海軍にべらべら喋って聞かせるには、もちろん条件がある」

「はい」

「小曽根《おぞね》百合を助けてやってくれ」

岩見は一瞬息を呑んだ。そして、そんなありふれた反応をした自分に驚いた。

「意外かね」

「はい」

「今や君にしか出来ないことだ」

「ですがそれは」

「いや、弁護士の職務を越え、命がけでやってもらいたい。今、小曽根百合は細見欣也《きんや》の息子を守りながら逃げている。慎太という少年だ。追っているのは陸軍の中隊と水野通商配下の暴力団員。その連中から、あの女が細見の息子を守り切れるよう、全力で支えてほしい」

「細見さんの家族は全員死んだのでは」

「一人生きていたんだ。しかも一緒にいるのが小曽根だ。だから、今、大騒ぎになっている」

「助けるのは何のためでしょうか」

「二人が生き延びることが、宇垣（一成・現陸軍大臣）の失脚につながるからだよ」

「陸軍の人事を一新したいということですか」

「我々は、宇垣《あれ》の職を取り上げ、さらには山梨（半造・元陸軍大臣）とともに政界から追い出したい。榛名《はるな》作戦をはじめさせた二人を榛名発覚の汚名と醜聞とともに沈める。これは元陸軍が現陸軍を壊すんじゃない。浄化するんだ」

「軍縮は許せませんか」

山梨は日本陸軍史上初の、しかも欧米からの圧力によらない軍事費削減を実現させた。宇垣もさらなる軍縮を画策している。

「無駄をなくすのは大いに結構。そんなことで怒っているんじゃない。奴らは陸軍の機密費を持ち去って、自己の政治資金に使ったんだ。新聞が書いている流用は本当だよ。情報の半分は我々が流したものだ。奴らは貴族院や政党にばら撒いた金で大臣の地位を手にし、さらにそれ以上にまで昇ろうとしている。許されないことだ。これまでにも機密費の流用はあったよ。慣例化していた。だがね、誰一人として己のために使った者などいなかった。戦死した同胞の遺族、戦傷者のために積み立てられ、配られていたんだ。現行の年金、恩給の規程では、保護し切れない者が大勢いるのは君も知っているだろう。それらを支えてゆくのが我々の義務だ。その崇高な申し送りを、奴らは踏みにじった。下劣な者には相応のペナルティを与えなくてはならないだろう?」

升永の語る理由を、岩見は半分ほども信用していない。どんな人間も大義を吐くとき、そこに無意識のうちに我欲と私恨を忍ばせている。だが、升永の本意などどうでもいい。知りたいのは、絡みついた幾多の思惑を引き剝がしたあとの、芯にある事実だけ。

だから岩見は升永の目を見て頷いた。

「榛名作戦のどこまでを知ったんだね」升永が訊く。

「細見さんが東京証券取引所で巨額の利益を得るまでです」

「あれは巨額とはいえない。もっとも、その後の働きを見るまでは我々もそう思っていたがね。細見は東証で稼いでいる時点で、欧州各国に派遣されている陸軍武官を紹介しろといってきた。あの男はロンドンとパリの日本大使館付き武官を通じて現地人の代理人を複数立てさせ、ロンドン、パリ、アムステルダム、ブリュッセルの証券取引所でも株価操作をはじめた。独自の方程式や統計を織り込んだ指南書まで作ってね。私も見たが、驚くほどよくできていたよ。資金の出所の隠蔽も完璧だった。欧州の株仲買人たちは、はじめは華僑《かきょう》、次には南アフリカにダイヤモンド鉱山を持つオランダ人富豪が黒幕だと思い込んでいた。そして榛名作戦は着々と市況を荒らし、我々に本当の意味での巨額外貨と優良企業の証券をもたらした。それと平行して、細見は儲けた金を使ってアジア圏の反欧米組織に武器販売をはじめたんだ」

「陸軍内での支持を得るためですか」

「いや、純粋なビジネスだよ。だが、あれで細見を嫌悪していた連中も露骨に文句はいえなくなった。ベトナムの反フランス維新会、ベトナム復光会、反フランス意識の強いクメール人たち。アメリカ軍に強制解体されたフィリピン第一共和国の残党。インドネシアのサレカットイスラーム。ビルマの対英独立運動家、タヤワディの武装蜂起を煽動《せんどう》した大地主たち。インド独立を目指す複数の財団――それらに独自の販路を作り、欧米で製造された武器弾薬を日本人を仲介して秘密裏にアジアに売りさばき、反欧米の戦線を張らせた。そこでも細見は大きく儲けたよ。利益は証券、純金に換えられ、日本、東アジアの各銀行に備蓄された」

「細見さんはガチョウだったのですね」

「ああ、黄金の卵を産んでくれた。ただ、いつまでも産めるわけじゃない。榛名作戦の旬は短いことをあの男自身が誰よりも意識していた。実際、（大正）八年の冬には欧州各国の財務当局とロイズ保険が調査をはじめていたよ。正体の摑めぬ資金に何度も振り回されて、モルガンやロックフェラー系の投資家たちも犯人を追いはじめた。アジアの武器販売ルートに対する取り締まりも強化された。だから九年一月の段階で、あの男は予定通り撤収作業をはじめたんだ。作戦始動から二年半、欧州市場に手を出して十四ヵ月だ。私もその時点で定年退職になり、榛名終了の事案を後任に引き継いだ。ところが、細見のほうはやめるにやめられなくなった。いや、やめることを許されなかった」

「シベリアのせいですか」

升永は頷き、そして訊いた。

「公表されたシベリア出兵の戦費はいくらだね？」

「約七億だと」

「それで済んだはずがないと思うだろう？　その通りだ。さらに二億四千万かかっている。もちろん国庫からは公表分しか支出されなかった。不足を補塡したのが榛名が稼ぎ出した金だ。馬鹿どもは日本の世界大戦参加を火事場泥棒というが、我々は失われた日露の戦果を遠回りの末にようやく手にしたんだよ。当然の権利の回復だ。ところが調子に乗った。シベリアも手に入れられると思い込み、しつこくこだわった。あのころの軍内は何というかな、首脳陣は大店《おおだな》を引き継いだ三代目のようだったよ。北方の利権に執心し、パルチザン相手のゲリラ戦で打つ手が次々と裏目になるのに、なまじ榛名による莫大な資金があるために泥沼にはまっていった。陸軍省の一部は凍土の下にガスと石油が埋まっていると信じていたんだ。結局、本末転倒して、対アメリカ戦のために使われるはずの資金は、シベリアの寒冷地に費やされ消えた」

「そして細見さんはもう一度稼ぎ直せと要求されたのですね」

「そう。だが前のような荒稼ぎはできない。しかも、違法行為が世界に知られれば、真っ先に捨て駒にされる。誰だって逃げることを考える。当然陸軍も細見を厳重に監視していたよ。複数の会計士に定期的に監査もさせていた。それでもあの男は着々と準備を進めていたんだ。榛名の開始時点から、細見は平行して個人資産も榛名の方式に乗せて運用していた。それは私たちも知っていたが、黙認していた。彼の成果に対する一種の褒美としてな。ところが、細見は榛名作戦で得た陸軍の金まで、個人口座に着々と移し替え、アジア各地の銀行に分散してプールしていたんだ」

「それが純金に換えられ、最終的にベルンの個人銀行に集められていった」

「ああ」

「工作はいつからでしょうか？」

「（大正）七年からだそうだ」

「総額は？」

「一億六千万円」

大正十三年度の日本の国家予算一般会計が約十六億円。その十分の一。陸海軍合わせた総軍事予算四億五千万円の約三分の一。十六インチ（四十・六センチ）の主砲を装備した、全長二百メートルを超える長門《ながと》級戦艦を三隻も新造できる金額を、陸軍からの横領とはいえ、一人の男がたった六年で秘密裏に集めていた。

「事実だよ。まさに仙術だろ」

「いや、妖力です」

「妖力か、確かにそうだな。だがその力も天災には抗えなかった。震災で暴かれたんだ。発端は欧州だよ。地震発生で東京との連絡が途絶え、日本大使館が混乱している隙を突いて、欧州各国の財務当局が榛名の関係者を一斉捜査した。株売買に使っていた代理人が根こそぎ逮捕されたんだ」

「起訴はされたのですか」

「無論されたよ。しかし大日本帝国陸軍は無傷だった。細見の用意していた危機回避策が機能して、無数の口座に分散していた金は、たった六時間でイタリアを経由してモナコ、ルクセンブルグ、ギリシャの複数の銀行に一時移管された。結果、資産の行方も暴かれず、陸軍の関与を示す証拠も出なかった。またも細見の才能に助けられたんだ。怒りの収まらないイギリス大蔵省とオランダ財務省は、連名の書簡を添えて逮捕者の供述調書、株売買記録、送金記録を我が国の外務省に送りつけてきた。これ以上続けたら証拠がなくとも容赦しないという恫喝だな。この一件で榛名作戦の存在が日本の政府内にも知られることになったが、それはたいしたことじゃない。問題は送ってきた膨大な送金記録のなかに、陸軍が関知しない口座が四つ混じっていたことだ」

「そこから送金経路と資産状況の調査を」

「ああ。陸軍は大慌てではじめた。東京崩壊の影響で榛名が陸軍にもたらした日本関連の株価も下落し、そちらの再点検もはじまった。一方で内務省も独自に細見につながる不審な高額預金口座の調査をはじめた。そして四ヵ月の精査を経て、ようやく細見の企みが露見したんだ。榛名で得た資産は、いくつもの口座を回避した末に、国内外にある陸軍指定の六十二の偽名口座に分散され貯蓄されることになっていた。だが、実際は四割が貯められ、残り六割は一定期間が過ぎると、少額ずつ漏水するように偽名口座から出され、最終的に陸軍が一切関与できない細見の二十七の個人口座に移し替えられていた」

「その金を使って海外逃亡を画策していたのですね」

「フランスへの帰化交渉を進めていたそうだ。陸軍はそれを察知して阻止した。あとは細見を逮捕し、隠し金を回収するだけだった。なのに、あの男はもう一つ大きな仕掛けをしていたんだ。それが結果として家族まで巻き込むことになった。仕掛けを解く鍵を、生き残った細見の息子が持っているんだが――君はバニシングという契約を知っているかい？」

升永は訊くと、着物の袖の下で組んでいた腕を伸ばした。左手の腕時計を見ている。岩見も遠くから覗いた。精工舎《せいこうしゃ》の腕時計の針は十一時四十分を指している。

「昼飯にしようか」升永は立ち上がった。「続きはあとだ。寛《くつろ》いでくれ」

升永は部屋を出ていき、女中が頭を下げ入ってきた。黒塗りの膳が設えられ、ほうじ茶が注がれる。ここで一人で食えということらしい。

料理が運ばれてくる前に、岩見は便所に立った。

案内され、廊下を歩く。庭の向こう、生垣で見えないが自動車のエンジン音がする。挨拶し合う声も聞こえた。升永は西洋館のほうで会食の予定があるらしい。

岩見は便所で用を済ませ、出てくると、脇にある古めかしい手水鉢《ちょうずばち》に手を伸ばした。だが、柄杓《ひしゃく》がない。探していると「あの」と女中がうしろから声をかけた。彼女は柄杓と手拭いを携え、待っていた。その顔は戸惑っている。岩見は苦笑しながら頭を下げ、女中が柄杓で手水鉢から水を取り、自分の手を洗い流してくれるのを待った。この屋敷には、便所のあとに自分で手を流すような身分の低い客は来ないらしい。岩見は女中に両手を拭かれながら「電話をお借りしたい」といった。通話料を払うべきかどうか迷っていたが、そんな小銭の貸し借りを気にかける必要はないようだ。

廊下の途中にある小さな電話室の椅子に腰掛け、受話器を取った。

「牛込局四六一三」交換手に告げる。

少しして岩見の事務所の管理人が出た。短い挨拶のあと、二通の書留が届いていること、きのう夕方に百合から、今日の午前には奈加から電話があったことを伝えられた。

それだけ聞いて切ろうとした岩見の手を、管理人の「お友達がいらっしゃいましたよ」という言葉が引き留める。玉の井の売女たちを共同弁護する同業者のことだった。三日前から急に連絡が途絶えたのを気にかけ、きのうの午後に事務所まで様子を見に来たらしい。

「お急ぎではないとのことでしたが、皆さん心配されていました」

「わかりました。連絡しておきます」

岩見は受話器を置いた。もちろん彼らには連絡しない。すればこの面倒に巻き込むことになる。もう一度受話器を取ると、交換手に「墨田局五二五七」と告げた。

少し待つ。交換手の「お話しなさいませ」と重なるように「はいはい」と聞こえてきた。

「岩見さん、どうもね」今元医院の奥さんの元気な声。会ったことはないが、何度も電話をかけているせいで声馴染みになっていた。

「またランブルをお願いしたいのですが」

「あ、待って。ちょっと待っててよ」

いつもはここで一度電話を切り、十二、三分後、百合か奈加が電話の前に来たころを見計らいもう一度かける。が、今日はすぐに奈加が出た。

「ちょうど用事で来ていたものですから。先日の銀座でのお話は、百合さんにお伝えしました。先生からのお手紙もちゃんとお渡ししましたよ」

「よかった。事務所のほうに電話をいただいたそうですが」

「ええ、百合さんから伝言があるんです。いいですか？」

「あ、待ってください」岩見は慌てて袂に入れた万年筆と紙を探った。小さく折られた紙を開く。きのう奈加から渡された三連式換字表――三つの四角形の三十六分割されたマスのなかにアルファベットが細かい字で書かれている。

「いきますよ」奈加がいった。「乙―5―に、甲―1―は、乙―3―ほ、丙―4―は……」

指示に従い換字表から文字を拾い、左腕の内側に万年筆で書き込んでゆく。

「くり返します」奈加の声が再度読み上げ、岩見は眉間に皺を寄せ確認した。

「よろしいですか、先生？」

「ええ、なんとか」浮かんだ汗が肌に書いたアルファベットを早くも消そうとしている。

「紙はすぐに処分してくださいね」

「わかっています」岩見はいった。そして訊いた。「百合さんはお戻りになったのですか」

「はい」

「御無事ですか」

「ええ」

「細見慎太は？」

「慎太くんをもう御存知でしたか。ええ、無事ですよ。先生こそどうか御無事で」

　そこで電話は切れた。奈加の素っ気なさから、玉の井でも面倒が起きているのが伝わってくる。気を落ち着かせ、左腕に書き込んだ文字を読んでみる。


　　ＩＫＥＧＡＭＩＮＩＮＡＮＡＩＣＨＩＮＯＧＯＭＩＺＵＮＯＥＴＡＴＳＵＭＩ

　文字列を頭に叩き込むと、右手でごしごしと擦った。汗に字が溶けてゆく。換字表は細かく破り、口に放り込んだ。渇いた喉を紙が落ちてゆく。

　ＩＫＥＧＡＭＩはイケガミ。東京府の南、荏原《えばら》郡池上村《いけがみむら》のことだろう。ＮＩＮＡＮＡＩＣＨＩＮＯＧＯは数列で二七一の五。ＭＩＺＵＮＯＥＴＡＴＳＵは壬辰《みずのえたつ》で、年ではなく日付だろう。今日が庚《かのえ》寅《とら》で、あさって九月一日が壬辰。ＭＩは巳《み》で時刻。

　単純な暗号。だが、三十六かける三で計百八個のマス目に重複しながら割り振られたアルファベットを換字表なしで見つけ出すのは、専門の数学者でも至難の業《わざ》だ。

　　池上二七一―五　九月一日　午前十時

　集合場所の告知らしい。

電話室を出て部屋に戻り、膳の前にまた座った。

扇風機の風を浴びてほうじ茶は冷めかけていたが、岩見には飲みごろだった。

女中が二つの膳に料理を並べてゆく。空豆《そらまめ》の出汁煮、焼き麩《ふ》と焼き湯葉、穴子《あなご》と豆腐の椀、鰹《かつお》の刺身、車海老《くるまえび》と茄子の炊き合わせ、女鯒《めごち》の天ぷら、いんげんの和《あ》え物。

「お酒はいかがいたしましょう」女中に訊かれ、少しだけ迷ったが、やはり断った。ゆうべの酒もまだ体に残っている。女中が盃《さかずき》と銚子《ちょうし》の代わりに飯と瓜《うり》の漬け物を置いて消えてゆく。

一人きりになり箸を持った。

海老や鰹や海のものがうまい。震災で崩壊した日本橋の魚河岸《うおがし》が、築地の海軍所有地を借りて市場を再開してから、もう半年以上。明石町から築地までは歩いて十分ほど。やはり魚河岸が近いだけある。築地には岩見が通うはずだった海軍大学もある。が、憐れな気持ちにはならなかった。逆に、料理のうまさで気持ちが緩んでゆく。こんな状況でもしっかりと味を感じられる自分の図太さを、少し奇妙に感じ、少し頼もしくも思える。

ひとしきり味わうと、最後に升永が思わせぶりに残していった言葉を考えた。

バニシング――vanishing。

ドイツ語で verschwinden、フランス語で disparition、ロシア語なら исчезновение。意味はすべて同じ、消失。

経済に疎い岩見も、それが特殊な資産運用を指す言葉だと知っている。経済用語ではない。役人や金融関係者が使う隠語だった。

顧客とバニシング契約をした銀行は、託された資産を増やさない。

その資産を純金と純銀の市場に投資するのが一般的だが、相場を張るのは経済が安定している欧州の国ならどこでもいい。年に数回、その当日午前の国際純金価格・国際純銀価格の終値の九割程度の価格（一割安）で、午後の相場開始とともに保有する資産の三〜四パーセント分を純金、純銀化して売り出す。相場以下の値で垂れ流すように、投げ売りしている客がいると喧伝《けんでん》するように売る。それで終わり。売り買いをくり返したりはしない。

もちろん大損をする。こんな馬鹿な売り方は通常ではありえない。まれに戦争不可避となった国の富豪や王族が、大量の流動資産を一気に純金交換しようと無茶なレートで売り買いすることはあっても、常態化させることは絶対にない。毎回損を出し、相場師たちにもこぞってカモにされ、資産は削られていき、数年後にはゼロになる。

だが、ごく稀《まれ》にこんな自滅的な契約が必要とされるときがある。ほんの数年前にもあった。

一九一七年、社会主義革命に飲み込まれた帝政ロシアの貴族たちは、最後の抵抗として、この契約を使った。自分たちが国内外に蓄えていた莫大な資産をロンドン、ベルン、アントワープの銀行家にバニシングで託し、自分と家族が赤軍の虐殺から逃げ切れるよう、欧米各国に救助と亡命を受け入れさせるための取引材料とした。

亡命を許可するなら財産の大半をその国に供出する。しかし、拒否するならその財産は文字通り皆の目の前で消失してゆく。

契約を解除し資産を回収できるのは、契約時に取り決めた十六桁《けた》から二十二桁の数列を知る者だけ。解除依頼がない限り、銀行は所定の手数料を受け取りながら資産が尽きるまで契約を続行する。

この投げ売りは傍観しているだけでも命取りになる。各国政府や財閥、企業が保有している純金純銀資産までもが、投げ売りによる市場価格の下落を受け、一気に資産価値を下げてしまう。バニシングは他者の見て見ぬ振りを許さない。

岩見はこの契約がどれだけの数のロシア貴族を救ったのか詳しくは知らない。ただ、ずっと規模の小さな、ロシアの旧名誉市民や中産階級の逃走譚なら幾度となく読み、聞いた。手持ちの宝石や貴金属で兵隊、役人を買収し、革命後のソビエトによる恐怖統治が吹き荒れる祖国から、日本の本土、満州、樺太に命がけで逃れてきた白系ロシア人たちは数多い。彼ら彼女らの手記は一時日本でも多くの雑誌に掲載され、大手新聞も取り上げげた。亡命ロシア人の半数が、今も日本領内で暮らしている。

細見欣也はそのバニシングを使ったのだろう。

一年前の九月一日、東京に何も起きなければ、細見とその家族はフランスに帰化し、今ごろは現地政府監視の下、ニースあたりに暮らしていたかもしれない。だが、大地震が起きた。細見は計画変更を強いられる。逃亡の機会を逸し、追いつめられた末に、時とともに確実に減ってゆく莫大な資産を人質として、大日本帝国陸軍に取引を迫ったのだろう。だから震災直後、陸軍は不正蓄財の証拠を摑んだにもかかわらず、すぐに細見の身柄を拘束できなかった。陸軍は徹底監視を続けつつ、細見本人とも直接何度かの交渉をしたはずだ。一方、細見も転居をくり返し、追い込まれているふりをしつつ、次の手を探り続けていたはずだ。だがそこで交渉相手だった陸軍が突然、強硬策に転じる。

その理由も見当がついている。

今の時点で一つ確実にいえるのは、このままでは小曽根百合は殺される。小曽根がどんなに危険な存在だとしても、時間が過ぎるほど少年を連れて逃げる彼女の勝機は薄まってゆく。陸軍と暴力団が本気で追尾を続ければ、体力も武器も消耗し、行き場を失い、数ヵ月か数年後には必ず捕まる。細見の息子も陸軍が金を回収してしまえば、病棟監禁か殺害かはわからないが、社会から抹消される。

しかし、助かる手段も皆無ではない。かなり無茶で、可能性も低いが確かにある。

女中が水菓子の桃を持ってきた。新しい湯呑みに煎茶《せんちゃ》を注ぎ、膳を下げ、また出てゆく。

その後、待ち続けたが升永は戻ってこなかった。

することもなく苛立ちはじめたころ、岩見はようやく待つ必要がないことに気づいた。

聞くべきことはすべて聞いていた。昼食は自分で考えさせるための時間――

鞄を持って立ち上がり、女中を呼んだ。

「そろそろ失礼します」と告げると、女中は承知していたように笑顔で玄関へと先導した。草履に足を入れ外へ。だが、門へ向かおうとする岩見に「こちらへ」と女中がもう一度声をかけた。いわれるまま玉砂利《たまじゃり》を渡り、西洋館の玄関を入ってゆく。

モザイクで埋められた広いホールがあり、樫《かし》の丸テーブルに飾られた大きな生花の向こう、開いた扉の先に木々と草花に囲まれた芝生敷きの庭が見えた。四十人ほどが散らばり談笑している。

母娘《おやこ》らしい二人が木陰で摘み草遊びをしていた。台湾人や華僑もいる。遠目に見ても日本人でないのがすぐにわかった。大きな日傘の下には、南アジア系らしい褐色の男たちに囲まれ、袴を着けた白い顎髭の老人が座っていた。頭山満《とうやまみつる》（政治団体玄洋社《げんようしゃ》総帥）らしい。警護役に両脇を固められた仙《せん》石貢《ごくみつぐ》（鉄道大臣）もいる。もちろん向こうは岩見のことなど知らない。

升永が眩しい庭から暗いホールへと入ってきた。

「ごちそうさまでした。大変美味《おい》しくいただきました」岩見は頭を下げた。

「用事は済んだかね」升永がいった。

「あと一つだけ訊かせていただけますか」

「構わんよ」

「アメリカですか」

升永は頷いた。

「細見とアメリカ大使館の接触が確認され、それが一家の命運を決めた。家族で秩父から群馬長野の県境を山歩きして、新潟糸魚川《いといがわ》の港から釜山《プサン》、寧波《ニンポー》と渡り、ハワイまで逃げようとしていたらしい」

「よくわかりました。ありがとうございます」

「細見を渡せば今度は日本が餌食《えじき》にされる。あの男が経済侵略の尖兵《せんぺい》となり、アジア各地の日系企業に痛烈な打撃を与えただろう。あちらの外務省が在留許可と引き換えに命令しないわけがない」

「家族も含め、死は避けられない運命だったと?」

「そうだ」升永はきっぱりいった。「だが、この先は変えられる。思惑は違っても君と我々の願いは一つだ。小曽根と細見の息子を頼んだよ」

「はい」

「今回の仕事が終わったら、この集まりに一度遊びに来るといい。君のように優秀な男には市井の弁護士は似合わんよ」

成功報酬は賓客が集うあのガーデンサロンへの入場権らしい。金と権力への近道——ただ働きだと思っていたのに予期せぬ提示だった。

岩見は庭へ戻ってゆく升永の背を見送ると、自分も西洋館を出た。

玉砂利を歩き、門をくぐって屋敷の外へ。

遮るものなく伸びる道の先、東京湾に浮かぶ佃島《つくだじま》と月島《つきしま》が見えた。潮風が吹いてくる。懐かしくて悲しい匂い。だが、そんな感傷に浸るのもいい加減うんざりしてきた。

茅場町《かやばちょう》あたりまで出るつもりで、知らない道を歩いてゆく。また震災の夜のことを思い浮かべた。百合に出会ったのも、命を助けられたのも、まったくの偶然だった。なのに今、自分が百合と見ず知らずの少年の命を救うよう依頼されたことを、必然のように感じている。

左側に続く高い黒塀に陽光が反射し、きらきらと眩しい。光を手で遮ろうとしたとき、「おい」と声をかけられた。声の出所がわからず周りに目を走らせる。男たちが駆けてきて、すぐに囲まれた。あの中折れ帽の男もいる。道の奥から自動車が土埃を上げ走ってくる。

「もう逃げるなよ」

岩見はこたえる前に両腕と腰を摑まれ、開いた自動車の扉の奥に押し込められた。

※

「鎌倉のお土産、食べて」琴子という名の若い売女《うりめ》はいった。

「彼氏と行ったの？」百合は鳩サブレーをつまみながら訊いた。

「まさか。馴染みとよ」青い着物に淡い紫帯をつけた琴子は醒めた顔で笑った。長い髪を七三に分け、襟元で結んだ女優髷《まげ》を整えながら慎太を見ている。「坊ちゃんもどうぞ」

「ありがとうございます」慎太もサブレーを手に取る。あまり歳の違わない娘に坊ちゃんといわれ、居心地が悪そうに目を窓に向けた。少しだけ開いた二階の窓からは瓦とトタンの屋根が折り重なる町並みと、相変わらず真っ青な夏の空が見える。

置き時計の針は午後二時をさしている。百合と慎太は手術を受けたあと、追う連中に居場所を摑まれないよう、玉の井のあちこちを移動していた。裏路地や焼けた屋根の上を猫のようにそぞろ歩き、この部屋で四ヵ所目。

古い三畳間は整頓され、壁には雛菊《ひなぎく》、霞草《かすみそう》、芝桜《しばざくら》、木蓮、桜草、鈴蘭、水仙――細密に花々が描かれたいくつもの団扇《うちわ》が飾られている。窓の隙間からは汲み取り便所と消毒液の臭いが流れ込んでくるが、ほのかに漂う白粉《おしろい》の匂いがそれを和らげていた。

「急に押しかけてごめんね」百合はいった。

「気にしないで。どうせ診察日だし。夜の支度もあるから出るつもりだったの」

保健所の命令で、売女たちは町の保険組合で定期的に性病検査を受ける義務があった。加えて今夜から、震災一周忌の慰霊のため三夜続けての山車《だし》巡行がはじまる。

「手紙ありがとう」岩見からの手紙を届けてくれた礼をいった。

「急に車屋が来たからびっくりしたわ。先生は元気にしてる?」

百合は頷いた。

「聴取の日っきり、何の音沙汰もないから」琴子は裁判のことを心配している。

「一所懸命やってくれてるよ」

「私、戻されるくらいなら死ぬから」不安げに首を傾け、少し前まで自分がいた浅草五区の店への恨み言をいった。売女どうしの尋常でない憎み合い、盗み、折檻《せっかん》、仲間の首吊り自殺、殺人事件――そこで味わったことを吐き出し、嘲《あざけ》るように口元を緩めた。

事情を知らない慎太はまだ窓の外を見ている。

「だいじょうぶ。戻らないよ」百合がいうと琴子は小さく頷いた。

ずんずんと低い音がくり返し響き、窓や壁が小刻みに揺れる。京成電車の新線工事の一環で、線路敷設前の地盤を大槌《おおつち》で均《なら》し固めている振動だった。

「行くね」琴子が襖を開けた。「ゆっくりしてって」

「ありがとう」百合は階段を下りてゆく彼女にもう一度礼をいった。

百合と慎太、暑い部屋に二人。

百合は横に置いていた新聞をまた広げた。七紙を細かく読んだが、高崎線の列車内で起こした発砲騒ぎも、大宮でのトラック暴走も記事にはなっていない。一方、細見一家惨殺の続報は、細見欣也の過去の非道を連ね、殺した横川くめへの同情心を誘うものに変わっている。

露骨な情報操作がはじまっていた。

しばらくして慎太が目を逸らしたまま「ごめんなさい」といった。「隠しててごめんなさい」独り言めかしてもう一度いった。

「わかった」百合も目を合わせずいった。許していないが、もう怒るのも馬鹿らしくなっていた。血と埃で汚れたブラウスも白い襟のついた紺のワンピースに着替えた。新聞をまた脇に置き、素足のままの両脚を畳の上に伸ばし鳩サブレーをかじる。少し眠たい。

とんとんと階段を上ってくる音がして、襖がまた開いた。

「外は賑やかですよ」様子を見てきた奈加がいった。

夜の山車巡行の見物客目当てに、町には昼からいつもの倍以上の露店が出ているという。大正通りや賑《にぎわいほん》本通り沿いに屋台が並び、人が行き交い、陽の出ている間はいつも静かなこの裏通りにもざわめきが届いてくる。しかも、早朝の通報で駆けつけた警官たちが今も大人数で巡回していた。路上には多くの弾痕、血痕が残っているが、一人の怪我人も死体も、目撃者さえもいまだ見つからず、管轄の寺島《てらしま》署だけでなく本所相生《あいおい》署からも応援が来て捜査を続けているという。

「珍しく役に立ちましたね」奈加が笑う。

「高い金払ってるんだもの。働かせなきゃ」百合はサブレーを口に入れたままいった。

毎年盆と暮れには多額の賄賂をきっちり払い、めったに騒ぎも起きなかった玉の井。この優良色街の評判を落とす不気味な発砲騒ぎは、警察にとっても実入りを減らしかねない大事件だった。

警察が躍起《やっき》になっているおかげで、百合と慎太を襲った連中も派手には仕掛けてこない。だが、今も間違いなくこの町にいる。祭り見物のふりでぶらつきながら嗅ぎ回り、百合たちの居場所を探り続けている。

ラッパの音と子供たちの声が聞こえてきた。町外れの火除地《ひよけち》に建つ見世物小屋の興行主が、朝鮮で狩られた体長一丈（約三・〇三メートル）の大猪の剝製を台車に乗せ、町を巡らせているそうだ。奈加がそのチラシを見せた。『万国巨獣博』と題され、蝦夷《えぞ》の大熊、チベットの大狼、マレーの大虎、秩父の大鹿、台湾の大狸《おおだぬき》など、『死闘の末に狩られし巨獣の大迫力剝製、見料十銭にてここに開陳』

と怪しげな宣伝が三色で刷り込まれている。

「国松さんの獲物だ」

チラシのなかでも地味な『秩父の大鹿』の一行を見て慎太がいった。

百合もチラシを見た。奈加は慎太の顔を見た。

「国松さんとルパが退治したんです。役場に飾ってあった」

慎太が語る鹿狩りの顚末《てんまつ》を、百合も奈加も静かに聞いた。慎太は両目を赤くしている。だが、涙はこぼさない。

「仲良しだったのね」奈加がいった。

「僕の誕生日も国松さんとルパは一緒に祝ってくれました」

「その思い出を忘れないであげて。あの人たちの何よりの生きた証になるから」

慎太は頷いた。役場で剝製を見上げたときは、あんなにがっかりしたのに――今はチラシのなかの「大鹿」の文字が、痛みと緊張で色を失っていた顔に赤みを取り戻させてゆく。

奈加がぱんと手を叩いた。

「それじゃあ二人とも少し眠ってくださいな。今夜もきっと忙しくなりますから」

慎太はチラシを手にしたまま、赤い目を隠すようにまぶたを閉じた。百合も閉じた。


夜が来た。

激しい夕立が通り過ぎ、あちこちにぬかるみと水溜りができている。が、玉の井の町はいつも以上に輝いている。店先のネオン、街灯、路肩に飾られた行灯《あんどん》、露店の提灯や灯油ランプ――溢れる光が道行く人たちを照らす。男も女も子供も笑顔で賑わう町を歩いてゆく。

もうすぐ鎮魂《ちんこん》の祭りがはじまる。この新しい祭りを興したのは玉の井の姐御《あねご》衆。はじめは震災一周忌に町内の東清寺《とうせいじ》で読経《どきょう》だけをするつもりだったが、少しずつ催しを増やすうち、こんなにも大きくなった。震災で死んだ売女は二十一人。半分以上が元は田圃で地盤の悪いこの土地に建っていた家が潰れ、圧死した。残りは逃げる途中、煙や火に巻かれた。一般の住人や行方不明者をあわせれば犠牲者の数はもっと増える。

哀しく一生を終えた女たちを、しんみり供養するだけじゃ寂し過ぎる。しかも、この祭りを来年再来年と続けていけるかわからない。今は運に恵まれ銭にも少し余裕があるが、潮の流れなんてすぐに変わる。だから今年だけでも思い切り艶《あで》やかにやることにした。

午後七時。

「紙入れに御用心、巾着《きんちゃっ》切《き》りに御用心」スリ注意を促す声が上がると、はじめに店々のネオン、次に露店の提灯と、町の光が順に落ちはじめた。商店街の若旦那や若い衆が、大勢の見物客を道の両脇に寄せてゆく。近くの鐘淵《かねがふち》紡績工場の従業員だけでなく、遠く吾嬬町《あづまちょう》の東洋ゴムや花王石鹸の工場に勤める連中も家族連れでやって来ている。百合も他の姐御衆も、こんないかがわしい町で銘酒屋が催した祭りに、これほど多くが集まるとは思っていなかった。

街灯も消えた。大正通りが闇に塗り潰されてゆく。同時にカンカンチンといくつもの鉦《かね》の音が響きはじめた。鉦の鳴るほう、暗くなった大正通りの先の細い脇道から、売女たちの列がゆっくりと歩み出てきた。

売女たちは片手に華やかな模様の入った釣灯籠《つりどうろう》、もう片手には山車を引く綱を持っている。綱は二本、その二本に沿って並ぶ売女たち。水色、橙《だいだい》、朱、桃、紅に彩られた釣灯籠が輝く。皆が錦の着物姿で粧《めか》し込み、そぞろ歩くたびに結髪《ゆいがみ》や高下駄《たかげた》につけた鈴がシャリンシャリンシャリンと鳴った。鉦叩き役の鳴らすカンカンチン、売女たちの鈴のシャリンシャリン。二つの音が重なり、闇のなかで釣灯籠の光とも混ざり合う。光が地面の水溜りにも映り、道中をきらきらと照らす。見物客からも露店の商人からも歓声が上がり、ため息が漏れた。それは綱を引いている売女たちでさえ思いもしなかったほどの美しさだった。

最後に脇道から色つきガラスとろうそくの炎で飾られた、煌《きら》めく山車が現れ、歓声はもっと大きくなった。山車は近くの長浦神社で以前に使われていたものを宮大工に造り直させた。今晩三十日は長浦神社の、明日三十一日の晩は同じように造り直した白鬚神社の古い山車を引く。そして三日目の九月一日、震災から一年の夜には二台の山車が揃って町を巡行する。

これが玉の井なりの死んだ者たちへの供養だった。

山車引きの光の列は進んでゆく。見物客も光に包まれた山車を追って歩いてゆく。闇のなかを黒塗り高下駄でそぞろ歩く売女たちは、宙に浮いているようにも見える。祭りにつきものの太鼓の響きも、笛の調べもなく、カンカンチン、シャリンシャリンと鉦と鈴だけが鳴り続ける。だが、それで十分だった。これは祝いではなく悼みの行列。暗い道を進む弔《とむら》いの輝きに惹きつけられ、誰もが奇妙な興奮を感じていた。


その興奮から七十メートル離れた路地の奥。

漆喰壁の割れた隙間から、慎太は体を横にして外に出た。震災で半壊した銘酒屋だという。薄暗くなってからここに移り、夕立の雨漏りと蚊にうんざりしながら身を隠していた。

暗い裏道を二人で歩き出す。前を進んでいるのは医者の今元だった。

鍵字の角で今元が一度止まり、曲がった先を確かめると無言で手招きした。着替えたばかりの服の寸法が大きすぎて走りにくい。奈加が新しいものを買って届けてくれたが、青いシャツの肩は落ち、サスペンダーで吊った灰色ズボンは裾を四度も折り上げていた。リュックサックは大きな風呂敷に包んで隠し、左肩に掛けている。撃たれた左腕はまだ痛む。だが気にはならない。

薄闇に浮かぶ今元の白髪頭を追ってゆく。入り組んだ道を右に左に曲がり続けていると、昼以上に酩酊《めいてい》した気分になった。遠近感が消え、まるでその場で足踏みしているよう。どれだけの距離を歩いたかはわからないが今元が立ち止まった。

「はい交代」その言葉を合図に、電柱の陰からすっと女が出てきた。片手に巾着《きんちゃく》袋《ぶくろ》を下げた浴衣《ゆかた》姿、昼に会った琴子という売女だった。

「ありがとうございます」慎太は今元に頭を下げた。今元は「いいから早く」と追いやるように手を振り、街灯のない道の先へと消えていった。

琴子が近づき、慎太の左腕に右腕を回す。撃たれた傷の上に彼女の腕の細さを感じる。百合にいわれた通り、そのまま腕組みしてアベックのふりで歩いてゆく。

「早いよ」琴子が慎太の肩に頬を寄せた。「ゆっくり歩いて」

角を一つ曲がると、少し広い更地に突き当たった。密集する家々の間を切り開いたように長く真っすぐ延びている。工事が進められている京成電車の線路用地だった。木の柵があったが慎太は簡単に乗り越えた。琴子も浴衣の裾を大きく割って乗り越える。足元は土が突き固められただけで、まだ枕木《まくらぎ》も敷石もなかった。

「お祭りには行かないの？」慎太は訊いた。

琴子が頷く。

「ごめんなさい」

「いいの。あした二晩分楽しむから」

両脇の家から漏れてくる光でようやく琴子の姿がはっきり見えた。赤い鼻緒《はなお》の下駄。波に千鳥《ちどり》柄の紺浴衣。昼と違って結い上げ髪を下ろし、二本の三つ編みにして垂らしている。頭の上には鼻緒の色に合わせた赤いリボン。化粧を落としたその顔は、自分と同い年かほんの少し上ぐらいにしか見えない。肌は白かった。はっとするような百合の白さとは違った、どこか切なくさせる白さ。痩せた顎の線と整った鼻筋がよけいにそう感じさせる。

「脚が悪いんだって」琴子が訊いた。

「気にしなくていいです」慎太はいつものようにこたえた。

「強がんないで。こういう町じゃ、見栄張る奴が一番嫌われるんだ」

見栄なんて——と思ったけれど口には出さない。

向こうから誰か歩いてきた。アベックだった。慎太たちと同じように寄り添っている。二組は互いに目を伏せながら近づき、すれ違い、また離れた。遠くで祭りの鉦の音が響く。蚊取り線香もどこからか漂ってきた。匂いをたどってゆくと積まれた工材の陰で別の二人が肩を並べている。ここは皆が使う逢瀬《おうせ》の場のようだった。

歩いている地面が少しずつ上へと傾斜してゆく。見ると先は小山のように盛土がされ、急な坂となって夜空へ続いていた。東武線と京成線の線路を立体交差させる高架陸橋の工事現場らしい。左右には足場が組まれ、何本か鉄骨も打ち込まれていた。

琴子に手を引かれ足場の陰へ。夕立の湿り気が残る土嚢《どのう》に腰を下ろそうとしたとき、慎太は持っていたハンカチを彼女の尻の下に敷いた。なぜそんな気取ったことができたのか自分でもわからない。並んで座る。手術したばかりの左腕にまた琴子の腕が絡みつく。

「何か話してよ」琴子がいった。

琴子の頬が鼻の先にある。照れ臭い。彼女のまつ毛のあたりを見ながら言葉を探す。

「あの、歳はいくつ?」

「十九だけど、ほんとは十七」

「生まれは?」

琴子が息を漏らすように小さく笑った。慎太は間抜けなことをいったと思い、口を閉じた。腹立たしさの混じった恥ずかしさが込み上げてくる。

「馬鹿にしたんじゃないよ」琴子が耳元で囁《ささや》く。「客みたいなこと訊くから面白かったの。見た目は子供でも、あんたも同じ男なんだね」

ぶんぶんと蚊が寄ってくる。琴子が巾着から蚊取り線香を出しマッチを擦った。立ち昇る煙が二人を取り巻いてゆく。

「あんたの生まれは？」琴子が逆に訊いた。

「東京の駒込」

「近くじゃないか。あたしは鮫河橋《さめがはし》」

東京四谷《よつや》区の鮫河橋谷町《たにまち》には貧民街がある。明治のころから芝新網町《しばしんあみまち》、下谷万年町《したやまんねんちょう》とともに東京三大貧民窟と呼ばれ、どん底の暮らしは新聞や雑誌でも度々報道され、社会問題になっていた。

慎太には少し意外だった。

「雪国の小作人《こさくにん》の娘が、泣く泣く売られてきたと思った？」

琴子に訊かれ素直に頷いた。玉の井のような町で働いているのは、東北の貧しい村から女衒《ぜげん》に連れられてきた人ばかりだと思い込んでいた。

「半分はそう。でも、残りの半分は自分から来たんだよ。事情は違っても、金が欲しいのも体の他に稼ぐ手だてがないのも同じ」

それから琴子は生まれた町のことを話した。暮らしていたあばら屋には畳も窓もなかったこと。冬には共同便所の便壺《べんつぼ》に分厚い氷が張って、その上に皆の糞が山盛りになって凍りついていたこと。そのくせ夏には井戸の水から疫病が出て、二十分歩いた神宮外苑《じんぐうがいえん》の水道場まで貰い水に行っていたこと。その全部が宮城《きゅうじょう》（皇居）から二キロメートルも離れていない場所で起きていたこと——

「でも、貧乏が苦しくって逃げたんじゃない」

客に話すような明るい口調で彼女は続けた。父親が弟を殺したのだという。

「泣いてぐずるあの子を、いつもみたいにあいつが腕を摑んで壁に叩きつけた。そしたら動かなくなったんだ。首の骨が折れてたの。まだ五歳だったのに殺された。でも、あの男も母親も、弟が怪我して看病してたら死んじまったって巡査には話した。金がなくてとてもじゃないけど医者には連れてけなかったって。それをあの制服の二人組がろくに調べもせず信じたとき、逃げ出すって決めたんだ。ここにいたら、いつかあたしも犯されて殺されるって」

家を出た彼女は、声をかけてきた男に誘われるまま、浅草、上野の映画館でサワリ（美人局《つつもたせ》）をはじめたという。だが、一年後には金の取り分で揉めて男を刺し、感化院に送られ、戻ってまた別の男とくっつき、そんなことをくり返すうち借金がかさんでいった。深く考えもせず浅草の銘酒屋で働くようになり、去年の震災のあとにこの玉の井に流れてきたそうだ。

うそか本当かは慎太にはわからない。客の同情を引く常套句かもしれない。けれど黙って彼女の唇が動くのを見つめていた。

「ガキのくせに嫌な目で見るね」琴子が細い目をした。

慎太は慌てて視線を外した。その頰に彼女の手が触れる。

「そうじゃない。こっち見て。あんたの目、哀れんでも見下してもない。昼間から気になってたの。育ちのいい顔してるくせに、あたしを同類みたいに、仲間みたいに見てた」

琴子が息を吐きながら浴衣の胸元を開いてゆく。

「そんなふうに見られると弱いんだ」

彼女の左手が慎太の右手を取り、はだけた胸元に押し込んだ。幼い顔とちぐはぐな色香は気味が悪い。でも、このぞくっとする感触は怖さとは明らかに違う。

指先が琴子の汗ばんだ体に触れる。肌のすぐ下にある肋骨《あばらぼね》を感じた。痩せた体、薄い胸。それでも乳房はとても柔らかくて、乳首だけが葡萄《ぶどう》の粒のように固い。寸法の大きな慎太のシャツは汗ばみ、二人は鼻先をこすり合わせた。

彼女のくすくすと笑っているような吐息を唇に感じる。慎太は胸を摑んでみた。張りのある肌が指を弾き返す。葡萄のような乳首をつまむともっと固くなった。琴子は浴衣の裾も開き、腰の上に跨がってきた。彼女の温もりを体じゅうで感じる。重くはない。とても軽く、柔らかく、でも、あちこちが痩せて骨張っていて、その感触がまた切ない気持ちにさせる。

「こっちもして」彼女の手が慎太の右手を股の間に引き込んでゆく。

手のひらが太腿の上を滑り、指先がざらりとした陰毛に触れた。陰毛の下は濡れていた。汗とも水とも油とも違う、ぬるりとした感触。慎太は指をゆっくりと動かした。爪が、関節が粘膜《ねんまく》のなかに吞まれてゆく。琴子は軽く腰を揺らしながら唇を重ねてきた。

家族を殺され、しかも追われている自分が何をしているのだろう――と一瞬思った。けれど、体は十分興奮していた。動悸《どうき》は激しく、痛いほど勃起《ぼっき》している。

ズボンの上から股間を撫でていた彼女の手がボタンを外し、下着のなかに入ってきた。

期待と罪悪感と恥ずかしさが入り交じる。どうしてなのか百合の顔が頭に浮かんだ。琴子の体を両手で感じながら、百合の乳首も乳房の膨らみもなく一本の縫《ぬ》い痕だけがあった左胸を思い出している。絡めた舌を伝って琴子の唾液《だえき》が口に流れ込む。飴玉の甘さとタバコの苦さが混ざった味がする。

そのとき少し離れた地面の一点がふっと明るくなった。電池式の携帯電灯の光。警官だった。カチンとサーベルの柄がベルトと触れ合う音も聞こえた。見回りをしているらしい。

「見せつけてやろう」琴子が耳たぶを舐《な》めた。

闇のなかをゆっくりと歩く制服がこちらを見ている。

「あんた何をしたの？　どうして物騒な奴らに追われてるの？　ううん、こたえなくていい。何もいわなくていいから」

琴子が独り言のような囁きをくり返す。二人また目が合う。彼女の目は悲しげで、でも、嬉しそうだった。彼女がまともじゃないのは慎太にもわかる。けれど、もう何日も前から慎太自身も普通を大きく踏み外している。だから、このまま身を任せることにした。

琴子の肩越しに見える頭が二つになった。もう一人警官がやって来たらしい。警官たちは積み上げられた枕木の陰に隠れ、手にしていた携帯電灯を消した。暗がりに浮かぶ四つの目。こちらを見ている。見られている。だが、構わない。

恐怖心と同じように、自分のなかの羞恥心《しゅうちしん》が崩れ、消えてゆくのを慎太は感じていた。


消毒液の匂いが強く漂う今元医院の診察室。壁掛け電話機の前に、百合は一人立っていた。

「ご連絡が遅れて申し訳ありません」送話器に話す。

「こちらこそ忙しいところをすみません」受話器から武統《たけのり》の声が響く。「撃たれた傷はいかがですか？」

「たいしたことはありません」

「慎太くんは？」

「元気にしています」

「それはよかった。さっそくですが書類を渡してはいただけませんか」

「くり返しになりますが、もうお渡ししました」

「あれは違うと僕の依頼主はいっています。探し物とは関係のないただの紙切れだそうです。どうか今度こそ本物を渡してください」

「もう何も持っていないんです」

「では、本物の所在を教えてくれませんか」

「知らないんです」

「でしたら出頭して、自分の口から陸軍の担当官に説明していただけませんか」

「お断りします。殺されてしまいますから」

「まだ逃げるのですか」

「はい」

「町は見張らせてあります。出られませんよ」

「見張っているあの連中、何者ですか」

「元関東軍と元朝鮮第十九師団の寄せ集めです。素行が悪く練度も低いが、その分、町なかでも平気で無茶をやりますから」

「教えてくださってありがとうございます」

「その代わりといってはなんですが、もう無益はやめにしませんか。連中がこの先も無茶を重ねれば、いずれ住人にも被害が出る。町が血で汚れれば玉の井の評判にも傷がつく。細見慎太を助けるのは国松から頼まれたからでしょう。気持ちはわかります。でも、死人との約束にこだわるのは、ただの感傷、もっというなら放棄でしかありませんよ」

「おっしゃることがよくわかりません」

「追慕も追従も捨てて、あなた自身の意思で生きてほしいんです。以前のあなたは父の情愛に報いようと大勢を殺し、あげくに自分も殺されかけた。今また国松の恩に報いようと、縁もゆかりもない子供のために命をかけている。無心で無欲に見えて、その実、あなたは考えることも決めることも放棄して、すべてを他人と運命に委ねて生きている。それを変えてさしあげたいんです」

「いつの間にか、そんな生意気もいえるようになったんですね、坊ちゃん」

「ええ。あなたを殺せと命令できるようにもなりました」

「立派なやくざになってしまわれて。かわいそうに」

「このままでは本当に死にますよ、百合さん」

「構いません。もう七年も前から死んだも同然の身ですから」

「残念だ」武統は一度言葉を区切り、思わせぶりに続けた。「死なずに生きて、僕だけのものになってはくれませんか」

「気持ち悪い」百合はすぐにいった。

「やはりあなたには最後までそうあってほしい」武統は笑っている。「さようなら百合さん」

「失礼いたします。どうかお元気で」

　百合は受話器を置いた。

　近くの戸棚を開け、消毒用アルコールやアンモニアの入った瓶をいくつか選ぶと、ゴム手袋、ガーゼ、包帯とともにバッグに入れた。汚れていた大きなバッグは埃も血もきれいに拭き取られ、元の黒い色を取り戻している。

　診察室から出てゆく。

　細長い待合室に響く中国語。奈加と春桂《チュングウイ》が長椅子に座り、笑顔で話していた。

「行きましょうか」奈加がいった。

「牛肉麺《ニュウロウミエン》作って待ってるよ」春桂が笑顔でいった。

　牛肉、牛骨、羊骨で取った出汁をかけ、香菜《シャンツァイ》、大根、辣油《ラーユ》を入れる牛肉麺は中国蘭州《らんしゅう》の名物。春桂が作った麺の味を思い出すだけで百合も笑顔になれた。

　ストラップに小さな花飾りのついた黒いローヒールに足を入れる。新しい一足をおろした。死ぬかもしれない今だから、着たいものを着て履きたいものを履きたい。医院の扉を開ける。奈加も茶色い旅行鞄と、風呂敷で包み太棹《ふとざお》三味線に見せかけたライフルを手に取り、あとに続く。街灯の光る細い道。遠くから祭りの音が聞こえてくる。

「ごめんね。やっぱり手伝わせちゃった」百合はいった。

「かまいませんよ」奈加は一言いうと振り返り、道を右に歩き出した。百合も左に歩き出す。背を向け、離れてゆく二人。

早足で進む百合はすぐに追ってくる連中の気配を感じた。足音が集まってくる。バッグの内側のホルスターに収めたリヴォルバーはまだ握らない。緩やかに曲がってゆく道の先に丁字路が見えた。二つに分かれた左側には立て看板が置かれている。

『すいどう工事中』

看板から先は街灯が消え、薄闇の道が続いている。百合はそこへ入っていった。夕立の雨がまだ乾かず、地面はぬかるんでいる。低地の玉の井でもこのあたりは特に水はけが悪い。頭を低く下げ、ぬかるみを避けながら跳ねるように進んだ。月明かりが薄く照らす路地は道幅がようやくわかる程度。それでも苦にはならない。ここは自分の町。慣れた道を足が勝手に進んでゆく。追う連中の足音もついてくる。が、速度を変えない百合のうしろで、突然びんと鳴った。同時に男たちが叫び、続けて何人かが倒れる音がした。

かすかに光る細い銀色。

暗い路上には針金が道幅いっぱいに張られていた。弦《げん》を弾いたように震える針金が低い音を小さく鳴らし続けている。呻《うめ》き声もする。首を引っかけた男だろう。

足音はまだついてくるが、再度びんと鳴った。今度は低く地面近くに張った一本に何人かが足を取られたようだ。地面に転がる音がする。

百合は進み続ける。両側に続く塀に月明かりが遮られ、闇が深くなる。うしろの足音はそれでも針金をくぐりながら、またぎながら追ってくる。道はさらにぬかるみ、水溜まりを踏む音も聞こえてきた。百合はバッグのなかのリヴォルバーを握ると、そこで立ち止まり振り返った。闇のなかを人のかたちをした濃い影がゆらゆらと迫ってくる。すぐに細い電柱の陰に身を隠した。リヴォルバーを構え、息を殺す。道のうしろから、そして前からも、びちゃびちゃと水を踏む足音が近づいてきた。足音が間近まで迫ったとき、百合は電柱に巻きついていた電線を解き、その切れた片端を地面に垂らした。湿った地面に蛍火《ほたるび》のような一瞬の光が浮かび、じゅっと音が響く。「ひっ」「いっ」感電した男たちが一斉に唸る。百合は電柱の足場に手をかけ、塀を蹴上がり、他人の家の庭に飛び降りた。

狭い庭を駆け抜け、すぐにまた次の塀を乗り越える。

針金も電線も昼のうちに奈加が用意した。

相手が元軍人でよかったと百合は思っている。半端な自信と体に染みついた部隊行動の癖を逆手にとって、簡単に罠まで誘い込めた。倒れた男たちがどうなったかは知らない。電燈線を使ったので、たぶん死にはしないだろう。町に張り巡らされている電線には二種類ある。井戸の汲み上げポンプや氷屋の製氷機のような大型機器を動かせる電力線に較べ、家々の白熱電球を光らせることが主な電燈線はずっと電圧が低かった。

裏口をすり抜け、もう一度塀を越え、街灯の光る道へ。

工事中の線路用地が見える。百合が柵を越えると、高く組み上げられた足場の陰で慎太と琴子が抱き合っていた。近づいてゆく。足音に気づき、二人がすっと離れた。離れた二人の体の先、制帽を被った警官の頭が二つ見えた。土嚢に腰掛けたまま慎太と琴子が振り返る。積み上げた枕木の陰から覗いていた警官たちは足早に去っていった。

「あいつらすぐに寄ってきたわ」琴子がいった。百合が来るまでの間、見せてやる代わりに警官に見守らせていた。これ以上安上がりな警護役はいない。

「ありがとう」百合はいった。「面倒かけたね」

「ううん、楽しかった」琴子は尻に敷いていた慎太のハンカチで、胸の汗を、湿った股間を拭いながら笑った。「でも、来るのが早いわ」未練を残した目で慎太を見る。

慎太は目を合わせずズボンのボタンを留めている。琴子は足元の蚊取り線香の火を消した。百合が「行こう」というと慎太は黙ったまま立ち上がり、リュックサックを包んだ風呂敷を肩にかけた。

「さよなら」琴子がいった。慎太が頷く。少しだけ見つめ合ったあと、琴子は背を向け、手にした巾着を揺らしながら帰っていった。

百合は傾斜のついた線路用地を歩き出した。少しすました妙な表情で慎太も歩き出す。突き固められた土の斜面を上り、行き止まった先にある高架陸橋工事の足場をよじ昇っていくと、向こう側まで太い鉄骨が渡されていた。

高い櫓《やぐら》のような造りかけの陸橋の上。

コンクリートを流し込んだ木型にもたれて座る。遮るものなく暗い夜の町が見渡せた。祭りの行列が光の線を描きながら玉の井の町を進んでゆく。ずっと遠くには向島の料亭街の明かり、隅田川に浮かぶ船の光、そのさらに先には浅草の町のネオンが輝いている。

すぐ目の前を見下ろすと東武線の線路。全線電化切り替えまであと一ヵ月、四本の複線レールを真新しい架線柱が囲み、まだ通電していない架線が吊るされている。

夜景を眺めながら少しだけ待った。

遠くからシリンダーの音が聞こえてきた。東武線下りのＢ３型蒸気機関車が前照灯を光らせ、ゆっくりと近づいてくる。開業目前の暗い玉ノ井駅を通り過ぎた。架線の下を通る煙突がもくもくと煙を吐き出している。

百合は慎太の顔を確かめた。大量の煙を見ても動揺はしていない。

ずっと離れた線路脇で作業員が工事区間を知らせる旗と携帯電灯を振っている。機関車の速度がさらに落ちた。二人は丸太橋のように渡された鉄骨を渡ってゆく。徐行した機関車が歩くようにのろのろと二人の足の下を通り過ぎてゆく。百合と慎太は前へ一歩踏み出すように鉄骨から静かに落ちた。百合のワンピースの裾がふわりと広がる。二人は架線の間をすり抜け、客車の上に飛び乗った。

車両の屋根に両足が着くと同時に身を伏せる。縦に並んだ二人の上を煙が流れてゆく。カメ虫のようにへばりつきながら屋根を這い、デッキに下りた。煙の匂いを十分に嗅いだ慎太はデッキの手摺《てす》りに摑まり、吐いた。

「だいじょうぶだよ」慎太がいった。「もう慣れたから」

落ち着いた顔のまま線路へもう一度吐いた。嘔吐《おうと》物が風に流され散ってゆく。

二人で頭を下げ、身を隠す。

――この子もこうして苦痛が日常になってゆく。

百合は思った。死人たちの無念を背負ってゆく重みも、生き残ってしまった自責も消えはしない。ただ、その苦しさに慣れ、鈍くなってゆくだけ。そしてふとした瞬間、重みと自責が切り離せない自分の一部になっていることに気づく――

敷石のすぐ際まで迫った家々の横を、機関車は走り過ぎてゆく。線路脇で警戒する武統の配下らしい男たちの姿も見えた。風と煙を浴びながら玉の井の町を抜け出す。機関車は少し走ったあと、また速度を落とした。行く先に踏み切りと鐘ヶ淵駅が見えてきた。

プラットホームに客車が停まる。他の客に交じって切符を持たない二人も降りると、改札口とは逆方向に駆け出した。

改札脇で屋台売りの水飴を舐めていた男たちがこちらを見た。この駅にも見張り役がいたらしい。

だが、男たちが慌てて水飴の棒を投げ捨てたときには、百合と慎太はもう駅の周りに張られた高い柵を越え、暗い道を走っていた。

四百メートル近く走り、墨堤《ぼくてい》通りを越えたところで百合は足を緩め、振り返った。誰も追っては来ない。慎太は大きく息をしながら汗を拭っている。脚を引きずってもいない。

「傷は？」百合は慎太の手術した腕を心配した。

「痛くないよ」慎太がまたうそをついた。

「平気だよ」百合もうそをついた。そしていった。「そっちは？」「走るの速くなったね」

「いつも命がけだから」ふいに褒められ油断した慎太が小さく笑った。そしてすぐに息を呑んだ――また笑えるようになった自分に驚いている。目も口元もこわばり、自分自身を蔑むような哀れむような表情に変わった。

草深い道を歩く。家々の光は遠く、蟬も鈴虫《すずむし》もうるさいほどに鳴いている。小さな土手を上り下りし、すぐに隅田川の岸辺に出た。

壁の変色した古く大きな船蔵が建っている。百合は扉の鍵をこじ開けた。強烈な臭い。慎太が驚き、慌てて手で鼻と口を覆った。並んでいる船はどれも屎尿《しにょう》の運搬船で、今はもう使われていないが臭いは抜けていない。

屎尿が肥料として東京近郊の農家に買い取られていた時代は、大正に入って完全に終わった。今では下水道に流され、間に合わない分は浅草区内の投棄場から隅田川に流されている。が、それでも処理しきれず、一部は船で東京湾の沖合まで運ばれ、違法に捨てられていた。

「これに乗るの？」慎太が渋い顔で訊く。百合は船蔵の奥を指さした。

発動機つきの小さな釣り船二艘が、隠すように停められている。その一つに乗り込むと百合はタンクの弁を開いた。排気筒からかすかに煙が上がり、スクリューが動き出す。

腐敗したような臭気を置き去りにして釣り船で川に出た。左手に暗がりのなかに建つ隅田川神社の社殿裏を見ながら進む。水の上でもあまり涼しくはない。他の屋形船の明かりも見え、ほろ酔いの客たちが大声で笑っている。それでも陸よりずっと静かだった。

この川は東京湾に注ぐまでに三度名前を変える。吾妻橋を過ぎたところで隅田川から宮戸川《みやとがわ》に、両国橋を過ぎると宮戸川から大川《おおかわ》に。

百合は何もいわず、慎太も黙っている。二人とも進む船の両岸を見ていた。震災から一年が経ち、浅草も蔵前も日本橋も、本所も両国も、東京の夜はまた元のようにきらきらと輝いている。

夜空の星をかき消す街灯とネオンを見ながら二人は東京湾へと進んでいった。

※

岩見は金網のついた窓の内側から夜空を見上げた。

狭い部屋。連れて来られてもう七時間は過ぎている。監視役は洋装の二人。一人ははじめて見る若く太った男。もう一人の右腕を三角巾で吊るした中年のほうは知っている。今は白シャツにネクタイの官吏らしい恰好をしているが、岩見が自動車から春日通りに突き落としたあの着流しの男だった。自由に動き回れないものの、拘束はされていない。まずいお茶なら頼めば好きなだけ飲ませてくれる。両腕を摑まれながら廊下に出て便所にも行った。

この部屋も廊下も便所も、窓には金網が張られ、外には高い塀が続き、周囲の町の様子ははっきりとはわからなかった。それでも場所の見当はついている。連中も小細工するつもりはなかったようだ。明石町で自動車に乗せられ、頭を下げろといわれてからの行程は単純だった。右に曲がり、しばらく直進したあと、もう一度右に曲がった。時間は約二十分。晴海通りに出て、宮城方向へ真っすぐ進み、日比谷通りを曲がったのだろう。

ここは麹町《こうじまち》区大手町《おおてまち》一丁目、内務省。

隣には大蔵省、濠《ほり》の向こうには大手門と皇宮警察があるはずだ。本来の内務省庁舎は震災で焼け落ちたというから、同じ敷地内に建てた仮舎なのだろう。内務省一つで地方各県の行政、国内の公安・警察機構、国土の開発改修、衛生医療、神道を統括する巨大省庁だった。

そしてこの連中は、警保局保安課の役人に違いない。

岩見と監視役の三人は椅子に座り、一つの机を囲んでいる。岩見はまだ何も訊かれていないが、二人に話しかければ最低限の言葉は返ってくる。三角巾の男に怪我をさせたことを丁寧に詫びると、

「お互い仕事の上のことだ」と岩見の右手に巻かれた包帯を見ながらいった。

湿っぽくなったハンカチで首の汗を拭う。着物はすっかり汗臭くなっている。長く待たされているのは、たぶん各方面への報告と調整に手間取っているのだろう。

ドアの開く音がして、ようやく状況が動きはじめた。

あの中折れ帽の男が入ってきた。だが、帽子を取ると耳の上にわずかに髪を残すだけで、額からうしろまで禿げ上がっている。

「お待たせして申し訳ない」禿げた頭をハンカチで拭きながらいった。「植村《うえむら》です」

敬語を使われたことを気味悪く感じたが、客として扱ってくれるらしい。植村は太った若い男と入れ替わりに椅子に座ると、新しく注がれた茶を飲んだ。

「ひどいな。上等なのを淹れさせましょう」

「できればサイダーをいただきたいのですが」岩見は試してみた。太った男が植村にいわれる前に部屋を出てゆく。

「霞《かすみ》ケ関《せき》へ移られたのではないですか」さらに試した。震災復興の一環として、今、内務省はじめ主

要省庁を霞が関へ集中移転させる計画が進んでいる。

「工事半ばでしてね。すべて終わるまでにあと二年かかる。我々も不便で困っているんです」

植村は隠さなかった。本当に客扱いしてくれるようだ。だから岩見も素直に訊いた。

「事態が収拾するまでここで過ごせということですか」

「はい。不便をおかけしますが、岩見先生の安全は保証します。ここまでの行為で逮捕や起訴されることもない。今後もお仕事や生活を問題なく続けられるでしょう」

「私の依頼人はどうなるのでしょう」

「現段階では何とも。正直、我々は小曽根と細見慎太の所在を摑めていないのです」

「玉の井にいるのでは?」

「町を抜け出したそうです。どこにいるかわからない以上、今の我々には守りようがない」

「このまま陸軍に追われ、殺されればいいと?」

岩見は植村の禿げた頭を見ながら訊いた。植村は否定も肯定もしない。

「我々は現在の均衡を保ちたい。それが貴族院、枢密院も含めた総意です」

太った男がサイダーを手に戻ってきた。植村が栓《せん》を抜き、岩見の前のコップに注ぐ。ちりりと炭酸がはじける。三人の男たちの視線が岩見の顔に集まった。

やはりこの内務省保安課の連中は、細見欣也の隠し金と引き換えに、百合と慎太が海軍に助けを求めることを何よりも嫌っている。元海軍将校の岩見がその仲介役になることを、何としても防ごうとしている。

「もし海軍が」岩見は思い切っていってみた。「今後、賢明な判断をし、適切な処置を下したとしても総意が変わることはありませんか」

遠回しないい方だったが、植村には伝わった。

「それは無理でしょう。先生もわかっているはずです」

二年前の大正十一（1922）年二月、アメリカが主導するワシントン海軍軍縮条約により、日本海軍は保有艦数を大きく制限された。しかし、それ以前から海軍は条約締結を見越し、新たな戦力増強計画を進めていた。

大正十年、日本海軍はイギリス空軍からウイリアム・フォーブス＝センピル大佐を中心とする航空技術教育団を招聘している。十八ヵ月の講習により日本海軍の航空技術は飛躍的に向上し、茨城県霞《かすみ》ヶ浦《うら》に海軍航空隊が正式発足した。さらに大正十一年十二月、世界初の本格航空母艦鳳翔《ほうしょう》も竣工した。艦砲射撃による艦隊戦から、航空機の水平爆撃や航空魚雷による空中戦へ――莫大な費用を投じ、世界に先んじて戦術を大きく変えようとしているこの時期に、しかも震災復興予算が優先され、軍事費がないがしろにされている今、それが汚れた金だとわかっていても、海軍が巨額資金を手に入れる機会をあっさり諦めるはずがない。

「手に入れた先に何が起きるかは先生のほうが詳しいでしょう」

今、日本海軍の航空力がさらに増強されれば、アメリカは間違いなく再度の圧力をかけてくる。仏《ふつ》印《いん》（フランス領インドシナ）、蘭印《らんいん》（オランダ領東インド）の制海権が脅《おびや》かされる前に先手を打ってくるだろう。そうなればルソン海峡か南シナ海で必ず衝突が起きる。仏印、蘭印には多くの油田があり、原油輸入の八割をアメリカに依存する日本にとって、そこは最重要の戦略拠点だった。

逆に日本陸軍も、歩兵による塹壕戦から最先端陸戦兵器である戦車戦への大転換を切望している。国産戦車と光学測量器の開発に成功し、大陸に中距離砲撃が可能な戦車部隊が編成されれば、増大する石油消費を補充するため軍は南下し、インドシナ半島でアメリカの後押しを受けたフランス軍、オランダ軍と必ず衝突する。東部でも同じくアメリカが支援する中華民国軍、北方では南下を目論むロシアソビエト軍と衝突し、全方面戦闘へと発展する――

しかし、それは岩見や一部の先見ある者だけに見えている未来ではなかった。分析官でなくとも政治家でなくとも、日本人のほとんどが気づいている。

明治四十（１９０７）年、陸海軍と内閣が合同で策定した帝国国防方針でロシア、フランスと並びアメリカが第一仮想敵国とされて以来、二度の国防方針の改定を経た現在もその位置づけは変わらない。しかも、明治四十一年一月には日本の駐フランス大使が、フランス、スイス、イタリアの新聞各紙が日米開戦は不可避のごとく報道した結果、欧州で日本外債が暴落したことを報告している。逆に当時、米西戦争でアメリカに敗北したばかりのスペインに駐留していた大使は、現地の複数の貴族、資産家から日米開戦の折には日本への軍資金援助を惜しまないと連名で申し出があったことを報告している。日米の緊張は十六年も前から世界規模で知られていた。

加えて明治末以降、水野広徳《ひろのり》『次の一戦』や押川春浪《おしかわしゅんろう》『日米決闘』など、成人向けから子供向けまで多くの日米未来戦小説が出版されてきた。それら空想作品は文壇からは通俗、低級と見下されながらも日本人の抱く危機意識を刺激し、いくつものベストセラーが生まれた。が、大半の作品が日本の敗北を描いている。

植村が言葉を続ける。

「あの金が誰の手に渡っても火種となる。しかも、今となっては仲良く分配するなど不可能です。誰と誰がどんな比率で分け、その合意を誰が担保するのか？　無理に決めようとすれば今度は国内で衝突が起こる。そんなことで今この時期に国を割るわけにはいかんのです」

「あなた方が仲裁役になるつもりはないのですね」

「それこそ陸海軍とも反発するでしょう。我々を自分たちより能力的に劣ると見ている彼らが、仲介役など許すはずがない。我々はただ傍観者として状況を観察するだけです」

「ここまで介入しておいて傍観者なわけがない。役割を意図的に放棄しているようにしか思えませんよ。調べたんです、細見さんとともに東証を荒らした三人の株仲買人が保護を求めたとき、あなた方は拒否している。結果、三人とももう生きていない。細見さんの通信記録も死の半年前まで遡《さかのぼ》って調べました」

「その話し方、すっかり弁護士が板についていますね。しかも有能だ」

「皮肉はやめてください。細見さんは何度かあなた方に電話をし、直接訪ねてもいる。警視庁ではなく、この内務省にです。どんな用件かは明白でしょう。なのに、あなた方は細見さんの助命嘆願を拒否しただけでなく、不作為の殺人を期待した。そして当人だけでなく家族や女中まで殺されることになった。ここまでの筋書きはあなた方の期待通りのはずです」

「確かに陸軍は惨《むご》いことをしました。ただ、私はあの犠牲もやむなしだと思っています。細見をアメリカに断固渡すまじという態度を貫いたことは、やはり評価すべきです」

反論してくださって結構ですよ――と植村は付けたした。

岩見の口からすぐに言葉は出なかった。

アメリカは膨大な資源と巨大な経済力を武器に、世界を侵食している。

一九一四年七月、オーストリアがセルビアに宣戦布告し世界大戦が勃発すると、アメリカは中立的立場で連合国、同盟国の双方と商取引を続け、大量の武器と資源を供給した。各国が戦争の長期化で経済的に窮すると、戦費も貸し付けた。だが、戦争当事各国の経済が過度のアメリカ依存に傾き、主導的立場が揺るぎないものになると、一転して戦争終結に動き出す。一九一七年四月、ドイツが交戦水域を航行する船舶すべてに無警告で攻撃する無制限潜水艦作戦を発動したのに対し、「自国の旅客船、商船を守る」という理由で連合国側として参戦。一気に戦争を終結させた。この間、ロシアのロマノフ王朝を倒した新生ソビエトにもアメリカは莫大な資金供与をしている。

この大戦によって世界の中心は大西洋を渡り、完全に北米大陸へと移った。

欧州支配を完成させたアメリカは今、次の標的である東アジアへの経済侵略を加速させている。その最大の障壁となる日本を取り除くことを国是としている。もちろんアメリカにも日本同様、オレンジプランと呼ばれる国防計画があり、日本をドイツと並ぶ第一仮想敵国に策定していた。

「先生もあれを民主主義国家とは思っていないでしょう」

植村に訊かれ岩見も頷いた。「金融王、鉄鋼王、鉄道王、石油王、穀物王……金で玉座を手に入れた王たちが君臨する絶対的資本主義の国です」

日本の海外進出も多くのうそと矛盾《むじゅん》を抱え、軋轢《あつれき》と反発を生み出しているのは確かだった。日本人の対米感情に、思い込みが少なからず混ざり込んでいることも間違いない。しかし、だからといって、本来は国王も皇帝もいないはずのアメリカ合衆国が今、世界のどんな国よりも専制的で帝国主義的だという事実は変わらない。日本が今、アメリカからの実際的な武力を除くさまざまな圧力に曝《さら》されている現実も変わらない。

アメリカに君臨する〔王〕たちが徹底したアジア支配の意図を持ち、しかも、有色人種を決して自分たちと同等と見ていないことを、岩見を含む日本人は知っている。インディアンと呼ばれたアメリカ原住民がどんな運命をたどったかを、アフリカから運ばれてきた黒人奴隷の子孫がどんな扱いを受けているかを知っている。西海岸に住む日系移民たちが命の危険を感じるほどの迫害を受けていることを知っている。中米各国がアメリカに経済的隷属《れいぞく》を強いられているのを知っている。スペインからの独立を求め戦っていたフィリピンを、アメリカは支援するふりをしながら欺《あざむ》き、植民地化したことを知っている。

「タイ王国までもが骨抜きにされてしまった現在、アジアで本物の独立国家といえるのは、もう我が国だけです。我々が最後の砦《とりで》だという強い自覚を持ち、あの国と対峙しなければ、アジアのすべてが家畜化されてしまう」植村がいった。

「でも日本は勝てない」岩見もいった。「どうあがいても行く末は小説の描く通りです」

「そう、勝てません。三年前、私は欧米の長期視察に出されました。治安維持法成立に向けて諸国の治安機構の実態を調査するためでしたが、ニューヨークを見たときは驚愕《きょうがく》を通り越して恐怖した。写真で見るのとは桁が違う。彼らは日本人の少なくとも二十年は先を生きていた。一方、敗戦国の首都ベルリンは傷病人の物乞いと娼婦ばかり。アレクサンダー広場は失業者だらけで、貴族の娘までもが体を売っている。開戦前はアメリカに次ぐ世界第二位の工業大国だった勇姿は片鱗《へんりん》も残っていなかった。しかも、欧州各国では『次は日本だ』と皆が予測していた。震えましたよ。ベルリンの荒廃した光景が東京の未来と重なって見えた。だからこそ我々は今、必死に働いているんです。いずれは戦わねばならないが、今のまま戦えば完膚《かんぷ》なきまでに潰される。この状況を好転させ、勝機を少しでも広げるため、戦いを少しでも先に延ばし、できる準備はすべてやっておかねばならんのです。たとえそれを非道といわれようとも」

聞きながら岩見も思っていた――

七十一年前まで、日本人はこの細長い島国に半ば閉じこもるように暮らしていた。国を鎖《とざ》し、海の向こうに領土を獲得する野心も、広く諸外国と交流し文化を高める気概も持たず、二百十数年を満足して過ごしてきた。それを無理やり変えたのは他の誰でもないアメリカだ。四隻の蒸気船と帆船でやって来て、長距離炸裂砲弾で恫喝《どうかつ》し、開国を強い、不平等条約を強いた。国際舞台に引きずり出された日本は、己の無知と非力さを知り、弱き国、遅れた国は、強き国、進んだ国に搾取《さくしゅ》され支配されるという現代世界の常識を叩き込まれた。亡国の危機に曝された日本人は、無理を重ね、ヒステリックなほどに欧米化、強国化を目指した。

原因を作ったのも、この道を選ばせたのも奴ら。なのに今また、生き残るために強くなった日本をアメリカは押さえつけ、牙を抜き、家畜化しようとしている。欧米と同じく植民地を持つことを、なぜ日本だけが責められねばならないのか。それは紛れもない人種差別ではないか。我々はいつまでも髷《まげ》を結っていたころと同じ、極東の文化的珍獣としてしか存在を許されないのか。幕末から続く憤りと恐怖が、今も日本人を突き動かしている。

　植村は茶を一口飲み、膝を叩いて空気を変えた。

「床屋政談はこれくらいにしましょう。今問題なのは、細見の隠し金が皆を不幸にしているという事実です。先生も命をすり減らすのはもう止めたほうがいい。今のあなたは死にたがっているようにしか見えませんよ」

　岩見は嫌な顔をした。

「地中海からの帰還以来、ずっと探していた機会を見つけたつもりでしょうが、そもそもあなたは他人の死を悼んだり、見知らぬ子供のために心を砕いたりする人間ではないでしょう?」

「知ったふうにいいますね」

「我々だけじゃない。小曽根も弁護士のお仲間たちも調べて知っていますよ。海軍時代の友人たちも憶えている。真の自分から目を逸らし、別人になったふりをしているのはあなただけです」

　コップのなかで弾ける泡を岩見は見ている。

「十日ほど我々とのんびりしてはくれませんか。その間にけりがつくはずです。退屈でしたら、私が昔、台湾や上海で見聞きした水野寛蔵と小曽根の話でも聞かせましょう」

　植村が窓の外を見た。岩見は考える間を与えられている。

「どうせどこへも逃げられないのなら、あなたの話を聞きますよ」岩見はいった。

「では部屋を変えましょうか」植村は笑顔で立ち上がった。

八章　硝煙の百合

暗い海。

百合と慎太の乗る釣り船は進んでゆく。左には緩やかな波が打ちつける品川台場。右には海岸線沿いに京浜地帯の街明かりが散らばっている。

百合は右に舵を切った。大きな弧を描いて進む釣り船を、ずっと離れた陸の上を走る東海道線の列車が追い越してゆく。先頭の機関車が噴き出す煙が空の月を隠す。他にも何台かの列車が停まっているのが見えた。あそこが品川操車場、その向こうが省線品川駅。目黒川《めぐろがわ》の河口あたりで釣り船は海に流れ込む水に揺られた。浅瀬を示す杭を見つけ減速し、トタンで囲った安普請《やすぶしん》な船蔵がいくつも並ぶあたりでスクリューを止めた。

一つだけ小さな光が灯っている。その光へと近づき、船蔵の一つへと入ってゆく。

荷揚げ場の低い天井に灯油ランプが吊るされ、その下に背が高く肩幅の広い男が立っていた。釣り船が近づき、男も慎太のように片足を引きずり近づいてくる。震災の夜、百合に撃たれ盾代わりにされたあの大男だった。

「少し前にお友達に会ったよ」百合はいった。

「俺にも電報が来た」大男がいった。

「あのしゃくれ顎、何だって?」

「手伝えだとさ」

「断ってくれてありがとう」

大男は大げさに舌打ちした。

「知らねえくせに全部見ていたようにいいやがって。相変わらず嫌な女だ」

言葉とは裏腹に大男の顔には怒りも敵意も浮かんでいない。黙ったまま見ている慎太は二人の少し芝居がかったやり取りを面白がっている。

「飯はそこだ」大男が指さした先に紙包みがある。「出て行くときは閉めてけ」百合に鍵を投げた。

百合と慎太は釣り船を降りた。大男は背を向け船蔵の木戸を開けた。

「明日また電話するわ。おやすみ」百合が声をかける。大男は振り向きもせず出ていく。ぎいっと蝶《ちょう》番《つがい》の音をさせながら木戸が閉まった。

百合は内側から鍵を閉めると、紙包みを片手に船蔵の二階へと木の梯子を昇った。百合に手招きされ慎太もランプ片手に昇ってゆく。二階には広い板間に三畳分だけの畳が置かれていた。他には少しの工具、長く使われていないらしい投網《とあみ》と浮子《うき》。窓はあるが閉まったまま。それでもどこからか隙間風が入ってきて、思ったほどには暑くはない。

百合はまた虫よけを吹いた。蚊や小虫が散ったのを確かめたあと、板間に座って紙包みを開いた。折り詰めが二つ重なっている。蓋を開けると、煮穴子が酢の香りのする飯の上に乗っていた。

「さっきの人」慎太が穴子を食べながら大男のことを訊いた。「昔から知ってるの?」

「ううん、去年から」百合も穴子を口に運びながらこたえた。

「友達?」

「ただの知り合い」

「そう？　仲よさそうだけど」

「まさか。私を嫌ってる」

「そうは見えなかったよ」

「私に肩と膝を撃たれたんだもの。好きなはずない」

「なら、どうして助けてくれるの？」

「私に金を借りてるから」

慎太は納得したように頷き、「変な仲だね」と小さく笑った。

「うん」百合も小さく笑った。

こんな状況ではじめて笑いあったことを半分空《むな》しく半分憐れに感じながら、二人は折り詰めを食べ続けた。

※

内務省の廊下を岩見は三人に囲まれながら歩いている。

震災前の省舎の面影をどこにも残していない仮設の建物は、歩くだけで床がきしきしと鳴った。他の職員は見当たらない。金網のついた窓の外、板塀のずっと向こうに丸の内本局（東京中央電話局）らしいビルディングの屋上が、夜空に突き出ているのが見える。

廊下の先のドアが開き、招き入れられた。

広くはない。だが、さっきの殺風景な部屋と較べたら、そこは確かに応接室だった。肘掛けのある革張りの椅子。低いテーブル。頭の上では天井扇も回っている。

岩見は勧められて椅子に座り、禿げ頭の植村も座った。閉じたドアの前にもう一人、監視役に若い太った男が立っている。

植村が大徳利のような白いボトルからコップに飲み物を注ぐ。

「国産の試作品ですよ」

「ウイスキーですか」匂いを嗅いで岩見は訊いた。

「ええ。味は悪くない」

一口飲んだ。確かに悪くない。

「大阪の蒸留所でこの冬から生産をはじめるそうです」

「あちらの禁酒法はまだ続くのですかね」

アメリカでは四年前から国内での酒の製造、販売が禁止されている。だが、劣悪な密造酒が横行し、犯罪組織の資金源になるなど問題が噴出しているという。

「続くでしょう。回教《かいきょう》国でもないのに。あの極端な思考は理解しがたいものですよ」

「あの、できれば敬語はやめていただけませんか」

「嫌ですか」

「年上の方に使われると、どうにも脅されているような気分になります」

「あなたが敵ではなく客だと、言葉遣いで自分に言い聞かせているんです。根が慇懃《いんぎん》なもので、こうして相手への敬意をかたちにしていないと、すぐに無礼な態度をとってしまう」

岩見は下を向いて笑った。

「内務省の役人らしい、ですかね」植村も笑いの意味をすぐに読み取った。

「多少の無礼なら笑顔で受け止められます。退役したおかげでだいぶ耐性がつきました。誇りなど持っていては弁護士は勤まりませんから」

「いや、自重は続けます」植村が笑顔でいう。岩見は痛みを伴わない暴力を受けている気分になった。

「水野寛蔵が明治の終わりに台湾で何をしていたかは先生も調べましたね？」

植村が本題に入る。

「はい」岩見も椅子に座り直した。

「女性間諜の育成には当時の我々も興味を持っていましてね。調査の名目で北投《ベイトウ》に派遣されたんです。明治の最終（四十四）年ですよ。それが水野、小曽根《おぞね》との初見だった。あの頃はまだ、内務、陸軍の関係も今ほどまでには悪くなかった。だから水野の育てている娘たちに見るべきものがあれば、我々も金を出し、二、三人使わせてもらうつもりだったんです」

「その時点での陸軍の影響力というのは、どの程度のものだったのでしょうか」

「主導はあくまで水野と幣原《しではら》機関でした。陸軍は口出しを控えていた。あの時点では、陸軍にとって水野は非常に大きな利用価値を持っていましたから」

「水野とは直接お話しになったのですよね」

「ええ、四度ほど。はじめての会食の席で、大衆心理を誘導する仕組みについて楽しそうに語っていた。音響、音楽、照明を統合した心理作用を演説に応用する研究を進めれば、遠からず数千の人心を一度に操ることが可能になると。そういう正気とは思えないところも多々あったが、面白い男でした。フィクサー、縦横家《じゅうおうか》と呼ぶ者もいるが、彼は杉山茂丸《すぎやましげまる》（実業家。政治家と利害関係を結び、黒幕と渾名《あだな》された。作家夢野久作《ゆめのきゅうさく》の父）のようなタイプではなかった。ロマンチストでしたよ。こういったほうがいいかな――水野は確かに先見の明を持ち、新時代を開くことに情熱を燃やしていた。私は今でもそう思いますよ」

「そんな男がなぜ間諜育成に執心していたのか、今一つわからないのですが。本当に対アメリカと日本経済の振興のためだったのでしょうか」

「普通とはだいぶ違ったかたちではあったが、あの男も間違いなく愛国者でした。あれは第一歩だったんです。北投で試したことを応用し、人員を次々に輩出して、水野はいずれユーラシアを覆う報道と諜報を併せた独自の情報網を作ろうとしていた」

「長距離無線通信とマスコミュニケーションの時代を見据えての計画ですか」

「そうです。ニュースとして送信するための良質なソースを獲得できる人材を欲していたんです。国内外で電波塔建設用地の買収もはじめていました。デンマークの大北電信会社（The Great Northern Telegraph Co.）が敷いた長崎―上海間の海底電信ケーブルをご存知でしょう？　あれに対抗して純国産のケーブルを東シナ海に新設し、台北、香港まで延長する計画も進めていましたよ。破天荒ではあるが無謀ではなかった。計画は実によく練られていましたから。あの北投の青い屋根の屋敷――我々は青い家《チンジャ》と呼んでいましたが――での授業もよく考えられていた。常に二十人前後の娘がいて、社交、語学、間諜に関する多岐な科目を学び、月末には成績順位が全員の前でいい渡され、下位の者は屋敷から去ってゆく。一町半（約百六十四メートル）ほど離れたところに幣原機関の出張所がありましてね。娘たちの学習の進捗状況を絶えず管理していましたよ。監督役として陸軍から小沢という若い大尉も出向していました。水野と陸軍省の間のいい緩衝材になっていた。今、小曽根と細見慎太の捕獲を指揮している大佐は、その男です」

「彼女の成績はどうだったのでしょう」

「学業や社交技術は中程度だったはずです。間諜として特に優秀という印象はなかった。ただ、銃器と刃物の扱いは飛び抜けていましたよ。彼女が十五のころには射撃に関してはほぼ完成していた。屋敷の裏はテニスコートを潰して作った小さな射撃場だったんです。八間（約十四・五メートル）先の標的なら、小曽根が拳銃で外すことはなかった。彼女の特技を水野も幣原機関も思わぬ副産物だと喜んでいましたよ。銃器類への適性に年齢や性別は関係ないことを彼女は証明していた。本土から陸軍の射撃の名手や、銃器競技会の優勝者が訪台すると彼女に引き合わせてね。皆、銃の達人の美少女を見て興味を引かれ、熱心に指導していた。体力では絶対的に男に不利になる小曽根は、常に速攻即脱の戦い方を叩き込まれていましたよ」

「彼女も進んで訓練を受けていたのですか」

「娘たちに拒否権はありませんでしたから。でも、普通の女が抱く銃器への抵抗が、小曽根には一切なかった。ただ、私を含む内務省の者たちは、任務には使えないと思っていた。一度、彼女と面談したことがあるんです。誰かを撃ち殺すことになったら怖くないかと訊いたら、『それは怖いことなのですか？』と訊き返された。撃たれて死ぬのは恐ろしくないかと訊いたら、『死ねば何も感じなくなるから恐ろしいはずがない』といった。思考に問題がある人間の典型的な回答です。自我が著しく薄くて、恐怖心が抜け落ちていた。度胸や胆力があるというより、怖さや怯えの感覚がないんです」

「感情を矯正されたのではなく、元からおかしかった――」

「ええ。水野や幣原機関の教育の結果ではなく、はじめから異常だった」植村はコップからまた一口飲んだ。「先生と小曽根の間に何があったのですか」

「震災の夜に助けられただけです。やくざに捕まり荷馬代わりにリヤカーを引かされていたとき、彼女がやくざを撃ち、解放してくれた」

「小曽根が人を射つのを間近で見たのですか。それは貴重だ。見た者はほとんど死んでいますから」

冗談ではありませんよ――と植村は続けた。

「小曽根の初の実地任務は十六歳。しばらくは順調でした。若い女の風体で警戒されずどこにでも近づけ重宝がられたそうです。だが、十七歳になり四度目の任務を遂行中、仏領インドシナの都市、ハイフォンとダナンで情報将校を含む仏軍兵四人を射殺した。上海でも英国秘密情報部員を二人、ドイツの情報特務員を一人殺しています」

「任務の内容は？」

「日本への原油輸出規制を画策する欧州各国関係者の動向を探る。それだけです。数枚の書類を奪うために彼女は抵抗する者を容赦なく撃った。生臭い諜報工作の現場を本当に血腥《ちなまぐさ》い戦場に変えてしまった。『これは紳士協定に基づいた情報戦ではなく、純然たるテロルである』とフランス、ドイツから非難を受けて外務省の連中は難儀していましたよ。同盟国のイギリスまで怒らせたことで内閣の一部と陸軍でも騒ぎになった。小曽根が陸軍発の正式な任務を受けたのは、それが最後です」

「以降は水野の私兵として働いたと」

「ええ」

「北投の娘たちで、他に事件を起こした者は？」

「いません。あの屋敷が一定の成果をあげて閉鎖されたのが大正二（1913）年。それまでに暮らした娘は約百四十人。七割以上が成績不良で途中で売られましたが、三十数名が研修終了というかたちで試験配備された。陸軍管理の下、大使館職員、商社員の子女などの役柄で主に欧州とアメリカ東部に行きました。使えたようです。今も副大使や書記官の妻役をこなしている者も少なくない。本当に結婚して公使夫人となった者もいる。だが、小曽根は最後まで屋敷に残っていた。水野のお気に入りというのもあったが、実際は買い手がつかなかったんです。パーティーや夕食会で会話の中心になれる才色兼備な娘が求められていたのに、彼女はあまりに殺気が立ち過ぎていた」

植村がコップを空け、岩見もそれに合わせ空けた。植村は新たなウイスキーを注ぐと、座ったまま椅子のうしろに置いた鞄を手に取り、なかから冊子を出した。

「続きはこれを」

手渡された題名のない表紙を岩見は開いた。それは百合の十七歳から二十歳までの行動報告だった。

「小曽根は悪夢でも奇跡でもありません。そんな詩的なものを感じて幻視する必要はない。あれはただのテロリストであり、逮捕されずにいるだけの殺人犯です」

植村はいった。

岩見は読みはじめた――


大正二（1913）年十月に台湾北投の屋敷を閉じた水野寛蔵は、間諜育成を水野通商と幣原機関の合弁会社に託すと、十七歳の百合を連れ上海に移った。

水野は当時の総理兼外務大臣桂太郎から直接の依頼を受けていたという。

袁世凱《えんせいがい》が正式に初代大総統となった中華民国に、工業技術を伝え近代産業化を進めるための民間特使に水野は任命されていた。当時、まだ誰も安定運用に成功していなかったダイナマイトによる鉱山掘削技術を確立し、中国南部の鉱物資源の有無を確かめ、同時に採掘法の国際特許を得ることが水野個人の大きな目的の一つだった。

それが表の理由。

実際は中国内の反日的な軍閥を内部瓦解《がかい》させる役目を受けていた。国会が中国出兵を承認せず、表立って動けずにいた日本陸軍と外務省が共同立案したチ五号秘密作戦。水野はこの作戦の主要人物だった。中華民国政府の統治は各地には及ばず、いまだ軍閥が乱立し、支配者の異なる地域が複雑に入り組んでいることが、当時から現在に至るまで日本の大陸への経済的、軍事的進出の大きな障害となっている。水野は商業コネクションを通じて多くの軍閥当主たちと面談し、個々の詳細な人物評価や保有戦力、経済力、弱点、攻略提案など、膨大な情報をまとめ領事館を通じて日本国内に送った。

水野が任務を続けている間、百合も自分の仕事をしたという。

上海市街四川北路《しせんほくろ》沿いに建つイギリス様式のタウンハウスで、執事役の奈加とともに普段は静かに暮らしていた。昼は乗馬、黄浦江《こうほこう》での船遊び、南京路での買い物を楽しみ、午後には各国の客を招いて紅茶や胡瓜《きゅうり》のサンドウイッチを出し、ときには長い髪を結い日本舞踊も披露した。夜になると浦《プー》江飯店《シャンファンディエン》（アスターハウス・ホテル）の孔雀庁《ピーコックホール》というボールルームに出かけた。フロアーで踊る客たちの間を、百合は刺繍の入ったシフォンのドレスをなびかせながら歩き、談笑した。高級ホテルが並ぶ外灘《ワイタン》界隈ではシフォン・ニンフ《妖精》と呼ばれていたという。さらに夜が更けると睡蓮《スウェリエン》ナイトクラブに移り、京劇の衣装をまとったダンサーたちによるパリのムーランルージュのようなトップレスショーとカクテルを夜明けまで楽しんだ。

が、水野の指示を受けると、百合は夜に紛れて日本に不利益をもたらす標的を容赦なく殺したという。美しく非力に見える百合は、高級娼婦や愛人と間違われることはあっても、暗殺者と見抜かれることはなかった。

標的にされたのは、下層労働者を扇動し、ストを乱発していた中国人民族運動家。自国海軍の上海強行上陸を指揮したアメリカ人将校。オスマントルコの虐殺を逃れパリに移住したあと、繊維商として成功したアルメニア人。同じくアジア各国に高級ホテルを展開していたアルメニア商人とその戦闘的な部下たち。ヨーロッパへの旅客航路の独占を画策したギリシャ人海運商。上海競馬界を支配していたイギリス人貴族。信用で結ばれていた中国とロシアの阿片《あへん》仲買人。亡命ロシア軍人。過剰な廉価販売をくり返していたフランス人武器商。アメリカに機密を流した日系財閥の日本人駐在員。香港上海銀行のイギリス人元副頭取。トルコ人共産活動家——暗い路上で、店のなかで、相手の家で襲撃し、リヴォルバーの銃弾を撃ち込み、家族や友人もろとも〔生卵を割るように〕始末した。中国国内の上海、香港、澳門《マカオ》にとどまらず、奈加を連れ、台湾、ラオス、ヤンゴン、シンガポール、スラバヤにも出かけ殺した。危機的な状況にも遭遇し、何度もの銃撃戦も経験している。小さな生傷は絶えなかったが、百合はその体に致命的な負傷も銃弾も受けたことはないという。

警察は中国人組織青幇《チンパン》を通じて抱き込んだ。百合が二十歳になるまでの三年間に関与を疑われた事件は三十四件。計五十七人が死んだが一度も起訴はされていない。警察の聴取さえ受けていない。日本外務省も「関知せず」と、小曽根百合は日本政府とは直接関係を持たない民間人であるという姿勢を貫き続けた。

水野の信用と資金を縦横に使い、水野の利益と日本の国益のために誠実に働き続ける百合は、イギリス領事に「aberrant lily」（常軌を逸した百合）、フランス人武官には「poupée d'abattage」（虐殺人形）と渾名され、大正四（１９１５）年の時点で、各国大使館の敵性人物リストに「最も排除すべき日本人」として記録されていたという。

だが、大正五年、百合は突然殺人を止める——

資料にその理由は書かれていない。岩見は文字を追うのを止め、また植村を見た。

「小曽根は妊娠したんです」植村はいった。

※

品川の海沿い。船蔵の二階。

色褪せた畳の上で慎太はついさっき眠りについた。閉じたまぶたからまた涙が染み出し、まつ毛の先に溜まっている。溜まった小さな水玉はランプの炎を映して輝き、流れ落ちていった。百合も薄汚れた床板に横になった。海に向いた窓を、ときおり遠くを通り過ぎてゆく貨物船の明かりが照らす。

慎太が寝言で小さく呻いた。今この子の胸を満たしている復讐心が、明日の見えない夜を乗り越える支えになっている。でも、それがこの子を押し潰そうともしている。

百合は眠れなかった。撃たれた傷が痛むせいじゃない。立ち上がり、梯子を静かに降りていった。船蔵の一階、波が静かに寄せる際までいってタバコをくわえる。吹いてくる海風に背を向けながら何回かマッチを擦って火をつけた。慎太が起きている間は吸えなかった煙を肺にめいっぱい入れる。明日のことを考えようとしたけれど頭が回らない。

海に向かって吐き出した白い煙のなかに、思い出すつもりのなかった光景がまたぼんやりと浮かんできた――

大正五（1916）年のはじめ、百合は水野寛蔵とともに中国南京に向かった。

水野は任務のため、そして自分の信念のために上海から拠点を南京へと移した。もちろん奈加もついてきた。水野通商と南満州鉄道が進めていた合弁事業のため、大連《だいれん》の大和《やまと》ホテルに長期滞在していた筒井国松も、ホテルの裏庭で窮屈な毎日を過ごしていたルパを連れて移ってきた。

前年一月、草案の段階から水野が強く反対していた対中国二十一箇条の要求が日本政府により発表される。アメリカの主要新聞はこれを抗日に利用し、差別的な覇権主義だと世界に訴え、中国国内の多くの漢人や欧米人たちも同調した。さらに同年六月、首都北京《ペキン》の中華民国政府は、二十一箇条の要求に抵抗するように懲弁国賊条例を公布した。以降、中国国内で日本人に土地を貸した自国民は公開裁判なしに死刑に処すという。

そんな時期だから水野はあえて南京にやって来た。

政治とは別に、民間の日本人と中国人はまだ商売で強く結びついていた。南京でも、富豪から露天商まで、皆が損得の天秤《てんびん》を手に日本とどうつきあっていくか考えをめぐらせていた。かつてイギリスのあとに諸外国が乗り込んできたように、日本を追い出したところで、別の誰かが入り込んでくることを誰もが知っていた。

十四世紀、明代《みん》には世界最大の都市だった南京。

水野はここをアメリカの影響力を完全に排除した、日中共同の新たな経済拠点に成長させようとしていた。もちろん水野一人が成長させるのではない。成長に不可欠な資本を流入しやすくするための、平和と安定と日本への継続的な信用を必死で築こうとしていた。そのために周辺の中国人軍閥と日本政府との間で、非公式な不可侵条約を次々と締結させていった。

資源も資金も足らない日本には、アメリカの侵略を軍事的に退ける力はない。日中を中心とし、欧州、ユダヤ、中東の資本も巻き込んだ巨大な有色人種主導の経済圏を東アジア一帯に作り出すことが、アメリカに対抗しうる唯一の手段だと水野は信じていた。

南京はまだまだ忙しなく、賑やかだった。准内戦状態といわれるほど軍閥間の緊張が高まっていた北京に較べ、そこには普通の日常があった。ときおり流氓《リュウモン》（チンピラ）の発砲騒ぎがある程度で、目立った反日の動きもない。何事も賄賂ずくめの中国役人より、まっとうに金を払う日本人を歓迎する商人のほうがずっと多かった。

そのころ百合は妊娠に気づいた。

月のものがなくなり奈加に相談すると、産科医のところに連れて行かれ、「間違いない」といわれた。父親は水野、百合は他に男を知らない。悪阻《つわり》はなかったが、代わりに人を殺すのが苦しくなった。殺す罪悪感は一切ない。気持ちに変わりはないのに、どこで、どう殺すかを考えると、胃と胸がむかつき、吐いてしまう。ひどくだるくもなる。新しい命を宿したとたん、他人の命を奪うことを嫌がりはじめた自分に腹が立った。恥ずかしいとも思った。

人殺しの才の他には秀でたものなど何も持っていない。殺せなくなっていく自分を生きている価値もないように思った。まだ生まれてもいないお腹の赤ん坊が、こんなにも人を変えてしまうと知って怖くなった。

でも、それ以上に自分がずっと怖さを知らずにいたことに気づいた。

はじめてはっきりと味わう「怖い」という感覚は、気味が悪くて不快で、体のだるさや吐き気よりもたちが悪い。しかも消えずに大きくなってゆく。腹も大きくなってゆく。

悩んだ末に水野に打ち明けると、「それならやめよう」といわれた。やっぱり堕《おろ》すことになったと百合は思ったが、やめるのは人殺しのほうだった。

水野の一言を境に、それまでとはまるで違う生活がはじまる。引退したフランス人貿易商から買い取った、南京市内太平北路《たいへいほくろ》沿いの三階建て。日本陸軍の兵士が警備するそこは、非公式の領事館であり、日本の大陸外交の最前線であり、そして百合の住まいだった。

屋敷を囲む高い塀の内側の出来事だけが、そのころの百合には世界のすべてだった。外には一切出ず、朝はルパと広い庭を散歩し、昼は奈加と編み物をして、午後にはときおり訪れる客たちと英語で語り合った。

ターバンを巻いたインド生まれのシク教徒からは、野生の象がまれに集団自殺することを教わった。イタリア公使夫人は、今、ヨーロッパには女の企てた保険金殺人が蔓延《まんえん》しているといった。保険が庶民にまで広まったのと、殺鼠剤《さつそざい》やハエ取り紙に染み込んだヒ素のせいで、陰惨な事件の主役は男から女になったのだという。パリから戻ったばかりの中国人骨董商からは、モンマルトルの丘に無数にあるビストロの店頭に置かれた酒を飲み干しながら巡り走るマラソンが人気だと聞いた。パリジェンヌたちの間にはボブと呼ばれる短髪と膝丈のワンピースが流行り、ジャンヌ・ランバン、エルザ・スキャパレリ、ココ・シャネルのデザインする服に女たちは夢中になっているという。貧しい生い立ちから立身出世したロンドンのイーストエンド出身の老紳士は、「私が子供のころは、刑死人の医学解剖ショーをあちこちのパブで金を取って見せていてね。どこも大盛況だった。ショーの後始末を手伝って日銭を稼いだものだよ」と懐かしそうに語った。

夜になると、居間でタバコの葉に肉桂《ニッキ》と氷砂糖と大麻を混ぜた水パイプの甘い煙をゆっくりと吹かす水野の横に座り、ジャスミンを浮かべた白湯《さゆ》を飲みながら読書をした。

自分のなかに自分以外の命があることを、何だか奇妙で面白いと感じられるようになっていた。しかも命の半分は水野から受け継いだものだと思うと、悦びで体が満たされてゆく。

安らぎを感じていた。でも、薄暗いきざしは、すぐに降りてきた。

南京の町は一見変わりない。それでも日本人への発砲事件が起き、夏が近づくころには、一部の知識人や学生らによる小規模な反日デモもはじまった。水野は日本へ戻るよう勧めたが、百合は拒み、ここで子を産むといった。

水野の近くがこの世で一番安らげる場所だと思ったから。それに一度離れてしまったら、もう二度と会えないようにも感じていた。

目指す日本の将来のために水野は働き続けていたが、国家や政治のなかで生きるには、あまりにも理想主義で、無邪気過ぎる。百合にもそれがわかっていた――

中国東部での芥子《けし》の大規模栽培と阿片産業は、日本の国家事業といえるほどまでに発展し、当時の常識として政財界人のほとんどが投資をしていた。が、水野は経済的理由からひどく嫌っていた。

「阿片を使って占領した土地は中毒者の温床になり使い物にならない。日本の議員は、戦傷者の命をつなぐ薬という言い訳で、健常者の命を削る毒を公然とアジアにばら撒いている」

日本の公使や財界人が近くのテーブルにいるにもかかわらず、南京のナイトクラブで平然とそういった。

「陸軍は対中対米意識が露骨過ぎて、あまりに交渉術が拙《つたな》い。領土や賠償金の獲得だけにしか勝利を見出せないのも、あまりに幼い。六韜三略《りくとうさんりゃく》（呂尚《りょしょう》が書いたとされる兵法書）、マキャベリ、メッケル（日本陸軍の近代化に貢献したドイツ軍人）から、いい加減脱却していただけないか」

中華民国の官僚も列席する会議のなかで、日本人将校をそう看破したこともあった。あまりに直截過ぎる水野の身を案じて、公の場での沈黙を進言してくれる日本人、中国人もわずかながらいた。だが、今さら声を潜めたとしても無駄だった。

水野がオランダ人貿易商の夕食会に招かれたとき、中国西安《せいあん》にある未発掘の石積みピラミッドについて英語で語らっていたなかで、何気なくこういったという——

「記紀《きき》（古事記と日本書紀）のいう天孫《てんそん》とは、この大陸から海を渡ってきたのでしょう。水稲とともに渡来し、稲作を広めながらも、一方で稲作に最も重要な天文と暦法の技術は秘匿《ひとく》し独占し続けることで、倭《わ》の土民を支配した」

そのときダイニングにいたのは貿易商夫婦と水野と筒井国松とタイ人の給仕だけ。にもかかわらず、五日後にはその言葉が南京や上海の日本政府の役人にも知られていた。

屋敷の外での水野の言動は、徹底した尾行と監視で探られ、筒抜けになっていた。

大陸に領土を拡げ、すべてを統制下に置くことを使命とする日本政府と陸軍。

対して、経済と資源の要衝を最小限押さえれば他に土地などいらない、政治的支配などいたずらに敵を増やすだけで、経済力で陰から静かに統治するべきだという水野。

国益第一の命題の元に結びついていたはずの両者の溝は、すでに大きく開いていた。

「利用価値を失った北京や上海にこだわるのは愚策だ」「アメリカ、中国との対立は今は徹底的に避けよ」と相容れない極論をくり返し、華僑や欧州人と信頼関係を築き、しかも陛下を貶める言葉までも語る卑しい出自の水野を、一部の日本人官僚、枢密院顧問官、陸軍将校、貴族院議員は敵視した。

国賊とさえ呼んだ。

水野の最大の敵は日本人になっていた。


まだ夏の暑さが続く九月の午後、百合は出産した。男の子だった。

息子を抱き、母乳をやりながら水野に肩を抱かれ、感じたことのない幸せを味わった。

だが、四ヵ月で消えた。押しつぶされ一瞬で消え去った——

出産翌年の大正六（１９１７）年、南京の寒さ厳しい一月。

日本総領事館での新年祝賀会に出席し、国松とともに屋敷に戻った水野は玄関ホールで突然倒れた。誰もが毒を疑ったが、気を失ったまま百合も聞いたことのない大いびきをかきはじめた。脳卒中の症状。奈加がすぐにかかりつけの日本人医師に電話したが、交換手は「誰も出ない」という。屋敷に詰めている日本人兵士がもう一人のかかりつけ医を呼びに走ったが、いくら待っても戻ってこない。奈加が信用できる中国人医師を呼んできたころには脈拍はひどく弱まり、強心剤のジギタリスの効果もなく心停止した。

蘇生《そせい》も役に立たず、あまりの呆気なさに百合は泣く間もなかった。が、まだ温かい水野の体を寝室に運び、ベッドに横たえたその直後、周囲に激しい銃声が響いた。三階建ての屋敷を取り囲み、高い塀を越え、何人もが入り込んでくる。門脇の詰所にいるはずの日本兵の姿は消えていた。止まない銃声。庭に散らばる侵入者の姿が夕陽に照らされると、それは小銃を構える軍閥の中国人兵だった。

そこから先、百合の記憶は曇り、塗り潰されたようにあちこちが途切れている。

少しの籠城《ろうじょう》。機関銃の音。生後四ヵ月の息子の泣き声。動かなくなった水野から形見に左手の薬指を切り取り、三つの避難路から煉瓦造りの地下道を選び、抜け出した。兵士たちの追撃。振り向くと屋敷が燃え上がるのが見えた。永遠とも思えた長江《ちょうこう》までの四キロメートル。隠れた兵士の臭いを感じ吠えるルパ。店先やテラスからの銃撃。百合たちの周りだけが戦場になった。係留してあるボートに乗り込む直前、目の前で爆発した炸裂弾。一度は逃げた。が、さらに目の前で二度続けて爆発した。百合と息子を護ろうとして爆風を浴びる国松。吹き飛んでゆく国松の左手。百合の体も吹き飛ばされた。動かなくなった息子。たくさんの血、赤黒い色。裂けた左胸。自分の泣き叫ぶ声……

夜の長江をエンジンボートで逃げた。波打つ水面。国松の手首をなくした左腕と裂けた腹に奈加が布を巻きつけてゆく。寄り添っているルパ。両岸に散らばる町の明り。泣き声を上げない息子を百合は抱き続け、上海にたどりつく直前に自分も失血で気を失った。

そして国松と百合は上海で手術を受けた。奈加も重傷を負っていた。

「お子さんは救えなかったよ。ごめんなさい」

麻酔から覚めた百合に、今元という眼鏡の日本人医師はいった。

百合は息子を思い泣き続けた。泣きながら因果を感じ、自分を責めた。これまで何十人もを殺し、その家族と縁者の人生を狂わせてきた報い――

――水野と自分の子に生まれなければ、もっともっと生きられたのに。

ごめんねと心のなかで息子にいい続けながらも、湧き上がる憎しみと殺意は消せなかった。

だから動けるようになるとすぐに襲撃を主導した連中を追った。

誰が計画し、軍閥を動かし、南京市の役人や電話交換手たちを抱き込んだのか――奈加と二人探り続け、一ヵ月後、香港で日本人参事官とその家族を殺した。一ヵ月後、杭州《こうしゅう》で日本の陸軍中佐とその腹心たちを殺した。

参事官は震え泣いて、日本にいながらこの襲撃を指示した二人の貴族院議員の名をあっさりと吐いた。だが、水野の毒殺については「知らない」と否定し、「陛下を疑い、偽史を吹聴する者に神罰が下ったのだ」と小便を漏らしながらも訴え続けた。

中佐は「水野は我が国の原理に叛《はん》した欠格国民である」と強気で語り、襲撃直前に水野が死んだと教えるとひどく残念がった。さらに「欠格者を修正、排除するのは日本国民の義務」と両足の腱《けん》を斬られながらも熱弁を振るい続けた。あまりにうるさいので顎を外し黙らせ、それから体に十一発撃ち込み、ゆっくりと失血させた。

精神も原理も日本も百合には知ったことではなかった。水野を危険視していた連中が国粋主義者を焚《た》きつけ襲わせたのは馬鹿でもわかる。そもそも理由なんてどうでもいい。自分のなかのどうにもならない復讐心に、ただ突き動かされているだけだった。

だから二人を殺した直後に国松とルパを連れ、上海から日本に向かう船に乗った。

穏やかな海を進む船の上から、息子の遺灰を海に流した。

日本に戻ると、国松と奈加とともに二人の貴族院議員を調べた。水野の死が卒中によるものか毒殺かは最後までわからなかったが、それでも二人が襲撃を主導したことは間違いない。そして息子が殺されたことも間違いない。

だから周到に準備し、二人の貴族院議員の成人した息子たちを殺した。

百合たちも容疑をかけられたが証拠は一切残していない。犯行時の現場不在証明《アリバイ》も完璧だった。しかも、国松が弱みを握っている政治家や役人を使って所轄の警察署に圧力をかけた。水野、国松の旧知だという弁護士の日永田《ひえだ》も、地検検事と刑事部長を完全に論破してくれた。結果、警察は数時間の聴取をしただけで勾留さえできず三人を釈放した。

そこで百合は空っぽになった。他にも復讐の対象がいることはわかっている。が、殺意は続かなかった。向かう先が曖昧になった憎しみは少しずつ薄まり、いつしか消えていった。

復讐は途絶え、もう誰も死ななくなった。

百合は長かった黒髪を切り落とし、奈加とともに玉の井に引きこもった。国松もルパと秩父に引きこもった。水野を排除した奴らも深追いはしなかった。連中の目的はすでに達成され、残った百合たちに水野の意志を継ぐ力はない。さらなる犠牲を覚悟しながら百合、国松、奈加を殺すことにも、もう積極的な意味はない。だから三人は禁忌のように扱われ、皆が忘れたふりをした。圧力がかかったのか、息子を殺された議員たちからの報復もなかった。台湾、上海時代の知人たちも連絡を取ることを嫌がり、百合たちは関係を断ち切られた。

そして水野寛蔵に関するすべては終わったことになった。

形見となった水野の薬指は、もう百合の手元にはない。奈加を通じて本妻に返され、今、根津にある水野の墓の下にはその薬指だけが埋められている——

古い思い出はタバコの煙とともに溶けて消え、暗い品川の海が目の前に見えた。

手術したばかりの肩と腕が痛い。吹きつける生暖かい風が羊水のように体を包む。頭に浮かんだ息子の顔が、温もりの記憶が、まだ消えない。涙が溢れ、こぼれそうになった。船蔵の二階に上がれば、慎太から渡された国松の形見となった写真がまだバッグに入っている。そこには息子も水野も写っている。でも、見る気になれない、見たくはない。

切ない、悲しい、そんな気持ちはずっと前に捨てたつもりでいたのに。

百合はしゃがみ込むと、片手で涙を拭い、新しくくわえたタバコにまた火をつけた。

翌日、百合と慎太は昼前に目を覚ました。

今元から渡された化膿止めを水筒の水で流し込む。粉薬のざらりとした感触が喉を通り過ぎてゆく。まだ左腕と肩が痛む。外はまた風が強く、汚れた窓ガラスがかたかたと揺れていた。

二人はすぐに船蔵を出た。もっと休み続けていたかったが、周囲の船蔵に漁を終えた船が次々と戻り、騒がしくなってきた。気づかれる可能性のある場所に長くは居られない。人のいない隙に素早く戸を出て、裏道から一号国道へと歩いてゆく。

百合は途中、道端の自動電話箱に入り今晩の行く先を確保した。急ぎたいけれど二人とも急げない。銃創は想像以上に体力を削る。撃たれたその日より、緊張が消えた翌日のほうが体にこたえる。痛みは気力で乗り越えられても、貧血と疲労で体が思うように動かなくなる。

青空の半分を山のような入道雲が覆い、風がその雲を南から北へと押しやっていく。洋品屋を探し、はじめに見つけた二階建ての大きな店に入った。だぶだぶの服を着ている慎太のために新しいシャツとズボンを探す。タイルが敷かれ土足で入れる店には試着室もあった。新しい服に換えた慎太が試着室から出てくると、高いヒールを履いた女店員は作り笑いで出迎えた。

「お似合いですよ」と慎太にいい、振り向き百合にもいった。「ねえ、お姉様」

鏡に映った二人の顔はまるで似ていない。なのに、運命を共にしているせいで背負っている雰囲気がどことなく似てきている。死線を乗り越えた者同士の通底――

代金を払い、それまで着ていたものを風呂敷に包むとすぐに店を出た。

「ほら、姉弟《きょうだい》だ」慎太がいった。

百合は涼しい顔でそっぽを向いた。店に入る前、百合は親子を装うつもりでいたが、見えっこないと慎太が馬鹿にした目で反対した。下らない口論のあと、二人は他人の判断に委ねることに決めた。慎太のほうが正しかったらしい。

軽口が二人の重い体を少しだけ軽くする。

「これから行くの?」慎太が訊いた。池上のあの住所のことをいっている。

「行かない」百合はいった。

慎太も黙って頷いた。無理だとこの子もわかっている。今日の二人の体では何か起きても逃げ切れない。

一号国道を下ってゆく。途中で品川神社に参拝し、甘味屋で氷あんずを食べたあと、旧東海道に入った。幅六間（約十・九メートル）の道をしばらく進み、銀行の角を右に曲がると、ずっと先に若い男女が立っている。女は百合に気づくと笑顔で手を振り、男は頭を下げた。

百合が震災の夜に助けた双子の母親とその夫だった。

「子供たちは？」百合は訊いた。

「お義母《かあ》さんに預けてきました」若い母親がいった。

「ご面倒をおかけして申し訳ありません」百合は夫に頭を下げた。

「とんでもない。お役に立てて嬉しいです」若い夫も頭を下げる。

「こんにちは」慎太も頭を下げる。夫婦は丁寧な挨拶と暖かな笑顔でこたえた。

すぐに夫婦は歩き出し、百合と慎太も導かれるままついていった。さりげなく人目を避けるように細い道を進み、十分後、長く急な坂の途中で止まった。高い木々と塀に囲まれた二階建てがある。鉄門には塩崎《しおざき》商店の看板。

「こんなところしか用意できなくてすみません」夫がいった。「ただ、水道は出ますし、便所もきれいです。まだ電球もつきます」

夫の家業の海苔《のり》問屋が在庫の保管に使っていたという。去年の震災でひどく傷《いた》み、古くなったのもあって二ヵ月前から使わなくなり、あと二十日で建て替え工事がはじまるところだった。

「店の者は知りません。もちろん母にもいっていません」

夫は百合に鍵を渡し、妻は持っていた包みを渡した。

「太巻きです。うちの海苔で作ったんですよ」妻は慕う姉を見るように百合を見ている。匿《かくま》うことにためらいも迷いもない顔だった。厄介な背景があるのもわかっているのに、ここに来た理由を訊こうともしない。

　この若い夫婦を深刻な面倒に巻き込むことは百合にも十分わかっている。わかっていて二人の情と恩義にすがった。誰かを傷つけるときより、殺すときより、こんな瞬間こそ自分が紛れもない悪人だと感じる。せめて二人に不安を感じさせないよう、百合はずっと穏やかな笑顔を浮かべていた。横目で見る慎太の顔も善意が作らせる偽りの笑みを浮かべていた。きのうまで笑うことさえできなかったのに、必死で口元を緩めている。この子も自分が罪人なだけでなく悪人なのだと、もう十分気づいているようだった。

　夫婦はすぐに帰っていった。母に任せた娘たちが気になるらしい。坂を下り、角を曲がって二人の姿がすっかり消えてしまうまで、百合と慎太は見送り続けた。

※

　タクシーは小石川区《こいしかわ》を走っている。原町《はらまち》に入ったあたりで白山《はくさん》通りを右に曲がった。細い道をしばらく進み、二度曲がったところで速度を落とした。

「あちらです」運転手の隣に座る助手が、右側の塀の先にある門を指さす。

「はい」奈加はいった。

　タクシーが停まり、助手が先に外に出て奈加の横の扉を開ける。

「すぐに戻りますから」奈加はそういうと塀に沿って歩き出した。

　日曜の昼。子供たちが石蹴り遊びをしている。奈加が乗ってきた一台以外、他に自動車も力車も見当たらない。寺の多い静かな町。高い建物はなく、所々に狭い畑も残っている。

奈加は門前で立ち止まり、身だしなみを確かめた。藍鼠《あいねず》色の単衣《ひとえ》の着物に笹の葉柄の白帯。襟元を正す。目の前の表札には津山の文字。

津山大尉の自宅だった。門を開け入ってゆく。「ごめんくださいませ」玄関前で呼んだ。しばらくすると真っ白な髪を結い上げた老女が出てきた。津山の祖母なのだろう。

「どちら様でございましょう」老女は穏やかな顔でいった。

「玉の井のランブルという店から参りました」

玉の井と聞いただけで老女の顔が曇った。

「お名前は？」

「私は使用人でございます。店主の名は小曽根百合」

「ご用件は何でしょうか？」

「先日、店主が津山大尉に大変お世話になり、そのお礼に参りました」

女中らしい中年女も出てきた。気配を察して不審そうに見ている。

「清親は出ておりますが」

「存じております。本日はこちらをお持ちしただけで」奈加は風呂敷を解くと、笑顔で大きな紙箱を差し出した。

女中が困った顔で受け取った。別に毒も爆薬も入っていない。なかには一通の手紙、それに小豆餡《あずきあん》とごま餡求肥《ぎゅうひ》を挟んだ二種類のどら焼きが詰まっている。浅草に新しくできた翠江堂《すいこうどう》という菓子屋の品で、百合と奈加の最近のお気に入りだった。

老女は不純な町から来た奈加を不快な目で見続けている。家の奥から若い女の声も聞こえた。津山の嫁らしい。引き戸の陰に留袖《とめそで》姿の妊婦がちらりと見えたが、玄関先へ出て来る前に女中に止められ、また奥へと戻っていった。

「大尉によろしくお伝えくださいませ」

箱を突き返される前に奈加は笑顔で頭を下げ、すぐにそこを出た。

門を出てまたタクシーに乗り込む。待っていた助手が扉を閉める。後部座席にはもう一つ大きな紙箱を包んだ風呂敷が用意してある。

「それじゃ、お願い」

「はい」運転手がこたえ、またタクシーが走り出す。次は芝区伊皿子町《いさらごちょう》にある小沢大佐の自宅へ。

津山と小沢の名は、百合が逃げる途中に無線通信を聞いて知り、それを奈加に伝えた。名字と階級がわかっていれば素性を調べるのは難しくはない。そもそも栗色の髪と瞳の陸軍大尉など、そうはいない。陸軍士官学校出身者なら卒業名簿がある。現役将校なら陸軍人事名簿にも載っている。どちらも手に入れるのは簡単だ。東京以外に本拠のある部隊に所属している可能性はほとんどないので、はじめから除外した。加えて今は電話帳という便利なものもできた。住所がわかれば、あとはそこに訪ねてゆくだけ。

これは百合と奈加からの二人への脅しだった。

奈加が訪ねたことは、家族から、もしくは、きのう夜から尾行を続けている武統《たけのり》の配下を通じ、すぐに津山と小沢に伝わるだろう。効果があるのは間違いない。卑怯な手段。でも、そんな卑怯なやり口が奈加は得意だった。ただし、無闇に家族を襲うつもりはない。手紙にはこちらの望む条件もちゃんと書いてある。百合と慎太を死亡扱いとし、正式な報告書にして提出した上、今後、手を出さないと確約してくれれば、こちらも何もしない。細見欣也《きんや》が遺したという書類の所在はまだわからないが、見つければ必ず教える。普通の生活を取り戻せるのなら、それ以上は何も望まない、と——

津山と小沢は激高するだろうが、それも織り込み済みだった。指揮官が個人的理由で戦いを進めるほど、部隊の戦闘力は落ちる。相手を殺すことに執心して、兵士の適正で効率的な運用を怠るほど士ど知っている。

気も落ちてゆく。簡単な原理だが、守るのがどれほど難しいか、馬賊を率いていた奈加は嫌というほど知っている。

左に東京大学の塀を見ながらタクシーは本郷を走ってゆく。

奈加は小沢の顔を思い出していた。あの男のことは奈加も百合も知っている。もっとも十年以上も前のことだけれど。何事もそつなくこなし、軍人の果断さと官僚の執拗さをバランスよく持っている男だった。相手にするのは厄介だが、まあ向こうも同じことを思っているだろう。

必要となれば奈加は津山と小沢の家族も殺す。あの真っ白な髪の津山の祖母も、腹の大きな嫁も殺す覚悟はできている。家の周りにはすぐに厳重な警備が敷かれるだろうが、気にはならない。命を惜しまなければ突破する方法はいくらでもある。ここ何年か穏やかに暮らしてきたけれど、自分がそれで善人になれたとも思っていない。

タクシーは御茶《おちゃ》の水《みず》の聖橋《ひじりばし》を渡った。長くなりそうな一日。奈加は手提げからタバコケースを取り出すと、ぱちんと開いた。

九章　九月一日

震災から一年となる月曜日。岩見はきのうと同じ内務省仮庁舎の一室で目を覚ました。

部屋の隅に置かれた野戦病院のような簡易ベッドから起き上がると、若く太った男が椅子に座って待っていた。隣にははじめて見る若い馬面《うまづら》の男が立っている。この二人が今日の監視役らしい。

「何時だい」岩見は訊いた。

「時計を持ってきた」太った男がいった。

コップやらサイダー瓶やらが置かれたままの低いテーブルに卓上時計が乗っている。午前五時二十分。いつも通りの起床時間。どんな状況でも変わることなく起きる癖は、海軍時代に叩き込まれた。

「また台風が来るそうだ」太った男が窓とカーテンを開けた。青い空が見え、金網越しに湿った風が吹き込んでくる。

この太った男との距離は一日でかなり縮まった。きのうの昼は賭け将棋、夕方になると他二人を交えて酒を飲みながら夜更《よふ》けまで花札。軟禁の退屈な一日をだらだらと遊び続け、この男が自分と同郷だと知った。岩見が愛知県豊橋《とよはし》、太った男が蒲郡《がまごおり》。あの禿げの植村が意図して配置したのだろう。

少しだけ朝の陽射しと風を浴びたあと、岩見はまた両肩を摑まれながら廊下を進み、便所に行った。小便を済ませ、右手の包帯を解く。下手な縫《ぬ》い痕がくっきりと残っているものの、もう痛みはない。顔を洗い、髪も流す。髭が伸びたが剃刀《かみそり》は貸してもらえなかった。今日こそ窮屈で汗臭い着物を取り換えたいと頼むと、午後には内務省出入りの洋品屋にシャツとズボンを持ってこさせるという。

戻るときには金網のついた廊下の窓が、何ヵ所か開いていた。掃除夫がモップ掛けもしている。きのうはすべてが止まったように静かだったが、今日は月曜らしい喧騒が金網の外から聞こえてくる。

部屋に戻ると太った男は茶を淹れはじめた。魔法瓶から急須《きゅうす》に湯を注いでゆく。馬面の男は黙って岩見の動きを見ている。

「黙祷《もくとう》してもいいかな」岩見は太った男に訊いた。

あれから一年。岩見にも複雑な思いがある。哀悼《あいとう》の意を捧げたい気持ちにうそはない。太った男は頷いた。昼の震災発生時刻まで待てとはいわなかった。

岩見は皺のついた袴を伸ばし、襟を正し、両目を閉じて手を合わせた。時計の音だけが部屋に響く。薄目を開けると、太った男も立ったまま目を閉じている。馬面は頭を少し下げ床を見ていた。

期待通り――岩見は素早く一歩踏み出しテーブルのサイダー瓶を握った。体をよじり、太った男の横顔を思い切り殴りつける。がちんと音が響いた。すぐに馬面の顔も狙う。避けようとする馬面の手をすり抜け、瓶はこめかみを打ち、砕けた。岩見の手も痺れる。テーブルから転げ落ちる時計、コップ。膝から崩れ落ちる二人。白目を剝いた太った男の口が「人でなし」とかすかに動いた。

割れた瓶を捨て、新たな一本を腋の下に挟む。左手には魔法瓶を持った。扉についた二つの鍵を外し、開く。廊下に立っていたもう一人の見張りが怒りを浮かべ押し入ろうとしたが、その顔に魔法瓶の湯をぶちまけた。うしろに逃げる見張りの腕を摑み、顎をさらに瓶で殴りつける。と同時に岩見は廊下に飛び出した。驚き立っている掃除夫の手からモップを引ったくった。廊下沿いの窓にも金網がついているが、ずっと先の突き当たり、二階へ上がる階段の踊り場にあるガラスの小窓には何もない。そこまで約二十五メートル。廊下のうしろで激しくドアの開く音がした。「この恩知らず」植村の声。構わず走り続け、階段に足をかけた。二歩三歩と駆け上がり、踊り場の小窓にサイダー瓶を投げ、モップで槍のように突く。ガラスが薄い氷のように割れると、そこに頭から飛び込んだ。

外に飛び出し、そのままの恰好で落ちてゆく。また地面に叩きつけられた。腕と肩が痛い。短い間に二度も地面に叩きつけられ、しかも二度とも自分で飛び降りた。馬鹿が過ぎて涙が出る。

まだ木も移植されていない庭を走る。うしろで続けざまに銃声がした。低い塀に飛びつき乗り越える。道路に出ると左に曲がり、衛生会館と商工省の前を駆け抜ける。早い出勤の銀行員や役人たちが驚きこちらを見ている。自動車を走らせている運転手にも見られた。うしろを追ってくる足音が聞こえる。岩見は追いつかれる前に叫んだ。

「強盗だ。物盗りだ。助けてくれ」

右手の農林省のほうから銃声を聞いた警官たちが駆けてきた。

岩見は走りながら自分の本性を取り戻していた。

地中海に行く前の自分が今の有様を見たら、あまりの偽善者ぶりに怒り出すだろう。後輩を死に追いやったことを悔いながら七年も生きてきたなんてうそだ。将来、大臣にさえなれた後輩を、しかも自分を代議士、政務官へと引き上げてくれるはずだった男を、自分の単純な過失で死なせてしまったのを信じたくなかっただけだ。素晴らしき自分の未来を自分自身で潰してしまったことを、受け入れたくなかっただけだ。

私は優しくない。善い人間でもない。そんなものを必要としないほど完璧だった。子供のころから失敗したことなど一度もない。秀才と呼ばれて育ち、能力や学歴、職歴で公然と人を差別し、無能な者は見下し、切り捨ててきた。そう、尊大で傲慢な男だ。

あの自分に私は戻りたいのか？　今、何を後悔しているのか？　いや、それよりも植村の言葉が気にかかる。

——あなたは死にたがっているようにしか見えませんよ。

私は死にたいのか？　そもそも、何のために今走って逃げているのか？

よくわからないまま走る。息は切れ、草履の鼻緒が痛い。それでも追いつかれることなく日本橋川に架かる神田橋を越えた。そして神田美土代町《みとしろちょう》の町並みに紛れていった。

※

きのう八月三十一日、昼前に北品川の空き家に入った百合と慎太は、それから先の時間を黄ばんだ畳の上でごろつきながら過ごした。

水道で体を流し、太巻きを食べ、扇風機を浴びながら、浅い眠りと目覚めをくり返し夜明けを待った。したことといえば、化膿止めの薬を飲むことと、銃の手入れと、明日会う岩見がどんな男か話をしただけ。傷が癒《い》えるのを静かに待ち、今朝になって家を出ると、通勤や通学の人の流れに混じり旧東海道を下っていった。

列車もバスも使わず、大井町《おおいまち》、大森《おおもり》と三キロメートルほどを歩いて進んだ。

今、百合だけが大森ホテルのロビーにいる。まだ早い時間。それでも客は多かった。ソファーで談笑する外国人客を横目で確かめながら、毛足の長い絨毯の上をゆっくりと進み、売店へ。タバコ朝日を三箱とマッチを買って、黒く大きなバッグに入れる。振り返って中二階の張り出した壁に掛けられた大時計を見た。

午前九時二十分。

奥のダイニングからはバターの焦げた匂いが流れてくる。百合はまたソファーに戻ると、待ち合わせをしているふりでタバコに火をつけた。

ちりんと音が鳴った。小さな鈴のついた客呼び出しの手札を掲げ、ボーイが笑顔でロビーを回ってゆく。「お電話が入っております」ボーイは静かにくり返した。

手札に書かれた名前は「塚越《つかごし》」。その名自体が奈加からの伝言だった。

奈加も無事でいるらしい。津山大尉と小沢大佐の自宅への挨拶も済んだようだ。そのことを素直に喜びながら百合はもう一本だけ吸おうとタバコに火をつけた。

だが、その時点で奈加はすでに小さな騒ぎを起こしていた。

きのう、伊皿子町《いさらごちょう》にある小沢の自宅へ届けものをした奈加が路上に出ると、二人の袴をつけた若い男が前を塞いだ。小沢が万一のときにと東京第一師団から借り出し、書生を装わせ自宅に配していた兵士たちだった。その二人に奈加はかんざしと張り手だけで重傷を負わせていた。

百合はそれを知らない。タバコを吸い終えホテルのロビーを出ると、自動車と古めかしい馬車が並ぶ車寄せの向こうに慎太の背中が見えた。ホテルの門前の細い道に立ち、高台から大森の海を眺めている。近づいてゆくと振り向いた。

「どうだった」慎太が訊いた。

「元気みたいよ」百合はいった。慎太も奈加の無事を素直に喜んでいる。

二人で省線大森駅西口へ向かって緩い下り坂を歩いてゆく。駅前のバス乗り場には池上本門寺《いけがみほんもんじ》行きを待つ人の列ができていた。タクシーも絶え間なく乗りつけ、人を拾ってゆく。

今日は九月一日。

皆、池上本門寺での震災一周忌供養に参列する。大森の一つ先の蒲田《かまた》駅から池上電気鉄道に乗れば本門寺最寄りの池上駅まで行けるが、混雑を嫌い、この大森駅で列車を降りて歩く参拝者も多かった。その巡礼のような列に百合と慎太も加わる。和装洋装とりどりの格好で老若男女が進む行列は、二人が紛れ込むには好都合だった。

本門寺まで二キロメートルほど。風がまた強くなってきた。両脇に商店が並ぶ池上通りを進み、行列の皆が花を手にしているのに合わせ途中で花を買った。またしばらく進むと百合と慎太だけ列を離れて脇道へ入った。田畑ばかりだと思ったが家も多い。

低い生垣の続く路地を進み、十字路を曲がる。バラックの仮住まいが並ぶ道の先に、造られたばかりの煉瓦《れんが》塀が見える。あそこが目的の池上二七一―五らしい。

その煉瓦塀の前に岩見が歩いてきた。

約束の時間通り。袖をまくった水色シャツに紺と臙脂《えんじ》の横縞ネクタイ、濃い灰色のズボン、茶の革靴。だが、洒落た服装とは正反対に疲れ切っている。しかも、髭は汚く伸び、軽く上げて振った右手には縫い傷、左腕にも新しい掻き傷がある。

「ひどい顔だね」百合はいった。

「居心地の悪いところに二泊もしたせいだよ」

「どこにいたの」

「内務省」

「右手は？」

「久しぶりにあの太った小男に会った。水野通商の差し金だそうだ」

この男もずいぶん無茶をしてきたようだ。

「腕も？」

「こっちは滝田洋裁店の猫だよ。静かに入っていったら、窃盗か何かと思ったのか飛びかかられた。顔に似合わず勇敢な奴だ」

「服でも買いにいったの」

「金を借りたんだ。無理に内務省を抜け出してきたせいで、持ち合わせがなくてね。銀座に寄って店主に頼み込んだ。ついでにこの服も貸してもらったよ」

ひどく迷惑そうにしている店主の顔が百合の頭に浮かんだ。

「君からも礼をいっておいてくれ」

岩見は百合を君と呼び、雇い主の要望通り敬語も使わなくなっていた。

それから岩見と慎太は向かい合い、ぎこちない挨拶を交わした。

「先を急ぎたいだろうが、まず話を聞いてくれ」

岩見がいうと慎太は頷いた。

三人で道を少し戻り、大きな楡《にれ》の木が横に立つ商店で瓶入りの冷やし飴を三本買った。店の婆さんが大きな栓抜きで王冠を飛ばしてゆく。

瓶を片手に楡の木陰に入った。蟬が鳴きはじめたが、もう盛夏のように騒がしくはない。

百合が先にここまでの出来事を改めて岩見に伝え、聞き終えると岩見が話しはじめた。

細見欣也《きんや》と陸軍との関係が説明されてゆく。長く重苦しい話を慎太と百合は黙って聞き続けた。道には他に誰も歩いていない。風だけが通り過ぎ、途中で飲んだ冷やし飴の濃い甘味としょうがのかすかな刺激が百合の口に広がってゆく。

岩見が説明を終えると、慎太は確認した。

「僕の家族はその預金のために殺されたんですか」

「そう。国家の機密書類なんてものはない。陸軍が探しているのは一億六千万円を回収するために必要な書類だよ」

あっけない真実の開示。

「でも、その預金によって今君が生かされているのも事実だ」

「父さんは犯罪者だったんですか」

「陸軍と関わる以前から犯罪を重ねていた。役人と警察とのコネクションの力で表に出なかっただけだ。父上は榛名《はるな》作戦も違法とわかった上で提案、実行した。しかも、途中から強要されるまでは、自分の意思で作戦を拡大していった」

岩見は曖昧にせずはっきりといった。

「悪人だったんですね」

「同時に素晴らしく優秀な人でもあった。慰《なぐさ》めではなく私はそう思うよ」

慎太は何度かまばたきし、それから納得したように息を吐いた。落胆はしていない。今は落胆している余裕などないとわかっているようだった。

「行ける？」百合は訊いた。

慎太が頷く。

婆さんに空き瓶を返し、三人で生垣の路地をまた戻ってゆく。バラックが並ぶ前を二十メートルほど歩き、煉瓦造りの壁沿いに進んでいくと、東京府第八公文書保管室の表札がついた門柱が見えてきた。横には第十六震災被害者遺品預かり所の汚れた立て看板がある。三人は門を入った。

石灰袋や煉瓦が積み上がった工事途中の建物の横を通り、奥にある木造の平屋に向かう。線香がきつく匂っている。平屋の引き戸が開き、風呂敷包みを手にした坊さんが出てきた。一礼して百合たちとすれ違ってゆく。少し前まで経を上げていたらしい。風呂敷には袈裟《けさ》が包まれているのだろう。

平屋のなかはがらんと広く、若い背広の男と眼鏡をかけた着物の中年女が机に座っていた。そのうしろには日光、月光の両脇侍《きょうじ》を従えた薬師如来像《やくしにょらい》を据えた祭壇がある。いくつも並んでいる白木の箱は見ただけで骨壺が入っているのだとわかった。

三人が言葉をかける前に、眼鏡の女が近づいてきた。

「どなたをお探しでしょうか?」

「まだ誰を探しているのかわからないんです」慎太が自分でいった。女が怪しむような目つきに変わる。

「何のご用でいらしたの?」

「細見欣也の代理で参りました」

「まあ」女は改めて慎太の顔を見た。「ご親族の方?」

「息子の慎太です」

女は一度振り向き、若い男に用事をいいつけた。男がタバコの箱を片手に外に出てゆくのを見送り、そしてまた話しはじめた。

「失礼ですけれど、身元を証明するものを何かお持ちかしら」

慎太はリュックを探り、二つに破れた細見家最後の家族写真を取り出した。「こんなものしかありませんけれど」

写真を見つめる女の目が優しくなる。

「わかりました。ごめんなさいね、新聞にはご家族全員と書かれていたものだから。他の方々も?」

「いえ、残ったのは僕だけです」

「何てこと。心からお悔やみ申し上げます」

「お気遣いありがとうございます」

「でも、よくご無事で。お会いできて嬉しいわ」女は感慨深くいった。「こちらのお二人は?」

「従姉《いとこ》です」慎太が百合を見た。

百合は頭を下げ、今は自分が慎太の保護者となっていると説明した。眼鏡の女も頭を下げ、自分は東京府の職員で震災二ヵ月後からここに派遣されているのだと説明した。

「こちらは弁護士さんです」

慎太に紹介されると、岩見は弁護士の身分証と名刺を出し、話を引き継いだ。

「亡くなられた細見さんの御遺志により、慎太くんの管財人兼代理人をしております」

岩見は、慎太は中学校の武道修練会に参加していたため難を逃れ、新聞に掲載された『子息二人も野外で刺殺、沢に投棄』という犯人の供述は、弟の喬太とともに犠牲になった小学校の同級生を慎太と混同したのだと説明した。

「望まない注目や無責任な非難を避けるため、彼が無事なことはまだ伏せているんです」

もっともらしいうそで相手のなかに残る疑問を取り去ると、岩見はすかさず本題に入った。

「細見さんは生前、何度かこちらにいらしていたそうですが」

「ええ」

「理由を教えていただけませんか。遺言に住所が記載されていたものの、詳しいことは何も知らされていないのです」

女は疑うことなく言葉を受け止め、頷き、三人を祭壇の前に案内すると、並んだ白木の箱の一つを見て慎太にいった。

「あなたのお母様ですよ」

俗名宮川芳乃《みやかわよしの》と小さく書かれている。慎太は一瞬息を止め、その箱を眺めた。

はじめて会う母親。だが、慌ててはいない。慎太には、そして百合と岩見にも、遺品預かり所の看板を見たときから死人と会う覚悟はできていた。ただ、それが慎太の母だとは思っていなかった。

「ご家庭に難しい事情がおありだったことは聞いています」女はいった。「それでも、あなたのお母様の行方を探し続け、細見さんはここまでいらしたんです。とても悲しんでおられましたよ」

慎太は頷きもせず、ただ箱を見ている。

女が続ける。

「お父様は『必ず今の家内を説得し、息子と二人、彼女を引き取りに参ります』とおっしゃっていました。そのあとも二度、花を持って訪ねていらしたんですよ」

母は住んでいた家が震災で倒壊し、圧死したのだという。引き取り手もなく傷みが激しくなったので火葬され、ここに運ばれてきた。家があったのは京浜電鉄の海岸駅（現大森海岸駅）近く。そこは花街《かがい》。中年女は気遣ってぼかして話したが母は芸妓をしていたらしい。

説明のあと、女は離れた棚から宮川芳乃の名札がついた風呂敷包みを運んできた。それを骨壺の入った箱とともに慎太に手渡す。「あの奥でお母様に会ってさしあげて」指さした先には布で仕切られた対面用の小部屋があった。

慎太は少し戸惑ったあと「一緒に来て」と百合にいった。

二人で部屋に入り、上から垂れている電球をつけ、黒く厚い布を閉めた。狭くて蒸し暑い。慎太が箱を開き、骨壺の蓋を取る。なかには砕けた骨と予想通り油紙に包まれた書類が入っていた。慎太は書類を百合に渡した。それから壺のなかを覗き、じっと骨を見た。

百合は骨壺に合掌《がっしょう》したあと、すぐに書類を見た。

日本語と英語で同じ内容のことが書かれていた。スイスのベルンにあるシェルベ・ウント・ズッター銀行に特殊な契約で財産が信託されていることについて。さらに、その信託財産の受益者及び所有者について。財産は細見欣也の死後、長女はつ子、長男慎太、次男喬太の三人に均等分配される。三人のなかに死亡者がいれば、その時点で生きている者の間で分配され、三人すべてが死亡した場合には、銀行が契約に基づき財産が消滅するまで管理運用を続ける——

岩見のいった通り、大正十二年八月末の段階で信託額が一億六千万円を超えていたことを、百合はこの書類で改めて確認した。皆が狂ったように追いかけてくるわけだ。

さらに細見はシェルベ・ウント・ズッター銀行、香港上海銀行の香港本店、台北の台湾銀行本店の三ヵ所に三人の子供たちの十指指紋も登録していた。これと同じ指紋を持ち、さらに次の暗証番号《コード》を知る者だけが、バニシングという名の特殊契約を停止し、財産を引き継ぐことができる。

81477215BH64―935―23

陸軍が慎太を殺せない理由が、武統《たけのり》のような非情な男が電話で撃たれた慎太の具合を訊いた理由が、よくわかった。

単純で、しかも腹が立つほど効果的な仕掛け——百合は今さらながら細見欣也を恨んだ。恨みながらもその息子の慎太の手をそっと取り、書類を返した。慎太は半ば無意識に受け取ると、シャツをたくし上げ、まだ未練がましく腰に巻きつけているさらしの間に押し込んだ。

百合は一人先に黒く厚い布の外に出た。

すぐに岩見に目配せする。岩見も頷く。

眼鏡の女に一言いって二人で平屋の外に出た。先に出ていた若い男がずっと離れた壁際でタバコを吹かしている。また風が強くなっていた。南風に煽られた雲の断片が、まるで動物の群れのように空を駆けてゆく。

「骨壺に入ってた」百合は書類を確認したことを伝えた。

「見つかってよかった。その内容を踏まえ、今後について話し合いたいんだが」

「あんたに頼んだのはここまで」

「この先の依頼主は君じゃない。君と慎太くんを手助けするよう、陸軍の退役将校から要請された」

「理由は？」

「陸軍省の人事を一部刷新したいそうだ」

見知らぬ老人のありあまる親切の意図は百合にもすぐにわかった。

「私たちを助けたぐらいじゃ思惑通りになりっこない」

「私もそう思う。だが向こうは、君らを次の大仕掛けを破裂させる導火と考えているようだ。小さな疑惑で終わらせない自信があるらしい。隠し金自体にも興味はないといっていた。汚れたものには手を触れたくないそうだ」

「あんたはいくらで引き受けたの」

「それは秘密だよ」

敬語が止まったとたん、嫌みったらしい弁護士の顔になりやがった。

「だって弁護士だもの」岩見はいった。「でも、このお節介には乗るべきだ」

そんなことは百合にもわかっている。だからよけい腹が立った。顔も知らない連中の駒の一つにされるのは、どうにも気に入らない。

「一服していい？　離れて吸うから」

岩見が頷く。百合は手のなかでマッチを灯し、くわえたタバコの先に押しつけた。百合の吐く煙が一年前のあの夜と同じように強い風に流され、岩見の体にまとわりつく。岩見は咳き込まず百合の指先で揺れるタバコの火を見ている。

「ほしいならどうぞ」百合は嫌みったらしくタバコの箱を差し出した。

「もう持ってる」岩見は自分のポケットからGOLDEN BATと銘の書かれたタバコを出した。「また吸えるようになった気がしたけれど早かったよ。吐き気がした。なくした時間は簡単に取り戻せるものじゃないいな」

平屋のなか、黒く厚い布の内側——

慎太は遺骨の軽くて奇妙な感触をしばらく確かめたあと、一緒に渡された風呂敷を解いてみた。一番上に少し焦げて破れた紺と白の格子模様のワンピース。二番目の濡れて乾いた貯金通帳と三番目の家計簿のような帳面の間には何葉かの写真があった。

一葉目には三人の女が写っている。まだどれが母かはわからない。二葉目には見知らぬ男と二人笑顔で並んでいた。これが母親らしい。三葉目の芸者置屋一同の写真では、もうどれが母かすぐにわかった。そして父親似だといわれてきた自分の目や鼻が、本当は母親そっくりなことに気づいた。四葉目には若いころの父欣也と母が並んでいた。五葉目には縁側で赤ん坊を抱いている若い母が写っている。抱かれているのは自分。でも、それ以上に背景が気になった。この梁《はり》、柱、奥の庭の緑、間違いなく慎太が暮らしていた駒込片町のあの家だった。あそこで母も暮らしていたのだと知るのは、なぜだろう？　どうにもやり切れない気持ちになる。同時にきのうで夏休みが終わっていたことも思い出した。夏休みなんて、もう別世界の出来事のようだ。この夏、自分は喬太と東京に戻り、谷中の祖母の墓参りをして、あの駒込片町の家の今を確かめようとしていた。ずっとそうしたかった。なのに、東京に戻った今の自分は何をしているんだろう？

父は離縁後も母と会っていたらしい。金も渡していたようだ。帳面のなかに何ヵ所も「欣也様」の文字とともに金額が書き込まれている。未練があった？　なら、どうして別れたんだろう？　「歩き巫女《みこ》」のせい？　たぶんそうだ。それほど悪いものなのか？　その血は僕にも受け継がれている。ただ、あの大嫌いだった血のつながらない母の他に、父が心を寄せていた人がこの世にいたのだと思うと、ほんの少しだけ胸の曇りが薄まった。父は世間体のために信用のために、見栄のために、母と別れ、あの女を選んだ。きっとそうだ。

もう一度、母の遺骨に触れてみる。砂と雲母《うんも》の中間のように手のなかで簡単に壊れ、散るように落ちてゆく。はじめて母の写真を見たのに、はじめて母の顔を知ったのに、嬉しくはない。悲しくもない。焼け死んだ喬太を見たときのような怖さとも違う。手のなかの遺骨のように、自分を含む世界のすべてのものの重みが消えてゆくような気がした。浮き上がって散りぢりになってゆくような——その儚《はかな》さがうら寂しくて、気味が悪くなった。

百合と岩見は平屋の外で待っている。

言葉はない。だが、もう二人の間には暗黙の合意ができていた。

戸が開き、眼鏡の女に見送られ慎太が出てきた。風呂敷で包んだ白木の箱を抱えている。女は最後に筆記板を差し出した。遺品の引渡し証が挟まれている。慎太は女の万年筆で自分の名と駒込片町の住所を受取人欄に書き込んだ。ここに来たことも、骨壺とともに何かを手に入れたことも、いずれ陸軍に知られるだろう。

三人で改めて女に礼をいった。「仏様にお供えください」慎太は来る途中で買って、ずっと持ち続けていた花を差し出した。眼鏡の女は頷き受け取ると、大義を果たせた晴れやかな顔で、三人が煉瓦塀の外に出てゆくまで見送り続けた。

他に人のいない道を歩きながら岩見が慎太に訊いた。

「書類は読んだね」

「はい」慎太はいった。抱えた箱のなかの骨壺がかたかたと音をたてている。

岩見は升永《ますなが》を中心とする元陸軍将校たちから慎太と百合を助けるよう依頼があったことを改めて説明した。慎太は振り返り、うしろを歩く百合を見た。

百合は頷いた。

自分でも少し考えてから慎太はいった。「わかりました。僕からもお願いします」

「では確認させてくれ」

岩見はこれからしようとしていることを話した——

一通り聞き終わると慎太も確認した。

「他に方法はないんですよね」

「私にはそれしか思いつかなかった」

「わかりました。岩見さんに従います」

「すぐにはじめるよ。進捗状況は今夜十一時以降、電話で確認してくれ。銀座局の三九四五、海軍省軍務局の番号だ。君の名をいって『二七二五』といえばつないでくれる。電話の緊急性を識別する合言葉のようなものだ。その時点までに事が上手く運んでいれば、私が電話に出るか、別の誰かが適切な指示をしてくれる。運んでいなければ電話を切られるだけだ。切られたら次は銀座局の三三九九にかけてくれ。こっちは海軍軍令部の番号。ここでもまた『二七二五』だ」

「また電話を切られたら？」

「君たちだけで逃げ延びてほしい」

「期待しないほうがいいですか」

「上手く運ぶ率は低いと思ってくれ。もし海軍に介入の意思があるなら、現時点まで何の行動も起こさずにいることはありえない。逆にいえば、君たちがよほどの好条件を提示して助けを乞《こ》わない限り、海軍は最後まで見て見ぬ振りを続けるということだ」

「誰も助けてはくれない、そう思うようにします」

「君は強いな。頼りないことをいわれても動じない」

「強くないです。鈍くなってるだけです、たぶん」

「鈍くなれるのも強さだよ」

行く先にまた池上通りが見えてきた。あそこまで行けば三人はまた二人と一人に分かれる。その前に慎太が訊いた。

「どうして岩見さんは僕を助けてくれるんですか」

「理由がわからないと信用できないかい？」

「ええ」

「君を助けているんじゃない。小曽根《おぞね》さんに借りがあるんだ」

「震災の夜のことは聞きました。でも、それだけじゃないですよね」

「確かにそれだけじゃない。誰より助けたいのは君でも彼女でもなく、たぶん自分だよ。私が退役した理由も彼女から聞いたかい？」

「はい」

「この七年間、自分でもまだ生きたいのか死にたいのかわからないまま、目の前の出来事をただ処理して過ごしてきた。だが、君たちの依頼を受け、何度か危うい目に遭うなかで自分はまだ生きることに執着していると気づいたんだ。死にたくないし、まだ未練たらしく功名心を抱いていることもわかった。今はこの厄介な騒動を私の働きで収束させ、自分は今も有能なのだと世間にも自分自身にも思い知らせたい。思い知らせなければ、この長い喪の期間を終われないんだよ」

「恰好つけた言い方ですね」慎太が百合のような口ぶりでいい、岩見の横顔を見た。

「でもうそはついていないよ」岩見も慎太を見た。

慎太は頷き、そしていった。

「では、この先、岩見さんに何が起きたとしても自業自得、そう思っていいですか」

岩見も頷いた。「君は腹立たしいほど利口だな」

「悪知恵がついたんです。復讐が終わるまで生きていられるように」

「それもずいぶんと恰好つけた言い方だな」

岩見が先に、それから慎太も口元だけで笑った。違う目的のために互いの信頼を強いられる二人を百合は黙って見ている。

三人は池上通りに出た。もう参拝者の列は消え、ただの人の少ない通りに戻っている。百合は岩見がいい出す前にバッグから数枚の五円札を出し、岩見の手に握らせた。

「助かるよ」岩見がいった。

「またね」百合は手を振った。

「ああ、また」岩見は背を向け、また別の道を歩きはじめた。


「寄りたいところがあるんだけど」慎太がいった。

百合は頷いた。どこかは聞かなくてもわかる。二人ゆっくりと歩き、大森海岸に向かった。あちこちの道端に花が置かれている。一年前、そこで誰かが死んだのだろう。今日は弔《とむら》いの日。角を曲がるごとに線香の匂いもする。

二十分ほどで遺品預り所の女に教えられた場所に着いた。京浜電鉄海岸駅の近く、通りを少し入ったそこは更地になっていた。ここにあった二階建ての貸間の一つに、慎太の母は住んでいたという。今はもう痕跡もなく、三日後の地鎮祭《じちんさい》を予告する張り紙だけがあった。

「遺灰を見ても悲しくないんだ」慎太がいった。「薄情なのかな」

「何も変わっていないんだもの、悲しくなれっこない」百合はいった。「前からいなかった人が、今も変わらずいないだけ。ずっと死んだも同然だった人が、本当に死んだのを知っただけ」

「そうだね」慎太は少し落ち着いた顔でいった。「手元に母さんの残骸があるだけ、前よりましかもしれない」

そこで半鐘が聞こえてきた。かーんかーんと町に響く。道行く人たちは立ち止まり、荷を載せた大八車も路肩に停まった。路上の皆が残らず両手を合わせる。百合と慎太も同じように手を合わせた。半鐘の音を追うように遠くでサイレンも鳴った。

午前十一時五十八分。一年前に震災が起きた時刻。

百合は祈る。慎太も祈る。誰かにではなく、地震のせいで起きたすべての災厄が鎮まり、皆の悼みと悲しみの心が昇華されるように。

サイレンが消え、町の時間がまた動き出す。皆が歩き出し、百合と慎太もまた歩き出した。行き先は北品川の二階建ての空き家。今日の朝出てきたように、また歩いてあそこへ戻る。今の二人に他に居場所はなかった。できることは、海軍省に電話を入れる今夜の十一時まで、見つからぬよう捕まらぬよう隠れていること。それしかない。

濃い青空を雲が駆けてゆく。強い風が夏の熱気を吹き飛ばし、かすかな秋を運び込む。

「また台風だね」慎太がいった。

百合は髪を風に流されながら頷いた。

※

「涼しくなってようございましたね」梅茶を運んできた若い仲居がいった。

着物姿の奈加は新聞を閉じて相づちをうち、梅茶を一口飲んだ。露草《つゆくさ》色の絨毯が敷かれたロビーの椅子に座ったまま、玄関を出たすぐ前の通りを見てみる。陽射しは眩しいが、もう盛夏のように蒸してはいない。新聞には、台風が進路を変えなければ遅くともあさって未明には東京に上陸すると書かれていた。三面には荒川での船沈没の記事がある。『二隻沈没、二隻大破。然れども死者はなし』『無届けでの薬品運搬中』と続き、埼東化薬は認可量の七倍の金属ナトリウムを保管していたとして、埼玉県警の捜索と十四日間の操業停止命令を受けたという。

道の向こう、染め物屋の脇には三人の男が立っている。水野武統が雇った元兵士たちだった。おといの夜、奈加が玉の井を出てからずっとああして監視を続けていた。

奈加は浅草観音裏の旅館つる瀬《せ》にいる。

たたずまいは和風だが、鉄とコンクリートで造られた天井の高い二階建て。客室も床《とこ》の間《ま》のある畳敷きに、椅子、テーブルの置かれた洋間が続き、水洗便所とシャワー室もついている。和洋折衷のホテルという趣《おもむき》で、震災で周りの家々が倒壊しても、堅牢《けんろう》なこの建物だけはほぼ無傷で残った。

調度の趣味がよく、接客の細やかなここを定宿にしている名士は多く、外国からの客も訪れる。百合と喧嘩して顔を合わせるのが嫌になると、奈加はいつもここに来ることにしている。二、三泊して少し羽を伸ばしたあと、また何もないような顔をして玉の井に帰る。血のつながらない二人が一緒に暮らしてゆくための方便をくり返すうち、いつの間にか奈加もここの馴染みになってしまった。

宿代は安くはないが、その程度の小遣いは持っている。罪人だった自分を、水野寛蔵は最後まで身内の一人として扱い、百合に遺したように十分な金を遺してくれた。

「お待たせいたしました」菓子屋の男が風呂敷を下げて玄関を早足で入ってきた。注文していたどら焼き百二十個が分けて入れられた箱が積み上がる。「まだ少し熱うございますからお気をつけて」菓子屋は笑顔でいうと、すぐに頭を下げ帰っていった。

「ありがとね」奈加も笑顔で見送る。

これからやって来る相手への進物だった。はじめは奈加が訪ねてゆくつもりで二日前に約束も取りつけていた。だが、昨夜遅くに確認の電話を入れると、やはりあちらから出向いてくるという。今、奈加に来られると「畳が血で汚れることになる」といわれた。

旅館の女将と仲居たちにも誰が来るかは教えてある。だから皆ひどく緊張していた。梅茶を運んできた一番若い仲居だけがいつもと変わりない。五ヵ月前に東京に出てきたばかりの彼女には、これから来るのが何者かよくわかっていなかった。

奈加もいつもより時間が過ぎるのを遅く感じている。珍しく緊張しているようだ。落ち着かせるために真鍮《しんちゅう》のタバコケースを開いた。なかには手製の紙巻きタバコが並んでいる。三種の葉タバコを好みの配分で混ぜ、紙を折って作った吸い口（ローチ）とともに一本ずつ巻き込んでゆく。奈加の唯一の趣味といえるのがこれだった。一本くわえ、火をつけた。煙を吸い込むと血圧がぐっと下がり、気が鎮まる。

一本目を吸い終え、もう一本とケースに手を伸ばした。が、止めた。そろそろ来るようだ。

一列になって駆けてきた三台の力車が旅館の前で停まった。力車を引いてきた車夫たちがすかさず踏み台を並べる。そこに雪駄《せった》を乗せ、紺、茶、灰と、それぞれに違う色の着物を身につけた男たちが降りてきた。執事たちの到着——恰幅《かっぷく》のいい角刈りの中年男が三人、玄関に並び頭を下げる。奈加も、女将も仲居も上がり口に正座し、頭を下げる。

「本日はよろしくお願いいたします」紺色の着物の男が挨拶した。

「こちらこそよろしくお願いいたします」奈加も挨拶を返す。

「どちらの部屋でしょうか」

「萩の間でございます」

茶色の着物の男が玄関を上がり、部屋を調べに萩の間へと進んでゆく。灰色の着物の男は仲居にこの建物の間取りや裏口の場所を確認している。

紺色の着物の男が奈加を立たせ、肩に手を回した。後ろ襟のなかを覗き込む。袂《たもと》、胸元、腰巻きの下まで丹念に調べてゆく。何も隠していないとわかると、「もう少しお待ちを」と一言いって玄関の外を見た。奈加も見る。

執事たちが乗ってきた力車はもう消えていた。道の向こうには武統が雇った三人が変わらず立っている。そこに自動車が走ってきて静かに停まった。最新型のエンジンスターター付きキャデラック。道に響くクラッチの音。四十手前の制帽を被った運転手が急ぎ外に出て、後部座席の扉を開けた。まるで一幕芝居の最後のように、薄暗い車内から中年女が降りてきた。鶯茶《うぐいすちゃ》の紬《つむぎ》の着物に蒸栗色の帯。その体は相変わらず小さく、表情のない顔をしている。この女が武統の実の母であり、亡き水野寛蔵の本妻であり、今の水野通商を支えている大姐《おおあね》だった。

「挨拶はあと、まずはお部屋に行きましょうよ」

大姐さんがいった。

奈加は下げていた頭をすぐに上げ、立ち上がり、廊下を進んだ。萩― bush clover ―と札のついた部屋の扉を開く。小さな大姐さんは太く大きな奈加の体の横をすり抜け、部屋に入った。

上座の座布団に座る大姐さん。対して、下座で改めて頭を下げる奈加。仲居たちは入ってこない。両隣の部屋にも客はいない。そうするように指示してある。

「わざわざお起こしいただきまして、ありがとうございます」

「いいからさ、頭上げて」

二人向き合い、顔を見た。

「七年ぶり、よね?」

「はい」

最後に会ったのは、奈加が水野の形見となった左薬指を桐の小箱に入れ、池之端の屋敷に届けたときだった。

――遺ったのが指一本だなんて、やくざらしい皮肉ね。

届けた指を大姐さんがはじめて見たあのとき、そういった。奈加は覚えている。

「厄介事のたびに遣いにされて、あんたも損な役回りね」

「仕事ですから」奈加は笑顔でいった。大姐さんも笑顔を見せた。一瞬の息継ぎのような空白。「こちらをいただきました」紺色の着物の男が、さりげなく奈加からの進物を見せる。大姐さんが中身は何かと訊いた。

「どら焼きです」

「おいしいの？」

「ええ」

「なら、いただこうかしら。お持たせで悪いけど、一緒にどう？」

「いただきます」

紺色の着物の男が声をかけると、すぐに仲居たちが茶を運んできた。

大姐さんのうしろの床の間には雀の掛け軸と生け花。ほんのわずかに開けた窓から涼しい風が吹き込み、向日葵《ひまわり》、夏海老根《なつえびね》、粟《あわ》の生け花を揺らす。

「あら、ほんと」亀の焼き印がされたどら焼きを口にして大姐さんがいった。「おいしい」

奈加が下座から見る大姐さんは七年前と同じように何の凄みもない。むしろ脇で控える紺色の着物の男のほうが暴力団を束ねる役にはふさわしい。だが、この力の抜けた顔でどら焼きを頬張る五十手前の女が、水野亡きあとの水野通商をここまで生き長らえさせてきた。

「こっちは？」大姐さんが鶴の焼き印のついたどら焼きを指さした。

「ごま餡と求肥《ぎゅうひ》です」

大姐さんが手に取り、小さく千切った一つを口に放り込む。奈加も放り込む。

二人は同類ではあるが同胞ではない。協力し合おうとはしているが味方同士ではないし、理解し合うつもりもない。決して一つに重なり合うことのない敵同士として、これから交渉をはじめる。

「武統ならおとといの晩からいないわよ」大姐さんがいった。池之端に戻っていないという。

「存じております」奈加もいった。百合との電話を終えた直後、狙われぬようどこかへ移ったのだろう。

「あなた子供は？」ふいに大姐さんが訊いた。

「四人の男の子を産みましたが、四人とも十五になる前に死にました。でも、今は娘が一人います」

「その娘のために命を張るの？」

「違います。百合さんには生き続けてほしいですが、それ以上に、亡くなられた四代目の言いつけを忘れたくないんです」

「おまえはあれ《百合》を守るんだって？」

「はい」

「死人の命令は肌に食い込む荒縄だわね。私もこんな暴力団、どうにでもなれと何度も思いながら、今でもあの人の言いつけを守ってる。あなたも男運が悪いのね」

「周りを惹きつけ巻き込む方でしたから。でも、生まれた家が違ったら、あの方も仏門の聖《ひじり》になっていたかもしれません。理想は高かったけれど我欲はなかった」

「早死にには変わらないわ。門徒の誰かに必ず刺されてたもの」

奈加は頷き、笑った。

「亭主で苦労して、今また亭主似の一人息子に苦労させられて。嫌になっちゃう」大姐さんも笑い、そして訊いた。「で、どうしたいの？」

「百合さんたちにかけた懸賞金を取り下げ、この件は解決したと大姐さんの名前で傘下に通達していただけませんか。それに五代目の居場所も教えていただきたい」

「いう通りにすると、私にはどんな得がある？」

「五代目は無事にお戻りになります。この騒ぎの行く末がどうなろうと、決して命を取られることはありません」

「このまま追い続ければ武統は殺されるかしら」

「はい、残念ながら。ああ見えて百合さんは短気な上に執念深く、腹を立てると抑えが効きませんから。追いつめられれば相撃ち覚悟で殺しにかかります」

「知恵も技量もある馬鹿は本当に始末が悪いわね。でもね、私が少し動いた程度じゃ、もうどうにもならないわよ。武統はどうせこっちの三手、四手先まで読んで手を打ってる。頭だけはとびきりいいから。けど、ほんとは何もわかっちゃない。人一倍知恵があって血を見る度胸があれば、それで世の中を動かせると思い込んでる」

「ですから、もう一つお願いさせてください。五代目を脅迫するため、大姐さんに人質になっていただきたい」

　着物の男たちが一瞬奈加を見た。が、それだけだった。大姐さんは茶を飲んでいる。こちらの思惑など端からわかっていたらしい。

「どこまで上手くいくやら。でも、そんなことすれば、あなた殺されるわよ」

「元より死んだつもりで参りました」

「誰も彼もが死にたがって嫌になる」大姐さんは着物の左の袂に右手を入れた。タバコを出そうとしたらしい。だが、何も持たずに右手を引き抜き、奈加に訊いた。

「タバコある？」

「はい」

「一本もらえるかしら」

「何本でも」奈加は真鍮のタバコケースを開いた。

「そう、これ。おいしかったの覚えてるわ」手巻きのタバコを大姐さんがくわえる。「あなたと会って嬉しいのはこれだけ。あとは会う度、嫌な思いをするばっかり」

紺色の着物の男が素早くマッチを取り出し、擦り、火をつけた。

「やっぱりいい味」大姐さんは煙を吐いた。「吸いながらどうするか考えさせてもらうわ」

「ごゆっくりどうぞ」奈加は笑顔でいった。

※

百合と慎太は北品川の空き家に戻った。

途中あちこちの店で買い物をし、道端の自働電話から二件電話もした。二人をここに案内した若い夫婦の暮らす海苔問屋にも立ち寄った。遠目にしばらく観察し、夫婦や店員たちに動揺や不審な様子がないのを確かめてある。

百合は二階の板間の壁にもたれ座っている。慎太は床に腹這いになっている。

細見欣也の遺した書類は、二人でもう一度詳しく読み、可能な限り内容を覚えると、暗証番号《コード》の書かれた最重要な一枚だけを残し、焼き捨てた。その一枚は小さく折り、慎太ではなく、百合が肩の傷に巻いている包帯の下に隠してある。慎太の母の骨壺は桐箱から出され、紐できつく蓋を縛られリュックサックに入れられた。

窓の外、雲の流れは変わらず早い。鳥とカモメが争っているような鳴き声を上げ、窓の近くを飛び去っていった。母の遺品を眺めていた慎太が顔を上げ、訊いた。

「歩き巫女ってどんな仕事？」

祈祷《きとう》や託宣《たくせん》を施すだけでないことは慎太もわかっているようだ。

「旅回りの女郎」百合はいった。

「ふうん」慎太がまた下を向いた。「母さんはその血筋なんだって」

「ふうん」百合は素っ気なくいった。慎太が笑う。いい加減な返事が嬉しかったらしい。銘酒屋の主人の百合がどうこたえてもうそ臭くなるし、慰める気もない。慎太の血筋なんかより、今はさっき買った花林糖《かりんとう》が美味《うま》いかどうかのほうがずっと大事だった。生涯で最後に食べる花林糖になるかもしれないのだから。

紙袋からつまみ上げ、花林糖をこりんと前歯で噛んだ。うん、悪くない。慎太も寝そべったまま豆菓子を口に放り込んでいる。追われる身とは思えないほど、だらしのない恰好。百合の服は玉の井を出たときの白襟のついた紺色ワンピースのまま。少し汗臭くもなっている。着替えようかと思ったけれど、着心地もいいし、見た目もかわいらしい。このままでいい。このまま夜になり、岩見と連絡を取る時間まで過ぎてゆけばいいと思っている。

だが、思う通りになんてなりっこない。願うものほど指先から遠く離れ、消えてゆく。だから束の間の安穏にできる限り浸っていたのに、やっぱり破られた――

「ねえ」百合は靴を履きながら小声でいった。

慎太はすぐに体を起こし、リュックをたぐり寄せた。この子も気づいていたらしい。

外の様子がおかしい。この空き家の鉄門の前には長い坂道がある。人通りは少ないが、それでも五分に一度は子供たちの声や、自転車や大八車が上り下りする音が聞こえてきた。なのにもう十五分以上、何も聞こえない。

必要な荷物だけを慎太はリュックに、百合はバッグに詰めてゆく。母の遺品の焦げたワンピースや櫛《くし》を慎太は床に置いたままにした。未練はないらしい。百合は未練たらしく床に残した花林糖の紙袋を見た。最後にもう一本だけつまんで口に入れる。

慎太が音を立てぬよう階段に近づいた。一階へと下りてゆく背中を見送り、百合だけが広い板間に残った。

東に向いた大きな窓の横に身を隠し、外を見る。品川沖まで続くなだらかな斜面に町並みが広がっている。無数の瓦屋根、緑の木々、所々にコンクリート製のビルや工場が建ち、風呂屋の高い煙突が突き出している。きのうと変わらない。だが、きのうよりもずっと静かだった。トラックで逃げられた大宮の失敗をくり返さぬよう、周囲の道を封鎖したのだろう。

小沢と津山は、奈加が届けたこちらの提案を受け入れる気はないようだ。このまま待っていては不利になる。突然の通行止めに近隣住人がざわつき出す前に、兵士たちは必ず踏み込んでくる。だから百合は目の前の大きな窓を開けた。

バッグを左肩にかけ、四歩下がって助走をつける。隣に建つ平屋の屋根まで大きく飛んだ。花飾りのついたローヒールがかんと瓦屋根を打つ。靴底のゴムが黒い瓦を踏みしめる。近くでがこんと大きな金属音がした。誰かが空き家の鉄門の鍵を壊し、無理やり入ってこようとしている。

百合は走り出した。高台から海へと階段のように続く家々の屋根を駆け降りる。すぐに三人の男が近くの屋根に這い上がってきた。青シャツを着ている二人は片手に拳銃を、もう一人の白シャツは投網を持っている。江戸のころの捕物のような装備に失笑しそうになりながら、右手でバッグのなかのリヴォルバーを握る。長屋の間を飛び、町工場の煙突を避け、仕出し屋の看板を乗り越えた。着ているワンピースの裾がばたばたとなびく。三人も屋根を走り追ってくる。見えない軒下からも追ってくる無数の足音が聞こえる。頭の上を通り過ぎる音に気づいた家々の住人が窓から顔を出した。文句をいっているらしい。悪いが構っちゃいられない。左から新たに三人、右からも二人が軒先を這い上がってきた。

「近づけば撃つ」百合は大声でいった。

警告にもかかわらず兵士たちは屋根に上がった。向こうが銃を構える前に撃つ。銃声が二回。一発は一人の足の甲を、もう一発は隣の男の膝を貫いた。台風に勢いづけられた海風が血しぶきを宙に散らす。連中の動きが止まる。

「動いたら殺す」百合は続ける。

兵士たちとの距離は約十四メートル。風は強い。だが、狙いは外さない。自信がある。

撃たれた二人は汚れた屋根にうずくまった。残りの三人は握った拳銃を下に向けた。そのうしろから新たに駆けてきた三人も立ち止まった。男たちのなかの一人はまだ時代錯誤な投網を抱えている。

百合は笑いを抑え、また大声でいった。

「こんなところで死ぬのに軍隊入ったんじゃないだろ？」

見え透いた揺さぶり。それでも兵士たちは躊躇《ちゅうちょ》した。この連中は百合が何者かもう知っている。荒川で船を転覆させられたあと、上官から詳しく説明されたのだろう。百合がまだ爆発性ナトリウムを隠し持っていることもわかっている。

しかも、今は昼の空の下。薄暗い竹藪でも、トラックの運転席の足元でも、輪郭が滲むほど照明を浴びせられた夜の荒川の上でもない。百合の小さく整った顔を、細く長い手足を、雲間から射す光が照らしている。兵士たちは容赦ない射撃と華奢な肢体の不釣り合いに戸惑っていた。それぞれの顔に迷いを浮かべながら、敵意とは違う忌《い》んだ目で百合を見ている。

伸ばした腕に握る百合のリヴォルバーは兵士たちに狙いをつけたまま。肩までの髪と紺のワンピースに風が吹きつける。ふわりと浮いた裾から覗く白い太腿を、女の自分を見せつけながら、百合は屋根の上をゆっくりとあとずさった。

そこで銃声が鳴りはじめた。ずっと遠く、二階建ての空き家からぱんぱんと続けて響いてくる。いい頃合い——疑心にとらわれている兵隊たちは音に釣られた。皆が慌てて屋根に伏せ、振り返る。その瞬間、百合は背を向け、駆け、屋根から細い路地へと一気に飛び降りた。

慎太は一階の便所の窓から青空に向けて拳銃を撃っている。

五回引き金を引いてから、ベレッタをリュックに放り込んだ。次に便器の前の小さな下窓から裏庭に抜け出し、地面を這った。隣の家との境にある板塀の下も這い、忍び込んでゆく。

庭の奥、家のモルタル壁に年季の入った自転車が立てかけてある。大きく重い鉄のフレーム、革のサドル。近づいてハンドルを握ってみる。ブレーキにもチェーンにもしっかり油が注されている。タイヤの空気圧も十分。思った通りだ。きのうの夕方、空き家の二階から見下ろして気づいたときから目をつけていた。百合に教わった通り、後輪につけられた鍵穴に先をコの字にした針金を差し込み、出てきた先を握って強く引っ張る。カキンと音がしてU字型の鍵が外れた。家の住人は皆出かけているらしい。よかった。玄関戸の前に借り賃として八円分の紙幣を放り投げると、すぐにリュックを背負い自転車に跨がった。

木戸を抜け、目の前の坂道に一気にこぎ出す。

急な斜面を登ってゆく。重い車体がふらつくけれど、それが気持ちいい。足を櫂《かい》のように土のなかにずいっと沈め、うしろに大きくこいでゆく感じ。通り過ぎた脇道から二人の男が飛び出てきた。追ってくる。坂の下からも何人かが駆け上がってきた。けれど気にならない。

——やっぱり楽しい。

自転車に乗るのが大好きだ。こんなときなのに改めて感じた。雲が途切れ、西の空から太陽が照らす。「止まれ」男がうしろで叫んでいる。止まるわけない。坂のてっぺんまで登りきった。汗が出る。すぐに下り坂がはじまる。長くどこまでも落ちてゆくような感じ。ペダルをこぐ足はもちろん止めない。風が耳たぶをを叩いてゆく。うしろからエンジンの音がする。自動車も追ってきたみたいだ。加速で体が引っぱられる。路肩の電柱の木目が、看板の模様が速度で滲む。

　ずっと坂を下った先に着物姿の通行人がようやく見えた。が、その手前の脇道からまた男たちが飛び出した。色違いの開襟シャツにズボン、片手には拳銃の代わり映えしない格好。秩父の山を、高崎線の線路脇を思い出す。男たちが銃を構える。慎太はハンドルを切り、細い路地に飛び込んだ。ねこ小路と書かれた小さな看板がちらりと見え、肩に当たった。名の通り、道で眠っていた猫たちが一斉に目を開き、こっちを一瞥《いちべつ》して散ってゆく。張り出した小枝が髪を掻く。先には井戸場が見える。立ちこぎしてペダルをさらに踏み込んだ。シャーと鳴るチェーンと歯車。やっぱり左脚は痛くならない。駆けるとすぐに動きが鈍くなって苛つくのに、自転車に乗っているときはしっかり動く。ただし、降りて少しするとものすごく痛くなって石膏のように動かなくなるのだけれど。

　細い路地の先にも拳銃を手にした男が見えた。慎太は左脚で井戸の組石を蹴ると、その反動で素早く右に曲がった。さらに細い道へ。知らない町での追いかけっこ。わくわくしている。石畳で車体が跳ねる。パンとうしろで鳴って、同時に自分のすぐ横で何かが壊れる音がした。撃ってきた。どうせ威嚇《いかく》、本気で当てってこない。そう思うことにする。パンパン。続けて鳴る音を背にしながら左へ曲がる。少し広い道に出た。また下り坂。道沿いに駄菓子屋があり、店先には子供たち。何事かとこちらを見ている大人も二人。だが、その全員が一斉に坂の下へ顔を向けた。

　騎馬がずっと下から駆け上ってくる。振り向くと坂の上からも騎馬が駆け下りてくる。騎馬のうしろには軍用トラックも見える。挟まれた。慎太は構わずペダルをこぐ。駄菓子屋のおやじも子供たちも唖然としている。目を剥《む》いている連中の前を慎太は走り下りてゆく。午後の坂道に響く蹄《ひづめ》とエンジンの音。上ってくる騎馬に向かって真っすぐに進む。一直線に重なれば、もううしろから撃たれることはない。長く伸びた馬の顔が近づいてくる。速度がぐんぐん上がる。騎馬もぐんぐん迫ってくる。

馬の大きな鼻の穴も、騎手の慌てた顔も面白い。向こうが避けなきゃぶち当たるだけ。それでいい。ブレーキからはもう手を放した。速さで体が浮き上がりそうだ――

タイヤが黒く濡れた鼻先に触れる直前、馬が嘶《いなな》き、体を斜めにして止まった。前脚を振り上げ、怯えて竿立ちになる。蹴り上げた蹄が慎太の前髪を撫でてゆく。騎手が振り落とされまいと手綱にしがみつく。慎太の自転車が馬の後脚の横をすり抜けてゆく。「やった」と思った。軍人の騎手のほうが怖くて先に逃げた。慎太はハンドルを切り、吸い込まれるように脇道に入った。振り向くと目の端に倒れてゆく馬の体が見えた。汚く狭い路地。ペダルを踏み込む足が興奮で震える。思わず笑顔になる。

その瞬間、前輪を壊された。横から突き出た細い何かがスポークを叩き折り、車体が前につんのめる。慎太の体が飛び、頭から地面に突っ込んでゆく。慌てて両手でかばった。が、間に合わず顔の左半分を地面に打ちつけ、そのまま変な格好で少し滑った。頬と顎と両腕が擦りむける。それでもリュックのなかの骨壺は割れていない。すぐに立ち上がろうとしたが力が入らない。どうにか顔を上げ、上半身を起こした。

――逃げなきゃ。

だが、男たちが駆け寄ってきた。声を出す前に口に詰め物をされ、リュックを取り上げられた。頭から布も被せられる。狭い道の両脇で引き戸が開く音がする。住人が様子見に出てきたようだ。男たちが「家に戻れ」と叫んでいる。体が浮いた。担ぎ上げられたらしい。顔も腕も肩も痛い。捕まった。サイクリングもこれで終わり。ちきしょう。逃げられなかった。

――でも、ここからがはじまり。

心のなかでくり返した。ゆっくりと鼻呼吸をし、自分を落ち着かせる。

布に包まれたまま薄暗い場所に運ばれ、降ろされた。

固い床板の感触。伝わってくる振動。きっとトラックの荷台だ。陶器の擦れる音もする。リュックを探られているらしい。もう骨壺を見られただろう。オートマチックの拳銃も取り上げられたようだ。弾倉を抜き取る音がする。二枚に割かれた家族写真や、実の母の写真も見つけられただろう。そこで急に頭から布を外された。口の詰め物も引き出された。倒れたまま見上げると枯れ草色の幌に囲まれている。やっぱり荷台だ。幌に開いた光採りの穴から太陽が射し込み、上から電球も垂れている。そして茶色い髪と瞳の津山が見下ろしていた。

「そういうことか」灰色の背広に臙脂色のネクタイをつけた津山がいった。右手には母の遺品受取証の控えを握っている。他に兵士が三人、背後から慎太を囲んでいる。狭い荷台に五人。息苦しい。全員の体が大きく一度揺れた。トラックが停まったらしい。

「いつから知っていた」津山が高い背をかがめ、顔を近づけ訊いた。

「ずっと知らなかった」慎太はいった。「わかってれば、こんなに遠回りしなかったのに」

「うそは聞き飽きた」

「うそなんて――」いい終わる前に津山が蹴った。

左肩を靴裏で突かれ、慎太は座ったままのけ反るように転がり、うしろの兵士に受け止められた。津山が髪を摑み、体を起こす。目が合った瞬間、今度は腹を殴られた。思わず「くうっ」と負け犬みたいな声が漏れた。気持ちが悪い。喉がごくんと動いて、少し前に食べた豆菓子が口から吹き出た。

三人の兵士は見て見ぬ振りをするように顔を伏せた。司令官が子供相手に本気で暴力を振るったことに戸惑っている。奈加さんがいっていた通りだ。津山は家族が狙われていることを部下には伝えていないのだろう。兵士たちが自分の家族への報復を恐れ、敵の目前で躊躇するのを防ぐためだという。

――家族の命を狙われるのはどんな気分だよ。

訊きたかったが慎太は黙っていた。

「書類はどこだ」津山が訊いた。

父がいわれた脅しの言葉――声が記憶を呼び起こす。秩父の家の床下で聞いた父の、姉の、義理の母の、女中たちの悶絶《もんぜつ》が頭の奥に響く。それでも動揺はしなかった。

「僕は持ってない」

「小曽根に持たせたか」津山の手が包帯を巻いた慎太の左腕を摑む。「あの女はどこだ」

「海の近くの病院」

品川と大井町の中間、東海道線のすぐ横に建設途中の大きな病院がある。慎太はあっさりと居場所を明かした。

「暗証番号《コード》を教えろ」

「僕は知らない。代わりに伝言があるんだ――『番号を知りたければ、おまえ一人で病院に来い』」

百合から託された通りいった。

「行く必要はない。おまえを尋問すればわかる」

「すればいい。僕が本当に知らないってわかるから。そして、おまえは任務に失敗するんだ。戦いから逃げた臆病者だと笑われろ」

「誰も笑いはしない。子供が強がるな」

「笑うさ。海軍も内務省の連中も。女と子供に何度も裏をかかれた陸軍の間抜けのことを」

「今ここで殺されたいか」津山の茶色い瞳孔《どうこう》が怒りで広がってゆく。

「いいよ」いい返した。「あの人が必ず敵《かたき》を取ってくれる」

津山が手を振り上げる。右頰を二度続けて叩かれた。唇も口のなかも切れてすごく痛い。痛いのは嫌だけれど慣れた。痛いことが当たり前になっている。

「おまえ一人だけ生き残って、僕と同じ気持ちを味わえよ」切れた口でいった。

慎太は脅迫している。

岩見の報告を聞いた百合と慎太は、自分たちが大日本帝国陸軍の全軍に狙われているのではないことを改めて知った。陸軍内の一部勢力の命令を受けた、少数の実動部隊に追われているに過ぎない。しかも、同じ陸軍内には批判的な勢力も存在する。津山たちが危険で侮《あなど》れないのは確かだが、奴らへの補給や援助の態勢も万全とはいえない。

だから二匹の窮鼠《きゅうそ》は猫を噛むことにした。威嚇じゃない。隙があれば噛み殺すつもりでいる。

「卑劣な脅しになど屈しはせん」津山が小声でいった。

「僕も屈しない。妥協もしない」慎太も睨む。

暗証番号《コード》、卑劣な脅し……不可解な会話を聞かされ、兵士たちの顔がさらに困惑した。不審を浮かべた三人の目がゆっくりと津山に集まってゆく。

「手首だけ切り落としても事足りるのだぞ」

「それじゃ契約変更はできないさ。うそつき野郎」

いった瞬間、津山に首を摑まれた。父がベルンの信託銀行と交わした契約条項を読んだ慎太は、十指指紋登録者の生存が確認されなければ、解約も契約内容の変更もされないことを知っている。津山の左手に力がこもる。もう喋らせたくないのだろう。喉が詰まる。苦しい。なのに、少し笑いそうになった。自分のしていることがあまりに無茶で口元が緩んでしまう。

「包《くる》め」慎太の笑顔を見た津山が合図した。兵士たちが困惑した顔のまま、慎太の口にまた詰め物をする。津山の左手が首から離れ、同時に頭から布を被せられた。また視界が遮られ暗くなる。

兵士の一人が無線機で話しはじめた。建設途中の病院について調べさせているようだ。しばらくの沈黙のあと返信があった。電波に乗った声が報告してゆく。

鉄道線路と海の間にある広い工事現場には、九年前まで大きな鋳物工場があった。大正四年の夏、近隣住民も招き入れての盆踊り大会の途中、火事が起き、木造の工場は全焼。子供三人を含む八人が焼け死んだという。悲劇の現場としてしばらく放置されたのち、二年前、福澤《ふくざわ》財閥が買い取り、先端設備を備えた病院の建設がはじまった。だが、今度は震災が起きた。地盤沈下による足場の倒壊、地下水噴出などの問題が次々と起き、適当な打開策もなく工事は中断したままになっているらしい。

火事と聞いても慎太は吐かなかった。胃から苦い水が昇ってきたが喉で止まった。少し前に一度吐いたからなのか、炎への恐怖が和らいだからなのかはわからない。

交信は続いている。エンジン音が響き、トラックが走り出す。やっぱり病院に向かうようだ。慎太の気持ちは妙に落ち着いていた。ただし、生きている心地もしない。生きている者がいうのは失礼だけれど、半分死んだような気分だ。

慎太は今、家族を殺した連中に捕われている。とても馬鹿な賭けをしている。

——なのに、こんな賭けもあの人のせいで怖くなくなった。

何も見えない袋のなかで、慎太は百合の顔を思い浮かべた。

百合は坂の途中から見下ろしている。

大きな屋敷が並ぶ品川町御殿山《ごてんやま》の高台。百合の頬を汗が伝ってゆく。遠回りして何ヵ所かに寄り、それから急いでここまで来たせいでまだ息が荒い。

視線のずっと先、一号国道の路肩に軍用トラックが停まっている。計十二台。津山の部隊が集結していた。子供たちが集まり軍用大型トラックを興味深そうに眺めている。一号国道と東海道線の線路を越えた向こうには、工事が中断したままの病院用地が見える。

百合は津山たちが動き出すのを待ちながら、空き家を貸してくれた若い夫婦のことを考えていた。通報したのはあの夫だろう。もちろん恨む気はない。家族を守るための正当な行為だ。逆に、半ば詐欺のように面倒に巻き込んだことを、今も申し訳なく思っている。

西の空が朱に染まりはじめた。風は強いままだが、雨の気配はない。

病院用地の方角から自動車が走ってきて、男二人を降ろし、また走り去っていった。二人は前から五台目のトラックの幌のなかに入ってゆく。先行調査の結果を報告するのだろう。

あの五台目に津山と慎太が乗っている。間違いない。

トラックの車列に道幅の三分の一を塞がれ、自動車や馬車の往来が滞りはじめた。巡回中の警官が移動を要請したが、兵士との口論のあと追い払われた。前から五台目のトラックの荷台から麻袋が運び出され、二台目のトラックに積み直されてゆく。あのなかに慎太が入れられているのだろう。攪乱《かくらん》のつもりか、他の十一の車両の荷台すべてに同じような麻袋が積まれてゆく。偽の袋の中身は兵士。馬鹿でもわかる。しかも、周囲を警戒しているものの、作業自体は丸見えだった。

どこの国の軍隊も変わらないと百合は思った。諜報を知らない実戦部隊が隠蔽や偽装の必要に迫られると、決まってこんな滑稽《こっけい》なことをする。

津山を乗せたトラックを含む八台がまず動き出した。一号国道を左折し、建設途中の病院の方角に向かってゆく。部隊を二手に分けるようだ。病院で待ち伏せていると津山は本気で思っているらしい。だが、津山は一人でも、慎太を連れてもいない。百合の伝言を完全に無視した。それでいい。こちらの思惑通りに動いてくれている。時間を置き、残りの四台のトラックも動き出した。一号国道を少し進み、右折してゆく。

百合も走り出した。坂道を下りてゆく。左折した津山たちを無視して、右折した四台のトラックの道筋を予測し、先回りする。後発の車列は細い道を抜けて桜田通りに出るつもりなのだろう。あの二台目の幌のなかに慎太はいる。行く先は三宅坂《みやけざか》の陸軍省か、青山南町の第一師団司令部。どちらかはわからないが、どちらでも構わない。あの車列が桜田通りに出るずっと前に、百合はかたをつけるつもりでいる。

百合は下町の商店街に出た。二間半（約四・五メートル）ほどの幅の道を買い物の女たちが歩き、路肩では子供たちが遊んでいる。百合も走るのを止め、息を整えた。強い風が電柱を揺らしている。コロッケ屋台からはラードの匂いが漂い、魚屋からは威勢のいい売り声が響いてくる。その先、商店街の南の端、目黒川沿いの細い道との角には大きな燃料問屋があり、さらにその先には目黒川に架かる古い木の橋が見える。

燃料問屋の周りでは、終業までに仕事を終えようと人夫たちが荷の積み降ろしを続けていた。空模様が気になるらしく、何人かがしきりに雲の流れを見上げている。木炭や石炭を積んだ大八車、リヤカーが行き交う。護岸されていない目黒川にも木炭を積んだ船が泊まり、強い風が煽る波に揺られている。

洋装の百合はここでも目立ち、何人もに見られた。どうせすぐに百合のことなど気にしていられなくなる。橋の向こうからエンジン音が聞こえてきて、燃料問屋の人夫も子供も音の方へ顔を向けた。四台のトラックが近づいてくる。百合は乾物屋の横の細い脇道に入り、タバコでも探すように黒く大きなバッグのなかに右手を入れた。リヴォルバーを握りしめる。

近づいてくるトラックが警笛を鳴らす。人夫たちは軍用車には逆らえず、道を塞いでいた大八車をすぐに動かしはじめた。

列の先頭のトラックが橋を渡り、路上でもたついている練炭《れんたん》を積んだ大八車に向けて再度警笛を鳴らした。人夫たちがこんな時間にこんな場所を通る軍用車に恨みの視線を返す。二台目のトラックも橋を渡り、三台目の前輪が厚い橋桁《はしげた》の上に乗った。

百合は測った。四、三、二、一——素早く狙い、引き金を二度引く。

銃声とともに路上の大八車の車軸と車輪が砕けた。片輪を失った大八車が倒れ、積まれていた山のような練炭が路上に散らばる。ブレーキを響かせトラックの車列も止まった。百合は脇道から飛び出すと、一台目のトラックの右脇を駆け抜けながら前輪と後輪を撃ち抜いた。ゴムタイヤがぶしゅーと空気を吹き、車体が傾いてゆく。通行人と子供たちが騒ぎ出した。奇襲を予測していた兵士たちが荷台から飛び出す。小銃を構え、二台目のトラックを囲み警護する。慎太を餌におびき寄せたつもりらしい。が、百合は二台目のトラックを無視してもう川沿いまで走っていた。茶色の広口薬瓶をバッグから取り出し、思い切り投げる。残しておいたセシウムとルビジウムのすべてが詰まった薬瓶が回転しながら飛んでゆく。三台目と四台目のトラックが乗る橋の下、目黒川へどっぽんと落ちた。

沈んだ四秒後、爆音とともにまた水柱が上がった。

二種類の金属ナトリウムの爆発は古びた橋脚を砕きながら橋を押し上げ、夕刻の空へと昇っていった。あの夜の荒川よりもさらに大きい水柱を陽光が煌《きら》めかせる。橋桁が割け、三台目のトラックは車体のうしろから、四台目は前から滑り、激しい金属音とともにハの字を逆さにしたような形で川へと落ちてゆく。

崩落に巻き込まれた兵士たちの絶叫。欄干と土手が崩れる音。子供たちの叫び声。小銃の銃口が百合を追い、銃声が響く。だが、残った兵士たちも半分は混乱している。昇った水柱と木片が雨のように落ちてきた。人夫たちも慌て、女たちは怯え、夕刻の道は人で入り乱れた。

百合は女子供に紛れて乾物屋の店先に飛び込むと、なかを通り、奥の畳を土足で踏み、裏口から出てまた脇道へぐるりと回った。百合を見失った兵士たちが叫んでいる。川に落ちたトラックの救助に何人かが走ってゆく。

警備の隊形が崩れた隙を突いて、百合は二台目のトラックに駆け寄った。一人の兵士が気づいて銃口を向ける。百合は見知らぬ中年女のうしろ帯を摑み盾にした。女が悲鳴を上げる。撃つのに一瞬躊躇した兵士に百合は容赦なく二発撃ち込み、膝を蹴り倒した。同時に銃弾の切れたリヴォルバーから、ブローニングM1910オートマチックに持ち替える。扉のないトラックの運転席へ飛び乗り、運転手が銃を抜く前に肩と腹を撃ち、蹴落とした。ギヤーを入れ替え、アクセルを踏み込む。ハンドルを切りながら、運転席のうしろ、慎太の捕われている荷台への小窓に銃を持つ右手を突っ込み、引き金を引いた。暗い荷台に残っていた兵士たちが叫びながら倒れてゆく。トラックも路上の兵士を轢き倒しながら後退してゆく。またすぐにギヤーを入れ替え、前へと走り出した。

川沿いの道を逃げる。追ってくる兵士たちはすぐに振り切った。小銃の音は鳴り続けているがタイヤは撃たれていない。肘でハンドルを支えながら拳銃の弾倉を換え、荷台で唸る二人の兵士をさらに撃って威嚇する。

そのままトラックを走らせた。目黒川沿いの道から左に曲がり、並ぶ長屋の前を通り過ぎ、路地を抜け、品川神社の脇道で一度停まった。

厚い雲を縫って射す陽光が、鎮守の森をほの赤く染めている。百合は小窓から飛び込むように荷台に移った。二人の兵士は床に倒れたまま動かない。二人の握っている小銃を奪い、みぞおちを蹴ったあと、バッグから出した鉄線と荷台にあった荒縄で縛り上げてゆく。

床の大きな麻袋ががさごそと動いた。

「もう少し待って」袋のなかの慎太にいった。

うしろの幌をわずかに上げ、傷の浅いほうの兵士一人を残し、もう一人を道に落とす。通りすがりの婆さんが「ひっ」と声を上げ、強盗にでも出くわしたような顔で百合を見た。

これで人質は用意できた。麻袋を開いて顔の腫れた慎太を外に出す。代わりに人質の兵士を袋詰めにした。慎太は大きく息を吐きながら立ち上がり、奪われたリュックサックを取り返すと、中身を確かめた。ベレッタにまた弾倉を入れている。百合もリヴォルバーとブローニングに再装塡する。

慎太が電源が入ったままの無線通信機の前に座った。

「使える？」百合は確かめた。

慎太が頷く。百合は運転席へ戻り、またアクセルを踏んだ。暮れてゆく町を海に向かって走る。まだ街灯は光っていないが夜は近い。

すぐに通信機に着信があり、拡声器（スピーカー）が鳴った。

「こちら五号車。状況はどうか。返信せよ。状況は――」通信員がいっている。

「話して」運転席から百合はいった。

薄暗く、真空管の熱で暑い荷台。慎太は送話器のボタンを押し、腫れた唇で話しはじめた。

「こちら八号車。津山大尉に伝えろ。交渉したいなら病院裏のポンプ場に来い。僕らも向かう。必ず津山一人で来い。こちらには人質がいる」

「そちらは誰か」通信員が訊いた。

「細見慎太だ。津山に来いと伝えるんだ」

「八号車の乗員はどうしているか」

「だから乗員の一人を捕縛した」

「もう一度向かう場所をいえ。病院ではないのか」

「病院じゃない。その裏、道を挟んだ工事中のポンプ場だ。来るのは津山一人だぞ」

品川の下町一帯の上水道に配水する新たな電動式ポンプ場を建設中だったが、病院と同じく、震災による地盤沈下や湧水により工事半ばで中断している。再開のめどは立たず、今は海沿いの広い建設現場に警備員が数人残っているだけだった。

「そちらの要求は何か。小曽根はどこか」通信員の声がくり返す。

「要求は津山が知っている。部下を連れてくれば人質も家族も死ぬと伝えろ」

「家族とは何か。どういうことか」

「津山に訊けばいい。僕たちは何も隠してない、うそもついてない。うそつきは津山のほうだ。僕たちは機密書類なんて知らない。知ってるのは預金口座の暗証番号だけだ。陸軍はそこに預けられた金のために僕の家族を殺した──」

通信を切断された。津山が切らせたのだろう。再接続しようとしたがつながらない。周波数を変えたらしい。拡声器から雑音が流れ、慎太は顎から汗を垂らしながらまた大きく息を吐いた。汗が腫れた目や唇に滲みるらしく、シャツの袖で拭っている。

仕掛けは終わった。あとは戦うだけ。

唇が乾く。ビールでも飲みたい気分。百合は代わりに喉を鳴らして唾を飲んだ。

※

街灯とネオンが照らしはじめた道。岩見はまた自動車の後部座席にいる。また左右を男たちに挟まれているが、今度は紺色の軍服を着た二人だった。

江戸通りを進み、神田川に架かる浅草橋を渡ると右に曲がった。

柳橋《やなぎばし》の細い道を走ってゆく。神田川に架かっていた柳橋という名の橋自体は、震災で焼け落ちてしまった。再建計画が進んでいるものの、まだ工事ははじまっていない。色街で名高かったこの一帯もすべて焼けたというが、バラックの並ぶ先に造り直されたばかりの洒落た門が見えてきた。ほとんどの料亭が営業を再開している。置屋や茶屋も再建され、自動車、力車、芸子が町を行き交い、賑わっていた。

榮久良《えいくら》という料亭の前で自動車は停まった。一目で海軍と分かる連中が門脇で待ち構えていた。警護の増員のようだ。前後を紺色の制服に守られながら、石灯籠《いしどうろう》の間を奥の玄関へと進んでゆく。

道を挟んだ向こう、少し離れた電柱の陰に、右腕を三角巾で吊るした男が見えた。他にも内務省の職員らしい二人が立っている。海軍に護られている岩見に手を出してはこないが、背信者を蔑むような目で見ている。気にはならなかった。逆に、わずかばかりの秘密を開示した程度で、自分を懐柔できると思い込んでいたあの連中の甘さを見下していた。さっさと留置所へ入れずに、誠意を見せようと客扱いするからこうなる。

——馬鹿な奴らだ。

自分のなかに悪意とともに懐かしい自我《エゴ》が湧き上がってくるのを感じる。

仲居の先導で廊下を進んでゆく。十畳の座敷に通され、四人の男たちに見守られながら座布団に尻を下ろした。四人とも海軍の軍人だが、岩見の知った顔は一人もいない。見知らぬ連中に囲まれながら待つことにもすっかり慣れた。風が障子をがたがたと鳴らす。

「いいですか?」岩見は上着のポケットからタバコの箱を出した。

男の一人が頷き、灰皿を差し出した。

火をつけ、むせながら少しだけ煙を吸い込む。ひどくまずいが、口に広がる苦みが気持ちを奮い立たせてくれる。

見慣れた幻影が吐いた煙のなかに浮かんできた——駆逐艦の最下甲板。非常灯に照らされながら水面をたゆたう喜久太郎《きくたろう》の顔。

顔の向こう、この部屋の山水画の掛け軸と生け花が透けて見える。青白い肌と生気の抜けた目に、竜胆《りんどう》の花びらの紫が重なる。いつ以来だろう、たぶん半年ぶりの幻覚との再会。だが、もう怖くも悲しくもない。自分を憐れむような気持ちにもならない。

——用済みだよ、喜久太郎。

心のなかでつぶやいた。

今日の昼――

岩見は百合たちと別れたあと、目立たぬように裏路地を歩き続け大森ホテルに入った。

この日の朝に百合が同じ場所に来たことなど、もちろん知らない。待ち合わせのふりで一度ロビーを見渡し、並んだ電話室の一つに入ると急に汗が出てきた。受話器を取ると同時に緊張が背中を這い上がったが、それは決して悪い感触ではなかった。

「市外通話を。相手番号はわかりません」岩見はいった。

「どちらでしょうか」交換手が訊いた。

「茨城県稲敷《いなしき》郡阿見《あみ》村《むら》、霞ヶ浦海軍航空隊本部」

交換手が相手番号を調べている間、かすかな雑音だけが受話器から聞こえた。

「お話しなさいませ」交換手の声のあと、すぐに男の声がいった。「何の用か?」

「東京からかけております岩見良明と申します。榛名作戦の件でお話しがございますと山本大佐にお伝えください」

「どういうことか?」

「二七二五です。お伝えくだされればわかります」

「お待ちください」受話器の向こうの声が敬語に変わった。予想通り、重要事項・緊急事項を示す数字は今も変わっていなかった。

今、霞が関の海軍省に直接行けば、間違いなく警戒している陸軍や内務省の連中に捕まる。横須賀の海軍基地や海軍の主な将軍たちの自宅も同様に人が配されているだろう。

だから岩見は搦《から》め手《て》から近づくことにした。

電話をかけ終えると、ロビーのソファーに座った。手のひらで顔の汗を拭い、ため息をつくと、副支配人だという男が声をかけてきた。海軍省から連絡を受けたという。岩見が受話器を置いてから、まだ五分もたっていない。副支配人は半信半疑の顔をしていたが、それでも岩見を従業員通路の奥へと慌てて連れていった。

入れられた部屋は物置らしく、無数の荷物で埋まっていた。見張り役に背広を着た初老の男が一人。ホテルの警備担当者だという。ドアの近くの椅子から動かず、手前勝手な自信に溢れた目で見ていた。どうせ警視庁を定年退職した元刑事だろう。岩見は話しかけず目も合わせず、窓のない部屋に詰め込まれている荷物を眺めた。かぼちゃをくり抜いた灯籠、鍔の広い三角帽、髑髏《どくろ》の面もある。アメリカ人客向けの余興に使うハロウィンの小道具らしい。他にもバーベキュー用の大きなグリル。火《ひ》熾《おこ》し器もあった。とりあえず上着を脱いで、シャツのボタンを三つ目まで外した。

そこからの時間はやはり長かった。正直、怯えてもいた。だから一時間二十分後に部屋のドアが開き、副支配人とともに入ってきた一団が茶褐絨《ちゃかつじゅう》ではなく濃紺の制服を着ているのを見たときは、安堵のため息とともにまたどっと汗が出た。海軍中尉と一等兵曹たちに守られながら一般の客室に移ったが、そこにも三時間近く留め置かれた。万一のときに責任を負わせるため、交渉をはじめに持ちかけられた本人が、霞ヶ浦から東京に戻ってくるのを待っていたのだろう。夕陽が沈みはじめたころ、ようやく大森ホテルを出た。海軍兵士に囲まれながら自動車に乗り込んだ岩見を、宿泊客や従業員が奇妙な目で見送った。門の外にも、情報を嗅ぎつけた陸軍が派遣した兵士、内務省職員らしい男たち、制服の警察官が並び、道行く近隣の住人たちは何事かと眺めていた。

その物々しさと敵意に満ちた空気は、重要人物の送迎というより大逆犯の押送のようだった——

二階の宴席から大きな笑い声が響いてくる。

その声を破り、とんとんと力強い足音が廊下の先から聞こえてきた。来たようだ。

「久しぶりだね」襖が開き山本五十六《いそろく》海軍大佐が入ってきた。

「ごぶさたしております」岩見は頭を下げた。

随行の二人は廊下に立ったまま。窓の外の庭にも人が配されているのが見える。

背が低く肩幅の広い山本は、以前と同じように左手を上着のポケットに入れたまま、上座の座布団に腰を下ろした。山本は日露戦争時の日本海海戦に参加し、巡洋艦日進《にっしん》艦上での腫発《とうはつ》（砲弾が砲身内で炸裂する事故）で、左手の人差し指と中指をなくしている。

「まず一杯飲ませてくれ、喉が渇いてな」

「もちろんです」

「皆も座ったらどうだ」山本は立ったまま岩見を注視している部下たちにいった。「楽にしてくれ」

四人も腰を下ろす。

「茨城はいかがですか」岩見は訊いた。

「霞ヶ浦かい？　遠いし、何の面白みもない。航空隊の練度を上げるには最適だよ」

山本が笑い、岩見も笑った。二人とも広島県江田島の海軍兵学校出身。誘惑のない場所に隔離したがる海軍の癖は、互いによく知っている。

今日九月一日から、山本は正式に茨城県稲敷郡阿見村の霞ヶ浦海軍航空隊本部付きとなったという。近いうちに現場の最高責任者である航空隊教頭に就任するだろう。今後の海軍航空力の行く末をこの男は握っている。同時に、大正八年から二年間アメリカに駐留し、ハーバード大学への留学経験も持つ。海の向こうから迫る脅威の実態もよくわかっている。

襖の向こうから女中が声をかけた。冷えたビールと日本酒の徳利が運ばれ、山本を除く五人の傍らに一本ずつ置かれてゆく。酒を飲まない山本の横には、冷えた緑茶を入れたガラスの急須とサイダー瓶が置かれた。山本が自分でコップに注いだサイダーを口に運び、ふうと息を吐いた。岩見を含む残りの五人も自分でビールを注ぎ、乾杯もいわずに口をつけた。山本は気を遣われるよりこうして勝手にされるのが好きなのを皆知っている。

岩見が山本とはじめて話したのは九年前。

そのころ海軍大学に在学していた山本に、岩見は将来海大に進学希望の後輩として会い、話を聞き、酒と飯をおごってもらった。二人を仲介したのは岩見の当時の上官。出世が見込まれる後輩同士の人脈を取り持つことは、上官自身の将来の安泰につながる。いわば先行投資だったが、その上官は利を得ることなく脳溢血《のういっけつ》で死んでしまった。

その後も四度、岩見は山本の宴席に呼ばれ、親交を深めていった。しかし、山本は大正五（１９１６）年十二月に海軍大学を卒業すると、翌年一月腸《ちょう》チフスにかかり、一年半の療養を余儀なくされる。その間、岩見も地中海の臨戦任務に出発し、帰国後、退官した。

山本は岩見より六つ上の四十歳。以前と較べ、自信だけでなく経験と苦労も刻まれた年相応の顔になっている。

「やはり私が全権者にされたよ」山本がいった。

「申し訳ありません」岩見は頭を下げた。

「君が謝ることでもない。利ざやはでかいが、まあ、誰にとっても割のいい仕事ではないな」

山本は一本だけ吸い殻のある灰皿をちらりと見た。

「吸えるようになったのか」一言いって、胸のポケットからタバコを取り出した。CHERRYと銘が書かれた箱から一本抜き、自分で火をつけ、煙を吐く。

穏やかながらも明確な示威行為。タバコを忌避《きひ》するようになったのも含め、岩見の退官以降の動向は詳細に調べてあるといいたいのだろう。

「我々は最低で四。陸軍が最高で四。内務やその他が併せて二。これは譲れないそうだ」

山本は分配率のことをいった。海軍は六千四百万円以上の報酬を要求している。

「提案を受けていただける、そう思ってよろしいのでしょうか」岩見は慎重に訊いた。

「受けるよ」山本は言葉にするだけでなく大きく頷いた。「これを的確に処理すれば、大きな国益となると私は信じている」

「ならば異論はありません」

「まだあるんだ。七年を五年半にしてもらいたい」

「待てるのは成人するまでということですか」

「ああ。ただ、その先は見捨てるという意味じゃない。本人の学力にもよるが、大学卒業までは警護と援助を続けさせてもらう。妥当な線だと思うが」

岩見は一つ条件を出していた。海軍が細見欣也の秘密預金を手に入れても、最低七年は利殖以外の目的で金を動かさない。利殖も金が預けられているシェルベ・ウント・ズッター銀行を通じて行う。債権者移譲などの手続きは強要しない――海軍のものにはなるが、実際に使えるのは七年後になるということだ。その間、慎太は人質として日本海軍管理の下、スイスで過ごさせる。窮屈な生活になるが、形式的にでも慎太が銀行との交渉役、出納役として機能している間は安全に過ごせる。

山本が続ける。

「彼は渡航後、半年ほどかけて語学を習得させたのち、日本大使が保証人になり適当な寄宿学校に入れる」

「わかりました。五年半でよろしくお願いします」

「本人に訊かなくていいのかい」

「意思確認はできています」

「変わっていないな。やはり君が相手だと話が早い」

追加のビールとサイダー、それに寿司が運ばれてきた。

皿に並ぶのはツメを塗った煮イカに焼き穴子の握り、手綱巻き、ひよこ。手綱巻きは、蒸した車海老と酢締めのコノシロを交互に並べ、海老のおぼろと酢飯を敷いて巻き簾《す》で握ってゆく。ひよこはゆで卵の黄身を白身から外し、鯛《たい》やエビのおぼろと混ぜ、また白身に詰め直して少しの酢飯と握る。

花街らしい取り合わせ。山本は「これじゃ少ない」と四人の部下の分の寿司、カジキの刺身、女鯒《めごち》の天ぷらを追加で頼み、それから煮イカの握りを口に放り込んだ。

岩見は単に旧知だから山本を選んだつもりはない。この男は仕事が早く情にも厚い。しかも、良い評判と同じくらい悪い評判も聞く。機を見るのには敏だが、信念がないとも批判されている。取引をするならこういう男がいい。強い信念で動く善人は融通が利かず、是か否かの二択しかない。うしろ暗いことを共謀するなら、地位があり、やり過ぎない程度を心得た知恵者の俗物にかぎる。しかも山本は数学が得意な博打《ばくち》好きだった。アメリカのカジノで勝ち過ぎて出入り禁止になった話は、岩見も人づてに何度も聞かされた。この男は危険な戦いのなかに興奮を見出す勝負師だった。

「しっかり食っておいてくれ」山本がいった。「話がまとまった以上、君はもう海軍に匿われる身だ。しばらくは好きなように飲んだり食ったりできなくなるからな」

「妙な気分です」岩見はいった。「こんなかたちでまた海軍省《あそこ》に行くのは」徳利の酒をコップに注いで、ぐいと飲み干す。

「選んだのは君だ」山本もコップのサイダーを飲み干した。「ただ、忘れないでくれ。君が仲介者でなかったら、我々が首を突っ込むことは絶対になかった。同時に君には、この騒ぎを海軍に有益になるよう収束させなければならない義務がある」

予想通り、山本は細見欣也の隠し金自体には魅力を感じていない。海軍の取り分となる六千万を超える金額も副次的なものに過ぎず、陸軍の発言力、影響力を削ぐことに力点を置いている。

「あの程度の金では大勢は変わりませんか」岩見は穴子の握りをつまみながら訊いた。

山本が頷く。「だがこの状況を使って、開戦を最低でも八年は先に延ばしてみせる」

岩見にはわかっている。山本は非戦論者ではない。平和を愛しているのでもない。ただ負け戦《いくさ》をしたくないだけ——現状では絶対にアメリカに勝てない事実を山本は知っている。同時に、航空戦闘機と空母を量産し、的確に運用すれば、勝てないまでも一矢報いることはできると気づいている。そして、一矢報いる軍団を指揮するにふさわしいのは、自分であるという自負と野心も持っている。

追加の寿司と刺身が運ばれてきた。四人の兵士も箸を取る。いびつな宴が本格的にはじまった。

「小曽根という女は相当な腕のようだな」仲居が出てゆくと同時に山本がいった。「追っている陸軍の部隊はなかなか優秀だよ。ここまでの判断も悪くない。にもかかわらず、すっかり子供扱いされている」

この数日の百合たちの動きも丹念に調べたようだ。

遠くの座敷から三味線と唄が聞こえてきた。『越後獅子《えちごじし》』が男六人で飯を食う部屋にかすかに響く。

山本の期待する視線に促され、岩見は百合のことを話しはじめた。

十章　ブラフ

百合は小さな町工場が並ぶ道をトラックで走っている。

津山たちより先に着く必要はない。夕暮れの町、強い潮風が運転席の横にドア代わりにつけられた布をばたばたと揺らしている。東海道線の踏切を越えた。建設途中の病院の横を進むと、ベニヤ板と防塵幕に囲われたもう一つの建設現場が見えてきた。

ポンプ場の工事現場への入り口では騒ぎが起きていた。

完成前の四階建て管理棟から煙が吹き出し、夕暮れの空へ昇っている。だが、入り口の門の前には軍用トラックが横付けし、消防手や消防自動車の立ち入りを禁じていた。

「火消しをさせろ」と叫ぶ地元の消防団。黙って睨む兵士たち。野次馬が取り巻き、駆けつけた警官も困惑している。

煙を見た慎太が何度か喉を鳴らしたが、もう吐きはしなかった。

騒ぎのなか、数人の兵士が製氷所の横を曲がってきた百合たちのトラックに気づき、すぐに小銃を構えた。集まっていた皆が驚き、うしろに逃げる。が、兵士たちは発砲しない。逆に皆を遠ざけ、道を広げ、小銃で狙いながらも百合たちを工事現場へと誘導しようとしている。入り口を塞いでいたトラックも動き出した。

百合もトラックの速度を落とし警笛を鳴らした。野次馬が見ている。警官も消防手も近隣の住人たちも、運転席に紺色のワンピースを着た断髪の女が座っていることに驚き、怪しんでいる。ビルから出ている煙は薄くなったものの、まだ夕暮れの空に昇っている。あの煙の元の火は百合がつけた。坂沿いの空き家を出て、追ってくる兵士たちを振り切った直後、ここに向かい、点火したのが四十分前。練炭と灯油の仕掛けがゆっくり煙を出しているだけで、燃え広がりはしない。

だが、皆の関心はもう煙から陸軍が銃口を向けているトラックに移っていた。

はじめからこの見知らぬ住民たちを盾にするつもりで、百合は火をつけここに集めた。兵士たちを指揮している津山も、衆人環視のなかで撃ち合うことは避けたようだ。慎太をあっさり奪還され、しかも病院とは違う場所に誘導されたにもかかわらず、判断は冷静だった。ただそれは人質にされた部下や一般人の安全を優先した結果じゃない。時間を稼いでいるのだろう。百合が使用不能にした車両と武器類、そして負傷させた兵士の代替が到着するのを待っている。津山も何があってもここで決着をつけるつもりらしい。

百合のトラックは工事現場の入り口を通り過ぎた。大きく間隔を空け、陸軍のトラック八台もついてくる。すぐにまた入り口の柵が閉められたが、外の人だかりは消えていない。

濃い夕焼けに照らされた広い敷地には、鉄骨も内壁もむき出しの管理棟が建ち、その横、配水ポンプを収納するはずの大きな建物が、木製の足場に囲まれたまま建造途中で放置されている。敷地の果ての海沿いには石積みの低い堤防が続き、台風に煽られた波が水しぶきを散らしている。あちこちに資材が積まれ、建築機材も置かれているが、人の姿はない。高く組まれた足場や櫓《やぐら》は、地盤沈下のせいか傾いていた。

暗くなってきた。煙はもう見えない。照明のない敷地を闇が静かに染めてゆく。

管理棟の車寄せで百合はトラックを停めた。慎太と二人で人質の入った袋を引きずり、すぐに建物のなかへ。追ってきた八台のトラックも分散し、遠くからビルを囲むように止まった。荷台から兵士たちが降り、散開してゆく。

管理棟のなかはさらに暗く、梯子やバケツ、鉄舟《てつぶね》（コンクリートを混合する四角い容器）があちこちに置かれている。

玄関口から見える外に携帯電灯の光が一つ浮かんだ。電灯を手にした兵士の隣、背広姿の津山が薄闇のなかに立っている。目立って標的にならぬよう臙脂《えんじ》色のネクタイを外し、投げ捨てた。うしろには小銃を構えた兵士の一団が続く。津山たちの足取りは遅く、こんな不利な場所に百合たちが逃げ込んだことを、やはりひどく警戒している。

百合と慎太は洞穴のように暗く長い廊下を進み、階段を上がった。袋のなかの兵士が暴れたので蹴っておとなしくさせた。二階の廊下の奥の部屋に、扉代わりに垂らされた防塵布をたくし上げて入る。緊張した顔の慎太が水筒の水を飲み、百合に渡す。百合も飲み、慎太に返す。ガラスの嵌《は》められていない窓にはトタンが貼られ、わずかな隙間から遠くの街灯りが見えた。夜になったようだ。風はほとんど流れてこない。密閉されたように空気は淀み、蒸している。だから百合はここで津山を待つことにした。

部屋には鉄棒やタイルの束、石灰の袋がバリケードのように積まれ、他に二つの脚立《きゃたつ》、塗料の空き缶、鉄舟があった。浅く大きな鉄舟には透明な液体が張られているが、ただの水じゃない。塩素の臭いがする。百合が入れた洗剤だった。

「先に行って」百合はいった。

「一緒にいるよ」慎太がいった。

「だめ。あいつを見たら殺したくなるでしょ？」

「我慢できる」

百合は首を横に振った。憮然としながらも慎太は脚立に手をかけた。過剰な殺気も思い上がりも、自分たちを死に追いやる。今は冷静さが何より必要なことを、この子もわかっている。慎太が脚立を昇って天井裏へ入り、床板の敷かれていない三階へ這い上がってゆく。

「どこにいる」遠くで津山の声が響いた。

ようやく来た。百合は暗がりのなかで、部屋の隅に用意していた茶色い瓶三本を手に取った。洗剤は薬局で、このラベルのついた茶色い瓶は園芸屋で買った。瓶二本をバッグに入れ、残り一本の栓を外す。右手にリヴォルバー、左手に瓶。瓶には大量の石灰と硫黄《いおう》を含んだ農薬が入っている。

「人を呼んでおいて隠れるな」津山の声が近づいてくる。

「臆病者」百合は居場所をわからせるように叫んだ。「一人で来いっていっただろうが」声が暗く狭い部屋に反響する。

大勢の足音が部屋に近づき、一つを残して止まった。扉代わりの防塵布の隙間から携帯電灯の光が一瞬射し込み、すぐに消えた。

大きな体が入ってきた。暗さではっきりとはわからないが拳銃を構えている。百合も高く積み上げられた石灰袋の陰に隠れ、リヴォルバーを構える。

「何の用だ?」津山がいった。また声が反響する。

「もうやめにしない」百合もいった。互いの顔は見えないまま。

「何を?」

「追いかけっこも殺し合いも」

「今さら何をいう。あの弁護士が海軍に連絡したのを確認した」

「今ここで引けば、まだあの金の何分の一かはあんたたちのものになる。海軍とでも内務省とでも好きに分ければいい。必ず分配させる。それに何より、あんたの家族が無事でいられる」

「信用できるものか」

「約束は守る」

「おまえが守っても細見慎太が守りはしない。奴は一生かけて復讐するつもりだ。今は子供でも十年後には立派な人殺しになるだろう。それに、私はおまえを生かしておきたくない」

「恥をかかされて許せない？」

「そんな小さなことじゃない。おまえは日本外交の恥部だ。大義も信念もなく、ただ情夫のために人殺しを続けた。そんな狂ったテロリストを野放しにしておけば、必ず害毒となる」

「私が死ねば、あんたの家族も死ぬ」

「ならば私は、長野のおまえの家族を連行しよう。一族揃って罪人になれ」

「好きにしな」本心からいった。「ただ、戦えば、あんたの部隊からも必ず死人が出る」

「私が殺すんじゃない。おまえが殺すんだ。殉死を憐れに思うなら今ここで投降しろ」

「じゃあ、殺《や》り合うしかないか」

「そういうことだ」津山が片足でだんと床を踏んだ。

その合図とともに入り口の防塵布がめくれ上がった。携帯電灯を携えた兵士たちが駆け込んでくる。津山も手にした電灯をつけた。百合は脚立に足を掛け、素早く上りながら左手のガラス瓶を鉄舟に投げ込んだ。瓶が砕け、農薬が鉄舟のなかの塩素洗剤と混ざる。いくつもの携帯電灯の光が暗い部屋のなかを走り、天井裏へ消えてゆく百合の足首を照らした。津山も拳銃を撃ち鳴らしながら駆け寄り、脚立に手をかける。が、百合は脚立を蹴り倒した。津山は諦めず、積み上がった石灰袋を昇り天井板を摑んだ。小銃を手にした兵士たちも集まり、見上げる。そこにかすかな腐敗臭が広がった。

百合は三階へ駆け上がり、津山もあとを追って天井裏へ這い上がってくる。

だが、二階で誰かが叫んだ。「部屋を出ろ」気づいたらしい。「ここはだめだ」階下の部屋では洗剤の塩素と農薬の硫化《りゅうか》カルシウムが反応して硫化水素が発生していた。

「早く出ろ」部隊には優秀な補佐官がいるようだ。すぐに追走を中止させた。指揮官候補なら、世界大戦の欧州戦線で使われた塩素系化学兵器がどんな惨劇を生んだかを学習している。「運び出せ」何人かが倒れたようだ。高毒性の硫化水素は空気より重く、通気の悪い部屋に滞留し、わずかな濃度でも吸い込めば死ぬ。

百合は闇のなかを駆ける。三階の部屋でも用意しておいた洗剤入りの鉄舟に、農薬のガラス瓶を投げ込んだ。百合はまた急いで脚立を上り、天井裏から四階へ。津山の持つ携帯電灯の光だけはしつこく追ってくるが、兵士たちとは分断できた。ほぼ密閉された三階と四階には硫化水素が流れ出し、防毒マスクなしで上ってくることは死を伴う。

狭い階段を上り、半開きの鉄扉《てつび》をすり抜け、屋上に出た。屋上の周囲にはまだ柵がない。布を掛けられた鉄棒や床材がいくつも積まれている。柵のない向こう側、何ヵ所かに地面から高く組み上がった木の足場が見えた。

積まれたタイルの陰に隠れていた慎太が顔を出した。

百合は何もいわず頷いた。百合の無事を知り慎太も頷く。決めていた通りに慎太は背を向け、屋上から突き出た荷揚げ用のアンカーボルトに縛りつけた綱を摑んだ。だが、百合の目の前を小さな丸いものが通り過ぎた。こつんと屋上の床面に落ち、転がってゆく。

「隠れて」百合は慎太に叫びながら積まれた石灰袋の裏に飛び込んだ。

爆音とともに鉄棒やタイルが吹き飛ばされてゆく。手榴弾。日本製の十年式じゃない、たぶんイギリス製のミルズ型。

半開きの鉄扉の奥からまた手榴弾が飛んできた。しかも二つ。転がり、一瞬の間のあと、続けざまに爆発した。建物の下では爆音を聞かされた連中がまた激しく騒ぎはじめた。まだ手榴弾は飛び出してくる。続く爆発の隙間を突いて、鉄扉の奥から人影が飛び出した。津山だ。立ち上がり、石灰袋の裏からリヴォルバーで狙う。が、新たな手榴弾が転がってきた。しかも津山は樫の木の扉を盾のように構え走ってくる。一発撃って身を隠す。またも爆発。爆風が吹き抜けた瞬間、再度身を乗り出した。樫の扉はすぐそこまで迫っている。二発、三発。銃弾が扉を砕く。それ以上は撃てず、頭を下げた。と同時に積み上がった石灰袋を越え、津山が飛びかかってきた。すかさず撃ち、銃弾が津山の左肩を貫いたものの、百合も左肩を摑まれた。津山の右手の爪が薄いワンピースの上から肌に食い込み、そのまま押し倒されてゆく。百合は引き金を引き続け、最後の一発が津山の左腿に突き刺さった。それでも津山は逃げない。致命傷でなければ体のどこでも銃弾を受ける覚悟らしい。ワンピースの袖を裂きながら、百合の左肩に掛かっていた黒いバッグを津山の右手が奪い取ってゆく。百合は馬乗りになられる寸前で横に転がり逃げた。

すぐに立ち上がり、弾の切れたリヴォルバーを左手に持ち替える。

左肩から血を流す津山は、奪ったバッグを屋上の外に投げ捨てた。

四メートルの距離で二人睨み合う。百合のスカートの下、右の太腿には薄刃ナイフがくくりつけてあるが、スカートをたくし上げた瞬間、津山は飛びかかってくるだろう。途中までは百合の思惑通り運び、一対一の戦いになった。ここで津山とは決着をつけ、部隊の半数以上を行動不能にするつもりだったが、手榴弾で攪乱《かくらん》され、殴り合いの接近戦に持ち込まれた。百合の得意な撃ち合いも、速攻即脱の戦い方も封じられた。津山が距離を詰めてくる。柵のない屋上の縁に追いつめられたら落とされる。津山は百合の体を緩衝材にし、もろとも地上まで落ちてゆくだろう。

津山が駆けてくる。百合も縁伝いに逃げる。失血しながらも津山は早かった。身を低くして津山の足下をすり抜けようとしたが、大きな手が紺色のスカートの裾を摑んだ。一気に引き寄せられる。びりりと裾がちぎれる寸前、左膝も摑まれた。倒れかかった百合に津山が左拳を振り下ろす。右腕で防いだが衝撃で体がのけ反る。のけ反りながらも蹴り上げた。が、外された。津山は百合の腹を拳でどすんと突いた。百合は飛ばされ、仰向けに倒れ、「ぐう」と唸った。口からよだれと胃液が飛び出る。首に向かって降ってくる津山の両手を避けながら、右の手のひらで喉仏を突き上げた。津山の口から舌が飛び出し、動きが一瞬止まる。百合は立ち上がり、飛び跳ねるように離れた。

また二人睨み合う。

睨みながら百合は吐いた。どろどろに溶けた花林糖《かりんとう》がぼたぼたと落ちる。互いに肩で大きく息をする。津山がにじり寄り、飛びかかってくる。百合も逃げずに胸に飛び込み、急所の胸骨をリヴォルバーの銃把（グリップ）で打つ。少なくともひびを入れた感触が伝わり、すかさず額も津山の顔に打ちつけた。津山の鼻の穴から吹き出した血が頰に降りかかる。が、津山に肩と首を摑まれた。首が絞めつけられる。喉が握り潰されそうに痛い。左手の弾の切れたリヴォルバーで津山の脇腹をくり返し殴りながら、右手の中指を津山の左耳の穴に突っ込んだ。奥までねじ込み、穴を広げ、裂く。津山は叫んだが、それでも百合の首を絞める手を緩めない。呼吸ができない。意識が薄れ、視界が狭まる。その視線の先、津山の肩越しにわずかに慎太が見えた。暗い屋上でリュックを背にし、拳銃を握る姿を、厚い雲の向こうから射す月明かりがかすかに照らす。

瞬間、津山はうしろが見えているかのように、百合の首を摑んだまま振り向いた。津山は百合の体を盾にして、ベレッタを構える慎太へと突進してゆく。引き摺られる百合の両足の靴のかかとが屋上の床に擦れ、跳ねる。

慎太は撃てない。

狙う場所を探して銃口を動かす間もなく、慎太の目前まで津山は迫り、拳銃を握る手を摑んだ。津山が左手に摑んでいた百合の体を床に叩きつけ、右手一つで慎太の腕をねじ上げる。ベレッタの銃声が二度響き、銃弾はどこにも当たらず夜空に消えていった。慎太は津山の腰を蹴ったが、津山の右手は慎太の右腕をさらにねじり上げ、肩の関節を外し、そのまま強引に投げ飛ばした。慎太の体が濡れた雑巾《ぞうきん》のようにぐるんとよじれ、顔と肩からぐしゃりと落ちた。手を離れたベレッタは遠くに飛び、床に転がった。

津山が倒れた慎太の腹を蹴る。転がり仰向けになったところを、上からさらに踏みつける。下敷きになったリュックのなかの骨壺がばりんと割れた。慎太は動かない。気を失っているのを確かめるように、津山は慎太の左膝を強く踏みつけた。それでも口を半開きにしたまま固まっている。

「待っていろ」津山はつばを吐いた。ねっとりとしたつばが慎太の髪に絡む。

薄い月明かりが血にまみれた津山の茶色い髪を、青白い肌を照らす。茶色い瞳も充血している。百合は弾切れのリヴォルバーを捨て、スカートの下の右腿から薄刃ナイフを引き抜くと立ち上がった。首から津山の手は離れたが、まだ苦しい。むせ返るたび意識がぼやけてゆく。しかも、すぐうしろは屋上の縁。大きく目を開いてほんの三メートルほど前の津山を見た。腫《は》れた左目がかすんでいるが、まだ勝機はある、殺せる——

百合は走り出した。津山も身構えた。腹を狙った百合のナイフを避けながら、津山が右腕を振り下ろす。百合は曲げた左腕でかばいながら右足で蹴りつける。

その蹴りを左腕で振り払った直後、前触れもなく津山が低く唸った。不自然な体勢のまま、凍結したように動きを止めた。

百合は何が起きたかわからない。動揺し、すぐに津山から離れると、薄闇のなかに立つ大きな体をくまなく見た。下腹からわずかに突き出た刃先が一気に胸へと上がってゆく。灰色の背広の下に着た白シャツが一直線に裂け、みるみる色を変える。津山が慌てて自分の背後を見た。

うしろに立っているのは、刺したのは——慎太しかいない。

刃先は肋骨で止まると、ずぼりと前に飛び出した。片刃の斬っ先から血が滴る。傷口からも流れ出る。腹部大動脈か肝臓《かんぞう》を斬ったのだろう。

久喜の竹蔵のときと同じ。またも不意打ち。しかし、今回は外さなかった。津山の背に突き立った柄から、刃物は銃剣だとわかった。トラックの荷台で見つけ、盗んできたのだろう。百合も知らなかった。

慎太が脱臼《だっきゅう》した右腕をだらりと垂らしながら、うしろに大きく飛び退いた。

「父さんを、姉さんを、楠緒《なおきよ》を季代を殺しやがって」叫んで人を殺す勇気を奮い立たせている。

津山が慎太に飛びかかる。だが、足が動かず膝から崩れ落ちた。「がふっ」と喉を鳴らし、まるでひれ伏すように倒れてゆく。

はじめにベレッタの銃口を見せたのはブラフ《はったり》、次に気絶したのもブラフ《見せかけ》。津山の近くで倒れ、リュックに隠した銃剣で刺す瞬間を、あの子は待っていた――

「まだ死ぬな」慎太は暗い屋上を這い、遠くに飛んだベレッタを探した。国松の形見の銃でとどめをさそうとしている。

「国松さんを撃ち殺したのもおまえだろう」屋上の縁で見つけたベレッタを拾い上げる。「喬太を焼き殺したのもおまえか？」

「弟は私じゃない」津山はつぶやいた。自分から流れ落ちた血溜まりにひれ伏したまま動けない。顔も上げられない。「聞いているか……」

「聞いてる」百合も血溜まりに片手を突いた。津山の顔を見る。慎太も駆け寄る。

「南だ。荒川で……船に乗っていた」赤みが完全に引いた唇がかすかに動く。両目は開いたままだが、茶色い瞳はもうどこも見てはいない。

「あの工員のふりをした小僧？」百合は訊いた。

「ああ。奴が火をつけた」

「証拠は？」

「ない。だが、参謀次長の指示で小沢大佐も承認したと大佐自身から聞いた……だから私だけにしてくれ……」遺してゆく家族の身を案じた最期の懇願。

「決めるのは私じゃない」百合はいった。

「僕は許さない」慎太がいった。

「だろうな」津山はつぶやいた。

瞬間、津山の左手が百合の腕を摑み、右手が上着の裏に仕込んだピンを引き抜いた。

手榴弾による自爆。

告白と懇願は二人を巻き込むための最期の餌──が、予期していた百合はナイフで津山の手の甲を斬り、脇腹も蹴った。ナイフが刃こぼれしながら皮膚と骨を裂く。慎太もベレッタを撃った。銃弾が津山の肘に埋まってゆく。津山の手から力が抜け、指がほどけた。憤《ふん》怒《ぬ》の形相を浮かべながら、死ぬ寸前の津山が血溜まりに倒れてゆく。

二人は逃げた。

転がるように低く積まれたタイルの裏へ。一瞬の閃光。爆音が響き、吹き飛ばされたタイル、木片、肉片が二人の上を通り過ぎてゆく。

耳鳴りがする。慎太がすぐに起き上がり、津山を探した。顔も胸も手榴弾の破片で埋められた津山の体が転がっている。

それを慎太は蹴った。「ちくしょう」自分で殺せなかった怒りを込め、蹴り続けた。ベレッタを握り締めた左手が震え、脱臼した右腕がぶらぶらと揺れている。呼吸が荒い。

びゅうびゅうと風が吹いている。百合は立ち上がると、血のついた両手を紺色のワンピースで拭い、慎太を抱いた。肩と頭をきつく抱き、耳元でいった。

「早く行こう」

慎太の顔を見ると虚脱した目で頷いた。ぶらりと垂れた慎太の腕に、細い腕を回し、脱臼した肩をはめる。ごくんと鈍い音がして関節がまた嚙み合う。屋上への鉄扉の奥には津山が運んできた携帯電灯と布袋が置いてあった。布袋にはまだ手榴弾が三つ残っている。誰も屋上への階段を上がってくる気配はない。だが、屋上を囲んで建つ三ヵ所の足場の下からは、兵士の声が聞こえた。途中まで昇ってきているようだ。百合は手榴弾の安全ピンを抜き、足場を狙って一つずつ投げた。また爆音が響き、ビルの周りが騒ぎの声で包まれた。足場の一つが爆発で途中から崩れ、兵士たちを巻き込みながら崩落してゆく。

百合と慎太は改めて荷揚げ用のアンカーボルトに縛りつけた綱を摑んだ。長い綱を腋に挟み、両手で握り、柵のない屋上の端から下へ。ずるずると闇の壁を降りてゆく。綱を摑む手が摩擦し、痛む。百合は両足が地面につくと、あとに続いた慎太を待ち、その体を受け止めた。慎太の両目はまだ虚脱している。津山に投げ捨てられた黒いバッグを捜し、拾う。開けると、消毒アルコールの入っていた瓶が砕け、ガラス片と薬液が飛び散っていた。ゴム手袋と手拭いに包まれていたアンモニアの小瓶は無事だった。

爆風で負傷した兵士を運ぶ声がする。近くを携帯電灯の光が通り過ぎてゆく。百合は身をかがめ、バッグから取り出したブローニングに銃を持ち替えた。警戒しながら海へ向かう。慎太もすぐうしろをついてくる。

ぼたぼたと大粒の雨が降り出した。

建築機器や資材に身を隠しながら早足で進む。うしろのビルの周囲では声が飛び交い、いくつもの携帯電灯の光が起伏だらけの地面を這い回っている。爆発で傾いていたもう一つの足場もがらがらと崩れはじめた。闇のなかに叫び声が上がる。

海との境に続く低い石積みの堤防までたどり着いた。雨が海面を打っている。打ち寄せる波の細かなしぶきが、雨だれと混じって頭に落ちてくる。百合は堤防の陰にもたれるとリヴォルバーに再装塡した。首には津山に絞められた跡がくっきり残っている。この先に備え、アンモニアの薬瓶とゴム手袋もバッグから出した。

隣に座った慎太は息を荒らげている。銃弾を渡すと慎太もベレッタに装塡した。慎太の頰と唇は腫れ、髪には津山の吐いたつばがこびりついていた。百合の目と頰も腫れ上がっている。二人ともひどい顔。波しぶきが傷に滲みる。

二人で身を低くしながら堤防沿いに進み、そして波のなかに揺れる宇《う》つ木《き》と屋号が書かれた目印の提灯を見つけた。真新しい小さな屋形船が波にもまれている。約束通り待っていた。だが、船側《せんそく》の障子と雨戸はすべて閉まり、舵を取っているはずの大男の姿が見えない。

音をたて雨戸の一つが開いた。梁《はり》の電灯の下には、白シャツに黒ズボンの学生のような恰好をした寛吉——津山が南と呼んでいた少年が立っている。

「乗れ」南が手にした拳銃を見せた。「乗らなきゃ撃つ」人質の大男を殺すと脅している。

百合と慎太は銃をバッグとリュックに戻すと、頭を下げながら防波堤に上り、屋形船が近づくのを待った。大男のためじゃない。他に行き場がなかった。不用意に逃げて今ここで発砲されれば、ポンプ場を捜し回っている兵士たちが一気に集まってくる。

二人は手をつないだまま船尾に飛び乗った。

屋形船のなかは薄暗く、短いトンネルのように見えた。低い天井の梁に電灯が三つ縦に並び、畳の敷かれていない板間の先、船首で舵を握る南がこちらを見ている。その足元に着物姿の大男が倒れていた。うしろ手に縛られているらしい。痛みで顔をしかめ、見えるだけでも腿に一発撃ち込まれていいる。裾から出た太い右脚が血にまみれていた。

　エンジン音が響き、屋形船が高い波と雨のなかを走り出す。

「荷物を渡して」南が銃口を向けた。オートマチックだが、百合が見たことのない型式の銃だった。

　慎太が波に大きく揺られながらリュックを投げ、百合もバッグを投げる。

「裾の下も見せろ」南が百合にいう。

　百合は握っていた慎太の手を離すと、ワンピースの裾をめくり上げた。そのままズロースから伸びる両脚を見せながらゆっくりと一回転してゆく。

「おまえが南か」遮って慎太が訊いた。

「津山大尉に聞いたのかい」バッグとリュックのなかを探りながら南が訊き返した。

「おまえも軍人か」無視して慎太がまた訊く。

「所属は参謀本部第二部。特務少尉なんだ」

「ならどうして部下も連れず一人なんだ」

「任務内容が通常とは違うんだよ。津山大尉の中隊とも別行動だ。だから防波堤の向こうの連中に君を引き渡したりもしない」

「少尉だなんて名ばかりだろう。卑怯な仕事を押しつけられてる外れ者じゃないか」

「ずいぶんな言い方だな」

　百合たちにとって危機的な状況。だが、南にも決して有利ではない。慎太もそれを感じ取っているようだ。二人に暗証番号《コード》の秘密を抱えたまま死なれることを、南は何より恐れている。だから優位に立っているのに慎太を強引に捕らえようとせず、百合をあっさり殺すこともできない。

「熊谷の工場に火をつけたのもおまえか」慎太がまた強くいった。

「何のこと？」南がまた訊き返す。

「どうして喬太を殺した？」

「君の弟のことか。僕は殺してない」

「誰に殺せと命令された？」

「そんな命令は受けていないよ。今回の僕の任務は人殺しじゃない。書類を回収して暗証番号《コード》を知り、君の身柄を確保することだ」

「ひどいうそつきだな」

「君こそひどい思い込みだ。投降しても安全が保証されるのは、もうわかったはずだ。最後の鍵である君を傷つけるわけにはいかないからね。それに任務とは関係なく、一瞬でも僕を本気で信じて同情してくれた君には、やっぱり無事でいてほしい」

「おまえこそうそに塗りつぶされて、すっかり本心を失くしてる」

腫れた顔の百合は黙ったまま大男を見ている。縛られ倒れた大男の目は、一年前の震災の夜と同じように怯えていた。だが、覚悟している。

「誤解はあとでゆっくり解こう。ただ、今は静かに座っていてくれ」南が続ける。

「座るよ。でも、火をつけたのはおまえだ」慎太もいい返す。「鍵は三つ揃える必要はないもの。逆に三つより二つ、二つより一つのほうが扱いやすい。だから津山は姉さんを、おまえは喬太を殺した」

「単純過ぎる推論だな」

「津山の証言がある」

「やっぱりそうか。でもうそだよ。大尉は僕を嫌ってるから」

「おまえたちの仲がどうだろうと、あいつが死ぬ間際にうそをいう理由がない」

「大尉は死んだのか。だったら、なおさら殺した相手に真実を遺してゆくはずがない。憎い君たちを混乱させたかったんだろう。濡《ぬ》れ衣《ぎぬ》だよ」

「濡れ衣というならはぐらかさずこたえろ。参謀次長と小沢大佐は、どんな理由でこの人殺しの任務におまえを選んだ？」

「そんなことまで聞いたのか。作り話だ。ただ、君の言いがかりも少し度が過ぎてる」

南が疑いはじめた――露骨な敵意を振りかざす慎太を怪しんでいる。

「これ以上喋り続けるなら、この女を撃つ」銃口を百合の胸に向けた。「早く書類を渡せ」南は改めていった。

百合は両手を上げ、手のひらを見せた。それから右手をゆっくりと白い襟のついた紺のワンピースの首元へ運んだ。勿体ぶりながら肩の包帯に挟んだ一枚の書類を引き抜いてゆく。

台風に煽《あお》られた波が屋形船を大きく揺らしている。

百合は折りたたんだ書類を指に挟み、南に見せた。南が左手を伸ばしながら床板を一歩踏み出す。同時にひときわ大きな波が来た。皆の体が揺さぶられる。

瞬間、百合は書類を片手でくしゃりと握り潰し、南へ放り投げた。丸まった書類が屋形船のなかを飛ぶ。南の目が書類を追う。その足下、倒れていた大男が隙を狙って動いた。百合も前に飛び出す。大男は縛られたまま、体を転がし南の膝裏にぶち当たった。が、予期していたように南は片足を振り上げながら、銃口を大男に向け引き金を引いた。同時に飛んできた書類を左手で摑む。撃たれた大男が「ひん」と声を上げた。百合も南の目の前まで迫ったが、その鼻先にまた銃口が突きつけられた。

大男の着物の袖からじわりと血が染み出る。百合は動けない。慎太も動けない。南が左手のなかの丸まった書類を指で開いてゆく――

突然、どしんと響き、船体がもっと大きく傾いた。

全員の顔がこわばり、体が左右に振られる。何かが屋形船にぶつかった。南がよろけながらも踏みとどまり、再度銃を構えようとする。その南の右手と黒いズボンの股間を、百合は同時に摑んだ。南もすぐに左手から書類を放し、百合の首を摑む。白い肌に赤黒く残る津山の大きな手形の上に、南の小さな手が重なる。互いの顔が間近に迫る。南が鼻に嚙みつこうと口を開いた。が、歯を突き立てられるより早く、百合はずっと口に含んでいたものを思い切り吹いた。強い臭いの液体が飛び出し、南の両目を狙い撃つ。

南は絶叫した。「何をした」両目を強く閉じ、狂ったように首を振る。

屋形船は大きく傾いたまま。見えなくなった南が引き金を引く。銃弾が天井板を裂く。百合は南の銃を握る右手首を摑み、睾丸《こうがん》を握り潰しながら覆い被さってゆく。南が叫びながらも、片手で百合の首を絞め上げる。百合は構わず南の顔に頭突きをくり返した。津山の血がこびりついた髪に今度は南の鼻血が降り掛かる。

慎太が自分のリュックに駆け寄り、ベレッタを取り出すと、床板の上を滑らせた。

百合は股間を握っていた手を離し、ベレッタを摑んだ。南の左腕に銃口を押しつけ続けざまに撃つ。焦げた丸い弾痕と出血が焼き印のように南の腕に残り、握力を失くした手が百合の首から離れた。が、南は百合の腹を蹴って跳ね起きると、屋形船の障子に体当たりした。握り締めた拳銃の銃口をこちらに向けながら、障子と外側の雨戸を破り、暗い海に落ちてゆく。百合は追ったが、南の体はすぐに舟底に潜り込んでいった。

強い雨が攪拌《かくはん》している海面をくまなく見た。南は浮かんでこない。

百合は振り向き、口に入れていたものをぺっと吐き出した。

切り離された厚いゴム手袋の指先部分が三つ。なかに高濃度のアンモニア液を詰め、ずっと口のなかに収めたまま、唇を閉じていた。液体を含んで膨れた頰は、津山に殴られ腫れたせいだと、南に思い込ませることもできた。百合は「ぐえっ」と声を上げまた吐いた。胃液が床板に散らばる。むせ返り咳が出る。気持ちが悪い。慎太に水筒を渡され、水を口に含んだ。何度も口をすすぎ、水を飲み、胃液の混じった水をびしゃりと吐いた。

高濃度のアンモニアは目に入ると急激に視力を低下させ、放置すると激しい腐食損傷により失明に至る。皮膚につけば爛《ただ》れさせる。口のなかで漏れれば中毒を起こし、飲み込めば食道熱傷や致命的な肺水腫《はいすいしゅ》を発症させていた。まともな人間ならこんな自傷行為に等しいことはしない。だから百合はやった。南でさえ予想できないような、度を超えた馬鹿な仕掛けをした。

がたりと鳴り、屋形船の閉じていた雨戸が動いた。慎太が慌てて振り返る。百合は「だいじょうぶ」としわがれた声でいった。

「やあ」

雨の夜空を背にして入って来たのは、大宮まで百合と慎太をトラックで運んでくれた痩せた男だった。立襟《たちえり》の白シャツに茶色いズボン、手には大きな風呂敷包み。開いた雨戸の向こう、船首の壊れた釣り船が流され、遠ざかってゆく。あれに乗ってきて、わざとぶつけたのだろう。慎太も見覚えがある。隅田川沿いの肥臭い船蔵に並んで停められていた釣り船の、もう一艘だった。

「どうして」慎太が訊いた。

「呼ばれたから来たんだよ」痩せた男がいった。屋形船の操舵器へと急ぐ。「驚いたのかい?」

慎太が頷く。「時間を稼いでって、それしかいわれてなかったから」

「遅いよ」百合はいった。

「時間通りですよ、姐さん」痩せた男は舵を握りながら、片手でポケットから懐中時計を出した。針は午後七時三十二分を指している。

とりあえず船内から敵は消えた。百合は倒れている大男の止血をはじめた。痩せた男が持ってきた風呂敷を解き、包帯やガーゼ、消毒アルコールの瓶を百合に渡した。

「疑ってやがったな」大男が声を荒らげる。「このくそアマ」もう一人来ると聞かされていなかったことを怒っている。

「ごめんなさい」百合は素直にいった。「おかげで助かりました」頭も下げ、破いたワンピースの裾で大男の傷を縛ってゆく。

「借り物の船だぞ」素直さに驚き、怒鳴れなくなった大男がふてくされていう。「どうしてくれんだ、馬鹿野郎」

「弁償させてもらいます」百合はタバコをくわえると、開いた雨戸から吹き込む海風を手で防ぎながらマッチを擦り、火をつけた。タバコの火を見ても慎太はもう動揺していない。ただ疲れた目で細く立ち昇る煙を見ている。百合は一服だけ吸うと、動けない大男にタバコをくわえさせた。百合なりの感謝と賞賛。大男は仏頂面《ぶっちょうづら》で煙を吐いた。そして少し照れながら、品川の船蔵を出る寸前にいきなり南に撃たれたのだと話した。あの場所も陸軍に知られたようだ。もう帰れない。

「僕も吸っていいかな」瘦せた男が舵を取りながら慎太に訊いた。

慎太は頷き、それからいった。

「ありがとうございました」

「気にしないで、細見くん。僕は渡瀬《わたせ》」男は名乗り、マッチを擦った。「まだ逃げていたんだね」吐く煙を強い風が一瞬で消してゆく。床板に広がる血や嘔吐《おうと》物や汗の臭いも消してゆく。百合は南が危険な罠や仕掛けを残していないか、船内を探りはじめた。

「あれからどうしていたんですか」慎太が渡瀬に訊いた。

「君たちにいった通り警察署に向けて走っていたら、また検問に止められてね。手間が省けたと思ったのに、浦和の県警察本部まで連行された。傷の手当はしてくれないし、尋問は続くし、特高（警察）の奴らまでやって来たよ。眠らせてもくれなくて、ひどいもんだったけれど、翌日には日永田《ひえだ》さんが来てくれた」

「弁護士の？」

「君もあの人を知ってるのか。おかげで夕方にはどうにか保釈された。止められたのが警察の検問でよかったと日永田さんにはいわれたよ。先に陸軍に見つかっていたら、憲兵司令部に連行されて、拷《ごう》問《もん》まがいの取り調べを受けていただろうってね。そう、奈加さんとも仲良くなった。まだ直接会ったことはないけれど、電話ではもう五回話したよ。僕の下宿の周りをうろついていた見張りや、尾行の巻き方を丁寧に教えてくれた」

慎太に視線を向けられ、百合は素っ気なく頷いた。繊維工場で見た運転鑑札から渡瀬の名と住所を知った百合は、その後の安否を確認するよう、奈加を通じて日永田に依頼していた。

「トラック運転の仕事は続けているんですか」慎太が訊く。

「心配してくれたんだね。でも、解雇されてしまったんだ」

「それは……ごめんなさい」

「代わりに新しい仕事をもらえたから。奈加さんにいわれた通り、業平橋《なりひらばし》の旅館に泊まって待っていたら、今日の午後に彼女――百合姐さんから電話がかかってきた。採用してもらえたみたいだ」

渡瀬は電話でいわれた通りに買い物をして、鐘ヶ淵に近い隅田川沿いの船蔵まで歩いて向かうと、釣り船を出し、強い波のなかを待ち続けていた。

屋形船は東京湾を進む。

雨霧と波の向こうに陸の明かりが見える。埋め立て工事が進められている枝川《えだがわ》（現江東区枝川）のあたりで浜に近づき、砂町《すなまち》（現南砂）の浅瀬で一度止まった。まだ風も波も強く、屋形船は左右に揺れている。

「さあどうぞ」痩せた渡瀬が大男の前で腰を落とし、背を見せた。

「こいつ誰だよ」包帯を巻かれた大男が訊く。

「うちの新しい従業員」百合はいった。

信用していない顔つきの大男が渡瀬におぶられる。屋形船が少し傾き、そのまま渡瀬は片足を水のなかにぼちゃりと浸けた。二人の頭を雨が濡らす。砂町から洲崎《すさき》の色街まで進み、患者の素性を詮索しない病院で治療を受けさせるつもりだった。

「頼むよ」百合は念を押した。

「はい」渡瀬が海水をかき分け、陸へと歩いてゆく。

百合は渡瀬に走り書きも一つ託していた。そこには百合と慎太の命運を分ける伝言と電話番号が書かれている――


二人になった屋形船でまた海に出た。

雨降る暗い海を、目印の杭と遠くの灯台を頼りに走る。沖合から干潟《ひがた》の三番瀬に入り、江戸川河口の流れに押し戻されながら、ゆっくり千葉行徳《ぎょうとく》の岸へ。葦原《あしはら》の合間の水路を進んでゆく。遠くの陸地にいくつかの光が見える。宇つ木と屋号が書かれた屋形船の提灯と小さな前照灯だけが暗い水と高い葦を照らす。

船着き場に入らず、手前の浅瀬で停まった。エンジンを切り、提灯も前照灯も消す。代わりに小さなろうそくを灯した。ここも波は強いが、左右の葦原が抱きとめるように船を支えてくれている。

百合は南が船内に隠していたものを床板に並べた。オートマチック拳銃のルガーP08。油紙で厳重に包まれた細いダイナマイトが四本。点火用の雷管と導火線。十年式手榴弾も四つ。さらに南が携帯していたのと同じ型の拳銃がもう一挺あった。安全装置のツマミの横に〔火〕〔安〕とあり、製造番号はない。国産の試作品（十四年式拳銃。大正十四年より正式採用）らしい。予備弾倉と専用の八ミリ銃弾三十二発もある。

黒いバッグのなかに散らばった薬瓶の破片を取り除き、使えそうな武器や道具を詰めてゆく。雨と風のおかげで蚊も蟆子《ぶゆ》も飛んでいない。血や嘔吐物で汚れたままの床板の端に座る。渡瀬の持ってきた風呂敷に入っていた水筒の麦茶を二人で飲んだ。口のなかが痛むが、気にせずチョコレートとビスケットを食べた。

互いにあざだらけ、傷だらけ。痛みを感じることはできる。だが、痛みで苦しむことはもうない。脱脂綿に消毒アルコールを染み込ませ、百合は慎太の傷を拭いた。慎太も百合の顔の傷を拭いた。

「ありがとう」慎太がつぶやいた。

何への感謝かはわからない。けれど百合は頷いた。愛情とも友情とも違う慈《いつく》しみが湧き上がる。静かな波に船が揺られ、二人の体も揺られる。

歓喜の抜け落ちた切ない高揚に包まれながら、夜が更けてゆくのを待った。

※

「必要な治療を受けさせたら参謀本部に運んでくれ」

小沢大佐は受話器に向けていった。

丸ノ内ホテル五階の一室。カーテンが半分開いた夜の窓に、袖をめくった白いシャツと焦げ茶のズボン姿が映る。口調は穏やかだが表情は険しい。同じ部屋には秘書役として、あの背が低く引き締まった体の少尉が常駐している。そして中央に置かれたソファーには水野武統《たけのり》が座っていた。

小沢が電話を続ける。

「いや、運ぶだけでいい。衛兵に渡したら引き上げてくれ。詳しい説明は不要だ。そこまでする義理はないからね」

品川の防波堤にしがみついている南を発見した部下からの報告だった。

小沢はすでに津山の死も知らされていた。顔に出さないよう努めているが、自分でも予期していなかったほど大きな悲しみを感じている。小曽根と細見慎太への怒りも強まった。芝区伊皿子町《いさらごちょう》の自宅に、小曽根の遣いとして奈加が脅迫の手紙を運んできたときにさえ感じなかった怒りだった。

二人を追う動機が任務から私恨へと変わってゆく。はっきりとした殺意を感じる――これが愛するものを奪われた憎しみなのだろう。

水色のシャツに紺のベストを着た武統がハンカチで額を拭う。若い少尉が氷の浮かぶガラスの水差しから冷えた紅茶をコップに注ぎ、武統の前に静かに置いた。二人とも小沢の強い苛立ちを感じ取っている。

電話を終え、小沢は振り返った。「貴重な手駒を失ったよ」

「心中お察しします」武統がいった。

「残念だが仕方がない。予想していたことだしね。しかし、海軍省《あちら》が動き出したことで、ようやく陸軍省《うち》も本気で慌て出した。第十一特務中隊の残存兵力に加えて、第一師団から練度も忠誠心も高い中隊を五個分選抜して使えることになった。兵士だけで千人以上、これに君から借りた手勢を加えれば千五百を超える。数では問題ないだろう。封鎖の許可も下りたよ」

「特別演習ということですか」

「ああ。主な新聞各紙にも通達した。反日外国人もしくは共産主義者の集団による都市部での無差別テロルを制圧する訓練という筋書きにした。新聞での発表は抑え、駅や停車場での掲示で対応してもらう。百貨店や商店街にも協力を要請した。大規模に交通整理もさせるよ。範囲は銀座、新橋一帯と麴町区の南半分だ。封鎖範囲も最小に抑え、向こうの動きを見ながら逐次移動させてゆく。小曽根たちは品川で派手にやり合ったそうだから、女子供の体力ではそろそろ限界だろう。今晩は動かん可能性もあるが、もちろん警戒は整えておく」

「発砲の許可も出たのですか」

「あくまで模擬弾の建前だがね。しかも使えるのは小銃、拳銃のみ。機関銃や散弾銃、公道への有刺鉄線やバリケードの敷設も禁止だ。でもまあ、やりようはいくらでもある。台風の日に予期せぬ事故はつきものだからね。大宮、品川のようなしくじりはくり返さないよ。君のほうはどうなんだい？」

「面倒ですが、こちらも予想していたことです」

この日の午後二時過ぎ、池之端の屋敷に『大姐さんは今晩、浅草にお泊まりになられます』と、名を告げない女の声で電話が入っていた。その三十分後、百個分のどら焼きが詰まった箱四つが、力車に乗せられ進物として屋敷に届けられたという。

「雌犬どもが」小沢はいった。「君の前では失礼だったかな」

「いいえ、おっしゃる通りの二人ですから」

「君の父上という飼い主を失くしておとなしくなったと思ったが、ひとたび事が起きたら、昔の通りの人殺しに戻ってしまった。やはり駆除すべきだね。まあ君のことだ、この騒動も実力を認めさせるいい機会にできるだろう」

「他所者や横から入った者への風当たりは、相変わらず強い世界ですから。親でも使えるものは使わせてもらいます。大勢送り込みましたし、明け方には終わるでしょう」

「いい頃合いだよ。そのあと合流しよう。鉄道も止まりそうな勢いの台風だというから、町への人出も少ないはずだ。こっち同様、向こうにとっても恵みの雨と風になるだろうが」

水差しのなかの氷が解け、からんと鳴った。

「御武運を」武統が立ち上がり、頭を下げる。

「君もな」

扉を開け、外で待っていた従者とともに武統が去ってゆく。見送る小沢のうしろ、強い風がカーテンをめくりあげ雨が吹き込んできた。

東京にまた嵐が来た。

※

百合と慎太は夜の江戸川の土手を登ってゆく。

低い雲が次々と駆け抜け、地上に広がる街の灯りをぼんやりと映している。歩くたびに慎太のリュックのなかで、割れた骨壺の破片と遺骨がしゃりしゃりと鳴った。大粒の雨がぱらぱらと落ちている。二人のうしろ、五年前に開削されたばかりの江戸川放水路は、広い川幅いっぱいに黒く荒く波打ち、海へと流れてゆく。

土手の上から見下ろすと、暗く細い道の先に大きな製紙工場がある。工場の正門前にはちょっとした商店街が続いていた。ほとんどの店がもう閉まっているが、二人は明々と照明を光らせている食堂へと向かった。看板には『電話あります』の文字。食事をしなくても、通話代に使用料を足した金を払えば電話を借りられる。

引き戸を開け、店のなかへ。電話をお願いしますと百合はいった。

「どちらまで?」太った女店員が歌うようにいいながら振り返った。が、百合たちの顔を見ると嫌な顔をした。夜遅くにやって来た女と子供、しかも顔や腕には無数の傷と痣。高そうな洋服を着ているが破れ、薄汚れている。

「東京市内まで」慎太がいった。

時計は午後十時五十四分。晩酌《ばんしゃく》ももう終わる時間。それでも六十近くある席の三分の一は工員らしい連中で埋まっていた。そこにいる皆の目が集まるなか、百合は女店員に二十五銭渡し、慎太が受話器を取った。

「東京市内、銀座局三九四五」交換手に告げる。百合もすぐ横に立ち、受話器の声を聞いている。

「こちら軍務局」すぐに相手が出た。

「細見慎太と申します。二七二五です」

「お待ちを」

慎太が鼻からかすかに息を吐く。

「もしもし」受話器からまた声。

「岩見さん」慎太がいった。百合もすぐにわかった。

「これから今回の件についての海軍の全権者に替わる。直接話してくれ。いいね」

「わかりました」

また一瞬の空白。無駄なく進む会話が慎太の緊張を煽る。そして違う声が話しはじめた。

「はじめまして。大佐の山本五十六です」

「はじめまして」

「元気かい?」

「はい」

「小曽根さんは?」

「無事です」

「よくここまで無事でいられたものだ。君たちの知恵と精神力に敬意を表するよ」

「ありがとうございます」

「岩見くんと交渉した結果、我々は君たちを保護することに決めた。しかし、無償じゃない。君は父上が遺してくれたもののほぼすべてを失うことになるが、いいかね」

「保護していただけるのは二人ですか」

「ああ。君一人じゃない。小曽根さんも含めた二人だよ」

「でしたら岩見さんにお話しした通り、異論はありません。よろしくお願いします」

「ただ、もう一つ伝えなければいけないことがある。残念だが君たちを迎えには行けないんだ。今、君たちがいる場所も聞くわけにはいかない」

意味が分かるかい――と山本は続けた。

「僕たちが訪ねていけばいいのでしょうか」

「その通りだ」

「霞ヶ関二丁目ですか」

麴町区霞ヶ関二丁目（現千代田区霞が関一丁目）に海軍省はある。

「そう、ここに来てほしい。聞いた通り君は頭がいいな。徳川《とくがわ》幕府のころに『かけこみ』というものがあったのを知っているかな」

「はい」

江戸に置かれた諸国各藩邸には、表門が開いた隙を突いて、まれに邸内に駆け込んでくる者がいた。刃傷沙汰や問題を起こし逃げ場を求めている連中だが、自分たちの藩と何ら関係がなくとも、相手が藩士、旗本、御家人《ごけにん》などの武士身分であれば追い返してはならないという武家の作法があった。たとえ罪人の疑いがあろうと、頼んできた者を無下《むげ》にするのは狭量で礼儀を欠いた恥ずべき行為とされていた。

「君が武士かどうかということは、今は忘れてくれ。我々は君たちを予期せず駆け込んできた者にしたい。大人の姑息《こそく》なこじつけだが、そうした方便を積み重ねなければ君たちを救えないのも事実だ。

何より我々が積極的に動けば、君らと我々の合流を阻止しようとしている勢力と衝突することになる。どんな理由であれ、我が国の守護を第一義にしている二つの組織が、敵として銃弾を交錯させるなど決してあってはならないんだ。わかってくれるね」

「はい」

「来てくれたら必ず歓迎する。待っているよ」

「必ずうかがいます」

電話が切れ、慎太も受話器を置いた。

聞いていた百合は小さく頷いた。

やっぱり幸運は向こうからは来てくれない――

客と店員の怪しむ視線に見送られながら店を出た。暖簾《のれん》の向こうには大粒の雨が落ちている。

濡れながら街灯の照らす道を戻り、また土手を上り江戸川沿いに出る。川べりには船小屋が並んでいるが、どれも扉は閉じられていた。台風を避け、屋形船も釣り船も戻っている。百合たちの乗ってきた屋形船一艘だけが浮き栈橋に綱でつながれ、波に揺れていた。

「済んだのかい」栈橋の手前、ランプの灯る見張り小屋に座る二人の番役の漁師がいった。川が荒れる今夜は、ここで夜通し見張っているという。百合は金を払い、船を泊めさせてもらっていた。

「悪いな」番役の一人が礼金の一円札三枚を握りながらヤニのこびりついた歯を見せた。

きつく巻いた縄を解き、強い風に煽られながらエンジンをかけ、夜の川に走り出す。

少しだけ遡《さかのぼ》り、舵を左に切って、今は旧江戸川と呼ばれている細く湾曲した川に入った。速い流れに乗って河口へと進む。こんな日だけに他に船はいない。慎太が床板を外し、その下に重ねて積まれていた鉄板を一枚ずつ出してゆく。波の荒い東京湾に出ると、揺られながら鉄板を雨戸、障子の枠にはめ込んでいった。大男が用意してくれた鉄板は百合のいいつけ通り、どれも厚く重い。それをふらつきながら二人で持ち上げる。屋形船の重心がばらつき、不安定になる。船酔いと緊張のせいだろう、慎太の顔が青い。

梁にも鉄板を置き、針金でくくりつけてゆく。頼りない、心もとない装甲。けれど、今はこれがせいいっぱいだった。

隙間から百合は前を確かめた。進もうとしている先は、空も海も一続きの漆黒《しっこく》に見える。

屋形船はまた荒れた東京湾を走り出した。

山本は椅子に座り、タバコに火をつけた。その横、岩見も警備役に見守られながら座っている。

海軍省一階の執務室。

「学校はどうか」山本が三人いる部下の一人に訊いた。

「終了しました」部下がこたえ、山本が頷く。

海軍省の裏には海城《かいじょう》学校・海城中学校（現海城高等学校・海城中学校）があり、さらに学校の向こうには祝田《いわいだ》通りを挟んで日比谷公園が広がっている。山本は万一に備え、校内に残っていた宿直役を帰らせた。明日も学校を臨時休校とさせ、教師を含む全員の登校を禁じた。

「衛兵のほうも準備させてくれ。こんな天気の夜に悪いね」

部下が挨拶し、出てゆく。拳銃を携帯させた兵士たちを、桜田通りから日比谷通りにかけての海軍省を囲む一帯に置く手配もしていた。外務省、帝国議会仮議事堂、大審院など周りの建物には今のところ何の動きもない。だが、連中が何も知らないはずがない。陸軍が黙ったままでも、どうせ内務省から情報が伝わっている。

「仕事に戻るよ」山本が立ち上がり、岩見にいった。陸軍、内務省との交渉を再開するのだろう。

「ゆっくりしていてくれ」山本が出てゆく。

二人の警護役とともに部屋に残された岩見は窓の外を見た。暗い空、強い風。前庭の国旗は降ろされているが、掲揚ロープが風に煽られ旗竿にかんかんと叩きつけられている。

山本は交渉を巧みに誘導するだろう。内閣をはじめとする利害で動く連中は、間違いなくこちらを支持する。元中将の升永《ますなが》の工作により、陸軍内の意見も二つに割れている。榛名《はるな》作戦の資産に固執している勢力のほうが、今はむしろ追いつめられているはずだ。

それでも岩見に達成感はなかった。さんざんじたばたしたものの、自分は何もしていないように思える。筒井国松という年寄りが慎太と喬太を秩父から逃がした時点で、いやもっと以前、細見欣也がバニシング契約を仕掛けた時点で、この結果は揺るがぬものになっていたのではないか？　自分は知らぬ間に流れに乗せられ、残務を処理しただけではないか？

だが、どうであれ岩見の役目は終わった。もう逃げる必要はないし、することもない。あとはただ待つだけ。どうしてなのか寂しくなった。

雨が打ちつけ夜景が滲む窓ガラスを、岩見はぼうっと眺めた。

※

奈加は閉じた雨戸の隙間から片目だけで外を見た。

旅館つる瀬を囲む黒く高い外塀のわずかな継ぎ目を、ときおり赤く小さな光が横切っていく。夜も明るいはずの路地は街灯の電球がすべて割られ、闇が広がり、一瞬だけ浮かぶその光がやたら目立って見える。

やくざ者たちがくわえているタバコの火だった。

逃げ出すことなど不可能な大人数で取り巻いていると思い知らせるため、わざと見せつけているのだろう。

路地の向こうに並ぶ店の看板や窓明かりも消えていた。

震災で被害を受けた浅草観音裏も芸者置屋や料亭、小料理屋が次々と再開している。遊び慣れた通好みの町のたたずまいを取り戻していたが、今夜は様子が違う。座敷を終えて帰る芸子の下駄の音も、客待ちの車夫たちの声も、浮かれた小唄も聞こえない。強く降る雨の音だけが聞こえる。

この一角は水野通商配下のやくざに封鎖された。これから起こることを浅草警察署も黙認しているのだろう。

奈加の腹がぐぅと鳴った。咄嗟《とっさ》に恥ずかしいと思った。

行儀が悪いからじゃない。大姐さんと一緒にどら焼きを食べたのが今日の昼。監視のため飲まず食わずで過ごして、まだたったの半日。なのに、腹が減ってきた。少し疲れてもいる。二十年前、いや、十年前なら少しの水だけで三日は十分動けたのに。空腹を感じることなく、見張りも盗みも逃げることもできた。

年を取ってしまったものだわ。またそんなありきたりな言葉が浮かんだ。嫌だ嫌だ。

大姐さんは部屋についた洋式水洗便所に入っている。奈加は閉じた雨戸から離れ、洋間の隅に座った。空腹を紛らわすのにタバコをくわえ火をつける。大姐さん本人に承諾を得た奇妙なかたちの監禁は、緩やかにはじまっていた。

「失礼いたします」部屋の外から声がかかり、旅館の女将が冷えた新しいビール、肴《さかな》のそば味噌とかまぼこを運んできた。

今、この旅館にいる従業員は女将と一番若い新入りの仲居の二人だけ。他の者は皆帰したという。泊まっていた客たちや、今晩予約を入れていた客は他の旅館に移ってもらったそうだ。おかげで夜になるまで女将は一人慌ただしく動き回り、玄関先でも電話口でも何度もお詫びをくり返していた。

誇りと責任から顔には出さないが、女将は激怒しているに違いない。奈加ははじめ「水野の大姐さんが訪ねていらっしゃる」としかいわなかった。それが二時間、三時間しても帰らず、突然、奈加は「しばらく逗留《とうりゅう》される。騒がしくなる」と身震いするようなことを告げた。旅館の看板にひどい傷をつけられたが、相手が相手だけに女将は文句をいうことも追い出すこともできないのだろう。

また遠くで電話が鳴った。予約客か、野菜や魚の卸業者か。女将が頭を下げ、部屋を出てゆく。

置き時計は午後十一時十分を過ぎた。もう百合も動き出しているだろう。こちらもはじめないと。

水音とともに大姐さんが便所から出てきた。

「そろそろお願いします」奈加は手拭いを差し出しながらいった。

大姐さんが頷く。

電灯に照らされた部屋のなかには、紺と茶の着物の側近の男たち二人が無言で控えている。「はじめるそうよ」大姐さんが男たちにいった。

二人が頷く。障子の向こう、雨戸にまた強く雨が吹きつけ、がたがたと揺れている。

「まずはどうするの」大姐さんが訊いた。

「手首だけ縛らせてください。それからお電話をお願いします」百合と慎太にかけた懸賞金を取り下げるよう、池之端の屋敷に連絡を入れてもらうつもりだった。

が――

「馬鹿な子だけど、やっぱり可愛いのよ」大姐さんがつぶやくようにいった。二人の男たちの腕が一気に奈加に伸びる。

裏切り。

逃げないと――奈加はすぐに畳を蹴り、駆け出した。紺の着物の男の腕を振り切り、茶の着物の男が短刀《ドス》を抜くより早く、廊下への扉に手を伸ばす。が、取っ手に指先がかかる寸前、扉が開いた。

廊下には灰色の着物の男が、若い仲居の腕を摑んで立っていた。右手には、その仲居の帯の背の太鼓に隠させていた小型拳銃ワルサーモデル２を握っている。

上手く隠したつもりだったが、だめだった。灰色の着物の男の突きつける銃口が奈加を部屋のなかへと押し返す。青ざめた顔の若い仲居は投げ捨てられるように廊下に倒された。

拳銃と短刀を手にした三人の男たちが奈加を囲む。約束はあっさり反古《ほご》にされた。

「あんたもわかってたでしょう」大姐さんは奈加の巻いたタバコをまた一本くわえた。「それにね、やっぱり気に食わないのよ。はじめから終わりまで他人の描いた絵図の通りに、事を運ばれるのは」

火をつけたタバコの煙をふうっと吐く。しかし、その大姐さんのすぐうしろ。床の間の脇、押し入れの戸がかすかに開いた――

三人の男たちが気づいたときには、もうその若い女は押し入れから飛び出していた。

小さな手に握った不釣り合いなほど大きなオートマチック拳銃で大姐さんを狙う。同時に奈加も襟元に挟んだ懐紙《かいし》を抜き、灰色の着物の男を狙った。懐紙の縁で男の頰と左まぶたを斬りながら、銃を握る右手首を左手でぐりんと内側にねじ込む。関節の外れる音とともに落とした銃を、足袋《たび》をはいた足で踏みつけた。その足めがけ茶色の男が短刀を突き、紺色の男が奈加に摑みかかる。奈加は薄い紙切れ一枚を刃物のように使い、茶色の男の手首も斬った。皮膚がすぱりと割れ、血が染み出す。一瞬握力をなくした男の手をさらに蹴り、短刀を跳ね飛ばす。が、奈加も紺色の男に顔を殴られた。体がぐらりと揺れる、でも倒れない。代わりに冷えたビール瓶が倒れ、畳に泡が吹き出した。

「撃つよ」若い女がいった。

腰を落とし、うしろから大姐さんの首にコルトＭ１９１１を押しつけているその女は――琴子。奈加と男たちの動きが止まった。琴子は大姐さんの小さい体に重なるように半身を隠し、大きく潤んだ目で男たちを見ている。

大姐さんは手にしていたタバコの先をコルトを握る琴子の手に押しつけた。音もなく手の甲の皮膚がただれ、かすかに焦げ臭さが漂う。それでも琴子は声も上げない。奈加と琴子の本気を感じ取った男たちは両手をだらりと垂らした。

逆転。

「あんたずっと隠れてたの？」大姐さんが訊く。

琴子は何もいわない。代わりに奈加がこたえた。

「天井裏の配管の奥に隠れてもらって、頃合いを見ながら、ゆっくり時間をかけて降りてきてもらったんです。ありがとね」

「何でもないわ」琴子がいった。「感化院に入れられてたときは、毎日こんなふうに隠れてたから」

「まるで鼠ね」大姐さんもいった。「やっぱりあんたと関わると嫌な思いばっかりする」

奈加は男たちを縛りはじめた。

物音を聞いた女将が駆けてきて、開いた扉の外から大姐さんが銃を突きつけられている光景を見た。卒倒しそうな顔で何かつぶやいている。たぶん、「何てこと」とでもいったのだろう。そして、ふらふらとその場に座り込んでしまった。若い仲居もしくしくと泣いている。

奈加は構わず大姐さんをうしろ手に縛り上げた。

次に縛った男たちの頸動脈を順に絞めていった。喧嘩慣れした角刈りの顔が一瞬で気を失ってゆく。まだ百合には負けていないと思うと少し嬉しいが、男ぶりのいい三人だっただけに少し寂しくも感じる。三人を布団に乗せて引きずり、板場に運び、床下に掘られた氷室に入れた。蓋を閉め、上に保冷庫や食器棚を積み上げ閉じ込める。最後に大姐さんを琴子に見張らせながら戸を開けたまま便所に入り、ゆっくり小便をした。

それから二十分――

長い廊下の一番奥、奈加は箪笥や卓袱台や座卓を積み上げた強固なバリケードの裏から、表玄関を出てゆく女将と若い仲居の背を見送っている。

女将は最後まで残るとごねていたが、飾られている鎌倉期の書画や、明代の皿に銃口を向け、今すぐ吹き飛ばすと脅すと、「絶対に許さない」と一言残し腰を上げた。鉄金庫から出した登記簿、権利書、現金を包んだ風呂敷、それに皿三枚と書四軸を抱えた女将はまだ未練がましく振り返り、自分が人生をかけて造り上げてきたものを壊そうとしている奈加を恨めしく見ている。

玄関のガラス戸を開き、女将と仲居が暗い外の通りに出た。道の向こうの闇のなかに風雨に晒されながら立ち尽くすやくざたちが見える。が、まだ押し入っては来ない。

女三人がつる瀬に残った。

レミントンの猟銃を手にしたまま、奈加は絣《かすり》の着物の裾をたくし上げ、足袋を脱ぎ、留袖《とめそで》の右肩を脱いだ。縞木綿《しまもめん》の着物の琴子も同じようにした。電話線を延ばし卓上電話も運んできた。廊下の左に並ぶ客室の扉にはすべて鍵をかけ、右に続いている大きな明かり取りの窓もすべて雨戸を下ろした。食べ物もお茶も水も、タバコも近くにある。

縛られた大姐さんは弾避けに運んできた大きな鉄金庫の裏に座っている。こんな重い鉄の塊を動かせないと元馬賊の奈加も思ったが、琴子が板場から持ってきた何本かの麺棒や伸《の》し棒、まな板を使って簡単に運んでしまった。売女《うりめ》になる前に何をしていたのか窺い知れる。

「ねえ」大姐さんが琴子にいった。「一万円あげるから考え直さない」寝返りを誘っている。

「もう奈加さんからもらってるから」琴子がいった。

奈加は手伝ってくれたら、これまでの借金を清算し、売女をやめて何年かは働かずに暮らせるだけの金を払うと約束した。もう三分の一の手付けも渡してある。

「使う前に死ぬわよ」大姐さんがまた誘う。「手を貸してよ。今よりずっと楽に生きられるようにしてあげる」

「そんなみっともないことできないわ」琴子は大姐さんを見た。「ここで裏切ったら、一生うしろ指さされて笑われる。馬鹿な売女に変わりはないけど、どうせなら義理貫いた天晴《あっぱ》れな馬鹿で終わりたいもの」

死にたがりが一人増え、縛られた大姐さんはまたうんざりした顔をした。

「どうします？」今度は奈加が大姐さんにいった。最後の確認。この無益な騒動を、まだやめられるかもしれない。

「もう無理よ。とことんやらなきゃ、武統も外の連中も収まらない。やくざだもの」

馬鹿げた籠城戦のはじまり。

琴子は小さい右手でコルトＭ１９１１を構えながら、左手で透明なニッキ飴を口に放り込んだ。

「怖い？」奈加は訊いた。

「とっても」琴子がいった。「浅草《ここ》に戻るくらいなら死ぬって思ってたのに。自分から来るなんて」

引きつった顔が笑っているように見える。それでも後悔している様子はない。

きこーんと玄関の上がり口にある柱時計が午後十一時半の鐘を打った。あとを追うように電話が鳴る。ぴったり約束通り。奈加は受話器を取った。

交換手の「お話しなさいませ」に続き声がした。

「ご無事ですか」岩見が話す。

「はい」奈加はいった。

「それはよかった。百合さんとも連絡が取れました」

「予定通りですね。こちらも準備はできました。とりあえず先生のお仕事は終わり、お疲れ様でございました」

「いえ、まだ裁判が残っていますから」

「そうでしたね。琴子ちゃんも頼りにしていますから、よろしくお願いいたします。彼女も今一緒なんですよ」

先生――と明るい声で琴子もいった。

だが、邪魔が入った。廊下の先、玄関のガラス戸が左右に開いてゆく。二十メートルは離れているこの場所まで風が吹き込んできた。

「ごめんなさい、客が来ちゃいました。百合さんたちが無事に着きましたら、またお電話ください」

「します。必ず出てくださいね」

「努力します」奈加も明るい声でいって受話器を置いた。

玄関では片手に長短刀を握った着物姿の男たちが叫んでいる。「どこだよ、おい」「返事がなくても入るぞ」不用意を度胸のよさと取り違えている連中。明らかに様子見の捨て駒だった。だから奈加も躊躇なく引き金を引いた。

廊下の一番奥、不格好だが堅牢な砦の裏で響く銃声。ずっと遠く、男たちが血を吹きながら押し出されるように玄関の外へ倒れてゆく。同時にガラス戸を蹴破り、何人かがなだれ込み、玄関の左右に散らばった。

浅草観音裏。静かなたたずまいの旅館が戦いの場に変わる。

血が騒ぐ――奈加は自分の馬鹿さ加減に思わず笑いがこぼれた。

十一章　死出の装束

「ガリバルディービスケット」船酔いしている慎太が青い顔でいった。

「ボンボンアラリキュール」百合もいった。

強い風に押された屋形船は瞬《また》く間に東京湾を進んでゆく。葛西《かさい》から荒川河口、そして枝川へ。遠くの町灯りのおかげで、闇夜でも自分たちの居場所ははっきりとわかった。波を受け、船首がさらに揺れる。

落ち着かない百合と慎太は、これから行く銀座の好きな食べ物をいい合った。ガリバルディービスケットは干しぶどうを挟んだイギリスの焼き菓子で、銀座百《ひゃっ》菓《か》苑《えん》の名物。ボンボンアラリキュールもブランデーを使ったフランスの砂糖菓子で、出雲《いずも》町《ちょう》マリーポール洋菓子店の名物だった。不安を薄めるのに、今はこんな方法しか思いつかない。資生堂パーラーの赤や黄色のソーダ水、アイスクリーム。吉弘《よしひろ》のみたらし団子、くず桜。金《か》井《ない》屋の南京豆の入ったおかき。銀座梅《うめ》そ乃《の》のあんみつ。ノーブルのバターの効いたガレット。東京風月堂《ふうげつどう》のマロングラッセ、マシュマロ──

二人でそれぞれに楽しい思い出をなぞってゆく。

話しているうちに下らなさで笑いが漏れた。自分たちが哀れ過ぎて可笑しくなる。月島を過ぎ、佃島と越中島《えっちゅうじま》の間を進み、震災で焼け落ちた相生橋《あいおいばし》の橋脚を脇に見ながら隅田川に入った。流れを遡《さかのぼ》ってゆく。

百合は天井の電球を消し、ソケットからも外した。鉄板で囲まれた船内が暗くなり、江戸橋手前で大きく左に曲がった。

このまま水路で行けるところまで行くつもりでいる。川幅の狭い堀のような日本橋川に入ると、押し寄せる水流のせいで一気に速度が落ちた。両岸の高い石垣が風を遮る。波の音がやむと、べちべちと屋根を打ちつける雨粒の音が聞こえてきた。

街灯が光る豊海橋《とよみばし》、湊橋《みなとばし》の下をくぐり、日本橋の手前で左に分水している楓川《かえでがわ》へ。両岸には係留された船が並び、変わらず高い石垣が続く。また水量が増してきた。そして声がした。

「まれ……」どこかで男が叫んでいる。「止まれ」何人もの声。鉄板の隙間から石垣の上を走る兵士の姿が見えた。百合は屋形船の速度を上げた。ホイッスルが鳴りはじめ、うしろで銃声が響いた。水を割りながら兜橋《かぶとばし》の下をくぐる。橋の上にも兵士が二人。だが、飛び降りてはこなかった。乗り移らず小銃で狙い、撃ってきた。かつんかつんと屋根が鳴る。練習用の木製模擬弾じゃない。雨粒に混じって実弾が降ってくる。発砲音が派手に日本橋区に響く。

百合は考える——通行人は？　全面封鎖したのか？

敵の展開が早い。川を遡ってくることを予測していたのだろう。ただし、兵士たちは慎太がこの船に乗っている確証を得ていないようだ。反撃にも用心している。屋形船に飛び乗ってこなかったのはそのためだろう。

震災で壊れたままの久安橋《きゅうあんばし》の下をくぐる。銃声が一度途切れた。振り切ったようだが、どうせすぐに別部隊がやってくる。再建途中の松幡橋《まつはたばし》を過ぎた。無理な加速と強い雨で不安定になった屋形船が派手に揺れる。左右の河岸に係留している船に次々と擦ってゆく。

弾正橋《だんじょうばし》とその先で丁字にぶつかる京橋川が見えたところで百合はいった。

「用意して」

慎太が頷き、自分の体の一部になったリュックサックを背負う。弾正橋を過ぎると同時に百合は右に舵を切った。幅の狭い二つの川が交わる角を、船尾を振りながら曲がってゆく。京橋川の石垣や川岸に並ぶ船に、屋形船の側面がぶつかり、跳ね返る。すぐに白魚橋《しらうおばし》をくぐり炭谷橋《すみやばし》が見えた。と同時にまた銃声が聞こえた。雨と風が打ちつける川の右岸に小銃を構えた兵士が並び、こちらを狙う。かかかかかと雹《ひょう》のように銃弾が降り注ぐ。

「行こう」百合はいった。

舵から手を離し、黒いバッグを抱えて屋形船の船尾へと駆ける。慎太が船尾の垂れ流し便所の穴へ飛び降りた。暗い川のなかへ。百合も飛び降りる。どぶんと落ち、一気に視界が遮られる。泥水のなかで浮かび上がらないようもがいた。頭の上でぎいーっと大きく鳴っている。増水のせいで屋形船の屋根が炭谷橋の橋梁《きょうりょう》に擦れているのだろう。音が消えるまで耐え、ようやく顔を出すと、目の前に暗い橋の裏側が見えた。橋桁《はしげた》にしがみつく。慎太も濁った水から顔を出し、手を伸ばした。百合はその手を摑み、引き上げる。橋桁と水面のわずかな隙間から川上を見ると、両岸、さらに京橋の欄干《らんかん》に携帯電灯や非常灯の光が溢れ、兵士たちが川を進む屋形船を狙っている。すぐに激しい発砲音が町に響いた。百合と慎太はその音に紛れながら炭谷橋の裏を伝い、橋の横、石垣の途中から酔っぱらいの小便のように濁った水を吹いている太い下水管へ飛びついた。下水管の奥へ二人で這い入る。排水に流されないよう煉瓦《れんが》造りの下水溝で両手、両足を踏ん張った。外から兵士たちの声がする。

「おりません」「こちらもおりません」屋形船が通過した橋の裏と両岸をすべて点検しているようだ。久喜で無人のトラックを追いかけさせられた屈辱を忘れていないらしい。

兵士たちはまだ屋形船に気を取られている。このまま屋形船が京橋川を進み、紺屋橋《こんやばし》、比丘尼橋《びくにばし》をくぐり、その先で合流している外濠川《そとぼりがわ》に入るまで百合たちが降りたことに気づかれなければ、かなり時間を稼げる。

銀座は、外濠川、京橋川、三十間堀川《さんじっけんほりかわ》、汐留川に四方を囲まれ、外と隔てられた、橋で行き来する町。入りにくく出にくい。だが、多くの店と建物が並び、人が集う町でもある。新橋、虎ノ門、赤坂、麹町、半蔵門《はんぞうもん》……霞ケ関二丁目の海軍省に至るいくつもの道筋のなかから、百合と慎太はこの銀座を通り抜けるルートを選んだ。

二人はずぶ濡れの体で煉瓦造りの下水穴を進み、鉄の手摺で上に昇ると、またすぐ細い横穴に入った。銀座一丁目の道脇にある側溝に出る。雨はひときわ強くなっていたが、狭く水かさの増した側溝を、頭を下げ腰をかがめ歩いた。強い雨と風が厚いカーテンとなり、二人が水を踏む音をかき消してくれる。側溝が途切れ、また地下に流れ込んでゆく手前、風呂屋の横で細い道の上に這い出た。夜遅くまで開いているはずの風呂屋も、その先に並ぶ食い物屋も台風で臨時休業している。

が、道を進み丁字の突き当たりに近づくと、曲がり角の先から水を散らす複数の足音が聞こえてきた。揃った足並み。兵士だ。ここにいればすぐに見つかる。戻れば川沿いを捜索している連中に追いつかれる。さらに細い脇道を探し、走り込んだ。柳内《やない》眼鏡舗、カフェー・ゴンドラと表通りの店の名札がかけられた裏口が並び、積み上がった竹籠や木箱のせいで体を斜めにしないと通れない。

予測が的確で兵隊たちの包囲も早い――百合は思った。銀座二、三、四丁目を抜け、一気に晴海通りまで進むつもりだったが、思惑通りには行きそうにない。

狭い脇道の終わり、抜けた先の通りから声がした。

「あの戸口だ」男が叫んでいる。「ほんの十間（約十八メートル）先まで、なぜ行けんのか」

「立ち入り禁止だ」別の声がいい返す。

「昼は通れた道だぞ」

「今はもう通れんのだ。早く下がれ」

道の角まで近寄り、手鏡で覗くと、小銃を手にした軍服の兵士たちに傘をさした数人の通行人が抗議している。進入禁止の綱が張られた道の先には、改新《かいしん》出版の看板。抗議している連中はそこに行きたいらしい。兵士も通行人も横からの強い雨を浴び、ずぶ濡れだった。

百合はもう一度届いてくる声を聞き、人数を確かめた。兵士が四人。通行人が三人。兵士の増員が来る前に出てゆくか？　ここで待つか？　それとも戻るか？

曲がった先では口論が続く。

「予告もなしの完全封鎖など、これでは戒厳令ではないか」

「公益につながる正当な公務だ。拘束されたいか」

「どんな公務だ？　説明したまえ」「憲兵でもない君らに逮捕権などない。拘束するなら逆に警察を呼ぶ」

男たちは〔平和の敵〕である陸軍に強くいい寄る。任務の不透明さは兵士たちも感じているようだ。そのうしろめたさが語気を強くさせる。

「無差別テロルに対処するための演習だ。今日午後八時の時点で通達されている。知らないおまえたちが悪い」

「そんな建前を聞いているのではない」「本当の目的は何だ？　醜聞のもみ消しか？　どの政治屋に命じられた？」「正義の士であった帝国陸軍はどこに消えた」

兵士たちは聞き流していたが、「失敗を重ねた上に犬に成り下がったか」といわれ急に声を荒らげた。失敗とはシベリア出兵をいっている。

「民権かぶれの犬どもが何をいう」「成敗されたいか」

水の跳ねる音。通行人の一人が押し倒されたらしい。罵《ののし》り合いは怒号へと変わった。百合たちが通ってきた細い脇道のうしろからも水を跳ねる音が聞こえてきた。兵士の増援が来たようだ。

このままでは挟まれる。

百合はバッグに手を入れ、リヴォルバーを握った。撃ち合う覚悟で飛び出そうとしたが、その腕を慎太が摑んだ。百合の顔を見る。そして代わりに慎太一人が脇道からゆっくりと出ていった。

「おい」慎太がいった。兵士も通行人の男たちも予期せぬ声に驚き振り返った。

一瞬の動揺のあと、兵士の一人が訊いた。「細見慎太か？」

両手をだらりと垂らしたずぶ濡れの慎太が頷く。兵士たちが一斉に小銃を構えた。「動くな」戸惑っている通行人たちを押しのけ、兵士たちが緊張しながらにじり寄る。

慎太は動かない。ただ立っている。そのうしろへ、百合は脇道からいきなり飛び出した。慎太の体に重なり、片膝をつき、腕を伸ばした低い姿勢からリヴォルバーを連射する。銃声とともに慎太のすぐ横をすり抜けた四発は確実に兵士たちに突き刺さった。反撃もできず泥水に倒れてゆく。通行人たちが「うわっ」と声を上げたころには、百合と慎太はその場に背を向け走り出していた。

「だいじょうぶか」寸前まで罵っていた通行人が兵士たちを抱き起こす。兵士の一人が撃たれながらもホイッスルを鳴らした。

二人は銀座二丁目を越え、三丁目へ。松屋デパートの新築工事現場裏を駆けてゆく。デパートを囲む木の足場が強い風に揺れている。今夜はもう店じまいした写真機屋、花屋が並び、傘をさした通行人も遠くに見える。このあたりはまだ封鎖されていないらしい。道の先の四つ角を男たちの一団が曲がってきた。兵士じゃない。だが、百合たちを見つけると目の色を変え、こちらに向かって駆け出した。武統《たけのり》配下のやくざだ。

百合は慎太の腕を摑み、また足袋《たび》屋の横の細い道に飛び込んだ。

西洋雑貨伊織《いおり》屋、靴の川村《かわむら》の裏口前を水を跳ね駆けてゆく。洋酒問屋なかまつの裏には、積み上がった空き瓶入りの木箱が風に飛ばされぬよう荒縄で壁にくくりつけてあった。百合はその木箱を登った。慎太も続くが左膝が上手く曲がらず足が滑る。空瓶を鳴らしながら登る慎太の手を、百合は引き寄せた。空気は蒸している。それでも雨に晒され、体温を奪われ、二人の手足は冷えていた。なかまつの瓦屋根の上、電管で飾られた百合の身長の倍ほどもある鉄の立て看板が、風に吹かれぐらぐらと揺れている。頭を伏せ、身を寄せ、下の細い通りをやくざが通り過ぎるのを待った。

「どっちだ」「そっちか」足音は右に左にばたばたと動き回ったあと、遠くへ離れていった。

なかまつの隣は東京三信銀行の銀座支店。四年前の開業当初、飾り気の一切ない四角い鉄筋コンクリート四階建ては「豆腐」と嘲笑《ちょうしょう》されたが、震災を無傷で乗り切り、今も変わらず営業を続けている。その裏手、銀行の高い塀に囲まれたなかに、生子板《なまこいた》の屋根がついた駐車場と小屋があった。二台並んでいる自動車は、どちらも黒光りしている幌付きのデイムラー・タイプ45。頭取と副頭取の社用車だった。小屋は運転手の待機所で、数え切れないほど銀座に来ている百合はもちろん知っている。

なかまつの屋根から塀伝いに降り、東京三信銀行の敷地に入った。戸が半開きになっている小屋に百合は一人近づいてゆく。なかには見た目十六、七の少年が一人。電球の下で長椅子に座り、うたた寝をしている。白シャツに膝まで裾をたくし上げた灰色ズボン。宿直させられている運転助手だろう。静かに近づくと、壁にかかっている裏門の鍵を取った。少年の口からよだれが垂れ落ち、ズボンの膝に滲みを作ってゆく。

小屋を出た百合は外から戸の掛金をかけ、針金で縛ると、デイムラーの運転席に乗り込んだ。慎太は横引きの裏門の鍵と閂《かんぬき》を外し、がらがらと音をたて開くと、デイムラーの車体正面についたクランクシャフトを握った。シャフトを回しエンジンを起動させる。慣れなければ大人でも難しい作業だが、「できるよ」と自分でいった通り、二度回しただけでエンジンをかけた。成金の息子らしい特技を見せた慎太が助手席に飛び乗り、扉を閉める。同時に銀行の裏口が開いた。警棒を手にした警備員が出てくる。裏門を開く音で気づかれたらしい。百合は構わず走り出した。が、駆け出てきた警備員が百合の横の扉に飛びついた。銀行の敷地を出てすぐ右にハンドルを切る。警備員は引き摺られながらも離れない。窓越しにリヴォルバーを向け、頭のすぐ上を威嚇《いかく》射撃した。銃声とともに窓ガラスがひび割れる。怯えた警備員が手を放し、ぬかるむ道の上に落ちてゆく。すぐ先に晴海通りが見えてきた。慎太が身をかがめ、百合も頭を下げる。デイムラーが晴海通りにさしかかる。

突然、車体の両側で銃声が響いた。

やはり晴海通りで陸軍が待ち伏せていた。街灯煌《きら》めく道の両脇には、傘を手にした何人かの通行人が立っている。遠くの尾張町交差点で停められている自動車、市電も見える。完全封鎖には間に合わなかったようだ。それでも銃声は止まない。デイムラーの厚い外装が一斉射撃の銃弾を貫通させず、どうにか受けとめる。銃撃の轟音と迫力に通行人たちが声を上げる。模擬弾による演習だと信じているのだろう。前輪も後輪も撃ち抜かれ破裂した。震災後に拡張された晴海通りの幅は約三十メートル。数秒で横切れるはずだが、大河を渡っているかのように遠い。車体がふらつく。ラジエーターも撃ち抜かれ、ビギーっと音を上げる。それでもどうにか渡り切った。三十間堀二丁目（現銀座五丁目）の路地に飛び込んでゆく。

精肉屋と洋食屋の軒先に車体を擦りながら道の奥へ。追ってくる兵士、やくざを引き離す。狭い十字路を左に曲がり、その先をさらに右に曲がった。細い道を塞ぐようにデイムラーを横に停めると、百合と慎太は外に出た。

傘に下駄で歩いていた仕事終わりの白衣の調理人が驚きこちらを見ている。まだここも封鎖されていないようだ。

すぐに赤地に金文字で書かれたコリーナというカフェーの看板を見つけた。店の観音開きの扉を押し、飛び込む。なかは薄暗く、蓄音機が鳴り、こんな台風の日の午前零時近いというのに、席の半分近くが埋まっていた。カフェーと呼ばれてはいるが、コーヒーを出す純喫茶と違い、酒やビールを出して女給が接待する。なかでもここは格別に下衆《げす》なサービスで有名だった。タバコを吹かす客たち、横に座る素肌に襦袢《じゅばん》一枚の女給たち。腰巻きをつけていない下半身は、暗い電球の下でも陰毛が透けて見える。テーブルの間の狭い通路を駆けるずぶ濡れの百合と慎太を皆が見る。蝶ネクタイのボーイが駆け寄ってきた。百合がリヴォルバーの銃口を見せると、ボーイはうしろに下がり、気づいた女給の何人かが悲鳴を上げた。

衝立てとカーテンで二重に目隠しされた店裏へ。さらに奥まで続く薄汚れた通路に沿って、カーテンのかかった個室が並んでいる。閉じた赤いカーテンの向こうでは追加料金を払った客たちが、女給からより濃厚なサービスを受けていた。

「何のつもりだ、てめえ」通路のうしろで、支配人らしい背広の中年が怒鳴った。

「騒がして悪いね」百合は五枚の一円札を床に投げた。「通らしてもらうだけ」

衝立《ついた》ての向こうの店先でまた女給が騒ぎはじめた。追ってきた兵隊かやくざが踏み込んできたのだろう。百合と慎太は裏口を開け、店の外へ。

そこには玉の井のような細い路地が続いていた。また大粒の雨が二人に降りかかる。油が染みた壁。壊れた街灯。雨水が鶏ガラや魚のアラを押し流してゆく。日本一モダンな町の裏に広がる薄汚れた迷宮。先の見通せない角を右へ左へと曲がる。一瞬目の前が開け、御幸《みゆき》通りにさしかかった。北から南へと伸びる道を斜めに渡り、また尾張町二丁目（現銀座六丁目）の路地裏へ。

二階建ての長屋を薄い壁板で仕切った貸家が並ぶ。震災でも焼けずに残ったこの一角に住んでいるのは銀座で働く店員、調理人、職人。繁華街を陰で支える者たちが寝起きする町だった。北の夜空には完成を間近に控えた、地上七階建て松坂屋百貨店のビルディングがそびえている。ビルの壁にぶつかった風が吹き下ろし、路地を吹き抜け、濡れて疲れた二人の体を鞭打《むちう》つように冷やしてゆく。誰ともすれ違わないまま軒下を歩き、もう一度左に曲がると、両側に食い物関連の店が並ぶ小道に出た。

木戸が閉まった氷屋と乾物屋の間、朱色の剝げた祠《ほこら》が建っている。小さな街灯が上から照らし、賽銭箱の脇には何匹かのヤモリとカタツムリが貼りついていた。

百合は隣の乾物屋の壁との隙間に服を擦りながら、豊受大神《とようけのおおかみ》を祀《まつ》る祠の裏へ回っていった。腰をかがめ、伸びた草を分けると、祠の真うしろの石壁に、奥へと抜けるアーチのような穴が空いている。百合でも通れるかどうかの小さい穴は、都会のけもの道だった。

「猫臭い」腰をかがめ頭を低くした慎太がいった。

台風の強い雨でも洗い流せないほど、草に、土に、石壁に猫の小便の臭気が染みついている。百合は四つん這いになり、穴をくぐった。慎太も諦めてあとを追う。石壁を抜けた先は、店と店の壁に挟まれたわずかな隙間が続いている。肘と膝を泥だらけにしながら猫のように進み、突き当たりに建つ家の外壁の前で止まった。

細いみかんの木が二本並んでいる。その上、二階には閉じた格子窓と、外側に緑青《ろくしょう》（青サビ）の浮いた銅の手摺《てすり》りが見える。

「ここにいて」

百合は小石を拾い、靴と靴下を脱ぎ、外壁に沿って上に伸びる雨どいを摑んだ。

二階へと昇ってゆく。震災を耐えた錆びた雨どいがきしきしと鳴る。昇ると、百合は格子窓の外についた手摺に飛び移った。下では慎太が「まるで夜盗だ」という顔で見上げている。

窓の内側、暗い部屋のなかには鼻の頭の白い猫がいた。六畳間の隅の机に座り、こちらを見ている。いつもは少しだけ開いたこの窓から、好きなときにみかんの木を伝って外に出てゆくのだろう。台風の今夜は鍵が閉められている。百合は猫に手を振った。猫も首をもたげた。百合は格子のガラス窓の一つに濡れたハンカチを貼りつけると、石で叩いた。割れたガラスの穴から手を入れ、内側のネジ鍵を外し、窓を開ける。猫は驚くでもなく様子を見届けると、振り向き、背の灰色縞を見せながら、わずかに開いた襖を通り部屋から出て行った。

百合も六畳間に入ると猫のあとを追った。髪と服から落ちる水滴が畳に水溜りを作ってゆく。襖を開けると短い廊下があり、先には階段。家の造りはだいたいわかる。その一階へ降りる階段の途中、笠つき電灯の下で、猫を抱いた滝田洋裁店の店主が見上げていた。

「こいつの散歩道なんて教えるんじゃなかった」着物姿の店主が猫を撫でながらいった。

百合は唇の前に人差し指をあて、「静かに」の合図をしながら階段を下りる。

「そんなこたあ、わかってるよ」

「来るのもわかってたくせに」

「だから来たの」

「外見たのか。特高に張られてんだぞ」

はじめから警戒が厳しい場所ほど、騒動がはじまったあとは盲点になる。

「使い古しのやり口だな」店主の口調は呆れてはいるが怒ってはいない。

「見張りは何人？」

「店の前に二人。裏口を出た先にも二人。何をやったかはいうなよ。聞いたらよけい面倒になる。それより体拭けよ」

「その前に腰紐貸して」

雨に濡れながら待つ慎太の前に、二階から小さな結び目がいくつもつけられた腰紐が垂れてきた。冒険ごっこをしてるみたいだと思いながら、慎太は百合の脱ぎ捨てていった靴と靴下を拾い、腰紐を握った。

※

壁際に布地が高く積み上げられた窓のない作業場。

いつもは針子の婆さんが座っている椅子に慎太は腰を下ろした。日干し煉瓦のように固まっていた左膝が弛んでゆく。濡れた髪も体も拭き、ぐっしょりと湿った左腕の包帯は外してゴミ箱に捨てた。腹に巻いていたさらしも外したが、もちろん捨ててはいない。

店主が目の前に置いてくれた暖かい甘酒を一口飲んだ。服ももうすべて着替えている。店主が出してくれたのは、黒い革靴、黒い靴下、紺のズボン、チェック柄のワイシャツ。猫は部屋の隅で丸くなり、じっとこちらを見ている。

「机をお借りしてもいいですか」慎太は訊いた。店主が頷く。

リュックサックから札束や水筒や大まかなものを取り出し、整理すると、台の上にまだ少し湿ったさらしを広げ、リュックに残った中身をざらざらと出した。

白い破片の山から、陶器の欠片《かけら》とそうでないものを選り分けてゆく。

「まるで骨拾いだな」店主がいった。

「はい、遺骨なんです」慎太がこたえる。

店主が渋い顔で慎太の抜糸されていない左腕の傷を見た。「それは?」

「撃たれました」

「何をやらかしたか絶対にいうなよ」心底迷惑そうにいった。

初対面の年の離れた二人がぎこちなく話している、その奥。閉じられたカーテンの裏の狭い型紙倉庫で百合は着替えていた。

濡れた服はすべて脱ぎ、体を拭いてゆく。どうせまたびしょ濡れになるのはわかっているけれど、それでも一度すっきりしたかった。手術後に巻かれた包帯も外す。天井の電球が体じゅうの痣を、肩や左胸の縫《ぬ》い痕を照らし、目の前の姿見に映し出してゆく。

真新しいズロースを穿き、シュミーズを着て、仕立て上がった新しいワンピースを身につけた。襟元にはレース飾り、白い絹モスリンに白い裏地が重ねられ、細かく刺繍された水色、群青《ぐんじょう》、瑠璃《るり》色、赤紫、藤紫の花々が咲いている。注文通り。素敵だと思った。顔も体も痣だらけ傷だらけなのが残念だけれど、それでもやっぱりいい服。店主のあつらえた白い靴下、ストラップのついたベージュのヒールも履いた。

——最高の死に装束。

そう思った。

すべての拳銃の弾倉と持ち物を確認し、カーテンを開けて出てゆく。

「どう?」訊いてみた。

慎太が視線を合わせないまま何度か頷いた。似合っているという合図。

「そのやぼったいバッグをどうにかしろよ」店主がいいながら紙切れを出した。「弁護士に貸した金と服代、特高に見張られる迷惑代も入ってる」

請求書だった。総額五十二円七十銭。

百合はバッグに手を入れた。ふっかけやがってと思ったが何もいわない。代わりに指先で金を数えながら大げさに舌打ちした。

店主は当然の顔をしながら右手で金を受け取ると、左手で湯飲みに入った甘酒を出した。

百合は空いていた椅子に座り、脚を組んで一口飲んだ。麹《こうじ》の甘さと暖かさがゆっくり胃に落ちてゆく。猫が丸まったまま目を細め、大きくあくびをした。

ここまでは来れた。が、麹町区、京橋区、芝区の北に分散していた兵士とやくざが銀座に集まってくる。この先はもっと厳しくなる――

「あの、僕も」慎太が立ち上がりリュックに手を入れた。自分の服代を払おうとしている。

「そっちはいいんだ」店主がいった。「売り物じゃねえから」

慎太がよくわからない顔をした。

「息子のお古だよ」

「だったらなおさら」

「六年前に亡くなったの」百合はいった。

「結核《けっかく》でね。ずっと箪笥《たんす》の肥やしのまんまじゃ、服も浮かばれねえからな」

「それならお線香だけでもあげさせてもらえませんか」

「仏壇どころか位牌もないんだ。別れた女房が持っていっちまった」

慎太は頷き、「では、ありがたく使わせていただきます」と深く頭を下げた。

店主も頷き、真っすぐな謝意を受け止めると、気恥ずかしさをはぐらかすように百合に訊いた。

「これからどうする?」

「もうすぐ迎えが来る」百合はいった。

「誰が?」慎太が驚いた顔で訊いた。

百合は黙ったまま首を小さく横に振り、それからいった。

「少しだけど休んで。肝心なときに足が動かなくなって死なないように」


九月二日、午前一時三十七分。

長い車体を切り返し、銀座の暗く狭い路地をパッカード自動車が曲がってくる。

タイヤが泥しぶきを飛ばしながら近づき、滝田洋裁店の入り口を塞ぐように横付けして停まった。エンジンはかかったまま。ワイパーは降りしきる雨を拭い続けている。

洋裁店の斜め前、震災以来閉まったままの表具屋《ひょうぐや》の軒先にいた特高警察の二人が、すぐに駆けてきた。二人は内務省所属。陸軍とは組織も指揮系統も違う。傘をさした背広の二人は、街灯の明かりがわずかに照らすパッカードの後部座席を覗き込んだ。座っているのは、袴をつけた禿げ頭と、茶色い背広に白い口髭の二人。どちらも年寄りだった。特高は「おい」と声をかけ、扉を開けるよう窓ガラスを叩いた。車内から口髭の年寄りがガラス越しに睨む。その口髭が何者か気づくと、特高は慌てて叩いていた手を止めた。制服に制帽の中年運転手も車内灯をつけ、手振りで正面を見ろと合図している。ダッシュボードの上、正面ガラスの内側には、文部省公用車の登録証が貼られていた。

舌打ちしながらあとずさる特高の二人。

洋裁店に横付けした車体の左側、後部座席の扉が開く。袴をつけた年寄りが一人車を降りた。禿げた頭に雨を浴びながら、四角いガラス窓のついた洋裁店の扉を叩く。窓には幕が垂らされ、なかは見えない。その見えない向こうに届かせるように強く叩き続けた。


奥の作業場にいた三人は叩く音を聞いた。

店主が百合を見る。

「出るわ」百合はいった。

衝立ての向こうの暗い店先に出てゆく。慎太も遺骨を巻き込んださらしをリュックに放り込み、あとに続く。仮縫いの服を着て並ぶ顔のないマネキンの間を抜け、百合は大きなガラス窓のついた通り沿いの扉を少しだけ開いた。

隙間の向こう、濡れた禿げ頭が見える。

「日永田《ひえだ》さんよ」百合は慎太にいった。

慎太は老人を一瞬見つめ、それから慌てて頭を下げた。「あの、秩父ではありがとうございました。それに今夜まで――」

「どういたしまして」日永田は片手を上げて笑顔で慎太に挨拶すると、百合を見た。「君はいつも年寄りに冷や水を浴びせるね」黒い着物も灰色の袴も濡れて光っている。

百合が渡瀬に託した伝言を聞き、日永田は迎えにきた。

「銀座を出るまでだ。いいね」扉越しに日永田が念を押す。

「わかっています」

日永田が濡れながらパッカードの助手席に駆けてゆく。と、同時に後部座席の扉が大きく開いた。

「おじゃまさま」百合は店主に一声かけ、見送りに出てきてくれた猫にも、「バイバイ」と声に出さず口のかたちだけで挨拶した。そして慎太の腕を取り、洋裁店を飛び出した。

扉が開いたままの後部座席に慎太を押し込み、自分も乗る。日永田も助手席に座り、扉を閉めた。

「出しなさい」車内で待っていた口髭の年寄りがいった。「はい」運転手が返事と同時に発車させる。

「おい」「待て」特高の二人が真横を並走しながら叫んでいる。気にはならなかった。どうせ手出しはできない。

パッカードは特高たちを置き去りにして道を右に曲がった。

「ありがとうございます」慎太が体を振られながら、状況をよく飲み込めないまま右隣に座る口髭の年寄りにいった。が、すぐに驚き目を伏せた。

慎太はうつむいたまま思い出している――

今年六月、秩父の学校でのいじめを解決してくれたときに国松が口にした、「文部省」の「松浦」。官報や新聞を調べた慎太は、文部次官松浦鎮次郎《しげじろう》の名を見つけた。その途中で何度も目にした、当時就任したばかりの白い口髭の文部大臣の写真。名前は確か岡田《おかだ》……

「どうして」慎太が小声で訊いた。

百合はすぐに「大臣に失礼よ」と断ち切った。

パッカードは御幸通りに出た。

揃いの雨外套《あまがいとう》をつけ携帯電灯を手にした兵士たちが脇から飛び出し、道の先を塞いでゆく。百合と慎太は後部座席の足下に身を隠した。

分隊長らしい一人が「止まれ」と手で合図している。指示通りパッカードはすぐに止まった。副長らしい別の一人はホイッスルを吹いている。周囲の部隊に知らせているのだろう。

パッカードの車内は、乗っている人数が増え温度も上がり、窓ガラスが内側から曇りだした。慎太は体を丸め緊張している。運転手も緊張しているらしい。

「心配ないよ」助手席に座る日永田が前を見たままいった。

その言葉通り、近づいてくる兵士たちのほうが閉鎖中の銀座を走ってきた高級車に困惑している。分隊長が正面ガラスに貼られた文部省公用車の登録証に気づくと、困惑は動揺の表情に変わった。次の指示を聞かされない他の兵士たちも、小銃を手にしたまま雨のなかで動きをとめた。

日永田が窓を少しだけ開く。

「公務だよ」一言いってまたすぐに閉めた。「さあ行って」横の運転手にもいう。

パッカードは走り出した。わけがわからないという顔をした兵士たちが曇ったガラス越しに見える。

街灯の照らす通行人のいない御幸通り。兵士たちは追ってこない。どう対処すべきか上官に確認を取っているのだろう。

町は静かだった。酔った男たちも、仕事帰りのカフェーやダンスホールの女たちも見えない。いつもは朝まで聞こえる歌声も蓄音機の鳴らす音楽も聞こえない。路肩の屋台も店じまいしている。パッカードは銀座中央通りを横切った。遠くの山野楽器店前あたりから工事中の松坂屋前まで、中央通りにも誰もいない。

眠らずに華やぐ町が、台風の夜に息を潜めている。雨の作る霧のなかに街灯の作り出す光の列だけが続いている。

だが、静けさは三百メートルほど走ったところで断ち切られた。暗い道の先に不規則な光の点が散らばっている。その光がパッカードの正面に集まり、強く照らした。

また検問。

後部座席の足下で身をかがめる百合と慎太の上に、口髭の年寄りが自分と日永田の黒い雨外套を掛けた。白く曇ったガラスも、外を取り巻いてゆく兵士たちの視線から二人をかばうように隠している。パッカードは静かに止まった。

小隊長らしき若い男が正面ガラスを覗き込む。文部省公用車の登録証に気づいたが、ひるむことなく運転席の窓ガラスを強く叩いた。

中年運転手が窓を半分開き、自分の文部省職員証と運転鑑札を見せた。

「何をしている」小隊長が携帯電灯で照らしながら運転手に訊いた。

「公務で移動中です」運転手の声が震えている。

「こんな時間に公務だと」小隊長は後部座席にいる白い口髭の年寄りを、横目で二度三度と見た。もう何者かわかっているようだ。窓から雨が吹き込み、運転手の袖が濡れてゆく。

「臨時の閣議招集ですよ」助手席から日永田がいった。「陸軍の違法行為が露見して、その対応を話し合うんです」

「うそはやめろ」

「問い合わせればすぐにわかりますよ。少尉」日永田は若い指揮官の雨外套についた階級章を見ながらいった。「そちらこそ何の任務ですか」

「臨時演習だ」

「こんな時間にこんな場所で演習など、聞いたことがない」

「珍しいことではないし、こんな天気のこんな時間だからこそ意味がある」

「なら一度下がって、道を変えましょう」

「いや、動くな」

少尉は引き止めた。増援が来るのを待っている。

「いいえ。君に閣議を遅らせる権利はありません」日永田は少尉から目をそらさない。

緊急閣議自体は事実だった。海軍から榛名《はるな》作戦に関する臨時提案が出されれば、必ず内閣官房から各大臣に招集がかかる――百合と日永田はそれを予測し、無理やり便乗した。

「行きましょう」日永田がギヤーレバーを握る運転手の手を叩いた。

「だめだ」少尉は半分開いた窓から、拳銃を握った右手を突っ込んだ。

後部座席の足下にうずくまる百合もバッグのなかのリヴォルバーを握る。

「落ち着いて」顔も目も少尉に向けたまま、日永田が車内の全員にいった。

運転手の顔の真横で構えられた国産二十六年式拳銃の銃口は、日永田に向けられている。

「エンジンを切れ。従わねば撃つ」

「撃ちたければどうぞ」銃を突きつけられながら日永田はいった。

少尉の顔が紅潮《こうちょう》してゆく。パッカードのずっとうしろ、道の奥からいくつかの光が近づいてくる。さっきの部隊か、別隊か。どちらにしろ増援なのは間違いない。

「早くなさい」日永田はまるで孫にいいつけるようにいった。「撃てないのなら退《ど》きなさい」

少尉が薄暗がりのなかで食いしばった白い歯を見せた。

「他人の時間を無駄にしないでくれたまえ、小心者」日永田が追い討ちをかける。

直後、車内に狐火《きつねび》のような射出発火が浮かんだ。銃声とともに硝煙の匂いが広がる。

日永田は撃たれた。いや、撃たせた。一瞬置いて険しい顔で右胸の鎖骨の下を左手で押さえた。至近距離から急所を撃ち抜く勇気のなかった少尉は目を潤ませ、日永田以上に息を荒らげている。自動車を囲む部下の兵士たちは硬直している。

「気は済んだか、馬鹿者が」口髭の年寄りが口を開いた。「とっとと銃を引っ込めんか」後部座席から激しくいう。

侮蔑《ぶべつ》され、少尉が動揺しながらも睨み返す。

「早く退け」口髭の年寄りも厳しく続ける。「おまえは政務を妨害した上、政府公用車を血で汚した。犯罪者になっただけでなく、意地を張って殺人者にもなりたいか」

「何が犯罪か。これは任務だ」

「大臣の同乗者を撃てなどと命令されたか？　これで死なれたら、おまえは間違いなく刑事被告人だ。愚かな短気者を軍部が庇《かば》うものか。新聞に名が載り、家族もろとも一生日陰者《ひかげもの》だ」

日永田も血の気の引いた顔で少尉を見続けている。

少尉が銃を握る手を窓からゆっくりと出した。パッカードを取り巻いていた兵士たちが小銃を構えたまま下がってゆく。

「出しなさい」口髭の年寄りは運転手にいった。「聖路加《せいるか》、いや、銀座安藤《あんどう》病院に」

エンジンが低く唸り、走り出す。

「ここまでだ」年寄りが足下の百合を見た。「降りてくれ」

百合は座席の下から這い上がった。慎太も這い上がる。

「曲がります」運転手がこれまでにない大きな声でいった。

御幸通りと細い脇道の十字路。その手前でパッカードは一気に減速し、一度左に、それからわざと大きく車輪を滑らせながら今度は右に曲がった。角に建つ紙問屋の煉瓦壁と電柱に車体が擦れる。黒い雨外套を被った百合は扉を開け、体を振られた勢いのまま慎太とともに飛び出した。

これで三度目。

百合はヒールを履いた両足と左手で着地した。膝を曲げて一度腰を落としたあと、すぐに立ち上がり、中華料理屋の電灯のない裏口に駆け込む。滑って脛《すね》を打ちつけた慎太は、新品のズボンに早くも大きな泥染みをつけていた。

野菜屑の入った竹籠が積まれた奥に、黒い雨外套に身を包んだ二人は入っていった。


パッカードは雨の晴海通りを走ってゆく。

「これで貸し借りなしだ」日永田は苦しい顔で後部座席にいった。

「当たり前だ」白い口髭の年寄りもいった。

「助かったよ」

「まだ助かっていない。次はお前の番だろうが。口を閉じて気をしっかり持っていろ」

その通り、日永田は内出血のせいで意識の混濁がはじまっていた。

「閣議がはじまるぞ」日永田は小声で続けた。

「いいから黙っておれ」

運転手がアクセルを踏み込む。

晴海通りの左手、小さな電灯に照らされる銀座安藤病院の看板が見えてきた。

※

旅館つる瀬では、鳴り響いていた銃声が少し前に止んでいた。

簞笥や座卓を積み重ねたバリケードの隙間から、奈加は変わらぬ低い姿勢で猟銃を構えている。床に散らばる薬莢。引き金に右手の指をかけたまま、くわえていたタバコを左手の指に挟み、灰をぽんと落とした。

堅牢に作ったつもりのバリケードだったけれど、かなりの銃弾を撃ち込まれ、もうぼろぼろになっている。あとどれくらい持つだろう？　廊下の向こう側、瀟洒《しょうしゃ》だったつる瀬の玄関口も、奈加が撃った銃弾のせいで見る影もなくなっていた。倒された下足箱、穴だらけのソファー。散らばった花瓶の欠片。人の姿はないが、こちらから見えない壁際や柱の陰では、変わらずやくざたちが身構え、奈加たちの出方を窺っている。

大姐さんは縛られたまま、弾避けの鉄金庫の裏で壁にもたれ、諦めたように目を閉じている。強い風が廊下沿いの雨戸に吹きつけている。雨音も聞こえる。

「お茶にしましょうか」奈加はいった。

琴子が小倉羊羹を薄切りにする。奈加は梅干が入った湯飲みに冷めた番茶を注いだ。

「どうぞ」琴子が切った羊羹をうしろ手に縛られた大姐さんの口に運んでゆく。

「やくざを殺すのは面白い？」大姐さんが奈加に訊いた。

「違いますよ。殺さぬよう、でも、動けぬよう狙い撃つのが面白いんです」

死人を出して血気づかせるよりそのほうが得策だが、当然のように高い精度が求められる。その生かさず殺さずの難しさを奈加は楽しんでいた。

「どっちにしたっていかれてる」琴子が呆れていった。

「ほんとに」大姐さんもいった。「嫁いでから三十年、ずっとこんなおかしな連中に囲まれてるのよ」

「嫁ぐ前からおわかりになってたでしょう」奈加はいった。

「わかっちゃいたけど、度が過ぎてる。外見はすました淑女や気取った紳士のくせに、中身はあんたみたいな狂ったのばっかり」

「私ってそんなふう?」奈加は琴子に確かめた。

琴子は頷き、三人は揃って笑った。

が、突然、旅館の電灯が消えた。電線を切られたのだろう。廊下も、客間も、玄関口も、すべてが暗くなった。

深夜のお茶の時間は終わり。殲滅《せんめつ》戦がはじまる——

※

歩兵第三連隊所属の若い一等卒は緊張しながら立っている。

山城町《やましろちょう》(現銀座七丁目)のぼんやりとした街灯の下、構えた小銃の銃身を雨水が伝い落ちてゆく。

少し前に遠くで響いた銃声らしき音の正体を確かめるため、分隊長は部下二人を連れ走っていった。残ったのは自分と、八メートルほど離れた右隣に立つ同期の二人だけ。

着ている雨外套はすっかり濡れ、ずしりと重い。右を見た。同期もこちらを見ている。互いに探り合うように目配せしたあと、揃ってため息を吐いた。少しだけ緊張がほぐれる。二人のうしろには外濠川に続く小径があり、増水した川には釣り船や運搬船に混じって屋形船が一艘つながれていた。銃弾を浴びて壊れかけたその船は、今、逃亡を続けている間諜たちが乗り捨てたものだという。

発見後に船内を調べたらしいが、何も出なかったようだ。無価値な遺留品。そうでなければ自分たちが警備を任されるはずがない。三原橋《みはらばし》付近の捜索を命令された他の隊の連中からは、「楽な仕事だな」と嫌味をいわれたが、風雨のなか立ち続けているのも辛くなってきた。

周辺一帯を封鎖しているせいで誰も通らない。雨、風、川の水音は聞こえるが、人の声も足音も聞こえない。昼の銀座からは想像できないほど静かで暗い町。

この命令が通達されたのはきのうの午後九時過ぎ。就寝準備直前だった。

はじめは訓練だといわれた。前にも似たようなことがあったが、六分で装備を整え、集合したあと、これは訓練でも演習でもない極秘任務だと曹長から告げられた。

目的は女と子供の捕獲。

二人はアメリカの間諜だという。見せられた写真には、厳しい目をした女優のように凛々しい女と、不安な目をした育ちの良さそうな少年が写っていた。

「おまえたちは優秀だからこそ選抜された」曹長は付け加えた。

これまで一度もなかった警察の真似事のような任務。一度も聞いたことのない上官からの佳賞《かしょう》。隊の誰もがこの任務を怪しんだが、当然のように誰一人その疑問を口にはしなかった。夜逃げのようにこそこそとトラックの荷台に乗り込み、運ばれたのは駐屯地の麻布《あざぶ》からすぐの銀座。模擬弾を実弾に換装するよう命じられ、各自、指示された場所に散らばった。

――嫌な予感がする。

台風のせいじゃない。町の深い暗闇が怖いせいでもない。勘は鈍いほうなのに、洞察力などまるでないのに、知らぬ間に自分がよからぬことに巻き込まれてしまった気がする。

――どうせただの勘違い。

無理やりそう考えて不安を打ち消そうとした。道の向こうの質屋の看板を見て気を紛らわす。黒いペンキで大黒《だいこく》と福禄寿《ふくろくじゅ》の顔が描いてあるが、下手過ぎる。縁起物なだけによけい感じが悪い。下手くそな笑顔に強い雨が吹きつけ、滲むと、あざけり笑っているような表情になって、とても気味が悪い。だめだ、もっと不安になってきた。

そのとき右側で水の跳ねる音がした。

びくんと背中が震える。怯えながらもすぐに見た。

同期の兵士が無言のまま倒され、街灯の光の外へ引きずり出されてゆく。亡霊に倒されたのだと一瞬本気で思った。

「どうした」叫びながら小銃を構え、一歩二歩と足を出し、三歩目から走り出した。ポケットに左手を入れ連絡用のホイッスルも握る。

が、横の暗闇からすっと白い手が伸びた。銃身を掴まれ、慌てて引き金を引こうとすると、顎の下から固いものを押しつけられた。

「銃を捨てて」目の前に頭から黒い雨外套を被った女が立った。

短い黒髪、大きな瞳、赤い口紅。あの写真の女だ。でも、写真よりもっと美しい。被っている外套のせいで白い顔と胸元が際立って見える。硬直して動けずにいると、顎骨《がっこつ》の間に銃口がぐりんと押し込まれた。急《せ》かされているのだと嫌でもわかった。手の力を抜き、持っていた小銃を足下に落とす。

「うしろを向いて」

いわれた通りに振り向くと少年がいた。同じように雨外套を頭から被り、悲しい目でオートマチックの銃口を向けている。雨外套も背嚢《はいのう》（リュックサック）も脱がされた。腰のうしろで腕を組まされ、縛られてゆく。口にも飴玉を詰め込まれ、布で猿ぐつわをされた。舌に感じる甘さが怖さをよけいに煽る。

「歩いて」女がうしろからベルトを掴んだ。腰にまた銃口が押しつけられる。

抵抗せずに歩き出す。思った通り川岸に連れて行かれ、一緒に屋形船に乗せられた。暗い船内、波でぐらぐらと揺れる。女が係留綱を外す。音で気づかれるのを嫌ってやはりエンジンはかけない。船はすぐに速い流れに乗り、新橋方向に進んだ。うしろには山下橋《やましたばし》、そのさらにうしろには数寄屋橋。前には土橋《どはし》。女は舵だけを使って暗い川を渡り、船を左岸に寄せてゆく。川幅は三十メートルもない。少年は変わらず暗い目でこちらを見ている。

その目に敵意はなかった。赦《ゆる》しと救いを求めているように見える。自分が知恵も経験も浅いせいなのか、どうしても間諜とは思えなかった。

この子とあの女はなぜ追われているのか？　二人は本当に罪人なのか？　罪人ではないとしたら、どうして？　考える間もなく反対岸についた。少年が係留されている釣り船に飛び移ってゆく。自分も連れて行かれるのだろうと思った瞬間、女の腕がうしろから首に巻きついた。もがいてみたが無駄だった。意識が薄れてゆく。頸動脈が絞まり、酸素供給を断たれた脳が機能を止める……

——俺だけを残し、船を走らせる気だ。

一瞬湧き上がった女と少年への同情心が消え去ると同時に、一等卒は気を失った。

十二章　帝都戦役

　エンジンを響かせスクリュー走行をはじめた屋形船は、すぐに外濠川の石垣にぶつかった。そのまま船体を擦り、係留されている船を蹴散らし走り続ける。エンジンと衝突の音に気づき、あちこちでホイッスルが鳴りはじめた。

　川を渡った百合と慎太は護岸についた鉄梯子を上がってゆく。上がった先は高架に敷かれた省線東海道線、京浜線の二路線、計四本の線路。体をかがめたまま終電後の線路を越え、内幸町《うちさいわいちょう》を見下ろした。ずっと右、帝国ホテルの裏庭に軍用トラックが並んでいるのが見える。投光器もある。あそこに麹町区や芝区に分散していた部隊を集結させているのだろう。軍服だけでなく着流しやズボン姿もいる。やくざ連中だ。軍服の指示でやくざの一団がまた夜の町に散ってゆく。

　遠くで雷が鳴っている。内幸町をどう進むか、もう一度慎太と二人で反芻した。

　鉄梯子を下り、走り出す。だが、道を半分も渡らないうちに気づかれた。遠くから「止まれ」の声、水を跳ねて近づく靴音。構わず走り、内幸町二丁目三番地に飛び込んでゆく。ビルの合間の路地を駆け、震災を耐えた須藤《すどう》証券本社の通用口へ。窓に防犯用の鉄格子がつけられた、煉瓦《れんが》と鉄筋の大きなコロニアル様式四階建ての裏手に回り、鉄扉を開く。横の詰め所からすぐに管理人が顔を出した。が、百合は銃口を向けた。握っていた警棒を落とした管理人を、銃口で威嚇《いかく》しながら鉄扉の外に追い出し、内側から施錠した。

二人は重い雨外套《あまがいとう》を脱ぎ、長く暗い廊下を一階奥に向かった。タイプライターの乗った事務机や資料棚が並ぶ先、煉瓦造りの壁の前に立ち、百合は黒いバッグから油紙に包まれたダイナマイトを取り出した。この煉瓦壁を吹き飛ばす。やり方は水野寛蔵に教わった。十年前、上海にいたころ、ダイナマイトによる鉱山掘削を成功させようとしていた水野は、百合の興味にいつも笑顔でこたえてくれた。この程度の厚さの外壁なら、女と子供がどうにかくぐり抜けられる穴を開けられるはずだ。

外壁の向こうには大槻《おおつき》胃腸病院がある。

以前は細い道が隔てていたが、通常診察を続けながら震災で傷ついた旧病棟の修繕と新病棟の建設工事をしているため、今、道は封鎖されている。旧病棟には入院患者もいる。病院に忍び込み、夜勤の看護婦や医者を盾にして日比谷通りを渡り、日比谷公園の西を通って海軍省の裏まで進むつもりだった。多くの財界人や著名人に使われている病院だけに、緊急搬送用自動車を待機させているかもしれない。それを奪えたら、なおいい。

兵隊もやくざもまだ突入してこないが、時間に余裕はない。壁の鉄筋が通っていない部分を探り、煉瓦の継ぎ目のモルタルに入ったひび割れを見つけた。近くの机にあったペーパーナイフでほじくり出す。慎太も鉄の定規で手伝う。

拡げた壁の割れ目に、雷管と導火線をつけたダイナマイトを一本挿し込む。離れた柱の陰に鉄製の資料棚を囲むように並べ、待避場所も作った。

慎太が資料棚の陰に隠れ、百合は導火線に火をつけた。

瞬間、頭上で爆音が響いた。見えない上の階、もちろん百合の仕掛けたダイナマイトじゃない。

——やられた。

そう思ったと同時に天井が崩れ落ちてきた。近くの有線電信機が乗った鉄製机の下に飛び込む。何か重いものが腕や足にのしかかる。二階の床がすっぽりと抜け落ち、壁や漆喰《しっくい》の塊が、机や書棚とともに降ってきた。粉塵《ふんじん》が舞い上がる。

こちらの動きを読まれた。

爆薬は事前に準備していたのか？　慌てて仕掛けたのか？　誰が？

いずれにしても陸軍は慎太の生け捕りを諦めたようだ。隠し口座の金の分配を拒否し、十指指紋の登録者をすべて殺して、誰の手にも渡さないと決めたらしい。

「まだ駄目」百合は鉄の書棚の下から這い出ようとした慎太に叫んだ。「動かないで」

また爆音が響き、今度は百合が仕掛けたダイナマイトが壁を破った。湿った風が吹き込み、粉塵をかき混ぜてゆく。慎太が咳き込みながら立ち上がった。額を切ったらしい。流れ出た血がまだ腫《は》れの引かない頬を伝ってゆく。

百合も立ち上がろうとしているのに右足が動かない。見ると、上に材木とタイル貼りの壁が折り重なっている。挟まれた。が、潰れたわけじゃない。ちぎれてもいない。足の甲と脛《すね》の骨にひびが入ったようだが痛みの感覚もある。

慎太が重なる材木を退かそうと手をかけたが、ほんの少し動いただけ。時間がない。だから、足首の関節を自分で捻《ひね》り無理やり外した。

激痛が走り、歯を食いしばる。

「持ち上げて」百合はいった。

慎太も歯を食いしばり両手に力を入れる。材木にわずかな隙間ができ、百合は脱臼《だっきゅう》させた足を一気に引き抜いた。ベージュのヒールと白い靴下を履いた、変なかたちにねじれた足首が出てきた。

外が騒がしくなった。突入してくるようだ。

一度ヒールを脱ぎ、床を踏んで外れた足首をまた無理やり嵌《は》める。すごく痛い。でもヒールには小さな傷と汚れがついただけ。新品のワンピースも破れていない。

「よかった」百合はつぶやいた。

「よくないよ」慎太が百合の腰を抱き、右腕を肩にかけた。慎太に支えられながら新しいダイナマイトに雷管と長い導火線をつけ、点火して残してゆく。

二人で壁にできた裂け目を這い出た。

品川と同じような暗い工事現場。周囲に張られた防塵幕と板壁を風が揺らす。コンクリートの土台と柱の間をずるずると進み、大槻胃腸病院の裏手へ。病院の窓に次々と明かりが灯ってゆく。火災報知器も間抜けなほど遅れて鳴り出した。二階建ての病院の窓が開き、皆が不安げな顔で様子を窺っている。百合と慎太は滑車《かっしゃ》の足場の陰に隠れた。うしろから追ってきた連中の声がする。

そこでまたずんと低く響いた。

百合の残してきた二つ目のダイナマイトの爆音。大破していた須藤証券本社の一階がさらに吹き飛ぶ。板切れと煉瓦が飛び、細かな破片が百合と慎太に吹きつける。電線が切れたのか、わざと切られたのか、周囲の街灯と病院の窓から漏れていた光が一斉に消えた。吹き飛んだ一階から、瓦礫《がれき》に埋もれた男たちの呻《うめ》き声が聞こえる。三度の爆発と台風のせいで須藤証券本社の四階建ても泣いているようにぎしぎしと音を立てている。

いくつもの音と声が混ざり合う闇のなか、病院の裏口にたどりついた。院内はまだ非常用のろうそくも焚かれていない。

「動かすな。病人はそのまま寝台に」声がする。兵士のようだ。うろたえている看護婦の声もする。

建物の外も騒がしい。人が集まってきた。病院から北に二百メートルの位置には華族会館、西に四百メートル先には帝国議会仮議事堂。その議事堂から道一本隔てた北に目的の海軍省、さらに外務省、大審院、司法省、桜田門《さくらだもん》。

そして桜田門の先には宮城《きゅうじょう》（皇居）がある。

水をたたえた濠と高い石垣の向こう、深い森の奥に広がる聖域。

そこは天子のおわす場所――陛下は今、病気御静養で葉山《はやま》におわせられるが、主の有無にかかわらず、その静謐《せいひつ》を破る者は誰であろうと許されない。間近の日比谷で爆音など響けば、いくら武装した兵士が閉鎖していようと、消防手や警官がすぐに駆けつける。

百合もそれをわかっていて壁を吹き飛ばした。陸軍もわかっていて二階の床を吹き飛ばした。すべてが露見し、糾弾されるのを覚悟の上で、陸軍は百合と慎太を狩ろうとしている。

二人は病院の調理場に入った。

並んだガスコンロの下に身を隠し、百合は右足を伸ばした。ぼんやりとしか見えないが、膝から下の全部が腫れ上がっている。

百合はバッグから包帯を出した。それを慎太の手が横取りしてゆく。

「自分でやれる」百合はいった。

「僕がやる。きっと腕にもひびが入ってる」

百合はいわれて自分の右肘が腫れ上がっているのに気づいた。

慎太が百合の右足のヒールと靴下をゆっくり脱がし、包帯を巻きつけてゆく。

「歩ける？」慎太が訊く。

「あんたの左脚と同じ。少し動きが鈍くなっただけ」

百合はバッグから水筒を出した。生ぬるい麦茶を二人で飲む。血縁もなく知り合いでさえなかった二人の運命は、溶けて混ざり合い、今やもう切り離せないほど一つになっていた。

慎太は薄暗いなか、百合の右足の甲から膝下までをきつくきれいに巻き上げた。

「またあんたの特技見つけた」

「山歩きする人なら誰でもできる」慎太が素っ気なくいう。これも怪我に備えて、父の細見欣也《きんや》から教わったようだ。

百合は包帯のついた足でまた無理やりベージュのヒールを履いた。

「やめなよ」慎太がいう。暗さに慣れた目に、慎太の呆れた顔がはっきりと見える。積まれた野菜籠《かご》の脇に、調理人が履いている作業用の草履が並んでいるのも見えた。

「あんな薄汚れたもん履いて死にたくない」

下らないこだわりを聞かされ、慎太がもっと呆れた顔をした。

二人で調理場を出る。廊下もまだ暗く、遠くにろうそくが灯っている。兵士かやくざか、外から入ってきた連中の携帯電灯が、病院の壁や階段を動き回っていた。入院患者の不安や憤りの声。それをなだめる看護婦。陸軍の指揮官らしい高圧的な声と、病院の責任者らしい中年男がやり合っているのも聞こえた。どちらもこの停電にひどく苛立っている。窓の外の日比谷通り沿いに並ぶ街灯、日比谷郵便局、帝国ホテル、日比谷公園と一帯すべてが暗い。隠れながら廊下を進む百合と慎太にも、停電は陸軍が起こしたものでないとわかった。

山本五十六大佐が仕組んだのだろう。

廊下の長椅子の陰に隠れた二人の斜め前、処置室と札がついた部屋から兵士が捜索を終えて出てきた。開いたままの扉に、チョークで『済』の字が書き込まれる。兵士が離れると、百合と慎太はその部屋へと入っていった。動かされた机や薬品棚、剝がされたベッドのシーツ。その先にあるガラス窓をゆっくりと開ける。

外は雨が降る真っ暗な日比谷の町。携帯電灯や行灯《あんどん》の明かりが蛍火《ほたるび》のようにうごめいている。「通せ」「通さない」道の向こうの勧業銀行あたりで警官と兵士が揉めていた。

開いた窓の前で二人はうずくまり、また少し待った。

がらがらと大きな音が外で響いた。はじまったようだ――

一階を吹き飛ばされ、自重に耐えられなくなった須藤証券本社が倒壊してゆく。路上で揉《も》めていた兵士と警官が慌てて逃げる。すぐに強い風に煽《あお》られた粉塵が、決壊した濁流のように雨降る日比谷の一角に広がった。

――今だ。

百合が右手にリヴォルバーを握り、左手と包帯を巻いた右足を窓枠に掛けた。その瞬間、二人以外の足音が部屋に駆け込んできた。

廊下から見張られていた？　銃口を向けながら慌てて振り返る。

視界に入った軍服の男がうしろから慎太の髪を摑み、首筋に拳銃を押しつけた。それは左目に眼帯をつけた南特務少尉――

百合の両目と南の血走った右目の視線が重なった直後、南はためらいも無駄な挑発もなく引き金にかけた指に力を込めた。

が、わずかに早く南のすぐうしろで射出発火が光った。閃光が百合の目に焼きつく。銃声とともに制帽をつけた南の頭と両肩がぶるんと震え、慎太の首筋からわずかに離れた銃口が一瞬遅れて火を吹いた。再度の銃声。銃弾が慎太の腫れた左頰をかすめ、天井に突き刺さる。

南は右目を開いたまま闇のなかに倒れた。

「出るんだ」南を撃った白衣の男がいう。百合も慎太も聞き覚えのある声。岩見だった。百合はすぐに窓から飛び出た。慎太の体も岩見が押し出す。岩見も白衣を脱ぎ捨て、窓枠に足をかける。だが、銃声を聞いた兵士二人が駆けてきた。廊下から小銃の発砲。腿とふくらはぎを撃たれた岩見が窓から落ちてゆく。そこに粉塵が押し寄せた。大量の渦巻く細粒が百合、慎太、岩見の姿を隠し、病院の窓にも流れ込んでゆく。須藤証券本社の倒壊は、小径を挟んだ四階建て興和保険ビルの半分と大照タクシーの二階建て社屋も巻き込み、大破させていた。

「構わず行け」叫ぶ岩見の口を百合の手が塞ぎ、倒れた体を慎太が引き起こす。

「黙って走って」百合は岩見の耳元でいった。

粉塵のなか、右足を不全骨折している百合と左脚の不自由な慎太が岩見を両側から担ぐ。三人で走る。幅五十メートルの日比谷通りを勢いよく渡ってゆく粉塵に紛れ、三人も渡る。うしろから誰かが追ってきた。兵士か、やくざか、百合は一瞬振り返ったが、闇と粉塵で見えない。市電半蔵門線と築地線の停留所を越えると、雨に打たれる日比谷公園の幸門《さいわいもん》がぼんやりと見えた。

「撃ってよい」ずっとうしろ、また百合には聞き覚えのある声が叫んだ。「早く撃て」

――小沢。

百合の頭に、昔、台湾北投《ペイトウ》で会った軍人の姿が浮かぶ。

公園へ飛び込んでゆく三人。追いかけるように発砲音が連続で響く。銃弾が幸門の石柱を削ってゆく。「どういうことか」模擬弾でないことに驚いた警官が、陸軍兵に叫んだ。しかし発砲は続く。複数の増援部隊も携帯電灯を掲げ、ぬかるむ道を駆けてくる。百合たちは雨に濡れた公園の木立に潜り込んだ。大量の粉塵が、三人の頭の上を暴れ悶《もだ》える巨大な動物のようにゆっくりと通り過ぎてゆく。

「どうしてわかったの」百合は小声で訊いた。

「居場所かい？　海軍省にも情報は逐一《ちくいち》入っていたからね」岩見が痛みで小刻みに震えながらいった。「御幸通り以降の経路を推測して先回りした」

「偶然じゃないのね」

「そんな幸運は三人とも欠片《かけら》も持ち合わせてないだろう。これでも元は優秀な佐官だ。相手の裏をかくなら私も山城町から外濠川を渡る。渡った先、内山下町《うちやましたちょう》一丁目から内幸町一丁目のどこかに一度身を隠すはずだ。そこまで範囲を絞れたら、高い確率で経路を四種にまで限定できる」

小沢と南にも動きを読まれるわけだ――ここまで来て百合はまた自分が錆びついていることを思い知らされた。

「陸軍は大人数を広く展開させている分、経路を推定できても末端まで命令が下るのが遅れた。その時差がなければこうして会えなかっただろう」

撃たれた動揺と痛みが岩見を早口にしている。百合は慎太と二人で岩見のズボンを裂き、腿とふくらはぎの射創に消毒液を振りかけた。

「でも、手伝いに来たのに、これじゃとんだ足手まといだな」

「そんなことない」慎太がいった。「岩見さんがいなければ僕は殺されてた」腫れた左頬には射出発火でできた真新しい火傷《やけど》が、にきびのように散らばっている。

「その銃は？」百合は岩見が握っているコルトM１９０３を見た。

「山本大佐に借りた。援護に行くといったら笑っていたよ。だが、止めはしなかった。それよりその服、やっぱり似合うな」

百合は何もいわず睨んだ。

園内の電灯は消えたまま。面積約十六万一千六百平方メートル、南北に伸びる長方形の日比谷公園の南東に三人はいる。海軍省まで直線距離であと六百メートル。ときおり空で稲妻《いなずま》が光るが、周囲の建物も道も暗いまま。陸軍もまだ突入してこない。まず公園を包囲しているようだ。兵隊で囲み、外からの目を遮断するつもりなのだろう。雨は降り続いている。白い霧が立ち上り、風に吹かれ消えるが、またすぐに白く立ち上ってゆく。

三人はまた動き出した。緑と霧のなかを、公園内の南にある日比谷図書館へ。

馬車道を横切ったあたりで振り返ると、遠くに光が一つ見えた。東側、楕円《だえん》のトラックが引かれた広い運動場の先、日比谷門から入って来た一団が野外小音楽堂の裏を通過してゆく。携帯電灯を持っているのは先頭の一人だけ。白兵戦の定石通り、横に広がらず一列になり、ムカデのように進んでいる。幸門からもムカデのように列になった別の一団が入って来た。

百合たち三人も園内レストラン麒麟亭《きりんてい》の裏の林に入った。そこで岩見がいった。

「先に行ってくれ。ここに残る」

百合と慎太は岩見を見た。

「構わず行けとさっきもいったはずだ。はじめからそのつもりで来た」

「撃ち合いの経験は？」百合は訊いた。

「あるわけないだろ。それでも残れば攪乱《かくらん》役くらいにはなれる」

「海軍くずれが恰好つけたこといわないで。一年前と同じことをする気なら、とんだ勘違いよ。震災の夜のあんたは、正気を失ってただけ。本当は他人のために自分を犠牲にするような人間じゃない」

「捨身《しゃしん》なんかする気はないさ。これは私が依頼された仕事で、見返りがあるからこそ君たちを助けるんだ。それに君こそ本当は、私程度の知り合いが一人犠牲になったところで、いちいち気にかけるような人間じゃないはずだ」

「七年もたてば人は変わる」

「私も同じだよ。この七年ですっかり馬鹿になった。独りよがりな悔恨が何の足しにもならないことも知った――」

突然どんと鳴った。話を断ち切られ、三人は同時に顔を上げた。目と耳で爆発音の出所を探る。さらに続けてどん、どん、どんと計四回鳴ったが、どの音もここから遠い。茂った枝と葉の奥から三人で霧の広がる周囲を確かめ、運動場に炎を見つけた。炎はゆっくりと横に燃え広がってゆく。大粒の雨に打たれているのに消えない。むしろ勢いを増してゆく。他にも同じような炎が公園内の三ヵ所に立ち上り、光を放ちながら、少しずつ線を描くように延焼してゆく。

「マグネシウム」百合はいった。

「たぶんそうだ」岩見もいった。

「雨のなかでも消えない火？」慎太が訊く。

百合は頷いた。

「マグネシウムは水からも酸素を奪って燃え続ける」岩見が続ける。「今の爆発で点火させたんだ」

この準備のため、兵士たちはすぐに突入してこなかったのだろう。野外小音楽堂の近くから園内を周回する馬車道に沿って、炎の輪が造られてゆく。まるで百合が起こしたナトリウム爆発の報復をするように、陸軍は三人を銃と兵士だけでなく、大量のマグネシウムを運び込み、炎でも取り囲んだ。公園全体を焼失させても三人を追い込み、消し去ろうとしている。

日比谷公園のあるこの場所は元陸軍練兵場。公園になり所管は東京市に移ったが、有事の際は陸軍が即座に接収し、拠点に転化できる。小沢大佐はその権限を発動させたのだろう。

頭の上の夜空は月も星も見えず暗い。だが、地面では雨に打たれる草木の緑の向こうを、朱色の炎が壁のように囲み、ゆらゆらと揺れながら明るく照らしている。公園の南西にある野外大音楽堂の舞台を囲む台形屋根、その先の高い塀に囲まれ建っている貴族院議長官舎の周辺も例外ではない。

震災の夜の記憶が百合の頭をよぎる。慎太も岩見も憂いのある目でもう一度炎を見た。同じように一年前を思い出している。

炎の壁を背に兵士たちが進行をはじめた。赤い光にうしろから照らされたいくつもの黒い影が、遠くからゆっくりと近づいてくる。

「仲間内で思いやってる場合じゃない」岩見がいった。「こちらもはじめよう」

だらだらといやらしく降り続いていた雨がまた激しくなってきた。

「この先の天気は？」百合は岩見に訊いた。

「雨は強くなるが長くは続かない。風は弱まる。天気図も見てきたが、あと一時間ほどで台風は抜けるはずだ」

「あてにしていいのね」

「元航海長の予測だ。信用してくれ」

「豪雨になれば――」

「状況を変えられるかい？」岩見が訊いた。

百合は頷き、慎太の腕を取った。

「元気で」岩見が痣と傷だらけの百合と慎太にいった。

「また会えますよね」慎太が訊く。

「会えるといいな」

「だいじょうぶだと思います。三人とも幸運からは見放されてるけど、悪運には取り憑《つ》かれてるから」

岩見が少しだけ笑って頷いた。

百合と慎太は頭と腰を下げたまま、ウラジロやシダやツツジが茂るなかを歩きだした。

――この子のいう通りだ。

百合も思った。人を死の際から救うのは幸運じゃない、悪運だ。幸運は一瞬で消え去るが、悪運は背中のすぐうしろを一生憑《つ》いてくる。死んで楽になることを許さず、何度も今世に引き戻し、痛苦をくり返させる。

ただ、神仏にすがる気にはなれないけれど、この悪運になら少しは頼ってもいい。いや、こんなときだからこそ頼らせろ。これだけ長く生かさず殺さずの、災難につきまとわれる人生を強いてきたのだから。

朝顔や藤の蔓《つる》を引き抜き、束ね、長く編むと片端を十年式手榴弾の安全ピンに、もう片端を枝に縛った。二つの手榴弾を、離れた犬黄楊《いぬつげ》の根元にそれぞれ仕掛ける。遠くに見え隠れする兵士たちの姿は焦らしているかのようにのろのろと近づいてくる。品川のポンプ場に仕掛けた硫化水素の罠のせいだろう。毒ガスへの恐怖はナトリウム爆発以上に陸軍を慎重にさせている。

百合は左肩の包帯の下に挟んでいる紙を抜き、慎太に見せた。「捨てるよ」

慎太が頷く。

8147721５BH64―935―23

暗証番号《コード》を最後にもう一度頭に叩き込む。すぐに細かく破り、雨水が勢いよく落ちてゆく路肩の排水孔に流した。陸軍が慎太を殺すと方針を切り替えた以上、この数字はもう命の担保とはならない。逆に、これで殺されたあとに見つけ出されることもなくなった。百合が死ねば数字も失われる。

ベレッタの動作確認をし、予備の弾倉とともに慎太に渡すと、太く高く茂った楠《あべまき》の木に登らせた。慎太の体が緑の葉の奥に消えてゆく。

百合は夜空を見上げた。重く湿った南西の風が吹き込み、赤坂あたりの夜空に積乱雲が立ち上がってゆく。強さを増した雨のせいで、遠くを囲むマグネシウムの炎がより激しく鮮やかになった。公園の中心近く、震災から再建したばかりのレストラン松本楼《まつもとろう》の外壁と屋根が炎を映し、夕陽に照らされたように朱に光っている。雨が体を冷やす。が、腫れ上がった右足の熱も下げてくれる。

――もっと降れ。

百合は生まれてはじめて天に願った。

岩見は枝の下の濡れた葉と土の上を這ってゆく。

滝田洋裁店で借りた洒落た水色シャツと茶の革靴は泥に汚れ、濃い灰色のズボンも破れた。生まれてはじめて撃たれたが、やはり痛い。それでも思ったより体は動く。興奮もしている。

――不思議な気分だ。

性交とは違う昂《たかぶ》りを今はっきりと感じている。この興奮に近づきたくて百合と慎太を助けたのだとわかる。私は死にたかったんじゃない。命を脅かされる状況に身を晒して、自分が生きていること、生きたがっていることを実感したかっただけだ。まるで客に心中を迫る病んだ女郎の発想だが、そんな愚かなやり方でしか、自分を奮い立たせることができなかった。自分は愚か者。その言葉を免罪符にして、ようやく過去を、自分に課せられた重荷ではなく、本当に過ぎ去った日のことにした。後輩の死を他人事にした。本当に悶えるほどに悔しいけれど、自分は英雄でも天才でもなく、どこにでもいる凡人だった。そして、その肌を掻きむしるほどの悔しさを糧《かて》にして、今、凡人から這い上がろうとしている。

岩見はズボンのポケットを確かめた。コルトM1903の交換用弾倉が一つ。刃先に革の覆いがついた小さな鉄製植木ばさみ。そして山本五十六《いそろく》から借りたアメリカ、ロンソン社製の携帯用点火器ワンダーライター。

暗い地面を手探りで探し、埋まっていた鉄箱を見つけると、蓋についた南京錠のU字掛け金に植木ばさみの閉じた刃先を突っ込んだ。両手で思い切りはさみを開く。掛け金が延び、かきんと南京錠が外れた。一つ外しただけで刃先がかなり歪んだが、それでもどうにか外れた。鉄箱を開け、なかの大きな鉄栓をひねる。それはガス栓だった。

去年の震災後、日比谷公園の運動場には、一時百戸を超える被災者用バラックが並んだ。

はじめは日々の煮炊きに練炭や木炭が使われていたが、地震後の火災被害へのトラウマから、栓の開閉だけで火元の管理ができるガスに切り替えろという声が強くなった。

以前、公園内の照明がガス灯から電灯に変わったとき、一部撤去されず埋設されたままになっているガス管がある。それを掘り起こし、延長、分岐させ、公園内に何ヵ所かの仮設調理場が作られた。そこで女たちがガスコンロの火を使っているのを岩見も見ている。同じ公園内にあった飼禽所《しきんじょ》の鹿、猪、鴨が、食糧不足のなか、その調理場で解体され、避難民の貴重な食糧となっていった。

消息不明の両膝下を切断した元海軍の後輩とその家族を探すため、何度もここを訪ねた岩見は、どのあたりにガス栓があったかも覚えている。

たっぷり水を含んだ草と土を払い、分岐しているガス管を探す。ごく浅いところに細い鋳鉄管《ちゅうてつかん》が埋まっているのをすぐに見つけた。二メートル弱の長さで途切れ、途中に小さな栓もついている。栓を少しひねると管の先から気体が強く吹き出るのを感じた。石炭ガス特有の、墨汁《ぼくじゅう》のような臭いがかすかにする。思った通りだ、まだ使える。

岩見は他にも土に埋まった鉄箱と鋳鉄管を探した。三メートルほどの間隔で設置された鉄箱を計五つ見つけたが、四つ目の箱の南京錠を壊したところで植木ばさみも壊れた。栓をひねれば大量のガスが吹き出す鋳鉄管が四本。これが岩見の武器だった。

粘化ガソリンを圧縮空気で噴射する本物の火炎放射器とは較べものにならない上、この豪雨のなかでは十数秒しか使えないかもしれない。それでも、このいんちき放射器の炎で、陸軍兵を一瞬でも動揺させることができれば目的は果たせる。

白兵戦など経験のない元海軍が、楡や銀杏《いちょう》の木の下の地面に手で溝を掘り、小さな土塁《どるい》を築いてゆく。緊張で荒く息を吐きながら作戦を頭のなかでくり返した。この溝に隠れ、敵に威嚇射撃し、近づいてきたら溝を移動しながら三つの栓に点火してゆく。残り一つのガス栓は土の下に作った空洞に溜め込み、兵士たちを十分引きつけたところで爆破させる。

正気を失くした中年男の戦争ごっこ——自分のしていることがそんなふうに思えてきた。

岩見一人きりの塹壕《ざんごう》戦がはじまる。


高い楠《あべまき》の木に登った慎太は、幹に寄りかかりながら西を見ている。

緑の葉の隙間、豪雨が薄い水の幕となって落ちてゆく向こう、遠くに石板と銅で造られた海軍省の屋根がぼんやりと見える。ここから直線距離で約三百メートル。公園を出て幅三十メートルほどの祝田通りを渡り、海城学校の外壁に沿って右か左に迂回して、さらに一区画進んだ先の桜田通り沿いに海軍省の正門がある。道沿いに正門まで進めば、たぶん四百五十メートル。とても近く見えて、たまらなく遠い。

慎太は枝を伝う雨水を片手で受け止め、顔を洗い、それから飲んだ。顔や口のなかの腫れが冷えて心地いい。銃弾を摘出した左腕、脱臼が治ったばかりの右肩、そして生まれつき不自由な左膝の動きを確かめる。だいじょうぶ。痛いがしっかり動く。

「喬太」とつぶやいた。どうしても口に出したくなった。まだ悲しくなるが、もう怖さも苦しさも湧き上がってこない。少し先に見えている海軍省は終着ではなく始点なのだと改めて感じた。あの場所に着いたときから、慎太一人の長い復讐戦ははじまる。

リュックから二つに破れた細見家最後の家族写真、若い父と母が笑顔で写っている写真、若い母が赤ん坊の自分を抱いている写真、その三葉を出し、もう一度眺め、ズボンのうしろポケットにしまった。国松の形見のベレッタを握り締める。

——生き延びてやる。

心のなかでくり返した。

百合も高い櫟《くぬぎ》の木を登って横枝に座っている。

深い葉の奥、濡れた靴下を脱いで素足にヒールを履き直す。包帯を巻いた右足は変わらず痛いが、走ることはできる。少し離れた大きな銀杏の向こう、松本楼の横を兵士の一団が進んでくる。林の奥や建物の陰を慎重に探索しながら、少しずつ包囲網を狭めてきた。まだ居場所はばれていないけれど、それも時間の問題だろう。だが、いい具合に雨も強まってきた。

大きな雨粒が落ち、木の葉をばちばちと打っている。百合はもう一度、大きなバッグのなかを確かめた。内側のホルダーに収められた四挺の銃――S&WM1917、ブローニングM1910、国産オートマチック拳銃（十四年式拳銃）、ルガーP08。予備銃弾。他にはナイフが二本、ダイナマイト二本、手榴弾二つ、タバコの箱にマッチ。現金。汚れたハンカチや小石がいくつか。慎太が郵送してきた封筒にも触れた。なかには筒井国松、水野寛蔵、そして息子の写った写真が入っている。見ないつもりだったのに指先が取り出していた。少しだけ頰摺《ほおず》りする。ただの印画紙なのに、ほんのりと温もりが伝わってくる。とても懐かしく、恋しく、愛おしい温もり――

近くで稲妻が光った。公園を一瞬かっと照らし、ゴロゴロと轟《とどろ》く。腰を下げ、小銃を構えながら進んでくる兵士たちが二十メートルほど先の暗い木立のなかまで迫ってきている。

だが、雨音を割いてぱんぱんと近くで銃声がした。

岩見だ。

間近まで来ていた兵士たちが散開し、銃声のほうへと向きを変えた。百合も闇に目をこらし、岩見の動向を探る。少し離れた林のなかから、ふいに細長い炎が伸びた。二メートル？　いや三メートルほどある。兵士たちが慌て、伏せながら石灯籠《いしどうろう》や木々の陰に散ってゆく。炎は三つに増え、雨のなかでも消えない。何かはわからないが、岩見が仕組んだものだろう。ホイッスルが鳴り、炎の出所に向かって虫のようにうようよと兵士たちが進んでゆく。

百合はルガーP08を握り、バッグを肩にかけ、櫟を降りた。豪雨のなかを二つ隣の楮まで進み、太い幹をコン、コンコンと計三回叩く。合図を聞いてすぐに慎太も降りてきた。

百合のうしろに慎太が立ち、縦に並ぶ。強行突破、それが二人の選んだ最善の策だった。

夜の闇、ナトリウムの白い炎、ゼラチンの膜のように視界を歪ませる豪雨。そしてゆらゆらと立ちこめる白い霧。そのすべてを突き抜けた先へ――

百合と慎太は走り出した。聞こえるのは体に強く打ちつける雨音だけ。

雨と霧の奥、すぐに小銃を構えた人影が二つ見えた。影が携帯電灯でこちらを照らす。百合と慎太はその光から逃げて横へ。「発見」叫ぶ声のあとにホイッスルが聞こえ、二つの影はナトリウムの炎を背にして駆けてきた。

百合と慎太は逃げない。逆に携帯電灯の光を避けながら二人の兵士の元へと駆けてゆく。距離を詰め、間近まで迫る。気づいた兵士が慌てて小銃で狙うが間に合わず、銃口につけた銃剣で斬りつけた。百合は身をかわし、銃身を左腕で摑むと、まるで短剣で刺すように右手のベレッタの銃口を兵士の右膝に押しつけ、引き金を引いた。

銃声、兵士の唸り声。百合は立て続けに左膝にも押しつけ撃った。ぐっしょりと濡れた蓬《よもぎ》の草原に兵士が倒れてゆく。至近距離で交錯する二人に撃ちあぐねていたもう一人の兵士が、引き金を引いた。銃声は響いたが銃弾は百合のずっと左を通り過ぎた。二発目を撃たれる前に百合は兵士の脇腹を蹴った。ほぼ同時に慎太が背中に撃ち込んだ。百合は泣くような悲鳴を上げた兵士の腕から小銃を奪うと、もう一度腹を蹴り、草の上に倒した。

左側、公園の東に位置する雲形池《くもがたいけ》の縁に沿って、兵士たちが魚影の群れのように近づいてくる。右からも同じような影の一団。狙い撃たれるのを避けるため、携帯電灯はすべて消している。

百合と慎太はすぐに這うように身をかがめた。伸びた夏草が慎太を隠し、百合の白い服が雨と霧に紛れる。闇と豪雨で視界をひどく遮られたなかでの近接戦がはじまる。

　百合は走りながら、奪った小銃の槓桿《こうかん》（ボルトハンドル）を引き、いくつかの小石を包んだハンカチをトリガー《引き金》ガードと引き金の間に詰め込んだ。小銃を放り投げる。離れた草むらに落ちて暴発した。瞬間、兵士たちはその場所めがけ一斉に小銃を撃った。その隙を突き、百合と慎太は素早く兵士たちのうしろに回り込んでゆく。数は十人。小銃を構え、暗い草むらをまだ撃ち続けている。百合は背後に近づくと、一人の若い兵士の右尻、右ふくらはぎの裏を続けて撃った。小銃を構えたまま倒れてゆく若い兵士の背嚢を摑み、肉の盾にする。残りの兵士が一斉に振り向く。が、近接過ぎて小銃では狙えない。兵士たちは複数で囲み、慌てて百合と慎太の背後に回ろうとした。陸軍の軍隊教練通り。だから簡単に動きが読める。百合は盾にした若い兵士の肩越しに構え、引き金を引いた。威嚇も反撃もできぬうちに間近から狙われ、次々と倒れてゆく兵士たち。百合はルガーの銃弾八発を使い切ると、投げ捨て、すぐにバッグからブローニングM１９１０を取り出し、さらに撃った。

——撃ち合いじゃない。

　慎太は思った。

——まるで斬り合いだ。

　しかも映画や舞台剣劇のような華やかさは微塵《みじん》もない。ただ泥臭く、激しく、そして惨《むご》い。

　小隊は一瞬で壊滅し、銃から立ち上る硝煙が夜霧に溶けていった。だが、増援の兵士たちの泥水を撥《は》ねる足音が遠くを取り巻いてゆく。

　盾にされている若い兵士が悪あがきのように抵抗すると、百合は何もいわずに兵士の耳たぶのうしろに銃口を押しつけ、引き金を引いた。右の耳が吹き飛び、ちぎれ、兵士は小銃を手放し、すぐに従順になった。

雨は五メートル先も見えないほど強く降り続いている。三人で目の前の植え込みへ。右から複数の銃声。横一列に射出発火が光る。あてずっぽうの威嚇だとわかっているが、それでも急ぐ。が、盾にされている若い兵士が声を上げた。

「ぎぃー」と牝鹿のように叫び、うずくまった。若い兵士の右足に歯のついた鉄輪が綴じて食い込んでいる。狐や狸を獲るためのトラバサミ。やはり仕掛けられていた。兵士は慌てて外そうとしているが、外れない。泣きながらもがく兵士を置き去りにし、植え込みのさらに奥へ。慎太がリュックから太く短い枝を取り出し、草の広がる地面を叩いてゆく。罠の気配のない場所を見つけ、そこをたどった。目の前の金木犀《きんもくせい》の林に飛び込む寸前、百合は左の大きな欅《けやき》、右の鈴懸《すずかけ》の葉の茂った高枝が不自然に下がっているのに気づいた。すぐに体をよじり、慎太の腕を摑みながら左に飛ぶ。が、ほぼ同時に欅と鈴懸から二つの銃声が響いた。

百合の右肩に激痛が走る。木の上に身を隠していた兵士に狙い撃たれた。

よろける百合の体を慎太が抱え、頭から金木犀の林へ突っ込む。撃たれたのは百合だけ、慎太は無事だった。小枝が二人の体を引っ掻いてゆく。転がり倒れた二人の横でまた銃声が鳴り、続けて銃剣が慎太の足元を刺した。刃が左足のすぐ前の地面に埋まってゆく。その銃身を百合は蹴り飛ばした。小銃を握りながら倒れてゆく小太りの兵士の下腹に、ブローニングを押しつけ引き金を引き、頭を銃床（グリップ）で打つ。朦朧《もうろう》とした兵士の襟元を摑み、新たな盾にした。銃声に引き寄せられ、強い雨の向こうから兵士たちが駆けてくる。何回かの発砲音。友軍に背中を撃たれた小太りの兵士が呻く。金木犀の林を散らしながら飛び出した何本もの銃剣。百合は肉の盾の陰に、慎太は百合の陰に巧みに隠れながら避け、撃つ。低い姿勢で銃剣を突き出した眼鏡の兵士に二発撃ち込んだ。

「畜生が」眼鏡の兵士が叫びながら倒れてゆく。

倒れた仲間を後続の兵士二人が助け上げる。その一人にも一発撃ち込み、百合は七発使い切ったブローニングを投げ捨て、また新たにバッグから国産拳銃を出した。

気を失った小太りの兵士を置き去りにし、さらに林の奥へ。

百合が撃たれたのは右肩のうしろ。貫通せずに銃弾は体のなかに残っている。小瓶のアルコールをハンカチにぶち撒け、撃たれた部分に左手を回して押しつける。その上から慎太が包帯でぐるぐると巻き、大雑把な止血をしてゆく。素敵なワンピースなのに、もう銃弾の穴が開いてしまった。いくつかの小さな綻《ほころ》びもできた。撃たれた右肩に鉄針でぐりぐりと刺されているような痛みが走る。不全骨折している右足も痛む。内出血のせいで呼吸も荒くなってきた。それでも、こんな場所での死を拒む気持ちが意識をはっきりとさせる。

ぼうんと公園の南のほうで何かが破裂した。湿った土をめくり上げるような音。あとを追うように銃声と叫び声が響く。岩見もまだどうにか生きているらしい。間を空けず公園の中央でも爆音が響いた。百合が仕掛けた手榴弾に誰かが引っかかったらしい。

「行ける?」慎太が訊いた。

「もちろん」拳銃に銃弾を補充しながら百合はいった。

だが、約十六メートル先にはしつこく燃え続けるマグネシウムの壁が続いている。炎の高さは低いところでも二メートル以上。あの向こうへ行かなければならない。

「お願い」右肩を撃たれた百合は、蔦で縛り一つにまとめた二本のダイナマイトを差し出した。慎太が頷き、受け取る。

百合は身を低くすると、高く伸びた夏草のなかを一人駆け出した。炎の壁から離れてゆく。雨の奥に響く足音を聞いた兵士たちがまた群がり、百合のうしろを銃声が追いかける。

「左から囲め」分隊長らしい声がする。

すぐ近くで四発の銃声が聞こえたあと、走る百合の前に一人の兵士が飛び出した。兵士は撃ったが銃弾は逸れていった。百合は腿と腹に撃ち込み、小銃を奪うと正面から蹴った。国産拳銃を素早くバッグに戻し、走りながら小銃を構える。新たに駆け寄ってきた兵士の鎖骨を至近距離から吹き飛ばし、またすぐ草のなかに身をかがめた。周囲を取り巻いている兵士たちは同士討ちを恐れ、撃たずにじりじりと距離を詰めてくる。百合も槓桿を引き、身構える。肩に掛けている黒いバッグが妙に重く感じられてきた。寒さと疲労のせいだろう。そろそろ限界に近づいている。急がないと。

前、右、うしろの草むらが同時に大きく揺れた。三人が銃剣を突き出し、飛びかかってくる。一本の刃先が百合の左腿をかすめた。ワンピースの裾に縫《ぬ》いつけられた花の刺繡の一つが散るように裂けてゆく。百合は右側の兵士の右肺に一発撃ち込み、そのまま右腿を銃剣で突いた。研ぎ澄まされた刃先が肉の奥まですっと埋まってゆく。

ふいに昔を思い出した――十一歳のあの春の日、はじめて父の太腿を刺したときと同じ感触。

小銃から手を離すと、百合は身を低くしバッグからまた国産拳銃を抜いた。間近に迫る兵士たちの銃口と銃剣を避けながら、ひたすら撃ち続けた。

慎太は四つん這いで進んでゆく。銃声が響き、叫び声も聞こえるが、今はこれからやることだけを考えている。マグネシウムの炎の壁に目測で十メートルまで近づいた。リュックから一つに縛られた二本のダイナマイトを取り出す。二本とも雷管が埋められている。

三、二、一――

慎太は伸びた草のなかから一瞬立ち上がり、ダイナマイトを思い切り投げた。炎に向かって回転しながら飛んでゆく。すぐに慎太はしゃがんだが、三発の銃声が響いた。

痛い。尻？　腿？　右の尻だ。撃たれた。やっぱり狙われていた。

だが、ダイナマイトは狙い通り炎のなかに吸い込まれていった――

この夜、十回目の爆音が響く。

絡み合うように争っていた百合と兵士たちは爆心に目を向けた。ダイナマイトの爆風が水しぶきを上げながら、白い炎の壁を裂いてゆく。左右へ押し退けられた炎の向こうに祝田《いわいだ》通りと闇に包まれた霞ヶ関の町が見える。

百合は兵士を振り切り、その闇へと駆け出した。慎太も体を沈めたまま急ぐ。

だが、闇はすぐに光に押し戻された。

爆風が通り過ぎると、炎がまた何事もなかったようにゆらゆらと立ち上り、雨を吸い込みながら輝きはじめた。黒い亀裂《きれつ》は閉じ、潰れ、二人はその前でまた立ち止まるしかなかった。

——予想よりずっと火力が強い。

百合は尻を撃たれた慎太の腕を取り、走り出す。

残る手は三つ。炎の壁に近い大樹の枝から向こうへ飛び降りる。だが、そんな大樹の上には間違いなく兵士が潜んでいる。倒した兵士を消火剤代わりに炎に投げ込み、踏みつけて突き抜けることも考えたが、近くまで迫っていた兵士たちが一気に後退をはじめた。向こうの指揮官もこちらの考えを読んでいる。あとは公園の南西にある野外大音楽堂の舞台を覆う高い屋根まで登り、炎を飛び越える。もちろんそこにも多くの兵士が待ち構えているだろう。どれも駄目なら、雨外套を被せた慎太を百合が抱いて炎を突っ切るしかない。火傷で百合は動けなくなるが、とりあえず慎太は突破できる。

迷いながら大音楽堂へ。走っていると炎の壁の見えない向こうが騒がしくなった。

金属の激しく擦れる音と、断続的な発砲。そして突然、トラックのフロントノーズが炎の壁を突き破った。一台じゃない。十メートル先にもう一台、その十メートル先にもさらに一台。三台が一斉に急ブレーキをかける。車体を焼かれながらも、横に伸びるマグネシウムの炎を断ち切るようにその真上に止まった。扉のない運転席から背広姿の男たちが飛び降り、草むらに身を隠してゆく。その一人、頭の禿げ上がった男が叫んだ。

「早く行け」百合を睨みながら、腕を振り上げ、うしろのトラックを指さしている。

――あの顔、かすかに記憶に残っている。ずっと前に北投《ベイトウ》で……

味方か罠か考える余裕はなかった。百合と慎太はトラックの車体に駆け上がった。ボンネットを蹴り、運転席を覆う鋼鉄の屋根へ。不測の事態に兵士たちが遠くから慌てて駆け寄り、小銃を構える。禿げ頭もすぐに草のなかに隠れた。百合が振り返ると、男はまだ憎むように見ている。

同情の一切ない目、表情は不本意な命令に従わなければならない憤りの表れ――百合にも禿げ頭が公安の人間だとわかった。

トラックの鋼鉄の屋根から砂が積まれた荷台に飛び、さらに濡れた地面に飛び降りる。荷台からざらざらと溢れ出る砂がマグネシウムの炎の上に落ち、その勢いを弱めてゆく。

トラックの突入で削られた霞門《かすみもん》の石柱の横、二人は低い鉄柵を乗り越え、日比谷公園を出た。目の前には幅約三十メートルの祝田通りが黒く横たわっている。路面には下水から溢れた雨水が浅い急流となってうねっていた。

渡った先には、祝田通りと丁字に交わる海軍省通りと呼ばれる幅二十メートルの道が、桜田通りに向かって真っすぐに伸びている。道の右には東京地方裁判所の長く高い煉瓦塀。左には海城学校を囲む白い塀。そのさらに先には、今はまだ暗くて見えないが、目的の海軍省の黒く高い鉄柵が続いているはずだ。

百合と慎太は腕と膝を水に浸け、伏せた。二人を見失った兵士たちが不意打ちを警戒しながら日比谷公園の柵の内外を捜している。祝田通りのずっと右奥、変わらぬ激しい雨のなかで膝まで水に浸かりながら小銃を構える数十人の兵士も見える。予期せぬトラックの乱入に、向こうも動揺しているようだ。隊形は整わず、何人かの兵士がしきりに動き回っていた。

宮城方向から陸軍のトラックも走ってきた。前照灯はつけず、速度も抑え、静かに水を分け進んでくる。地方裁判所と学校の間に停まり、海軍省通りに入れぬよう封鎖するつもりなのだろう。公園内でまだしつこく燃えているマグネシウムがかすかに車体を照らす。

百合は息苦しかった。体が冷え、肩も脚も痛い。慎太もきっと同じだろう。だが、残りの距離はわずか。バッグから手榴弾を一つ取り出し、慎太に渡す。二人で息を殺し、水面を山椒魚《さんしょううお》のように這いながら投げる頃合いを見計らう。

ふいに通りの向こう、ずっと左のほうが光った。

「ここだ」誰かの叫ぶ声。二つの投光器の光が祝田通りを渡った海城学校沿いの白塀を照らした。塀の一部が崩され、大きな穴が開いている。紺色の制服も見える。山本大佐の命令で海軍が崩したのは間違いない。海城学校が建っているのは政府から貸与された海軍管理の国有地。陸軍の日比谷公園同様、緊急時には海軍の使用が許されている。

百合は慎太の背を押した。慎太が手榴弾の安全ピンを抜き、闇のなか、大きく振りかぶって陸軍のトラックに向け投げた。そしてすぐに全力で走った。

一瞬遅れて陸軍兵たちも一斉に携帯電灯で照らし、水を撥ねる足音を追いかけた。海城学校の塀の上に大型投光器三基が突き出し、陸軍兵たちを強く照らし妨害する。光と光の応酬のさなか、遠くで手榴弾が爆発した。トラックの正面が壊れ、運転席に破片が飛び散る。ブレーキをかけても止まれず、道を浸した水面を車体が滑ってゆく。飛んできた微細破片が百合と慎太にも突き刺さった。それでも二人は白塀に開いた穴へと走る。

だが、エンジン音とともに新たなトラックが猛烈な速度で、祝田通りの左、西幸門前交差点を右折してきた。泥水を巻き上げ、正気を失った絶叫のようなブレーキ音を響かせる。トラックは白塀に車体を擦りながら百合と慎太がたどり着くより早く穴の前に止まり、塞いだ。

「退《ど》かせ」塀の内側から海軍士官が怒鳴る。「誰に向かっていうか」トラックの荷台から陸軍士官も怒鳴り返す。トラックの前照灯が百合と慎太を照らす。その前照灯を百合は素早く撃ち抜くと、慎太とともに引き返した。海軍省通りに入る丁字路へ戻る。だが、川のように流れる雨水が二人の足を押し返す。祝田通りの先、宮城方面からも新たなトラックの車列が高速で走ってきた。またも丁字路を塞ごうとしている。あちらのほうが早い。

陸軍兵の携帯電灯が路上や白塀、地方裁判所の煉瓦塀を舐《な》め回すように照らす。百合と慎太は光を避け、路上の暗闇をたどり蛇行《だこう》してゆく。

百合は駆けながら最後の手榴弾を出した。

「荷台に」そういって慎太に渡す。

慎太も駆けながら頷き、受け取る。

幌のない荷台に増員兵を乗せ、トラックが連なり迫ってくる。先頭車が丁字路にさしかかった。やはり間に合わない。車列の進路に二人は飛び出した。前照灯が二人を強く照らす。百合は先頭車の運転席を狙い撃ち、慎太も手榴弾の安全ピンを抜き、上へ放り投げた。胸に銃弾を受けた運転手が悶絶《もんぜつ》しながら急ブレーキを踏む。すぐに止まらず、車輪の回転が止まったまま水を撥ね進んでくる。

「滑って」百合はいった。

いわれた通り慎太は車体の下に滑り込んだ。百合も続く。二人の顔のすぐ上をバンパーが、左右を前輪が通り過ぎ、止まった。

と同時に、荷台に落ちた手榴弾が爆発した。

爆風と微細破片が後続車の運転席を直撃し、ほぼ減速しないまま、急停止した先頭車の後部に突っ込んだ。水浸しの路面に仰向けになった百合と慎太の上を、車体の底がずりっと滑ってゆく。三台、四台と瞬く間に衝突は連鎖し、車列の五台すべてが停止した。先頭車の荷台で爆発から逃げ遅れた兵士たちが唸っている。何人かは呻きながら助けを求め、路上に落ちてきた。

百合と慎太はトラックの下から出ず、わずかな隙間から携帯電灯を手にした路上の兵士たちを拳銃で狙った。傷ついた体と追い込まれた状況が百合の知覚をさらに研ぎ澄ます。

銃弾は魔法のような精度で兵士を撃ち抜いた。

五人、六人、弾倉を交換し撃ち続ける。七人、八人、携帯電灯を持つ兵士だけが倒れてゆく。慎太もベレッタを撃つ。光が次々と消え、またも豪雨の路上が暗転してゆく。状況を察知した海軍も白塀の上の投光器を消した。動転した陸軍兵士が百合と慎太の位置を摑めないまま、闇に向かってでたらめに小銃を撃ちはじめた。「待て」「落ち着け」分隊長らしい男の大声が発砲音に搔き消される。

雨の霞ヶ関に広がる、最前線のような混沌《こんとん》。響く銃声。その音とともに濃い霧も車体の下に流れ込んできた。

いや、霧じゃない。拳銃の硝煙とは違う種類の、かすかな亜鉛《あえん》と炭素の匂いがする。この白色の煙は、海軍が訓練で使う水上発煙筒——

二人は多重衝突したトラックの下を這い、海軍省通りまで進むと転がり出た。

通りは煙で白濁していた。発煙筒自体は路上にはない。左に続く海城学校の白塀の上から滝のように煙が流れ込んでくる。発生源を学校敷地内にとどめているのは、夜間演習や防災訓練とあとで言い逃れるためだろう。

慎太が走り出したが、百合は動けなかった。

痛みのせいじゃない。もう右肩も右足も痛みは感じない。ただ、足が思うように前に出なくなっていた。このままでは三十メートルも進まないうちに動けなくなる。だからここに残り、命と引き換えに追走する兵士たちを一掃するつもりだった。ほんの少し前、残るといった岩見に呆れた自分なのに、それが最良の策だと思った。

慎太が何もいわず百合の左腕を摑み支えようとする。百合はその手を振り払った。

「一人で――」いいかけた百合の左腕を慎太がまた摑む。

「二人だよ」慎太が背を向けたままいった。顔は白煙に塗り潰された道の先を見ている。時間を無駄にする言い合いは、慎太も百合も望んでいない。百合はすぐにヒールを脱ぎ、二人で走り出した。ここまで逃げてきたことを無にしかねない選択。けれど、すぐに慎太が正しいと気づいた。無茶と無謀を重ねてきたからこそ、今もまだ二人は生きている。今さら自己犠牲なんて無難な策は、よけいに死を引き寄せるだけだ。

――二人で生きるか、二人で死ぬか。どちらかでいい。

固く握った手が二人をつなぐ。煙でひどく息苦しい。慎太が前を進み、百合はうしろを見ながら銃を構えた。

何組かの分隊が道を塞いでいるトラックの下をくぐり抜けようとしている。爆破で半壊した荷台を乗り越えてくる兵士も見えた。が、濃くなっていく煙が百合の白いワンピースを覆い、百合自身の視界も遮った。

海軍省の正門まで残り百五十メートル。身を隠すものは通りの両脇に並ぶ電柱と、消えたままの街路灯だけ。

「進め」号令が響く。小沢の声だ――

司令官である大佐が最前線まで出て指揮を執っている。「続け」再度の号令。小沢もあとがないらしい。命令に逆らえない兵士たちが、煙をかき分け前進をはじめる。隊列からの一斉射撃は危険が高いと小沢も気づいている。一回で仕留められればいいが、外せば射出発火の光った場所を、逆に百合から狙い撃ちされる。

互いに視界を遮られたまま、無様《ぶざま》な最終決戦がはじまった。分散し、弱った青虫を狙う蟻のようにじりじりと迫る兵士たち。雨足がさらに弱まってきた。

百合は白濁した煙のなかに動くわずかな痕跡を捉え、撃った。一発ごとに射出発火から位置を摑まれないよう、大きく左右に走る。だが、少し進んだだけでやはり右足の動きがひどく鈍くなった。爪先を前へ出しているのに出ない。曲げているつもりなのに、膝も足首も曲がらない。百合の体を慎太が抱き寄せる。慎太にもたれかかり、支えられ、どうにか前へ進む。二人のあとを兵士たちの射出発火が追いかける。鉄製の街路灯の陰へと急ぐ。百合に撃たれた兵士が二人、三人と悲鳴を上げてゆく。それでもぬかるむ道を追ってくる無数の足音は確実に近づいている。

百合は銃弾の切れた国産拳銃を捨て、バッグからリヴォルバーを出した。残る銃はこのS&WM1917と慎太の握るベレッタだけ。銃弾も二十発を切った。救いは通りの先の正面から敵が攻めてこないことだけ。海軍が封鎖しているのだろうが、それもいつまで続くかわからない。

ずいぶん進んだはず——近づく人影を狙い撃ちながら思ったとき、左腿に貫かれるような痛みが走った。また撃たれた、ちくしょう。ワンピースの裾に穴が開き、きれいな刺繡がまた血で汚れる。動かない足がもっと動かなくなる。

「もうすぐ」慎太がいった。自分の左脚を引き摺りながら百合を抱え走り続けている。ここまで護ってきたこの子に、百合は今、護られている。

煙の奥、二人の視線のずっと先に光が灯った。道の左、伸びてゆく海城学校の白塀のさらに向こうを投光器が照らし出す。海軍省を囲む高く黒い鉄柵の一ヵ所が壊されていた。足場の煉瓦は崩れ、鉄柵がぐにゃりと曲げられ大きく拡げられている。ここへ来いという合図。だが、距離はまだ六十メートル以上ある。

「ふざけんなよ」百合はつぶやいた。

先の桜田通りからも衝突音が聞こえてきた。封鎖を強引に突破する音。前からも陸軍が来る。挟まれる――

瞬間、左で低く重い爆音が響いた。

少し離れた道のうしろ、煙のなかで水を撥ねる音がする。軽迫撃砲の着弾と勘違いした陸軍兵たちが慌てて路面に伏せたのだろう。だが違う。

慎太もわかっている。間を空けずに金槌《かなづち》の打つ音が響き出した。二人で目をこらし、煙のなかを必死で探す。すぐに学校の白塀に爆破が作った大きなひび割れを見つけた。ここからの距離は約十二メートル。緑茂る欅の枝が張り出した下、ひび割れが内側から崩され、瞬く間に広がってゆく。二つの携帯電灯が内側から照らし、金槌を振るう何人もの海軍兵が見えた。

先に見えている壊された海軍省の鉄柵は囮《おとり》。本当の突破口はそこだった。

陸軍兵たちも気づき、ぬかるみから立ち上がった。塀の裂け目から風が吹き抜け、発煙筒の白い煙を一気に押し流す。視界が開けてきた。だがそれだけ百合と慎太は無防備になってゆく。塀が消えたその場所へと真っすぐに走る二人を陸軍兵が追う。何人かは地面に片膝を突き、まだ煙がたなびくなか射撃姿勢をとった。が、誰も撃たない。百合と慎太の背の先、射線上にいる海軍兵に当てることを怖がっている。もし当てれば国政を左右する問題に発展することを、この一帯にいる誰もがわかっていた。

手助けを禁じられている海軍兵たちも、崩した塀の内側に立ったまま動かない。ある者は陰惨な現実として、ある者は娯楽として、二十歩も離れていない路上で展開する殺し合いを見つめている。

百合のすぐうしろに迫った陸軍兵が銃剣で狙う。振り向きざまに二発撃ち込んだ。兵士が「ぐうん」と犬のように呻き、腹を押さえ倒れてゆく。別の一人が百合の右足を摑んだ。水浸しの路面に倒されてゆく体を、三人目の兵士が至近距離から小銃で狙う。その三人目に向かって慎太がベレッタの引き金を引いた。首を撃たれた兵士が小銃を構えたまま倒れてゆく。

百合は立ち上がろうとしたが、もう膝の感覚がなかった。黒いバッグを捨て、左手をぬかるむ地面に突き、三本足の獣のようにふらつきながら走る。慎太も死に物狂いで走る。迂闊《うかつ》に撃てない兵士たちも怯えた顔をしながら死に物狂いで追う。

白塀の内側まであと七メートル。百合はまた一発撃った。兵士が一人うつ伏せに倒れる。リヴォルバーの銃弾は残り三発。

内側まで四メートルを切った。何本もの腕と銃剣が百合に迫る。足がもつれる。

刺され、捕まる――その寸前、慎太が百合の二の腕とワンピースを摑み、思い切り前へ投げた。白いワンピースが裂け、百合の体は飛ばされ、地面を跳ね、塀の内側へ転がってゆく。それを受け止める海軍兵たち。

百合はすぐに慎太を見た。

まだ塀の外側にいる慎太の頭を、うしろから兵士の一人が手にした拳銃で殴りつけた。銃床で打たれた慎太が半回転し、仰向けに倒れてゆく。

殴ったのは歩兵じゃない。小沢――

地面に背を打ちつけた慎太の胸を、小沢が上からコルトM１９０３で狙う。百合もすぐにリヴォルバーで小沢を狙い、撃った。

重なる二つの銃声。百合の銃弾がわずかに早く小沢の右肩を貫く。

――頭を狙ったのに、外した。

慎太も撃たれた。コルトの射線は胸からずれたものの、下腹に撃ち込まれた。それでも慎太は右手のベレッタを小沢に向ける。小沢も慎太を狙う。

二人よりも早く百合は再度撃った。

その二発目の銃弾が小沢の顔を吹き飛ばす――はずだった――横から若い陸軍少尉が小沢に飛びか

かり、盾となってリヴォルバーの、ベレッタの、銃弾を浴びる。絡まり倒れてゆく小沢と少尉。小沢の撃ったコルトの銃弾は慎太の体を外れ、地面に突き刺さった。小沢と少尉は重なったまま地面に倒れた。

慎太はすぐに起き上がり、撃たれた腹を押さえ、前のめりになりながら走った。食いしばった歯の隙間から、「しぃーっ」と声にならない呻きが漏れる。進む先、白塀の内側から一人の背の低い海軍将校が手を伸ばした。

それが誰か、階級章を見なくても、名を訊かなくてもわかった――山本五十六大佐だ。

小沢も自分を護った部下を跳ね退け、起き上がり、コルトの銃口を慎太に向けた。

だが、小沢の照準が走る背を捉えるより早く、慎太の指先は山本の右手に触れた。強く握られ、そのまま一気に引き寄せられる。転がりながら塀の内側に飛び込んできた体を百合が抱きとめる。それでも慎太を追おうと駆け寄った小沢を、山本が体で遮った。崩れた塀の内と外、二人の大佐は見えない境界を挟み対峙した。

百合と慎太は起き上がれない。

二人の体を事前訓練でもしていたかのように一斉に投光器が照らす。すごく眩しい。担架《たんか》を持った海軍兵が駆けつけ、医療器具を抱えた一団も走ってくる。救護班らしい。看護婦もいる。その場で応急処置がはじまった。

ワンピースの裾が肩がざくざくと鋏で切られてゆく。皆の前に撃たれた太腿と下着が曝け出された。恥ずかしいけれど、それよりやっぱり服が気になる。ああ、もったいない。お直ししても、もう着れないだろうな――

百合はぼんやり思った。両目は隣で処置を受けている慎太を見ている。慎太もこちらを薄目で見ながら震えていた。撃たれた下腹部の内出血によるショック状態がもうはじまっている。慎太の腹の銃創が洗浄、止血され、看護婦が脈を取り、腕に鎮痛剤が注射される。

「すごく寒い。でも生きてるよ」

慎太は小さく笑ったあと意識を失った。

——そう、二人とも生きてる。

百合は思った。だが、それがいいことか悪いことか、やっぱりまだわからなかった。


すぐ近く、白塀の外でも負傷兵の救護がはじまっていた。「担架を」「目を開け」声が飛び交う。この愚かな戦いの指揮を執った二人、小沢と山本は向き合ったまま動かない。何をいっても勝敗は変えられないと互いにわかっている。だから背の高い小沢は、ただ憎しみを込め山本を見下ろした。山本も哀れみを込め小沢を見上げた。陸軍大佐と海軍大佐の一瞬の感情の交錯。二人の間に共感はあっても協調はない。理解はあるが和解はあり得ない。

小沢は事実を受け止めたかのように顔を上げると、振り返り、大声でいった。

「撤収だ。搬送を急げ」

そして、意識のないまま運ばれてゆく自分を庇った少尉の元へ駆けた。


応急処置が終わり、百合と慎太を乗せた担架が持ち上げられた。

どこへ行くのかはわからない。百合にも鎮痛剤のモルヒネが効いてきた。肩や、膝や、足や、腕や、あちこちの痛みがふわりと体から離れてゆく。けれど、意識もぼやけてきた。雨はもう小降りになっている。タバコ吸いたいな。どこだっけ？　そうだ、黒いバッグのなかだ。あの人と息子の写真も……ああ、投げ捨ててきちゃった。ちくしょう。でも、風が心地いい。もう蒸し暑くもない。そうか、九月か——

百合は目を閉じた。もう開けていられなかった。
そして眠りにつくように意識を失った。

十三章　血の輪環

焼けた薬莢《やっきょう》が床に落ちて跳ね上がる。

崩れかけたバリケードの向こう、撃たれた人影がどさりと倒れた。旅館つる瀬のなかは通電が切られたまま。長い廊下の右に並ぶ窓と雨戸はすべて破られ、雨が奈加の髪や着物にも吹きつけている。薄く水の張った廊下を、撃たれたやくざが蛙のように這って逃げてゆく。その哀れな体を一瞬の落雷が照らす。廊下の左に並ぶ客室の扉も破られ、風を受けばたばたと揺れていた。

奈加は猟銃を低い位置で構えながら左手でタバコを探った。が、見つからない。灰皿に山のように積み上がった吸い殻の感触だけがする。しかたなく袂《たもと》の奥に残していた最後の一本を出すと、自分で吸わずに大姐《おおあね》さんに渡した。大姐さんが無言で摑み、鉄金庫の陰にぐったりともたれかかりながら火をつける。

琴子は床に座ったまま荒く息をしている。極度の緊張と怖さでもう三回も吐いた彼女が、出すものがなくなった胃に冷めた茶を流し込んでゆく。

大姐さんも琴子も無傷だった。奈加は右肩に銃弾を一発、右膝のあたりに散弾を少し受けたが、たいしたことはない。それより手持ちの銃弾が、いよいよ少なくなってきた。猟銃があと十三発。琴子

の握るコルトM1911が予備弾を含めて十五発。ワルサーモデル2が六発。計三十四発を撃ち尽くしたあとに残るのは、二本の短刀《ドス》だけ。窓から吹き込む雨も急に弱まってきた。確実に終わりは近づいている。

突然、電灯がついた。通電が戻り、割れずに残っていた旅館内の電球が光り出す。

一気に見通しのよくなった廊下を奈加は警戒した。長い廊下のあちこちに木片やガラス片が散らばっているが、思ったほど血痕は残っていない。雨が洗い流したようだ。遠く玄関脇の柱時計を見たが、銃弾を受け午前一時二十分で止まっていた。

そこで電話が鳴った。

琴子も大姐さんも奈加も電話機を見た。呼び出し音がもう一度鳴るまで待ち、それから奈加はゆっくり受話器を上げた。交換手が取り次ぐ。

「もしもし」岩見じゃない。武統《たけのり》の声——

「お世話になっております、奈加です」撃ち合いの興奮を鎮めながらいった。

「どうも奈加さん。まず母の無事を確かめさせてください」

奈加は受話器を差し出した。疲れ切った顔で大姐さんが受け取り、「はい」「ええ」「わかってる」と何度かくり返したあと、また受話器を奈加に返した。

「話があるって」大姐さんがいった。

「何でございましょう」奈加はまた受話器を耳に押しあてる。

「先ほど百合さんが海軍省に着かれました」武統がいった。

「慎太くんは？」

「一緒ですよ」

「岩見先生はどうされていますか」

「さあ、わかりません」

「百合さんたちは無事でしょうか」

「ずいぶんと怪我をしているようですが二人とも生きています。なので、もう続ける意味はないでしょう。母を解放してください。百合さんと慎太くんにつけた懸賞金も取り下げました。この先は手を出すなときつくいいつけてあります」

「二人が海軍省に間違いなく着いたという証拠はありますか」

「今この電話で示せるものはありません。でも、その旅館から海軍省に電話したところで取り次いではくれないでしょう。確かめようがないのは同じですよ」

「では、どうやって終わりにしましょうか」

いやらしく遠回しな会話。だが、そうした手続きを一つ一つ踏んでゆくことが、何よりの近道なのだと奈加も武統もわかっている。あからさまな化《ば》かし合い騙し合いの末に見えてきた妥協点を、二人は今、確かめ合っている。

武統が続ける。

「これから僕が一人で迎えにいきます」

「五代目に体を張っていただけるのですか」

「ええ。そこを出るときは奈加さんも一緒に。自動車で池之端まで移動しましょう。朝になり情報も整理されたころ、水野通商を通して改めて海軍省に問い合わせればいい。それまでは母に代わって僕自身が人質となります」

こちらに有利すぎる条件。予想はついているが奈加は改めて訊いた。

「お望みは?」

「請殺《チンシャ》（殺してください）」武統が電話の向こうで囁いた。

聞こえていないはずの大姐さんがのけ反り、慌てて逃げる。殺気を見抜く勘は衰えていないようだ。が、奈加の右手は受話器をするりと落とし、胸元からもう懐紙を抜き取っていた。紙の縁が大姐さんの喉をすぱんと切り裂く。叫ぼうとしていた声は出ず、口も両目も開いたまま表情が固まった。敵意と諦めの入り交じった顔。奈加はすぐに猟銃を握ると、壁にもたれるように倒れてゆく大姐さんの顔を至近距離から撃った。一発、二発、目や鼻が吹き飛ぶ。三発、四発、輪郭も崩れ人相がわからなくなった。

刃物ではなく、あえて猟銃を使ったのは、依頼を受け入れたことを銃声で武統に知らせるため——

奈加は受話器を拾い、電話を切った。

すぐに顔の潰れた大姐さんの帯を解き、着物を脱がせる。目の前で人殺しの瞬間を見た琴子がまた黄色がかった胃液を吐いている。

「脱いで」その琴子の縞木綿《しまもめん》の着物も半ば無理やり脱がせた。何をされるかわからず怯えている彼女に、大姐さんが身につけていた襦袢《じゅばん》と紬《つむぎ》の着物の袖を通させ、襟を整え、蒸栗《むしぐり》色の帯を巻きつけてゆく。小さく華奢な琴子の体つきは、遠目には大姐さんと見分けがつかない。足に白足袋《しろたび》もつけ、歳を見抜かれる手首や足首の肌には包帯を巻いた。

「入ります」廊下の先の玄関で声がした。白い開襟シャツに紺のベスト、灰色のズボンに茶色の革靴を履いた武統がこちらへと歩いてくる。

奈加は施錠されていない鉄金庫の扉を開くと、顔を潰され裸にされた大姐さんの遺体を、書類が詰まった下段に押し込んだ。扉を閉め、ダイヤルを適当に回し施錠する。

「行けますか」近づいてきた武統がバリケードの向こうから訊いた。

「はい」奈加はこたえると琴子を抱き上げ、武統に渡した。

武統が胸の前に抱きかかえる。奈加は琴子の顔に二重三重に襦袢や縞木綿の着物も被せた。武統がまた玄関へと歩き出す。奈加もコルトＭ１９１１を帯に挟み、猟銃を構えながら、ぴったりとうしろについてゆく。

「遺体は」武統が囁《ささや》くように訊いた。

「金庫に」奈加も囁くようにこたえ、武統は小さく頷いた。琴子は武統に抱かれながら震えている。それでも彼女は、自分がこの場に呼ばれた本当の意味を感じ取ったようだ。声を出さず、暴れもせず、ただ怯えていることで替え玉の役目を果たしている。

まだ暗い空の下、玄関の外には大姐さんのキャデラックが停まっていた。制帽をつけた中年の運転手が後部座席の扉を開いて待っている。助手席にはつる瀬の女将が放心した顔で座っていた。

「女将にも来ていただきます。一番の被害者ですから」武統はいった。

奈加も異論はない。巻き込んだことを謝罪するだけでなく、あの鉄金庫の行く末を話し合うためにも、彼女にはいてもらわねばならない。

あれほど撃ち合ったやくざたちの姿は見えなかった。武統が遠ざけたようだ。警官も通行人もいない。だが、離れた路地や壁の裏から、無数の人の気配が伝わってくる。雨は小降りになっていた。いくつもの雲が夜空を南から北に駆けてゆく。

はじめに琴子を抱えた武統が、続いて奈加が、キャデラックの後部座席に乗り込んだ。運転手が扉を閉める。

「申し訳ございません」奈加は助手席の女将に頭を下げた。女将は青白い顔でうつむいたまま何も返さない。

運転手も乗り込んだが、すぐには出発しなかった。

「行ってください」武統がいった。その声を聞いてようやくキャデラックは走り出した。運転手のハンドルを握る手は小刻みに震えている。大姐さんに長年仕えてきた男は、やはり見抜いている。

「これからも僕のために働いてくれますよね」武統が後部座席から訊いた。恭順か死かを柔らかに、しかし、はっきりと問う言葉。少しの間のあと、運転手は「はい」とこたえた。

浅草寺裏から東本願寺《ひがしほんがんじ》の脇へと抜け、浅草通りへ。キャデラックの前照灯が、台風が通り過ぎたばかりの町を照らす。水没箇所があちこちにあり、曲がった看板や傾いた電柱が目立つ。暗いなか、多くの人が外に出ていた。傾いたり浸水したりして、家にいられなくなったのだろう。うんざりした顔で、散らばった板切れ、木の枝、落ちて割れた瓦やガラスをかたづけはじめている。

「父も許してくれるはずです」外を見ていた奈加に武統が言葉をかけた。「果断をむしろ褒めてくれるでしょう」

奈加の胸にあるただ一つの逡巡を即座に見抜き、打ち消した。

――同じだ。

奈加は思った。やっぱりこの子は水野寛蔵《私の主》の血を濃く受け継いでいる――

再建工事中の省線上野駅の手前で、キャデラックは左折した。まだ街灯が光り、駅員や荷物を背負った何人かの浮浪者がぬかるんだ駅前を歩いている。少し先、市電和泉橋線の始発車両がゆっくりと停車場に進んでゆく。その横を大きく迂回し、追い越してゆく二台の力車。力車のうしろについたキャデラックも速度を落とす。

ふいに暗い車内に銃声が響いた。

奈加の右肩に激痛が走った。助手席から振り返った女将が、鬼の形相と不慣れな手つきでオートマチックを撃ち続ける。二発撃ち込まれた奈加もすぐに撃ち返す。女将の顎を猟銃で吹き飛ばした。が、ガラス窓の外、左とうしろの路上からも同時に撃たれていた。帯に挟んだコルトＭ１９１１を抜く。車外にはたぶん四人。暗くてはっきりとはわからない。すぐ横に武統がいるにもかかわらず、銃声は奈加を狙って鳴り続ける。肩と首のうしろにも二発撃ち込まれた。それでも割れた窓の外に腕を伸ばし、狙う。道を走り、市電の陰へと逃げ込もうとする一人を撃ち抜いた。もう一人に狙いをつけようとしたものの、目が霞み、腕が上手く動かない。

「私は許さない」助手席で死にかけながらもくり返す女将の声が聞こえる。「絶対許さない」

奈加の反撃はそこまでだった。最後は制帽をつけた運転手が振り向き、銃口を見せた。

奈加は顔と胸を撃たれた。体中の力が一気に抜けてゆくのを感じる。

この中年運転手に動揺しているふりの小芝居をさせ、素人の女将には銃を持たせて囮《おとり》に仕立て、自分が同乗している自動車を外から狙撃させた。しかも、その直前には実の母を殺せと命じている――

油断したつもりはない。けれど、まんまとやられた。

――この子は本当にあの人の生き写し。

そう感じたあと、視界も意識もすっと狭くなり、痛みも苦しみの記憶も、後悔も憎悪も消えた。思っていた通り、この先に持っていけるものは何もない。この先には何もない……

奈加は動かなくなった。

武統は動じることなく座り、着物を被って泣き続ける琴子の体を抱いている。市電の車掌や浮浪者たちが騒ぎ出した。が、運転手は落ち着いた顔でまたハンドルを握った。銃弾で割れたガラス窓の向こうに夜明け前の上野の町が広がっている。

死んだばかりの女と死にかけている女を乗せ、キャデラックはまた走り出した。

※

武統たちは池之端の水野家へと戻った。

はじめにまだかすかに息のあった女将を、古くからつきあいのある病院に運ばせ、奈加の遺体は屋敷裏手の燃料小屋に入れた。灯油や石炭、薪の置かれたそこは、昔から都合の悪い死人が出ると決まって運び込まれていた場所だった。

琴子という娘は監視をつけ客間に寝かせた。

それから屋敷に長年勤めている女中や使用人を集め、もう母は戻らないことを告げた。武統も子供のころから知っている七人は一様に悲しんだが、責める者も辞めるといい出す者もいなかった。やくざではないが、やくざの家の修羅《しゅら》を一番近くで見てきた連中。母への忠誠も追慕もあるが、武統を新たな当主として認め、頭を下げた。

武統も素直に感謝したあと、一度自室に戻り、白いシャツと濃紺のジャケットに着替え、朝を待った。陽が昇りはじめたころ、タクシーを呼ばせた。一杯のレモネードを飲み干し、灰色の背広を着た従者を一人だけ連れタクシーに乗った。

走る窓から見上げる空は高く青い。

陽光は眩しいが、台風が季節を塗り替え、少し早い秋の風が吹いている。

二十分ほどで目的地に着き、武統は従者と二人タクシーを降りた。

東京駅前にもどこからか飛ばされてきた枝や板切れが散らばり、造園された庭池のような水溜りがいくつもできていた。縄で厳重に縛られ固定された駅周辺の再建工事用資材を人夫たちが点検している。武統はロンジンの腕時計を見た。午前六時三分。駅の改札から出てきた早出の役人や会社員とすれ違いながら丸ノ内ホテルの裏手へ。

「おはようございます」

警備員は帽子を取り笑顔で挨拶すると、通用口の鉄扉を開けた。

「おはようございます」

武統も笑顔で会釈し、従者とともに通用口を入ってゆく。

従業員通路を歩いていると、ベルボーイらしい制服姿の二人も訓練された笑顔で挨拶した。開業まで一ヵ月を切り、明日から招待客を迎えて試験営業をはじめるという。おととい会った副支配人は、開業当日には東郷平八郎《とうごうへいはちろう》元帥を主賓に招いての式典を開くと、誇らしげに話していた。

従者がエレベーターの鉄格子と内扉を開け、五階へ。

降りて真っすぐな廊下を進む。旅館つる瀬の血と雨で汚れた廊下とは違った、一つの埃も落ちていない新しい臙脂色の絨毯を踏みしめてゆく。

一番奥の左、512号室。扉を叩いた。

はじめて見る若い武官が出迎える。二重の大きな目で背が高く、階級は准尉《じゅんい》。軍服だが背広のほうが似合いそうな官僚向きの顔をしている。

開いた扉の先、窓辺に立った軍服の小沢大佐がこちらに背を向け電話していた。上着もズボンも、夜明け前までの豪雨の余韻を残し濡れている。着替えもせず今後の策を練っていたらしい。撃たれたという右肩も包帯がされただけで、まだ銃弾の摘出もしていないようだった。受話器を握ったまま小沢が肩越しに振り返り、目で挨拶したが、すぐにまた顔を窓の外に向け電話に集中した。

「今回は遅れをとりましたが、舌戦で必ず巻き返します。ええ、勝てます。外務、大蔵とはすでに話をつけました。内務は徹底的に叩きます」

武統の従者を含め部屋には四人。池之端に来たあの背の低い精悍な顔の少尉はいない。

小沢の話す声を聞きながら武統はゆっくりとソファーに近づき、座る寸前、ジャケットの内側に右手を入れた。

素早く抜き、撃つ。

同じように拳銃を抜いた従者も小沢を撃つ。

二人はコルトM1903の引き金を引き続ける。頭のうしろに、首に、背に、腰に銃弾を撃ち込まれた小沢が電話機を乗せた机の縁にもたれかかりながら尻餅をつくようにその場に倒れた。武統は小沢に駆け寄り、頭に再度撃ち込んで全弾使い果たしたあと、引き金を引く指を止めた。

従者がまだ三発残っている銃を若い准尉に向ける。

慌てて机の抽斗《ひきだし》を開き、右手を突っ込んだ准尉はそのままの恰好で固まった。中腰のまま動けず、怖さと諦めと敵意が綯《な》い交ぜになった顔で武統を見ている。右手の指先は抽斗に隠した拳銃に触れているのだろう。

「落ち着いて聞いてくれますか」武統は穏やかな顔で准尉にいった。

准尉は少し考えたあと頷いた。この状況では頷くしかなかった。

「これから私たちはこの銃を部屋の端に投げます。あなたも右手をゆっくりと出し、机の上に置いてください」

武統は言葉通りコルトの安全装置をかけると投げ捨て、両手を見せた。灰色の背広の従者も続いた。准尉も両手を見せる。

「少し体を動かしますが、決して危害は加えません。わかってもらえたら返事を」

准尉がまた頷く。

武統は小沢の横に落ちている受話器を拾い上げ、准尉に差し出した。電話はまだ切れずにつながっている。

「電話の相手がどなたかは、ご存知ですね」武統は訊いた。

准尉は筋書きに気づいたように大きな両目を一度閉じ、少し上を見ると、歩み寄って受話器を取った。耳に押しあてる。聞こえてくる声に准尉は「はい」と何度も返事をした。

武統と従者は長い話が終わるのを静かに待っている。

准尉は最後に「かしこまりました」と見えない相手に一礼し、電話を切った。その顔はわずかに安堵していたが、自分も共謀者になったことを理解し、またすぐに青ざめていった。

「小沢大佐は作戦失敗をその一身に引き受け、自決されました」武統はいった。「見届けたのは私たち三人。陸軍省への報告も今あなたにしていただきました。よろしいですね？」

「はい」准尉が青い顔をしながらはじめて武統と目を合わせた。

「私たちは先に帰りますが、十分ほどで処理担当者が到着します。その連中に引き継いだら、あなたの任務も終わりです。今日はゆっくりお休みになってください。だいじょうぶ、大将閣下は約束をお守りになる方です」

准尉はうなだれながら椅子に座り、二度三度と頷いた。武統は小沢の遺品のスコッチウイスキーを三つのガラスコップに注ぎ、従者を含めたそれぞれの手に渡した。三人はウイスキーを一気に飲み干し、それぞれの理由でため息をついた。窓の隙間から風がそよぎ、血を浴びたベージュのカーテンを揺らしている。

まもなく小沢は運び出され、カーテンも壁紙も絨毯も取り替えられ、かすかな血の臭いさえ消される。死は塗り潰され、明日にはこの部屋にも招待客がやってくる。その客たちは何も知らず楽しい一夜を過ごすのだろう。

小沢の死体と准尉を残し、武統と従者は部屋を出た。

——あと百八十日。

廊下を歩きながら、武統は自分にいい聞かせた。今日を含めて残りの日数はそれだけ。だが、誰にも聞こえない自分へのつぶやきは魔法のように活力を生んでゆく。

来年三月一日、日本でもラジオ放送がはじまる（実際には設備・認可の問題で、大正十四年三月一日より『試験的放送』、三月二十二日からは『正式の仮放送』という名目で送信された）。開始以降もラジオが社会に浸透するまでには、しばらく時間がかかるだろう。出遅れはしたが、急げばまだ十分に食い込んでいける。奪い取れる。

エレベーターに乗り込み、一階へ。

武統は時間に追われるプレッシャーを存分に楽しんでいた。自分がこれから成そうとしていることを考えると、たまらなく胸が高鳴った。

水野通商の持つ多種多様な娯楽興行権を武器にラジオに進出し、番組を通じてラジオというシステムそのものを手中にする。そしてラジオを通じて日本を新たなかたちに変える――他人にいえば妄想、狂気と笑われるが、それでいい。笑う者たちは、この変化がもたらす興奮と成功を決して味わうことはできない。ラジオの持つ速報性がどれだけ鮮烈かを、マスコミュニケーションの力がどれほど強烈かを、この国の誰もまだ十分にわかってはいない。自分一人を除いては。

都合良く、元老の時代にもようやく終わりが見えてきた。

明治改元以降、五十七年を経た今でさえ、この国の臣民最高位、内閣総理大臣は議会の多数決によらず、元老と呼ばれる者たちによって決められている。伊藤博文《いとうひろぶみ》、井上馨《いのうえかおる》、大山巌《おおやまいわお》、桂太郎、黒田《くろだ》清隆《きよたか》、西郷従道《さいごうつぐみち》、西園寺公望《さいおんじきんもち》、山県有朋《やまがたありとも》、松方正義《まつかたまさよし》。この自らも総理経験のある者を含む九人が、軍と官僚の大御所となり、総理を決め、大臣、政務次官、将軍を配し、この国を操ってきた。だが、七人がすでに鬼籍に入り、今年七月には松方も死んだ。残るは西園寺のみ。その西園寺も七十五歳。しかも、デモクラシーの高まりに押され、今年六月には衆議院議員選挙法（普通選挙法）が改正された。高額納税者による制限選挙の時代は終わり、罪人や一部の欠格者を除いて、日本の二十五歳以上のほぼすべての男が投票権を手に入れる。確実に変わるこの先の日本をコントロールするには、これまでにない新たな力と手段が必要になる。

——因循《いんじゅん》を断ち切り、腐臭を一掃するのにふさわしいとき。

武統はそう信じている。ラジオはいずれ日本を覆う。距離や地域を飛び越え、生い立ちも身分も信条も貧富も関係なく、すべての日本人にあまねく情報を伝えてゆくだろう。技術の発達とともに、遠くない将来には海をも越え、東亜の国々と人民を覆うだろう。電波放送が国々をつなげ東亜が一つになれば、太平洋を越えて押し寄せる巨大な外圧を跳ね返すことも、決して不可能ではなくなる。

通用口に近づくと、また警備員が笑顔で鉄扉を開けた。外の光が眩しい。

「よい一日を」警備員がいった。

「ありがとう」武統も笑顔で返した。

吹く風は乾いていて心地いい。通勤の男たちが多く通る道で武統は立ち止まり、両手を伸ばして大きなあくびをした。

また忙しい一日がはじまる。

終章　虹のたもとで

日曜日。東海道線を降りた百合は、横浜駅（第二代横浜駅）の仮設駅舎を出た。高架下から細い道を抜け、乗車場に並んでいるタクシーの一台に乗り込む。傘は右手に、大きな黒いバッグは膝に、大きな風呂敷包みは隣の座席に置いた。

天気は薄曇り。小雨が降ったりやんだりをくり返している。

空気は重く湿っていても百合は快適だった。身軽になったように感じる。半年以上、どこに行くにもついてきた警護官が、何度も海軍省と掛け合った末にようやく消えたのがおととい。それからはじめての外出だった。

前髪を指で整え、薄紫のリボンのついた白いクロッシェ（釣り鐘）帽子を被り直す。白い絹モスリンに花が刺繍されたワンピースは、滝田洋裁店にもう一度同じものを縫《ぬ》わせた。上に桜色のカーディガンを羽織《はお》り、足元はレースのついた短い白靴下、ストラップのついたベージュのヒール——タクシーの運転手と助手は無言だが、後方鏡（バックミラー）越しに何度もこちらを見ている。

膝の上の黒いバッグは、色もかたちも似ているが去年までのものとは違う。あの台風の夜に日比谷の路上に投げ捨てたバッグは、入っていた四百円を超える金とともに行方知れずのまま。命がけの任務に加わっていた陸軍兵の誰かが、少しばかりいい思いをしたのだろう。百合と慎太に撃たれた傷痍兵の見舞金に使われたのかもしれない。

隣の席に置いた風呂敷には、煎餅やカルメ焼きやべっこう飴や花林糖《かりんとう》や、慎太に渡す山ほどの駄菓子が包まれている。

これから旅立つあの子の見送りにゆく。

去年の九月二日、あの夜から百合は慎太に会っていない。手紙は十通以上送られてきて、百合も何度か返事を出したが、互いの顔は見ていない。電話で声を聞いてもいない。莫大な金をもたらす少年が厄介な女テロリストといつまでも親密でいることを、政府筋の多くの人間が嫌い、百合との接見を禁止した。慎太はずっと海軍に匿われている。

深夜の霞ヶ関で意識を失った百合が次に目を覚ましたのは、三日後の午前九時過ぎ。病室には今元と泣いている春 桂《チュングウイ》がいた。そこではじめて奈加の死を聞かされた。

百合は奈加の死に顔を見ていない。動けぬ百合に代わり、先生夫婦が池之端の水野本家まで遺体を引き取りに行き、腐臭が酷くなる前に焼き場へ運び、遺骨にしてくれた。

百合は意識を取り戻した六日後にベッドから起き上がることを許され、さらに十二日後に退院。それからは慌ただしく過ごした。

海軍省と内閣書記長官からの依頼を受けた内務省警務局の警護官とともに、まず秩父に向かった。火葬が済んでいた筒井国松の遺骨を引き取り、庭に埋まっていたルパの骨も掘り起こした。維新前、大身の幕府旗本だった筒井家代々の当主の墓は十 条《じゅうじょう》の致 勝 院《ちしょういん》という寺にある。そこに新しく国松の墓も建てた。隣に小さな塚を造らせ、ルパの骨も納めた。

奈加の骨壺は、まだ百合の店ランブルの帳場に置かれている。もうすぐ来る八月の盆に、玉の井の姐さんや売女《うりめ》たちと賑やかな送りの宴《うたげ》を開いたあと、町にある東清寺に新しく建てた墓に納めることになっている。奈加も喜んでくれるだろう。

ランブルの営業も再開した。奈加の代わりに雇ったのは、あの大男と渡瀬。はじめは血縁でもない男たちを雇ったことで陰口もいわれたが、二人とも意外なほど人当たりがよく、すぐに町に溶け込んだ。仕事もまあよくやっている。ただ、帳簿付けや金勘定に関してはまるで役に立たない。

百合の警護官は玉の井でも仕事を続けた。色つきガラスと西洋ランプで飾った店の上がり口の横で、いかめしい顔で新聞を広げタバコを吸う客でもない男たちに、百合ははじめ苛ついた。

新橋や浅草のような名の知れた歓楽街を嫌い、玉の井に好んで遊びに来る客には自称学者や作家崩れなど変わり種が多い。しかも皆、義務であるかのように公権力と軍隊を嫌っている。そんな客たちに連中が何者か知られたら、嫌がられ、すぐに噂が広がり、人が寄りつかなくなる——だから営業妨害だと電話で海軍省に苦情を伝えたが、「いや、忙しくなるよ」と山本海軍大佐にいわれた。

悔しいがその通りになった。内務省の強面《こわもて》がいる階上で女と遊ぶなんて、「権力を尻に敷いているようで気持ちいい」と評判になり、多くの客が店に来るようになった。

金勘定、客の応接、売女の面倒、町のための折衝、やるべきことに追われ、奈加の死を悲しむ余裕もなく過ごしてきた。多少の痛みはあるが、体ももう元通りに動く。ただ、腕も、肩も、足も、体じゅうが縫い痕だらけになった。

慎太から送られてきた手紙を読む限り、あの子も慌ただしく過ごしていたらしい。

百合から二週間遅れで退院すると、慎太もまず秩父と熊谷に行き、家族の遺骨を引き取ったという。自分が喪主になり葬儀をし、祖母が眠っている谷中の墓に家族の骨も納め、同じ墓地のなかに実の母の墓も新しく建てた。細見家の家財は整理し、駒込片町の土地は分割して貸し地にし、巻き込まれ、犠牲になった二人の女中の家族に遺金を渡している。手続きや実務を行ったのは慎太ではなく、後見人となった岩見だった。

岩見もあの夜の日比谷公園を生き延びていた。あの逃走から十一ヵ月。予想していた通り、百合も慎太も、自分より、他の生きている誰より、死人の世話に追われながら過ごしてきた。

前の雇い主から訴えられていた玉の井の売女たちの裁判は、岩見とその同僚弁護士の尽力のおかげで、はじめの二件に勝訴した。それが予期していなかった反響を呼んだ。有名新聞は『画期的判決』とこぞって評価し、二流三流紙も話題性から裁判の顚末を面白おかしく報道した。その記事のせいなのか、海軍をはじめとする政府筋から見えない圧力がかかったのか、以降の裁判は原告側が次々と訴えを取り下げ、売女たちが罪を問われることはなくなった。岩見は今、民権派弁護士の旗手として少しばかり時の人になっている。元陸軍中将の升永《ますなが》も、約束を果たした岩見にさまざまな政財界の要人を紹介し、いくつかの顧問契約を結んだという。

陸軍大臣は今も宇垣一成《うがきかずなり》のまま。新聞を見る限り、陸軍省の事務次官や政務次官にも変更はない。ただし、宇垣軍縮と呼ばれる榛名《はるな》作戦関係者の粛清があった。今年（大正十四年）五月、大規模な軍備再編により四個師団分、約三万四千の陸軍人員が削減されたが、そのなかには以前の軍縮（山梨軍縮）では除外されていた大量の佐官、尉官も含まれていた。一部の将官も閑職、予備役に追いやられた。もちろんそれら将校は、榛名作戦に関わっていた者たちだった。

新聞は『英断』と評する一方、『軍縮を借りし敗北派の一掃』と書き立てた。内外からの圧力により将校首切りを強行せざるを得なかった宇垣陸相の政治力に、退役、予備役を含む多くの軍属からの非難が集まり、今、その信頼と権力基盤が大きく揺らいでいる。

琴子は玉の井に戻っていない。水野武統の使者が彼女の働いていた銘酒屋秋川にやってきて借金を肩代わりし、身請けしていった。今、池之端の水野本家にいるという。武統の妾《めかけ》になったのか、女中をしているのか百合は知らない。

百合を乗せたタクシーは萬国橋《ばんこくばし》を渡り、横浜港の新港埠頭《ふとう》に入った。

広い埠頭のあちこちでは今も震災の復旧工事が続けられている。右に曲がり、大きな倉庫が並ぶ道の途中で左に曲がった。

震災で焼けた横浜港駅の船舶旅客用引き込み線ホームが見えてきた。防塵布で周囲を覆われてはいるが、隙間から手つかずのままの焦げた鉄骨が覗いている。

「きれいですよ」ふいに運転手がいった。

百合は何のことだかわからず後方鏡を通して運転手を見た。

「前です」

海の上、薄曇りの空に大きな虹が架かっていた。そこだけに陽光が強く射し、くっきりと分かれた七色が半円を描いている。第二岸壁から出航した客船が、汽笛を響かせながらゆっくりとその七色の下をくぐってゆく。

嫌な感じ――

死んだ奈加の不機嫌な顔を思い出す。周りに合わせて神社や寺では拝《おが》むふりをしていたものの、心のなかでは神も仏も畏《おそ》れず、因縁も予言も信じていなかった奈加が、ただ一つ、恐がり嫌っていたのが虹だった。

――虹は不幸な死に方をした者を冥界《めいかい》へと運ぶ橋。無念を抱えた死人が出る兆《きざ》し。

理由はわからないままになってしまったが、奈加はそう信じて疑わなかった。

本当に嫌な感じだ――延々と百合につきまとってきた悪運が、「今もおまえのうしろにいる」と高い空から囁《ささや》きかけているかのように、七色の半円は揺らめき輝いている。

タクシーが二階建ての仮設待合所に近づいてゆく。黒背広を着た岩見と、会ったことのない軍服の若い海軍准尉が待っていた。

運転助手の開けた扉から降りてゆく。

「何もなかったかい」岩見が訊いた。内務省の警護が外れたことを、この男なりに心配している。

百合は頷いた。

「よかった」岩見は笑い、百合が降りたばかりのタクシーに乗り込んだ。

「行かないの？」百合は訊いた。

「挨拶は済ませてきた。一人で行ってくれ」これも岩見のささやかな心遣いなのだろう。「出航まで待つのも気詰まりだ。先に帰るよ」

岩見とは八日前にも会った。三日後にも会うことになっている。玉の井の売女たちへの訴訟は取り下げられたが、完全に自由になるまでの書類上の手続きはまだ山ほど残っている。

タクシーがまた走り出し、離れてゆく。百合も准尉に連れられ歩き出す。

待合所のなかにはラジオが響いていた。一般の旅客や送迎の家族だけでなく、港湾事務員や作業員も受信機の前に集まっている。今年三月一日から中途半端なかたちで続いていたラジオ放送は、今日七月十二日、ようやく正式に本放送をはじめた。『本放送開始第一日番組　東京放送局』と書かれた番組表が貼られている。今は午後一時二十二分。番組表通りなら、流れているのは坪内《つぼうち》逍遥《しょうよう》作『桐《きり》一葉《ひとは》』のラジオ劇らしい。

広い一般待合室の奥、二人の警察官が塞ぐ『貴賓室　Distinguished guest room 1～8』と案内板がついた通路に入ってゆく。通路の先は第四岸壁に続いていた。要人たちはここから出国審査も荷物検査も受けず直接乗船してゆくのだろう。准尉はラジオの音が漏れてくる五番貴賓室の扉を開けた。

熱心にラジオを聴いていた慎太がすぐに立ち上がり、笑顔を見せた。

百合も笑顔を返す。慎太は十日前に十五歳になっていた。海軍服のような紺色の背広を着た姿は、背が伸び、肩幅も広くなったように感じる。

部屋にいた白シャツの警護官二人は出てゆき、准尉も入ってこない。扉が閉まり、二人きりになった。大きな窓の外、第四岸壁に慎太の乗る二本煙突の外洋客船が見える。船側には大洋丸の文字。出航時間はまだ先だが乗船はもうはじまっていた。タラップを昇ってゆく人の列が見える。

慎太が流れていたラジオの電源を切った。

「いいの？」

「じゅうぶん聴いたから」

そして慎太は深く頭を下げた。送られてきた手紙にも何度も書いていたが、奈加を死なせてしまったことを改めて詫びている。

「あんたのせいじゃない」百合はいった。気遣ったわけじゃない。慎太のためでも百合のためでもなく、奈加は自分の唯一の主人、水野寛蔵のために命をかけ、死んだ。

顔を上げた慎太に風呂敷包みを渡す。駄菓子が入っているといったら慎太は素直に喜び、これからの行程を話しはじめた。

太平洋を越えたサンフランシスコで船を乗り換え、パナマ運河を経由しニューヨークへ。再度乗り換え、大西洋も越え、イギリスのリバプールから鉄道で日本の欧州外交の拠点、ロンドンの日本大使館に入る。そこでいくつかの手続きを済ませた後、ドーヴァー海峡を渡ってフランスから陸路鉄道でスイスに向かう——東回りより遥かに時間のかかる西回りの行程にあえてしたのは、慎太に世界の先進国を少しでも体感させようという山本大佐なりの心遣いなのだろう。

「言葉は？」百合は訊いた。

「I became able to talk a little. Ich wurde fähig, ein kleines zu reden.（少しは話せるようになっ

た)」慎太は英語とドイツ語でいった。「だけどフランス語も覚えないと」

地球を半周したあと、スイスの首都ベルンで一ヵ月半、英語、ドイツ語、フランス語の集中講義を受け、スイス国内ヴォー州にあるル・ロゼ学院(Institut Le Rosey)という著名な寄宿学校に編入することが決まっている。

欧州の王族や世界規模の富豪の子息が集う学校。そこで爵位も財産も持たない日本人の孤児、細見慎太は十八歳まで過ごす。

「しっかり勉強するよ。卒業したらロンドンのインペリアル・カレッジ(現在の Imperial College of Science, Technology and Medicine)に入りたいんだ」

高い志があったとしても決して楽しい日々にはならないだろう。アジア各地でさまざまな人種、階級とかかわり、本物の上流階級の通念に触れたことのある百合にはわかる。この子もすぐに穏やかで冷酷な区別に晒される。露骨な差別はないが交流もない。不自由な左脚を笑われることさえない。そして世界は理不尽と不平等に満ちていることに、日本が驚くほど平等な国だったことに気づくだろう。中流以上の白人と日本人との間に師弟関係は結べても、真の友情は絶対に生まれないことにも、いずれ気づくだろう。

慎太は弾む声で話す。だが、本当に楽しいわけがない。利口なこの子がこの先に待つものを理解していないはずがない。大きな不安を塗り潰すため、余裕のなさを隠すため、口を動かし続けたあと、ようやく落ち着いた顔になった。

「何があっても大学を卒業して、七年後に日本に戻ってくる。必ず百合さんに会いにいくよ」

慎太にはじめて名前で呼ばれた。

「だから待っていて」

「約束できない。生きていられる自信がないもの」

「生きていてくれなきゃ困るんだ。僕のために」

「ガキのくせに生意気だね」

「少しくらい生意気な物言いをしないと、相手にしてもらえないから」慎太は笑った。「それに七年もたてばガキじゃなくなる」

確かに慎太は大人に近づいている。十五歳、体も心も大きく変わる時期。前は見下ろしていたのに、今は百合の唇の高さに慎太の両目がある。声も太くなっている。

「気をつけてね」百合はいった。

慎太が頷く。

「本当は怖いんだ、すごく。スイスに行くべきなのかって、今でもどこかで迷ってる。誰からも生きることを期待されてないのに、地球の半周先に逃げてまで、生き続ける意味があるのかって」

「復讐するんでしょ、何があっても」

「忘れてないよ。うん、忘れるわけない。でも使命感だけで生きるのって、こんなにも苦しいのかと思った。それこそガキのくせに生意気だけど。体から喜怒哀楽が剝がれ落ちて、自分が死人の遺志に尽くす道具に変わってしまったみたいに感じる。だから百合さんには生きててもらわなきゃ困るんだ。思い描いている通りの自分になって、七年後に絶対会いにいく――そう考えると怖さが薄まってゆく。笑ったり怒ったりする気持ちを取り戻せる。生きている人と、心から信頼できる人と、ほんの少しでもいいからつながっていたいんだよ」

「勝手な思い込みに人を巻き込まないで」

「いや、巻き込むよ」慎太はいった。「また会う約束はできないのなら、それでもいい。でも、僕が必ず会いにいくといったことは忘れないでほしい」

胸の思いを吐き出すように一気に話した。

百合は何もいわない。

「『忘れない』といってくれたら、僕は泣かずに別れられる」

慎太が言葉を待っている。

「忘れない」百合はいった。

「ありがとう。日本に戻ったら僕は津山と小沢の家族を殺す。直接じゃなく、追い詰めて追い込んで、自分たちで死ぬ道を選ばせる。そして、電波探知測距（レーダー）の研究をする。でも、その知識と技術を持ってアメリカに帰化するんだ。日本の野戦砲兵隊も戦車隊も長距離砲台も補給部隊も、ずっと遠くから索敵して殲滅してやるよ」

部屋の外にも聞かれているとわかっていて慎太は話している。

「今は子供の戯《ざ》れ言《ごと》でしかないけど、僕は必ず実現させる」

計っていたように外から扉が叩かれた。もうすぐ面会終了だという合図。

慎太が右手を差し出す。

その手を握る代わりに百合は黒いバッグに右手を入れた。レースのハンカチを取り出す。慎太も見覚えがある。逃走の途中、何度も二人の血を拭い、吸い込み、赤黒く変色したあのハンカチ。きれいに洗ってはあるが、まだかすかに茶色く染まり、血の名残りをとどめている。

「刺繍してある」百合はいった。

８１４７７２１５ＢＨ６４―９３５―２３

バニシング契約を解除する暗証番号《コード》が小さく縫い込まれている。

「絶対になくさない」慎太が頷く。

百合はそれを折り、慎太のすぐ前に立つと上着の胸ポケットに挿した。左胸を飾る三角のポケットチーフ。ごく薄い茶色が紺の上着に映えている。

離れてゆく百合。その肩に慎太が腕を伸ばし、摑み、抱きとめた。慎太の両腕が背に回る。百合の右腕はすぐに慎太の左の二の腕を摑んだ。

「嫌なら投げ飛ばして」慎太がいった。「腕を折ってもいいよ」

迷いながらも振り払わなかった。嬉しくはない。この子との関わりが続くことを、どこか煩《わずら》わしくも思っている。半端な優しさが鋭い刃物になることもわかっている。

けれど、突き放せなかった。

この子のなかに自分と同じものを感じる。純朴で冷徹な、だからこそ危険な殺意がはっきりと見える。人の死を見ることも、殺すことも、自分が殺されることさえも、この子はもう恐れていない。異常なことだとも感じていない。

二人の運命はいまだ絡みついたまま。得体の知れない絆でつながれている。

窓の外、乗船のタラップを昇ってゆく人の姿はもう見えない。

再び扉が叩かれ、そして開いた。慎太の腕がほどけ、二人の体が離れてゆく。外で待っている警護の一人が手招きした。

慎太が駄菓子の入った風呂敷包みだけを持って出てゆく。百合も黒いバッグと傘を持ち出てゆく。慎太は通路で一度だけ振り返り、笑顔で頷くと、また背を向け、第四岸壁へと歩いていった。

百合もすぐに振り向き、待合所を出た。

空を見上げる。雨がぱらついていた。虹の輪は消えたけれど、ちぎれた七色の断片がまだしつこく浮かんでいた。

※

帰り道。

百合は上り東海道線の二等車に乗っている。先頭の蒸気機関車の汽笛が響き、省線川崎駅を出た。

日曜の午後、車両の中程に座る百合は新しいタバコに火をつけた。少し開けた窓から煙が逃げてゆく。前の席には着物の中年男が二人。互いに肘で牽制しながら新聞を広げていた。紙面にはラジオの記事。『月額二円の価値ありや』と、高過ぎる聴取料を非難している。周りの座席もほとんど埋まっていた。洋装の家族連れ、訪問着の老夫婦、揃いのワンピースの母娘《おやこ》、振り袖の若い娘二人組もいる。しゃべり声や笑い声、咳払い、いくつもの音が交錯する、やかましくも華やかな車内。

がたがたと後方で扉の取っ手を捻る音がして、それから誰かが「開かない」といった。乗降車口（デッキ）への扉が閉じているらしい。外に出られず、車内がざわつきはじめた。百合はまだ長いタバコを、座席横の据え付け灰皿に押し込んだ。

列車は神奈川から東京に渡る多摩川《たまがわ》の鉄橋へ。前方の扉が開き、男たちが一人、二人と空いている席のない二等車に入ってきた。全部で五人。見覚えのある顔が混じっている。去年の八月の終わり、玉の井で襲ってきた元関東軍の連中だった。

――やっぱり来た。

窓の外、鉄橋と曇り空を映した川面が見える。逃げる場所はない。

百合は帽子を取り、息を整え、黒いバッグのなかのリヴォルバーを握り締めた。

主な参考文献

『関東大震災』　吉村昭　文春文庫
『完本　茶話』（上・中・下）　薄田泣菫著／谷沢永一・浦西和彦編　冨山房百科文庫
『黒船の世紀　あの頃、アメリカは仮想敵国だった』（上・下）　猪瀬直樹　中公文庫
『軍備拡張の近代史　日本軍の膨張と崩壊』　山田朗　吉川弘文館
『大正ニュース事典』全七巻　大正ニュース事典編纂委員会　毎日コミュニケーションズ
『大正・昭和戦前期　政治　実業　文化　演説・講演集』　金澤裕之・相澤正夫編　日外アソシエーツ
『玉の井　色街の社会と暮らし』　日比恆明　自由国民社
『図解　ハンドウェポン』　大波篤司　新紀元社
『寺島町奇譚（全）』　滝田ゆう　ちくま文庫
『東京心部　職業別電話名簿　大正十二年版』　日本商工通信社編　日本商工通信社
『東京市電名所図絵』　林順信著　吉川文夫車両解説　ＪＴＢキャンブックス
『都電　60年の生涯』　東京都交通局編　東京都交通局
『20世紀日本のファッション』　インタビュアー・大内順子　ライター・田島由利子　源流社
『日本の外交　明治維新から現代まで』　入江昭　中公新書
『日本軍事史　上巻　戦前篇』　藤原彰　社会批評社
『日本陸軍歩兵連隊』　新人物往来社編　新人物往来社
『日本の参謀本部』　大江志乃夫　中公新書
『日本陸海軍総合事典』　秦郁彦編　東京大学出版会

『風俗　性　日本近代思想大系23』　小木新造・熊倉功夫・上野千鶴子校注　岩波書店
『濹東綺譚』　永井荷風　角川文庫
『明治大正史　世相篇』　柳田國男　平凡社東洋文庫
『山本五十六』　半藤一利　平凡社
『日比谷公園大音楽堂設計図』大正十一年　東京都公園協会
『日比谷公園平面図』　大正十二年　東京都公園協会
『東京市全図』大正九年版　便覧社
『東京市全図』昭和二年版　古地図史料出版

この物語はフィクションです。一部、今日では差別表現として好ましくない用語が使用されていますが、作品の時代背景を踏まえたもので、差別助長の意図はありません。

なお、本書の執筆にあたり、平辻哲也氏に時代考証協力を、直野誠氏・里子氏に大分弁の方言指導を仰ぎました。お力添えに深く感謝いたします。

長浦 京（ながうら・きょう）
1967年埼玉県生まれ。法政大学経営学部卒業後、出版社勤務などを経て放送作家に。その後、難病指定の病にかかり闘病生活に入る。2011年、退院後に初めて書き上げた『赤刃』で第６回小説現代長編新人賞を受賞。泰平の江戸市中を戦場に変える大胆不敵な剣戟小説が、選考委員の伊集院静氏、石田衣良氏から激賞された。本作は待望の受賞第一作。

本書は書き下ろしです

リボルバー・リリー

第一刷発行　二〇一六年　四月　十九日
第二刷発行　二〇一六年十一月二十八日
著者　長浦《ながうら》　京《きょう》
発行者　鈴木　哲
発行所　株式会社　講談社
東京都文京区音羽二―一二―二一　〒一一二―八〇〇一
電話　編集　〇三―五三九五―三五〇五
販売　〇三―五三九五―五八一七
業務　〇三―五三九五―三六一五
印刷所　凸版印刷株式会社
製本所　黒柳製本株式会社
定価はカバーに表示してあります。

Printed in Japan　ISBN978-4-06-220035-6

N.D.C.913 494p 20cm